ATT FÖDA ETT BARN

KRISTINA SANDBERG

ATT FÖDA
ETT BARN

NORSTEDTS

AV KRISTINA SANDBERG HAR UTGIVITS:

I vattnet flyter man, 1997

Insekternas sång, 2000

Ta itu, 2003

Sörja för de sina, 2012

ISBN 978-91-1-303794-3
© Kristina Sandberg 2010
Norstedts, Stockholm 2010
Pocketutgåva 2011
Omslag: Lotta Kühlhorn
Omslagsbild: Margareta Kropp
Tolfte tryckningen
Tryckt hos ScandBook AB, Falun 2015
www.norstedts.se

*

*Norstedts ingår i
Norstedts Förlagsgrupp AB,
grundad 1823*

[...] SÅ HÄR FÅR du det att gå ihop; känn alltid på brödet för att vara säker på att det är färskt; *men om inte bagaren låter mig känna på brödet?;* du menar att du trots allt verkligen kan komma att bli en kvinna som bagaren inte låter komma nära brödet?

Jamaica Kincaid, "Till en flicka", ur *På flodens botten*

DET FRASANDE LJUDET AV andetag i luren. Men jag frågade ju bara varför det inte finns något bröllopskort… Hon bryter tystnaden med att undra om jag håller på att skriva en bok. Nej, svarar jag, jag är gravid och kom bara att tänka på… Jaha. På så vis. Vi rundar av, lägger på.

Det blir ett telefonsamtal till. Ja, ett *betydelsefullt*. Det sista. Det vet man bara efteråt. Kanske anade vi ändå. För hon öppnar igen, svarar på mina frågor utan att tveka och jag tar det som ett motvilligt löfte. Inget jublande ja, men ett korthugget samtycke *skriv då om det nu är så förbannat viktigt för dig.*

1938

OCH MAJ TORKAR AV det sista bordet, sköljer trasan och ser hur Ingrid skakar förklädet innan hon tar sin kaffekopp och säger Maj, det är klart att du ska hänga med. Olof, han är vacker och glad och ler mot Maj, bara inte Ingrid märker hur han tittar på henne med bruna ögon, tjockt mörkt hår och en lugg som faller ner över pannan, ofrivilligt eller medvetet, det vet hon inte, men ögonen – och Maj tar porslinskannan med kaffe. Önskas påtår min herre, säger hon, på låtsas, tillgjort, tack gärna söta fröken, svarar han och håller fram sin kopp, fotsvett, hon kan inte följa dem med sina luktande fötter, inklämda i klackeskorna hela dagen, nej, åk ni, säger hon och ställer kannan på disken. Men var inte så tråkig, suckar Ingrid med mörkmålade läppar nu – när hann hon med det – då Olof kom var de bleka och när de stänger konditoriet brukar båda ha rödblossiga kinder och hår som luktar fett och kardemumma från bageriet i rummet intill – stinker det aldrig om Ingrids fötter? Och så säger Ingrid att Tomas är trevlig, snygg och har bil, de ska ju bara ut och åka en sväng, till Gullvik eller Skeppsmaln, en sån här härlig kväll, det är ju lördag.

Trång toalett, ett litet handfat, men både kallt och varmt vatten. Hon krånglar upp den ena foten, tvålar och sköljer, torkar, mellan tårna också. Vad gör du där inne, ropar Ingrid, den andra foten och under armarna, trosorna, nej, men hon kan inte åka i smutsiga silkesstrumpor och illaluktande underbyxor. Läppstift, rouge och ögonbrynen blir alltför mörka med den sotsvarta tuschen, hon suddar och ser plötsligt blåslagen ut runt ögonen, fuktar handduken och tar tvål på, drar hårt i kanten av brynen, inte så tokigt nu, bättre i alla fall. Utan strumpor. Nej, det är ännu värre, går inte, hon får ta de gamla strumporna och låtsas som om det är Ingrid som luktar. Han är visst rik också, Tomas, har Ingrid antytt, och när de låser köksingången säger Olof att det är förtjusande med sommarklänningar på vackra flickor, inte på fullt allvar, men ändå. *Ser du mig nu Erik, hur jag har eget hyresrum och arbete och vänner?* Olof håller också henne under armen, de klappar med sina klackar mot Viktoriaesplanaden, bilen står på gården och Olof säger att det inte kommer vara några problem att övertala honom, men hon vill inte gå med in, benen är så skakiga och Ingrid säger att hon måste komma, annars kanske Tomas säger nej, vill stanna i stan. Han har säkert något hemma, säger Olof och så går de uppför trapporna, tredje våningen, hon är andfådd när de kommer fram till dörren. Olof ringer på, drar henne till sig, hon ska liksom vara synlig när Tomas öppnar, men det är tyst där inne, Olof trycker fingret mot dörrklockan igen, hårdare, mer uppfordrande nu.

Låg du och sov, frågar Olof och Tomas stryker en hand över det ljusgrå håret, hon blir stående, stel, de har inte sagt att han är gammal, säkert över trettio, fyrtio? – kom in, säger han, lukten av rök och något annat, obestämt. Och i trängseln där i tamburen säger Olof att vi tänkte att du behövde muntras upp, och så skrattar han till. Vad säger du om en utflykt, det ser ut att bli en jäkligt fin kväll, och dom här damerna har väl gjort sig förtjänta av en biltur? Och nu skrattar Ingrid med och säger att hon har ju hört talas om vilken skicklig bilförare Tomas är. Säger du det, svarar han och Maj ser att skjortan är felknäppt och bara till hälften instoppad i byxorna, och så går han in i rummet, plockar ett glas och askfat från bordet, inte så stökigt, fördragna gardiner, soffan, fåtöljen, golvlampan, han ser orakad ut, lite mörk under ögonen, men solbränd, så brun att rynkorna vid ögonen lyser vita i dunklet, *fin familj*, Maj säger att det är en trevlig lägenhet, Tomas skrattar kort, nickar, går mot köket och kommer tillbaka med några öl, två gröna glas – var så goda, säger han, slå er ner i soffan. Och hon tänker att han kunde ha frågat, hon tycker om öl men hur kan han veta det? Det där lite bryska sättet att ställa fram flaskorna, så försvinner han åter ut. Olof öppnar en öl, slår lite i glasen och ställer dem framför Ingrid och Maj, tar själv en flaska – han ler mot henne igen, och frågar vad Maj tycker om Ö-vik då, hur länge har du bott här nu? Bara sedan valborg, säger hon och jo, det är fint. Säger inget om hur hon längtat hem, hem till Storsjön och den höga himlen, Erik, det hastiga illamåendet, *har du någon annan nu,* saknar de henne, mamma och pappa och bröderna? Ingrid reser sig, tar visst ett nytt glas ur skåpet – i ett främmande hem – spolar vatten i, dricker, sedan ställer hon sig bakom Olofs fåtölj, lägger sin hand på hans axel, rufsar i det glänsande håret. Maj tittar undan, bort. Tomas är skarp, säger Ingrid som för att åter fånga in henne, tänkartypen, det är säkert.

Ska vi åka då? Tomas i öppningen mellan tamburen och stora rummet, ljus rättknäppt skjorta som får ansiktet att mörkna än mer, välpressade byxor, rakade släta kinder och en skarp doft av rakvatten, men hon har sett det rödsprängda i ögonvitorna, som om han inte sovit, hon kan tacka för sig, tack tack för ölet, det är en dag imorgon också, så trött efter en hård arbetsvecka hos Kjellinskan, men Olof liksom studsar upp ur fåtöljen, nyper Maj i kinden och hon rycker hastigt undan sitt ansikte, skrattar sedan.

Åh, nej, hon vill inte sitta fram med Tomas, vill sitta i baksätet med Olof, Ingrid, men plötsligt propsar båda på att hon ska sätta sig i framsätet och Tomas säger leende att han ska köra försiktigt, hon behöver inte vara rädd. Och orden som trilskas och gör som de vill kommer inte alls när hon sedan sitter där intill Tomas, men bättre det än flamset som strömmar när oron slår till, *tig du.* Ja varför ska hon skoja och pladdra när paret där bak i bilen bara

13

pratar med varandra? Tomas som ser så koncentrerat på vägen. Ängsblommorna på lägdorna är i knopp, smörblommor, hund-käx och midsommarblomster ska snart skumma och flöda, jo, det kommer att bli vackert. Men Maj ser i backspegeln hur Olof lagt sin arm runt Ingrid nu och rodnaden som vill tränga från halsen uppåt, hur hon fjantat och gjort sig till, och Tomas säger plötsligt att han egentligen tycker bäst om att åka båt, ska vi ta en tur ner till bryggan när vi kommer fram? Han tittar hastigt på henne, säger att det nog finns varma kläder i boden, och hon ser att han trots allt har en elegant profil. Om Olof bara är en opålitlig pojke som Erik, verkar Tomas vara en man, vuxen. Farten, sikten, tänk om hon kunde få lära sig att köra.

Villorna vid vattnet. På rad, med sluttande gräsmattor ner mot strandremsan och hon ser sökande efter en stuga ungefär som Eriks i Optand, men urskiljer bara hus med glasverandor, bal-konger och burspråk genom den spröda grönskan. Hon vill åka längre, långt, långt bort, sitta tyst och titta ut, men främlingen finns där intill henne och hon vänder sig mot de andra och frågar om det är långt till stugan, skorna känns så trånga kring varm-svällda fötter, och Ingrid skrattar och pekar på ett stort, grön-målat hus – där är stugan, säger hon fnittrande och Tomas erbju-der sin arm och säger att hans mamma har undervåningen, men hon är inte här nu, och Maj stöttar sig tacksamt mot honom ned-för slänten, sedan släpper hon snabbt och går åt sidan. Damerna först! Ska hon bara kliva rätt genom kallfarstun – hon tvekar i hallen och låter Ingrid gå före in i stora rummet med böcker, tav-lor och möblemanget som passar en våning. Och nu pratar hon på. Rösten som hela tiden formar ord, frågor, utkastade utan att få några tydliga svar eller motfrågor, hon är så hungrig, skrikande hungrig – hur länge har de egentligen suttit där med sina glas och cigarretter? Tomas har bjudit på vermouth och hällt upp groggar åt Olof och sig själv, hon ser inte vad det är han fyller upp och blandar i de stora glasen, orden liksom vrickar sig ur henne, men värre är tystnaden och hennes bullrande mage och hur Ingrid och Olof bara sjunker djupare ner i soffan, hon och Tomas i var-sin knarrande rottingfåtölj. Ingrid är helt upptagen av att granska Olofs öppna handflata, livslinje och kärlek och barn och fram-tid. Har ni alltid så många olika märken, frågar Maj när Tomas talar om att hon får röka hur mycket hon vill. Han ser allvarligt på henne och säger att du förstår i den här släkten har alla olika smak, och det blir jäkligt surt om inte allt finns hemma när dom kommer på visit. Sedan blinkar han, och flinar.

Om Olof bara kunde kasta ett öga på henne. Hon ser honom stryka med pekfingret längs Ingrids hand nu och en bit upp på armen, hon har bara legat med Erik, skulle det vara annorlunda med Olof, *och du tror att du har någon chans,* den sträva ver-mouthen i munnen. Men gå åtminstone undan, var för er själva, tänker hon, och kissnödig, har Ingrid ens sagt ett ord till henne sedan de kom hit? Där sitter Tomas i sina tankar, groggen och halvslutna ögon, cigarretten som borde askas och just när glö-den ska falla ner på det lackade trägolvet lutar han sig fram och fimpar i fatet på bordet. Säger inte han något så varför ska hon? Och nu kysser de varandra. Hon blir sittande, Olofs öppna mun, tungan, hon tittar bort, ut, och det är fortfarande ljust, tre veckor kvar till midsommar, *varför är du inte här och håller om mig,* men aldrig mer och hon reser sig, känner inget särskilt av vermouthen och tänker inte fråga Tomas om dass, går bara tyst sin väg istället. Den bedövande doften av hägg, pionernas små pigga knoppar i rundeln runt flaggstången och havet som är alldeles stilla. I ut-huslängan hittar hon dasset, kissar så det skvalar, men här kan ingen höra henne. De förbannade strumporna, hon tar dem av sig, går barfota ut i gräset, pumpsen i handen, kan doppa fötterna i vattenbrynet, iskallt och hon kliver upp på bryggan, sätter sig där. En fiskebåt passerar dunkande på andra sidan viken – ja, Petterson är flitig med näten – hon vänder sig hastigt och ser Tomas komma klivande på bryggan. Vill du ta en sväng, frågar han och nickar mot den brunglänsande motorbåten som ligger förtöjd intill dem. Ja dom har ju annat för sig, lägger han till och hon säger, med en röst som blir oväntat skarp, att hon nog borde tänka på att ta sig hem. Han sträcker sin hand mot hennes, hon kommer på fötter och *jag skulle kunna kyssa honom, bara för att prova.* Det finns flera gästrum, säger han, men hon skakar på huvudet, magen som så skrikande kurrar, hon frågar om det är långt att gå in till stan och Tomas svarar att han väl kan köra henne i båten till stadskajen.

Hur mycket har han druckit? På bänken intill sjöboden, det mörknar ute nu. Han säger att det i dagarna blev klart om skilsmässan och det är inget han är stolt över. Det var inte Astrids fel, tillägger han grumligt och hon börjar huttra i sin sommarklänning med bara bomullskoftan utanpå. *Och här sitter jag och har målat ögonbrynen* och vad spelar det för roll, hon vet inte om han överhuvudtaget har mött hennes blick, inte som Olof. Ändå låter hon honom bli du med henne utan vidare och blodet som ska till och rusa och fara genom hela kroppen, och Tomas frågar hur gammal hon är, tjugoett, svarar hon fastän hon inte fyller förrän sent i december. Det är också en förbannad ålder, säger han och lägger till att han tror att Astrid träffar någon annan nu, han kommer nog alltid att älska henne, på nåt jädra vis och hon säger efter en stund att hennes fästman, före detta fästman, nog också träffar en annan, men förlovade var de ju aldrig, Erik ville inte det. Så försvinner Tomas in i boden, kommer tillbaka och ger henne en fårskinnspäls och ett par gubbyxor, säger att det blir kallt på sjön, och hon försöker kliva i båten med pumpsen i ena handen, eller klättrar snarare ostadigt ner i sittbrunnen, rädd att falla i vattnet, och han har yllepolo och anorak och en lite larvig skepparkeps på huvudet. Men nu ger hon blanka fan i Ingrid och hur hon ska ta sig hem.

Havet och det grå ljuset. Tomas som rattar utan att säga något. Det guppar lite stötigt och då och då väter några kalla droppar ansiktet. Hon blundar. Sängen i rummet på Bergsgatan. Bara inte tanten ligger vaken och väntar. Man får väl gå på dans och dansen kan bli sen! Imorgon ska hon sova. Sova och inte kliva upp hur mycket solen än skiner. Dricka sitt kaffe i sängen, somna om. Inte öppna om Ingrid kommer. Och Tomas saktar farten och båten glider vaggande mot hamnen. Tack för ikväll då, säger hon. Jag borde väl följa dig till porten, säger han, och hon skakar avvärjande på huvudet. Du kan väl komma förbi någon dag och lämna pälsen, lägg den i trapphuset om jag inte är hemma, säger han och hon hör honom dra igång motorn, men vänder sig inte om för att vinka.

HON GÅR SNABBT. VILKEN gentleman. *Passa dig för buset, fyll-hundar och banditer.* Bultande bröst. Om hon slapp skorna och benhinnorna som ömmar. Stadshotellets ännu upplysta matsal, Statt med sina sviter och terrassens utsikt över fjärden. De städar väl där också, samlar ihop linne och bordsdekorationer, är det dit in hon strävar? Med stärkta servetten över armen, att stå till tjänst. Fast kallskänken då, smörgåsar, lite bakverk och efterrät-ter, *desserter.* Så tyst det är vid den här tiden, dovt grått och det smyger skuggor över torget. Närmaste vägen går över den branta backen upp till Bergsgatan och när hon försöker småspringa stra-mar det ilsket i vaderna, men det är tack och lov släckt i Näsmans lägenhet. Hon smyger tyst in i kallfarstun och tar den knarrande furutrappan upp. Så sparkar hon av sig pumpsen, slänger päls och gubbyxor på stolen, fredagens kardemummaknutar i ett skrin, gömda i resväskan i det stora, otympliga skåpet. Hon får inte äta på rummet, men där kan väl ändå inte tanten snoka. Hänger klän-ningen på en galge, får vädra imorgon och så nattlinnet och ner under fuktkalla lakanet och filten, äter en bulle, och en till och snart finns inget kvar i skrinet, utan att hon är det minsta mätt, bara en klistrig törst i munnen och håret stinker rök. Men till kö-ket kan hon ju inte gå, inte vid den här tiden. Så pass mycket vett har hon att hon håller sig på rummet, vågar sig inte ut till köket för att slamra med kastruller. Den molande värken i benen, som hon har sprungit mellan borden i kaféet, *vad önskas min herre, vad önskas min fru, tre kaffe med brödfat, sockerdricka och napo-leonbakelse, ostgiffel, ägg och ansjovis på skräddabröd.* Inte var det att ligga hungrig och huttra i ett hyresrum hon längtade efter när hon tog tåget från Östersund. Om Erik hade förklarat sig. *Maj, du är ju inte helt stabil och inte så lätt att vara tillsammans med alla gånger.* På Frösön, Hornsberget, hon hade tagit med matsäck, termoskaffe och råglimpa med getmese, för att han tyckte om det, och det var ju han som sökte upp henne igen, tretton dagar efter den där ödsliga påskdagen då hon bara gått iväg från honom och han inte alls hade försökt hålla henne kvar, och nu stämde han träff med henne bara för att tala om det, vara *uppriktig*, som om hon var ett barn, hur han hunnit tänka de här dagarna, att han faktiskt tröttnat. *Dina gråtattacker, jag är inte van vid sånt.* Hon känner fortfarande lukten av hans hud. Den snaggade nacken, hur hon kunde smeka med fingrarna fram och åter, fram och åter. Hur hon var tvungen att tysta hans fniss i gränden på kvällarna, där pappa inte kunde se men höra, han skulle kunna vakna och bli rasande. *Skulle du ha dödat mig eller honom?* Men pappa fick aldrig reda på något. *Jag ska till Margit, Margit och jag ska på bio, Margit har bjudit mig till sin stuga,* Margit som aldrig ville ljuga men som ändå trodde att kärleken i grunden var en himmelsk gåva att ödmjukt ta emot från Gud. Maj fick lova att det var meningen att de skulle gifta sig *så småningom,* och hon ljög inte när hon sa att de skulle det. Hade Erik någonsin sagt att de inte skulle det? *Men han friade heller aldrig.* Ella med sina burriga Katharine Hepburn-lockar, sitt inställsamma skratt och sina breda höfter. *Ligger du med henne nu?* Om hon bara hade tålt det bättre, hur han tittade på Ella, inte ställt till med bråk, det kanske inte betydde – äsch, lika bra att han är borta! Lika bra ligga här och peta bullrester ur tänderna med tungspetsen. Kliar det inte, sticks – vägglöss? Gamla träkåkar med dålig isolering och buktande tapeter. Mamma som skrubbar väggar, golv och tak i deras etta, men så har de heller inte löss av något slag. Fru Kjellin har berömt henne – jag ser att Maj är noggrann med både borden och stolarna, det är ovanligt för flickor i Majs ålder. Madrassen,

tänk om det är där de bor, krypen, så trött att hon vill kräkas upp.
Imorgon ska hon tvätta sina strumpor. Om hon ställer väckaren
och lämnar igen pälsen i ottan. Då kan han inte vara hemma.
Hon vill aldrig mer se honom.

Vaknar till tick tack, tick tack, orkar knappt titta på klockan när
den skräller, stänger snabbt, glömmer päls och gubbyxor. Hon
kan ta dem till Kjellins konditori om han kommer förbi där och
vill ha dem tillbaka. Hinner hon tänka det innan hon somnar om,
eller är det bara drömlös dvala tills hon hastigt väcks av smattret
mot plåttak? Ja, det regnar, och stora hagel har blandat sig i. Kyrk-
klockan ringer till högmässa, hon går och lägger sig igen. Ännu
hungrigare nu, men hon har inga bullar kvar i skrinet, hon borde
förstås ha sparat en till frukost. De blir säkert kvar där ute. Ingrid
stannar där och firar sin lediga söndag. *Pratar om dig.* Skrattar åt
henne. Hon kom knappt i båten – men hem skulle hon. Och jag
hade henne virad, säger Olof, hon blev väl bitter – Ingrid som
säkert flinar med. Maj rodnar, vid fällbordet nu, ser ut på gården
där haglet strött sitt pärlsocker över marken, tycker hela rummet
luktar får. Väck med den. Här vill hon inte att den ska vara. Om
hon skyndar sig nu, hon arbetar ju hela veckan som kommer. Den
grå kjolen och Ragnas duvblå blus, den som blev för trång över
bysten när Gunnar kom. Proper, kappan, en borste genom håret
och klämmor bakom öronen. Bara lite läppstift. Vilken otymplig
päls. Hon skulle förstås tagit den av sig på kajen, kastat den i bå-
ten, byxorna också.

Det är inte säkert att hon hittar den närmsta vägen. Hon går
med pälsen och byxorna under armen, har inget paraply, men
regnet har ju avtagit, de hon möter har förstås regnkappor och
sylvestrar, galoscher, eller är söndagsklädda under sina paraplyer,
hon har en leverans att utföra, de kan inte klandra henne. *Vad är
du rädd för? Lägg pälspaketet utanför hans dörr. Du behöver inte*

knacka ens. Kommer de från kyrkan? Ser så ut. Så stadiga och rejäla. Om hon bara tittar rakt fram behöver hon inte känna igen kunder från konditoriet. Och hon som flamsade med Olof. Ett lockbete. *Tomas, du vet hon har en riktigt snygg figur.* Eller värre. Åh. Och Ingrid, så mycket var den bekantskapen värd – måste hon söka sig ett annat arbete nu?

Uppför första trappan. *Du klarar det.* Rosa pelargoner i trapp-husets fönster, några gula blad som borde nypas bort. På tre trappor lägger hon pälsen, utanför hans dörr. Hon borde ha skrivit ett kort, tack för lånet eller något sådant, inte tack för senast, nej, hur skulle det uppfattas, men med hennes barnsliga kråkfötter, nej bättre då den här… *anonymiteten.* Så hör hon porten öppnas och genast drar pulsen igång, hårt och taktfast, måtte inte grannarna ha sett henne, det droppar ju från hårfästet, vara tvungen att för-klara. Och nu slår åter regnet hårt mot rutan. Ska hon fortsätta vindstrappan upp – en harkling, och nu ser hon. Tomas kommer gående med nedböjt huvud, han bär en plåtform med lock. Maj, säger han när han får se henne, och hon vill bara säga nej, du ska inte tro att jag har stått här och väntat på dig. Är ni inte kvar på landet, säger hon därför, han kan gott veta att hon inte vill träffa honom, men säger ändå tack för igår, jag skulle bara lämna till-baka pälsen. Ja men vad bra, säger han då. Jag har nystekta ström-mingsflundror. Tog en sväng förbi Statt och köpte med mig hem. Kom in och ät lunch, det regnar ju. Du är rätt blöt, lägger han leende till. Det var snällt, svarar hon, ofrivilligt vänlig på rösten. Men. Hon hummar nu, han säger det är ju helg, Maj, din lediga söndag och för andra gången på mindre än ett dygn kliver hon in i Tomas lägenhet.

Var det att han sa hennes namn? Senare ska hon tänka så. Inte Majsan, Maja eller något sådant, utan rätt och slätt: Maj. Hon kommer att återkalla och stöta bort. Minnet av den dagen.

Frasiga strömmingsflundror och pärstampa med mycket smör i. Knäckebröd och stark ost. Hon är så hungrig att hon inte kan låta oron ta överhanden och han säger att han är tacksam över sällskapet, ibland är det så tråkigt att äta ensam. Jo, hon nickar, och vet att hon slarvar på sitt rum, tycker inte om att använda Näsmans kök, fast hon har rätt till det på utsatta tider. Förresten får de ofta med sig något från Kjellins, men sötsaker mest, eller smörgås. De dricker öl igen. Och snaps. Men ser han inte piggare ut idag, Tomas? Liksom glada rynkor där kring ögonen, och det finns inget gammelmanslöst kring hakan. Man kan nästan se det som en tidig middag. Det blir behagligt fnittrigt inombords. Här kan ingen se henne! Han säger att han skulle vilja bjuda på kaffe, men det blir inte gott när han kokar och bryggandet får han ingen stil på, så hon erbjuder sig att göra det, ja hon känner sig nästan fri, varm, nog kan hon ordna fram gott kaffe. Med Erik kunde hon inte äta alls i början, men hon vet ju att Tomas tillhör den här Astrid och hon har inte glömt Olofs lekfulla sätt att se på henne.

Hur hamnar hon i soffan? Hon är inte helt stadig på benen, ölet och snapsen som nog blev påfylld någon gång, visst känner hon av det, alla har väl rätt att snubbla, snava, han liksom föser henne mot soffan, så skönt att sjunka ner i den här mjukt moderna soffan med sin buteljgröna sammet, Tomas tar koppar, kaffepannan, åh, om hon fick en kaka till, men nej, han ställer fram cognac, och en karaff, apelsinlikör, hon har aldrig smakat det – så sött – så starkt – och cigarretter igen – kan klockan ens vara tre? Och så är rösten nära, han silar ut rök och säger att du – får jag säga du – har en så fruktansvärt stilig näsa, Maj. Så säger han, och stryker med pekfingret på hennes nästipp. Jag har aldrig tyckt om små näsor, lägger han till – vet han att hon har komplex för sin stora näsa – förstås, slipad säkert, hon måste vara på sin vakt. Du tror mig inte, säger han besviket. Men jag ljuger inte. Fast du är snyggare utan de där spännena bakom öronen. Hon skrattar lite, handen åker instinktivt upp, lossar hårspännet på ena sidan, håret faller fram. Sedan tar han hennes ansikte, kysser henne. Hon tänker inget särskilt. Olof och Ingrid i huset. Erik med någon annan, hon nästan vet det. Lite erfarenhet, det skadar väl inte? Han öppnar blusens knappar, de trögar. Tycker hon om det? Hon vet inte. Det är inte som med Erik, den där viljan att sluka. Borde hon protestera? Han andas tungt, tar hennes hand. Sängen i kammaren, lägger henne ner.

HAN VAKNAR INTE. HON ligger närmast väggen i sängkammaren, han på mage bredvid. Ryggen bar, en senig rygg, också den solbränd, men skinkorna vita, det hon kan se. Borde hon väcka honom? Hon vill inte. Vad ska de prata om? Vågar hon klättra över honom för att få fatt i sina underkläder – hon måste det. Om hon kryper ner till fotändan, tar sig förbi hans fötter – men när hon lyfter av sig täcket vaknar han säkert. Det rinner varmt längs insidan av låren när hon reser sig upp. *Luktar hans säd annorlunda än Eriks?* Ett hastigt grepp om struphuvudet – inte tänka – så kissnödig hon är. Helst vill hon gå på en gång och hon klär sig snabbt. Blusen är inte så farligt skrynklig, har det slutat regna? Lever han? Så onaturligt stilla, med ansiktet mot dynan, kudden slängd på golvet. Jo, där höjs skuldrorna, sjunker ihop.

Lukten av stekt strömming. Kaffekopparna, glasen, hon bär dem till köket, plockar tallrikarna med fiskresterna från bordet. Nog bör hon väl diska, när han har bjudit på mat? Hon hittar en kastrull, balja, värmer vatten, diskar, snabbt, nästan slarvigt. Ställer de tomma flaskorna på golvet, intill skafferiet. Går tyst ut i rummet, tar sitt hårspänne från soffbordet, sätter upp håret igen, nej, hon passar inte i det, ansiktet får fel proportioner, men nu får det vara så här.

Hur känd är han här i stan? Gatorna är ödsligt stilla på söndagskvällen, en tant rastar sin hund, kan vara en skvallerkärring, *jag såg att Berglund fick dambesök vid lunch och hon var inte därifrån förrän sju.* Men kvinnan tycks inte lägga märke till henne förrän de är alldeles nära, då nickar de mot varandra.

Har Näsman väntat på henne? Hon står i alla fall i farstun, vill prata, frågar. Har helgen varit trevlig? Har hon hittat kamrater? Har hon hunnit se något alls av stans vackra omgivningar? Nog är det för kallt i havet för att bada – vilken hagelskur vi fick på förmiddagen! *Har du legat med horbocken Berglund?* Maj fryser till, blir ögonblickligen varm. Fru Näsman i sin illasittande klänning, hon fortsätter prata om vädret, regnet som säkert ödelagt många odlingar och blommor, fast det ska visst komma en värmebölja snart och fröken Olausson kan naturligtvis alltid låna ett paraply från stället i hallen, om hon inte har något emot herrparaplyer förstås, bara hon kommer ihåg att lämna igen det, paraplyer är ju så lätta att förlägga. Och Maj vet inte att hon senare, ett halvt sekel senare, ska hyra ut de utflugna barnens rum till unga flickor som läser på vårdgymnasiet, säkert händer det att hon väntar i tamburen, råkar ha ett ärende i korridoren där linneskåpet ligger när låset vrids om – kan hon kanske bjuda på te och nybakade grahamstekakor, eller kaffe, varm mjölkchoklad? Så stor lägenhet, ensam i de många rummen. Egentligen behöver hon bara köket, matvrån och sovrummet. Fast teven står ju i vardagsrummet förstås.

Äntligen är hon ensam på vinden. *Stadens ögon vakar över dig, Maj Sara Johanna.* Så sa pappa, teatraliskt så att hon inte riktigt tog det på allvar. Och Erik och hon skulle ju gifta sig. När han kom från sin systers bröllop i Ås sa han att hon skulle vara vacker som brud, och la viskande till, särskilt när jag får ta av dig brudklänningen. Obehaget. Hur Tomas bara för några timmar sedan granskade hennes bröst. Att det var... spännande. Då. Nu måste det bort och undan. Kyssarna, hans tunga, nej. Hon vill berätta för någon, få det ur sig, *mamma,* skulle Ragna förstå, hon som är storasyster? Ragna har ju säkert varit med om mer än hon talat om. Ingrid får inget veta, Olof. *När han tar av sig kalsongerna.*

Hon kan flytta hem igen. Kanske ändrar sig Erik? Var det inte barnsligt stolt att slänga sig iväg hit, bara för att. Hur var det pappa sa på perrongen i Östersund – måste du fara till kusten, vad ska du dit och göra när du hade ett bra arbete i Åre. Du är väl inte ute och ränner så du skämmer ut din mor. Och kepsen skymde den där stränga blicken. Eller var det bara vad hon hörde där de teg i väntan på tåget som skulle ta henne till Näsmans hyresrum och jäktet på konditoriet. Till Ingrid med sin makalösa garderob, klänningar och kjolar och blusar och skor, Ingrid som egentligen inte behöver arbeta, det har hon berättat för Maj, hon vill bara vara sin egen, pappan är visst förmögen, men Maj var ju tvungen att ta sig bort från Åre. Skrev inte Erik att hon för alltid skulle ha en särskild plats i hans hjärta, med tillägget att de inte var *ämnade* för varandra. Och så läser hon det igen, det främmande tonfallet, för att pröva det hon redan vet så väl, *du kommer ju ändå bara börja grina*, hon begraver sitt ansikte i den fjäderknöliga kudden. Tomas och Astrid. Olof och Ingrid. Erik och Ella – visst är det hon – och vad hon hatar henne.

NU ÄR HAN HÄR igen, säger Ingrid, uppspelt, lugnet i ansiktet är bedrägligt. Maj kan riktigt se hur Ingrid har levt upp av det Maj varit med om – men jag kan omöjligt gå dit ut, det säger hon till Ingrid, är hon inte klok, aldrig i livet att Maj serverar honom, låtsas som om inget har hänt. Hon tar tag i Ingrids arm, säger att du får säga att jag är ute på ett ärende, eller att jag har fått flunsan – nej men tänk om han går hem till henne då? Den här skräcken som tar tag, *vad har du tagit dig till unge,* hur ska hon kunna få fram ett enda ord när hon till slut träffar honom, större än så är ju inte stan och han vet var hon håller hus. Vad vill han henne? Vad ska han hit och skämma ut henne för? Ja, Ingrid har berättat om familjen och firman och den stadiga ekonomin, *jag är fortfarande din Erik, släpp mig fri om det inte är meningen,* det vore väl klämmigt, säger Ingrid, så kan vi vara tillsammans alla fyra nu över sommaren, åka på bilutflykter eller med båten till fina vikar, du vet skärgården här är något alldeles extra. Nu säger du till honom att jag är ute och inte vet när jag väntas tillbaka, säger hon skarpt så att Ingrid lommar iväg ut. Och snart är hon tillbaka och säger att han såg så besviken ut, avsnoppad, lägger hon till, han hade tidningen med sig och kom på i sista stund, verkade det som, att han skulle beställa något av mig. Så nu sitter han på terrassen och väntar på kaffe och napoleonbakelse. Åh nej, säger Maj och nu drar darret ändå hastigare genom kroppen, nej, inte förälskelsens kvillrande utan skammens svårighet att få åt sig luft, andan. Men tänk om han väntar och vad ska vi säga till Kjellin när hon kommer tillbaka, hon griper om Ingrids arm igen, förvånas själv för hon är inte mycket för plötsliga utfall av kroppskontakt, men nu är Ingrid stadig och lugn och försäkrar att hon sagt att Maj skulle dröja.

Och där kan hon se honom, det grå håret, nacken böjd, försjunken i sin tidning. *Vad vill du mig nu?*

Nästa dag står han i kafferummet när hon kommer utspringande med full bricka. Maj, säger han och hon svarar lågt att han ska vänta, serverar fyra finklädda damer som säkert ser hur hon skakar på handen, porslinskannan i stor modell är svår att hälla ur, om hon skyller på det, gräddsnipan, socker och en av fruarna ler och säger tack så hjärtligt fröken, hon tar tid på sig, så mycket lortig disk som måste plockas från andra bord, hon nickar mot diskbrickan, så att han förstår att hon arbetar, går ut i köket. Är han här igen, säger Ingrid, jag gör i ordning kaffe åt er, ta din rast nu och sätt er på terrassen, du måste få det bortgjort annars blir du aldrig av med honom. Så plockar hon fram ostgifflar, en assiett med småbröd, koppar. Och Maj tar av sig förklädet, låter den fåniga hättan vara kvar, håret är inte rent inunder, Ingrid kommer strax med kaffebrickan, säger hon till honom där ute, och han drar fram stolen för henne, Ingrid smyger tyst intill dem, serverar korrekt och överdrivet diskret drar hon sig undan. Han rör med skeden i koppen, säger leende att han nästan fått för sig att hon undvek honom nu, ja, tillägger han, stan är ju inte så stor. Giffeln växer i munnen. Syltstrassen med sina röda munnar.

Jag flyttar ut på landet ikväll. Får jag träffa dig när jag är i stan, undrar han, lämnar över ett visitkort och säger sedan sakta, lågt, att det inte alls var meningen att gå så fort fram – tänkte att du var äldre – men bara tjugo?

Hon svarar inte, säger att hon måste arbeta nu, det låter hemskt skönt att vara på landet och han säger med en suck att hela släkten firar sommarnöje där ute, det brukar gå livligt till.

Visitkortets eleganta anonymitet. Hon kan inte lägga det intill Eriks brev i nattygsbordslådan. Men inte heller i papperskorgen. Om Näsman rotar? I koffertens skofack kan hon väl inte snoka i alla fall. Där lägger hon det, lite slarvigt, nonchalant, som om det hamnat där av en slump.

DET ÄR DET DÄR med ensamheten. Att inte stå ut med tystnaden – eller att bara höra hur de främmande ljuden där utanför hyresrummet tränger sig inpå henne – det är det som blir så – besvärligt. Därför säger hon ja när Ingrid bjuder henne med ut till Ulvön på lördagen när de båda slutar redan klockan tre. Äta en bit mat och gå på dans på kvällen, så du inte bara går ner dig i den där jämtlänningen, du måste ut och träffa folk, så säger Ingrid och lägger till att Olof har så trevliga kusiner. Bussresa till Köpmanholmen och därifrån med båt rätt ut på havet, bland berg och trånga grund, öarna med sina hällar och tallarna och granarna längre uppöver branten. Nej, hon litar inte på Ingrid, men tvivlen behöver väl inte vara uppe vid ytan och kräva luft, nej, de kan få det trevligt, Ingrid har rätt i att hon inte kan sitta hemma ensam för jämnan.

Det blir inget mellan mig och Tomas, det har hon sagt åt Ingrid, rakt ut. Och så skammens heta rodnad – nej, mer av något klibbigt våtvarmt och klorluktande – hur kunde hon berätta att de hade gjort det? Bara för att Ingrid varit förtrolig och berättat hur het… ja hur Olof och hon, antytt ett och annat. Och nu ska han möta dem i Köpmanholmen. Hon skulle gott kunna tala om att han är en sådan som fladdrar med blicken vid sidan om. Nej, vad skulle det tjäna till. Ingrid är ändå rar, som bjuder henne med. De ska visst bo i släktingarnas stuga där på ön. I vanliga fall skulle hon vara så *spänd* men nu låter hon sig lamt vallas med, det ska finnas sängplatser åt alla och eget linne har hon med sig. Ingrid pratar på och om Maj kunde få sova, hur ska hon kunna hålla sig vaken här i bussen ut till Köpmanholmen, äsch det spelar ingen

roll, men hon borde ha stannat hemma istället, den tunga trött-
heten – där ute är det visst så *pittoreskt*, så underbart, med pen-
sionatet och husen och fiskebåtarna och sjöbodarna och näten
och surströmmingen, ja, men i tanken har hon redan tvingat sig
söderut eller längre norrut, kanske kan hon bo inneboende hos
Ragna en tid, ta hand om lille Gunnar ibland. Tomas som kom-
mer att komma stegande med sin tidning och tobak och beställa
bakelser – *tror du att han vill ha dig – dig?* – nej, men sluta nu, här
är väl vackert, ja, men de branta bergen och havet – så högt – så
djupt, inte stilla sjöars blanka mörka vatten utan oändligt stort
och våldsamt.

Maj, mår du inte bra? Ingrids röst är orolig, åh förlåt, svarar
hon, äsch, jag vet inte vad som tar åt mig. Så tystnar hon igen och
ler tillgjort istället, tillägger efter en stund att hon har lite huvud-
värk bara, är inte du slut efter veckan? Jo, nickar Ingrid, men det
ska bli så härligt att komma ut på havet, den här värmen *jag säger
upp mig och flyttar hem mamma – men tok heller, nu får du allt
klara dig själv.* Men lill-Stig vill väl ha henne tillbaka, visst saknar
han sin syster, och så Ingrids hand på hennes knä – titta där står
Olof och väntar på oss, och när de kliver av möter ingen leende
glitterblick, han vet förstås, med armen om Ingrids midja, vad
skulle hon hit att göra. Par efter par efter par, ja de hör samman,
familjer, syskon, kamrater, kanske någon enda gammal moster el-
ler så, *men ingen så ensam som jag*, och Maj sätter sig inne trots
att Olof och Ingrid vill vara ute på däck och frysa i havsvinden.
Maj tycker inte det är varmt, de ska visst visa Skrubban – nej, hon
sjunker ner och behöver alls ingen fönsterplats för då suger det så
hemskt, det djupa havet och snart blir hon väl sjösjuk också, eller
är det frossan, flunsan, mitt i sommaren? Och då är Erik där och
kysser hennes nacke, hals och örsnibben, hans händer på hen-
nes bröst, då när hon är den vackraste i världen och alldeles utan
motstånd förlorar hon mot tankens kraft fast hon har lovat att

31

bara gömma undan, glömma. Glöm mig inte, viskar han – är det ledigt här? Maj tittar upp och nickar och tanten och farbrodern slår sig ner, luktar de inte starkt av saltströmming eller sill? Men Erik är borta och lika bra var väl det. Det spelar ingen roll att de tycker att hon är tråkig, trött, ful och varför ville de ha henne med hit ut överhuvudtaget? Bara inte Tomas står där i hamnen, herregud, nej, tänk om Näsman hittar hans visitkort i väskan i skåpet, men hon rotar väl inte bland sina hyresgästers pinaler, så får man väl inte göra?

Och när Ingrid och Olof är tillbaka tar hon åter på sig sitt leende och är som vanligt igen och Olof skojar om att Maj skulle bli en alldeles förträfflig fiskarkärring, det finns många gammpöjkar ute på ön och Maj skrattar och säger att det nog finns en och annan gammjänta åt honom också. Hon berömmer hamnen och husen och det doftar tjära och fisk och bränt ris och där är näten och båtlivet och folkvimlet i Almagränd och Olofs kusiner är verkligen käcka och glada. Ja, klämmiga flickor, kusinerna, i långbyxor och skjortblusar och scarfar knutna runt tjockt hår, så friskt sunda att Maj längtar efter en cigarrett, fast det är inte sant, för det tickar hotfullt vid tinningen och pannloben, hur ska hon nu orka med det här besöket när hon helst bara vill gå och lägga sig. Men de ska uppför backen, Anna och Karin går så raskt med spänstiga steg, hur kan man bli så värdelös på ett ögonblick, så dålig att man bara vill gråta, nej, än håller hon det låga stången, självföraktet – *du klarar det inte, du kan inte vara i en så här trevlig och kamratlig grupp av unga, friska människor – labil* – jodå, hon pratar och ställer frågor och Anna och Karin har visst dukat till middag, doften slår hårt mot henne när hon kliver in i det trånga köket, en vas med liljekonvaljer mitt på den broderade duken – som hon brukar njuta den här doften, men inte nu. Det serveras kokt sik, skirat smör och dillkokt potatis, svagdricka för den som vill, eller mjölk, efteråt rabarberkräm och tunn grädde. Där är Karins sällskap Sture också, en rödhårig knotig kille som inte säger så mycket men hela tiden har ögon för brunbrända Karin med gyllene solslingor i håret. Och Ingrid och Olof har alldeles förändrats, nu är det inte bilar, sprit och cigarretter, nej, det är svagdricka och mjölk, och allmänt småprat om vänner och bekanta, släktingar och minnen från en gemensam sommarbarndom och Maj mår inte bra, inte alls, det gör så ont i huvudet, pannan, den där värken som blixtrar och en outhärdlig känslighet för allt som retar hennes sinnen – ljuset, lukterna, ljuden – och Anna frågar hur det är fatt, Maj blev så blek? Kan jag få lägga mig och vila en stund, jag har sänglinnet i väskan, viskar hon, och Anna leder henne genom salen in i kammaren, brädgolvet med sina trasmattor och där är en brits att bara dråsa ner och landa på. Förlåt mig, säger hon, nu ställer jag visst till besvär, men Anna skakar vänligt på huvudet och tar lakanet ur väskan och sedan en filt på det, örngottet till den fuktfläckade kudden, se om du kan sova en stund. Har någon ett huvudvärkspulver, jo där kommer ett glas vatten att dricka och magnecyl, så är rörelserna liksom avtrubbade och borta, *men mamma jag ska bara ligga här och inte störa.*

Fast liljekonvaljernas doft är också här, och från smörblommorna på byrån faller några kronblad sakta *håll om mig, vagga mig, sjung en sorgesam visa, gå inte, mamma* – Ingrid kommer in och frågar om hon är bättre, ska de kalla på en doktor, en av sommargästerna tjänstgör visst som provinsialläkare i Kramforstrakten, han har sitt sommarnöje här, Maj skakar avvärjande med handen, det går över, jag kände av det redan på bussen, borde inte, gå på dansen ni, jag blir hemma, och Karin kommer med ett fat med ostsmörgås, ifall du får matlusten tillbaka medan vi är borta. Men Olof håller sig undan, tack och lov att hon slipper stå vid dansbanan utan någon enda som hon bryr sig om.

OCH DET ÄR BARNET, hon bär det så hårt, tätt i sin famn, Eriks och hennes barn, och det är en kärlek starkare än allt vad hennes kropp tidigare förmått känna, det är att gå i döden för detta vackra barn som sover och andas i filten av mjukaste flanell, men hon måste in i huset, huset som har ett hål i hallens golv, ett gap att ta sig över, hur ska hon kunna hoppa i sina klackeskor med knytet i famnen? *Men du skulle ju gå i döden för det här barnet, våga då du fega stackare* och hon tar språnget och barnet faller från hennes armar men hon fångar det igen – nu slappt, lealöst som ett övermoget bananskal i en tecknad matinéfilm, hur hon vyssar, vaggar, håller om barnet och där står ju Erik i rummet bland de andra, blicken stel – här har du vårt barn säger hon, vårt kärleksbarn och han svarar sakta stilla men ser du inte att barnet är dött.

SKRÄCKEN NÄR HON VAKNAR. Men värken är borta, bara en svag matthet och törst. Hon är här, på Ulvön, det blåser i syrenen där utanför, de andra är på dans, vilken fånig dröm, *men hur jag älskade det där barnet* – bara en dröm, ta ostsmörgåsarna nu, du behöver något i magen för att kunna somna igen. Var är dasset då, eller pottan – jo prydligt där under sängen, hon sätter sig på huk och i underbyxorna syns en fläck av blod, inte det också, nu, här, hon har inga stoppdukar med sig, men en linnehandduk, hon brukar ju få huvudvärk innan, *det är då till att sjåpa sig,* eller blev det någon gång en hand på pannan och honung i hetvatten och mjölk?

Vägguret tickar tio över elva och hon smyger tyst i strumplästen genom salen till förstugan med pottan i handen, och jo, det är lite blod i kisset också, inte kan hon bara kliva ut med den helt öppet – *så pinsamt* – och i köket hittar hon en emaljerad hink och där finns kallt vatten i en zinkspann, om hon häller kisset i slaskhinken, blandat med vatten för luktens skull, så syns det väl inte så tydligt vad hon tömmer ute på gården? För mörkt är det inte, en ljummen, daggvåt kväll med syrendoft som blandar sig med röken. Hon häller det under en buske hon inte vet namnet på, och där är uthuset som väl rymmer dass och en del annat, den grönmålade pumpen vid sitt stadiga lock – hon måste ju ta nytt vatten i hinken. Jo, hon ska raskt rengöra potta och slaskhink ordentligt, linnehandduken och nya underbyxor, de fläckade får hon ta hand om hemma, kan inte stå och gnugga blodfläckar här inne eftersom de andra när som helst kan vara tillbaka. Och plötsligt tryter orken igen, i den här främmande stugan, som är så rar, så prydlig, tavlor med marina motiv, sjöfågel och båtar och blommor, är det ett barn som skriker i fjärran? Men sluta upp med de där dumheterna Maj, *nu lugnar du ner dig.*

Ingen disk, det är rent och fint på köksbänken, bordsduken skakad och är inte liljekonvaljernas vatten utbytt också, här är inget att ta tag i, bäst att bara gå och lägga sig, det finns nog flera sängplatser på vinden. Lite kallt drag sveper över golvtiljorna, men hon börjar inte med veden nu, det får kusinerna sköta om. Det är ju tankarna som måste hejdas, ja på Erik och Tomas och framtid, och *nu måste du hålla fast vid servitrisdrömmen och då behöver du det här året hos fru Kjellin, inte kan du flytta till Stockholm nu, och mamma och pappa vill inte ha dig hemma längre, det vet du.* Så kommer självömkan igen – den förbjudna – särskilt för flickor är den så förfärligt äckligt motbjudande så man bara – ja, hit med lite hederlig vrede åtminstone, men vreden är inte där just nu. Nej. Det är stel kropp på en hård brits i Annas och Karins stuga på Ulvön. Det är den självvalda ensamheten men inte är den enklare för det. Det är också tacksamhet över att vara varken panelhöna eller slinka. Även om det kanske inte är just de orden Maj tar tag i så är det innebörden i känslan där hon ligger vaken ännu en stund. Och hon är fortfarande – tack och lov – förtvivlat trött. Trodde det skulle bli svårt att somna om igen, men den kommer snabbt, sömnen – drömlös och sval – inte ens en störande surrande mygga.

Så kan man också njuta av de där extra omsorgerna på morgonen. Särskilt Anna är verkligen omtänksam även om Maj vill visa att hon visst kan vara en tillgång och lyssna uppmärksamt på hur kvällen varit för de andra, duka fram och sedan diska bort utan att knota. Först dricker de kaffe och äter skorpor med smör och marmelad. Ingrid och hon skär upp vetelängden de tagit med från Kjellins och idag ska de visst besöka sevärdheter, lanthandeln som gått och blivit museum, gamla kapellet och kanske klättra upp till lotsens hus som ligger högt över alla andras, kyrkan och så ända till Sandvikens hukande grå fiskestugor. Men något badväder är det inte direkt och när de tågar iväg håller Ingrid henne kvar en stund, viskar att hon måste berätta vem som kom till dansen igår, i egen båt – Tomas Berglund – och jo, de måste ju tala om att Maj låg hemma i stugan och var sjuk och han hälsade verkligt innerligt att hon skulle krya på sig – såg faktiskt riktigt orolig ut – hur kunde han veta att vi var här? Maj frågar bryskt, hårt och Ingrid ser oskyldigt oförstående ut – men det visste han inte! Han brukar väl vara på Ulvön ibland, det är inget underligt med det. Och Ingrid vet faktiskt inte om han skulle fara hem eller bli kvar över natten, men han dansade en hel del med en mörk skönhet som såg väldigt förtjust ut. *Så nu slipper du nog honom.*

Det är kapellet och gävlefiskare och det hårda livet förr. Barnadödligheten och spanska sjukan och havets magi och mystik. Och Annas frågor om hon orkar, vill hon stanna och vila, behöver hon dricka och säg till så går du och jag tillbaka hem. Oh nej, svarar hon tappert, trots att det är tungandat i den här fuktiga, mulna värmen, för idag känner hon bara något lite av mensvärk och huvudsmärtor och klänningen döljer väl den där knöliga linnehandduken hon har mellan sina ben. Och fast hon blir lättad när de ställer in den långa promenaden till norra sidan hör hon sig själv invända att hon visst tycker om att vara på vandring, men tystnar kvickt och säger istället till Anna, du vet vi har Frösön och Peterson-Berger så ni måste fara och hälsa på i Östersund, Storsjön och fjällen, och Anna ler och säger att hon har varit och åkt skidor i Åre där Maj har arbetat, och ja just på Grand åt Anna underbara tunnbrödsklämmor med renstek och pepparrotsgrädde och plötsligt känns det som om de har varit bekanta mycket längre än bara några timmar. Så när de skiljs på bryggan är det omfamningar – fast då blir Maj stel, så är det bara – och kom snart tillbaka och vi håller kontakten och Olof som ska stanna kvar ett par dagar vinkar också glatt och vänligt av dem när båten lägger ut och Ingrid gäspar och säger nu ska det bli skönt att bara pusta på båten och de sitter där och säger inget särskilt och är rätt vad det är tillbaka i stan.

Men hemma i hyresrummet kan hon inte låta bli att tänka på lotsen i stugan på berget. I det där huset med det hotfulla havet hela tiden närvarande. Om någon kommer, att ge sig ut på främmande fartyg. Eller att bara bli kvar där uppe på klippan när mörkret sänker sig och stormarna drar fram förbi tallar, granar och över öppna hällmarker. De andra beundrade utsikten och det storslagna – kände de ingen ilande skräck? Åres fjäll var något helt annat. Enkla att hålla sig borta ifrån. Hon är ingen sann friluftsmänniska. Varken hon eller Erik. Uppvuxna i stan. Men trevliga utflykter, visst tycker hon om det. I skogen om sommaren och för all del vår och tidig höst. Matsäck och blommor och bär. Att ge sig ut på kalfjäll eller hav – nej den oron kan hon vara utan.

Så sitter hon ändå ensam i lotsens stuga. Nere i hamnen och byn finns en uråldrig gemenskap hon står utanför. I kapellet en tro hon inte delar. Och mot anspänningens tankar hjälper det bara att städa. Men det är bra tråkigt att städa ett rum som knappt stökas ner – åh herregud, underbyxorna i väskan! Ja, hon hämtar vatten i köket, tant Näsman säger nog inget om att hon fyller emaljkannan med vatten och tar med den upp på rummet – hon får ju faktiskt lov att tvätta sig i tvättfatet så vad hon skrubbar kan väl inte spela någon roll och tant är tack och lov inte i köket. Men där är lukten av stek och sås och pressgurka. Mammas gräddsås och sedan torkade blötlagda päron till efterrätt på söndagskvällen. Blod i kallvatten med det samma. Ja, det vet hon. Men man ställer sig inte och tvättar underbyxor var som helst, i främmande kök till exempel – eller hur? Så nu gnuggar hon tvålen mot blodfläcken, sköljer. Om och om igen. De ska förstås kokas också. Så fort hon får möjlighet. På den knöliga linnehandduken finns inga stora fläckar, bara några mörka strimmor. Kanske kommer den där rågblonda killen som såg så rar ut förbi konditoriet imorgon och hon som inte har tvättat håret.

OCH SÅ SÄGER NÄSMAN att det visst var ett brev till fröken Olausson idag. Något i tonen som får henne att stillas, ett plötsligt lugn – sedan brusande, dånande vatten. För hon vet. Vet när hon lite glättigt svarar nämen så trevligt fru Näsman, det är inte varje dag.

Blicken kvar där bakom henne. När hon försvinner ut till kallfarstun, tar trappen, in i dunklet uppe på vinden. Stänger dörren noga, hakar av sig pumpsen – åh, vad tårna vill frihet, men hennes ben kräver höga klackar, stiliga, höga klackar, och sängen är slätbäddad, de broderade kuddarna i perfekt ordning, och så det där hastigt kväljande illamåendet, ska han berätta om deras lysning, högsommarbröllop i stadskyrkan – hur grym kan han vara – hur grym som helst är hon rädd – ja – då krävs en stadigare sittplats, på en stol, vid det lilla klaffbordet intill fönstret. Men först en vass kniv. Som ska rispa kuvertet – nej – skära genom papperet – ett rakt snitt.

Lugna dig nu. Läs det som står. Och hon plockar fram ett ark som visar sig vara två, hans handstil, prudentlig – jo, liksom klanderfri – utan fläckar och kladd. Först om hans skola. Något slags förberedelse för att sedan kunna söka teknisk skola, han bor på internat, fast det är på folkhögskolan som bara ligger en bit utanför stan, *har han sällskap med någon där*, tvingar ögonen att långsamt följa varje ord – och där – plötsligt skakiga fingrar, men här kan ingen se henne, ledigt, jo han skriver att han ska ha några dagar lagstadgat ledigt i slutet av juli, kan ju inte knega hela sommaren, *vill du vara med mig då, i stugan?* Och där stiger tonen, blir jublande, svällande, hög, hur han har saknat henne, förstått vilken jubelidiot han varit, det var bara att han var tvungen att tänka efter, en tid i ensamhet, för att kunna lägga barnsligheterna bakom sig – vill hon ge honom den chansen? – *jag förstår naturligtvis om du aldrig mer vill veta av mig, älskade, vad jag önskar att du kommer till mig så att jag får lov att göra dig lycklig!*

Att det måste komma snor när det kommer tårar. Kvickt rinnande till överläppen. Hon tar näsduken ur kjolfickan, den är ren, nystruken, lägger det svala tyget mot tårarna, baddar, sedan snyter hon sig och som ett skrik – nej vrål – väller hungern fram, stekt fläsk och stuvade makaroner, att låta stekflottet sippra över mjölkstuvningen, salt ska köttet vara, så att det krullar sig på tungan, är man älskad, åtrådd, då kan man skrida in i fru Näsmans kök på tillåten tid och tillaga en måltid – ja och sedan ska hon svara, på något sätt ska hon besvara honom, får inte – *får inte* – förödmjuka sig och bara säga att hon kommer genast, men först måste hon äta, hela hon svag och darrande när hon aldrig varit starkare än nu.

DEN VITA SKJORTBLUSEN MED lite puffad, kort ärm. Inte knäppt ända upp. Det är ju sommar! Ovanligt varmt dessutom. Fast fönstret i kupén är öppet. Hon har valt mellan den marinblå kjolen som omsluter henne, ja den kanske är i snävaste laget men det är inte därför hon väljer bort den, den är bara alltför formell tillsammans med den vita blusen, och så den blommiga, som Ingrid tydligen inte kunde ha, eller om hon inte passade i den, som hon bara i förbifarten frågade om Maj ville ta över och sa att hon skulle slänga om hon inte hade användning för. Slänga! En kjol i vackert rosa, rostbrunt, blekgrönt blommönster, en kvalitetskjol, med fint fall som passar så bra till den cremefärgade bomullskoftan, och så fick hon en klänning också, en hallonröd med vita prickar, klädda knappar bak och den sitter ursnyggt, lite rynkad mellan brösten och insvängd midja, men den får vänta, för vacker för en tågresa, nästan vulgär, sedan, när de dukat på verandan, grillat röding eller abborre och kokat nypotatis, då ska hon ta den på sig. Han ska sluka henne, njuta henne, nej – tänker hon sådana tankar kan alla medpassagerare se in i henne, men hon kan bara inte låta bli. Kräkfärdig. Påskas. Hur lång tid? Tre månader att banka bort bilderna, då minnena kramat blodet och livsviljan ur kroppen och visst har hon vetat att hon överlever, men det är långt ifrån att leva som nu.

Hon som brukar tycka så mycket om att åka tåg, att titta ut, på gårdarna framförallt och fantisera, tugga polkagrisar och äta smörgåsarna med skinka, *varför ger du mig viljan att spy* – ord som bara kommer för henne, hans ansikte, det mörka håret som han håller så kort i nacken – hennes hand där, mjukt, inget strävt, hakan, ögonen som bara är så – så manliga när de ser på henne, pojkaktiga också, när han knäpper upp blusen – men han tycker inte om läppstift, inte för mycket makeup, *du är vackrare utan,* nej, de där tunna ögonbrynen och fransarna som är så korta, liksom trubbiga, och läpparna blir så lätt bleka och ett med hela ansiktet, ja, och så är det håret, håret är det inte mycket med, tunt och platt och ovilligt att växa sig längre än till axlarna – *det är ju inte världens kraftigaste precis* – hur han drog fingrarna genom hennes tunna testar, liksom skrattade till, eller var det hon som skrattade, generad, skamsen så hon behöver sitt sminkade ansikte. Men låt gå, inte det rödaste läppstiftet, inte alltför sotade ögonbryn och fransar och tack och lov för solbrännan, frisk färg på armarna, kinderna, näsan och på halsen ända fram till de bleka brösten som spänner i behån, förbannade, förrädiska kropp som hon aldrig klarat att tygla, styra och ställa med, men gud ska veta att hon har försökt.

Han ska möta henne vid hållplatsen närmast stugan. Det blev visst enklast så och hon måste byta till rälsbuss på järnvägsstationen i stan och hon är livrädd att pappa eller bröderna ska ränna runt där och råka få syn på henne. *Tomas tunga i din mun.* Men det var aldrig meningen Erik! *Du övergav mig.* Polkagrisar, söta, krispiga – friska. Men kärleken är sådan. Skoningslös och drabbande äter den all styrka ur kroppen och lämnar ett darrande, värnlöst hölje kvar. *Skärp dig nu.* Komma som en trasdocka i hans famn. Nej, rak rygg, höga klackar.

Och tåget som plötsligt kränger och skakar så förbannat. Inte bli åksjuk, inte det – kan hon äta skinksmörgåsen och dricka fruktsodan – Tomas andedräkt när han pressade sig in, över – *det var för att bli fri Erik,* ett öde skogslandskap med gran på gran på gran, inga hus, *om jag släpps av här så slipper jag,* jo, hon måste tugga i sig smörgåsen för annars kommer hon att segna ner framför honom, som i en film, med Ingrid Bergman, men han tycker att Katharine Hepburn är den vackraste kvinna världen skådat, och så ser hon inte ut, inga svallande, rufsiga lockar och mörkt markerade ögonbryn. Men han bad henne! De har faktiskt skrivit flera korta brev till varandra nu, hetsigt längtansfulla, för att bestämma avresedatum och mötesplats. Tänk hur hon har sprungit på konditoriet den här våren och hatat honom!

Och med en obeveklig kraft kommer flimrande minnen av blodet som sipprade ut på lakanet i den där fasansfulla lokalen, ett källarrum som han och hans kamrater hyrde billigt och som luktade fukt förstås, ingen av dem hade ju något eget och pappa som naturligtvis förbjöd henne att ta med pojkar hem, *men sloppna av då* – den smärtan, hur hon liksom velat omslutas av honom, faktiskt att han skulle göra det med henne, som om kyssarna och smekningarna måste fullbordas, eller var det han som krävde det, hans märkliga blick och plötsliga stön, och det var precis så där skrämmande smärtsamt som väninnorna varnat henne för och pappas förbannelse när hon viskade att han måste vara försiktig och hur han hastigt trätt på ett gummi – hon fryser vid tanken, ord som växer i munnen som kall gröt och härsken mjölk – och sedan gick det bara inte. Ändå hade de fortsatt och han hade smekt och kysst hennes bröst och grävt med fingrarna överallt – åh överallt – och så hade hon liksom domnat och klamrat sig fast vid honom, klumpigt och stelt och hatat hans blickar på flickor, kvinnor, alla sorters flickor, fula flickor, vackra flickor, och alla kvinnor har något som kan vara skönt för en man, så är naturen ordnad hur skulle annars människosläktet leva vidare, och hur hon hade förhört honom om vilken typ han föredrog och inte kunnat hejda tårarna när han berättat om Lilian som han haft sällskap med före henne, men hon var bara köttets lust och inte en rar flicka som Maj som kunde steka pannkakor, och så lugnar sig magen, som kramar tarmarna girigt om sirapslimpan och den hårt rökta skinkan, och hon kommer ändå alltid att älska honom.

Naturligtvis pressar de sig ut. Förbiilande först. Knappt förnimbara. Sedan dröjande. Alltmer påträngande. Lukterna. Av armhåla, underliv. Fotsvett. Hur hon vill öppna varje fönster i vagnen. Hon har sedan länge tagit av sig bomullskoftan och blusen är tunn, men hon har begått ett ödesdigert misstag – satt sig på den sida där solens strålar bränner nu. Det är för sent att byta till skuggsidan, och de klädda sätena i något märkligt material blir till klibbigt klister i värmen, *låt mig slippa stinka när jag kommer fram,* en karl kanske kan svettas – åtminstone inom rimliga gränser. Inte sur, gammal, härsken, pissluktande svett. Nej, inte så. Men Eriks lukt är inte sådan. Är bara kroppens värme och skönhet. Är rakvattnet och någon gång snus. Hon som aldrig mer skulle få lov att känna den doften.

Bytet i Sundsvall. Kissa, spola handlederna i kallt vatten på stationens WC. Hon kan inte avgöra om ansiktet är vackert eller bara vettlöst i spegelbilden. Ja, innan hon hinner samla sig till *ett skälmskt leende.* En cigarrett i skuggan på perrongen. Fnyser det där äldre paret när de går förbi henne, *de tror väl inte att jag...* äsch, det är värmen. Och är det till och med ännu kvalmigare på det här tåget? Förbannat. Fast fuktfläckar borde väl inte synas så tydligt i det här tyget? Än dröjer det innan de är framme i Östersund. Där har hon sjutton minuter tills rälsbussen tar henne vidare igen. Det är inte första gången i stugan, de har ju sina lyckligaste minnen där! *Är det verkligen sant?* Kommer han att fria nu, de som inte ens är förlovade, också det något han läst, något som Tore bestämt hävdar – att i den nya fria tiden ska kärleken mellan man och kvinna bygga på annat än heliga instit – institut? Hon tycker inte om de där orden, krångliga, konstiga ord som

Erik inte heller är hemma med, han är en arbetskarl precis som hennes pappa. Har det i händerna. Ändå imponeras han så av den där Tore med alla sina ord, han som menar att det är modernt att bara ha sällskap, till det behövs inga ringar och äktenskapslöften. Och det var visst slut med Ella nu, så mycket för sällskap som bygger på köttets förbund – och nu mår hon så där illa igen. Midsommarafton i fjol. Var det då det började? Hur hon klev snett och föll – föll i farligt vatten. Krävande, sjudande vatten. Hett och skållande. Trodde hon att han skulle kunna fångas in och vara bara hennes? Men Majs tankar tar inte sådana språng – de bara är. Är hjärtklappning och klibbig munhåla. Trängande diarré och plötsligt iskalla fingertoppar. Måste fjolårets midsommar komma tillbaka till henne, grumla hennes måhända naiva längtan? Hans kamrater från exercisen som alla var över tjugo. Gösta "Geten" Andersson, Bengt "Snodden" Hansson, Åke "Påken" Sjödin och så Tore "Tänkarn" Berg. Så löjliga namn! Hur Erik inte fick heta Erik utan bara "Karlsson" eller ibland till och med "Kalleponken". Erik som är ett så stiligt namn. Vanligt kanske men enkelt och, ja, rent. "Kalleponken". Och så lite kvinnlig fägring förstås. Inte fäst-mör, men sällskap. Flickor som även de var över tjugo och som hon inte kände mer än till namnet, och hur hon krympte inför dem, blev tolv med rosetter i råttsvansarna, hon som bara fyllt nitton och fortfarande väntade så ivrigt på att det vuxna skulle ta henne i besittning och jaga undan allt det rastlösa, fladdriga, blossande, stakande, svettiga, barnsliga som kanske måste finnas kvar åtminstone tills man fyllt tjugo. Midsommarnattens brudar. Det var Sigrid, Kajsa och Ella. Ella med sitt förbannade Katharine Hepburn-burr. Sina bröst och höfter och ångande kvinnlighet. Där liknade hon inte filmstjärnan precis. Tore Tänkarns sällskap.

Och tåget bromsar in, hastigt som om lokföraren alltför sent upp-täckte stationen och solen så brinnande, glödande, het. *Var vid i ditt hjärta Maj. Förlåt och du skall bli förlåten.* Men Gud har inte hjälpt henne tidigare och Erik är ateist. Han hade bett henne att fixa något ätbart till midsommarfirandet, för han visste ju att Majs mamma var kokerska och att Maj var skaplig på matlagning och så är hon åter där, hur hon säger till mamma att hon ska till Margits stuga i Brunflo, jo Margit är invigd, religiös, men godhjärtad, hon ska inte förråda henne, pappa borta på gasverket och mamma som naturligtvis är fullt upptagen med att laga mat åt rektor Gren eller något annat fint folk med pengar och stora bjudningar. Militärerna, doktorerna, affärsmännen, bolagsfolk. Byggmästare och en och annan storbonde. Fast själva är de stadsbor och *främmande* hos bönder och torpare.

Ja, men köket var ledigt dagen före midsommar och Erik skulle ordna fram nypotatis så om hon kunde få till lite kall smörgåsmat och steka några köttbullar, ost och spisbröd och pilsner och brännvin skulle väl heller inte saknas på bordet, och något gott till kaffet erbjöd hon sig, lite för ivrigt, jordgubbar och grädde, men några kaksorter också, det var ju lätt gjort. Så stod hon i köket och blev plötsligt orolig att färsen skulle bli för mycket eller för lite salt, för lök- eller pepparstark, och hon provstekte, de skulle ju inte ha råd med nytt kött om det blev misslyckat, kryddade lite till, de måste efterputtra precis som mammas, och nedrans sockerkaka som sjönk ihop i mitten, aldrig att hon tänkte släpa med sig den, det blev till att vispa en ny så att armen värkande började domna, rullrån var inte att tänka på, att bränna fingrar och kanske misslyckas, nej, finska pinnar, judebröd och plättbakelser, den där nya sortens delikatessill och lite kallskuret rökt nötkött. Maj packade allt så omsorgsfullt, skulle hon klä sig sportigt, damigt, absolut inte flickaktigt, varför måste hon tänka på det här nu, det tillhör det förflutna, men det är nu, nu när tåget tycks börja sucka, hosta, staka sig som hon minns hur hon chockad klivit in i stugan sent på kvällen före midsommar, till och med i skumljuset kunde hon se hur smutsigt det var. Erik såg det också, förbannade sin bror, slarvern, de hade modfällda krupit ner i den av sängarna som såg renast ut, och inte kommit sig för att kyssas, inte älskat, bara gjort upp planer för morgondagen då de andra skulle komma redan två. Vi får vänta tills midsommarnatten, viskade han ändå ömt, när de andra sover, är du inte klok fnittrade hon. Vaknade av kaffedoft före sex, Erik var bister, bestämd, kan inte den där djävla fyllhunden växa upp nån gång, och han ska vara storebror, tomglas, fimpar, ölkladd, som de städade, Erik också, gnodde bron ren från fågelskit och löv, hon for fram med dammtrasan och skurborsten och trasmattorna på vädring och kökets kladd skulle hon bara hjälpligt få undan, spindelväv och råttlort och vattnet som måste hämtas i brunnen och nu skulle de inte hinna duka och göra det där roliga pyntandet och var det när han smakade en köttbulle som det där vecket mellan ögonbrynen blev så skarpt och han sa att det är väldigt mycket vitpeppar i, var det då det liksom brast för henne? De hade bara tagit en kort paus för kaffe och smörgås och Erik var så där spänd, förväntansfull och irriterad plötsligt, de som jobbat så bra ihop hela förmiddagen, men att Tore och Ella ville komma, Tore som var så intelligent men inte skrytsam eller högfärdig, en bra grabb som spelade dragspel och citerade verser, som var radikal, politisk, och som kanske skulle bli en riktig redaktör eller fotograf och resa ut i världen och dokumentera, och så var det Ella förstås, en kvinna utöver det vanliga.

Och hon hade flyttat bord och stolar till verandan, det skulle bli trångt, men ändå och när de andra kom cyklande var de redan uppspelta, och flickorna var naturligtvis vackra i sina klänningar och eleganta små hattar, hur kunde hon glömma hatten och hade hon ens hunnit hälsa innan Erik föste ut grabbarna och deras sällskap, de skulle plocka blommor och björkris, nä, en midsommarstång var väl att ta i, men björkris till förstubron och det var bara Åke – aldrig i livet att hon skulle säga Påken till honom – som hade stannat vid öppningen in till köket där hon stod och skrubbade nypotatis så att fingrarna värkte, Åke som var kortare än hon, särskilt när hon hade högklackat på sig, blek och tunnhårig, liksom fjunig som ett småbarn på skulten fastän han inte fyllt tjugofem, men glad och på gott humör – en djävla pajas, brukade Erik säga, utan att hon kunde avgöra om det var varmt eller isande elakt. Ska du stå här i din ensamhet medan vi andra roar oss i vår herres hagar, sa han och sedan allvarligare och med en oväntat torr hand på hennes handled, pärerna kan vi väl fixa sedan, häng med oss ut Maj, men hon bara skakade på huvudet och sa att nån måste ju vakta drickat en dag som den här, på skoj, och han skrattade och sa du är rolig du och försvann iväg.

Och hon skrubbade och borstade i det brunnskalla vattnet, hur många kilo potatis, och små var de, satte vatten på värmning, plockade fram porslin och la på duken hon hade lånat från mammas magra linneförråd, hur sjutton hon skulle förklara det, och de dröjde och några riktiga vaser fanns inte här i stugan, men en tillbringare och ett syltkrus, kanske hade de ändrat sig och gått till festplatsen i byn ändå, och hon ville ha en sup för att slippa kölden i fingrarna, gav katten i nykterhetsivrarna här ute, och när allt var färdigt, upplagt och garnerat och potatisen sjöd i sitt salta vatten, då kom de släntrande med björkris och blomster och Erik som en ivrigt viftande valp i hälarna på Tänkarn Tore, hur han liksom kastade blommorna till henne, inte ett tack för allt hon ordnat, men nu var värmen tillbaka i händerna och tårna, bara en pytteliten sup – smusslade inte grabbarna med sig pilsner på *exkursionen* – skulle väl Tänkarn sagt, en liten för att få orden och tankarna och modet att stanna kvar.

Gösta till bordet, hon satt förstås närmast ingången och köket, det var ju hon som skulle springa, *benen ska gå som trumpinnar,* sa hovmästaren i Åre och Gösta satt med armbågen på bordsskivan, vänd mot Sigrid som log och hade vackra vita tänder, blont hår, hela hon liksom äppelfrisk och söt och visst ropade Åke från andra sidan bordet att köttbullarna ta mej fan var de godaste han smakat och skål för Maj och Erik, och Erik bara sög åt sig av berömmet fastän han inte ens hade rullat dem. Och Ella som sa att hon absolut inte kunde laga mat, var urdålig på allt som har med hushållsarbete att göra men hon hade hört att i Amerika var det verkligen billigt att ha hemhjälp, ja för att befria kvinnorna från slitgörat, och även om Maj inte var ett dugg intresserad av politik så fattade väl varenda en att nån måste stå för slitet i alla fall. Ja, och hon tyckte faktiskt om att rulla köttbullar, det var ingen som tvingade henne. Där satt Erik, Kalleponken, mitt emellan Tore och Ella och så bad han henne med en kort blick att koka kaffe – nej – han sa att det var dags för kaffe och mer dricka, och ja hon skulle i alla fall ha en sup till.

Så blir kinderna röda, heta och de ska till dansbanan, tar cyklarna och tänka sig, hon får sitta bakpå Eriks, så rasande att hon vill gripa tag med naglarna under skjortan, han säger inte ett ord till henne, hojtar flämtande till Tore, vinglar när han måste stå upp och cykla och det är Åke som först bjuder upp henne, vad ska hon säga, de dansar, hon är stel men han svänger stadigt och samtidigt lätt runt henne, följ bara med, säger han och hon har hans fjuniga huvud lite nedanför sitt. Så ska Tore fotografera. Ella lägger genast benen snett och lutar huvudet åt sidan så att lockarna faller fram och hon ler utan att tänderna syns men Maj har sett hur fula de är, sneda och stora och inte snygga alls, men plutar gör hon mot Tore, och Erik som imponerad står tätt intill bakom kameran och stirrar.

Så ni kilar stadigt nu, Erik och du, frågar Åke som liksom silar ut röken mellan sina läppar, och hon frågar om inte Åke träffar någon, du som är så rar, säger hon, rar, skrattar han, vassare nu.

Och hem ska de för spriten är slut och det är det där andra i luften som andas oro och plötsliga slag, men än spelar orkestern fina bitar och söta Sigrid tar Maj under armen och säger att grabbarna är lite väl runda under fötterna, vi kan väl skjutsa varandra och så cyklar de iväg och hon kan inte se vem Ella åker med och tillbaka i stugan säger Sigrid att de kan börja med disken, en påtår, en liten sup till sockerbiten så går disken som en dans, och gud vilka möra judebröd och finska pinnarna också, det är så roligt att ni har sällskap, att Erik har landat och har han friat än?

De diskar, eller Maj diskar och Sigrid torkar med nästan nya handdukar som också de kommer från mammas linneskåp, och Sigrid säger att Bengt är ingen man gifter sig med, men roligt har de, på alla sätt, säger hon och nu ska de bada, hela gänget kommer släntrande och de ska till badplatsen och hon vet att Erik inte kan simma, säger det också till honom, skarpt som rakkniven säger hon att han som inte kan simma ska väl inte ner till sjön i sitt tillstånd. Men han hämtar badkappor som säkert luktar mögel och hon följer efter, men inte för att bada i Storsjöns iskalla försommarvatten, och Ella och Kajsa klär fnittrande av sig och Ellas lår är kraftiga och lite gropiga, vaderna är väl ändå enorma, visst är midjan smal men baken bred och hänger inte de där stora brösten som på en kärring, de skulle aldrig klara penntricket som Erik fnissande har lärt henne, men jo, han glor, liksom förhäxad, Kajsa är tunn, smal och har små bröst som ser glada ut och en kolsvart hårbuske som får Maj att vika undan, men ingen har ben som Maj och hon tänker inte sitta och sura intill badkrukan, han ska nog få se att hon duger också, av med klänningen, men en plötslig nykterhet när den svala luften möter huden, att kliva ur underbyxor och behå, jo, hon ska också bada och vattnet är nysmält snö. Ella och Kajsa skriker och Åkes snopp är så stor, stor och halvstyv, herregud, nu måste hon bara i, springer och kastar sig framstupa och simmar som hon faktiskt kan, de andra skvätter och skriker och så är Ella uppe ur vattnet, Kajsa också, Sigrid ropar att de inte är kloka, sitter intill Erik, Erik bjuder henne en cigarrett och det är Geten och Tore Tänkarn som har badkappor till sina damer, Erik har inget i sin famn att svepa om henne så hon kliver drypande i sina trosor, knäpper behån och klänningen som klistras mot den fuktiga, knottrande huden, tränger fötterna i skorna och frågar om Erik har en till henne också, och jo, hon får ta själv ur paketet, Tråkgeten ger henne eld och Åke sjunger skrålande där i vattnet, äh, kom nu, vi ska tända en brasa och visst är det vackert om man är lagd åt naturromantik, skummet av hundkäx, smörblommor och midsommarblomster och doften av sötvatten och mylla.

Och Ella sitter på golvet framför brasan, berättar om väsen i villan där hon vuxit upp, *hemma i villan i stan*, om andar och andra världar och Erik som är ateist bara nickar och lyssnar och utstöter uppmuntrande *menar du det*, och hon har huvudvärk och mår illa, sprängande, bultande alldeles innanför pannan, klart att hon inte kan dricka så här mycket brännvin, och borta är berusningens flytande tröghet och tolerans, kvar är viljan att sova och hon viskar till Erik att hon går och lägger sig nu och han svarar att du får väl göra som du vill, jag måste vara värd för mina gäster och så tar Tore fram dragspelet och Erik applåderar, hon ser hur det liksom lyser i hans ansikte, allvaret, de där flåsande tonerna som tydligen kräver total uppmärksamhet. Men så greppar Åke tag i eldgaffeln och börjar dansa, veva, skrika kuken och fittornas afton, och efter något som verkar vara en evighet griper Gösta och Erik in, Erik bänder eldgaffeln ur Åkes hand och då skriker han att han är en sju helvetes mycket bättre älskare än Kalleponken,

Tänkarn och Geten och så drar de honom med sig ut, till lillstugan, och Ella är upprörd, vad tog det åt honom, gulliga Åke, äh, han tål väl inte spriten, säger Kajsa torrt och Maj tänker att Ella skulle behöva en skopa riktigt liv i sin skitviktiga villaverklighet.

Så gungar hon ända intill sömnens dåsande dvala. Tåget som kränger och far, skakar och svänger. Törs inte släppa efter, framme inom en timme och tåget ska väl vidare, till Åre, Storlien eller Trondheim, om hon hamnar i Norge, vad vet hon om tågets destination, men den griper om henne, tröttheten som kom när han lämnade, det var väl då den drabbade henne, men aldrig vid rätt tillfällen, inte på natten, i ensamhet, utan på dagarna, på konditoriet eller i tant Näsmans kök, när tanten bara ville prata bort en stund. Det hände den här tidiga, kylslagna påsken, de hade inte varit tillsammans på påskaftonen men stämt träff på påskdagen, för att ta en promenad och sedan skulle de gå upp till honom, ja föräldrahemmet, hans föräldrar var bortresta. Morsan, sa han, morsan och farsan ska till moster Mary i Sundsvall, ja Erik skulle ju prompt vara inackorderad på folkhögskolan fastän Maj tyckte att det måste bli dyrt. Men sedan farsan hans hade blivit lite prillig, ja som barna igen fastän han inte fyllt femtio, så stod han liksom inte ut att gå där hemma för jämnan, och hon hade träffat hans pappa en gång och då hade pappan strax sagt åt henne att hon hade röd färg på tänderna och hon hade nervöst börjat gnida bort läppstiftet med tungan och lett igen och han hade nickat och sagt "Borta" med entonig röst.

Hon minns varje steg i den där påskdagspromenaden, hur de sneddat över det öde torget, och det är hon som driver dem att välja den mörka tvärgatan ner till mjölkbutiken, hon trycker sig tätt intill honom, värmen, att höra till, och där på hörnet möter de henne, Ella. Hur Erik hastigt tar ett steg åt sidan, släpper Maj ur sin sfär och vinden ser sin chans att flöda fritt emellan dem, kallvindar från fjällen utan någon som helst vår med sig och sedan står de så och inget kan förmå henne att ta ett steg tillbaka åt sidan, att täppa till öppningen och hon ser Ellas illröda kinder, och näsa, en snordroppe hon tvingas dra in, det ser bonnigt ut, de där kinderna, men ja, blicken är livfull, vacker och de pratar. Maj tvingar sig att prata och när Erik tar ordet ifrån henne blir tonen en annan, ingenting dröjande, ifrågasättande eller överlägset skrattande, nej, bara det där hängivna leendet, hur han lapar Ellas floskler och Maj står där och fryser så fruktansvärt om sina fötter, de domnar och sticker och vintervindarna är i nacken och ändå formulerar hon frågan "hur mår Tore då", men nej, Ella stramar liksom upp sig och svarar kort att det har hon faktiskt ingen aning om, *då har de inte sällskap längre* och hon blir het och känner svettdroppen rinna kall från armhålan, nej, hon vill säga var så god *ta honom du, du som har allt kan väl ta lite till, jag ska inte vara i vägen* – det är klart att hon står kvar, men när Ella äntligen rundar av, talar om att hon ska till byggmästare Tydéns på påskdagsmiddag, då tiger hon. Tiger och går stoppligt fram till gårdshuset där hans föräldrar bor, det är lukten i trapphuset och lägenheten, hon älskar den här lukten för det är den han brukar ha med sig till henne, två små ljusa rum och kök, trångt men ljust för att fönstren är höga och de tunna gardinerna som är fördragna släpper ändå in ljuset och påskriset med fjädrarna är grönskimrande vackert, björken har musöron och hon hör sig själv säga att det nog är bäst att hon går med det samma och han säger inte emot men han börjar med kaffet i köket och han nyser, ett par tre gånger nyser han och gnider sig i ögonen, säger att morsan vill ha det fint med riset, men fan vad det kliar och han tar fram kopparna och socker och skär vetelängden i tunna skivor, snålt, tänker hon, snåltunt och bondkakorna är välgräddat bruna – brända. Och det är hon som tvingar honom, visst är det så, när hon säger att han verkar vara svag för Ella, hon har aldrig sagt något rakt ut om midsommardagens morgon, så länge Ella och Tore har haft sällskap har hon ändå förlitat sig på hans lojalitet med sin kamrat, men hon vet inget om karlars kamratskap om *lusten* tränger på. Jo, hon vet att det kan flirtas både här och där men några regler kan väl ändå få finnas annars kan vad som helst hända, var som helst överallt och hela tiden, och det är när hon med ett lätt skratt fäller den där ödesdigra kommentaren det kommer, som en sur fyllerap, skitsamma i finporslin och doppa. Man måste väl få titta på en vacker kvinna utan att det tar hus i helvete, vad fan tror du om mig, skulle jag springa benen av mig efter en bättre begagnad, och dessutom Tores före detta, du är ju inte frisk, *hysterisk*, hon tänker inte titta på honom, de där förbannade finorden ska du få ha med henne, det säger hon aldrig. Men hon säger svagt och skakigt – så då är det slut då – och vetebrödet ligger där uppblött och geggigt i koppen och han säger kanske att det har han aldrig sagt, men hon är ju svartsjuk som få och jo, han har faktiskt tröttnat på hennes vana att smyga på honom hela tiden och det där osäkra sättet hon har bland hans kamrater framförallt – *som om du hela tiden ska ha stöd av mig, var lite självständig nån gång, inte så förbannat krävande* och så säger han att de passar väl inte ihop så bra som han trott, annat än köttsligt – *köttsligt* – hon stelnar till och han börjar gråta – nej – det är hon, varför måste det vara hon som gråter – och hon går bort från lägenheten och har ingenstans att ta vägen.

Fast det är väl dumt att tänka på nu. Nu när mötet närmar sig. När han har bett henne tillbaka. Och vad kan hon veta om hans liv från påskdagen till dess att brevet nådde henne. Åh, så vill hon gråta! Hon ska förlåta fullt ut. Så att han förstår att hon är honom värdig. Ja snegla du, tänker hon när damen mitt emot tar en paus med stickningen och tittar granskande på henne, jag är ute på *äventyr* – vart är du själv på väg i den där tråkiga blå dräkten och hatten som sitter så missklädsamt?

I väskan har hon karlsbadergifflar med mandelmassa och äppelsylt från konditoriet. Hon tog inte gårdagens, utan färska när inte ens Ingrid såg. För övertiden om inte annat. Erik tycker om den sortens bullar, för även om han är en arbetskarl vill han inte vara bonnig. Inte hon heller. Lite flott. Det får gärna vara flott. Nu ligger de där med sockerglasyr tillsammans med franskbrödet, franskbröd är också flott och inte som sirapslimpa som hon tycker om, men nu är det inte hennes smak utan hans, och han har visst fått *kuvertbröd* hemma hos Tore Tänkarn, vid något festligt tillfälle, fast sådant tycker förstås Tore Tänkarn är trams. Som småkakorna till kaffet på midsommar. Hur han sa helt apropå att om kvinnan ska befrias kan hon inte stå och baka småkakor. Småbröd är kättingen som måste gå ur tiden, sa han, och så tog han en plättbakelse och drack kaffe och hon såg hur det rann en brun droppe på hans renrakade haka, och nu sitter hon här och blir arg och tänker att det är ju själva glädjen, att bläddra i mammas kokbok och drömma inför jul och midsommar: smörkringlor, strassrosor, brysselkex, rullrån, schackrutor och korintkakor och vid alldeles extra fina tillfällen – mandellöv, medaljonger, mandelmusslor, det var ju stunden av lycka, att ta fram vågen och mäta upp mjölet, sockret, smöret – att knäcka ägget och varligt skilja gulan från vitan, mamma och hon vid diskbänken, tysta, koncentrerade – tillsammans – hon kan inte minnas hur liten hon var när hon första gången fick hjälpa mamma att bre smör på vetedegen, att skrapa bunken från sockerkakssmet, man måste få unna sig lite, alla kan väl inte gå på kondis eller bageri, vet Tore vad småkakorna kostar hektot, på tio kondiskakor får man hundra hemma, Ella och Tore har förstås råd med köpebröd, nej, de vill väl ha *sandwich* förstås, små smörgåsar med pastej och saltgurka, lax, ostar och rökt renkött med pepparrotsgrädde eller vad fan de nu vill ha, vad fan begär de, vad fan ska de ha när sötebrödet inte duger och hon mår illa, illa, illa och nu är hon tillbaka på midsommarfesten i stugan, *du måste dit för att kunna stå upprätt inför honom,* hon spyr upp bakom dasset och vedbon, har aldrig druckit så mycket sprit som den kvällen, och den plötsliga nykterheten i tanken, hon ska inte sitta kvar där inne och förödmjuka sig, *du ska aldrig tigga Maj,* sa mamma när hon lipade över att storasyster inte ville ha henne med – tigg inte – då slår de bara. Hon ska diskret dra sig undan till sovhytten, ja, stugan är ju inte större än så, vill bara få smaken ur munnen, lukten, dricka vatten och ta på sig nattlinne och hon hör skratten, klirret och hur Tore Tänkarn tar fram dragspelet igen, som om han var en av folket, och nu dansar de väl där inne, *var vid i ditt hjärta Maj,* hon huttrar och myggen har förstås hittat henne och de kommer att bita bölder på huden nu när hon måste vara vacker – *vacker* – hon ska ta emot honom när han kommer, om han nu kommer. Kanske har hon slumrat en stund, han lyser blek i skumljuset, axlarna och bröstet när han kränger av sig skjortan, hon trevar efter honom när han lägger sig intill henne och hon känner den där snuslukten som är hemsk och härlig och hans och hon har ju väntat, hon smeker hans rygg som är lite knottrig av kvisslor, ner mot skinkorna, ska hon gripa tag, djärvt, den är slapp, slak, lägg av, väser han och vänder sig på mage och hon vet inte om han sover eller är vaken.

Ändå hör hon inte att han kliver upp. Hör plötsligt rösterna från rummet, lukten av kaffe, kan hon bara ligga kvar? Någon gång åker de väl, glömmer henne där, klibbig av värmen, solen måste ha legat på sedan gryningen och hon sätter sig, dörren är riktigt stängd, har han låst från utsidan, såja, ta klänningen från stolen nu, koftan, kammen genom håret, läppstift, nej inte röda läppstiftet då skäms han, *lägg av,* hans händer på hennes höfter när han trycker henne undan bort och stinker inte klänningstyget, hon har en kjol och blus i väskan i köket, hur kunde hon lämna väskan där, och nu öppnar hon dörren, Åke, med kaffekoppen och cigarretten, kommer han inte ihåg där han sitter med svettpärlor och skrattar och drar vitsar och verkar nästan som vanligt. Där är Kajsa med ögon som är små och trötta. Bara Ella i glitter och guld. Har borstat håret hundra tag eller var det tusen? Erik bjuder henne inte att sitta ner, hon går ut till köket för att hämta en kopp – herregud – kunde de inte ha diskat undan glas och koppar, assietter efter smörgåsarna de måste ha slafsat i sig mitt i natten, klart att Ella inte ville smutsa sina händer, men hon skulle kunna tala om för henne att de blir rena där i vattnet för hon har ingen skit under naglarna. Nej. Hon är inte arg. Hon är rädd. Så avskyvärt skrämmande att lättsamt sätta sig ner intill de andra och äta frukost. De har visst dukat fram det mesta. Köttbullar och kalla potatisar. Sill och smör och brunosten. Brödet. Småkakorna, att ta rakt ur burkarna. *Ja länsa ni faten bara. Låt inte mig bekomma.* Fimpar och flaskor. Erik som är en sådan ordningsmänniska. Vill ha det prydligt runt sig. Precis som hon. Vilket prydligt hem de ska ha – skulle kunna ha. Rent och snyggt. Hos fint folk är det snuskigt. Det säger mamma, som vet, när hon är där och lagar mat. Eller, de snuskar eftersom de inte sköter smutsen själva. Och jo, nu reser sig Erik och börjar samla fimpar och flaskor och glas. Hon reser sig också, tar itu med disken. Sigrid torkar, men tigande nu. Gösta, Tore och Åke bär in möbler från verandan och försvinner sedan ut igen. Kajsa har gått till lillstugan för att vila en stund. Så när hon vänder sig från diskbaljan för att se efter om det är mer att plocka i rummet är det bara Erik och Ella där. Syltkruset har fallit i golvet – blommor, vatten, skärvor. De sitter på huk mitt emot varandra. Hon ser så tydligt hur nära deras ansikten är varandras. Hur hon växer över dem som ett jättestort troll. Kan se deras ögon – hur de fastnar i varandras blickar. Allvarliga, utan att väja undan. Hon är osynlig för dem, trollpackan, varför förmår hon inte bryta blickarnas band – klippa och kapa av. Så återgår hon till disken, nu har hon bevittnat. Och Sigrid säger inget kalas utan kras och sedan packar de ihop och cyklar tillbaka in till stan. När de ligger med varandra i den fuktluktande lokalen blundar han och vill vända henne på mage. Hon låter honom göra det. Efteråt gråter hon, men det är inget konstigt med det, det är som det brukar.

RESVÄSKAN, DEN ÄR INTE tung men otymplig. Om hon snubblar ner på perrongen och vrickar sig. Storsjön, gasklockan, staden och det hastigt hårda pickandet innanför bröstbenet. Hemma och ändå är människorna här på stationen helt främmande, kan man vända tillbaka eller resa vidare, allt för att slippa stå här och leta efter rälsbussen mot Brunflo, vad gör hon här när hon just slutat snyfta sig till sömns, fast det är inte sant, hon har inte gråtit på det sättet – det har varit skräcken för tumörer i huvudet och andningsstillestånd, näringsbrist och bölder som kan växa fram och ut på huden – rälsbussarna går i bortre spårområdet, hon måste kliva över rälsen i sina höga klackar. Och i ögonvrån ser hon tanten som liksom tränger sig in i hennes synfält, och ja, naturligtvis hejdar kvinnan henne, i beige kappa och duvblå hatt, bussen till Håkafot, vet fröken vars den går, hon skakar på huvudet, tyvärr, svarar hon och ler för det är så man gör, och då säger tanten att det är illa skyltat här på stationen. Maj står stilla och har solen i ansiktet och svettas *jag ska till min älskare, nej vi är inte trolovade men han kommer att fria till mig nu och jag ska svara ja* hon kisar, tyvärr kan jag inte hjälpa er, tyvärr, och så baxar hon sig vidare med resväskan och ditåt, där går väl rälsbussen, om man inte får växla pengar ombord, har hon jämnt, dricks och löning i handväskan, egna pengar, kunde han inte ha mött henne här, på stationen, hur ska hon nu klara av att hålla ihop den där långa, långa milen och tänk om hon bara känner avsmak när hon ser honom, äckel, Tomas tunga i hennes mun, om han har klippt sig eller blivit lönnfet, bara hon inte blir lös i magen, nästan allt utom det.

Men han är vacker. Där kommer han springande och när han får se att rälsbussen står inne saktar han farten, men han är spänd, *han är lika rädd som jag,* solbränd, den ljusa skjortan och byxorna som sitter så snyggt, hon ser att han ser men de ler inte, allvarligt tar han emot hennes väska i ena handen, med den andra sluter han sina fingrar runt hennes. Och så går de skogsvägen fram och ska det skrivas lycka så blir det genast svårare, för de där första dagarna kommer att vara lycka och lust och otydlighet men ändå klarhet. En klarhet i känslan som är att vara så nära varandra som det någonsin går.

Han har städat och dukat och det är alldeles tillräckligt att vara bara två i stugan och så tar han hennes ansikte i sina händer och säger att han trodde att han skulle bli tokig av att längta så förbannat, det är rädslan och så kysser de varandra och här är ingen annan – ännu – han knäpper upp hennes blus så där självklart och lossar bysthållaren och sedan viskar han att hon är så fruktansvärt vacker och hon öppnar knapparna i hans skjorta och så står de med bara överkroppar och vidrör, alldeles stilla.

Och efteråt, när hennes tårar har slutat rinna och de endast har lakanet över sina nakna kroppar, då stryker han henne sakta längs med nacken, på axeln ner. Han behöver inget veta om Tomas, det var ju inte allvar, på riktigt, ett sätt att tränga honom undan ut, inte alls kärlek, inte det här, om han får reda på, hon borrar näsan in mot armhålan och det finns vetskap som inte tjänar något till och de klär sig, hon tar blusen utan behå under, men trosorna och kjolen, och hon får låna en av hans ylletröjor för kvällen är ljum, men inte het och det blir svalare mot natten. De äter, mitt emot varandra sitter de och äter, att mat kan smaka så bra, burkskinka och nypotatis, mimosasallad, imorgon fiskar vi, säger han, vi tar båten en bit ut och han kokar kaffe och hon plockar fram bullarna ur väskan, kladdiga förstås, men de är goda, den friska äppelsylten och mandelmassan. Hör du hur fåglarna har tystnat nu, säger han och hon kan höra ett och annat kvitter och både vill och vill inte prata om vad som hände då i våras, det är så skört, så förbannat ömtåligt – ja, nu vill hon bara njuta, njuta berusningen av att ingen vet var hon är, pappa som skulle banka livet ur henne om han visste, mamma, men hon är snart myndig, vuxen på riktigt, måste man inte veta allt innan man gifter sig, inga hemligheter, hennes och hans och han fyller på med brännvin i sitt glas, inte hennes och börjar prata om hon som fanns före Lilian, har han berättat om Britta, hans ungdoms kärlek, han var sjutton och hon ett år äldre och han snärjer in sig i hur han ända tills nu har trott att han inte kunnat glömma henne riktigt, men – Maj hör – jo hon hör allt han säger och ja, där landar det, i att han har förstått att det bara var barnsligheter, omoget, ja, han har träffat på Britta med ett nytt sällskap och verkligen känt att det var över, hon hade blivit som en tant och var tillsammans med en sportfåne, ja, värsta sortens fotbollsspelare som tror att det är något märkvärdigt att sparka på en boll i något jäkla B-lag, men du är liksom en riktig kvinna Maj, din kropp, och hon ber om en cigarrett, ja, hon kan visst vara kvinna och hon ska bli en fru man inte tröttnar på, inte rultig och ha papiljotter och förkläde så att han kan se, bara visa honom resultatet och det tickar bara en liten, liten aning där inuti för ingenting har ju blivit sagt om Ella och *gud nåde dig om du frågar*, inte veta, inte ställa till det, var i hans åtrå nu, jag är så kär i dig, viskar han, ja, det är jag.

Dagarna där. Hon simmar, vattnet är badbart, inte varmt. Den snyggt skurna baddräkten, solbränna. Hon sover när hon blir trött och när hon vaknar tittar han på henne, kanske älskar de igen. Han är försiktig om de inte orkar krångla med sådana där gummin. Viskar att hon vore världens vackraste mamma, men han har ju ingen säker inkomst än och hon är inte myndig.

Hon utmanar sig själv. Hon har rätt att handla i affären, fastän de inte är gifta, och fastän de *lever i synd*. Maj kan till och med skratta lite när hon cyklar grusvägen fram och de känner henne inte här i trakten. Blåbärssnåren ropar på hennes uppmärksamhet, ja, hon ska plocka bär och koka sylt, han kan ju också behöva längta lite efter henne, *inte bli tagen för given*, och det är bäst hon plockar bären innan hon handlat varor som är känsliga för värme. Fastän de är så många tar det tid att fylla hämtaren hon ska handla grädde i, och hon blir snabbt otålig, bara det räcker till idag, en liten skål med nygjord sylt. Och hon klarar faktiskt av att göra inköpen för hon gör precis som i Örnsköldsvik och även om det pratas om Karlssons pojk som har dambesök låter de inte henne märka det, hon törs till och med köpa lite färska grönsaker av en farbror som säljer *nyskördat* på sin gård, morötter, färsk lök och späda, späda sockerärter och varför hugger det hastigt till i magen när hon cyklar hemåt, som om hon har bråttom och vill stanna och vila på samma gång. Han har nog kokat kaffe så de kan dricka det på verandan, sedan kan hon börja med middagen, ängamat och tunnpannkaka, mammas recept med mindre mjöl och mera ägg i smeten, smör i pannan så att kanterna blir frasiga som finaste brodyr. Men verandan ekar öde.

Nu är jag hemma, säger hon in i de tysta rummen och hon ställer korgen med varor på bänken och mjölk, ägg och smör i kallkällaren. Han ligger på sängen i hytten, mumlar något om magvärk, hopkrupen på sidan och blek, åh, säger hon, kan det ha varit korven? Jag har rapat korv hela vägen till affären och nu känns det bättre men usch vad jag mådde illa! Han nickar och hon frågar om han vill ha något, något att dricka? Då griper han plötsligt om hennes hand och fingrarna är kalla, lite fuktiga, jag älskar dig, säger han, förstår du det, och så drar han henne ner på sängen, han snyftar, såja, säger hon, visst har vi det bra nu, säger han och de ligger påklädda och håller om varandra och när han somnat lirkar hon sig loss, tar itu med disken som blev kvar efter frukosten, han brukar inte låta den vara, blankar diskbänken bättre än hon, så glad han ska bli över att hon har gjort fint nu då, börjat med maten, hon återerövrar köket, rummet, här får inga minnen finnas kvar av fjolårets midsommarfirande och *henne*, inga krukskärvor och nedsölat golv, inga uppkastningar och dansande eldgafflar – är det hans ånger som kommer nu, men *jag är vid i mitt hjärta* allt kommer att bli bra, den där trevliga duken med kransen av prästkragar och rödklöver har hon inte sett förut, spisbröd med mesost till soppan och hon vispar äggen lätt, lätt och även om det är rötmånad så måste smeten svälla innan hon kan grädda tunntunna pannkakor i järnpannan. Och hon rensar blåbären på en bricka, det är träligt och tråkigt men handplockat ger inte alltför mycket blad och kvistar, kokar ihop bären med sockret och den där doften av söt sommar och han är så grå i hyn när han kommer ut till henne, som om solbrännan hastigt bleknat bort, du dör väl inte, säger hon, och hon hejdar sig på en gång, ord som gör som de vill och liksom bara spottas ut, det är bara magen, säger han och där sitter de mitt emot varandra och hon har glupande aptit, ser hur han bara petar bland grönsaksbitarna. Men det smakar gott, len soppa, mjälla, söta morötter och sockerärter, sylten solvarm, du är inte rädd för att lägga på dig, säger han, skrattar till, nej, hon vill ta tag i bordsskivan, inte det elaka, hon känner det elaka när det kommer, hon ler och säger att hon trodde att han tyckte om kraftiga lår och arslen, han rycker till liksom hon själv och så tar hon en klunk vatten, brukar vattnet alltid ha den här bismaken av metall? Han dricker och säger att det smakar precis som vanligt, ett ovanligt gott vatten.

Natten, de älskar inte, hans magvärk vill inte släppa, hon hör hans suckar, undrar viskande om han har fått astma, det får inte vara det andra, inte den värsta sortens hosta och hennes kropp vill älska lika mycket som vanligt, som om huden var så gränslös att den behöver hans händer för att hållas på plats och i vargtimmen kommer den – hon har bara sovit en stund – frågan, vem är Tomas Berglund, hon rycker till, vadå, vad är det, hans röst är så svag, jag hittade visitkortet i din väska, men det är en god vän till en god vän, svarar hon, jag tror dig inte, viskar han, vi måste kunna lita på varandra, om vi ska gifta oss får vi inte ha hemligheter, men det är sant, säger hon och det finns väl ingen anledning att berätta något som inte är och aldrig kommer att bli, men du då, vad har du gjort när vi varit ifrån varandra, ingenting, säger han, ingenting annat än att sakna dig.

Den skrämmer henne, den där hungrigt stirrande blicken. De äter frukost, han ursäktar att kaffet inte smakar riktigt gott, han skulle vilja bjuda henne på riktigt gott kaffe varje dag, det kan väl få bli min uppgift, att laga till kaffet på morgonen så att du kan få sovmorgon, mamma har alltid pratat så längtande om sovmornar och nu är det för sent, pappa klarar ju ingenting längre, jag tror inte att han gjorde kaffe förut heller, men visst vill du att jag tilllagar vårt kaffe?

Maj nickar, skorporna smakar starkt av kardemumma, för starkt, hon kommer att ha kardemumman i munnen resten av dagen, och hon känner att kaffet faktiskt smakar illa, inte alls den där underbara första smutten av den heta drycken, och när han säger att han måste ta cykeln till stan för att köpa en särskild sorts fönsterfärg blir hon märkligt lättad. Hon bryr sig inte om att sura över att han inte ber henne följa med, ja hon kan ju inte åka in till stan och riskera att träffa på familjen, såklart, han rakar sig, en kvissla börjar blöda och han duttar dit det vita från alunstiftet och hakan lyser blek mot de solbrända kinderna, han kramar om henne, hårt, om han bara kunde åka nu, hon är så trött, tankarna liksom kryper och rusar på samma gång – skynda dig tillbaka, säger hon, matt, han tar kepsen som hon inte tycker om och det är väl tur att hon får vara kvar hemma.

När hon vaknar är det fortfarande tyst i stugan, men en annan klarhet i huvudet, hon ska snygga till här inne, hon har inte gjort något fel, inte egentligen, men hur ska han kunna begripa hur mycket han sårade henne då i påskas, och hon skakar lakan, vädrar, ser hur dammigt det blivit i sovhytten och jo, hon börjar söka målmedvetet bland hans saker, om han har varit i hennes väska är det väl fritt fram och det är i lådan där han har sina strumpor och kalsonger det ligger. Brevet. Som om han har lämnat det åt henne att hitta. *Min älskade Erik.* Det är klart att hon skakar när hon läser det. Daterat den 27 juni 1938. En månad gammalt. *Jag kan inte tro på att du älskar M, efter allt du har berättat om hur hon kontrollerar och hämmar dig. Det jag känner när vi är tillsammans är det enda sanna och du har känt på samma vis.* Blicken här och där och det måste vara en galen kvinna som skriver på det där sättet, *när du grät i min famn efteråt,* nej nu måste hon sätta sig för att inte falla och ja, hon sitter med brevet i handen när han kommer cyklande med kepsen neddragen i pannan, han sjunker ihop framför henne, på huk med huvudet i hennes knä, hon vill trycka bort honom men gör ingenting alls, om han känner lukten av hennes kön, ja det är inte Ella, det är en Carolina på hans skola, liten och blond och nätt. Söt och charmig, men med ett hål inombords, äldre, tjugosju år, hon uppvaktade honom, förförde honom, kom till hans rum på kvällarna fastän det förstås var förbjudet och han hade tänkt berätta, hur hon förvred huvudet på honom, ja så upplevde han det inte från början, då var han bara tjusad av henne, men det var därför han lät henne gå den där påskdagen, för att han skulle stilla sitt samvete, *vill du gifta dig med mig, kan du älska mig trots att jag var så svag och inte kunde stå emot, jag*

66

kände aldrig att du verkligen älskade mig, jag blev så osäker, jag
tittade på ringar i stan, men hittade inte någon som passade, vi
får väl förlova oss först i så fall, svarar hon torrt, och så säger
hon att hon har gjort det med Tomas men att det inte var me-
ningen och att han blev hemskt förtjust i henne men inte hon i
honom.

Sedan finns den där, vetskapen. Han har älskat en annan kvinna,
hon har gjort det med en annan man. Och det är över och det
finns kvar.

Såriga dagar, klamrande knull, nej, de älskar med varandra,
våldsamt, så att de andra som varit där inte längre ska ha någon
plats. Han frågar om hon kan hålla av honom trots hans stora
längtan att bli sedd av kvinnor, många kvinnor, han kunde ju
känna igen sig i Carolinas hål, och *det är inte sant att du är skör*
Maj, du är stark som en valkyria, och hon önskar att han kunde
låta bli de där uttrycken som han och Tore svänger sig med.
Ella då, frågar hon och ja, han känner sig dragen till henne
också, hon är som en förbjuden frukt, *och nu när jag vet vad du*
är kapabel till är jag både skrämd och lättad över att du är lika
sjaskig som jag. Men du hade ju gjort slut, säger hon, hade jag
det, säger han, jag var förvirrad och rädd, säger han och så går
de på och kastar ord och tystnader hit och dit och älskar och
sedan måste hon resa tillbaka. De städar och plötsligt börjar
hon gråta, hon kommer aldrig återkomma hit, hon vet det se-
kundsnabbt och måste luta sig mot dörrposten, men vi förlovar
oss, säger han, *jag får ju löning snart, du kanske inte kan få den*
dyraste ringen men den vackraste – menar du allvar nu Erik,
undrar hon, *vad tror du,* och hon vill säga att hon varken tror
eller vet, bara är förvirrad och så intill döden trött, och vet inte
hur det ska bli framöver, hon ska väl ta tåget till Örnskölds-

vik, till hyresrum och konditori, fortsätta arbeta långa dagar
på Kjellins och han säger att kriget kommer att komma snart,
att tiderna är oroliga i Europa och världen är så stor så stor och
han så väldigt liten.

DET ÄR SVÅRT ATT skriva brev. Med stavningen och vad som ska stå däri. Men hon bestämmer sig för att låtsas som om inget har hänt. Man suddar ut några dagar och fyller i något annat. Skriver ungefär *Älskade Erik, tack för underbara dagar på landet. Vi åt så gott och hade det så skönt. Jag är fortfarande brunbränd och du må tro att de tycker jag ser frisk och fin ut här efter ledigheten. Nu saknar jag dig förstås och är förskräckligt ensam* nej, det blir inte bra, bara det lättsamma *Nu ser jag redan fram emot att snart vara tillsammans igen och jag ska arbeta duktigt och lägga undan pengar till vårt eget fina hem* kanske tror han att hon tycker att han har för dålig ekonomi *här är det lite mulet, men ganska varmt och de säger att höstarna är milda vid kusten. Din Maj.*

Att adressera till den där förbannade folkhögskolan. Vad ska han med skola till, han som kan så mycket med sina händer. Och fru Kjellin sitter bakom disken med sina fetbleka fnasiga armar och pärlhalsbanden som skulle klä en skönhet *inte hälla för fullt i kannan Maj, hon spiller och slösar* nej, det är väl inget större fel på Kjellinskan som portionerar ut bakelser och brödfat på kaffebrickorna, det är bara det att det inte är så roligt längre, att säga *vad önskar min herre, vad får det lov att vara min fru,* och Ingrid är så väldigt förtjust i den nya flickan, Jenny, som snart ska vidare till Stockholm och bli telefonist eller vad det nu var, hon glömmer fort för hon är trött, blodpalt, vitsås och fläsk, och det kommer inga brev de första veckorna och fjorton dagar är en evighet i ensamhet på rummet. Jo, hon går på bio med flickorna, sitter i Palladiums förföriska salonger, men hennes otålighet, koncentrationen som brister, som vill hon bara sova, och sedan att säga något efteråt, *så intressant, tjusig, underbar,* för hon tiger om att hon blir svartsjuk på de där vackra flickorna på vita duken i något slags *förebyggande syfte.* Hon stannar hemma när de ska på dans, *jag är dig trogen* – fast på lördagskvällen bjuder Ingrid hem dem på ett glas sherry och några snittar. Kan hon ta en av Ingrids avlagda klänningar, den där röda, ja med den snygga dräktjackan till, och något måste hon väl ta med sig, elegansnejlikor, som står länge och de kostar förstås en del, och Jenny är redan där, de sitter i varsin emma och skrattar och röker, herregud vad det luktar rök i lägenheten och Ingrid slår bärnstensfärgad sherry i ett tunt glas med graverade blomrankor i vitt, och Jenny har långbyxor och ett liv som slutar strax ovanför naveln och en kort jacka till, med puffärm, är det verkligen snyggt – *en bolero,* Ingrid som är så kort har klänning och klackar som är vansinnigt höga – hör du hur har du det med Erik nu då, undrar Ingrid, ja men han verkar ju precis som Olle, omogen, velig. Maj smuttar på den sötstarka sherryn och säger att hon vet att han menar allvar nu, han har så mycket att göra på den där skolan bara, dom måste sitta och läsa långt in på nätterna och Ingrid säger att om dom börjar med andra innan man gift sig får man väl se upp. Senare är det kanske oundvikligt, men var inte så naiv gumman. Ingrid skrattar och stryker henne över kinden, frågar vad det är för fel på Tomas, en riktig karl i alla fall, bra ekonomi, snygg, stilig, men Erik och jag hör ihop, säger hon trotsigt, det bara är så. Men han hör ju tydligen ihop med andra också, säger Jenny och slår av askan i fatet och Maj säger ingenting.

SEDAN KOMMER BREVET. HUR han förstås borde ha svarat tidigare, men inte *förmått*. Och trots den starka dragning han känner till henne måste de tänka över varför de träffat andra under tiden de varit ifrån varandra, om det är riktigt rätt i känslan blir det väl inte så. Han har tittat på ringar, men inte kunnat välja ut några och kommit på sig själv med att inte tänka på henne särskilt mycket, istället känt sig fri och stark. Han blev ju så märkligt kraftlös när de träffades, men han kommer för alltid bära med sig de fina minnena i sitt hjärta. Kanske kan de fortsätta vara vänner men för en tid är det nog bäst att de bryter.

Naken och allt hon gjort med honom. Herregud. Bränna brevet vore dramatiskt, så slänger hon det blir det nog bara i soporna. Men någon kan hitta det så hon sparar det väl en tid bland hans andra brev. När Tomas dyker upp på konditoriet och vill ha en napoleon och kaffe då orkar hon inte gömma sig. Var har du hållit hus viskar han och skrattar så att de där rynkorna runt ögonen blir tusen. Ät middag med mig ikväll, jag bjuder, på Statt. Hon tackar ja, inhöljd i ett töcken. Att åter göra sig fri. Det blir den röda klänningen för hon har inget annat som passar på en så fin restaurang. En fånig liten hatt, hon som inte klär i hatt, mörkröda läppar. Han är stammis, hej och du och kalvfilé à la Oscar, hon förstår ju att det kostar en förmögenhet och är nära att hejda honom men gör det inte och han skrattar och säger att åt vackra flickor är bara det bästa gott nog. Rött vin, ja men först förrätt, vinet är surt, men gör gott, snart är hon bara lummig och röd, gråtmild och maten är så himmelsk, åh så gott, viskar hon, det möra kalvköttet, såsen, hummerklon, det trubbar av, vinet, låt dem prata i servisen, hon får väl flytta vidare söderut, till Stockholm som storasyster, i nybyggd lägenhet i Abrahamsberg, eller har Ragna och Edvin inte flyttat in än, men vilken stilig näsa, säger han och skrattar igen, och fikon i cognac med tjockgrädde till, och efteråt kan hon inte förklara hur det kommer sig att hon följer honom hem, berättar hon verkligen hur det ligger till med Erik, jo, hon talar om att hon älskar en annan, men jag kan väl få trösta dig, säger han, du kan gå när du vill.

De skrattar. Fnissar. Hyssjar – nu vet hon att hans mamma bor nedanför – fem rum och kök på två trappor – han på tredje våningen – om hon hade vetat det den där söndagen – aldrig att hon skulle komma hit igen – och nu håller han henne stadig under armen, fnissar på nytt. Som i en stumfilm, överdrivna gester, ja han ser ju ändå pojkaktig ut, trots det ljusgrå håret, *Erik, Erik, ser du mig nu,* det luktar instängt i lägenheten, ovädrat, det är hennes näsa, allt som kan lukta illa eller gott, han är väl rar ändå, ja, det snurrar, om mamma hör oss blir hon kolossalt arg, säger han, äsch, jag skojar bara, de röker och han dricker grogg, ett högt glas, gin tonic, hon får också, ska du supa mig redlös frågar hon och så fnittrar de igen och så säger han att hon har så fruktansvärt snygga ben, ja du kan väl inte köra med näsan en gång till, säger hon, tycker du om att dansa då, nä, usch, svarar hon, jo men jag ska lära dig, kom nu, en två en och två, en två, och så svänger vi och pang ramlar hon in i något hårt och han är över henne, men hur gick det, hon blir liggande på golvet, sugs ner, när hon blundar slungas hon runt och runt, hör du mig Maj, åh, vad han låter orolig, då slår hon upp ögonen och så skrattar de igen, men den ljusgrå mattan hon ligger på har en mörkröd fläck där huvudet har varit, och handen som känner bak i håret blir visst kladdig av blod, han hjälper henne upp, men lilla vän, säger han och reder med sina fingrar i hennes tunna klibbiga testar, hittar såret som visst är djupt, jag ringer efter en droska, säger han, till lasarettet, äsch säger hon, jag fick en yxa i huvet när jag var liten – vad säger du? – brorsan tyckte inte om att jag grina när mamma och pappa skulle gå bort en kväll, så då slog han mig i huvet med en yxa och då skrek jag ju inte nåt mer, och så skrattar de, och hur det nu är så hamnar de i sängen. Nu smiter du inte utan att väcka mig säger han och hytter med fingret, tänk om jag gör det då och hon låter honom traggla med de där vackert klädda knapparna i klänningsryggen, ja, det stränga är så svagt i henne, hörs nästan inte alls, det är ju natt och man kan göra en hel del i skydd av mörkret eller hur, och han låter ändå ganska uppriktig när han säger att hon är Ö-viks i särklass sötaste servitris och hon låter honom hållas när han slickar och kysser hennes bröst, hon har inte alls ont i huvudet, men det kittlar och känns stickigt i underlivet, men varför ska hon hålla på sig när Erik inte vill ha henne. Men Tomas är inte Erik. Och kanske är det först i gryningen det händer, när hon känner hans händer på höften, stjärten, ja när han kupar dem runt hennes bröst och försöker pressa sig in och det skaver, hon vill inte, inte nu längre, nu när hon ligger vänd mot väggen, smärtan från såret i hårbotten och lukten av rök, sprit, hans andedräkt, nej, men hon låter det ske, det är snabbt över och nog sover hon några timmar, för hon har ju eftermiddagspasset imorgon *det glömmer jag inte* och hon får skylla på Ingrid om Näsman frågar var hon hållit hus och det är när hon vaknar allt hinner ifatt henne, illamåendet, huvudvärken, *migränen*, hon kräks i vasken, ja, nu skämmer hon ut sig, men han är visst taktfull, låtsas inte höra, hon måste lägga sig igen, skakar så, och när hans händer åter trevar är hon tvungen att be honom låta bli, jag är så sjuk, viskar hon, mitt huvud, och hon kan se hur rädslan i hans ögon får fäste – det går över säger hon, inte tål jag hålla på så där, det var inte meningen, säger han, förlåt, jag är visst inget vidare på att trösta.

DET ÄR ANDNINGEN, HJÄRTKLAPPNINGEN, tröttheten, illamåendet och huvudvärken. Allt det *känner* hon. Och faster Johanna som fick kräftan i hjärnan. Det mesta finns i släkten. Svagt hjärta, lungdöden förstås. Men hostar gör hon inte. Det är bara det att hon måste dra efter andan gång på gång, så täppt i näsan, luften räcker inte till. Gå in i smatten mellan bageriet och konditoridisken och suga in luft så att det krampar mellan skuldrorna, ja eller strax nedanför.

Det måste ju komma ett läkarbesök, förr eller senare. Men hur sent? Oktober? Sent i september? Hur Maj svimmar mitt under eftermiddagsrusningen. Segnar ner – tack och lov i dunklet bakom disken. *Mor sämre, Doktorn sänder henne till Solliden på obestämd tid. Var beredd att resa hem. Far.* Sanatoriet i en sal på lasarettet och så duns i golvet. Eller hur det nu gick till. Hon får beskedet med brev, inte telegram, så det är väl som vanligt, mamma sämre, men blir bättre igen? Kjellinskan ber bistert Ingrid att sköta ruljangsen – har Jenny telefon? – kalla i så fall genast på henne – nu ska fröken Maj dricka det här sodavattnet, säger Kjellin bestämt, och sedan hem och vila. Är jag hemskt sjuk, viskar hon, såja, säger tanten och från armhålan tränger den syrliga svettdoften igenom den sötskarpa parfymen, nu tar vi en sak i taget och jag ringer efter doktor Lundström som gör hembesök och så får vi Maj undersökt, jag tror visst hon är överansträngd, är det havsluften Maj inte tål? Maj nickar, nog är det luften som gör henne så illa, sulfitlukten från Domsjöfabriken i Alfredshem eller om det är sulfaten från Husum, när de vindarna ligger på –

74

har Maj någon som kan vara hos sig? – sodavattnets sälta gör gott, hon ska nog klara sig hem, vi ska inte bevära fru Näsman, nej, om hon går långsamt och bara tittar rakt fram, *ta sikte på kyrkan*, bort från hamnen och stationen, undviker torget, så snabbt hon kan ner till Nygatan som är så lång, ett steg och två, och branta backen upp – där är den gula träkåken med sitt ogräsfria gårdsgrus, trappan som knarrar, ska bara vila, doktorn dröjer, med filten över skuldrorna där kalluften kryper in, den döda kroppen och kniven i handen, har hon hittat den i snåret här intill, hon har inte dödat, men om polisen kommer och ser att hon står här med kniven och blodspår och den tunga döda kroppen knack, knack, knack, herregud, har hon sovit, sätter sig hastigt upp, svarar inte, stryker kjolen slät och koftan omlott över brösten, stig in, säger hon så stadigt hon kan, en man och en kvinna – hur var det här då, ni hade visst svimmat, åh, hon som inte hunnit vädra, vill fröken vara snäll och ta av sig på överkroppen så vi får lyssna på hjärta och lungor, sjukdomar i släkten och hon rabblar dem alla, det var värst, säger doktorn och med en annan röst säger han något till syster, har hon sina dagar regelbundet, ja, svarar hon svagt, men sist var det inte så mycket, åh, det här är genant, inte så mycket, upprepar läkaren, inte så stor blödning säger hon lite högre, jaså, jaha, har jag fått lungdöden nu, tuberkulosen, säger hon, vi får ta prover och skicka fröken till en kollega på lasarettet, men nu ska vi inte oroa oss för lungorna, de låter bra.

ÄNGARNA I ÅNGERMANLAND. LÄGDORNA med midsommarblomster, hundkäx och smörblommor. En och annan röddocka. Liljekonvaljbuketten, från gammkällan, backen ner mot älven, ån. Oftast blad och blomma i en ostyrig bukett där blommornas vita, spröda klockor anas mer än stiger fram. Eller den mer tidsödande varianten med bara blommor i mängd i mitten, omgivna av en krans av stadigt gröna blad. Hur Maj kommer att vänta på buketten från barnbarnen i köket i stan. Inte längre den stora våningen, nej litet, lättsamt, lättskött för en folkpensionär – det hon har råd med. Soppan i kastrullen, pannkakssmeten klar i bunken, vaniljvisp och äppelkaka i skafferiet. Skulle de inte komma till lunch? Som om tiden inte spelade någon roll för dem. Inte ro att lägga patiensen heller. Dammsugningen bortgjord, golvet torkat, kaffet måttat i bryggarens melitta. Äntligen ringsignalen och de unga ansiktena i trapphuset. Hälsningsfraserna, omfamningar och varför kan hon inte låta bli frågan om de fick fel på bilen på vägen hit. Men så får hon bråttom till diskbänken för att ordna om konvaljerna, kanske kan buketten delas till flera nätta vaser. En till soffbordet, en till köket, för i sovrummet skulle väl doften bli för stark?

Men krukväxterna vill inte leva. De får för mycket vatten. Att drunkningsdöden är vanligare än torkan. Måste vi verkligen till lasarettet?

En gynekologisk undersökning. *Håll mig i handen mamma. Sitt här intill och säg att det blir bra.* Ser hon sköterskans vackra ögon, hon är inte elak, alla kan väl inte vara elaka, vi kan väl skriva värme i det skarpt upplysta undersökningsrummet. Slappna av, seså, ett djupt andetag och blås långsamt ut, det är rasbiologins tid, men också kris i befolkningsfrågan, så vad kan man tro om kvinnoläkaren här på kliniken, det är en ung kvinna som ska undersökas, men hon är ju inget *barn*.

JÄRNRIK KOST, SÄGER HAN, moderkakan ligger där den ska och en liten blödning i början av havandeskapet är inget ovanligt. Skynda hem och berätta för barnets far – för en sådan finns förstås – att fostret mår bra efter vad vi kan se. Ni har stadigt sällskap? Ja, svarar hon och lägger höger hand över den vänstra, vi ska gifta oss i november, han har beställt ringar från Stockholm. Eller så säger hon ingenting, tiger – när hade hon sin menstruation senast? – det var väl då i juni, juli, innan hon reste till Erik, brunfärgat blod i underbyxorna, ja hon minns ju hur hon gnuggade tvålen mot fläcken, *blod i kallt vatten,* och den gick nästan bort helt, i mitten av juli säger han och ser så frågande ut, lägger till att det var väl bara en blödning, nej, en normal veckoblödning, när hade hon det? Hon sitter upp nu, inte längre utfläkt, med vaderna i de där fasansfulla stöden, trosor och strumpor på, tänk efter noga nu, var det försommar, vet inte fröken att hålla reda på sina dagar? Men här träder syster in, inte snorkig, iskall, utan faktiskt en medsyster som frågar om liljekonvaljerna blommade eller syrenerna och det var väl pingsten, häggen, då blir det ett vårbarn, det är den bästa tiden, mars och sedan kommer sommaren och man slipper tänka på varma kläder, ja en tunn mössa behövs förstås i alla fall, någon gång i juni blev nog fröken befruktad, juni, men det var i slutet av juli hon och Erik, och doktorn går ut och vi låter syster lägga sin arm omkring henne när hon ser tårarna, har ni det besvärligt med barnets far, han har lämnat mig för en annan säger hon, låt henne säga det så att hon kan ta emot tröst av den här kvinnan med goda ögon, kanske är de inte sällsynt vackra, nej det är bara ögon som ser *flickan*, men hon säger inget om Erik eller Tomas, hon snyftar att mamma är så sjuk, på sanatoriet, hon kanske dör nu, såja, säger sköterskan, man blir lite extra känslig med en liten i magen, man gråter så lätt och se till att blivande maken sköter om dig, har du någon syster, svärmor, du behöver allt stöd du kan få nu när du väntar smått.

TA BORT DET. DET måste gå att ta bort det. Hon ska inte ha barn. Hon ska bli servitris och kanske öppna eget. Ett kafé eller en mjölkbar eller vad som helst. Men lilla gumman säger Ingrid och håller om henne, sprack gummit eller – vem är pappan då – jag vet inte, svarar Maj, det måste bort, jag har inga pengar, men jag kommer betala av vartenda öre, jag lovar dig, snälla, hjälp mig. Jo, Ingrid känner till en flicka som åkte till Sundsvall, eller om det var Härnösand, hon åkte iväg i alla fall, det är hon säker på, annars går det ju rykten, men det får inte ha gått för långt, vilken vecka – pappa slår ihjäl mig, viskar hon, sluta dumma dig, säger Ingrid, värre saker har väl hänt, men nej, ingenting värre än det här, ingenting, ingenting värre. Är det fler än Tomas och Erik då, undrar hon och Maj skakar på huvudet, för hon fattar ju att det måste vara Tomas, vreden väller hastigt upp och det var Ingrid och Olof som lockade henne med för att själva få, ja vad de nu gjorde där i sommarvillan, som tjatade att hon skulle åka med den här killen med bil och cigarretter, fy fan, barn som plötsligt dör i magen, om man låtsas som om de inte finns, mormor med sina oäktingar, men han får väl ta sitt ansvar och gifta sig med dig, Tomas, är hon registrerad nu, på lasarettet, om hon tar bort det blir hon fängslad då, men att föda – vill du att jag pratar med honom, det gör jag gärna, eller så ber jag Olof, karlar emellan du vet, så han inte tappar ansiktet, man får inte genera dem, du vet det ordnar sig, visst gör det det.

BULTANDE HJÄRTA, BULTANDE DÖRR. Att Erik sänker sig ner över henne, kysser, försiktigt, inte tungan på en gång, hon vill inte det, nafsar honom i läppen, biter, vet att tungan kommer att tränga in, *låt mig stanna i den här lätt flämtande åtrån, i det här ömtåliga, sköra, ljuvliga,* öppna Maj, det är jag, rösten låg, men påstridig. Herregud, vem står och bankar på hennes dörr, lampan, kvart över tio på kvällen. Hon vet när hon vaknar till – det är inte Erik. Tar bäddkappan över nattlinnet, knyter hårt i midjan, måste få slut på ljudet, gå härifrån viskar hon inte, nej, hon öppnar, har inte ork att be honom gå sin väg så därför fyller snart hela hans gestalt rummet, bara den lilla sänglampan tänd, vi måste ju tala med varandra, jag är ingen fähund Maj, även om du tror det. En skilsmässa är aldrig bara ens fel, man är två vet du, och hon har ingenstans att ta vägen för att byta om, om hon ändå hade haft något propert på sig, jag har inget att bjuda på säger hon, nej för fan, säger han, vill du ha en cigarrett? Hon nickar, de röker, tysta fyller de rummet med rök, nej, det har hyrestanten inte sagt något om, faktiskt, inte någon regel som hon bryter mot, så du är med barn, vårt barn, lägger han till, om hon hade kunnat tycka att det låter vackert, vårt barn, jag ska ta bort det säger hon, han nickar, jo, jag förstår, men det är för sent. Sakligt säger hon att det finns en läkare i Sundsvall. Eller om det var i Härnösand, Ingrid visste inte riktigt. Han gör det vid sidan om. Dyrt, men säkert. Ingen klåpare. Luktar han sprit? Jag skulle kunna bli en bra pappa, Maj. Jag tror faktiskt det. Jag blev så rädd när Olof berättade. Men det här är vårt öde Maj. Det här barnet. Vårt barn. Vi gifter oss, du föder vårt barn. Jag ska inte smita. Det kan gå bra? Det går bra. Jag tycker om dig. *Du känner mig inte. Jag känner inte dig.* Du tycker jag är gammal, men jag har ju lekt av mig. Du kan få det bra. Vi kan. Det är säkert. Om du vill göra abort står jag för kostnaderna. Naturligtvis.

GASA IHJÄL SIG. NEJ. Pappa och gasen. Man ska ha en sju helvetes respekt för gasen. Han läser av mätare i husen, rapporterar in till verket. Man hör förstås om explosioner och olyckor – aldrig glömma gasen på! Aldrig. Hon tänder lågan, mamma hemma igen från sanatoriet, för sent? Hostandet inifrån rummet. Mamma har inte behövt be henne att städa. Hon värmer vatten, pappa och pojkarna har grisat ner något så hemskt, diskat kanske, men dammtorkning, mattpiskning, våtskurade golv och för att inte tala om tvätten, nej ingenting sådant. De tycks inte ha en aning om varje dag, hela tiden, dygnetruntgörandet som mamma, Maj och Ragna ständigt ägnar sig åt. Att ordna måltider, tvätt och städning för sju personer varje dag. Mest mamma. Men när mamma hostar, astman säger hon till dem som inte vet, det är ju lungsoten. Pappa som muttrat att hon har det från den där förbannade kärringen som inte kunde hålla igen där nere. Eller kanske är det något som Maj har hört, utan att det är meningen. Ja, hon vet i alla fall vem som bär skulden. Mormor som inte kunde *hålla på sig*. Det blev ungar här och där och fattigt och eländigt, så med sina förutsättningar bör mamma vara tacksam att han tagit sig an henne. Men mamma tjänar också pengar. Inte stora slantar, men så fort hon är friskare far hon runt och lagar kalvstek och gräddsås och gelé. Plommonstoppad karré. Forell puttras i smörsky och kryddas med finhackad gräslök, persilja och dill. Rimmad lax och råstuvad potatis. Gäddfärsqueneller. Och så sviskon- eller rabarberkompott. Inkokta päron och äpplen. Rullrån, finska pinnar eller mandelbiskvier som tilltugg. Myltan förstås. Hon sockrar ganska ordentligt ändå, så att hjortronen inte blir för sträva. Men inte nu. Nu ligger hon i alkoven och Maj har ställt en kopp med hetvatten och honung på byrån bredvid henne. Hon håller sig på ett visst avstånd. Smittan. Hon har hört det där om immunitet, att barna kan bli *immuna,* motståndskraftiga, bara de är hela och rena och får kraftig, vällagad mat. *Du ska bli mormor, det vill du väl, det var inte meningen mamma, förlåt.* Inget illamående längre. Ingen trötthet. Bara skräcken inkapslad och försluten.

Åh, det luktar så om lakanen! Att hon ska behöva gräva i brödernas sänglinne. Erik som säger att alla normala killar gör det på nätterna, för att lätta på spänningen. Och i kalsongerna finns bruna ränder, men fy vad äckligt. Trasmattorna, tunga att bära ner till piskställningen på gården. *Du ska inte dö i dammet mamma* och så är hon tvungen att sätta sig, hjärtklappning och en hastig krampkänning åt magen, som håll och pappa är hos hästarna fastän hon är hemma, bryr sig mer om travhästarna än mamma och Ragna har ju så förfärligt långt att resa, ända från Stockholm, det är klart att Maj måste kunna ställa upp och städa nu när morsan inte orkar.

ETT STYCKE KÖTT. HÖGREV. Slaktarns förkläde, doften i den svala butiken. Nackade höns som plockats lite slarvigt. Duniga fjädrar som sticker ut. Fläsket, korvarna. En fin bit av högreven, säger hon, och slaktarn säger att högreven är mycket bra idag, ett kilo ska hon ha, han slänger biten på vågen och han skulle kunna säga något slipprigt, men det gör han inte, slaktarn är inte slipprig, han styckar och säljer kött och fastän hon tycker så mycket om kött är det svårt med lukten av blod och lever, hon som älskar grädd-stuvad kalvlever med lingonsylt till, för det är något med lukten här inne, pepparroten har de redan hemma. Nog är väl Erik på skolan, men mamman hans eller pappan, om de är ute och gör inköp, hon skyndar sig längs husväggarna och då krampar det till i magen, köttstycket inslaget i papper, pepparrotskött och po-tatis, det är mamma som har bett henne handla, sa åt henne att ta pengar ur skrinet men där fanns bara småslantar, *men jag har egna pengar mamma* – pappa längtar efter kött, jag har ju inte la-gat riktig mat på så länge, pannan ska vara het när du bryner Maj, smöret nötbrunt, aldrig för mycket i pannan för då blir köttet kokt och inte stekt, men smaken blir bättre om det får bryna först och du har väl tvättat händerna, och låt inte bitarna vara för små då blir det bara torrt och inte mört. Och då svarar hon hastigt men mamma vi ska väl ha pepparrotskött, kokt och skivat, inte brynt som kalopsen väl, det är klart pepparrotsköttet ska kokas med nejlika och lök och vitpepparn, lagerblad, har vi lagerblad hemma nu då? säger mamma och hon är blek och vacker, hon ser inte sjuk ut, blicken glansig och kanske lite febrig, hon sätter sig på pallen, hostar, gå och lägg dig mamma, säger hon, jag har ju sett dig koka kött, där är högrevens hinnor och senor som ska sköljas i det kalla vattnet och det är pappa som slipar knivarna på brynet, vassaste vasst. Som mamma avskyr slöa knivar. Och hennes röst är skarp när hon säger att pappa vill ha det på ett visst sätt vet du, tycker inte om nymodigheter, han vet väl att det inte blir så många gånger till och nog kan jag sitta här och borsta pärer, tystnaden och så ett annat tonfall, lätt och ljust, jag skulle vilja se havet en gång till Maj, är det vackert där i Örnsköldsvik? I Bredsand var det horisonten man inte såg sig mätt på, tänk jag minns det nu, hur vi såg på horisonten, jo det är väl fint, svarar hon och det blir så tjockt i gommen, hon måste vända sig bort, här kan hon inte stanna, här finns inte mer, åh hon vill berätta allt för mamma, mamma ska säga att det blir bra, men Maj har du sett vad fönstren ser ut här i köket, man ser det när solen står lägre som nu.

DET BLIR OKTOBER, NOVEMBER. Det beslutas att Maj ska vara inflyttad hos Tomas, på tre trappor, i samma hus som svärmor, till den första advent. När hon räknar efter i almanackan blir det ganska många dagar kvar. I veckor räknat, färre. Att tvunget träffa svärmor innan bröllopet, innan förlossningen. Hon måste. Den här svärmodern sitter i salongen med pläd över benen, sjal runt axlarna. Tomas förvandlas på ett ögonblick – Maj finns inte längre där vid hans sida. Känner hon igen det där området som uppstår mellan modern och sonen från mamma och bröderna? Kanske. Hon skulle aldrig kalla det erotik, för sådana ord hör till dem som förvaras i förslutna askar – men det är den där uppmärksamma intimiteten som hon genast exkluderas ifrån. De dricker kaffe. Ja, det hade kunnat vara te också, men det blir alltför engelskt, adligt, vi befinner oss trots allt i Västernorrland, i ett slags granskogsperiferi. Fabrikörskan. Maj skakar på huvudet, nej de är inte personligt bekanta med överste Lundmark i Östersund, känner honom bara till namnet, ska visst ha en kolossalt tjusig våning – det här är ett förhör vars enda syfte är att sedan bittert få sucka över Tomas *val av hustru.* Nog trodde hon mer om Tomas, minstingen, så högt begåvad, att skaffa sig en flicka med så enkelt ursprung. Har hon redan låtit honom förstå att saken kan ordnas så att han blir fri? Vänta. Det finns förstås ett plus i kanten för den här, i förhållande till Tomas, mycket unga – inte ens myndiga – flickan, vem som helst vill inte ha en frånskild karl. Då får man tänka sig en mindre nogräknad sort.

Bjuder hon på härskna kakor? Maj sköljer ner kaksmulorna med kaffe, så tunna koppar, kinesiskt mönster, vilket vackert kaffegods säger Maj och vet rakt inte varifrån orden kommer, jaså säger Maj det, ja, visst är det ett praktiskt vardagsporslin, vid finare bjudningar tar vi Hackeforsen förstås, vi kan naturligtvis inte ha ett stort bröllop, det förstår ni. Bara familjen, de allra närmaste. Ni var visst några stycken också – men det blir kanske besvärligt för dem att resa hit? Det kan också vara betydligt mer *under ytan.* Ett nonchalant ointresse för Majs familj – pappan vid gasverket och med en mamma som skulle kunna arbeta vid fruns egna kalas, vid bröllopet kanske! Man får förstås vara tacksam över att någon tar sig an yngste sonen. Men hon älskar honom så mycket! Den här vackra pojken – han är något speciellt. Lillpojken. Lite känslig kanske. Ja, som hon. Lite nervöst lagd. Melankolisk. Den där dragningen åt starkt – han måste se upp. Men hon vet ju själv hur gott en cognac gör när hjärtat rusar och klappar. Astrid kom ju i alla fall från en tandläkarfamilj, i Sollefteå visserligen, tänk så praktiskt när tänderna krånglar. Den förlorade sonen som kommit hem och nu ska ut igen. Fast en gammpojk vill man ju inte ha. Nej, då får man tänka på henne mer som ett avelssto. Hon ser ju frisk ut i alla fall och en ung sak som den här ska väl ändå lyckas klämma fram en liten pojke. *Gå inte Tomas.* Han ursäktar sig, känner han också hur syret tagit slut i den dunkla salongen? Vill Eivor vara snäll att dra ifrån gardinerna! Hembiträdet är genast på plats – ritsch och ljuset är oväntat skarpt. Men Maj kan inte veta vad frun tänker, *älskar ni min son – ja, frun – det tror jag inte på,* och det är tomt i koppen och frun säger att Maj bör sluta sitt arbete på konditoriet så snart som möjligt, det har hon väl redan räknat med. Det har hon inte alls gjort! Ingrid och Jenny är som de är men de finns där att ta en rök med på bakgården, och nu säger frun att Maj kommer snart att bli stor och hon som har fött nio barn vet vad hon talar om, det kan bli mycket besvärligt och bara vara sängläge som väntar i slutet av grossessen, man vet aldrig, men än syns det ju inte tack och lov. Sedan säger hon att under den här tiden innan bröllopet vill hon äta sitt kvällsmål med Tomas som hon är van, och om Maj vill vara snäll att gå så hon får talas vid med sin son en liten stund, jag tror säkert fröken har mycket att stå i nu i väntans tider.

TA MIG TILL LASARETTET. Hjärtklappningen, andnöden och blixtarna i skallen. Brösten som spänner och hon kan inte längre ligga på mage. Hur tog sig livet hit? *Den där kärringen med sina härskna kakor.* Hur fri kan tanken vara när tiden inte tillåter? Det måste finnas en väg ut, *jag ville aldrig vara kärlekslös,* så mörkt det är här inne. Om man inte ens låter tanken ta form, hur ska det kunna komma ut om man vägrar – då knackar det, hans hastigt oregelbundna melodi, för det är han, Tomas, om hon slapp släppa in honom, fästmannen, ringen på fingret. Titti och Georg kom förbi mamma så jag följde med dem till Statt och tog en grogg, Titti vill så gärna träffa dig, du vet Titti är min toppensyrra, och han lägger sitt gråhåriga huvud mot hennes mage, hon som måste koka underbyxorna varje dag för de där säreget syrliga lukterna, som jästsvampar, skämt, förruttnelse – hej du där inne, det är pappa, känner du något frågar han, sparkar han, eller hon, hon skakar på huvudet, jag kanske är skendräktig, säger hon och Tomas tycks inte höra, den är stark, spritlukten, du vet Georg är en buffel men snäll innerst inne, när man lär känna honom, en tävlingsmänniska, inte som jag, det är nog bra för affärerna, jag tror att kriget kommer snart och jag vill inte fara ifrån dig, barnet mitt, inte lämna dig ensam i världen.

VARFÖR KAN HON INTE sätta sig ner och skriva till sin syster? Några rader bara, att hon ska gifta sig, *väntar barn*, nej, det är ord utan förankring ännu, kan Ragna göra dem verkliga? Ingen annan vet ju om det än. Skulle inte Ragna förstå? *Du berättade ju hur Edvin och du... visst vill du vara den första hemifrån som får veta?* Ragna som har Gunnar som tydligen är alldeles vild nu sa mamma, envis som få, snart två och Ragna är så trött, kanske väntar hon smått igen, hon har det lite besvärligt med pojken, han sover inte på nätterna, men en präktig en, springer och klättrar som en akrobat och när Maj träffade honom i julas sov han i alla fall, eller skrek, och även om han någon gång låg alldeles nöjd och stilla var Ragna där hela tiden och petade och fingrade och stoppade om, var visst rädd att han skulle frysa. Hon vet ju att Ragna kommer att tacka nej. Inte kommer hon upp bara för sin systers bröllop. *Men mammas begravning.* Ragna som har så mycket med sitt. Edvin arbetar hela tiden, han måste ju försörja dem, är visst facklig också och aldrig hemma. En rejäl karl, verkar det som, men det fackliga borde han sluta opp med för att inte dra på sig besvär. Mamma tror att Ragna är alldeles ensam i storstan, och det är svårt, vad skulle hon ända till Stockholm att göra. Men det är mest något hon säger. Man måste ju röra sig, pröva sina vingar, bara man undviker dåligt sällskap. Kolik hade Gunnar också, Ragna fick bära barnet nätterna igenom och då tänkte Maj, fast hon sa inget, att hon måste väl kunna vila när ungen sov på dagarna då, eftersom Edvin ändå inte var hemma. Nej, Ragna kan inte hjälpa henne. Den 15 december. Vad är det för månad att gifta sig i! Mitt i julstöket. Hon och Erik i kyrkan i Ås. Eller Frösön! *Där han gjorde slut?* Vännerna och släkten och hur alla skulle se att han äntligen valt henne *fullt ut.* En liten lägenhet i väntan på att bygga något eget. Inget stort, men lättskött, modernt, med badrum. En bit ifrån stan så att inte hans pappa kan komma när som helst. Ja, nu slipper hon i alla fall honom. Men hon hade kunnat lära sig tycka om honom. Han rådde ju inte för det. *Försvinn ifrån mig.* Varje dag växer barnet. Om hon låter bli att äta. Men det går inte. Även om vargen där inne inte är lika rasande svulten som förut är den alltid sugen. En kaka, en smörgås, kött och sås och potatis. Fisk, korv, kroppkakor med skirat smör. Till första advent ska hon vara inflyttad hos honom. *En främling.* Då ska de vara på adventskaffe hos Sylvia och Otto, efter gudstjänsten, de går bara till advent, för syns skull har Tomas sagt. Tänk om tanten lever i tjugo år till. Det kan hon göra.

Kissnödig, ja hon är strax efter två. Hur länge blir det inatt? Att vrida sig i lakanen i timmar. De är så svåra att mota, tankarna. Det går så snabbt! *Jag dör. Jag överlever. Jag dör. Jag överlever. Jag.* Du vänjer dig. Du får aldrig tillbaka Erik och han vill ändå inte ha dig. Bara ligga med dig. Du kommer aldrig att älska mer. Du är bortskämd. Ragna har rätt. Bortskämd! Tror att du är något särskilt. *Men Tomas älskar inte mig heller. Det var bara en lek.* En parentes. Det var inte meningen.

TANT VILL HA EN lista över vilka som ska bjudas på bröllopslunchen. Det börjar bli bråttom. *Mamma och pappa vet inte.* Ingen vet. Alla vet. Man kan se i ögonen när en kvinna har horat säger pappa. Han ska inte få se hennes blick! Tant tycker att hon kan ha hennes brudklänning på bröllopet, hon visar den svarta sidenklänningen, från sekelskiftet eller ännu tidigare, med hög hals, vit krage, det var inte länge sedan brudarna bar svart, men nu har man vitt, vita tjusiga klänningar med slöja och brodyr. Maj säger inte emot – och Tomas tiger. Tant säger att det syns mindre i svart och Tomas smeker tyget tankfullt, den är vacker, säger han. Hur hon går ut över ängen. Erik och hon i gråljuset om natten. Vad hon skulle vara vacker! Smal som en vidja i midjan, han brukade hålla om henne där, där skulle klänningen smita åt, falla från höfterna ner. Lite axelbredd, rynkad puff i ärmen. Slöjan, buketten av liljekonvalj och rosor. Eller heta högsommarens överflöd. Den mörkaste dagen på året. En dag att stryka bort och glömma.

Varför ska hon behöva berätta om barnet? Om det plötsligt dör har hon ju bara gjort alla upprörda i onödan. Ragna ska absolut inte få veta något. Hur kunde hon få för sig att berätta för henne? Margit skvallrar inte. Eller? Vem skulle hon kunna säga det till? Det snurrar så där inne. Att hon blir så andfådd av de här knarrande trapporna upp till rummet. Hon tänker bjuda Margit i alla fall. Nej, Ingrid och Jenny är inte tillräckligt nära. Bara bekanta. Så känns det nu. När de tystnar om hon kommer för nära. De kommer inte att hålla henne sällskap när barnet är här.

Erik och hon skulle först rå om varandra, ett år, eller två. Barn senare, jo, det skulle de ha. Han skulle nog inte gilla att hon var servitris på Stadshotellet. Knäpp knappen i blusen, dom glor, sa han när de var på dansbanan utan att dansa. Eller att så tunt tyg fick hon bara ha med honom. Då älskade han henne i alla fall! Det här gamla gnölet. Berätta en annan berättelse. Uppbyggligt, starkt och utopiskt. Något vi inte visste. Något fräckt. En skörhet under den kaxiga ytan möjligen. Det är okej. Men här är det inte så. Här är det trångt och lite galet. Det är småkakor och stekflott. Och drömmar om WC och varmt vatten.

KÄRA MOR OCH FAR! *Glada nyheter – jag ska gifta mig den 15 december här i Örnsköldsvik. Eftersom mamma inte är kurant är väl det bästa att hans familj står för kalaset. Det blir inte något stort, bara ett förmiddagsbröllop med lunch efteråt. Han heter Tomas och är son till framlidne fabrikör Berglund. Han har det gott ställt. Men det är inga märkvärdiga människor. Jag hoppas så att ni kan komma.*

Er tillgivna dotter Maj

PS Det kommer en riktig inbjudan från Tomas mor

Hjärtliga gratulationer Maj
På grund av mors tillstånd som ej förbättras kan vi ej närvara vid vigseln. Per-Olof och Jan kommer i vårt ställe.

Mor och far

På sidan i fosterställning. Hon gråter som hon inte kommer att göra sedan. Det är öppet, det lossnar som fogarna där inuti. Löses upp, bereds plats. Hon måste sluta sig om smärtan. Stänga, börja på en ny berättelse. Berättelsen om hur hon träffar Tomas och blir ögonblickligen *kär*. Klick och lyckliga resten av livet. Menade för varandra, tjusigaste karln i världen. Först gråta en natt eller två för sådant som aldrig blir eller varit.

DEN ÄR SÅ FRÄMMANDE, den här staden. När november sänker sina mörka moln över fjärden och sommarnöjet ska vinterstängas, släkten ska visst dit och räfsa löv och sedan fira Mårten Gås, svartsoppa och fylld fågel hitskickad från Skåne, äppelkaka och vaniljsås, nej Tomas, det går inte, jag kan inte följa med dig, dom är inte farliga, det är lättsamma människor som tycker om att festa och ha roligt, ingen kommer att döma dig, det är säkert Maj, *din mamma avskyr mig,* dom är som folk är mest och det brukar vara trevliga tillställningar, du måste hur som helst vänja dig vid att det är så här det är.

Ett brev från Erik. Varför när *du vet att jag saknar dig gränslöst –* ska hon slänga det direkt den här gången, utan att ens öppna det? Eller likgiltigt läsa de där raderna som rymmer ingenting hållfast alls. *Jag flyr till dig och det är ditt barn jag väntar Erik, vår kärleks väsen!* Nej, inget sådant anspänt språk, det är fällbordet igen, en cigarrett, hon sprättar upp det, läser. Lite glatt och hurtigt om livet med grabbarna, som om de var goda vänner, Tore som visat fotografier och Åke och Tore tyckte att du såg ut som en mannekäng på bilderna – du är verkligen snygg – och då kom jag att tänka på hur jäkla trivsamt vi har haft det tillsammans, Påken snackar fortfarande om dina köttbullar och Tore sa att sådana som du ska man vara lite rädd om. Hon reser sig och än har hon inte börjat puta och svanka, nej rak i ryggen går hon till nattygsbordslådan och tar fram brevpapperet, skriver innan ångern hejdar henne *Erik, tack för ditt brev. Jag mår bra, gifter mig i december och önskar dig all lycka i framtiden. Vänliga hälsningar Maj*

HON VILL SÅ FÖRTVIVLAT gärna att de ska fråga om hon ska följa med. Ingrid och Jenny som skrattar och vänslas, de är inte elaka, Ingrid ler när Maj kommer in till dem i det trånga utrymmet där de byter om, fotsvettslukten och Kjellins parfym sitter i väggarna här inne, hit tränger inga dofter av kardemumma och vanilj. Se på vår blivande brud, säger Ingrid, och Maj måste vända sig bort när hon tar av sig förklädet, den vita blusen och svarta kjolen behåller hon på, aldrig att hon visar sin mage för flickorna. Jo, Jenny ska visst iväg och Ingrid och Maj har sällskap hem, men de blir ståen- de utanför Ingrids port på Storgatan, hon vill dröja sig kvar, säger plötsligt att det kanske ändå är Eriks barn, men Maj, säger Ingrid, den där Erik skulle aldrig stå ut med barnskrik och bajsblöjor, du skulle få sitta i en trång etta med kokvrå och inte veta om han var ute med andra. Med Tomas får du det bra! En barnflicka, ett hem- biträde, en kokerska vid kalasen. Tro inte att kärleken håller för ont om pengar och trångboddhet. Kanske står de bara tysta och hummar, som om Majs tillstånd skulle kunna smitta, och kanske är det Maj som drar sig undan, skyndar sig hem. Men med hög- buret huvud och blicken rakt fram. Hållningen! Kyrkan som vilar så stadigt på höjden, och visst skulle någon av församlingarna här i stan *ha förbarmande*. Margit. Om hon skriver till Margit. Som känner henne sedan gammalt. Hon är för rädd för att dö. Inget skrämmer henne mer. Det är inget alternativ. Och Margit svarar att hon måste befria sig från syndiga tankar och tacksamt ta emot den gåva Gud sänt henne. Erik är en förtappad man och var glad att Gud sträckt ut sin givmilda hand till Dig.

VAD SKA VI SÄGA om Mårten Gås? En främmande fågel i Norr-
lands kustland – ja, men sådana ordvitsar hör väl inte hemma
här. Det är då hon ska introduceras på allvar. Lysningen avklarad,
saken är till allmän kännedom. Klart att hon vet. Hur det borde
gått till. Förlovningar på minst ett år. Gärna flera år av förbere-
delse, sänglinne, dukar, broderade monogram, porslin. Men Maj
vet att det hon är på väg att träda in i är en alldeles särskild berät-
telse som inte alls är passande i hennes samtid. Därför kommer
inledningen att hoppas över. Aldrig berättas eller dokumenteras.
Bröllopsbilderna som finns kvar är av andra brudpar, kommande
generationer. Goda vänner och bekanta som skickat tackkort.
Klämmigt kortklippta luggar, nätta slöjor, retuscherade svartvita
fotografier som ger både pojken och flickan Audrey Hepburn-
look. Färgbilderna med tuperade blonda lockar, kortkort och
blommor i håret, stuprörskavaljerer eller är byxorna utsvängda
nu? Ja, det vill skrivas bort och ut åt andra håll. När det ska rus-
tas till decemberbröllop och kriget snart ska till att bryta ut. Där
kärnan och koncentratet i fabrikörsfamiljens kommande uppgift
består av – det måste gå korrekt till – men för allt i världen – inte
basuneras ut.

Eller är det Maj som väljer att tiga? Sväljer skammen självmant
och ber inte ens om nåd.

Så det blåser här i villan vid vattnet. Ja, det blåser kallvindar ge-
nom den tunna isoleringen. Det är ju trots allt bara ett sommar-
nöje! Ett förtjusande sådant. Ja, det kan Maj se när hon får åt sig
andan. För de är svåra, vindarna här vid havet och vågorna som

skummar och slår – det är så hon vill kräkas igen. Tack och lov måste tanten ta igen sig i våningen i stan innan kvällens släktmiddag – det är syskonen som ska sköta det något försenade räfsandet och vinterstängningen av huset. *Det är ju inte första gången du är här i salongen.* Nej, hon kan inte känna någon glädje, *detta kommer också att bli mitt.* För rädd. Liten. *Vill du verkligen se havet mamma?* Titti är rar. Det är inte det. I bilen hit ut la hon sin handskklädda hand på Majs och sa att hon är så glad att Tomas och hon ska gifta sig. Nej – ingen undertext och passning eller gliring. Men Tittis glada omsorg ska räcka till mor, Georg, Henrik, Sylvia, Kurre, Nina, Eva, Otto, Johan, Dagny, Julia, Ragnar, Tyko, Rut och Nisse plus deras barn som Maj inte har lärt sig namnet på. Hennes barns kusiner. Fast den tanken är inte där. *Det finns inget barn för det finns ingen mor.* Bara en flicka som är rädd att hon luktar illa.

Gräsmattan, sommarvillornas samhörighet i jord, landyta. Syskonens hus på rad, i söderläge, mot sjön. Glasverandor, flaggstänger. Tomas delar huset med sin mor. Hon har undervåningen, kök, salong, större sängkammaren åt frun, den mindre kammaren åt fröken Eivor. Nej, det handlar inte om storstadens grosshandlarvillor. En mindre modell, men med omsorg om detaljerna här i träpatronland. De riktigt stora gårdarna ligger inåt landet, där skogen finns. Här är det enkla sköna sommarlivet med båtar och blommor och bad. Köpa fisk hos Pettersons och leva nära folket. Fabriken går bra. Här kommer kriget inte vara hotet. Marschkängor åt militärerna. Någon måste tillverka dem också. Ja, men här görs det faktiskt pjäxor, lågskor, vantar, handskar. Det finns många driftiga människor i den här stan, småskaligt men lönsamt. Ja, större fabriker också, sågverken, massafabrikerna, mekaniska verkstäder men det är blandningen som är så alla tiders. Det är så syskonen pratar när de ska förklara för Maj vad som är så fint med att bo just här. Skärgårdens skönhet. Att känna varandra, att bry sig om. Visst kan det vara fint i Östersund, blånande berg finns ju både här och där. Men fjällen, Norge, jämtarna, ja de är lite eljest. Men du verkar ju vara en klämmig jänta Maj! Behändig! Än känner hon inte Tomas så pass att hon vet vad han egentligen tycker om det här livet. Det här är hans verklighet. Hon vet att han läser minst två olika dagstidningar, för att få *perspektiv,* och böcker. Strindbergs samlade har hon sett i hyllan. Historia. På så sätt liknar han Erik. Böckerna och världen. Men nu ska det räfsas så inget tjockt lövlager kan förstöra gräsmattan inför sommarens lekar och spel. Kalas och långbord. Båttävlingar. Och minns ni det lyckade jubileet för fabriken då även arbetarna – och deras familjer – fick vara med! Kanske kan de ställa till fest i år också. Bara vädret blir bra, det brukar det väl bli? Titti, Sylvia och Eva ropar att det finns förfriskningar och annat gott och eftersom Titti ska köra bilen hem till stan tar Georg och Tomas en värmande whisky och Maj tar emot ett glas och ska just till att smutta på den skarpt starka drycken när Nina säger att man ska tänka på vad man stoppar i sig när man är i grossess. *Alla vet om det.* Hettan i hela kroppen, här behövs ingen sprit för att mjuka och värma opp.

Maj kryper tacksamt och rodnande in i baksätet när de ska återvända till stan. Men de är ju sådana sällskapsmänniskor! Fast Nina brås visst på sin mor, som ser missnöjd ut där hon sitter i våningen i stan med sin ljusvioletta sjal över crêpeklänningen och pläden runt benen och huttrar den här novemberkvällen. Men att mor tjurar verkar barnen inte bry sig särskilt mycket om. Maj ser hur Tomas omfamnar henne, hur hon håller kvar honom lite för länge för att Maj ska kunna slappna av. Hon griper med blåådriga fingrar runt hans händer. Fast det är inte tal om att slappna av, något sådant väntar sig inte Maj, det är genomleva, överleva, och när han återvänder till hennes sida följer han fortsättningsvis med henne, lämnar sin mor med mörka tankar. Anseendet. Skilsmässan. Och att han prompt ska ta på sig den här ungen och sämre sortens flicka utan att blinka. Sämre sorten? Ja, Maj ser visst fruns blick fastän hon hela tiden försöker undvika den. Flickor som blir med barn – man håller på sig när karlarna hettar till. Eller hur det nu var. Så länge det inte blir barn och det sköts snyggt. Allt detta som Maj känner där hon sitter intill sin fästman, för fästfolk får sitta bredvid varandra, men så fort äktenskapet är ingått ska de isär. Om hon blev stum och inte så förbannat talför. Dumheter som far ur munnen på henne där hon sitter vid damastduken och linneservetterna och silverljusstakarna och låga blomsterarrangemang. Men det är bara frun som ser så bister ut. Och Nina. Nina måste hon akta sig för. Den där dragningen att springa rakt i hennes famn och både bekänna och be om förlåtelse. Samma stränga blick som Ragna. Svartsoppan, blodet och alla kryddorna, tack och lov att hon inte mår så illa längre, och gåsen är god. Med sin mustiga skysås och potatis och gelé. Den underliga skånska äppelkakan av mörkt rivebröd och smör och äppelmos och hemlagad vaniljsås, ja den tar hon två gånger av, där fanns visst en kristallskål med tjockgrädde också. Tal och muntra sånger och Tomas får ideligen påfyllt i glaset av det sträva rödvinet som Eivor tydligen är särskilt tillsagd att inte vara för frikostig med i just hennes glas. Lingondricka är ju ett utmärkt alternativ. Till och med fruns kinder börjar bli rosiga och där är något som liknar glitter i ögonens pupiller. Kanske är det blänket från ljuslågor och silver. Än är det bara till att haka tag och åka med. Också när blivande svågrarna blivit runda under fötterna och man ska bryta upp från middagsbordet och ta kaffet och cognacen i salongen, ja, blickarna där i brösthöjd, ogenerat, familjens egendom, klart det är tabu, men man måste ju få inspektera nytillskottet och Tomas har väl ändå haft tur måste man säga, på den fronten. Och det hade inte varit något att orda om ifall hon diskret dragit sig undan och bättrat på sitt puder och läppstift och sedan smuttat på det heta kaffet med blivande svägerskorna och svärmor och inte alls låtit sig fångas in i den här cirkeln av smicker och snusk. En så förtjusande stilig flicka Tomas, och hans hand om höften och hennes fladdriga skratt och vilja att visa benen, för här i släkten verkar damerna mest vara av den korta, plattbröstade, satta sorten, ja med kraftiga vader och stor rumpa, det har hon i alla fall sett, att det är bara hon som verkligen bär upp ett par pumps och än dröjer det innan också benen sväller, men särskilt tjock blir hon inte eftersom det där inne får ta det som finns och inte komma och kräva och pocka på mer.

Det är whiskyn och rödvinet och vermouthen och allt som gör henne så förbannat fjantig, men Tomas tycks inte svartsjuk och han håller sig intill henne hela tiden och man kan tänka att det ordnar sig, trots allt, för än är där inget äckel av farbrödernas blickar och beröm, det kommer sedan, efteråt, när frun dragit sig tillbaka med yrselkänningar och gästerna fått lov att stanna till vickning. Men det blir högljutt och upprört och plötsligt säger Titti att Tomas inte ska ha mer, ingen nubbe och pilsner till gubbröran och spisbrödet och osten och det är läppstift som bitits av och bort, utspillda glas som snabbt plockas undan, nej det är ingen fara, ingen katastrof, det är fest när vädret är som dystrast och mörkret tungt, men Tomas vinglar och vill kyssa henne inför alla syskonen, det är då nykterheten griper tag och hon har inte druckit så mycket att hon inte själv kan bli stadig på benen och *det är väl inte jag som ska se till att han kommer i säng*, där är Titti som föser undan Georg med nubben och som skarpt säger åt Maj att ta ett ordentligt tag om Tomas för karlarna är inget att ha i akuta lägen, och kanske är det inte meningen att Maj ska höra – jo – det är tänkt att Maj ska höra Tittis tysta förmaningar, Tomas, du vet vad som händer om du fortsätter nu, det blir bara tråkigheter och det vill du inte och ingen annan heller, tänk på hur du kommer må imorgon, nu följer vi dig hem och du ska bara sova, jag och Maj sitter hos dig tills du somnat och du lovade att ta det försiktigt, eller hur, visst lovade du det?

Och det sluddras mina älsklingsflickor och där är försök till kyssar och slaskig tunga och saliv som gör Maj stum men full av ord för nu är i alla fall Titti med henne, men sedan. Hon öppnar rumsfönstret för här är kvavandet och det ska hjälpas av med skor och även Tomas luktar fotsvett om man kommer för nära och byxorna ska visst också av, han kan ju inte sova i bästa kostymen, vill att Maj ska dit och ligga men ser Titti skräcken där i blicken för hon säger att nu skärper du dig Totte, annars, och Maj hittar en galge och slätar byxorna och hänger upp dem, inga farliga fläckar av fett eller rött vin, och Titti talar oavbrutet och stryker Tomas över håret och plötsligt ska han upp och dricka – hämta sodavatten Maj, i kallskafferiet, och Maj hämtar flaskan och ett glas och Titti tar fram något ur sin handväska och räcker Tomas – ta det här och så är det bra imorgon. Och innan Tomas sover djupt – om han kommer att göra det vet hon inte – vinkar Maj åt Titti som sitter vid hans sida, så tar hon trappan ner och tack och lov hänger den mullvadsbruna kappan i tamburen och eftersom frun redan sover behöver hon väl inte tacka för sig, bara känna efter hur trängande kissnödig hon är och treva i mörkret nedför två trappor och skynda genom svarta natten hem till sig.

Just när hon ska vända sig på mage och dra ena benet upp som hon brukar alldeles innan dvalan kommer, då känner hon hårda boxningar där inifrån. Om hon sträckt ut handen då, sagt hej här är jag, din mamma, medan din pappa ligger redlös i sin ungkarlslya, ska det vara vi i världen nu, *vad begär ni av mig*, nej, ingen hand om magens rundning, men värken i ryggslutet minskar om hon lägger sig på sidan, handflatorna under kinden, magen vilande mot madrassen och *nu ska jag sova,* för tiden tar och tiden ger, en timmes sömn eller två och en varlig och vacker visa.

ATT HON INTE HAR sett ventilen förut. Som plötsligt blinkar med sitt svarta sot och spindelväven över gallret. Och klappret där inne byts till ett verksamhetens lugn – vad skulle hon annars ha gjort här i hyresrummet en novembersöndag där det är så outhärdligt mycket som måste stökas undan, bort. Nej, inget dåligt samvete att hon ägnar söndagen åt arbete. De är inte kristna på det sättet, varken pappa eller mamma. Det har inte blivit plats över. Visst är hon konfirmerad, har förstås gått och läst hos prästen som alla andra. En ung nervös präst som rodnade lätt och som hade så speciella ögon, täta, svarta ögonfransar, ja han såg ut som en vacker kvinna. Men Margits klara, rena, höga tro fick hon aldrig. Där också tvivlen har en så skönsjungande klangbotten. Margit, som måste ha tagit sig an Maj för att hon var en förtappad. Det är liksom befriande att tänka på Margit, kan hon ha rätt i att Maj nu prövas av Gud? Margit som inte alls har hennes ordningssinne. En air av smuts runt henne. Svettlukt, matfläckar på kläderna, solkiga kragar, och håret som hon alltid brukar bära i knut hänger ändå i testar över ansiktet, ja hon ser nästan vild ut, mamma muttrade att Margits mamma måste ha det lite snävt som inte kunde hålla flickan renare. Åh så ljuvligt att förfasa sig över andras dammråttor och svarttummade lister. Näsman verkar inte heller vara så noga. Elementet med sin centralvärme var mycket smutsigt när hon flyttade in. Bara för att bordet stod i vägen kunde man väl inte strunta i allt som samlats upp i skårorna. Och korkmattan som är så lättskött avslöjade sig genom att trasan blev alldeles grå när hon torkade det första hon gjorde när hon flyttat in. Mamma med brädgolvet att sopa rent varje kväll. Peta i springor och vara rädd för ohyra.

Nej, det är för tidigt att packa. Så försvinnande lite som hon äger. Hon måste sätta sig en stund för hon blir yr och vill skratta, det är inte klokt, men det är väl så här det går till att få ett hem och make. *En kvinnas lott.* Nej – gno den där emaljen nu, eller vad det kan vara för material, ingen idé att tänka igår eller imorgon och så knackar det på dörren, stig in, säger hon där hon står på stolen igen och gnor och där är Tomas, städar du, säger han, så fint det blir, och nu vet hon inte hur hon ska ta sig ner från stolen, om hon kunde få kravla och vara klumpig i lugn och ro, utan att en karl står nedanför och tittar upp, ja, det ska ju flyttstädas, svarar hon och Tomas säger att inte ska väl du behöva, det kan jag ordna, mamma har en fru, fru Jansson är pålitlig och noggrann, och så ber han att få hjälpa henne ner. Grådaskig, nej, han ser bara lite svullen ut runt ögonen – är han snygg eller ful – Ingrid som säger att han liknar en filmstjärna med sina breda axlar och hakan och Eriks ögon när han såg på henne, hennes hand över hans markerade nyckelben, ska vi ta en sväng med bilen, dricka en kopp kaffe, eller äta en bit mat någonstans utanför stan, vad säger du? Kan hon svara nej? När hela hennes väsen – eller jag – eller vilja – säger nej tack, jag har ventilen och elementet och allt möjligt att göra idag, men rösten säger ja, men det vore väl trevligt, och han ser glad ut och säger att han väntar på henne nere på gatan. Vad ska de prata om. Vad ska hon säga för dumheter nu. För sent att skylla på migrän eller yrsel som mamman hans – nej, inte skylla på, hon är inte så förslagen – hon känner det ju om hon blundar och kniper eller böjer sig ner och hastigt upp igen, då är det väl så att hon bara vill svimma. Ingen hallonröd klänning här inte. Nej, Ragnas avlagda svarta kjol och den duvblå blusen, knäppt ända upp. Kofta, kappa och en fånig hatt. Läppstift och tusch på ögonfransarna. Några tag med borsten genom håret, som plötsligt känns kraftigt och ser riktigt snyggt ut i spegeln. Tåget till Stockholm. Manne-käng? Skrev inte Erik det?

Och han skyndar ut från bilens förarsäte, kastar fimpen på trottoaren, trampar till, men böjer sig sedan ner för att plocka upp den, öppnar dörren, sitter du bra, frågar han, har du gott om plats för benen? Nej, inget ekivokt, slipprigt, han skjuter bak sätet en aning, det är bekvämt, så trött hon är, och en filt över knäet, det kan visst dra lite kring fötterna, han tittar koncentrerat i backspegeln även om det inte är så mycket folk ute, det har ju varit frost inatt, kan vara halt på vägarna. Tomas är samlad, pekar då och då ut gårdar och hus, där bor rektor Nilsén på somrarna, där en barndomskamrat, Frans Bylund som äger halva skogen, och där gammelfaster Emelie som blev änka så ung och hon lyss-nar, om en dryg månad är de man och hustru och när det hisnar där inne tvingar hon sig tillbaka till novemberdimman och vä-gen och husen, han kör säkert, lätt *bara han inte tar mig till som-marnöjets sängkammare*, nej, vi måste väl ha en bit mat, ett ställe ute i Skeppsmaln, eller vill du inåt landet, i Gideåbacka, ett litet pensionat, det låter väl trevligt säger hon, inte stora mörka havet och fisklukten, och vägen slingrar och där är björkarnas avlövade svartvita stammar, där är granarnas mörka barr. Där är lägdor-na och åkrarna och ladorna och inte är det så olikt hemma, inte egentligen, *men är det verkligt, var det hit mitt liv skulle, var det här jag skulle dö och födas till en annan kvinna, flickan försvinna och frun i hatt och handskar träda i hennes ställe, så lätt ska du inte komma undan* och hon måste hålla hårt i handtaget i den skarpa kurvan för att inte pressas mot honom, *jag är inte redo mamma, får jag komma hem till jul?* Och så bromsar han lite hastigt och svänger sedan långsamt in vid ett vitmålat hus i två våningar, vilken tur, det är öppet säger han och öppnar lika artigt hennes dörr, oxrulader och kokt potatis, ja, det blir utmärkt, och mjölk att dricka för mig – Maj? – mjölk blir bra tack, stekflottslukten och spröda buketter med tre elegansnejlikor på borden, det är rart och visst tittar alla upp när de kommer in, övriga gäster i matsalen, men de äter, det smakar bra, kanske aningen segt kött, mamma skulle ha puttrat det lite till, men katrinplommon blir bra för hennes tröga mage – bara hon slipper springa akut – berätta något om dig själv Maj, vem är du? Hon skrattar till, vad är det för fråga, hon känner hur blossorna slår upp över halsen, nej, han är inte påstridig, kaffe måste vi ha, och en cigarrett på det, och först i bilen utanför säger han att han är ledsen för igår, han skakar lite på handen, vill be om ursäkt, men är inte du också lite rädd Maj, vi känner ju inte varandra, du verkar vara en så rar flicka, men jag är väl rädd att inte greja det, jag har ju redan misslyckats en gång, och nu ska vi ha barn, och jag ville så gärna att du skulle ha det trevligt igår, med min familj, att det skulle gå bra att träffa alla, men herregud, jag blev så rädd att det ska gå åt skogen, ja inte du men jag, och när vi är gifta måste vi ju känna varandra på allvar, eller hur, jag brukar inte dricka så där, du vet det är ju trevligt också, jag vill inte göra dig besviken, du är så ung, så oförstörd och vacker, jag har ju sett dig sedan i våras på konditoriet, hur söt du är, men det blir väl bra det här Maj, visst kan vi tycka om varandra på riktigt – och hela tiden sitter hon tyst, och hon hade kunnat ta hans hand och säga, men vi är två i rädslan, det gör oss lite mindre ensamma, vi tar en dag i taget Tomas, du och jag, men det är inte det som fyller henne, utan vreden. Om hon fick slänga upp bildörren och springa ut. Ja, men hon måste faktiskt kissa, och katrinplommonen har gjort läget trängande. Ursäkta säger hon, jag måste, och så krånglar hon upp dörren och går in, jodå, det finns en vattenklosett där i hallen, hon kan bara öppna dörren och sätta sig ner, behöver inte gå in i matsalen för att be om nyckel. Håll tyst, vill hon skrika. Håll tyst om din rädsla och dina tvivel. Ska det till kärlek är det du som måste älska för två. Vad är det där att bli beskyddad av. Det skulle du ha tänkt på lite tidigare, när du skulle dit och. Hur länge kan hon sitta här inne? En representativ, noggrann hustru. Allt det kan du få. *Vem jag är?*

Det var inte meningen att… jag ville bara be om ursäkt för igår. Hon nickar kort, bestämt. Jo, jag förstår väl det. Du vet, det kunde gå ganska vilt till i Östersund också, säger hon och ler. Vi ska väl fara innan det blir mörkt, lägger hon till och förvånas över säkerheten i rösten. Det ska vi göra, svarar han och sedan sitter de tysta, tack så hjärtligt för lunchen, säger hon innan hon kliver ur bilen och Tomas nickar, reser sig åter för att öppna hennes dörr, inga försök till omfamningar, han hinner inte innan hon skyndar in i kallfarstun och tar långsamt trapporna upp till sitt rum, för krampernas skull, två veckor till här uppe, att töja till en evighet.

KYLAN. OM ALLT BARA fryser bort. Titti bjuder på lunch i ljusa vackra villan, inga mörka salonger, här är det modernt byggt och lätta färger är senaste mode i Stockholm – Georg vill ha det tyngre, mörkt trä du vet, han får nöja sig med ekparketten, jag står inte ut när det blir för dystert och mycket möbler som hos mamma och till kaffet tar Titti fram bomullsgarn och silke, vad kan det ha kostat, och medan hon lägger upp maskor på de tunna, vassa stickorna ler hon och vänder sig mot Maj. Jag säger det bara till dig, men jag tror att jag också är med barn. Och det glittrar och glänser i ögonen och Maj vet inte vad hon ska svara så i stumheten säger Titti att de kommer att bli årsbarn, kusinerna, vad roligt det ska bli. *Men jag har inget barn.* Titti handarbetar snabbt och vant, stickornas klickande läte och jo, nog har Maj sytt lite och lagat förstås, men hon har inte haft det där tålamodet att sticka koftor och strumpor, inte mamma heller, Titti tar ett nytt par stickor och lägger upp långsammare nu och visar, avig, rät till resåren, avig, rät, men hon kan inte, svettas, blir fuktig om fingrarna, Titti skrattar och säger att man blir visst sån av att vänta barn, lite trög, man ska bara vara mamma, inte tänka på så mycket annat. Och snart är det jul och då blir det kalas ska du veta, när man mår som mest illa, så håller det på med fester och middagar och luncher ända till trettondan, ja till tjugondag Knut, och sedan är det snart dags för bruna bönor och fettisdagsbulle i Sillviken. Få se om han har kommit då, din lille! Fast du har ingen pojkmage, äsch, jag tror ju inte på sånt, mamma säger att då står de ut mer, men det är nog bara prat. Och Maj berömmer Tittis flinka fingrar. Som stickar en omlottkofta och sparkbyxor på en eftermiddag, och när

Maj ska gå har Titti slagit in plaggen i ljusgrönt silkespapper som hon räcker över till henne, jag ska lära dig sticka, jag ger mig inte så lätt, säger hon och skrattar igen. Och sedan som i förbigående, Tomas tar det väl lugnare nu, jag har sagt åt Georg att inte ta med honom på så mycket jämt, han är inte lika robust, Tomas, tål inte, du tar väl hand om min lillebror nu Maj? Maj nickar och Titti säger att det var väl det hon visste, att Tomas hittat rätt till slut.

KJELLINSKAN GER HENNE GOTT betyg. Säger att hon har varit ut-
omordentligt trevlig och artig mot gästerna och snabb i ben och
händer. Hon har särskilt sett hur noga Maj städat av kaféborden,
så att ingen gäst har behövt sitta i andras slafs och snusk. Hon
kommer att bli en utmärkt hustru. Tant Näsman sa ingenting alls
när hon sa upp sitt rum. Verkar bara vara glad att bli av med hen-
ne. *Det är inte mitt fel att han varit här och bankat. Inte mitt fel.*

JAG TRODDE VI VAR överens om att hålla det inom familjen, säger hans mamma när de åter är kallade till ett möte, vid matsalsbordet nu. Den här Margit Nilsson, är det nära släkt? Ja, svarar Maj, och det är så lätt att fara med osanning, vi är släkt. Frun drar åt sig andan. På så sätt. Ja. Just på så sätt. Tick tack tick tack, pendeln på pendylen och det är mycket som måste skarvas här. Hade det inte sett bättre ut om Maj flyttade in hos Tomas som gift. Det är klart, men vem vill hyra ett rum från den 15 december? Och att hyra månaden ut, det är en onödig kostnad som frun inte vill stå för, nej frun vill inte ha något med den där Näsman att göra alls. De ska först göra i ordning åt Maj inne i sängkammaren, det är ju i allra högsta grad opassande att de delar rum redan, så då får Tomas ta extrabädden i finrummet istället. Fastän alla vet redan förstås. Ärligt talat så *bryr* sig inte syskonen, förutom möjligtvis Nina. Sylvia som verkar högdragen tänker förmodligen att Maj inte är fin nog och på något sätt lortar ner henne också, båda kommer höra till de ingiftas sårbara skara. Att det blir barn, ja men det blir det ju ibland, och ska man ändå gifta sig spelar det väl inte så stor roll. Sylvia spelar piano, sjunger och tar emot elever. Det är *märkvärdigt* och kanske inte alldeles uppskattat. Har spelat på biografen också, i eleganta klänningar och håret stramt uppsatt. Hon är rakt lite överdriven, Sylvia, men pappan var – ja, någon att räkna med i alla fall, så det är inte mycket att orda om. Om Maj bara varit musikalisk. Men det är hon inte. Har varken frikyrkans lovsång eller kyrkokörernas Johannespassioner i blodet. Bara mammas sorgliga visor.

SÅ VAR DET DAGS. Tack och farväl. Inte för att den har varit vidare glädjefylld, tillvaron här i hyresrummet. Men ändock har det tjänat som hennes tak över huvudet om natten. Det stormar där ute. Inget väder att tvätta fönster i. Men vad ska hon göra när det måste bli gjort? Att stå på fällbordet, insida, utsida, karmar och fönsterbräda. Ett ynka fönster är ju ingen sak. Många meter ner till marken och man kan så lätt tappa balansen där man står med hetvattenhinken och trasan. Lister ska gnos rena och det ska torkas torrt. Trasmattor kånkas ut på gården och korkmattan kan man visst blanka med något starkt medel. Julen. Om man gör ett hopp i tanken är man där. För även om mamma inte är stark nog att resa till bröllop så vill hon väl att Maj kommer hem till jul. Ja, det är inte något att fundera över, hon har aldrig firat någon annan jul än hemma. Med pappa, mamma och syskonen. Vad ska mamma få till julklapp? En värmande yllefilt? Handskar i skinn? Äsch, inte har hon råd med det på sin lön från konditoriet. Än finns inte tanken att be Tomas om pengar till presenter. Till bröderna, det är mest för syns skull. En raktvål, ett par strumpor. Hon är inte ute i sista stund. Nej, bortgjort och klart, helst före lucia. Mamma borde få ett vackert nattlinne. I mjukaste siden. Så att det inte skaver till liggsår på huden. Nog var hon ännu smalare sist? Har ju aldrig varit fetlagd, det är ju inte hon som har ätit av den goda kalasmaten.

Men i år behöver väl mamma ha hjälp med maten också. Till jul ska det inte snålas. Mamma lägger undan i burken hela året. Och pappa är inte den som är där och länsar, fastän det kanske frestar, när det kommer till travhästarna i alla fall. Korven, lutfisken, kalvsyltan som mamma kokar själv, skinkan som ska vara rund och inte avlång. Till den tjugonde måste hon vara hemma, om hon ska hinna. *Om jag kommer hem och tar på mig hela julens åtaganden – förlåter ni mig då?* Det blir bråttom, men pepparkakorna gör väl mamma till advent. Inte är hon på sanatoriet igen? Maj kommer ju inte ogift och är *på det viset*, så hon har inte skämt ut sig, bara magen slutar växa. Ingen midja kvar. Spända bröst och lår som sväller. Fruns sömmerska som ville ta mått till en stadig korsett. De vanliga sorterna. Drömmar, finska pinnar, judebröd, rullrån, plättbakelser. Och smörkringlor och mandelformar bara till jul. Dem får hon inte glömma. Med ganska mycket bittermandel, av tre stycken kan man dö. Korintkakor? Hon ska kosta på dem saffran, mandel, smör och kakao. Schackrutorna förstås. Eller chokladlöv med pärlsocker och hackade nötter. Hon får lite klåda i halsen av hasselnötter. Och saffransbrödet blir så fort torrt.

DET ÄR INTE RENT hos Tomas när hon flyttar in. Inte outhärdligt snuskigt, men man ser ju på en gång att det bara är städat på ytan. I skåp och på andra mindre åtkomliga ställen är det både flottigt och dammigt, kanske finns det kryp till och med. Det är ju inte hennes möbler. Hon kommer med sin resväska med kläder och två prydnadskuddar. Breven. Nej, hon kan inte slänga dem än. Tror heller inte att Tomas tänker rota i dem. *Han är inte mer kär än jag.* Men varför sitter hans mamma i fåtöljen i rummet? Säger att Tomas måste vara rädd om sin nattsömn och fortsätta sova i sängkammaren. Maj, som väl ändå vaknar ofta nu, har det bäst på resårsängen nära tamburen när det blir bråttom. Vi ordnar det här mamma, säger Tomas vänligt, *kör iväg henne då,* och när han äntligen följer henne en trappa ner kan Maj torka ur byrån där hon ska ha sina underkläder. Vad var det hon visste, skal från pälsängerlarver. Malkulor, har inte herrskapet det? Men Tomas dröjer och hon är hungrig och det finns inte mycket hemma. *Läs för guds skull inte breven nu. Jo, läs det där när han bryter med dig, läs det.* Hon vill inte vara rödgråten när han kommer, men tårarna är så förtvivlat långt borta. En nåd att stilla bedja om. Det är ju faktiskt ett förträffligt kök. Med diskbänk i rostfritt, varmvattenberedare, höga skåp och skafferi. Lättskött, om man bara får det rent från grunden. Så kommer han springande, hon hör hans steg i trappan. Tomas tar tafatt omkring henne och säger att hon ska känna sig som hemma. Var har du malmedel, frågar hon och han ser fånigt frågande ut, det skriver vi opp, säger han, jag ordnar det, det är ju lite trångt här men så småningom ska vi ju flytta till något större. Jag tror inte jag vill ha någon villa Maj, vill du hemskt gärna bo i hus, du vet med lantstället blir det för mycket att sköta, nog är det enklare med en våning i stan? Vet han om att hon är uppvuxen på fyrtiofyra kvadratmeter, sju personer, *tala om det för honom då*, det är raseriet där inne, visst bor vi bra här så länge, säger han, oh ja, svarar hon. *Ska vi bo här tillsammans, du och jag.* Det svajar och gungar och far. Vänjer man sig? Att ha en främmande karl inpå bara kroppen. Nej, så *burleskt* är det inte. Det är ambivalens. Det är det febrila sökandet efter det där som fanns så starkt med Erik. Hans oåtkomlighet och avvisande. Ja, om Tomas kunde göra sig lite fjär, tänker hon plötsligt. Nej, men det handlar väl inte om det. Hon skulle aldrig kalla Erik en passion. Fast visst fanns väl den vokabulären redan då. Förbannat att det där brevet! Hur hon inte kan låta bli att luta sig mot det, den där öppningen, vägen tillbaka. *Han bedrog dig Maj. Men var en del av min verklighet.* Här har vi Tomas, en elegant herre som äter napoleonbakelse och läser Göteborgs Handels- och Sjöfarts-Tidning för att få ett vidgat perspektiv. Snäll. Ja, sedan den där lunchen är han så försiktig. Det kryper i henne. Han skojar om att han har tummen mitt i handen. Alldeles hopplöst opraktisk när det gäller det mesta. Vad ska hon svara på det? Man skarvar och drar ifrån och lägger till. Vad är det för underlig sanningslidelse att prata om och visa fram minsta skavank? Inte är han värst intresserad av affärer heller. Inte som Georg, som liksom alltid går plus där Tomas såklart skulle gått back. Skryt är inte klädsamt, särskilt inte här uppe. Nej, det är klart man ska vara anspråkslös och ödmjuk. Men det sipprar liksom ut och över henne också. Hans självömkande lull-lull. Du vet pappa som började i liten skala och bara expanderade. Jo, frun har visat kungens diplom från utställningen 1905, min make var mycket driftig, sa tant, men Maj stod så till att hon inte såg vad som var skrivet på det där guldinramade papperet.

Och nu sitter de här i hans lägenhet som ska vara deras hem och plötsligt är han så lycklig över barnet. Han säger att han längtar efter sitt barn, vårt barn och den där vädjan i blicken som vill att de ska dela. Som om den växande magen var hans också. Bara det inte blir havandeskapsförgiftning, säger han, äggvitan i urinen som är så förrädisk, en kusin, ja, i nionde månaden. *Ska jag dö nu?* Så ska han dit och prata med magen. Åh, hon rodnar, det är så larvigt, om någon såg.

MEN SNÄLLA LILLA MAMMA – det är väl klart att inte Maj kan ha din gamla klänning. Nu tror jag mamma måste ta igen sig lite. Tittis röst är upprörd. Det är snart fyrtiotal mamma – din klänning är faktiskt femtio år. Frun ser plötsligt så liten ut i sin stora fåtölj. Jaså, säger hon, ja jag ville bara vara hjälpsam och praktisk. Men mamma! Jag skulle väl aldrig haft din klänning på mitt bröllop, varför skulle Maj som är så söt – och dessutom mycket längre än du! Sånt är lätt ordnat, svarar frun, med en fåll eller vacker spetskant, lite skarpare i tonen nu. Maj sitter tyst. Nu tycker jag att lilla mamma ska sluta bekymra sig för Tomas bröllop. Det är klart att Maj ska ha en snygg klänning även om det är ett förmiddagsbröllop.

Hur ska hon kunna tacka Titti, tänk att tvingas stå framför prästen i den där spökdräkten och hon har inte vågat säga något till Tomas, men nu föser Titti henne varsamt mot tamburen och viskar att ibland är hon en riktig tokstolla, mamma, och så följs de åt upp till lägenheten. Snälla, bry dig inte om henne. Nu får hon äta ensam ikväll och tänka över ett och annat. Hon ska alltid bestämma! Och sedan frågar Titti i ett gladare tonfall om Maj tycker om hummer, oh ja, svarar hon och då tycker Titti att de absolut ska ha hummer på bröllopsmenyn även om det nu bara är en lunch. Hummer och filé, gödkalv, ja när Tomas äntligen fått tag på en så behändig flicka.

Levande ljus, duken, de brutna servetterna, de hjälps åt att duka middag, biff med lök och råstekt potatis, karlmat, skrattar Titti, egentligen tycker jag bäst om fisk. Och hon vet hur Georg och Tomas vill ha både köttet och löken – det gäller att hastigt täppa till köttets porer i torr het gjutjärnspanna så att inte köttsaften sipprar ut, men det får naturligtvis inte hårdstekas, nej ett fast gung när man trycker med tummen mot ytan, rikligt med smör, salt och peppar och löken som bryns när biffen vilar ska bli mjuk, inte bränd och ingen hård krispig kärna får finnas kvar – då äter inte Georg. Och så en liten nypa socker för att förstärka lökens sötma. De jobbar bra ihop. Maj är van att göra som hon blir tillsagd och ändå hitta krypvägar så att hon får det på sitt eget vis.

Sedan dundrar de in genom ytterdörren och Maj kan redan nu höra att Tomas röst får ett särskilt tonfall, *läge,* när Georg är med – är det underlägsenhet eller maskerad överlägsenhet, det vet hon inte, *är Tomas rädd? Rädd?* – de råa, bullriga skämten, ja jäklar och pilsner och röka – nej, inte direkt grovt, det är det väl inte – och det är heller inte som Eriks gränslösa beundran inför Tore, åh, så plötsligt trött hon känner sig över karlarnas komplicerade maktspel, hon har nog av kvinnornas koder och skådespeleri. Nåja. De äter och skvallrar och skryter. Nu är det minsann andra tongångar. Maj är inte van vid det här – att tala så gott om sig själv. Så gör man ju egentligen inte här uppe i Nolaskogs, men Georg har förstås glimten i ögat och pratar på bara där det är riskfritt. Ja, jäklar – hur han charmar och snackar och får till bra priser när han affärar. Maj vet inte riktigt vad han sysslar med i firman – för visst är han vid firman – hon har varken vågat fråga Tomas eller Titti. Åh du ödsliga övergivenhet som slår ner just när de ska duka undan resterna av lingonpäron och grädde och ordna fram kaffe och cognac. *Varför vill de inget veta om mig? Varför ställer ingen en enda fråga om vem jag är? Vet de verkligen redan tillräckligt om mig och mitt förflutna?* Nej, Maj tänker troligen – här passar inte mitt ursprung in. Fast pappa är så duktig på att arbeta är han en enkel människa och mamma en sådan där användbar liten duktig sort som kräver just ingenting i betalning för sin insats vid kalasen. *Fan ta er att jag måste genomgå denna metamorfos. Jag vill bara vara jag och jag vet inte vem jag är! Jag är inte färdig!* Nej. Inte heller det tänker Maj. Det är mer konkret. Att inte berätta om sju personer i ett rum och kök och dass på gården. Att inte tala om att mamma har hostan. Att inte säga att Ragnas man är kommunist. Självklart aldrig yppa något om att mormor hade olika fäder till sina tre barn. Men mamma och pappa är duktiga anständiga människor som gör rätt för sig! Och hon brygger kaffet genom silen som ska kokas varannan dag för att inte ge en sur bismak åt det finmalda kaffet. Åt Georg duger inte kokkaffet. Sedan diskar hon undan när hon ändå är i köket. Blankar diskbänken och Titti säger att disken kunde väl vänta medan hon plockar kaffegodset ur skåpet, kom nu så tar vi också en cigarrett och gott, starkt kaffe.

SÅ SKA HON KLÄS brud i förmaket till damekiperingen där famil-
jens sömmerska håller till. Måste stora spegeln stå där? Sömmers-
kan säger inget särskilt. Har ju redan tagit mått och skrivit ner i
blocket. Mumlar sedan sakta att vi får se hur mycket vi kan ta
in under bysten… och så måste vi räkna med ytterligare ett par
veckor… Och hastigt, fast hon försöker undvika kroppen där i
trekvarts profil. *Herregud så jag ser ut.* Magen, brösten, stjärten.
En skrattspegel på tivoli. Hon vill sätta sig på pallen. Håller an-
dan. Blundar. En pärlemorgrå klänning. Inte kan frånskilda herrn
och fröken *på det viset* fira vigsel i vitt. Det fattar väl varenda
människa. Yllecrêpe i pärlemorgrått är ett utmärkt val när unga
fröken är uppstudsig och vägrar bära tants svarta siden. Silke-
sammet skulle utan tvivel varit elegant, men är dessvärre inte ett
särskilt *diskret* tyg. Fröken har en bra figur, säger sömmerskan
plötsligt. Det kommer att bli stiligt trots allt. Och det har visst satt
sig mer bak än fram till tycker jag – vilken månad? Det vet jag
inte, svarar Maj uppriktigt, rodnar. Men det är nog mer än halva
tiden? Sömmerskan nickar. Ni vet hyn får en särskild lyster, säger
hon, liksom intimt. Jag tror att skimret i tyget – ja – man kommer
att lägga märke till ögon och bystparti. Och mörka silkesstrum-
por. Men nu är det livstycke, strumpebandshållare, gördel – eller
är det en enda korsett? Bara jag kan andas under vigseln, viskar
hon. Sömmerskan skrattar och säger att förr i världen drogs det
åt betydligt hårdare, men visst ska hon lämna lite plats för luften.
Det är inte barnet Maj tänker på. Om barnet kommer att känna
sig trängt och klämt där inne. Det ska bara ut därifrån. *Ge mig
min kropp tillbaka. Jag är inte redo! Tvinga mig inte.*

Som hon i vanliga fall skulle ha glatt sig. Att få en egen klänning uppsydd. Slanka midjan, axeln lite bred. Inte längre lågt skurna raka klänningar som mamma brukar ha, nej nu med urringning i V-form ner mot brösten, insvängd midja, men ja det är förstås en annan modell som gäller för henne. En fyrkantig hals, veck under bysten som ska trolla bort magens rundning och kjollängd till halva vaden. Anständigt på alla sätt. Ja, här ska inte alltför mycket slanka vader visas i högklackat på pastorsexpeditionen. Men vristerna åtminstone. Nunna. Det är vad som kommer för henne där hon står framför spegeln. Som om allt det tunga tyget bara blir gammal gumma och trist. Om hon slapp stå brud! Ful, grå brud. Och Tomas? *Hur vill du ha din unga brud?* Det är sorgen över pappa och mamma och Ragna och lill-Stig. *Kan ni inte ens komma till mitt bröllop? Då ska jag utplåna er. Då får ni fara och flyga – vara utan er dotter och syster. Förbannade.*

DET MÅSTE VARA TIDIGT när väckarklockan ringer där inne i kammaren, hon vaknar visst till strax innan den stängs av igen, var det inte alldeles nyss hon somnade om efter nattens vakna timmar. Så förtvivlat trött. Du, säger han, lite för högt för att hon ska kunna komma undan med slutna ögonlock och tung andning. Är otålig. Vi ska vara hos mamma om en halvtimme, klockan är halv sju redan. Det svarta mörkret utanför rummets rutor. Kylan där ute. Att bara ligga kvar i värmen, hon mumlar att hon inte känner sig riktigt kry och då går han genast till telefonen för att beställa ett samtal till doktorn, nej, hon måste resa sig, denna mage som brösten svettigt vilar på när hon sitter ner, hur obeskrivligt – han har hållit mig vaken halva natten, säger hon kort, det är hennes humör, som mamma alltid klagat på, samma häftiga känslor av irritation, jag vill att du följer med, säger han, annars blir jag kvar där till lunch och det orkar jag inte, åh, hon reser sig och det svajar till, att inte ens kunna vara uppriktig med sin egen mor. Hon har minsann sagt ett och annat som sårat mamma, åtminstone har mamma sagt ett och annat som sårat henne, eller var det bara ryggtavlan, tystnaden – Margit har ju i alla fall tackat ja, och så kommer Jan och Per-Olof, men inte lill-Stig som bara är tretton. Ragnas svarskort var kort och jäktat. Men tänker hon på bröllopsdagen vill hon bara dricka något starkt. Det blir kräkreflexer och diarrékänningar. I badrumsspegeln är ändå ansiktet friskt och rosigt. Titti säger att man blir vacker på ett alldeles särskilt vis av att vänta smått, fylligare, sundare och en så härlig glans i håret. Hon tvättar sig, tar frottélappen där nere, den där jästa lukten av förruttnelse, hon som inte tror på någon gud kan inte förstå vitsen med den där stanken, ja annat än att man i det här tillståndet inte ska vara nära en man. Och Tomas låter henne vara. Nu knackar han på badrumsdörren, hon skyndar sig att torka sig torr och tar aluminiumkloridflaskan och duttar lite för flödigt på en vaddtuss och baddar under armarna, om hon slapp det här. Jag måste raka mig, säger han där utanför och hon sveper bäddkappan tätt runt sig och tränger förbi honom ut i rummet. Jo, det luktar svett om den, klänningen i violett ylle som hon har fått låna av Titti, hon tycker inte om den höga halsen, men den är skuren så att hon bara ser kraftig ut, blir stor i största allmänhet och inte *havande*. Bäst att hon hinner få på sig allt innan han har rakat sig färdigt. Korsett, gördel, strumpebandshållare och stödstrumporna som Titti tvingat på henne, annars får du åderbråck som mamma, jo, hon kan tänka sig fruns ben och visst är hon tacksam, för det vill hon självklart inte ha, absolut inte, men hon har inte sett skymten av blåaktiga ormar på benen, benen är henne trogna, vad gäller utseendet åtminstone. Annars har de lätt för att svikta och bli darriga och matta. En het kopp kaffe och limpsmörgås med ost. På en gång. Vatten på spisen och då står han där med sin fladdrigt hastiga otålighet och luktar skarpt av rakvatten, säger att vi ska ju dricka kaffe hos mamma. Luciakaffe, i salongen, fröken Eivor ska ju lussa och sedan bjuda på kaffe med dopp. Åh herregud så larvigt! Men än är hon en främling här i köket, att vara påstridig med smöret och osten och limpan och kaffebönorna är otänkbart. Du är så söt, säger han med ett annat tonfall när han föser henne ut ur köket, genom rummet, tar nycklarna och låser dörren utifrån. Själv får hon inte ens med sig handväskan och sin nyckel. Och tysta ska de smyga in i den mörklagda våningen och slå sig ner i salongen, ja Titti viskar god morgon, men Georg är inte med, han är tidigt på firman, Sylvia vid pianot och så Nina, Ragnar och Otto förstås. Kurre och Dagny. Eva och Johan. Tyko och Julia. Men inte Nisse och Rut som bor i Umeå. Och snart hör de hembiträdets röst i serveringsgången, fröken Eivor i vit särk och en tung krona med levande ljus på skulten, här ska man visst inte vara sämre än i huvudstaden. Och Sylvia hjälper liksom till när Eivors röst inte riktigt når den styrka som krävs för att överrösta pianot och Maj kan inte alls bedöma kvaliteten på hennes sång, magen skriker och lever om, det ska sjungas flera julsånger innan lucian får ta av sig kronan. Då är hon svettig och har röda märken vid hårfästet och ser rakt inte ut att trivas med att servera kaffe och lussebullar och pepparkakor i bara nattsärken. Mammas saffransbröd och pepparkakorna med en mild och behaglig kryddning. Degen som ska kavlas tunt, men inte så tunt att kakorna bränns för lätt eller går sönder. De här kondispepparkakorna med sin tjockt sockriga kristyr. Inte alls så finstämda som mammas. Och så den skarpt åtdragna rädslan. Går det att få biljetter hem till jul nu då. Måste man köpa dem långt i förväg? Att pina sig igenom påtåren och ännu en torr bulle. *Du skulle ju aldrig åka hem mer? Skulle inte jag? Det har jag aldrig sagt.* När dagningen sakta sveper in salongen i ett skumt sken och stearinljusens skimmer mattas av och Johan lågt ber att få tala med sin svärmor i enrum, då viskar hon bedjande till Tomas att de väl kan bryta upp, jo, han reser sig och ropar till sin mamma att de ses vid kvällsmålet, och så går de upp till sig. Måste man ordna om biljetter hem till jul redan nu, undrar hon ivrigt och Tomas ser frågande på henne, vilka biljetter, säger han, jamen till Östersund förstås, jag måste vara hemma till den tjugonde om jag ska hinna hjälpa mamma med allt julstök. Vad pratar du om Maj? Nej, han låter inte ovänlig. Men orolig. Kom så sätter vi oss en stund. Och hon upprepar det hon nyss sagt, förstår han inte en vanlig enkel fråga?

Men Maj, säger han sakta, som om han pratade med ett barn eller en som inte var riktigt riktig, vi gifter oss på lördag. Ska du fara ifrån mig det första du gör? Jamen det räcker om jag är hemma till den tjugonde, jag har en lista på vad som måste ordnas, ja så att jag säkert hinner. Du vet, mamma är ju så dålig. Och nu blir han ännu lite mjukare i tonfallet, men lilla vän, hur skulle det se ut om du for ifrån mig första julen som gift. Något år kan vi kanske vara hos er, men det är ju här vi ska bo. Och du ska väl inte, i ditt tillstånd, vara så mycket med din mamma när hon hostar blod. Vem har sagt att hon hostar blod, säger Maj bryskt, jamen är man på Mörsils Maj, jag förstår dig, *hon är inte på Mörsils Tomas, det har du väl inte bekostat?* – det är anspänningen, men jag ska ta hand om dig, julafton blir inte som det här lussandet som mamma har infört på gamla dar, det blir bra, Titti skulle bli förtvivlad om du inte var med och du får helt enkelt inte åka. Då kan vi lika gärna ställa in. Du har ju mellandagarna, eller nyåret, om din mamma, ja…

När ska du vara på kontoret, säger hon till sist, det är ingen brådska, säger han, vill hålla om henne, är jag så hemsk, säger han sakta när hon reser sig och hon svarar kort att hon tänkte få ta sig den där ostsmörgåsen som hon har längtat efter hela morgonen, om det kunde gå för sig.

Äntligen stänger han ytterdörren, låser. Hon skyndar dit och låser upp igen. Kanske är det något han gör av gammal vana. Men det där knäppet när nyckeln vrids om får det att strama och ta emot i hela kroppen. Om hon ändå var lagd åt att promenera. Men det är hon inte. Hon kunde flanera i stan, med väninnor, inte ensam, med den här magen. Den påbörjade stickningen i korgen, jo, den ligger där fastän hon lagt tidningen över.

OCH SÅ RINGER DET på dörren. Hon som bara sitter här sysslolös i sitt *hem*. Måste hon öppna? Ja – om det är tant och tant tar sin nyckel och kliver rätt in. Och hon reglade ju upp dörren. Maj försöker skynda sig, men när hon reser sig ur soffan är det yrsel och andnöd och hon är tvungen att bara dra åt sig luft när ännu ett ilsket pinglande ljuder genom tamburen. Det är Titti. Hur är det Maj? Inget särskilt, svarar hon, det är väl lite, ja på lördag. Det går bra, svarar Titti, det var mest därför jag kom förbi. Jag har väl talat om att jag har bokat Britta Melin redan halv nio så ordnar hon både frisyr och makeup. Maj nickar – *får jag lägga mitt huvud i ditt knä och bara gråta* – i detektivromaner brukar de döda med arsenik – har hon verkligen sådana tankar – men om något plötsligt skulle hända Tomas – har du förberett lunch, frågar Titti, Maj skakar på huvudet, skrämd av detta apatiska hon aldrig har upplevt – inte ens efter Erik, det finns rökt skinka, kallpotatis och ägg, borde hon säga något om tants luciakaffe, nej nu bryr hon sig inte, vill plötsligt gripa tag om Tittis kraftiga handled och säga vet du om att din bror vägrar låta mig fara hem till jul, vet du det om din älsklingsbror. Men Maj ser bara tyst på när Titti rör sig hemtamt i Tomas – *vårt* – kök, hon har säkert lagat mat åt brodern många gånger, och så plötsligt slår det henne att Astrid kanske har bott här också – att hon inte tänkt på det tidigare – är hon svartsjuk? Varför lämnade hon honom? Varför lämnar en gift kvinna sin man – vad sa egentligen Tomas där på bryggan i Sillviken?

Har du varit på kontroll, frågar Titti när Maj trögt tuggar bräckt skinka och stekt ägg – det smakar bra, det är inte det, det är bara det bottenlösa, men nej, några kontroller har hon väl inte kallats till? Du ser inte riktigt kry ut, säger Titti, du måste sköta dig, fast det är förstås anspänningen, var du glad att det inte ska vara så storslaget, du vet när jag och Georg gifte oss skulle det vara så väldigt mycket av allt – han är ju lite barnslig på så sätt Georg – och middagen och talen och sångerna ville liksom aldrig ta slut – men då är man ju så lättad, efteråt, så det kommer att bli bra, lilla vän. Och så kan hon inte längre behärska sig. Tar servetten till munnen och gnyr fram att hon så gärna velat ha vitt, att... ett sommarbröllop... att få vara en riktig brud, att inte ens få vara vacker. Men söta du, du kommer att se alla tiders ut när du kommer från fröken Melin, visst är vitt vackert, men så mycket mer användbart med en klänning du kan ha vid andra festliga tillfällen, jo, visst är det så. Du ser faktiskt ut att ha dåliga blodvärden och då känns ju det mesta besvärligt, säger Titti och hennes blick går mot vägguret – nej nu måste jag lösa av Kajsa. Henrik brukar vara otröstlig när han vaknar efter middagsvilan. Ska jag be Tomas komma hem tidigare idag? Maj skakar på huvudet, nej, jag ska nog bara ta igen mig en stund på soffan.

Hur tankarna rullar igång när man ligger och borde sova en stund för att – få tiden att gå? Men det vill hon ju inte. Hon vill stanna tiden. Och hon letar efter *hanterliga* tankar. Som oron för hur Margit och bröderna kommer att ta sig ut under vigseln. Måtte Margit vara riktigt ren i alla fall, ja i håret och en snygg dräkt eller klänning. Hon kan ju se så söt ut när hon anstränger sig. Och bröderna – ja men bonntölpar är de i alla fall inte. Tvärtom, noga med skjortorna – hon har strukit många för en liten förtjänst – och att putsa skor har de ju lärt sig i det militära. Men hur kommer de att föra sig? Tala politik med Nina och Otto? Se uttråkade ut när Sylvia spelar piano? Maj kavar av sig pumpsen, *vill du nöta hål i sammeten med dina vassa klackar*, de faller till golvet med en dov duns. Vore det inte bäst om ingen alls kom från hennes sida?

Lunchen hos tant efteråt, ja hon vet ju att Tomas hade hoppats på Stadshotellets matsal. Fruns kokerska och hembiträde sköter allt förstås. Man går till stationen och sätter sig på rälsbussen till Mellansel. Eller kan man ta en buss raka vägen till Sundsvall. Och vidare sen. *Men hur ska du klara dig och barnet? Vem ska ta hand om barnet?* Sömmen i soffans armstöd skaver mot kinden. Tårtan ska fru Kjellin bjuda på. Tänk! Det är så rart av henne. Så hon måste ha gjort ett gott arbete ändå. Klänningen är klar, skorna. Buketten beställd. Skära nejlikor, brudslöja och något grönt. Ja, de är tacksamma, elegansnejlikorna, som står sig så länge bara man kommer ihåg att ställa vasen svalt om natten och byta vatten varje dag. Eriks alla brev i lådan. Om hon ändå hade fått vara sysselsatt!

Så ringer telefonen i tamburen, det är Titti som bara vill säga att hon får låna hennes persianpäls efter vigseln – för det måste ju se lite festligt ut i kylan på kyrkbacken också. Hon behöver ju inte ha den knäppt. Tack snälla, svarar Maj, som inte har tänkt på det. Så drar ett hårt hat genom henne. Varför ringer inte mamma. Hur kan hon vara så kall när hennes dotter ska gifta sig? Förstår hon inte?

Hon tar veckotidningen som Titti lämnade, bläddrar från bild till bild av leende husmödrar och mannekänger, och när lägenheten är svept i mörker somnar hon på soffan.

Jo, hon hör Tomas öppna ytterdörren, hur han tänder takbelysningen, hänger av sig rocken. Låtsas ändå sova – *det är mina dåliga blodvärden* – Maj, säger han lågt och sätter sig på huk intill hennes huvud. Han sträcker fram ett litet paket, en ask. Åh, vad jag har sovit, säger hon, Titti var här och sa åt mig på skarpen att vila, så jag gjorde bara som hon sa, inte ska du väl, hon öppnar, ett armband, att göra din vackra handled ännu vackrare viskar han, och det är verkligen vackert, hon stryker med handens utsida över hans kind, han blundar.

SENT OMSIDER BLIR DET bestämt att Tomas sover hos sin mor dagen innan vigseln, så att Margit kan ligga över hos henne. De hämtar Margit på stationen, är Maj en liten aning stolt när Tomas tar väskan och bär den till bilen – en man med egen bil – och Tomas är verkligen inte snorkig eller högfärdig mot Margit. Tvärtom. Älskvärd och vänlig frågar han henne om resan och vädret i Östersund och det måste vara något alldeles extra med fjällen om vintern. Så när han diskret drar sig undan från lägenheten blir det först väldigt tyst mellan Maj och Margit. Visst visar hon var Margit ska sova, och badkar finns i källaren om hon vill tvätta av sig resdammet, men oh nej ett tvättfat räcker mer än väl. Och så ringer Titti mitt upp i tystnaden och talar om att Britta Melin måste komma förbi och lägga upp håret på spolar redan ikväll – att de inte tänkt på det tidigare, och Titti tar med sig kaffebröd om Maj kan tänka sig att bre några smörgåsar och brygga kaffe. Förlåt Margit, säger hon, nu får vi besök, jag som tänkte att vi skulle hinna, men ja, dom stannar inte länge, min svägerska och damfrisörskan, och låter inte Margit lite besvärad där inne i sängkammaren – snälla du låt inte mig störa, jag hade ju kunnat hyra ett rum.

Margit, Titti och Britta Melin. Nog borde hon känna sig ompysslad och ihågkommen. Ändå kan hon inte släppa tanken på att Titti övervakar henne. Ser till att hon… ja, vad? Det vet hon inte. Nu ska Britta bara fukta håret med läggningsvätska och rulla upp det på papiljotter efter konstens alla regler så att håruppsättningen imorgon inte äventyras. Britta är kvick, lite hårdhänt. Klagar

131

inte över Majs hårkvalitet, men berömmer inte heller. Margit där-
emot får höra att hon har ovanligt kraftigt hår, och sådan färg
sedan. Koppar och kastanj. Jag tvättar det bara med lite såpvatten,
säger hon och lägger till att det väl var Guds rara mening att det
skulle glänsa. Britta nickar i spegelbilden, med hårnålar mellan
läpparna. Är även hon religiös? Det finns visst en hel del frikyrk-
liga i stan, enligt Ingrid. Fast ägnar man sig då åt damers håruppv-
sättningar och makeup?

Sov nu din skönhetssömn, säger Titti och tar omkring henne
innan hon går. Och så blir de ensamma i våningen, Margit och
Maj, med både mazariner och nötkongresser kvar på fatet, Maj
bjuder tretår och när hon står intill henne med kaffepannan sä-
ger Margit plötsligt att magen är så fin, får hon känna om barnet
sparkar? Och försiktigt lägger hon sin hand där magen är som
högst, stryker lätt. Det finns en mening med allt, säger hon sakta
och Maj är tyst. Är du spänd, säger hon sedan och Maj känner det
heta kaffet mot gommen, nickar. Att jag ska svimma när vi ska
avlägga löftena, säger hon. Jag ska be för dig ikväll – om jag får?
Maj nickar igen, visst får du det, *men det kommer inte att hjälpa
Margit, det fungerar bara för den som tror.* Jag har sett honom på
stan ett par gånger i höst, Erik. Jag vet inte, men jag tycker att han
ser lite nedstämd ut. Han borde ha varit räddare om dig, Maj. Jag
tycker så synd om honom. Vilken mara som nu rider honom. Vi
gör ju så underliga saker i kärlek, eller hur? Majs hjärta klapprar –
nämn inte hans namn – du måste öppna dig för Tomas nu, det är
en bra man, säger Margit och nu blir Maj trött på hennes prat och
frågar om hon vill se på klänningen redan ikväll. Och eftersom
Maj har lagt märke till några fläckar på Margits klänning låtsas
hon att även hennes egen nysydda måste fräschas upp och då kan
hon ta hand om Margits fläckar av bara farten.

Och av bara farten är disken efter kvällskaffet undanstökad och det blir sängdags och snart kommer kvällen vara natt och natten gryning. Väckarklockan kommer att ringa, kanske kommer hon ha sovit några timmar mellan turerna till toaletten. De kommer att dricka kaffe, äta smörgås, Margit kommer att tvinga i henne så att hon står sig under vigseln. Hon kommer att bära med sig klänning, skor och korsett nedför trapporna – för tydligen är inte Margit och hon betrodda att spänna hyskorna i underkläderna för att på rätta sättet trolla med siluetten. Och Titti väntar dem i bilen utanför tio minuter över åtta – det är mörkt, kallt och halt för nu har det tillfälliga slaskandet fryst till blankis på backen – de ska åka bil till Brittas salong och Margit kommer med.

Långsamt förvandlas hon i den kemiskt doftande salongen och får tuschade ögonfransar, plockade tunna ögonbryn, läppstift, puder och rouge. Lockarna ska förvandlas till en valk uppe på huvudet, hon vet rakt inte om det ser snyggt ut där i spegeln. Och flickan förvandlas till fru. Ja, inte kan man tro att hon bara är tjugo. Rodnaden över hela nakna kroppen när korsetten ska spännas åt och den tillfälliga lättnaden när klänningen träs över huvudet. Men ser inte den fyrkantiga halslinningen alldeles urmodig ut? Så blundar hon och undrar intensivt vad mamma och pappa kommer att skicka till henne. Visst kommer de ihåg henne idag? Skäms pappa verkligen så förskräckligt mycket? *Men om jag blev våldtagen,* fast så var det väl inte. Och så sparkar barnet. Ganska hårt, strax under bröstkorgen. I en tunnare klänning skulle alla kunnat se. Tänker hon på Tomas? Nej, hon tänker på presenterna. Att hon i alla fall kommer att få presenter. Gåvor. Nu låter hon de andra ta över helt och hållet. Britta är duktig, förstår utan ord att makeupen inte får vara för hård. Ett mjukt och rosigt skimmer i det blekt kalla decemberljuset. En oskuldsfull moderlighet. Hur ska hon hejda förnimmelsen av vämjelse och äckel? Trots klänningens tunga tyg står hon naken. Åh, så mycket djur. Och hon är verkligen ingen bonddotter. En slank siluett är elegant. Ja, vad ska folk tänka på annat än hur de har knullat. Men nu flammar hela hon av eld. Och så tar Titti upp en flaska vermouth ur väskan. En färdknäpp. Det är ju meningen att du ska fröjdas på din stora dag och nu verkar du rakt skräckslagen. Hon behöver inte truga, Maj sväljer och känner hur snabbt de spetsigaste tankarna trubbas av, tack och lov. Hon hör hur Titti gör upp med Britta om betalningen och så tackar de för sig och bruden lyckönskas i sin persianpäls och med valken på huvudet. Så far de till pastorsexpeditionen, där Tomas ska möta upp och Georg och Margit som inte är av blodsband ska vara vittnen. Och Titti och Margit blir några slags tärnor där de håller henne under varsin arm i väntan på att Georgs bil ska bli synlig. Den kommer i hög, nästan nonchalant, fart i vinterföret, men Tomas ser mycket samlad ut. I mörk kostym och vit skjorta. Blir han till och med tårögd när han får syn på henne? Han kommer så nära intill att hon omärkligt byter arm att stödja sig mot, vilar hela sin tyngd gentemot honom. Om han släppte skulle hon dråsa rätt ner i ishalkan. Till Titti viskar han att mamma blir kvar hemma, hon hade visst trampat snett och möjligen vrickat sig om vristen. Hinner Maj notera Tittis himlande med ögonen innan sällskapet sakta rör sig mot expeditionens vigselrum. Prästen är varken ung eller gammal. Lite fetlagd, tänkte Maj, under samtalet inför akten. Det var då hon fick Tomas att förstå att hon vägrade viga sig i fruns våning. Tomas och Astrid hade väl haft det som Georg och Titti. Påkostat och tjusigt i kyrkan. Och nu står de inför prästen som talar om att lägga tilliten i Guds famn när svårigheter mellan makar uppstår. Söka stöd och tröst och vägledning hos helgonen. Säger att allt samliv rymmer mörker och ljus. Tomas överläpp ser tunn ut. Så fort han kommer bli gubbe. Vitt hår, löst skinn, pisslukt. Eller skallig. *Nu slutar du opp, Maj Sara Johanna. Ser du inte att han är vacker?* Blek visserligen, lite rödsprängda ögon, men breda axlar, varken mager eller fet. Ja, mer åt det magra hållet, i så fall, och märkligt nog musku-lösare än Erik. *Min make?* Nej, det går inte att omfatta. Det blir en lustig lek. Tager du denna – ja, och ringen, glimmande guld på fingret. *Tomas, vill du verkligen det här?* Det talar han inte om. Hur ringen trögas när den ska träs på hennes finger, börjar det redan samlas vatten i kroppen och hur mycket har hon egentligen ökat i vikt? När de omfamnar – nuddar – varandra känner hon lukten av sprit. Han fick förstås också en färdknäpp av Georg. Det kastas konfetti och risgryn. Där är pojkarna – bröderna! Seså – *ni får le och skratta som de andra, gör bara som de.* Församlingen av syskon, syskonbarn och mycket nära vänner hurrar, ja, släkten vet i alla fall att uppföra sig – det är ju en glädjens dag när de tu bliva ett och kanske lite väl snart tre. Titti strålar och kastar gryn, medan mor tar igen sig på ottomanen för att orka igenom dagens lunch. Nej, men bröderna ser så rädda ut. Oroliga fågelungar och Margits hurra ljuder liksom aningen för starkt genom luften – Gud signe brudparet! Hurra, hurra, hurra…

Nu är det bortgjort, säger Maj i baksätet på Tittis och Georgs bil. Bortgjort? frågar Tomas, men väljer att skratta, Georg vänder sig bak mot dem och bjuder på cigarretter och de röker. Orden kan inte tas tillbaka, bara fler kan läggas till. Så hon säger jamen, jag är ju ingen skådespelerska, att vara i centrum så där. Tomas tittar på henne och viskar att det kommer att ordna sig. Men hon ser hur hans hand skälver.

Jo, tant har verkligen trampat snett i trappan och är visst både öm över vristen och har känningar åt hjärtat. Så att hon alls kan närvara vid lunchen måste ses som en… verklig uppoffring. *Vill du så gärna behålla honom? Jag ska inte…* Men har hon inte ens klätt upp sig? Tant som säkert har många eleganta dräkter och klänningar i garderoben, nej, Maj ändrar riktning och äntligen får hon växla några ord med pojkarna. Hon kan inte hålla sig, frågar med en gång hur det är med mamma. Jo, det är väl skapligt *men varför kunde hon inte komma då,* hon ville ju inte hålla på och hosta rakt upp i främmat, nej, det förstås. Och hon skulle väl aldrig klara av att plötsligt sitta på andra sidan, bli serverad, upppassad, att inte skynda upp och hjälpa till i köket. Men det finns nog några söta syskonbarn, Gunilla och Marianne är sexton och snart arton, dem kan väl bröderna blygt få snegla på, champagne – ja nu kommer Eivor med det bubblande vinet och Georg tar över och fyller gästernas glas med porlande skum. Vad det gör gott. Rusar rätt upp i skallen och runt i alla ådror. Ser inte till och med Nina och tant lite gladare ut?

Men öppna spisen, säger Otto, vi måste ju ha en brasa och så banar han väg genom gästerna och tant säger att det får ju vara någon måtta på vilka fordringar hon kan ha på Eivor, att tvingas tänka på sådant när maten och dukningen är så krävande, men det är klart att elden ska spraka och gnistra en dag som den här och visst finns det väl mer ved någonstans, jodå, till och med i korgen intill spisen och snart flammar lågor upp och det är vackert. De bjuds på snittar från blanka brickor, runda kantskurna franskbröd med gravlaxrosor och hovmästarsås, pastej och saltgurka på mörkt bröd och så petit-chouer med rökt kött och pepparrotsgrädde, måtte pojkarna äta utan att grimasera och göra miner – jo, de uppför sig och såklart att Titti konverserar dem och ser till att de inte blir stela utropstecken i flotta våningen. Och nu ropar Otto var så goda mina vänner – soppan är rykande het, men den svalnar snabbt om ni dröjer! Tomas för henne till honnörsbordet och varför får hon en känsla av teater – gästernas strålande leenden och elegans, ja trots att frun har värk i foten är bordet tjusigt dukat med låga blomsteruppsättningar av de skära nejlikorna och brudslöjan och finservisens gröna fåglar och guld står sig så vackert mot damastens vävda mönster. Hummersoppan är bedårande, ja den är påkostad med all sin grädde, det vita vinet och stänk av cognac eller brandy – det vet hon för hon fick smaka en liknande på Grand Hotell i Åre. Och jo, hon hör frun sucka att den sannerligen inte var billig, hummern, men när brudparet prompt och så reser sig Otto och utbringar en skål för vårt brudpar – har de gjort annat än skålat och hurrat sedan de stod ute på isbacken framför pastorsexpeditionen? Maj vill plötsligt be dem sluta opp och sitta tysta och smaka på soppan istället, men nej, det finns ett häfte med visor, Eivor och Gerda springer med flaskor och uppläggningsfat och stora soppterrinen. Nu blir det också rött vin i glasen, till köttet, möra filén, potatiskroketterna och de glaserade morötterna, men nej, det är svårt att äta, verkligt svårt, hon ser ju hur gott det ser ut på tallriken och inte behöver hon oroa sig eftersom det inte är hon som stått vid spisen och även Margit ler från sin plats vid änden av långbordet – *dra på munnen Maj* – jo men gör hon något annat den här vinterlunchen som faktiskt liknar en finare middag och så ett hastigt håll i mellangärdet, som mjälthugg ungefär, och hon tar några smuttar strävt rött vin. Det är klart att det inte passar sig att bruden *på det viset* får fulla glas, men se ut över församlingen Maj, var är de unga människorna med moderna kläder och frisyrer – Erik och Tore med sitt tillgjorda dragspelande och diktläsande och radikala idéer om samliv och sådant var ändå en rörelse bort, *ut* i världen, de här människorna är ju i din pappas och mammas ålder. Så nu är deras lillebror äntligen bortgift igen, om Tomas ändå hade varit äldst i stora syskonskaran, här är idel gråsprängda kalufser och antydan till dubbelhakor, *var vid i ditt hjärta Maj,* där sitter ju Gunilla, Lennart och Marianne som ju faktiskt är i hennes ålder, *ditt barns kusiner* – skrattar de åt henne nu – vilken dumbom som… vi har minsann framtiden för oss, om inte studentexamen så åtminstone bättre arbeten inom handel och kontor innan vi gifter oss vid en lämplig tidpunkt, vi kommer att bli fria kvinnor och Lennart, Lennart kommer naturligtvis att bli något stort inom firman. Och nu serveras efterrätten, *desserten* – och Maj är så kissnödig att hon snart inte kan hålla sig längre. Men ännu en stund måste hon låta blicken vandra över bordet, Sylvia, Nina, Titti, Dagny, Eva, Julia – hennes *svägerskor*, mogna, erfarna fruar med småbarnsåren långt bakom sig, men Titti väntar ju smått – *ska jag verkligen ha barn* – och Otto, Georg, Ragnar, Johan, Tyko och Kurre, män i sina bästa år, eller har de åren redan passerat, om hon blundar hårt och tittar igen kanske gänget från Östersund sitter där ändå, nej, det är kissnödigheten framförallt. Och då säger Otto att nu tar vi postogram och lyckönskningar och gåvor! Ja, herrarna får ta vägen förbi rökrummet och damerna måste förstås pudra näsan och ser inte bröderna, hennes bröder, ganska glada ut när de reser sig, inte lättade utan nöjda med den här påkostade tillställningen, visst är det så? Eivor och Gerda smyger runt och tänder fler levande ljus och även elektriska bordslampor och golvstakar, för halv tre är det mörkt ute och jo, frun ger order om att tända takkronan så att vi ser vad ni får.

Nu struntar bruden i takt och ton och tränger sig snabbt förbi Dagny och Eva som alldeles säkert är på väg mot klosetten, att äntligen få vrida om låset och dra upp klänningen – så varmt och kvavandat det är i våningen nu när Otto sköter elden så förträffligt, och med alla de levande ljusen, ja man måste ju förstå att tant med sin känslighet är rädd för drag – och stearin är en mara att få bort från mattor och dukar. Fast själv kommer Maj alltid att ha det utvädrat. Alla årstider för öppet fönster. Jo, känsliga krukväxter tar stryk. Men man måste väl få slippa lukterna! De insydda svettkuddarna är fuktiga. Och mellan benen… som om något rinner där också. Inte kan hon sätta igång och tvätta sig *nu*. När hon ska öppna presenter tillsammans med sin make. Hur ska vi orka oss igenom presentöppningen. *Du har sett fram emot gåvorna Maj.* Ändå vill hon låta Tomas sköta öppnandet. Frun sitter i fåtöljen med foten på en pall. Det är mest kuvert. Och några vackert inslagna paket. Mammas handstil. Nej, hon törs inte börja med det, men Tomas tar förstås just det brevet och börjar läsa Gratulationer till brudparet från mor och far, Ragna och Edvin, Jan, Per-Olof, Stig, moster Sara och morbror Knutte, och så moster Betty och hur många pressade sedlar som väntar i kuvertet hinner hon inte se, för Tomas fortsätter deklamera, *Vår lilla tös som blivit så stor/Lycka till som Maka och Mor/Ett litet bidrag till det hem där ni bor/Till maken och "dej" glöm oss ej.*

Ett litet sus och applåder och bröderna bockar – eller fanns det ingenting tillsammans med kortet?

Lite avsides står en sockerlåda. Det är gåvan från Tomas mor och Tomas ropar tack snälla mamma till henne och hon vinkar avvärjande med sin blåådriga hand – säger att finporslinet kommer ni ju ändå att få ärva sedan. Senare kommer Maj att granska innehållet: några udda glas och flata tallrikar, ett halvt dussin rara men kantstötta kaffekoppar och tant kommer att sticka ett kuvert i Tomas hand. Men nu niger Maj, hon vet ingenting om äktenskapsförord och giftasrätt. Det är klart att hon har insett svårigheterna med att vara *ensam* med barnet... och så från Margit, en ny fin kokbok! Den blir hon glad över. Syskonen har också samlat pengar och så är det en egen gåva från Georg och Titti tillsammans med firmans trotjänare och hon har aldrig sett något liknande... det är ett stort, mörkgrönt fat med guldkant och sex assietter – det är ett fruktfat säger Titti, och Maj kan alldeles uppriktigt säga att det är så vackert. Måtte hon få anledning att ta fram och visa det! Hur alla ska se och beundra... Att stilla smeka den blankt glaserade ytan och alltid vara rädd att tappa det i golvet, ja hon vet med sig att hon i hasten kan vara släpphänt. Men nu ber Tomas att få tacka för den enastående uppvaktningen och lunchen som mamma ordnat så storartat och, lägger han till, det är nästan så att det kan bli en dålig vana, det här – men nu hoppas jag för allt i världen att det var andra gången gillt. Är de spridda skratten lättade eller bara besvärade? Nu ska det i alla fall smaka bra med kaffe och tårta! ropar Otto, så går ett nytt sus genom salongen när alla får se våningstårtan av mörkrosa marsipan och ljusare rosenknoppar som står framdukad tillsammans med Hackeforskopparna och Gerda som säkert är en bra bit över femtio ser ganska trött ut där hon står med kopparpannan, men Maj blir nästan tårögd, för fru Kjellin har sett till att Enar verkligen har gjort sitt bästa med dekoren.

Det är klart att Titti ska köra ner pojkarna och Margit till stationen. En kvart före fem går tåget och Titti tycker inte om att jäkta. Men Maj har ju inte hunnit... skriv till mig, eller ring, säger hon till Margit som nickar, du med. Och till pojkarna säger hon lågt att ni ser ju att jag har fått det bra, tala om det för pappa och mamma, de är så rödblommiga, så fjunigt unga, vi håller väl kontakten, säger hon, hälsa och tacka, och så blir det ändå bråttom för Titti är rädd att bilen ska vara besvärlig att starta.

Och snart är det trångt i tamburen för nu har alla gästerna fått nog av bröllop och vill hem till sitt och bjuder inte seden att brudparet först av alla ska smita från festen, Tomas och hon tackar och tar i hand och hon niger och det är när Eivor smyger runt med ljussläckaren som tant tar Tomas lite avsides och sticker det där kuvertet i hans hand. Vad det tar emot att gå fram och tacka, oljesvart rinner det genom henne vad tant kan tänkas viska till sin son, *du får inte låta dig luras av den där slynan, vi ska nog se till att ditt ska vara ditt.* Det är hur som helst så det *känns.* Men snart står hon där och är översvallande med orden, och tant ler och säger det är bra min flicka, nu behöver vi nog alla få ta igen oss en smula före kvällsmålet.

VAD SKA DE NU hitta på? Ta trappan upp till sig? Ja, Maj behöver faktiskt också vila en stund. Vill Tomas ligga med henne? De har inte gjort *det* sedan hon flyttade in. En ordlös överenskommelse om att de måste vara *rena*. Dessa tröttsamma teman av renhet och smuts. Men kysk, nej, det är inte så Maj tänker kring sig själv. Det blir för mycket artonhundratal. Hon har förstås inte sagt till Tomas att hon vill vara ren på bröllopsnatten, för hur ska en havande kvinna kunna vara det? Nej, hon vill inte ha någon bröllopsnatt alls. Att Erik knäpper upp hyskorna som gömmer en slank midja... nej, det finns inget utrymme för några drömmerier. Det är nära utmattningens gräns. Så andfådd hon blir bara av trappen upp. Så utmattande det är med anspänningen att *ingå äktenskap*. Hon har förstått att man kan ligga med varandra när man är på det viset, men att med den här magen... klä av sig, nej men det måste Tomas ha vett nog att förstå.

Han börjar skratta när de kommit in i våningen. Kom får du se, ropar han från öppningen till sängkammaren. Intill Tomas säng står nu en likadan, och med ett kviltat gammalrosa överkast ger hela bädden ett enormt intryck. Han lägger armen runt hennes axlar och säger att nu slipper du i alla fall resesängen i hallen. Men jag som är uppe och stökar på nätterna, säger hon och då vänder han henne mot sig, får jag ta omkring dig, säger han och med armarna slappt längs med sidorna låter hon sig omfamnas. Det skulle vara enkelt att börja gråta. Men att bara släppa fram flödet... var skulle det då kunna sluta? *På hospitalet.* Nej, klena nerver är för andra. Här biter man ihop för det finns ingen annan råd. Man ser sin make, snygg i mörk kostym, och stänger av ett och annat som inte ska upp och susa i skallen. Om hon fick vila sig en stund. Nog känns det i benen att man bär på några kilo extra, säger hon. Jag är inte van att vara tjock. Jag som alltid har varit smärt. Du vet, det trycker upp emot revbenen nu också – det är väl för att jag har ätit för mycket. Men vi lägger oss en stund, säger Tomas glatt, men kanske hinner han känna av det stelt skräckfyllda i Majs hållning för han släpper henne hastigt, klappar kamratligt på överarmen och säger att han kan gå ner och hämta presenterna och se efter om mamma behöver hjälp att ställa i ordning möblemanget efter kalaset.

Och när hon har lagt sig – på sidan eftersom det är det enda bekväma – känner hon ilskan över att inte hans syskon kunde hjälpa till att bära möbler. Visst är det skönt att vara för sig själv, men det är väl inte Tomas som ska… han ska väl inte vika från sin *hustrus* sida den här dagen. Han kunde väl sitta i sammetssoffan och läsa tidningen eller någon av Strindbergs böcker vars ryggar hon redan hunnit damma av i bokhyllan ett par gånger sedan hon flyttade in. Det är arbetsamt att damma böcker. Någon bröllops-resa är det inte tal om, Tomas har mumlat något om en tur till Stockholm efter helgerna. Men då kommer hon ju vara enorm. Gå i huvudstaden som en annan kossa. Nej, nu kommer julen med alla åtaganden. Och hon som inte ens vet vad de ska hitta på ikväll. Borde hon ha förberett någon kvällsmat? En Jansson, eller ska han äta med tant ikväll också? *Nu är du elak.* Ja, inte för att hon är hungrig precis. Men man vill ju *veta*. Nu när hon ska sköta hushållet och ansvara för inköp och måltider och disk och tvätt och allt vad en fru nu har för sig. Nej, hon vill faktiskt inte ha ett hembiträde. Vad skulle hon då ägna dagarna åt? Hon vet ju ingenting om Tomas ekonomi. Visst verkar han lite slösaktig med en del saker, men här finns i ärlighetens namn inget överdåd. Det finaste fick väl Astrid. Åh, kunde inte Jan och Per-Olof fått stanna över natten? Hon har ju inte gjort annat än valsat runt med *hans familj.* Att ligga här i finklänningen och korsetten som klämmer åt så illa. Hon borde väl byta om till något lättare, det är inte likt henne att vara ovarsam med finkläder. Och nu öppnas dörren och Tomas smyger tyst in i lägenheten. Men hon kan ju inte ligga här och låtsas sova – nej om hon skulle ta och försöka vara lite... lättsam.

Så hon reser sig, slätar till klänning och frisyr och stoppar de svullna fötterna i skorna och Tomas vänder sig hastigt om, han står vid fönstret med ett grogglas i handen, frågar om hon också vill ha något. Ja, hon nickar, något litet, hon ska väl inte... men man gifter sig ju bara en gång, säger hon – utan att tänka sig för faktiskt – och Tomas skrattar till och säger, ja, man vet aldrig. Då blir Maj allvarlig och säger att nu har vi avgett löftena Tomas. Jag vet det, svarar han, lika allvarligt. Vill du ha likör eller cognac? En liten cognac, tack. Så sätter de sig i soffan, tänder två av ljusen i adventsstaken i mässing, Tomas undrar hur hon mår, vill hon lägga upp benen i hans knä? Hon höjer sitt lilla glas mot hans stora, skål, säger hon, vad gör vi nu då? Jag har faktiskt tagit mig friheten att boka ett bord på Statt, säger han, för oss två bara. Men Tomas, säger hon, ska jag ut bland folk, i mitt tillstånd... Det syns inte, säger han, lite för snabbt. Vi behöver ju inte vara klädda så här, jag menar, jag tar en snygg smoking och du kan ju ha din röda klänning om du vill byta om. Och den tror du att jag kommer i? Den är ju figursydd. Ja men ta en cape till brudklänningen då. Ja. Ingenting särskilt avslöjar att det är en brudklänning. Så visst kan hon gå i den. Hon fick ju faktiskt en svart sammetsbolero av Ingrid som hon kan ha till, kanske trollar de breda axlarna bort lite av magen. Tomas lägger en hand på hennes knä och skrattar igen. Vi kan i alla fall inte sitta här – tids nog får vi nog tillfälle att nöta ner dom här plymåerna!

Man ska inte underskatta en liten cognac. Hon tar ett mörkare läppstift eftersom det nu är fråga om en aftontoalett, bättrar överhuvudtaget på makeupen men låter valken på huvudet vara trots att den inte riktigt klär henne. Men någon hatt tar hon inte på sig, den skulle bara äventyra valken. Vad stilig du är, säger Tomas när han hjälper henne på med pälsen. Att jag har en sån snygg fru.

De promenerar arm i arm till Stadshotellet i vinterkvällen. Och visst känns det… tillåtet att visa sig på ett helt annat sätt nu, än att smyga omkring ensam på gatorna med magen i vädret. Du förstår, säger Tomas, och blåser ut cigarrettrök i mungipan, nu ska vi äta hummer, inte bara buljongen. Jamen den var god, säger Maj och det håller Tomas med om, Aina är en alla tiders kocka, men det ska smaka fint med lite av själva hummerköttet också. Det som blev över från soppkoket blir väl mammas kvällsmat nu, och det kan hon väl för all del vara värd, hon bjuder nog flickorna också.

Det är halt och hon kan inte gå speciellt raskt. Då är mjälthugget där, i nedre delen av magen, och när de närmar sig hotellets entré blir hon liksom mer klar inombords igen. Men hon håller ett fast tag om *maken*. Om Tomas. *Vi har inget att skämmas över. Har ni inte?* Inte för att entrén är särskilt storslagen. Liten, och liksom vid sidan om. Men lobbyn är tjusig, *det är väl inte första gången du är här,* och han håller fortfarande om henne. Ja, nu får hon möjlighet att bekanta sig med ännu en av hans sidor, stamgästen, som får hotellpersonalen att tillfälligt släppa på sin korrekta hållning och bli sig själva för en stund, det är väl hit han tar firmans kunder, affärsbekanta, om hon ändå hade fått behålla pälsen på. Inte behövt utelämna sig till den här rockvaktmästaren som har glest hår kammat i sidbena – hon tycker inte om hur han tittar på henne – blicken klistrad mellan bröst och… sköte – nu ångrar hon sig, vill verkligen gå hem och koka en kopp starkt kaffe och *mammas sockerkaka på två ägg, två koppar socker, två koppar mjöl, jäspulver och vanillin, men inte för mycket, ett halvt hekto margarin, helst smör förstås, en knapp kaffekopp vatten,* men Tomas tar hand om det här, ja han avslutar hövligt den hejiga, lite fräcka konversationen och låter inte rockvaktmästaren känna sig så avspisad som han faktiskt blir. Likaså är han alldeles lagom trevlig mot hovmästaren och låter inte samtalet dröja och de har faktiskt fått ett lite avskilt bord för två. De får ingen matsedel eftersom Tomas redan har beställt i förväg – vad ska de prata om? Ska vi ha varsin Dry Martini, frågar han, ja, medan vi väntar, och redan efter den första sippen rullar det på en stund igen. De är fnissiga. Förenas i en känsla av att göra något otillåtet på sin egen bröllopskväll. Som om hela släkten kommer att vredgas och kräva att de borde ha fått vara med.

Sedan blir de ju så upptagna av maten. Servitrisen är lite kraftig och säkert över fyrtio. Men effektiv och hövlig. Hummersalat med grönsallad, äggklyftor och majonnäs och rikligt med rosa bitar av hummern. Hummer à l'américaine med en sagolik sås. Tomas visar hur man hanterar det stora skaldjuret på bästa sätt – Erik skulle ha varit överlägsen, visst skulle han det, säga men vet du inte hur man äter hummer, tryckt till, tryckt ner, tryckt undan, lite måste man tåla, lite elaka skämt och dryga kommentarer, *var inte så överkänslig för guds skull,* nej, sådan är inte Tomas. Fast hon är så uppenbart rädd. Det *eggar* honom inte, eller hur man nu ska säga det. För han är också rädd – är han inte det? Jo, hon tycker om att han är så där artig mot personalen. Det är gentlemannamässigt, för han är inte lismande inställsam. Han ser dem, det arbete de utför. Hon vet inget om deras tysta överenskommelser. Om alla är införstådda... nej, de ser glada ut, att Tomas har tagit med sin söta, unga fru på en riktigt fin supé. När hon smakar det knastrigt torra vinet som hon förstår är både fint och säkert dyrbart, kan hon inte låta bli att tänka på vad det här kalaset kan kosta egentligen. Det slår henne att de faktiskt har delad ekonomi nu, att hon har rätt att veta. Och ibland har hon ett lite besvärligt – åtminstone i efterhand – sätt att vara alldeles rakt på sak, så nu vill hon fråga rätt ut om de verkligen har råd med det här. Hon vet ju ingenting om hans ekonomiska ställning annat än vad han låtit påskina genom sitt sätt. Om han är skuldsatt, en som lever långt över sina tillgångar, en klaterpelle och skojare som far runt och lånar och lurar – Tomas, har vi råd med det här?

Och han skrattar och skakar på huvudet, nej, det har vi inte, men det är vår bröllopsdag. Det är någonting att fira det! Lite allvarligare säger han att hon inte ska behöva arbeta hos Kjellins när lillen är större. Som om det inte var ett bra arbete. Med dricksen och att få se lite folk. Om du inte hemskt gärna vill förstås, lägger han till, för han märker väl att hon inte svarar. *Om jag vet vad jag vill? Jag vill utplåna Erik. Jag vill älska dig. Men jag orkar inte lära känna dig. Inte just nu. Inte rota i dina skrymslen som jag gjorde med Erik. Vägde varje ord. Värkte varje möte. Han ville mig inte... inte hel och hållen, förstår du? Vill du mig?*

Hon kan inte förlora sig helt i den här... berusningen. Det rör sig där inne. Den där ständigt påslagna självkontrollen. Att inte skämma ut sig – här – inför alla människor. När hon törs titta efter ser hon att det mest är herrar. I Tomas ålder och uppåt. Ja hit kommer väl inga i hennes ålder. Jo, men det finns ju unga med gott om pengar och fashionabla vanor. Ärvda pengar. Har de redan rutat in minerade marker? Det pratbara och om sådant man tiger. Men Tomas säger hörru du, Jan och Per-Olof var verkligt bra grabbar. Visst vill dom komma till landet i sommar, åka ut med båten, jo, Maj nickar, hon är glad att de kom ändå, bröderna. Ska hon helt fräckt fråga vad det var han fick av sin mamma? *För det var meningen att jag skulle se, annars kunde hon ha gett det till dig vid ett annat tillfälle.* Men nej, så nära är de inte, inte ens efter den här kvällen. De är fortfarande – i en djupare bemärkelse – främlingar för varandra. Det är inte så att Tomas tiger sig igenom supén. Inte alls. Han pratar på. Pratar hon? Ja – så där så att hon hela tiden är rädd att han ska tycka att hon är... barnslig. Eller håller hon sin ungdom mot hans medelålder som en nonchalant trumf på handen. Är det till och med det barnsliga han har fäst sig vid? Vissa karlar väljer ju medvetet... våp. Men Tomas? Vill han inte ha *själarnas gemenskap* – någon att diskutera politik, nyheter, världshändelser och alla sina böcker i bokhyllan med? Kanske är hon inte riktigt där i tanken. Kanske är hon mest upptagen av korsetten. Att gränsen snart är nådd för hur länge hon ska orka vara så här hårt knäppt. Nog slirar en tanke genom henne ändå – vore det annorlunda om vi kommit över våra tidigare kärlekar, visst tänker Tomas på Astrid en sån här kväll? Inte för att han talar om henne. Nej, det var möjligt bara vid det där bekymmerslösa, oansvariga tillfället innan... barnet blev till. *Är det bara därför vi sitter här och äter hummer?*

Nej, nu måste hon låta vinet trubba av tankarna på orsaken till att de är här. Vara *här och nu,* och känna att det är något alldeles nytt och annorlunda hon utsätter sig för. Måste man ta allt så allvarligt. Hon är ju inte grubblande lagd, som Margit. De har det ju riktigt trevligt, nu när de smitit iväg så här. Hon dricker naturligtvis inte lika mycket som han. Han är förstås van på ett helt annat sätt än hon, det är väl fester med firman och affärsresor för jämnan. Och vid kaffet och petit-fouren, en chokladdoppad mazarin, kan hon inte tänka på annat än att få sova. Det snurrar och hon tittar sökande efter en klocka då Tomas lägger sin ringprydda hand över hennes och säger ska vi gå upp på rummet då?

På rummet? Jag har faktiskt bokat sviten, säger han. När det nu inte blir någon resa. Men Tomas, är du tokig, säger hon, inte helt utan allvar. Det är söndag imorgon, svarar han. Vi får sova ut och frukostbrickan dukad. Jag tyckte vi kunde få ledigt både du och jag. Och så nickar han mot servitrisen och när hon kommer till dem säger han att det ska skrivas upp på sviten. *Ska herrn och unga frun knulla nu?* Tack för ikväll, fabrikör Berglund, och välkommen tillbaka med söta frun. Och så för han henne mot receptionen, trapporna upp. Men snälla Tomas, jag har ju ingenting med mig, nattlinne… Det behövs inte, viskar han och låter handen glida aningen ner mot stjärten. Men Tomas, som jag ser ut. Skulle det vara enklare att neka honom där hemma då? Ja. Nu är hon överrumplad, kan inte skylla på huvudvärk eller… men tröttheten, ja, hon gäspar, säger att det ska bli så skönt att sova, hon kommer att somna så fort hon blundar. Dubbelsängen, möblemanget, rosorna på det blankpolerade bordet, vi sover, säger Tomas, vi behöver inte lämna rummet förrän till lunch imorgon.

Ändå står hon strax naken framför honom. Så all kropp väller ut. Det är omöjligt att sova i korsetten. Men att ligga naken… Han står bakom henne, håller om hennes putande mage. Måste hon låta honom hållas – som hans hustru? Hur naveln sticker ut. Och den bruna, fula randen som klyver magen i två halvor. Röda märken efter sömmar och veck på korsetten. Silkesstrumporna halvt nedrullade. Min lilla fru, viskar han och hon gäspar igen, lösgör sig och kryper ner i sängen.

Likväl vaknar hon mitt i natten. I detta hav av bolster och dun. Naken och svettig, kanske är örngottet fläckat av ögontusch och rouge. Hon är förstås kissnödig, ingen natt ett undantag. I badrummet finns WC och ett kakelklätt badkar. På hyllan vid kommoden står två dricksglas och i en tvålkopp av porslin ligger små, parfymerade tvålar. Har hon reglat dörren? Ja. Hon låter kallvattenkranen stå och rinna medan hon kissar, sedan dricker hon i snabb följd tre glas kranvatten. Så hon ser ut. Det sotsvarta runt ögonen, valken i oordning och brösten med sina påträngande mörka bröstvårtor. Hon vrider på varmvattnet, löddrar ansiktet med tvål så att det svider i ögonen, går vidare till armhålor, underliv, fötter. *Det är din bröllopsnatt.* Ja. Tomas tycktes sova djupt när hon reste sig från sängen, verkade inte vakna till, vända sig. Tvärtom låg han så stilla, så tyst. Hon har läppstift och puder i aftonväskan. Så imorgon kan hon göra en enkel makeup innan de går hem. Jo, hon mår illa. Har frätande sura uppstötningar. *Då har barnet mycket hår.* Om hon kunde kräkas. Vad hon måste smaka illa i munnen. De snålar inte med centralvärmen, varken här inne eller i sviten, och hon är fortfarande lika törstig. Inget huvudvärkspulver med sig i väskan, nej, och det bara förvärrar halsbrännan. Potatisvatten, var det vad Titti rekommenderade? Råa skivor potatis som legat i blöt och silas av. Så äckligt. Hon spolar, släcker lampan och det blir beckmörkt i rummet, trevande tar hon sig tillbaka till sängen, letar efter trosorna och trär dem på sig, om hon ändå haft ett nattlinne här, törs hon ta en av kuddarna mellan benen när hon lägger sig på sidan med ryggen vänd mot Tomas, för att slippa klistra ihop av svett och hud, inte luktar de på kuddarna innan de skickar sänglinnet till tvätteriet – åh, om hon kunde somna om med det samma. Det sparkar, hårt, uppfordrande. *Du ska inte få träffa honom, mamma. Hur kan du överge mig så här? Ser du inte att jag fortfarande är din lilla flicka? Ville bara göra dig glad! Så var det väl? Ta det trötta från ditt fårade, hostbleka ansikte. Hjälpa dig med maten och städningen och alla kläder du måste laga och ändra och ordna om. Det var bara så orättvist att Ragna, att hon alltid hann först. Och pojkarna – jag ville väl också vräka mig ibland. Man anpassar sig tills något sprängs och går sönder och måste ut. Men du förstår inte? Håller med pappa om att jag har varit olydig.* Är du nöjd nu, Maj Sara Johanna. När du skämt ut far och mor. *Men ni ska slippa, du ska få slippa besväret mamma. Så skönt ni ska ha utan mig i jul. Bry er inte om några julklappar, för all del gör inte det.* Men de uppvaktade dig. Tio pressade sedlar. Det var väl mer än du väntat dig? *Omsorgen! Omtanken! Att få känna att jag är viktig för dig. Mamma? Dör du nu?* Tomas snarkar inte. Ligger han på mage där intill henne i mörkret – om han kvävs med mun och näsa i den mjuka kudden. Jo, hon måste peta på honom, så att han får luft. Att han inte visste att vara försiktig. Efter alla gånger med Erik och ändå kom dagarna så regelbundet. Var det ett sätt att få henne fast? Att snärja henne, redan andra träffen? De sura uppstötningarna är verkligt svåra. Och förstås extra enträgna efter all den kraftiga, feta maten. Vad hon skulle kunnat berätta för mamma, i vanliga fall, om allt hon ätit, mamma skulle ha tyckt om det, visst skulle hon det?

En lätt knackning. Är det den hon vaknar av? Ytterligare en knackning, lite hårdare nu. Hon tar lätt i Tomas axel, Tomas, det knackar på dörren, han flyger upp, tar kalsonger, skjorta, ett ögonblick, kraxar han, byxorna, ja han tar på dem också och drar för det tunga sammetsdraperiet innan han går och öppnar. Tack, nu klarar vi oss och så rullar han in en tevagn, hon sätter sig upp med täcket tätt emot brösten – en silverkanna med kaffe, franskbröd, marmelad, smör, där är kokta ägg, ostrullar, rökt skinka, medvurst, wienerbröd – äter herrskap alltid sådan frukost, Tomas tar tid på sig i badrummet, kommer tillbaka med ett glas huvudvärkspulver – behöver du också? – ja, det bultar innanför pannbenet, men lite kaffe gör nog susen, nu äter de, under tystnad, Maj äter i alla fall, Tomas ursäktar att han är lite trög på morgonen, ibland klarar han bara en slät kopp och en cigarrett, men Maj bryr sig inte om att vara blyg – för vem vet om hon någonsin mer får en sådan frukost. Dom är varma, känn, säger hon och håller upp ett wienerbröd i handen, det är silverkannan och kopparna, det starka kaffet och gräddsnipan och sockerskålen. Vad härligt att du är matglad, säger Tomas, och genast är rodnaden där, är det inte meningen... ska man bara titta på godsakerna? Och nu känns wienerbrödet flottigt och tungt i handen. Fast sedan tar Tomas själv ett wienerbröd, som om hon inte märker att han smusslar in halva i servetten. Nu röker vi varsin cigarrett, sedan badar vi, säger han när hon har avslutat påtåren, här gäller det att vara med på noterna – hon vill inte vara med på noterna – hon vill inte bada ihop... Att vara helt avklädd med en främmande karl. *Men han är din make.* Att inte kunna värja sig mot hans nakenhet och vanor att tvätta sig. Hur ska hon få honom att förstå att de måste... freda sig mot varandra. Men samtidigt blir hon kraftlös och törs inte säga emot. Nöjer han sig med att bada med henne? Sedan kommer han att vara på firman klockan åtta – han kan inte kräva att de ska bada tillsammans varje morgon. Förresten törs han väl inte om tant skulle komma stopplande ner till källarens badkar.

Vi tar ett varmt bad och sedan kan vi få förmiddagskaffe innan vi promenerar hem. Kanske han inte heller vill? Finner henne smått vämjelig med magen och stussen som sväller dag för dag. Nåja. Ett bad är väl bara ett bad. Borde hon – i förebyggande syfte – ta upp med honom att det bär henne emot – med barnet i magen? Men är det inte taktlöst av honom att föreslå ett bad? Att som en annan klumpeduns kliva över badkarskanten och känna sig obekväm och rädd. *Men om det var Erik? Erik som satt naken i ångan.* Ah, säger han när de tråcklat in sina ben i varandras och hett vatten omsluter dem. Vi måste i alla fall ha badrum i vårt nya hem. Jag vet inte när vi kan flytta, bara att vi ska göra det, mamma behöver förstås ha oss nära. Då kommer det, överraskande också för Maj, hur hon säger rätt ut med ett torrt skratt – hon verkar inte särskilt förtjust i sin sonhustru – och Tomas blir inte arg, men säger stilla att man får ta mor sådan hon är. Hon har nog sina skäl till oro, ja, lite nervsvag har hon alltid varit. Och hon har inget översvallande sätt. Sedan pappa gick bort… hon är så rädd att vi ska överge henne. Hon ser till att vi aldrig får en chans.

På så sätt. Jaha. Vad hade hon väntat sig? Medhåll? Han vill tvåla in hennes fötter. Så fånigt det känns. Att spreta med tår och nästan brista ut i skratt för att det kittlas – tycker du inte om att bada? Förlåt Tomas, det är bara… jag tror att det kommer efteråt. Jag får hjärtklappning i det här heta vattnet, kanske fostret… jag måste nog gå upp. Och hon reser sig hastigt, det svartnar, *nu faller jag,* hon blundar, svajar hon verkligen? Hur är det Maj? När hon tittar igen ser hon Tomas oroliga blick, det går över, säger hon, men håller med båda händerna på badkarskanten när hon kliver ur. *Som en kärring.* Det hänger något slags badkappor på krokar, att svepa om sig. Men bada du, lägger hon till, jag väntar med tretåren.

Och medan han badar vidare kränger hon på sig korsett, trosor och silkesstrumpor. Klänningen som luktar rök. Läppstift, en borste genom håret.

MED BLIDVÄDRET KOMMER BLÅSTEN. Maj sitter vid köksbordet och tittar ut – hur vinden vräker i trädens kala kronor. Nej, det är inte många stunder i stillhet, det är Titti och tant och visiter hos släktingar, det är det. Så vad har hon egentligen att klaga på? Det kan ju vem som helst se att hon har *fått det bra*. Ändå är det hjärtat som rusar och far och liksom hakar upp sig. *Ska du ta livet av mig, du där inne?* Svägerskornas samtal har börjat kretsa kring det som tar sig bortom det vanliga havandeskapet och *förlossningen*. Då modern dör. Förgiftningar, blodförlust. Det är i förtäckta ordalag, men Maj förstår.

Nu ska tackkorten skrivas, till bröllopsgästerna, Titti hade visst över sjuttio gäster. Men om hon stavar fel. Och handstilen är förskräcklig. Knappt läsbar. Tomas kan väl? Det går så tungt, att ta itu med julstädningen. Städa som brukar gå av bara farten. Ja, vara en lättnad, en vila. Kan hon skylla på sitt tillstånd? Nej, så stor och tung är hon inte. Inte så trött heller. En liten gran, några juldukar, tallris. Pappersbonader och krubban. Tomas har bett henne gå förbi hemslöjden för att fylla på i det nästan tomma pyntförrådet. Men det tar emot. Så mycket pengar för lite krafs. Och det hon har sett i skyltfönstret är så *stiliserat* att det knappt går att se att det föreställer tomtar. Fast silkespapper till smällkarameller måste hon förstås införskaffa. Hon ska också, vid tillfälle, hämta hit sina egna nissar, de hon fortfarande har hemma. *Det här är ditt hem Maj.* Hon bläddrar i Margits kokbok. Så mycket man kan laga. Karré, rulader, sjömansbiff, pölsa, korvkaka. Ändå är köket inte hennes. En känsla av att hon snokar, rotar. Ja, hon har naturligtvis gått igenom skåpens innehåll och det är förträffligt med en elektrisk spis även om hon också är rädd för den. Kan hela spisen bli strömförande? Pappa som sa att elen skickar en raka vägen till fattighuset. Det rinnande kalla vattnet. Varmvattenberedaren. Den blanka diskbänken i rostfritt. Men husgeråden... Plötsligt kan det mest elementära saknas. *Förstår du inte att Astrid måste få sitt?* Och vetskapen att frun hör henne gå omkring, tant påtalade det sist, att det är förskräckligt lyhört mellan våningsplanen.

I vanliga fall skulle det ha fallit på Tomas och Majs lott att ordna lilla julafton. Bjuda in hela släkten på julmat före julafton. Vilken märklig sed. Men de har fått dispens i år för att de är nygifta och... ja, det kanske skulle bli för arbetsamt för Maj. Magen som växer. Skulle mamma verkligen tycka att hennes växande mage är så osmaklig? Ja, att hon blir tjock. Man ska vara slank. Vilken tur att mamma inte behöver se henne. Mamma reagerade ju så starkt på Ragnas mage. Ville inte röra vid den. Ja, ska hon vara *uppriktig* med sig själv är det Tomas förtjänst att hon alls har skickat några julpaket till de sina. Delvis är det att behöva be om pengar. Nej, han är inte omedgörlig, har tvärtom själv tagit upp det ekonomiska med henne, en hushållskassa, men räkenskaperna sköter han som förut. Hyra, värme, telefoni, försäkringar och en del annat. Elektriciteten han inte är snål på.

Suget efter något syrligt sött. Marmeladkonfekt. Kan hon bara börja koka knäck och mammas skära karameller utan att fråga om lov? Tomas har så mycket på firman före jul. En del representation på kvällarna också. Då skickar han systrarna och svägerskorna att titta till henne. Förstår han inte hur ansträngande det är? Att konversera, att ge akt på sig själv, att vara snygg och prydlig, ja nu har hon en mörkblå kjol med vidare midja, också den från Titti, och en tunnstickad yllejumper över blusen och naturligtvis en lätt makeup ifall det plötsligt ringer på dörren. Det är ju därför det är så svårt att ge sig hän åt städandet. Som om det rätta tillfället aldrig infinner sig. Och igår blev han arg, *ond*, på henne när hon knätorkade parketten i rummet. Han kom redan fyra eftersom han skulle ut med några herrar på kvällen, men snälla du, tänk på barnet! Och så hjälpte han henne upp och sa att fru Jansson städar faktiskt här på torsdagar. Men då fick hon fatt i orden och opponerade sig, men Tomas, sa hon – ja hon kunde faktiskt inte hålla inne med det – det är rent snuskigt att låta det gå en vecka mellan torkningarna. Då blev han tyst. Sa att han visst hade varit ungkarl väl länge. Jaa, mitt hem ska i alla fall inte vara… *äckligt*. Han hade kunnat ge svar på tal. Men han lät henne fortsätta, frågade bara lamt om hon absolut måste ligga på alla fyra och gno, kan man inte ta en käpp – du torkar inte hörn och fläckar med en käpp, med käpp blir det bara på ytan. Så då drog han sig undan, till sängkammaren, med tidningen och tobaken.

Så där låg hon och torkade lister och det värkte rätt så illa i både rygg och knän. Men hon är i alla fall inte rädd att ta i. Förresten får hon yrsel när hon är ute på stan. Här i stan åtminstone. Fabrikerna. Vad släpper de ut för underliga ämnen? Så är det höjdskillnaderna och alla dessa branta backar. Havet som visst aldrig tänker frysa till utan ligger öppet och ruvande. Åsberget och Varvsberget verkar mest hålla kvar fukten och kylan. Om hon skulle baka någon sort. Veckan före jul och den här overkliga overksamheten. Hon borde skämmas. *Och vad har du för dig nu för tiden?* Eriks mamma som bakade så goda havrekex till jul. Hon hann aldrig få receptet på dem. Hur de satt och huttrade i den där lokalen och åt havrekex med mesost. Borde hon baka havrekex? Det finns väl något recept i kokboken från Margit. Vad vet hon egentligen om kaffebjudningar och annat som ska hända i mellandagarna? Tomas som tigande tar allt för givet. Men det är väl inte riktigt sant. Jo, för han har ju inte tid! Åh, heta vredens blossande eld. Är det inte så – hur det plötsligt – hastigt – gnistrar och sprakar av ny energi. Äntligen – en riktning. Att bli arg. Över denna belägenhet. Hon måste ställa honom till svars. Hur ska det bli nu då? Vad har de för seder och bruk som hon bara smidigt ska anpassa sig till? Brukar kakburkarna stå fyllda i väntan på giriga... nej, *ivriga* släktingar och goda vänner? Ska det finnas rullsylta, pressylta, kalvsylta, korvar, matbröd, nötter och karameller – vem ska egentligen ordna *jul* i det här hemmet? *Men det är ju du Maj. Det är ju du som är frun i huset.* Hur Tomas liksom glider undan – nej – vad ska vi kalla det – snarare *lyfter* oppåt, som en svävande luftballong, ansvarslöst, ja, han verkar sannerligen inte särskilt praktisk när det kommer till att planera kalas.

Så känns det i alla fall vid middagen i köket. Han omfamnar henne när han kommer hem, säger när han satt sig att hon skimrar så vackert i skenet från de levande ljusen, stuvade makaroner och köttbullar, finns det lingon till, det här var gott det, man kan rakt tröttna på krogmaten också – ja, hur ska vi ha det med maten i jul, Tomas. Han hör nog att hon låter lite... vrång. Hur ser det ut i jul – vart är vi bortbjudna och måste vi inte bjuda igen? Jo men, om du vill så, vill och vill, jag vet väl inte vad som passar sig och inte. Jag fyller faktiskt år i mellandagarna! Hade du glömt bort det?

Men lilla vän, det är klart vi kan ordna kalas. Det är väl en bra dag att bjuda hem dem, på mat, eller kaffe. I ett ögonblick av plötslig djärvhet – högmod – säger Maj att de väl får bjuda på middag. Ja men då säger vi så, säger Tomas genast. Jag meddelar mamma och de andra. Men inte barnen också, säger Maj efter att ha försökt räkna ut hur många de annars skulle bli. Över tjugo... Tomas nickar. De får komma med till sommaren, ute på landet, när vi kan duka långbord på tomten. Hjärtklappningen. Vad har hon tagit sig till? Vad ska hon bjuda på? Nej, nu vill Tomas resa sig, ta tobaken och tidningen, men hon är inte *färdig* – hur blir det här då. Hur ska vi ha det i jul. Men kära du, säger han, kom så dricker vi kaffet i salongen, jag har haft så mycket att göra på kontoret att jag inte har hunnit, men kom så sätter vi oss bekvämt här inne. Och när hon ordnar fram kaffe och koppar och kakor har han visst tagit glas och en flaska från skåpet i rummet. Så drar han henne intill sig där hon dråsar ner som den potatissäck hon förvandlats till och armen är där och håller tag, håller om.

Jag måste ju veta, säger hon, fortfarande arg. Hur vi ska ha det. Hur vi ska ha det? Ja, med kaffebröd och maten och – ja hur ska vi fira jul? Och han skrattar till och stryker henne över näsan igen och säger att han är säker på att hon ordnar utmärkta jular. Sedan blir han lite allvarlig och lägger till att det inte är så förbaskat petnoga med honom. I ärlighetens namn är det ju ett smått överdrivet kalasande mest hela tiden. Men hur ska vi ha det med skinkan? Maj hör hur rösten är ansträngd. Ska vi ha någon skinka eller ska vi strunta i den också? Då kysser han henne på huvudet och viskar om skinkan är viktig för dig så tar vi en liten skinka, för två, eller tre. Jaha, men kokt eller ugnsbakad? Nog tar vi den kokt, säger han tveksamt, brukar man ugnsbaka… jaså, den ska kokas svarar hon, säkrare nu. Men älskade vän, gör som du tycker blir bäst. Du vet, jag förstår ju om du vill ha dina traditioner också. *Tomas, jag har aldrig stått för någon jul.* Om hon kunde säga det. Men istället far det ur henne, ja men hur gjorde du och Astrid när ni firade jul? Han lösgör sin arm från hennes ryggparti, stoppar pipan och säger sakta att det inte finns någon anledning för dem att bry sig om Astrid nu. Vi måste ju ha det på vårt sätt Maj. Inte sant? Hon sväljer – sticker det inte oroande i hals och näsa? Nu blir jag förkyld också, säger hon och kaffet är ljummet och den uppskivade sockerkakan lite torr. Tomas glas är tomt. Du vet Maj, jag tar ett djupt andetag den 23 och så pustar jag ut tjugondag Knut, säger han och skrattar till igen. Det är så många som styr och ställer med julen – ja, du såg ju mammas lucia, så jag är mest glad åt en vacker vinterpromenad med min söta hustru och kanske en stund över med julklappsboken och en liten whisky. Då gör jag på mitt sätt då, säger hon. Men kom inte och klaga sedan. Varför skulle jag klaga? Jag har väl fått allt man kan begära? Så trycker han sina läppar mot hennes hals. Och han lägger sin hand på hennes knä.

DEN STÄNGDA DÖRREN NÄR han går. Klicket när nyckeln vrids om. Kommer hon att vänja sig vid det ljudet? Han säger att han inget vill ha i julklapp och hon vet inte alls vad hon ska ge honom. Nog skulle man önska en viss *glöd* så här nära inpå giftermålet. Men magen och julen krånglar sig emellan och kanske är det till och med så att de är lättade över att inte behöva vara överdrivet passionerade med varandra. Var och en i sin sorg. Men din sorg är din och den ska du ensam bära – eller hur var det nu? Borde hon titta förbi hos Kjellins idag, efter hon har putsat kopparn, säga hej och prata bort en stund med Ingrid och Jenny, visa vigselringen och armbandet, men nej, hon vill inte. Kan inte överbrygga *avståndet*. Man är på rätt sida, eller fel. Man har pojktycke och låter sig uppvaktas och man går visst hela vägen men man *blir inte med barn*. Ja där sitter hon med stora släkten Berglund och har sitt på det torra, men det torra kan bli fasligt trist i längden. Nej, det är det att hon vandrar runt som en påminnelse. Hon är de kletiga skorpresterna i den underbara påtåren. Hon är det som ingen vanlig flicka frivilligt hamnar i. Man tror att man kan bestämma, så vill livet andra vägar. Och fortfarande hoppar hon till när telefonen ringer i tamburen, svarar ja hallå, med en röst som är främmande också för henne, såklart är det Titti, hon ber Maj att komma till henne, hon har något att tala om, men inte på telefon, man vet aldrig med telefonisterna här i stan, jodå, nog kan Maj komma förbi, när allt kommer omkring är det på sätt och viss enklare att *umgås*, att slippa vara ensam om de där trängande tankarna eller bara i det här tillståndet, de hårda sparkarna, de sura uppstötningarna och Titti är faktiskt behändig.

Kajsa öppnar med Henrik i famnen, han borrar förskräckt huvudet mot hennes hals när han får syn på Maj. God dag fru Berglund säger Kajsa, fröken Lisa sköter om frun idag, hon väntar i salongen och lillen är lite hostig så vi ska gå till barnkammaren igen. Borde hon haft något åt pojken? Karameller? Får de äta karameller när de bara är – vad är Henrik – har han fyllt två? Tre? Hon hänger av sig kappan själv, tar av hatten trots att hon borde behålla den på, eller är Titti och hon tillräckligt *intima* nu, på med pumpsen, lite puff i håret och när hon går mot salongen hinner en hastigt rusande rädsla ifatt henne – har det hänt något allvarligt – med Tomas? *Har tant dött?*

Där sitter Titti, rödflammig och svullen, utan makeup och med en virkad sjal om axlarna fastän värmen i rummet nästan går att ta på, usch det är något som påminner om Tomas mor, inte liknar väl Titti sin mamma – nej, nu säger hon tack snälla Maj att du kunde komma med så kort varsel. Och Lisa ställer slamrande fram koppar och ett fat med saffransbröd, smörgås och pepparkakor, förlåt att jag ringde efter dig, säger Titti, men jag tänkte att du... och hon pressar ihop sina läppar till en för Maj helt främmande min, sväljer, jag miste det inatt... ja, doktorn har varit här och det är ingen fara med mig. Maj sitter tyst, vad är det Titti säger, kan man plötsligt bara förlora det? – det var ju så tidigt, fortsätter Titti, doktorn sa att det var bäst som skedde för de är inte friska, de här, men nu blir det inga årsbarn, Maj, det var ju min lilla jänta, säger hon, jag har inte sagt till någon annan än dig att jag längtar efter en flicka, du vet vi kämpade så länge för att bli med Henrik, och nu, att det ändå så pass snabbt, Maj du är ung du, kan få hur många som helst, men jag... Tänk om du plötsligt skulle mista ditt barn!

Och på något vis lägger Maj en hand på sin höga mage *men det bara råkade bli Titti, det var aldrig...* Men skulle det inte vara arbetsamt, så tätt emellan menar jag, brukade inte mamma säga så, fy sjutton att aldrig få hämta igen sig mellan varven som en annan bonnkärring, hon harklar sig och säger att min mamma tyckte det var svårt med så täta... hade hon inte hjälp då, undrar Titti, med barna, nej, Maj är tvungen att skaka snabbt på huvudet, ingen hjälp, nu avslöjar hon sig, men Titti bara säger att jag är ju uppvuxen med alla syskon, att vara endabarn, så ensamt – men nog har du några år kvar Titti? Jag är trettiosju Maj, har du hört något så hemskt, trettiosju år. Så gråter hon stilla och Maj säger ingenting. Men förlåt mig, var så god säger hon, och Maj tar skuldmedvetet för sig av bröd och kaffe, det är bara det, säger Titti, att jag har känt sådan – jag vet inte – vi har varit så nära varandra, flickan och jag, Henrik har förstås märkt och blivit svartsjuk, det går över, men om jag verkar lite borta under helgerna Maj, så vet du varför nu.

Och så snyter hon sig och frågar om Maj har allt färdigt, till lillen menar jag? Ja, men nu kommer ju julen, svarar Maj, sedan är det väl ett par månader kvar. Men lilla vän, om du bara blir sängliggande i slutet? Titti bjuder Maj på en cigarrett och Maj säger att – du vet Titti det har varit lite mycket med allt för mig också. Ja naturligtvis, förlåt, jag glömmer mig, Titti tänker bara på sitt, brukar mamma säga. Men då protesterar Maj och säger att det verkligen inte är sant. Inte alls! Äsch, det var mest när jag var yngre, hon menade väl inte så mycket, men jag vet att jag kan bli... ja, känslorna far iväg med mig. Som nu. Sitta och grina med en ung och oförstörd förstföderska. Du verkar så lugn Maj. Så... erfaren. *Men förstår du inte att jag inte är här?* Men Henrik och din lille kommer ju också att kunna ha glädje av varandra, eller hur? Maj nickar *du får honom – är du inte människa Maj – men hur hamnade jag här?* Det är ett vackert hus. Salongen breder ut sig och fönstren ut mot trädgården är stora, utan avdelande spröjs. Men hyacinternas doft tränger sig på trots att de knappt slagit ut där de står på marmorhyllan i fönstret. Georg tar väl hand om dig, säger

Maj och Titti skrattar torrt, äsch, han bara *affärar* vet du, tycker att barnen liksom är min sak. Men Tomas längtar verkligen efter att bli pappa, det vet jag Maj.

Då passar hon på att fråga vad han önskar sig i julklapp. Åh, du kan alltid köpa böcker åt honom, romaner, eller historia, fakta, gå bara in i bokhandeln och fråga. Så olidligt varmt det har blivit här inne, svettas inte Titti under filtar och sjalar? – vill du att jag hör mig för om en skötsam och pålitlig barnflicka Maj, *gör som du vill Titti, jag vet ingenting om att föda och få barn.*

Varför klamrar du dig fast hos mig? Och i nästa ögonblick ligger hon på backen, med värkande svanskota och svårt att få luft, hon kravlar sig upp, förrädiska isfläckar under snön, ändå är tanken så stickande där *jag hade återvänt till dig då Erik, det hade jag.*

MEN SÅ SLÅR PANIKEN till, tre dagar före julafton. Det måste bli jul. Hur ensam hon än sitter här i lägenheten som råkat bli hennes hem måste det ju bli *jul.* Kanske finns ett litet mått berusande frihet. *Jag gör som jag vill – som jag tycker blir bäst.* Inget pynt för att skymma smutsen, nej, rent ska vara rent där under. Om han kunde tvätta händerna efter tidningsläsningen. Den där förbannade trycksvärtan. Jo, hon ska storstäda. Och baka. Havrekex. Pepparkakor. Måste hon ha syltorna? Eller kan hon helt sonika vara modern med köttbullar, ansjovisgratin, en skinka? Revbensspjäll. Det är för sent att be om mammas recept. Det får bli ur kokboken. Och husmodersalmanackan. Men lusten? Glädjen? *Ja, vad är det med den?* Det ska gå rätt till. Det ska blänka, dofta gott och vara vackert här på tredjedagen. Ja, på julafton också förstås. Karamellerna? Jo, hon ska koka karameller också. *Överdriver du inte en smula Maj? Men jag har ingen som hjälper mig.* Ska det bli, så måste hon. Och hon kan. Det kan hon. Fast det trycker mot revbenen och sura uppstötningar förstås.

Verksamhetens varsamt kupade hand runt oron. Det spända. Bakningen bortgjord först? Städningen? Ut med mattorna. Ja, fönstren måste ju tas. Tre dagar före julafton? *Jag firar inte jul med smutsiga fönster!* Sämre sortens slarviga… inte *jag.* Är det verkligen genomförbart? Två rum och kök är ingen sak. Inköpslista: julgardiner, möbelpolish, citronsyra till klosetten. Såpa finns väl hemma? Kanel, nejlika, ingefära, kardemumma, bikarbonat. Sirap! Mandel. Grädde. Smör. Edamerost? Röd lök, morötter, ättiksprit. Varför får hon en otäckt tickande känsla att hon glömmer… Hjorthornssalt. Kleta med knäck? Hälla den heta massan i formar som ska klippas ut av smörpapper och veckas för att sedan bara dråsa åt sidan... måste köpa mer grädde. Två kaffekoppar, minst, bara till knäcksatsen. *Nu fortsätter du Maj.* Hjalmar Gullbergs diktbok till Tomas, det räcker väl, hon har ingen aning om vad som står i, bokhandelsbiträdet rekommenderade den. Det är bortgjort. Ska alla syskonen också ha presenter? Nej, men det är inte möjligt. Något måste väl Tomas ordna om! Han som vet och kan. Man kan ändå inte baka för nära inpå. Då härsknar kakorna. Detta är julens påbud. Du skall arbeta i ditt anletes svett. Inte en dag för tidigt – och tro att du kommer undan med det. Men inte heller en dag för sent – så att du inte hinner med. Kan hon lämna över en lista till Tomas så att han gör inköpen? Då avslöjar hon sin stavning. *Att du är dum. Handla du själv.* Mattorna ute medan hon är på stan. Pepparkaksdegen ska svälla två dygn. Två dygn! Ja, den måste sättas omedelbart. Nästan alla sorters degar ska vila svalt över natten. Sillen också förstås, måste mogna, dra åt sig smak av lagen. Kan hon slippa pressyltan? Risgryn! Har de risgryn hemma? – ja, men julgröten är svår. Att inte bränna vid i botten. Gröt, en sillbit, skinksmörgås. Små köttbullar på fin färs, korven kan hon inte klara själv. Äppelmos, senap, katrinplommon. Nu snurrar det. Vi tar en sak i taget. Skinkan som ska saltas ur – hur länge ska den ligga i blöt? För sent med lutfisk, ja, men var det inte lutfisk på juldagslunchen, eller annandagen, hon minns inte. *Nog kommer du ihåg att din far alltid ska ha lutfisken på julkvällen?*

De är tunga, mattorna. Tre trappor ner till piskställningen på gården. Vad ska tant säga, sneglande bakom gardinen. Eller ligger hon och vilar nerverna kanske? Inköpen är nästan besvärligast. Ja, om hon känner efter är hon alldeles utmattad när hon kommer hem. Havregrynsgröt, mjölk, smörgås. Kaffe. Ett lätt snöfall gör mattorna bara gott. Knäckens grädde, sirap, socker, att koka tills kulprovet utfaller till belåtenhet. Så ringer det. Nu är det Eva som undrar om Maj och Tomas vill ha en bit av kalvsyltan i år också. Också? Den har just blivit färdig och den verkar fin i år, om Maj vill komma förbi så kan hon… förlåt Eva, jag har knäck på spisen. Förbannat! Brun, bränd, illaluktande massa – hur kan det gå så snabbt? Mamma som kokade knäcken så länge, långsamt, till bärnstensfärgad, ljuvlig kolasmet, varken för hård eller lös, vridna bitar invirade i smörpapper. Där står Evas nummer – när passar det att jag kommer? – vi dricker väl kaffe klockan två. Att damma och torka lister rekordsnabbt. Dörrar, målningen. Men fönstren då? Ja, fönstren först. De är lite besvärliga, men det är ingen sak. Bort med askfat, blomkrukor, lampor. Tre trappor ner till marken. Högre än hos Näsman. Här kommer trycksvärtan till pass. Att blanka av med tidningspapper i brist på sämskskinn. Sängkammarfönstret får vänta. Kök och rum är viktigast. Vänta? Sängkammaren imorgon. Det är ju så kallt – fast fryser gör hon inte. Men pepparkaksdegen innan kaffet hos Eva. Koka upp smör, sirap, socker, grädde, kryddor, vatten. Väga på vågen, så tungt med allt mjöl som ska blandas i bunken, värker det inte illvarslande i hennes högra handled. Det är väl inte reumatiskt? *Jag ska ju vara ung och stark.* Pepparkakor och kall mjölk långt in i januari. Jaha. Så var det håret, borde hon byta klänningen till blus och kjol och dräktjacka, nej då ser hon bara tjock och fet ut. Rena strumpor, kappan, hatten, hon behöver i alla fall inte gå ut till Järved, bara några kvarter bort. Kom in söta du, så bra att du kunde komma, Eva ser så lugn och *balanserad* ut, doften av nejlika och apelsin, det får hon inte glömma, att hänga upp en apelsin i rött sidenband. Eva säger att Tomas tycker så mycket om kalvsylta och rödbetor, brukar vilja ha det till nattamat dan före dan – nej hon kan inte avgöra om Eva redan har städningen bortgjord för det skymmer så snabbt, du tar väl det försiktigt nu, säger Eva, bär inte tungt eller överanstränger dig, *jag får i alla fall smaka några nya sorters kakor* – jag ska inte stanna länge Eva, *jag har aldrig ordnat jul själv, förstår ni inte att det är svårt för mig, det måste ju duga, Eva, duga,* och kalvsyltan och rödbetorna överlämnas i en trevlig korg, och Maj som inte har något med sig, hon borde förstås haft det, man byter, man tar inte bara emot så där, *det är du som är girig Maj – det är jag inte alls,* kalvsyltan och rödbetorna till kallskafferiet. Skrubba toaletten, kaklet, keramikplattorna på golvet, urin, *piss,* piska mattorna – låt dem hänga ute över natten. Middagsmaten! Det får bli en pytt i panna, falukorven, köttbullarna, karrén och kallpärer smått, smått skuret. Stekta ägg till. Duktig flicka. *Där fick ni mig inte fast.*

Nej, Tomas lägger inte märke till att hon har tvättat fönstren. Han sniffar, känner att det luktar bränt. Som hon har skrubbat den där grytan med sitt mörkbruna socker. Eva ringde och jag fick ju aldrig lägga på, så nu blir det ingen knäck. Ja, hon kan prata när hon är på det humöret, säger Tomas och berömmer pytten och ägget och rödbetorna, hur kunde du veta att jag har gått och längtat efter pytt i panna? Så tar han hennes hand, och hon låter honom hålla den. Ordnar du om julklappar till syskonen, viskar hon, naturligtvis, svarar han, naturligtvis gör jag det.

SÅ ÄR DET KVÄLL, dan före dan. Tomas är inte hemma från Stads-
hotellet än, *då blev du ändå ond för att jag glömde din namnsdag*
– vad har han för sig egentligen? De redde ju ut det! Hur tant när
Tomas gått ut för kvällen ringde för att höra sig för om Tomas
fått tårta och kaffe på säng. Naturligtvis avslöjade hon sig med
att inte begripa vad tant talade om. Det gör inget, sa Tomas, när
hon bad om ursäkt dagen därpå. Men i dagarna två har han hållit
sig borta. Hon hade behövt honom här. I raseriet har hon hängt
upp julgardinerna själv, stått på pall och stege och vinglat, ja hon
skulle ha gråtit om hon hade haft den förmågan. Mammas trötta
suckar följt av sammanpressade läppar, eller fick man inte alls se
hennes ansikte? Bara erfara rörelserna, korta, liksom avhuggna,
kvällen före. När de andra satt och smusslade med brunpapper
och lack – den där gången då Per-Olof brände märken på mat-
tan. Pappas tigande vithet. Men julaftnarna var väl trevliga? När
moster Betty kom, alltid lite extravagant. Sara och Knutte mer
rejält folk. Och var det inte något blinkande ungflicksaktigt kring
mamma, Betty och Sara när de gick ut på stan, och pappa och
Knutte hade liksom inget att säga varandra där de blev lämnade
kvar i rena skjortor och med slätrakade kinder. Åker Ragna hem
till jul? Inte med Edvin och Gunnar väl? *Det är nya tider nu.*

Det hänger apelsiner med hela kryddnejlikor i köksfönstret och
i tamburen. Salongsbordet, stolarna och bokhyllan blänker. Mat-
torna luktar gott. Spegeln i tamburen gnistrar. Ljusen är utbytta i
stakarna, löpare ligger stärkta över matbordet. Är det hemtrevligt?
Ja, vad ska man säga. Här är förstås en dimma av stekos och kak-
doft. I burkarna ligger mandelformar – ja ett drygt dussin för de

fastnade faktiskt i formarna, *du slarvade väl inte med smörjningen Maj?* – men man ska väl ändå inte överdriva bittermandelintaget när man är *på det viset,* ja och så plättbakelser, wienerstänger och drömmar. De blev lyckade! Fast det luktar så illa av hjorthornssaltet när man öppnar ugnsluckan blev de så där ljust och härligt sockriga, *du skulle ha tyckt om dem mamma.* Eller är det Erik som hade älskat dina drömmar? Ja lite kryddiga kakor med korinter och hackad mandel också. Med mönster av en gaffel. Nej, varken struvor eller klenäter. Som om den där heta oljan… att få all den över sig, att skållas i fettet, *magens spända skinn spricka sönder, krullas upp på ett ögonblick* – blunda genast bort! Alltså. Inga klenäter, struvor eller anisdoftande pitepojkar. Om Tomas tryggt stått bredvid och passat. Men som han har haft att göra på arbetet, *på kontoret.* Kunder som ska tackas av och bjudas ut, ja när köper folk pjäxor, hudar och skinn om inte till jul. Det fattar väl varenda människa som inte har det lite snävt, *men om han älskade mig tog han sig väl tid att vara hos mig?* Nu ska vi rå om varandra över helgerna, sa han imorse innan han tog på sig ytterrocken som han nog är ganska stilig i. Elegant? Att hon inte kan se på honom utan att blicken ska dit och värderande döma. *Kan man lära sig att älska varandra?* Varför skulle man inte det?

Ja, så vandrar tankarna där hon sittande i emman granskar rummets… själ. Nej, det är inte hennes ord. Atmosfär? Knappast det heller. Hon kontrollerar om det *ser snyggt ut.* Och ja, det luktar inte illa. *Glömmer du inte något nu?* Pepparkaksdegen. *Res dig och gå ut till köket.* Över tio, snart halv elva. Men inte hela degen väl? Nej, hon kan nöja sig med fyra plåtar och passa de stansade kakorna noga så de inte förvandlas till sot. Här hade degen kunnat krångla och kladda och vara allmänt omöjlig. Men med flödigt av vetemjölet på den blanka diskbänken går det riktigt lätt. Det är tants mått, som Tomas måste ha hämtat igår kväll. Ska hon stå med pepparkakorna kvällen före jul – sa tant verkligen så?

Det vet vi inte. Vi vet bara att Tomas fick med sig bocken, grisen, gubben, gumman och hjärtat. Han ska väl inte ha kaffe på säng på julmorgonen? *Om tant kommer upp hit, i nattsärk och lingonkrans i håret.* Nej! *Kan man slippa undan?* Diska plåtarna, måtten, torka av kaveln, lägg allt på sina rätta ställen. Var så god, smaka en kaka! Inte så tokiga? Hon är för trött för att avgöra, men nu ska hon värma mjölk och dricka den innan natten. Mjölk och kakor. Över midnatt. *God jul Maj Sara Johanna.* Men hon väntar inte. Sitter inte uppe och har kalvsylta och rödbetor när han kommer hem. *Han har ångrat sig.* Men det är hans barn också.

HAN KOMMER MED EN doft av tobak och… stank? Ja, det luktar inte särskilt gott. Men hon är glad att han är hemma. Det är en lättnad. Hon orkar helt enkelt inte med att bli övergiven nu. *Du tror att du kan välja tidpunkt?* Nej, det är inte så hon menar. Hon vet med sig att hon har varit lite *fjär*. Inte alls så där klamrande som med Erik. Det är bara det att tystnaden måste motas. Att bli ensam med den är svårt. Hon längtar efter att få ligga på mage, för all del på rygg ibland – men då kommer känslan av att fostret trycker sig genom hennes inre, som vill det ut på baksidan, vid ryggslutet, ja så har hon som vanligt legat på sidan och inte kunnat somna. Kudden mellan låren. Men Tomas säger ingenting, ingen smekning eller klapp på kinden, han tror väl att hon sover. Kan hon förnimma det söta från en blommig damparfym? Nej – det kan hon faktiskt inte. Tomas har visst lätt för att somna, för inte ligger han vaken i mörkret intill henne? Han ska i alla fall se och berömma hur prydligt där är imorgon. Ja, att hon är en… inte ordentlig – prudentlig – nej – klanderfri – just det, hon är en klanderfri hustru. Man kan inte beskylla henne för oreda, slarv, smuts… *Men vem är det då som varit ute och slarvat Maj? Släpat sig i smutsen?* Envisa sparkar, slag, trycket mot den fyllda blåsan. Hon måste stiga upp, ta sig till toaletten. Hur snabbt det gick att bli tant. Femtio, åttio, nittiofem? Förstoppningen gör sitt till förstås. Ja, då kommer uppstötningarna – det är klart ingen vill höra på hur Maj har det med halsbrännan och andra trängningar, men efter kvällens kakor och mjölk är det rent… outhärdligt. Om hon fick den ur sig… skiten… skulle det kanske lätta. Hur ska hon stå ut med all denna kropp! Ett svullet underliv. Vätskan som samlas men vägrar sippra ut. Inne på den skarpt upplysta toaletten kan hon inte längre blunda för att vristerna har svällt. Tjocknat. Hennes slanka vrister, vader. Skyll sig själv som står upp i stort sett hela dagen – har inte Titti sagt åt dig att benen ska vila högt flera gånger under dygnet. Men man lägger sig inte ner och tar igen sig dan före dan. Det kan ingen vettig människa begära. Man tar sig samman och tar i. Det är vad man gör. Ha åt nerverna, som tant. Ja, det kan man kosta på sig när man har god råd. Men nej, nu är det faktiskt upptagenheten kring vrister som sviker. Att vara ful under julens alla bjudningar. Ha lika tjocka ben som svägerskorna. *Men tjocka ben är bra att gå på.* Är det vad som sprattlar där inne? En liten trubbig flicka med feta lår och vader.

Den varma mjölken hade visst ingen verkan. Den varma mjölken skulle söva, döva. Vigselringen som sluter hårt runt fingret. Nej, hon kan inte rubba den. Kan vi inte få henne i säng nu? Måste hon sitta här på toa och försöka pressa ur sig förstoppningen? Det är ingen idé. Hon tvättar händerna, smyger ut till köket för att lägga katrinplommon i blöt. Halv två på natten. Vill hon att Tomas ska få syn på dem, eller gömmer hon undan sviskonen? *Se vad det blir av mig.* Blötlagda plommon och potatisavkok. För tre år sedan följde hon Ragna och Edvin på julfest med dans, i idrottsföreningens lokaler, Tore och Edvin var kamrater i någon facklig rörelse, nej, var de snarare något slags fiender kring ledande poster, och med Tore var den där killen som inte dansade – hur de genast enades kring det, det smått löjliga i att dansa. Men det kan ju inte ha varit sant, hur Erik egentligen måste ha längtat efter att trycka sig tätt intill främmande kvinnokroppar. Han var väl bara rädd att se fjantig ut. Hur han promenerade henne hem till hennes port den där första kvällen – om du inte vore så ung skulle jag inte kunna låta bli att kyssa dig – sa han så? När de sedan hade sällskap sa han att det var hon som sagt att hon skulle kyssa honom om inte hennes pappa skulle slå ihjäl henne då. Äsch, det är väl inget att tänka på. Hon tar ett par potatisar, skalkniven. Gång på gång tränger magsaften upp. Varför denna kropp och dess lidande? Nej, när det gäller kroppen har hon aldrig varit särskilt... tålmodig. Eller, ja med blod och annat, då är döden – smärtan – så påträngande nära. Tur att man kan lägga katrinplommon i blöt och sila av råpotatis. Nej, det var inte riktigt av henne att äta kakor ikväll. *Men jag tänker ändå inte låta er ta det nöjet ifrån mig.*

Så vaknar hon i sin stora kropp när mörkret ännu smiter tätt utanför renputsat fönster. Jaha då, sängkammarfönstret också. Tomas bröstkorg som höjs och sänks, oväntat fjunigt hår i den blottade armhålan. Han fick visst ingen pyjamas på sig igår. Ska hon låta honom sova, och vänta med första frukost – så säger han – *första frukost* till det dagas runt nio. Men då blir det snärjigt med julaftonens alla förpliktelser. Nej, hon vill dricka kaffe, julmorgonkaffe i mörker och med levande ljus. Katrinplommonen löst rinniga, och så detta fadda, grumliga vatten. Men hon vill faktiskt få frossa... nej... i alla fall ta för sig av maten idag. Deras skinka är kanske lite torr. Men med god sälta. Nu gör hon snygga smörgåsar och lägger osten i rullar på kexen. Saffransbrödet är förstås lite hårt, men det hör ju till. Adventsljusstaken med alla fyra ljus och vitmossan. Hon dukar i köket. Köket är trevligt. Och nu hinner hon ju diska undan med det samma. Kokar upp vatten till kaffet, mal nytt i kvarnen. Så plötsligt står han där i dörröppningen, i pyjamas och rökrock – och säger tänk att få vakna till kaffedoft med en vacker kvinna i sitt kök. *Varför kan du inte ta emot det Maj?* Hur Tomas tar omkring henne och räcker fram ett paket. Ett litet, men jag har bara en julklapp till dig och den får du vänta med till kvällen – jag får ju det här, säger Tomas och sveper med handen mot bordet, kan jag inte få ge dig en morgongåva. Du fick ju ingen på vår bröllopsdag, jag var för skärrad då. *Skär-*

rad. Jaha. Här är vi visst två som ska till och vara skärrade. Men örhängena är vackra. Clips att fästa i vätskefyllda örsnibbar. Och Tomas silar röken genom den tunna glipan mellan läpparna, och hastigt, bara en kort sekund – tycker hon att han ser på henne så där som Erik, så slussarna öppnas och man faller, men när han ler mot henne är hon tillbaka till kaffet och smörgåsarna och hon darrar bara lite när hon slår den heta drycken i hans kopp.

Hon tänder också en cigarrett. Assietten är tom, men i kaffekoppen finns fortfarande kvar av det bryggda kaffet. Nu röker hon stilla och tänker inte att hon ska fånga ögonblicket, men för en kort stund är det *lugnt.* Men hon noterar – besviket – att Tomas visst inte har aptit idag heller. Hur trögt det går med havrekexet och över halva skinksmörgåsen är kvar på fatet. Mår du inte bra, frågar hon, jodå, han nickar, säger att han ska ta och smaka på pepparkakorna, det är ju så där med matlusten på morgonen, ja, säger hon, jag är faktiskt trött idag, det har ju varit en del att stå i de senaste dagarna, *men säg något om städningen då,* fönstren satt som berg, tog aldrig Astrid mellan fönstren, frågar hon och Tomas svarar bara att Astrid aldrig har bott här, men det kan nog hända att jag har slarvat med fönsterputsningen. Du har verkligen gjort det trevligt här Maj, jag har ju inte hunnit se efter ordentligt bara, vi sätter oss i soffan en stund, lite bekvämare, så får vi åtminstone hålla om varandra. För all del. Hon ska bara ta disken. Låt den stå, säger Tomas och hon svarar med sin mammas röst att man bara har dubbelt upp om man låter det vara för då fastnar ju allt så *hemskt.* Ja, men då vill jag i alla fall torka silvret, säger han och hon antar att han menar kaffeskedarna, för något annat silver finns inte på bordet. Hade ni det trevligt igår, frågar hon, och han svarar att han mycket hellre hade varit hemma med sin fina lilla husmor. *Det tror du inte på själv.*

Han lägger sin arm runt henne när hon dimper ner intill honom. Som kan hon inte längre balansera och känna in om det är bak- eller framtung hon är. Hurdant ska vi vara klädda, undrar hon, till lunchen, det är inget märkvärdigt, säger han, du är så söt – stilig – som du är, Tomas, *förstår du inte att jag inte vill sticka ut,* är det lång klänning eller, nej, nej, välklätt bara. Brudklänningen? Med boleron och sammetspumpsen till. Jadå, det blir bra. Ikväll. Åh, nu blossar ilskan till igen. Som om hon hade så mycket att välja på nu. Med magen. Vänta här, säger Tomas och går in i köket. Skåpdörrar öppnas och stängs. Har vi inga ägg hemma, nej svarar hon, jag har faktiskt julbakat, jaja, jag menade inte, jag går ner till mamma och lånar, vad ska du med ägg till, nej, hon törs inte fråga, men när han stänger dörren går hon till garderoben, en blommig lite sladdrig klänning som Titti hade när hon väntade Henrik, men blommig, helblommigt, med underklänning till, blus och kjol är ju uteslutet, den avskyvärda violetta med utanpåkragen då, vilken hiskelig mage, som får fostret inte plats där inne, boxar och står i, *men du har inget att jämföra med Maj, barnet kanske gör allt för att inte vara i vägen* – korsetten, tants sömmerska har naturligtvis tagit till ordentligt för att den ska vara användbar också nu. Hon bäddar, öppnar fönstret och skakar brodyrförsedda lakan och yllefiltar, sträcker underlakanen släta, puffar kuddar och viker in filtarna och drar sedan på det stora rosa överkastet så att det täcker båda sängarna.

Han är ovanligt snabbt tillbaka. Säger att han hade hoppats att hon skulle sitta kvar i soffan, till och med ligga med benen högt, men jag ska bara snygga till mig Tomas säger hon när hon ser hur *uppgiven* han ser ut. Så går hon in på WC, reglar dörren, sedan slår tröttheten till, att få av sig kläderna i det här trånga utrymmet, blöta tvättlapp och gnida in tvål, ansiktet, armhålor, en särskild trasa för underlivet, det svider av tvålen, än har plommonet inte verkat, tänk hur hon förut – i största hemlighet förstås – kunde njuta av att tvätta sin kropp med hett vatten, en slank, ståtlig kropp, inte en vanställd, svullen, fet. Titti la visst på sig tjugofem kilo med Henrik och sedan blev tio av dem kvar. Ja, lite rultig är hon. Tio kilo. Erik skulle väl ha tyckt om det med tanke på Ellas figur, *varför gav du mig komplimanger bara när jag var som smalast,* nej, inte ens så vackert var det, han nöp i midjan om hon råkade lägga på sig ett kilo eller två. På så sätt tycks Tomas betydligt snällare, ja han tänker väl på hur kvinnorna i hans ålder ser ut. Medelålders med utsugna bröst och rynkor, är det inte så man ser ut vid trettiofem om man slarvar med sig själv. Kommer du Maj? Ögontusch, rouge, puder, läppstift, jag är strax klar, kom och sätt dig nu, hon slår sig åter ner i soffan och hör hur han vispar intensivt i köket, grädde? Varm choklad kanske, men de har ju nyss haft *första frukost,* så kommer han in med två små glas – sockerkakssmet? – egentligen borde vi ha tagit en stärkande vinterpromenad först men det hinner vi inte och du ska väl inte vara ute och frysa så mycket – vad är det här? – smaka, säger han och ler. Och genom kaksmeten sticker det av cognac, äggtoddy säger han, en äggtoddy och julen kommer avlöpa som en dans. Skål Maj! Ja, det är gott. Sött, krämigt. Det tar snabbt slut i Tomas glaskopp och han gör en liten till för att hålla henne sällskap. Är det så här man gör hos fint folk. Brännvin eller cognac, gör det någon större skillnad? Nej, kanske inte. Men så tidigt på dagen. Nej, nu är det bäst att jag rakar mig och tar en vitskjorta. Hans nakna ryggtavla när han tar av sig morgonrocken utanför sovrummet, slänger den över stolen i tamburen. Toddyn tränger ner i benen, i armarna, domnar dem, inte så dumt, trots att till och med Maj tycker att äggkrämen nog var i sötaste laget.

Men han är ju snygg – *din man.* I vitskjorta, nyrakad, kostymbyxor som sitter ledigt, *du har inget annat val, Maj, ingen annan att luta dig emot,* hon har inte berättat för Tomas om Titti, ja, barnet, visste han ens om att hon väntade smått? Det där självklara tillståndet för andra kvinnor, riktiga kvinnor, nej, nu rasar isen genom henne, hinner vi ta ett till bloss? – ja, vi ska ju inte vara där förrän tolv, de kan till och med dricka förmiddagskaffe – vilka sorter ska hon välja – bjud honom på en sockerdröm, ja, drömmar och de där kryddiga gaffelkakorna, det blir *utmärkt.*

Vad bra vi har det, säger Tomas som har återfått aptiten, vet du, jag tror att jag tar skinksmörgåsen också, vilken härlig sälta – menar han att den är ettersalt – den *är* väl inte ettersalt – ta det lugnt Maj – han tycker om den. Tomas är inte en sån som skjuter undan och petar bort och är allmänt omöjlig. Nej, Tomas kommer att äta sin hustrus mat utan att klaga, men aptiten rår vi inte över – inte sant?

Vet du, jag gruvar mig lite, säger hon och skrattar till. Tomas tittar på henne och sedan viskar han att han också gruvar sig en smula. Men eftersom han får ha Maj vid sin sida hela helgen kommer det att gå alla tiders. *Hjälper dina besvärjelser Tomas?* Det är bara det att Tyko har känningar uppåt Sidensjö där det bakas en särskild sorts hårt korntunnbröd att doppa i skinkspadet och mamma ska alltid vara märkvärdig och bara doppa vört – är hon söderifrån, frågar Maj, men Tomas skakar på huvudet och så skrattar de och ger sig iväg. En burk med de skära karamellerna. Inte utsökt utformade – men är de inte charmfullt hemkokade? Maj vet inte. Vet bara att hon måste ta ett djupt andetag. För nu ska det bara rulla på med mat och sång och nubbe och kaffe och julgotter och klappar och allt som hör en anständig jul till och Maj tänker minsann inte gå omkring och grubbla över de egna traditionerna och sakna mammas spiskakor och knäck. Nej, nu gäller det att ge sig in i det här *nya* med liv och lust. De ska ju promenera till Tyko och Julia som visst har en trevlig våning på Storgatan.

GOD JUL – VILKET myller av människor redan i tamburen – ja damerna har kjolar, snygga blusar och jacketter, välkomna, kom in, men vilka blommor Julia har, och här kommer hon med knöliga skära julgotter, varför kunde Tomas inte tala om att Julia älskar blommor, överallt står bedårande grupper av hyacinter, tazetter och flammande röda begonior, men också andra välvårdade rumsväxter, varför skrämmer barnen henne mest, deras kritiskt granskande blickar, men de här flickorna verkar väl vara rara, döttrarna, *för dem är du en tant Maj.* Stig in, stig på, det stora bordet i matsalen är dekorerat med lingonkvistar och enris, brutna damastservetter och ja, där står en blek flicka i svart klänning och vitt förkläde, vilket porslin ska hon duka med på födelsedagen – har Tomas verkligen en tillräckligt stor uppsättning? – hon får Georg till bordet. Och Titti är sol och leenden och blossande kinder, ja, inte ligger det för henne att fara till och grina mitt under julfirandet och även snapsglasen är dekorerade med röda sidenband och en lingonkvist. Tant, *du glömmer väl inte att hälsa på tant,* ja, Maj, en fröjdefull jul hoppas jag så att vi får, trots allt, och innan tant hinner hålla henne fast, kvar, slinker hon undan, nu ska de till bords, skinkan tronar med glansigt röda äpplen och slokande grönkål och skinkpinne i glimmande silver, det är förstås flickan i förkläde som får slabba med hålsleven och portionera ut det blöta brödet – ja där ser Maj att tant har vört på en dukprydd liten bricka, senap, äppelmos och smörklicken som ska smälta över blötbröd, köttkorv och skinka. Och Tyko hälsar välkommen, han är inte fryntlig och bullrig, nej, lite tunn, magerlagd, med vågor i det nästan svarta håret, ingen mustasch, han skulle nog passa i mustasch, få lite mer pondus – men han hälsar alla välkomna, en hjärtligt god jul och hoppas att det ska smaka och ni har väl varsin nunna – spelat oroliga frågor, jodå, alla vuxna har en rykande kyld nunna brännvin vid respektive kuvert – då slår vi i efter tycke och smak och nog börjar vi med tomtegubbarna – det är klart att Sylvias röst är stark, men också aningen sträv, Tomas ser inte alls ut att vantrivas och nu sjunger de högt och inte särskilt vackert om tomtegubbarna och skål och så rinner elden genom bröstkorgen ner i magen, varm. Nej, hon har inget emot den här flottiga sörjan, *de doppar i köket där hemma också,* och Tyko förklarar att det särskilt hårda brödet blir härligt segt och inte bara löst fallande i bitar. Stora, tunna, stiliga skivor av skinka med en kraftig rand vitt späck. Korvens smak av ingefära och *epice riche.* Mumma eller svagdricka och Georg stöter henne lätt i sidan och viskar att julbordet ikväll blir betydligt bättre, herregud, börjar katrinplommonen verka nu, ska hon behöva störta upp från bordet och söka efter WC mitt under jullunchen, nej, hon klarar att hålla igen, det bullrar och lever om där inne men är tack och lov inte tyst runt bordet, det pratas och skrattas som kan tants oroliga nerver inte tränga igenom eller lägga sig tätt över syskonens surr. Maj tänker mest på sig. Vad hon säger, hur hon äter, helt lätt är det inte att undvika hur salt skinkspad rinner längs hakan. Tomas har tagit servetten som en haklapp, det tycker hon inte om, som om han var ett litet barn eller mycket gammal, det måste hon tala om för honom, i avskildhet, att det ser larvigt ut, men det är ingen här som tycks ta illa vid sig av att lillebror skojar till det lite grann och nu höjer vi glasen för ännu en skål.

Jo, hon ska verkligen berömma Julias blommor. Alla kvinnor vill väl ha uppskattning för sitt hem? Och Julia förklarar hur hyacintlökarna får strutar i papp för att drivas i matkällarens svalka och de får på inga villkor släppas fram i ljuset – och värmen – för tidigt. Om de skulle vissna ner före helgerna! Men begoniorna är ju å andra sidan så tacksamma. Amaryllisarna är en konst att få att blomma om, men man måste fortsätta göda och vattna så länge bladen är gröna och sedan ska de grävas ner i kökslandet över sommaren – här tar Julia lätt i Majs arm – sedan får de vissna ner innan de planteras om i ny, god jord och för all del, visst händer det att jag har blommande lökar i februari. Så jag kostar alltid på mig några nya som säkert blommar till jul, Ottossons blommor har bara det bästa i blomväg, men se här Maj, iskonvaljerna kommer från landet, dom tar jag in för drivning i oktober, innan tjälen går djupt, och nu förlorar Maj sig bland alla odlingsråd så hon säger bara att det är så vackert, så underbart, men blir det inte skräpigt när det vissnar? Det är klart att hon efteråt – eller med en gång – hör att det inte var riktigt att säga så, det var en av de där uppriktigt vassa tankarna som ska plåga henne genom livet för de vill ut, det är bara så, i all fröjdefull blomsterprakt och midvintergrönska måste hon liksom tänka på det praktiska kring hur man håller rent med sådan tropisk växtlighet inomhus. Kan man alls öppna och vädra? Nu får Julia fullt upp med att servera kaffe, ja det är inte hon som serverar, men hon måste se till att herrarna får sina rökdon och damerna ska väl få slå sig ner i salongen och känna hur julfriden sprider sig stilla. Tomas kommer och frågar om hon har det bra, jodå, hon nickar, men vad ska de nu hitta på, de som inte ska springa med disk och karotter och kaffekoppar, ska tant läsa julevangeliet kanske, nej, nej, det är ändå ingen som orkar höra på det, borde man hjälpa flickan i köket då, men nu kommer Titti och leder Maj till en chintzklädd fåtölj med tillhörande taburett och i salongen är söta små blommiga koppar och fat redan utplacerade på ett sideboard. Gräddsnipa, sockertång, här tar de visst för givet att borden ska digna av blomsterarrangemang, kakor, nötter och frukt – *ja men du får också ta för dig flicka lilla* – allt är så smakfullt och när Titti försvinner in i ett samtal med sin storasyster Eva reser sig Maj – mödosamt – och uppsöker toaletten. Men nu är det igentäppt, hon kissar bara och bättrar på läppstiftet, puffar håret.

Så små kakor! Så många sorter! Och det stora uppläggningsfatet som visst är från Gustavsberg är dekorerat med vita virkade änglar som har fladdriga silkespappersvingar fästade i ryggen och Julia klappar i sina händer och ropar herrarna till kaffebordet. Ja, det är inte ett dugg sämre än Sylvias adventskaffe och nu blir de egna sorterna grova och klumpiga, det är visst smått, smått det ska vara. Klenäter, struvor, parisare, men snart förstår hon att det är en änka utåt Bonäset som bakar till Julia, som bara bryr sig om blommor, och tant säger att hon får åt gallan, men övriga tar förtjust för sig och fyller assietterna med alla sorter.

MÅSTE DU HA HAKLAPP, säger hon så snart porten har slagit igen och Tomas har tagit henne under armen för att promenera hem och vila en stund innan julmiddagen. Hon försöker få rösten att låta lagom fräckt påstridig – lite skämtsam, men Tomas tycker visst inte att det är roligt, han säger bara men vad spelar det för roll, och sedan blir det kärvt emellan dem. Rakt så att det känns otäckt. Ska han vara sur på henne en dag som den här? Tål han inte någonting? *Hur har du det själv med kritikkänsligheten Maj?* Han håller fortfarande ett fast tag, öppnar dörren och låter henne gå före förstås. Det var väl tur att de inte behövde släpa hem tant också. Tant ska visst vänta hos Julia och Tyko tills middagen hos Dagny och Kurre i Järved, hon är så rädd för halkan, törs knappt gå ut om vintern. I tamburen hänger Tomas av sig under tystnad, hjälper sedan Maj med kappan. Jag tar igen mig en stund, säger Maj, nej, så rakt på sak är hon inte, hon säger att hon steg upp så tidigt imorse. Och att hon fortfarande sover dåligt, så... ja, hon skulle behöva lägga benen högt en stund. Gör det du, svarar Tomas utan att titta på henne. Så det blir till att ligga ovanpå överkastet med klump i magen och naturligtvis inte alls kunna slumra, nej, hon vill faktiskt ställa allt till rätta nu, göra gott, göra bra.

Tomas sitter i soffan, framåtlutad, med armbågarna vilande på knäna, den annars bakåtslickade luggen har fallit ner över pannan. Vill du ha något, frågar han när hon slår sig ner bredvid honom, lite vichyvatten, säger hon, jag har sån halsbränna, har vi sodavatten hemma? – han reser sig, det står ett högt smalt glas på bordet och i askfatet ligger några nötskal, ja, han måste ha suttit här och knäckt nötter. Han räcker henne det bubblande vattnet, och så sitter de intill varandra, han lägger handen på hennes mage. Nästa jul får du inte ligga där i lugn och ro och gunga runt, säger han mjukt mot magen till och Maj säger att så hemskt är det väl inte, det är väl bra? Visst tusan är det bra, säger Tomas och flyttar sin hand, låter den vila över hennes. Hon är verkligen trött. Men inte på ett vanligt vis... vad ska man säga? Här skulle hon kunna luta sitt huvud mot hans axel. Blunda och känna något som liknar frid. Men så kommer hon på hur födelsedagens kalas trycker henne. De har ju inte hunnit talas vid om menyn eller porslinet, nej, Tomas har väl inte någon finservis och det som de fick av tant i bröllopsgåva såg ju inte mycket ut för världen. Vi lånar av mamma, säger Tomas och Maj håller inne med en suck, som skulle suckens söndring vara alltför förödande, det känner hon, *intuitivt*. Så måste det förstås bli. Tomas får tigga och sedan springa i trapporna med packlårar. Hon ska ju inte bära tungt.

Vad tror du om kokt gädda och pepparrot, efter all skinka och sylta och pastej? Det blir alla tiders, svarar han, ska vi be Aina som hjälp? Nej, men kanske någon till serveringen förstås, det kan bli övermäktigt att både servera och laga mat till – blir de fjorton, femton? Eivor, Gerda kanske, de är förstås sent ute, några små smörgåsar före, *sandwich*, eller snittar, kanske tunnskivat kalvkött, gravad lax, vad tror du, räkor och majonnäs? Jodå. Men ska du behöva tänka på det idag? Ja men det är ju så *snart*. När ska hon annars tänka på det? Och jag vill beställa en tårta hos Kjellins. Ja en räcker väl inte, men jag kan inte stå och baka tårtor också. Kan du ordna om det. Tomas? Halvt slutna ögonlock. Tomas? Va? Ordnar du om att beställa tårta till födelsedagen eller ska jag sköta om det också? Självklart, naturligtvis. Vad tycker du om? Mocca, marsipan, maräng? Sans Rival? Åh, den är fin förstås. Med *franskt* uttal. Men dyr. I kokboken finns recept som är så arbetade att hon får skälvningar av blotta åsynen. Påsktårtor med kycklingar i ett rede som dekor. Kristyr- och marsipanblomster och blad. Tomtenissar och änglar på jultårtan. Glaserade éclairer – petit-chouer – det vore förstås stiligt att bjuda på fyllda petit-chouer till förrätt. Tomas reser sig, kommer tillbaka med ett litet glas cognac i ena handen, en grogg i den andra. Får jag skåla med min fru på julafton? Jovars. Maj höjer glaset, smuttar och grimaserar lite. Vi måste väl göra oss i ordning. Ja. Jo. Det måste de. Titti kör ut till villan i Järved, hämtar upp dem halv sex. Men tant åker med Tyko, Julia och flickorna.

MEN JAG SA JU att den skulle bli användbar i grått, viskar Titti när hon får se att Maj har brudklänningen på sig. Ja, samma svarta sammetspumps också. Men fötterna är svullna och skorna klämmer oroväckande hårt. Här i huset är det verkligen jul. Facklor längs med den skottade grusgången, krans på dörren och levande ljus. Ett glam och ett sorl – ja vilken uppsluppen stämning det är! Titti tar Maj under armen och sjunger nu är det jul här i vårt hus, julen är kommen hopp fallallera och visst är makeupen festligare än till lunchen, *kan inte den här dagen vara över nu*, ja men här kommer ju äntligen Kurre med glöggen – Maj vill slippa den där starka kryddningen, säger tack snälla och tar emot kopparmuggens heta handtag och de visas in i salen, nej, salongen och elden flammar i den öppna spisen. Vilken julgran! Nästan som hemma. Flaggor, smällkarameller, äpplen och pepparkakor. En elektrisk ljusslinga. Som pappa säger är hutlöst dyr i drift. *Märker ni överhuvudtaget att jag inte är här hos er?* Ännu får hon gå tätt intill Titti, hon tar dem fram till en söt liten soffa i rosa sammet, ropar hej på er allihopa, ja, så skönt att slippa ta sig runt och hälsa och ta i hand igen.

De sitter ingen lång stund. Snart ropar Kurre var så goda mina vänner, smörgåsbordet står dukat för er och nu har hon visst Lennart till bordet. Det känns inte riktigt... ja vad. Nog är väl Lennart en bra grabb? Yngling. Nej, han kan förstås inte sitta med barnen längre. Och någon ska ju sitta *la me'* Lennart också. Men att behöva dras tillbaka till det där *råa, fräcka,* nyss blev hon ju hustru, husmor, vad ska Lennart och hon prata om? Fast han är en tyst en. Det märker hon snart. Hur blicken far åt magen och stiger inte skära blaffor upp från den stärkta kragen? *Det kan du inte se i den här dunkla belysningen av levande ljus* – men tant ser ju inte att äta. Tänd kristallkronan Kurre, ropar Dagny högt genom rummet. Fiskbordet står uppdukat i serveringsgången. Ska vi verkligen räkna upp allt? Inlagd sill, hela ansjovisfiléer i sitt spad, ägghalvor med spritsad kaviargrädde, sillsallad, rullströmming, stekta ättiksinlagda flundror – vad mer? Inkokt lax med skarpsås. Tunnbröd, surmjölkslimpa, veteknäcke, elegant upplagt smör och två sorters ost. Ångande varm vitpotatis – jo, det hör Maj Eva säga till Sylvia, att hon föredrar King Edward fast den så lätt faller sönder när man kokar den. *Men behåll skalet på då.* Ja, men Bintjen är ju också fin, fast. Nej, mandelpärer är inte tradition här. Inåt landet kanske. Bland torpare och skogsarbetare. Ja, ja, seså. King Edward, sillar, strömmingar, lax, ostsmörgås och brännvin. Som på ett bättre hotell! Tomtegubbarna igen. Herregud vad Lennart har lassat på sin tallrik! Hon får lust att säga att det säkert kommer mera, han behöver inte vara rädd att bli utan.

Nu börjar lovsången – hon förstår hur som helst att hon inte kan annat än att berömma alla läckerheter, däremot kan tant, Dagny, Kurre och alla syskonen jämföra – mer eller mindre kritiskt – med tidigare jular. Var det tre år sedan sillsalladen var så särskilt underbar? Och strömmingslådans dill- och tomatsmak – nej, stopp – vi är på det *kalla* fiskbordet. Nu måste vi backa. Den inkokta laxen är förstås en konst i sig. Egentligen ingenting man är van här i trakten. Men Dagny vill inte vara utan den. Och leende talar hon om att man faktiskt ska lätta upp den tunga julmaten med mera fisk! Lennart bara äter. Liksom anfaller gaffeln med sin öppna mun *hur han skulle attackera mina bröstvårtor* sluta. Att med silversmörgåsbesticken ta fina tuggor ägg och potatis och då säger tant – nej, inte vänd mot Maj – hon säger till Johan att man får spara in på potatis, bröd och ägg om man ska orka med allt sovel. En till visa! Och varmt är det i matsalen, en sådan

här villa med takhöjd och tunna fönster borde vara kall och dra-
gig, men tvärtom klibbar det av svett under armarna, sitta i ylle,
men Maj, du luktar inte illa – nej, men ändå. Och herrarna och
ett par damer ska gå en andra omgång på fiskbordet. Måste Maj
också? Eller skulle det bara verka *närigt*. Hon sitter långt ifrån
både Kurre och Dagny – hon ska väl inte behöva ropa ut att det
var förtjusande gott och nu kommer faktiskt pressyltan, leverpas-
tejen, fårbogen, skinkan, kalvsyltan, medvursten, fatosten – åh,
det är ångermanländskt – som rörosten ungefär? – nej, fatost är
något *helt annat* – mjölk, kanelstång, sirap, löpe att koka sakta på
spisen och sedan grädda i vattenbad i ugn till en dallrande pud-
ding – hör den verkligen hemma här bland allt kött – jadå, det
gör den. Äppelmos, senap och rödbetor. Kommer det småvarmt
också? *Vår julmat hemma är godare.* Inget överdåd – men sma-
ken. Det tjänar väl inget till att tänka så! *Ta du redigt av fatosten.*
Var vid i ditt hjärta! Nej, en liten sked. Halsbrännan! Ingen män-
niska kan begära att man ska få ner hur mycket som helst med de
här förfärliga uppstötningarna.

Fårfiolen är seg. Det är den. Och har otäcka fettstrimmor – *är*
du bortskämd också? Fatosten, ja om man sköljer ner den med
svagdricka eller pilsner. Jodå. Inte olik rörosten alls. Förutom
konsistensen. En sötsalt brylépudding, fast inte så *len*. Lite lätt
grynig, med en klar vätska som sipprar ut. *Du måste kommen-*
tera den, det förväntas faktiskt av dig. Tomas då? Han har, vem
har Tomas till bordet? Sylvia. De skrattar. Tomas är visst något av
en lustigpetter i de här sammanhangen. Jo, ja, nej, det är unge-
fär vad Lennart svarar, men han har förstås inte något brännvin
i glaset heller. Bara julmust. På den andra sidan har hon Otto,
och nu vill han ha utförliga kommentarer kring släktens julbord.
Och Maj kan låta *belevad*. Eller hörs det rätt igenom att hon är
från andra sidan? Lungsjuka kokerskans slinka till dotter. Eva –
kalvsyltan är verkligt fin i år! Vart fick du tag på kalven? Hur är

då den här skinkan i jämförelse med förmiddagens ståtligt stora skivor. Den är ugnsbakad, för så vill faktiskt Kurre ha den – men blir den inte torrare då? Borde Maj ta ett plommon – törs hon? Förstoppningen är outhärdligt svår. Men snälla Lennart, det är inte fel att en karl kan föra sig lite grann också, se på dina farbröder, de sitter väl inte och moltiger genom middagen? *Som pappa och Per-Olof och Jan. Inte lill-Stig – saknar du mig, visst är jag din älsklingssyster?* Mera sång, öl och brännvin, nej men nubbe låter så mycket *trevligare.* För all del snaps eller en liten en. Kärt barn har många namn! Nej, hon fyller inte glaset ända upp, hon är rädd för att bli berusad. Kasta upp över duk och ljus och dekorationer. Kasta upp på parkett och wiltonmattor. Kräkas i knäet på Lennart kanske. Nej, hon tar försiktiga smuttar av brännvinet. Tomas däremot slukar nog både helan och halvan i rask takt. Äsch, hon hinner inte se hur Tomas för sig i jämförelse med resten av karlarna vid bordet, Georg är också fin på att fylla glaset, för att inte tala om Tyko. Torre Tyko tycks tycka om brännvin också. Nina? Nina ser väl bra mycket gladare ut helt plötsligt, *men du var snabb att döma mig på Mårten Gås, jag glömmer inte en oförrätt Nina, det gör jag inte.*

Revbensspjäll, bräckkorv, strömmingslåda och ugnsomelett med sparrisstuvning.

Man kan döva, men också dämma upp. Nubben genom strupen ner, vad ska den nu ställa till med? Mamma och pappa och bröderna. Har lutfisken misslyckats för mamma i år? Hon är svårt sjuk. *Ändå vill hon inte ha mig nära.* Inte nu heller. Är mamma bara lättad? Det blir kallkvällsgröten i köket. Hur den växte, det hjälpte inte att ösa socker på. *Den var väl inte kall Maj? Rykande het, väl rörd – ändå åt du den inte. De andra åt. Ragna klagade inte. Hur mamma helt tyst la det kokta ägget på tallriken, men med ett sista hårt tryck så att skalet krasade en aning. Här har du. Till dig som inget vanligt duger åt. Du som jämt ska göra dig märkvärdig.* Var det så Maj?

Det vet hon inte där hon fortfarande tuggar lammbog – fårfiol? – i tanken, fastän karotterna nu dignar av varma läckerheter. Strömmingslådan är för tomatstark. *Sitter du här och är högfärdig nu?* Omeletten är len, krämig, god. Med gräddstuvning som glider lätt och behagligt. Revbensspjäll. Får man verkligen gnaga dem med händerna? Herregud så flottigt det måste bli. Men Tomas gör faktiskt så. Nej, hon törs inte. Karvar med kniv och gaffel. Bryr sig inte om Lennart längre. Där sitter ju faktiskt Titti och Tyko snett emot henne. Men det är ett brett bord, svårt att konversera över ljuslågor och glas. Ja tänk om man hade lilla nubben upp på ett snöre i halsen. Ja, det är klart att hon höjer sitt glas och skrattar som de andra. Skulle bara våga annat. Men vem är den där flickan i flätor vid barnbordet som granskar dem så kritiskt? Är det Maj hon stirrar på, eller är det Otto, är det Ottos dotter som ser på sin pappa så där när han sjunger de glada visorna? Maj vill i alla fall inte titta på henne. En sådan sur flicka. Tänk så trist med sura miner! En glad afton som den här. Hon ska väl ha klappar förstås, kommer att tjura då också, över att de inte alls blev så som hon hade önskat sig.

Det har inte kommit något paket. Det hade hon heller inte räknat med. Har det kommit ett kuvert? Något måste väl ha kommit. Till födelsedagen i alla fall. Så nära inpå julen! Vad kan bröderna ha berättat där hemma? Per-Olof kan ha gått sin fars ärende och sagt att det syntes ju att hon var på smällen. *När knullade du själv för första gången Per-Olof? Eller är du oskuld ännu?* Det måste vara Lennart som får henne att tänka på Per-Olof. Fast han är yngre och borde kännas mer som en lillebror är det Per-Olofs kritiska tigande hon tänker på. Att hon ska dundra rakt ner i nattsvarta mörkret denna glädjens högtid när ett barn ska födas och stråla som en stjärna över stad och land, eller hur var det nu då. Det är spriten som luckrar blåleran porös. Och hon som borde vara benporslin och tåla både hetta och köld. Sitta där lagom i nya stora släkten och vara allmänt älskvärd. Nu nyser hon. Helt utan förvarning. Prosit, säger Lennart, ursäkta mig, säger hon och tar servetten till munnen *snyt dig inte i servetten, men vad tror ni egentligen om mig* – läppstiftsfläckar lämnas kvar, men det är tack och lov inte hon som ska koka dem i lut.

Tänk att ta rätt på alla tusen skålar och fat. Packa in, lägga undan i kallskafferiet. Bara det en evighet. Sedan diska porslin och bestick. Torka blankt, torka torrt. Och då är ändå glas och kaffekoppar ogjorda. Jo, men det finns julgröt för den som orkar, annars kommer apelsinriset snart förstås, men Dagny vi får väl mandelformar med grädde och hallonsylt till kaffet? Nu förmår Maj inte mer. Barnet blir väl rasande över trängseln. Låter henne inte frossa utan hämningar. *Kommer du att växa dig enorm där inne?*

Tomas ser glad ut. Kramar lite klumpigt om henne – och så är ilskan där. Har han ens märkt hur hon har fått sitta och moltiga med Lennart hela middagen? Ja, vem ska hon annars rikta sin vrede mot? Nu är det förstås inte så att hon säger något annat än att hon måste uppsöka WC, *badrummet Maj!* Eller ännu hellre pudra näsan. Men allt har visst mindre plats i magen och det blir snabbt både akut och trängande. Hon har faktiskt suttit och hållit sig sedan fatosten, om han är intresserad. Ja så tänker hon när han upplyser om att det finns badrum och toalett i källaren, jo, Tomas vill följa med henne dit ner, det får han väl göra, för det är inte särskilt trevligt att treva i trappans mörker, han hittar lysvredet och så stiger de ner i cementkyla och jordlukt, fast i det kalla vintervädret är det en mer torr källardoft, men isande kallt i jämförelse med matsalens fuktvarma ånga. Och utanför toaletten vill han kyssas. De som inte har… med tunga och allt. Vänta, säger hon, när hon lirkat sig loss, och utan att förklara något går hon in på WC, lägger haspen i öglan. *Skulle du ha låtit Erik följa med dig in?* Gaserna. Åh, det är pinsamt. Att han vill ha henne när hon är på det här viset. Ser sån ut. *Är det så konstigt att din make vill kyssa dig er första julaftonskväll tillsammans?* Det är inte det. *Det är ju vad jag vill.* Den mest förbjudna tanken. *Vad jag vill.* Det är det vämjeliga med klänning som ska bylsas upp och svettfuktiga underbyxor och hyskor och annat som ska ordnas om för att man ens ska kunna uträtta sina behov. Röklukten som tränger in genom dörrspringan – ja, hon längtar efter ett bloss. Har du en till mig också, frågar hon och Tomas nickar, de går in i pannrummets värme och står där och röker i mörkret. Har du det bra, frågar han och kan väl inte se om hon nickar eller ej. Fast han är svårpratad, Lennart. Då stryker Tomas henne över kinden, halsen mot nacken till och säger att han har suttit och längtat efter henne hela middagen. Men att hon inte en enda gång har tittat åt hans håll. Det gjorde jag visst! Och du skrattade och pratade och sjöng med Sylvia och såg ut att ha det alldeles förträffligt. Tomas skrattar, hyssjar och viskar att hon är rackarns vacker när hon blir arg. Men nu är det kaffe, klappar, gotter och nötter och om de har tur en god liten cognac, så det är bäst att de skyndar sig upp.

Nej, de är inga ungdomar som kan gömma sig i källaren för lite kel. *Hångel.* De är faktiskt herr och fru Berglund som förväntas delta i julfirandet lika respektabelt som övriga Berglunds och andra ingifta. Tomas, kom ett slag, ropar tant när de kliver in i salongens rökdimma och han släpper hennes hand och så vidgar sig rummet som om det för ett ögonblick blir knäpptyst och alla andra sugs in mot väggar och hörn – bara Maj med sin mage står blottad för allas blickar. *Men det är ingen som ser dig Maj.* Om hon svimmade då, bara segnade ner på wiltonmattan. De dricker redan kaffe, röker, där är likörglas och cognacskupor, knäck, chokladkolor och marsipan, nötter och fikon, röda äpplen och apelsiner. Vem ska hon slå sig ner intill? Det finns ju ingenstans att sätta sig när hon kommer balanserande med moccakopp och gottfat. Vad säger tant till Tomas där han sitter på huk intill henne? Ska Maj verkligen behöva sätta sig på golvet? Så kommer Dagny ut från serveringsgången med ännu en kaffepanna, men snälla vän, kom så tar vi en stol från salen. Ja, Maj placeras på en hård stol vid svägerskornas bord och det var väl inte alltid så trevligt när pappa och mamma tagit brännvin på julafton men det här har ju ingenting med hennes jular att göra. Det var så fint när de delade ut julklappar och åt julgröten på kvällen, var det inte? *Men kvinnor har i alla tider lämnat sina hem.* Får man aldrig komma tillbaka?

Hon är ju inte den tungsinta sorten som faller djupt i grubblerier. Nog kan hon skratta och glamma och vara glad. Så småningom. *Men bara ett glättigt leende åtminstone.* Vem var det som ogillade sura miner? Hon koncentrerar sig på mandelformen med sin tjockgrädde och lite löst rinniga hallonsylt. Nej, det går faktiskt inte att ta del fullt ut idag. Det går bara inte. Skulle hon vara gapig och gåpåig och få de andra att blekt tigande undra hur det var fatt med henne? Om hon tagit mer i snapsglaset hade väl orden kunnat börja härja fritt och forsa fram och ut och överallt. Att sitta här på stolen och balansera moccakopp och mandelmussla är liksom alldeles tillräckligt... utmattande. Det är väl ingen som är otrevlig, inte alls, men att bara landa här i en villa i Järved och förväntas känna julstämning och glädje, det är för mycket begärt. Men nu tar Tomas en stol och sätter sig bakom henne. Det är hon tacksam över. Han frågar viskande om hon vill ha något till kaffet, ja lite cognac kanske, men det kanske är mer för herrarna, ska du inte prova lite av Dagnys citruslikör? Naturligtvis, tack gärna.

Och så kommer då äntligen tomten! Vilken evinnerlig väntan det har varit. Hur många tvättkorgar med klappar dras fram i ljuset så att tomten ska se att läsa på lapparna? Var det Johan som gick för att köpa tidningen? Han är bra maskerad. Så är det God jul Marianne från mamma och pappa och Till Solveig från Lennart och till Henrik från mormor och till min älskade rara gumma från maken – men inga verser för det är ingen som orkar höra på tillkämpade rim och lustigheter, visst finns det några här som fortfarande vill skriva på paketen, men rimmen får man ta i den intima sfären, annars håller julklappsutdelningen på till midnatt och tant blir så förskräckligt orolig. Maj tycker ändå att det går på med klapparna i en evig tid och om hon ändå kunde få gå ut i köket och diska. Sitta som en byfåne och inte bli tilldelad något alls. Clipsen som klämmer så hårt om örsnibbarna fick hon ju redan imorse. *Var inte så barnslig.* Men när får man vara barnslig om inte till jul? Så kommer God jul Tomas önskar Maj. Nej, inte till min älskling, min älskade make, eller ens käre. Inför all publik! Och Tomas packar upp papperet och lägger genast en hand på hennes axel och säger men älskling, vad glad jag blir. Det här är bra grejer det. Hon vrider sin stol mot honom och där är två tjocka bruna böcker och en mindre grön. Plus en grårutig halsduk och manschettknappar. Kommer allt det där från hans mamma? Måtte han ha ordnat om presenter till dem som ska ha.

God jul Maj önskar Titti – och hon som inte har något till henne, men Titti säger hon, tacksam och generad, och Titti ropar att det bara är en liten sak som hon ändå skulle ha. Maj vecklar upp det mjuka paketet, kanske ett par smidiga, mjuka skinnhandskar – det är en fint stickad babymössa i tunt silke, gräddvit, *nu tackar du Maj,* om inte annat så för besväret. Tack snälla, säger hon och rösten är väl klar och inte grötig, så viker hon mössan till ett litet bylte. Tomas säger högt till tomten att det ska finnas minst ett paket till. Och ja, där är en blekrosa ask, och Maj lossar snöret och lyfter på locket, det får bara inte vara en bysthållare eller underklänning eller sladdrig bäddjacka, hon känner ju inte Tomas än, men nej, det är en muff, en muff i finaste mårdskinn. Så elegant! Tjusig! Fast inte så praktiskt med ofria händer. *Det var inget kuvert från mamma.*

Efter julklappsutdelningen vill hon bara åka hem. Ta silkesmössan och muffen och tacka för sig. Men Tomas har försvunnit och det ska plockas undan kartonger och papper och annat skräp – nu när alla är glada och nöjda kanske äntligen julfriden kan infinna sig. Tomas och Georg har visst satt sig vid matsalsbordet igen med varsin grogg. Tyko och Kurre slår sig ner vid dem och de pratar lågmält om något som rör firman, men Maj kan förstås inte höra exakt vad där hon går och bockar sig efter presentpapper att knöla ihop och slänga. Då hejdar Dagny henne och säger att särskilt vackra mönster och askar tycker hon om att spara. Man kan faktiskt pressa papperet lätt och använda igen. Åh förlåt, svarar Maj och räcker över den presentkartong hon har i handen. Dagny ler och säger att hon får ta igen sig en stund, de ska ju orka med vickningen också, förbannade frestelse, det är klart att det ska vara ansjovisgratin och spisbröd med Edamer innan aftonen är över. Julottan är det ingen som tycks ta så allvarligt på, möjligen har Sylvia ambitionen, men då säger Otto att när var du i julottan senast, är det tio år sedan? Sylvia börjar räkna efter, nej -32 var det väl, Ellen var tre och jag väntade Sture, det var så högtidligt att vara i kyrkan havande, han sparkade när prästen läste evangeliet, men så musikalisk, han blev alldeles stilla när kantorn spelade Gläns över sjö och strand, och Otto muttrar att det nog ska bli något av Sture också. Så tittar Sylvia leende på henne, tycker ditt barn om musik Maj? *Mitt barn?* Varför den här tystnaden runt bordet, inget nötknäppande eller kolaprasslande – det tror jag, svarar hon och Sylvia nickar och fingrar lätt på en brosch, egentligen tycker nog alla om musik bara de får chansen. Julia, Julia, nu vill jag fara hem, nej, det är ingen som har talat med tant på en stund och Henrik har snusande somnat i Tittis famn, tycker kanske barnbarnen att tant är lite tråkig – nu måste ni tacka mormor – nej – farmor – för julklapparna, det är Ellen i flätorna som reser sig från sin bok och tar farmor i hand och niger, sedan kommer Marianne, Solveig, Gunilla och Carola, Sture, Bertil och… ja det är alla barnbarn och sedan barnen, tack snälla mamma, det var alldeles för mycket, mamma får inte överanstränga sig, Titti vinkar från soffan med sin lediga arm att hon inte kan resa sig med Henrik i famnen och så ropas pojkarna in från matsalen, även de måste ju tacka och ta farväl av tant. Varför håller tant kvar Tomas extra länge? Varför dröjer deras avsked?

Du måste också tacka. Ja, inte för julklappen för hon har ju inte fått någon, men tacka för att du har fått fira en så här underbar jul med henne. Då vill jag se Maj hos mig imorgon på utsatt tid. Och Maj niger, herregud en gäspning pressar sig ut genom munnen, handen som far upp, försöker täcka över, vi är visst fler som blir en smula trötta av allt firande, säger tant och ropar nu Johan till sig, det har visst fallit på Johans lott att köra tant hem, Tyko sitter ju och groggar med herrarna och Julia kör inte. Kan Maj kanske få följa med? Så skönt att knäppa upp korsetten och ta sig tid på toaletten. Ingen make som stökar runt och ska rycka i handtaget när man måste… Får man lämna sin sprallige make på kalas att förtära ansjovisfrestelse och en nubbe utan sin unga hustru? Eller måste hon stanna till slutet? Nej, Maj kliver inte in i släkten och är *uppstudsig,* det ligger inte för henne. Men om tant sitter fram och hon får ha baksätet för sig – fast Eva och barnen ska också åka med så det blir fullt. Vichyvatten, sockerdricka – ja så finns det ju likör och sherry och annat välgörande, men svägerskorna är faktiskt törstiga och tar gärna ett selterglas med sodavatten.

Tusen tack, säger Maj och undrar vad de nu ska hitta på. Det är ingen som vill att Sylvia ska spela och sjunga, de sjunger till nubben och det är nog, hembiträdet har fått ledigt för kvällen och det är Dagny och Nina som ska ordna om nattamat och den lille till. Ansjovislådan skulle kanske ha kunnat vara varmare, men äsch, God jul och skål för tusan, och nu får väl ändå fruarna börja se till att barn och karlar snart kommer i säng.

Kom det verkligen inget kuvert till Maj med klapparna? Kan mammas och pappas kuvert hamnat bland tomma konfekt-askar och hattlådor? Hon tar bara en liten sup. Är det den som får henne att nästan tårögd be Dagny att se efter om det kan finnas ett kuvert bland allt papper, det skulle finnas ett julbrev från min mamma och pappa. Men snälla vän, kom så söker vi igenom sakerna, ja så letar snart hela släkten efter ett kuvert utan större framgång. Ja karlarna de snapsar och tar beskedligt av den ljumma gratängen. Och Dagny lovar att söka igenom allt på nytt imorgon, när dagsljuset är tillbaka. Tack snälla för en underbar jul, och hjärtligt välkommen på min födelsedag!

Georg, du får ta hand om Henrik när jag kör Tomas och Maj hem, säger Titti och det är något liksom hastigt och *jäktat* över henne nu. Nästan lite vresigt. De är så glada, äkta männen, undrar om de inte ska passa på och åka kälke med Sture och småflickorna, nej, för barnen har slumrat in både här och där i huset, det är faktiskt bara Georg, Tyko och Tomas som vill ut och rasa i snön klockan halv ett på natten – Georg nu sitter du här i soffan med Henrik och säger att mamma alldeles strax är tillbaka om han skulle vakna. Har ni sett något så vackert, säger Georg tårögd och stryker Henrik över huvudet, väck honom inte då, säger Titti skarpt och Georg gör ett överdrivet hyssjande och för sitt pek-finger till munnen.

Nej – Tomas är inte stadig på benen. Lite rund under fötterna. Sådan tur att Titti och Maj kan ta honom under varsin arm och leda honom till bilen. Jäklar vilken fin julkväll, säger han, jaja, säger Titti som verkar vilja skynda sig och Tomas och Maj tar sig på något sätt in i baksätet och Titti smäller igen dörrarna. Jo, den är varmkörd av Otto och startar. Och Tomas lutar sitt huvud mot Maj – häver sig upprätt igen – vänd syrran, presenterna, jag ska ju deklamera Gullberg för min fru inatt, jag har dem Tomas, svarar Maj, halsduken och manschettknapparna också. Snart sover han. Titti säger att det är otrevligt att köra i mörker, men det är väl inga andra som är ute och far så här sent på julkvällen. Jag slår vad om att Georg sitter i köket och surrar med Kurre när jag kommer tillbaka, muttrar hon, och Henrik kanske irrar runt och är förtvivlad, kommer du ihåg hur det var att vakna på främmande platser som liten, ja, nickar Maj, men kan inte minnas någon annan sovplats än den hon delade med Ragna i rummet vid ytterväggen, där det drog. Hur kallt det blev om Ragna steg upp före henne. Ja, säger hon, men jag klarar nog Tomas upp själv. Gör du det, säger Titti och söker inte efter Majs blick i backspegeln, det vore toppen. Tomas, nu är vi hemma.

Så står de svajande på gården och ser Titti backa och svänga runt. Och så mörkt det blir när bilens strålkastare försvinner bakom trevåningshuset. Håll tag i mig, säger Maj och så tar de ett litet steg i taget. Det är kallt, klart, men Maj är varm, visst är det otäckt med isvindarna kring öronen, och nu vill hon in i trapphuset med en gång. Om någon kommer och ser. Det är ju det.

Ta ett ordentligt grepp om ledstången nu. Jodå, det ska han göra, men på avsatsen ska han prompt stanna – älskar du mig Maj – nu ska vi sova Tomas, det är klart, vi försöker väl Maj, gör vi inte, det är bara två trappor kvar nu och tänk på din mamma, att vi ska sitta där imorgon utan att skämma ut oss. Men nu ger jag fan i min morsa Maj, God jul på dig lilla mamma, ropar han

– Tomas, väser Maj, Tomas du får en whisky när vi kommer upp om du bara håller mun. Då blir han faktiskt tyst. Och han måste pinka på en gång när de kommer in, han står väl inte och sölar ner kostymbyxor och överrock, i byffén finns en liten skvätt whisky kvar i flaskan, här har du, säger hon och slår i. Sedan lägger hon omkull honom i soffan och tar av galoscher och läderskor, ska han verkligen få sova i kostymen, jamen imorgon får han väl ta på sig något annat, svart. Filten, men han får inte sova på finkuddarna, nej, hon hämtar hans fjäderkudde från sängkammaren och han griper om hennes handled. Du är en förbannat fin flicka Maj, det ser jag. Visst grejar vi det, det gör vi.

DEN HÄFTIGT SLITANDE SMÄRTAN i vaden. Krampen biter tag, håller sig fast, vägrar låta sig lindras där hon jämrar sig i sängkammarmörkret. *Lipsill.* Jo, den släpper så pass att hon kan sträcka ut sitt ben och tända sänglampan och se efter vad klockan är. Över sju. Tomas som fortfarande sover på soffan. Nej, hon vill inte stiga upp och ordna om frukost till en som ändå inte äter. *Men ta kokboken då och planera för födelsedagen.* Naturligtvis. Hon måste vara... beredd. Och om Tomas hastigt blir dålig? Ställer de in alltsammans då? *Ska du verkligen hålla fast vid kokt gädda?* Ja, för det är rejält och utan krusiduller. Det får inte bli för tungt. *Vad ska ni dricka då?* Inte duger väl lingon- eller svagdrickan åt den här stora familjen med flotta vanor. Hon får lov att tala med Tomas om det. Nu är det förrätten som måste avsmakas i huvudet, borde hon inte ha fyllda petit-chouer? Med rökt kött och pepparrotsgrädde. *Men Maj du har aldrig gjort sådana. Tror du verkligen?* Åh, pepparrot i fyllning och pepparrot till fisken, det går förstås inte, *dessutom åt ni sådana på bröllopet.* Äppelkaka, det är gott, men det fick de ju på Mårten Gås. Kompott då? Det måste vara möjligt att förbereda, hon kan inte ha en massa att stå och laga till när alla är här. Maj, det hade räckt med kaffe. En enkel kaffebjudning. Men att stå och kavla ut tusen småbröd hade inte varit så roligt det heller. Tårtorna till kaffet förstås, ska hon ha katrinplommonsufflé efter gäddan? Fast sufflé – som ska sjunka ihop som en sprucken ballong när hon högtidligt ställer fram den på bordet. *Snälla, hjälp mig då.* Det här får du nog klara opp själv. Om hon hade haft inkokta klarbär eller hjortron eller något sådant. Eller måste det vara mer... med finess? Hon bläddrar i kokboken. Rökt lax! Det vore väl gott på en *sandwich*. Tunga? Tänk det tar emot, att ens tänka på att tillreda tungan. Men laxkräm, ägg och ansjovis. Röd och svart kaviar? Vad kostar inte det? Sill är förstås uteslutet. Räkor istället för ansjovis, om det går att få tag på förstås. Hon ska i alla fall inte sticka under stol med att hon har god kännedom om ett finare restaurangkök, *men du var bara nissa Maj*, måste hon verkligen tala om det?

Hönsconsommé, Sjötungsfilet Walewska, Stekt anka med druvor och Sardelaisepotatis, färska haricots verts i smör, Pistacheglace med persikor, nej nu sitter hon här och blir *upprörd*. Ska det fordras en högre köksutbildning för en födelsedagsbjudning. Mamma hade kunnat tala om precis hur hon skulle göra. Vad som blir bort i tok eller går för sig. Vad överstar, majorer och tandläkare serverar på sina kalas. Men Maj – så *högt* är det inte här. Det kan ju vara nog så galet att bjuda för fint och göra sig märkvärdig på så vis. *Varför tog du inte reda på vad din mamma höll på med när hon for bort för att arbeta, du bara surade över att du måste sköta om bröderna och pappa.*

Hon linkar in i köket, vill inte väcka Tomas, det stramar lite ont åt vaden fortfarande. Men hon brygger kaffe av det finmalda som redan finns i burken. Glupande hungrig igen. Det är väl inte så tokigt att få gå in i sitt eget kök och stöka runt utan att någon kan komma och säga till eller ifrån. Ingen nyfiken Näsman eller bröder som ser till att få först vid frukostbordet. Att bre smör på havrekex, skiva ost och till och med skinka, där är pepparkakorna igen som är så svåra att låta bli. Tänd ett ljus och frid vare med er. Att hon är så modig att hon tar *första frukost* utan att väcka maken på juldagen. Ja, men hon är ju ingen dumbom som inte fattar att det är bättre ju längre Tomas sover. Snälla vänner. Och så är hon med flickorna på Grand Hotell i Åre igen. Då det var så *öppet*. Att få möjlighet att se den stora världen. Tjusiga turister. Eleganta kläder. Matsalens påkostade möblemang och menyer –

och att sedan svepas med tåget söderut, till Stockholm. *Fast det ville du ju inte. Du skulle ju vara tillgänglig när Erik kallade.* Så blir det otäckt igen. Kommer det inte en unken lukt från rummet, är det trasan kanske som surnat? Hon måste vädra. Gammfylla är förstås aldrig aptitlig. Det kan man inte påstå. Titti var väl inte ond på henne? Skulle hon ha hejdat Tomas från att ta nubben till vickningen när Titti inte hindrade Georg? *Du får inte bli osams med svägerskorna Maj. Då är det ute med dig.* Men hon ska inte ställa till det! Hon ska bjuda… nej, inte flott, men fint på födelsedagen. Snygga till sig och vara hos tant i tid. Vad ska de ha med till tant nu då? Skära karameller? Nej, Julia har inte kommenterat dem och så är hettan där och ska smekas, när hon helst bara vill badda kallt. Förresten kan hon själv ta ett par gotter till påtåren. Smaken är det då inget fel på. Inte alls. Sockerskorpor, ska hon baka en burk bakpulverskorpor och ta med till tant? *På juldagen Maj? Jag tycker inte att Herren har sett till mig hittills. Måste Han ha synpunkter på bakningen då?* Det går ju inte att handla blommor eller konfektaskar en juldag. Åh, nu vill hon kliva in i rummet och vråla vad ska vi ha med till din mamma Tomas, har du ordnat om det, har du det? Och så vill hon att han ska bädda om henne – nej, inget kel – bara ett omstoppat täcke. *Har du fått det någonsin Maj? Kommer du att vika filten ömt om dina barn?* Nu ska vi inte vara sådana och *psykologisera*. Nej, man kan väl vilja ha en filt över frusna fötter utan att det betyder något särskilt.

Det blir på ett vis en stilla juldag. Tomas sover. Gav Titti honom ett pulver innan de åkte hem? Hon vet inte. Kanske har han varit uppe inatt och kräkts i klosetten. Ja, hur som helst sover han och Maj bläddrar i sin kokbok. Hon har ju redan städat ifrån grunden. Golven, diskbänken och damningen förstås, ja, hon smyger runt med trasan och torkar där hon i det bleka men ändå skarpa vinterljuset kan se att dammkorn har slagit sig ner. Torkar julklappsböckerna innan hon ställer in dem i hyllan. När Var Hur, Folk och länder, Albert Engström och så den han fick av henne, Gullberg. Ska det vara så här många varje jul blir det snart för trångt i bokhyllan. Sandwich med rökt laxkräm har hon bestämt sig för. Det är köttvarianten hon är osäker på, för det kan väl inte bara vara fisksnittar före gäddan? Efterrätten blir hon inte klok på. Blir äppelkompott alltför... rustikt? Till och med *bonnigt*. Hon ska ju bara få till en frisk och söt avslutning – fast till fisk ska man kanske ha en *kraftigare* efterrätt? Så hittar hon det. Toscapäron. Konserverade päronhalvor gratinerade med en mandelkolasmet och till det tjock vispad grädde, sötad med lite socker. Det är nästan så att hon blir tårögd. Såklart att hon ska bjuda på det. Det går att förbereda fram till den sista gratineringen. Till och med grädden kan stå vispad och klar i skålar i kallskafferiet. Bara den inte tar smak av löken. *Du kan också bjuda flott Maj!* Varken dyrbart eller tjyvsnålt. Hon vill tala om det för mamma. Hör här vad jag ska bjuda på mamma! Blir inte det alla tiders? Om hon ändå fick dela sitt menyförslag med maken. Men maken kanske bara låtsas sova och har fullt upp med att planera uppvaktningen på sin hustrus tjugoettårsdag.

Hon måste nogsamt inventera hushållets tillgångar vad gäller karotter, skålar, uppläggningsfat, glas och bestick. Hur många blir de nu då? Titti och Georg. Sylvia och Otto. Nina och Ragnar. Julia och Tyko. Eva och Johan. Dagny och Kurre. Tomas och hon förstås. Tant! Men inte Lennart, Marianne och Gunilla. Femton stycken. Nu blir hon lite modfälld. Hur mycket gädda behövs för så många? Måste man räkna med ett par hekto per person, *det är skillnad på hel fisk och filet* – åh, nu sipprar det i svettkuddarna igen. Men det är förstås bättre att ta till i överkant. Kokt potatis – ska hon räkna med fyra per person, ja men det beror på storleken förstås. Rikligt med riven pepparrot och skirat smör. Två till tre päronhalvor var. Tre? Det låter lite väl mycket. Ja, men karlarna verkar ha aptit som unga pojkar. Kurre och Otto har båda viss… rondör. Och svägerskorna tycks ju matglada de också. Tårtor, räknar man med tio- till tolvbitars behövs åtminstone två. Men drickat till. Där får faktiskt Tomas träda in och vara *expert*. Det är förstås förskräckligt att hon ska behöva göra inköpen på födelsedagens förmiddag – det kommer att bli snärjigt. Törs hon skicka Tomas? Eller ska Tomas till firman – det har hon inte ens tänkt på. Allt detta vill hon verkligen tala med honom om. Julgröt med socker och kanel. Skinksmörgås. Blir inte det bra till *andra frukost*? Eller finns det bara en första frukost? Mamma som dukar juldagskaffe i salen, ja, i det enda rummet de har förutom köket. Mördegskakorna, vetebrödet, sockerkakan – snyggt upplagt. Det är inte bara fint folk som kan få till det. Kaffeservisen pappa köpte på avbetalning till mammas fyrtioårsdag – helt ny! Bitsocker, kaffegrädde. Ljusen. Bettys mandelkrans med pudersockerglasyr. *Fan ta er!* Hon står vid spisen och passar på gröten. Det ligger inte för henne att bara stå rätt upp och ner så här, men om mjölken plötsligt når brännpunkten när den nu absolut inte får brännas vid. *Rör inte i risgrynsgröten!* Men hur ska man då hindra den från att fastna i botten? Så hör hon hur det spolar på WC. Badrumsskåpet som öppnas och stängs. Vattenkranen. En liten kvillrande glädje. Att äntligen få tala om hur hon tänker kring kalaset. Nog kan hon brygga lite kaffe åt honom, hon kan själv tänka sig en tretår. Men han får faktiskt berätta vad han vill ha till. Det tar tid, på WC. Kanske magen är i olag. Själv har hon nästan gett upp. I värsta fall får hon ta till lavemang. På juldagen! Det skulle just se snyggt ut.

Men Tomas, säger hon när hon får se hans gråbleka, plufsiga ansikte. Mår du inte bra? Jag tror det kan vara gallan, säger han, jag borde inte ha tagit så mycket av apelsinriset. Nej, svarar Maj, jag tog bara lite för syns skull. Han sätter sig vid köksbordet, hon bjuder på kaffe och han tänder en cigarrett. Vad tror du om tre små sandwich, kalvkött, rökt laxkräm och kanske ägg och räkor eller ansjovis, och sedan kokt gädda med pepparrot och så toscapäron med vispad grädde efteråt? Finfint, svarar han, men vad dricker vi till Tomas, jag ska tänka på saken svarar han och så reser han sig, lämnar koppen odrucken och säger att han visst behöver lägga sig på soffan en stund igen.

Han hoppar över lunchen också. Det är inget fel på smaken på risgrynsgröten, men konsistensen är för lös. Grammofonen är på i rummet, det raspar och låter, hon blir lite spänd av ljudet, borde inte julfrid råda, men så hör hon honom ringa ett samtal och sedan står han klädd i köket, säger att han ska försöka med en skinksmörgås i alla fall. Kanske te sötat med bitsocker. Hon reser sig och han säger att han ordnar om det själv, men du är ju dålig, säger hon, ja, ja det går över. Du kan väl ta igen dig en stund Maj, jag tror att jag ska ta en promenad innan det blir mörkt. Jag behöver nog bara lite luft.

Han vet inte att hon står i köksfönstret och ser honom gå raskt över gården. Hoppas hon bara lite att han ska vända sig om och vinka till henne? *Du hade inte velat gå ut och gå i det här kallvädret Maj.* Med magen och sammandragningar åt underlivet till. Men han frågade inte ens. *Och vi har bara varit gifta i knappt fjorton dagar.*

HON FÅR VÄL SKRIVA en inköpslista då. Medan maken prome-
nerar. Passa på och duka upp eftermiddagskaffet i rummet, på
matsalsbordet, två koppar med fat och assietter, lägga fram av alla
sorterna – om han inte ens kommer till tvåkaffet – ska hon dricka
juldagskaffe själv – det här börjar bli *kymigt*. Men han måste väl
få ta lite luft? Även han kan väl få svårt att andas i all trängsel.
Förresten borde hon kanske vänta med att lägga upp kaffebrödet.
De ser stora och klumpiga ut, kakorna på brickan, i jämförelse
med Bonästantens små. Men så har hon ju heller inte lika många
sorter. Tio på hektot. *Du måste väga bitarna vid utbakningen så
att de som gräddade går tio på hektot.* Jaha. Det ska vara så *precist.*

Hörs det inte steg i trappan nu? Jo, hon skyndar sig att sätta på
kaffevatten och nu ska det vara nymalt i silen. Hon orkar inte vara
ond. Det blir för... isolerat. Att sitta stum i sin vrede utan någon
riktig tillhörighet ännu. Bara Tomas, särskilt om Titti är sur. Att
Titti kunde vara den sura sorten. Det visar sig, så sakteliga. *Titti
ställer väl upp. Ska du vara snål mot Titti också?* Men borde de
inte ha bjudit Georg och Titti och Henrik på kaffe idag? Som tack
för skjutsen. Fast det är inte så lätt, att styra och ställa i de här in-
arbetade vanorna och traditionerna. Och inte är det direkt så att
Tomas talar om vad som går för sig – hur ska hon kunna veta. Har
han farit upp på vinden? Kommer han inte? Jo, där klickar det i
dörren, hon går honom till mötes, ja men nu är han rödblom-
mig och ganska glittrande igen – men man kan inte ta honom för
yngre än trettiofem med det där grå håret, det kan man inte. Är
det kallt, frågar hon och hänger rocken på galgen i garderoben,

skönt, svarar han och måste man bry sig om pepparmyntslukt och annat – han verkar ju mycket piggare. Kaffet är snart klart, säger hon, härligt, svarar han och vad ska de nu samtala om, borde vi bett Georg och Titti på kaffe, frågar hon, ska jag ringa, säger Tomas, men nej, då ångrar hon sig, säger att det blir nog för nära inpå middagen hos tant. Just det! Vad tar vi med till tant? Men hon fick väl så fina klappar igår, säger Tomas, måste vi verkligen – men Tomas, Maj har inte privilegiet eller ödet att vara den älskade slarvern som är sig själv nog, av vilken ingen kräver blomster och choklad – *jag måste ha något med mig*. Det får bli en burk kardemummakryddade sockerskorpor då, som man snabbt och lätt svänger ihop, kan vi inte redan nu räkna ut att tant då kommer att rapa kardemumma resten av helgerna, hon vill förstås ha dem okryddade – ja vad vet jag. Det är inte så gott att veta.

De doppar. Tomas är översvallande. Jo, men nog är det trevligare än med en som bara tuggar och tiger. Han tycker om alla sorter. Får det att låta som om de inte har provsmakat dem före jul. Ja, Maj får en lite vag känsla av… föreställning. Hur som helst – hon litar inte riktigt på hans smicker. Men vilka goda kakor vi fick hos Julia igår, kontrar Maj därför, och så små. Ja, så små att man knappt hann känna smaken så var dom slut, säger han, och hon är inte dummare än att hon märker att de där kryddiga gaffelkakorna är hårda. Vad tycker din mamma om då? Ja, säg det, svarar Tomas, det verkar ändra sig efter dagsformen. Ja, Maj förstår nu att en blomma hade varit det enda rätta. En stillsam, elegant juldagsbukett. Att komma med skorpor. Nästa år får du faktiskt ordna om blommor i förväg, säger hon och något blir hopsnört och trångt i strupen och hon behöver en het påtår med en gång. Naturligtvis, svarar han och lägger till att systrarna säkert har blommor och choklad så att det räcker och blir över och morsan borde bli nöjd – *men fattar du inte att jag måste ha något med mig!*

Så hon dukar undan kaffebordet, diskar och så är det kokboken igen. Han verkar visst vara arg på sin mamma. Kan tant ha sagt något igår? Han som verkat så *lojal*. Att ställa till och baka några komplicerade… nej, men hinner skorporna verkligen torka? Det får bli karamellerna. De är i alla fall kokade på grädde och smör. Och att tvingas sjunka ihop vid köksbordet när maken ligger och skrattar åt den där Engström.

Det finns inget svart i passande storlek i garderoben. *Du slarvar med förberedelserna Maj.* Brudklänningen och boleron ikväll igen. *Varför inte be att få låna tants svarta sidenklänning som hon hade som brud?* Ja, skäm ut dig du bara. Det ska väl i alla fall inte vara långklänning på juldagen? Men tok heller, baraxlad och urringad när Jesus Kristus, om hon hade en passande svart sjal att drapera över brudklänningen, har hon inget svart tyg att svepa om sig?

Nu blev jag på gott humör, kluckar Tomas, kom så sitter vi en stund innan middagen, vermouth i tunna glasen på fot och så cigarretterna. Till sommaren far vi med bilen till Grisslehamn, det ska visst vara något alldeles särskilt med Ålands hav och hotellet – firman bjuder på sviten! *Och vem ska ta hand om barnet då?* Man skulle kunna skriva som Engström, säger Tomas – Strindberg är liksom helt ouppnåelig. Gullbergs dikter får man nog ta när det inte är så ruschigt. Han kräver lite mer. Går det att få tag på kalvstek till en sandwich, frågar hon matt och han svarar att det ordnar sig och så himla petnoga är det inte. Det blir rakt lite överdrivet med allt det här ätandet.

Hur ska hon orka med att gå till tant. Det bara rinner av henne – all pålagd entusiasm – hon som inte brukar ha tålamod genom en hel film skulle vilja se något trevligt på biografen. Jaha, så är hon där med Erik och hur han blev så hänförd av Katharine Hepburn. Det var kanske inte så underligt, den där ranka, slanka, rappa flickan – men att han samtidigt tyckte att Ellas valkar och gropar var så åtråvärda. *Men har du glömt att det var en annan kvinna han bedrog dig med? Har du verkligen glömt hennes namn?* Ellas hår förstås. Ja, det lockiga burret. Så är handen där och tottar i de egna striporna – men det har faktiskt blivit lite kraftigare på sistone – utifrån den synvinkeln är ju de åldrande svägerskorna en lisa. Fast i den här groteska kroppshyddan – nej. Hon kommer att bli smal igen. *Gör den tanken dig verkligen så lycklig?*

Så ligger lägenheten i midvintermörker. Hon tänder lampetterna i tamburen, den elektriska golvstaken i rummet och den söta med blommig skärm i sängkammarfönstret. *Men gläds åt den här ombonade, trevliga våningen på två rum och rymligt kök. Att du får slösa med det elektriska utan att maken är där och släcker ner.* Din mamma får en burk skära karameller ur Prinsessornas, säger hon och Tomas svarar att han ska se efter om han har något han kan ge bort, ett paket röka kanske. Men jag har en känsla av att mamma mumsar mer sött än vi tror i smyg, så pass att hon får akta sig så att hon inte får socker. Ja, men herregud, ska hon komma med morötter då, Maj går iväg för att klä om. Att sitta på sängkanten och trä på rena silkesstrumpor när magen tar emot. *Jag vill inte gå bort och se sån ut. Du har inget annat än brudklänningen och boleron, men är pärlemorgrått verkligen lämpligare än dovt violett?* Hon vet inte, bara att den blommiga förstås är utesluten.

TACK OCH LOV ÄR det inte riktigt lika ruschigt idag. Det är visst fler än Tomas som tagit för mycket av apelsinriset och är märkbart... dämpade – nej, snarare lite mer stillsamma, klädda i svart så här vid aperitifen. Eivor bjuder på halvtorr sherry och vermouth från silverbrickor, och Tomas är inte ett dugg otrevlig mot tant idag. Tvärtom. Han går snällt och hämtar hennes glasögon från sängkammaren, ursäktar att de kanske störde henne när de kom hem igår kväll – lite i senaste laget – *men jag var inte högljudd Tomas* – och Maj smuttar på sin sherry, håller hon kanske på att bli sjuk trots allt, illamående, det är nog inte riktigt hälsosamt att äta och dricka på det här viset, åh, plötsligt är hon så trött att hon skulle kunna somna bara hon lutade sitt huvud bakåt i emman, som orkar kroppen inte vara på helspänn längre. Fast det är klart att hon håller sig upprätt, har tant verkligen en målning av en naken dam mitt på salongsväggen, att hon inte har sett den förut, bakifrån, *varför rodnar du Maj* – var så goda, middagen är serverad säger Eivor och niger nätt – tänk vilken tur att mamma fick tag på Eivor, *vem skulle annars orka med tant och hennes komplicerade nycker,* och sedan de placerats vid matsalsbordet får de små krustader med murkel- och kalvbrässtuvning, därefter helstekt oxfilet och brynt potatis och till dessert *glace* med mörkblank chokladsås. Det är förstås förtjusande gott och är det Aina som har stått i köket igen? Jadå, hon har säkert hunnit med juldagskaffet i alla fall innan hon skyndade iväg till tants kök för att flottyrkoka krustaderna och fylla dem med finaste stuvning, ugnssteka kött och skiva potatis och allt annat som måste ordnas för en så här förnämlig juldagsmiddag. Åh, så härligt att slippa julmaten idag, utbrister Maj, det har du rätt i, skrattar Otto från andra sidan bordet och alla blickar går från Maj till Dagny – nej men julbordet var alldeles underbart, det är bara det att när man har stått upp i julmaten... och Nina skrattar torrt och säger att det blir i alla fall smörgåsbord hos dem imorgon, ja men då har man ju hunnit längta efter sillen igen. Det är mellanrummen det hänger på, säger Titti och Maj hoppas innerligt att gäddan och potatisen och pepparroten ska passa väl in i familjens särskilda tempo. Hon har Tyko till bordet, och Tyko som är artig och trevlig bryter in och hör sig för om Östersund och trakterna där ikring och vill särskilt veta om hon känner till ett utsökt tunnbröd ifrån – visst var det Gäddede? Det är ju inte nästgårds precis, invänder Maj och det kan förstås Tyko inte säga emot. Fast om det militära livet kan Maj tyvärr inte *uppriktigt* rapportera särskilt mycket, men efter sherry och rött vin kan man alltid skarva en aning och visst låter det som om Maj har känningar i den innersta kretsen. För att inte tala om när hon träffade prinsen och Sibylla i Åre! Men då vänder Tyko sig till Dagny och det är klart att alla konversationer har sin givna rytm av pauser och crescendon.

Till kaffet serveras körsbärslikör, cognac och chokladpraliner, samt en kristallskål med hennes knöliga, skära gotter. Och tant tycker om dem! Men vilken härlig smör- och mandelsmak, säger hon och lägger undrande till om Tomas har avslöjat hennes svaghet för konfekt. Det är Prinsessornas recept, berättar Maj och tant säger att där har vi sannerligen en pålitlig källa för varje kokerska att ösa ur. Sedan önskar tant en av Tomas cigarretter och strax efter nio vill hon dra sig tillbaka – så skönt att redan få gå och lägga sig – nej, då utlovar Georg vickning i villan. Åh – kan hon inte få slippa. Slippa brudklänning med sura svettkuddar, trånga sammetspumps och bolero som klämmer över axlarna – avbitet läppstift och ögontusch som halkat ner under ögonen, hälar och knogar som sparkar och slår i magen – kommer inte på fråga att

Maj ska hem och sova, klockan är ju bara barnet. Kanske goda vännerna Ingegerd och Torsten vill titta in också, nej men juldagen är familjens högtid Georg, du får vänta till nyår.

Så tågar de iväg i pälsar och pampuscher med rykande andedräkt. Det är inte tal om några bilar för hos tant har alla fått färdknäppar av Eivor sedan tant gått till sängs. Kurre och Dagny ska förstås köra ut till villan – de är nog en smula trötta efter gårdagens hejdundrande kalas – men Sylvia och Otto skickar hem barnen, ja Ellen får passa småbröderna eftersom deras barnjungfru är ledig. Flickan måste förstås få fira helgen med sin familj uppe i – var det Kalix eller Boden? Maj törs inte protestera. Men ingen kommer direkt att märka att hon är där i villan heller, för nu är det *familjeangelägenheter* som gäller. Ja, lite skvaller också, kan Maj snappa upp. Fast det börjar med att Titti tror att det är dags för mamma att fara på vilohem igen, det märks att det är på gång. Och så frågar hon Otto om de verkligen kan lita på mammas rådgivare på banken, är det vettigt att hon sitter själv i den stora våningen som är ganska dyrbar i drift. Det är väl synd om alla pappas besparingar… Borde inte Tomas och Maj ta våningen och mamma Tomas lya? Men Maj vill flytta ifrån tant! Vem kommer annars att lägga om tants bensår och sköta annat som ligger utanför Eivors åtaganden om de ska bli boende i samma hus. Märker Tomas hur *desperat* hon vädjar till honom där han sitter och dricker grogg och sakta ruskar på huvudet, han vill inte bo där, han vill ha en lättskött, *modern* våning, det finns planer, har han hört, HSB ska bygga nytt centralt och bra, *har jag inget att säga till om Tomas?* – men om det blir oroligare tider läggs väl allt på is. Ålderdomshem då, säger Sylvia, men då protesterar syskonen i kör, inte kan mamma vara på något hem, så gammal är hon ju inte. Sylvia rycker på axlarna och läppjar likör och gott kaffe – tants kokkaffe är rena rävgiftet skrattar Georg – nu är det väl snart dags för Titti att duka fram omelett och köttbullar, sval öl och nubben från balkongen, eftersom Lisa – som är en smula slarvig – är ledig ända till tredjedagen, borde inte Maj fråga om hon kan hjälpa till? Kajsa, barnkammarjungfrun, kommer från Docksta och hon fick faktiskt bara ledigt över julafton, så hon sover i rummet intill Henrik, men det faller inte på hennes lott att ordna om vickningen – man måste se till att jungfrur och hembiträden trivs. Ja, till vickningen i matsalen – det är verkligen stora fönster här – kommer det upp på bordet att Skogmans nyanställer i sin verkstad och Hägglunds har visst fått en stororder – kan de tacka Europas kristider för det – vad tycker egentligen Tomas om det här? Man följer förstås utvecklingen med intresse, ja från affärssynpunkt. Dåliga konjunkturer i utlandet ger ju i värsta fall sämre tider här också.

Ja Kreuger och krascher har ju även Maj hört talas om, för det var då pappa blev av med arbetet och det var bara mamma som fick gå extra i kasernens kök. Men har ni sett Lars-Erik Skogmans BMW då – så förmögna kan de ju knappast vara, men vissa vill förstås skylta med minsta lilla framgång. Georg själv är ganska nöjd med sin nybyggda villa till exempel och det är väl härligt att få kosta på sig det man verkligen tycker om. Kort sagt uppfattar Maj det här pratet om *andra* som ganska oroande eftersom hon inte på ett självklart vis vet om hon räknas till familjen eller till dem som måste hållas utanför. Snarare känns det som om hon hör hemma *någon annanstans*. Men var? Se så unga fru Berglund. Tålamod! Fast nu hugger det oroväckande i Majs mage, gaser, och det är faktiskt ingen som lägger märke till att hon reser sig från bordet och söker sig till de nedre regionerna, även här finns WC i källaren, kanske tants kaffe var det som krävdes, det är klart att hon spolar och vädrar och hittar en borste att rengöra klosetten med – kan hon bara ta sin mullvadsbruna kappa och gå hem genom stundande natten, nej, hon sätter sig i soffan, inte kan hon bara smita ifrån sin uppgift att ledsaga maken hem.

Då ses vi hos Nina och Ragnar vid tvåtiden imorgon! Titti omfamnar henne så hjärtligt och Georg klappar henne farbroderligt om axlarna, så står de åter ensamma i kylan och mörkret på en gårdsplan. Men visst är väl Tomas stadigare ikväll?

Så det är tänkt att vi ska ta tants våning och hon vår, säger Maj när Titti alldeles säkert dragit igen ytterdörren. Äsch, svarar Tomas, det bestämmer ju vi. Inte kommer mamma att flytta i första taget. Kom med, säger han och sätter av i ett tempo lämpligt för raska, resliga – ja i alla fall inte för sent i havandeskapet komna kvinnor – det ligger längs vägen, säger han, ja det blir ingen omväg att tala om, vad för något Tomas? – jamen jag kan väl få visa dig var HSB planerar sitt nybygge, kom, och så drar han henne med genom snön, uppför en brant backe bakom några verkligt flotta villor, och han är så snabb Tomas, blir inte alls andfådd när det stiger så skarpt, men himmel vad det hugger till i nederdelen av magen, vänta Tomas, viskar hon, det är något med magen, *barnet*, vad säger du Maj, förlåt, jag måste vila en stund, hur är det Maj, ska jag kalla på en doktor, åh, hur ska hon kunna svara på det, om hon spricker nu, öppnas, förblöder, spår av mörkrött blod i snön – ja nu är det det allra mest dramatiska som väller upp i henne för det är verkligen skarpa knivar genom magen – ändå kan hon inte helt förneka att när hon står alldeles stilla klingar det onda långsamt av, blir efterdyningen av ett våldsamt mjälthugg eller fall på svanskotan, så där så att det inte riktigt går att få åt sig luft, hon måste kippa, flämta, innan hon kan undra vad det egentligen var han ville visa henne. Här framför dem anar man en skogsbacke, några ljusa björkar avtecknar sig mot mörkare granar eller berggrund som inte är klädd i snö, men Tomas entusiasm är förstås förbytt till oro – vi kan gå hit en annan dag, säger han, i dagsljus, klarar du verkligen av att promenera hem? Ska du vänta här medan jag kallar på hjälp? Hon ruskar på huvudet och då passar Tomas på att informera om att det är här de ska bygga lägenheter med badrum och arbetskök, matvrå, stora salonger óch tre rymliga sovrum, med magnifik utsikt över stan – ja man är ju på Storgatan på ett ögonblick, jag har anmält intresse, men hur känner du dig? Vi kommer nog hem om vi går sakta, säger hon, lite vasst, ja men inte mer än begripligt när han har dragit iväg med henne mitt i natten för att glo på en mörk skogsbacke – nu håller han verkligen hårt om henne och verkar inte särskilt påverkad av groggar och snaps.

Imorgon kontaktar jag doktor Lundström, säger han, du måste undersökas. Imorgon är det annandag och på tredjedagen ska jag ha kalas – om det är någon fara med dig och barnet kan vi väl för sjutton inte bry oss om bjudningar och kalas. Han har placerat henne ovanpå överkastet och drar av henne pampuscherna och hon orkar inte bry sig om fötterna nu, ja kappan har han också hängt av henne men bara slängt över stolen i hallen, du får hjälpa mig med knäppningen bak, resten klarar jag själv, säger hon. Är du så rädd för mig, säger han sakta och hon snäser att ingen normalt funtad flicka vill visa upp sig hur som helst, du ska inte tro att jag ser ut som i somras precis. Men Maj. Vad bryr jag mig om det. Du väntar ju vårt barn. Till sommaren ska ju du och jag och lillkillen ut och åka motorbåt och du kommer att vara precis lika smärt och snygg som vanligt. Låt mig klä om ifred nu. Där är hon obeveklig. För inte är det så att hon också vill visa sin *motbjudande* kropp för att skrämma honom en smula, få honom att rodnande erkänna att det inte längre var lika mycket nöje med en söt ung hustru, och hur mycket törs hon egentligen protestera mot Tomas eventuella *begär?* En hel del i dunklet och med vetskap om att han inte är riktigt nykter – då kan hon skylla sitt avvisande på det. Nattlinne, underbyxor i en storlek som hon inte visste existerade, sedan sköta tänder, ansikte och toalettbesök på WC med haspen i öglan. Nej, det är inget blod i underbyxorna eller klosetten, det var nog bara en överansträngning i den branta isbacken. Tomas sitter och röker, läser i golvstakens sken. Nu går jag och lägger mig, säger hon med mjukare röst och han ger henne en slängkyss – gör det – är det säkert att det känns bättre? Jag kommer hur som helst ringa till doktorn för det är väl bra om han kontrollerar att allt är som det ska?

Annandag imorgon. Hos Nina och Ragnar. Hur ska hon hinna – om inte inköpen så dukningen i alla fall, hon får helt enkelt lov att skicka Tomas till tant för att låna dukar och porslin och stolar och bord och *mamma är ond på mig,* det känner hon långt ut i kroppens alla ådror – *men varför kan du inte tycka om mig mamma?*

DET ÄR HAVET IGEN. Vidsträckt, blygrått. Inte Bottenvikens klippomslutna små badvikar. Nej, en kilometerlång strand, ännu längre, med väderbitna badhytter, omkullvälta parasoll. Den igenbommade strandrestaurangen med sin öde, ekande veranda. Men människorna. Syskonen. Så många. Ivrigt gestikulerande, inbegripna i ett viktigt samtal. Med ryggarna mot vattnet. Är det därför det bara är hon som ser kvinnan med barnvagnen, så bestämda steg, vid strandkanten, där sanden är hårdpackad och det går att pressa hjulen genom det blöta. Hon går med vagnen rakt ut. I det stora vida havet. Hur havet väter hennes kjoltyg, hon pressar vagnen som ännu inte flyter – och så barnet, invirat i filtar, ovetande, är det verkligen bara hon som ser hur vagnen kommer att flyta på vattnet som en båt, hur kvinnan lämnar den, vadar in mot land, men hon kan inte se vart kvinnan tar vägen, försvinner, ser bara vagnen välta, hur byltet faller i havet, sprattlar med de små armarna innan ytan åter ligger stilla, blank – men varför gör ingen något, *du måste,* hon springer ut i det kalla vattnet, dyker ner och fångar barnet, hon håller det livlösa barnet i sin famn, sveper kappan som är våt omkring det och vet att hon måste lägga barnet på sanden, häva sin kropp över och ge det luft, pressa läpparna tätt intill den bleka kalla munnen och blåsa, men spräck inte barnets lungor med ditt andetag – *ja men för guds skull, hjälp mig då!*

HAN KOMMER MED KAFFE och bredda kex på en bricka. Ställer den på den helt slätbäddade sängen intill hennes – har han inte sovit här inatt? – dagsljuset sipprar in – åh jag måste ha somnat om, säger hon och han säger att det väl var bra att hon fick sova en stund. Så blir hon nästan tårögd – eller har han tagit fel på dagen – nej, han säger att han tänkte att hon behövde ta igen sig efter gårdagen, hur mår du nu? Hon känner efter – det är *lite* bättre, svarar hon fast hon känner sig ungefär som vanligt, ja men hon måste försäkra sig om att han verkligen tar sig tid att hjälpa henne med möbler och porslin och inte far ut på promenader, för då kan de lika gärna ställa in alltsammans. Så just nu passar det sig att Tomas är inriktad på att hon är ganska dålig idag också. Och behöver lite extra omsorg. Det gör hon ju verkligen. Fast det där ligger inte i öppen dager för henne, *att behöva och få och komma och kräva och vara måttlös i sina rasande fordringar på andra.* Är det verkligen för mycket begärt att han bär några stolar och bord? För nu är det bara morgondagens *avskyvärda* kalas som gäller. Men i tanken kan hon än så länge se – en tjusig dukning, eleganta blomsterarrangemang, putsade ljusstakar, gnistrande glas och silverbestick, lägg därtill stiligt upplagda *sandwichar* på en assiett och servetter i en trevlig brytning. Hon har en halvlång klänning som smiter åt runt hennes slanka midja, en klädsam – ja nästan lite vågad – klack på skon och håret är lagt i vågor, draperingen över bysten både framhäver och döljer så att både män och kvinnor kan få sitt lystmäte stillat. En makeup passande en aftonbjudning men naturligtvis inte för gräll och hård, utan bara där för att liksom draperingen framhäva och dölja. Denna strålande – välplanerade – och genomtrevliga bjudning har vår unga husmor åstadkommit utan *någon som helst hjälp*. Och vilka gåvor får hon inte på sin bemärkelsedag! Alla vill fira den här osedvanligt attraktiva värdinnan som blygsamt och helt chosefritt förklarar att det är väl ingen konst att ordna kalas när man har så *underbara* middagsgäster – jag gör ju bara vad varje redbar hustru utan att knota klarar av.

Hinner hon iscensätta allt detta medan hon uppallad med kuddar dricker morgonkaffe och tuggar havrekex? Ja, men nu blir hon rädd att hon har fått reumatiskt i händerna. Åh, hur trött mamma blev när pappa klagade över värk och eventuella förkylningar – det var ju det allmänna tillståndet och inget att *bry sig om*. Men det värker verkligen i handlederna, och ner över handryggen liksom strålar det ut i fingrarna. Tomas, jag har ont i händerna. Du måste nog hjälpa mig att bära och ordna med möblerna idag. Hon får inte glömma att byta till rena handdukar på WC. Blanka speglarna, och kan hon höra att Tomas svarar säg bara till. Så småningom kommer hon att märka hur den här typen av krav på honom sprider en olustig ovilja, som om faderns handlingskraft tränger undan all tillstymmelse till eget praktiskt handlag. Om det inte gäller båten. Båten som blänker, glänser, spinner mjukt genom vattnets yta. Men idag ska Tomas *hjälpa till*. Och Maj säger, helt uppriktigt, att det var underbart att få vakna till en dukad kaffebricka. Kan han tänka sig att gå till tant medan hon klär sig och låna ett extra bord, sex stolar, en eller ett par vita dukar beroende på storleken, porslin, bestick och ja... det är nog allt hon behöver. Aj, aj kapten, skojar han och hon säger att hon tar ut brickan, det ska han inte behöva. Och han går faktiskt genast ner till sin mamma. Så här på annandagen kan hon kanske ta den hiskeliga blommiga klänningen. Med boleron upptill förtas den värsta oron från mönstret. Hon förstår sannerligen att Titti ville pracka den på henne. Men vad ska hon ruscha i? Blus och kjol som får vara öppen i linningen för den går förstås inte igen över magen, och förkläde och kofta utanpå för att dölja det bristfälliga arrangemanget.

Matsalsbordet har väl en iläggsskiva och kanske köksbordet också? Nej, hon behöver verkligen ytterligare ett bord. Åtta stolar, plus sängkammarens två, och så tamburens förstås, att de har så många stolar – ja, *Maj, du tvättade stolarna före jul, men du kan gott gå över dem med dammtrasan.* Hur ska de duka, borden längs med eller rakt ut från fönstret? – det beror naturligtvis på hur trångt det blir, varför kommer han inte nu då, så de har tid att ändra sig ifall det blir tokigt, ja så att hon åtminstone har dukningen bortgjord. Soffan och fåtöljen måste alldeles säkert flyttas, ja, om man skjuter det hela bortåt, ska det vara så besvärligt att få fram ett mindre bord och några stolar? *Skriv färdigt inköpslistan.* Ja, det ska hon göra. Franska, rågbröd, kalvkött – ska hon verkligen steka en stek imorgon – och så pepparrot, gädda, persilja, mer potatis, färskt smör, konserverade päron, sötmandel – det här kommer att bli dyrbart och då har hon ändå inte räknat på tjockgrädden och drickat. *Maj, kaffe, gul lök och vitpeppar, har du det hemma, gå och se efter.* Ja, men nog har hon väl någonting i skafferiet, och så behöver hon springa och kissa igen, blåsan håller inte för många droppar, var håller han hus, hon måste ju höra sig för vilka drycker de ska ha till.

Han bär ett klaffbord i famnen – är det en halvtimme senare eller till och med mer – mår tant inte bra, frågar hon otåligt, jodå, svarar han och fräser till när han ska baxa sig förbi hallmöblemanget in i stora rummet. Var ska du ha det, frågar han, röd i ansiktet och hon sveper med handen mot matbordet. Det tog sådan tid, säger hon, ja men mamma bjöd på kaffe förstås och bordet var uppe på vinden. Vad var det mer du skulle ha? Men Tomas, tänk själv, vill hon säga, åh förlåt hinner han självmant lägga till, säg så skriver jag upp på en lapp. Hon rabblar, han antecknar. Nu är han kvickare tillbaka, men när Maj packar upp lådan börjar hon misstänka att tant inte så gärna lånar ut sina tillhörigheter till sin nyaste och yngsta sonhustru. Hade hon ingen annan, säger Maj när hon lägger ut den vita, rätt så solkiga duken. Det var den vi fick, svarar Tomas sammanbitet och visst är det parodiskt med en svärmor som skickar iväg fläckade dukar till svärdotterns kalas – tant tycks inte vara särskilt renlig av sig, rent av lite… snuskig. Ett noll till Maj i det avseendet i alla fall. Det blir ojämnt, skarvar mellan de tre borden, det kan inte hjälpas. Och det är ju tur att det kommer att vara dunkelt sken vid middagstid imorgon, för fläckarna ser för bedrövliga ut.

Om hon ber Tomas ta det lite försiktigt med drickat ikväll, så att de verkligen orkar med allt de ska hinna göra imorgon. Du ska väl inte vara på firman, säger hon och Tomas svarar att han åtminstone måste titta in en stund på förmiddagen, då klumpar det sig, hur ska hon klara av det här. Himmel Tomas, tårtorna! Och drickat till maten. Jag ordnar det, nu står det på listan. Nej, hon har inte varit blygsam. Sans Rival. Det kan han – med tants pengar – gott kosta på henne. Men hon får inget sagt angående kvällen. Att han ska låta bli starkdryckerna, varför tiger hon om det? Tja, hon är fortfarande bara tjugo år och Tomas nästan dubbelt så gammal, är det så konstigt att hon litar på att han vet bäst vad han tål och inte? Eller handlar det helt enkelt om att hon redan ser det här festandet som *representativt* för det goda livet. Hon tänker förstås på hur hon ska få till dukningen. Kan vi kosta på oss några snittblommor till bordsdekorationen, frågar hon och Tomas suckar att hon inte får överanstränga sig och lillgrabben.

Jag ska ha hela din familj på middag. Att han tvunget måste ha så många syskon. I samma stad dessutom.

Det blir ett lite brokigt bord. De har förstås inte fått låna finservisen, utan ett knappt dussin av en ganska söt ljusgul sort med grön rand och så får de ta några ur det egna vardagsporslinet. Tomas säger att den finaste har de ju bara till högtider och jämna jubilarer, *om tant sagt så, är det väl på det viset*, men han lägger till att hon är säkert rädd att han ska snubbla i trapporna och ha sönder den. Fick Astrid med sig er finservis, frågar hon i förbifarten då hon mäter avståndet mellan tallrikarna för att få till en stilenlig dukning enligt husmodersalmanackan. Ja, svarar Tomas utan att dröja, den kom från hennes föräldrahem. På så sätt. Jaha. Hörru du, vad äter vi till lunch, undrar han, hur kan han tänka på mat *nu*? Vi har hela skafferiet fullt, svarar hon, köttbullar, skinka, sill, Evas kalvsylta, ja men då tar vi väl ett litet smörgåsbord, säger han glatt – och hur mycket disk och plock blir det inte av ett smörgåsbord? *Men något måste ni väl få i er i alla fall. Det är dags för en måltid Maj.*

Ja, då ställer hon sig och skalar några potatisar – det är ju en elektrisk spis och hon har rinnande vatten så vad är det för konst – skivar skinkan med en slö kniv som ger tjocka men ändå trasiga skivor, lägger upp sill i en skål, värmer köttbullar, smör, bröd, ost och allt detta ska de alltså förtära i soffan för att inte äventyra långbordets dukning och kuvert. Hade vi kalvsylta också, frågar Tomas när de slagit sig ner, ja, då reser hon sig, hämtar rödbetorna och tre skivor kalvsylta, måtte han nu inte drälla på mattan. Vad tidigt vi ska vara hos Ragnar och Nina, säger hon och påminns om att de skulle få smörgåsbord där också och han svarar att på annandagen blir det inte så sent, om det är kälkväder brukar karlarna och barnen gå ut efter kaffet så att damerna får lite lugn och ro en stund. Hon tittar ut, ja det ska väl gå att åka kälke idag, om hon bara la sig sjuk nu för att... nej inte slippa, det är inte så, utan för att *hinna med*. Det är inte rimligt att förbereda en bjudning på en dag för en så här pass ovan husmor, *men Maj det var ditt eget förslag med ett födelsedagskalas.*

Så tjatigt det börjar bli. Klä om, klä upp, gåvan – ja annat än skära karameller har hon inte och hon tar de sista – snart står de i trängseln i en ny tambur, parfym, puder, tobak, barr, hyacinter, apelsiner, kaffe och i rummet eleganta kakfat och här blir det visst en jultårta med rikligt av ljusbrun, spritsad moccasmörkräm. Kurre klappar om dem båda, tack för senast säger Maj, igen, fast hon visst sa det samma hemma hos tant igår. Hörrudu Tomas, jag träffade Astrid på stan idag, jag tyckte hon såg riktigt pigg ut och Tomas svarar säger du det, säger du det, ja hon hälsade till dig, till oss alla, och med lägre röst som om Maj hade problem med sin hörsel och nu skulle undgå att höra Kurres stämma som säger att det vore ju dumheter att låta bli och heja och vara oförskämd på så vis, Astrid är ju en fin jänta, det var ju synd bara att… visst är hon det, absolut, nej Maj står inte kvar, hon hänger Titti i hasorna som en kelsjuk byracka, *här är jag igen, har du något gott att kasta till mig.*

Rullrånen på matsalsbordet. Hon har inte bakat några rullrån. Hon hade väl kunnat svänga ihop några rån på förmiddagen när hon väntade på Tomas, *men du har väl inget rånjärn Maj, det var Ragna som fick farmors gamla.* Och ingen märker heller att Maj är lite frånvarande. Havande kvinnor hänfaller ju inte sällan åt inåtvända drömmerier. Men Majs tankar är faktiskt både intensiva och frenetiska – här gäller det att notera och fortsätta planera. Kanske upprepar hon vissa tankar på vad hon *måste hinna med* och det handlar också om justeringar som om gäddan ska serveras hel eller i bitar – i bitar – hon har ju ingen hjälp, Nina har även hon en tant i vitt förkläde som står med kaffepannan beredd. Att Nina har den här ljusa, lätta stilen, hon hade trott att Nina skulle ha det murrigt, ombonat som tant, äkta mattor och stora, tunga ekbyfféer, men matsalsbordet och stolarna är gräddvita med en enkel förgylld blomdekor och nu doppar de, Maj följer svägerskornas ordning – naturligtvis börjar man inte med tårtan, så dum är hon faktiskt inte, men det finns visst en inbördes ordning även kakorna emellan. Var är tant? Mamma tar igen sig, det var lite för ansträngande för henne att ha kalas och imorgon igen... ja, hon vilar sig idag. Är det inte lite mer otvunget när inte tant är med? Här har vi Georg i skinnmössa och fårpäls – nu ungar är det kälktävling i busbacken, nej Ellen är förstås motvillig och har inte tillräckligt varma kläder, men Sylvia föser ganska så bryskt ut henne i hallen och det är klart att det finns varma koftor och mamelucker att låna. Ja Tomas såsom blivande far följer snällt med.

Så är damerna ensamma – och detta hade inte Maj kunnat förutse – svägerskornas strida ström av frågor riktade mot henne, har du foglossning, sammandragningar, bäckenupplösning, vadkramp, åderbråck – hur mår du nu Maj, första gången kan man ju gå över tiden och förlossningen kan bli både långdragen och besvärlig – men sedan går det faktiskt bara lättare, man vänjer sig, vänjer man sig, säger Titti vänligt, fast överdrivet vänligt, har du allt i ordning, frågar Sylvia, säg bara till vad du behöver, det är väl ingen av oss som ska ha mer smått, vi börjar väl alla närma oss den magiska gränsen – en och annan har kanske redan passerat – men nu vänds blickarna mot Titti som klyver moccasmörkrämen med tårtgaffeln, är tårtan från Sundmans konditori – nej, svarar Nina leende, jag har faktiskt bakat den själv i år, varmvispad maräng i smörkrämen, det är det som gör att den håller konsistensen i rumstemperatur men visst är det omständligt, åh, äntligen är moccatårtan i centrum och Maj slipper fler frågor. Fast nu blev det ju vasst mellan svägerskorna också. Lite oroligt att Titti inte är glad och på gott humör. Kanske har det bara blivit lite för mycket av det goda umgänget. De blossar på sina cigarretter under tystnad och det dröjer inte så förfärligt länge innan makar och barn ramlar in i tamburen, blöta och kalla och behöver kläs av och man får lov att ordna tillfälliga torkställningar framför den öppna spisen – bara det inte droppar på parketten, nu får hembiträdet hjälpa till att lägga ut tidningar och köksmatta undertill. Och vad det ska smaka bra med mat säger Ragnar som annars är den mest tystlåtne svågern, nej Maj får inte sitta bredvid Ragnar utan Kurre, åh, ska de fördjupa sig i Astrid kanske, Astrid borde förstås ha haft hennes plats, ändå sitter Maj genom smörgåsbordet och lyssnar artigt och ställer frågor, skål lilla… fru Maj, den satt fint idag också, nubben, det är visst en stor krabat skrockar han och stirrar på hennes mage och det är nu den dallrande lutfisken kommer på bordet, med vitsåsen, ärterna och kryddpepparkvarnen. *Fisk*. Det är klart att hon borde ha kunnat räkna ut att de skulle få lutfisk idag. Men gädda och pepparrot är väl något helt annat?

Och Tomas snapsar som de andra, men det är måttligare än julaftonens ymnighet och hembiträdet fyller glasen under överinseende från Ragnar. Bara en liten cognac och likör till kaffet och Tomas har rätt i att redan strax efter åtta lägger Otto sina händer på Sylvias axlar och säger att det är en dag imorgon också och Nina ber dem inte ens för syns skull att stanna en stund till.

Ni orkar väl inte med ett till kalas imorgon, försöker hon lite lättsamt säga när de ska ta adjö, jo men oh, det ska bli så *roligt* att få komma på något nytt, och det blir alla tiders och finfint och det finns ju inget bättre än glada tillställningar med dem man håller allra mest av. Nej, visst ja, så är det ju.

BLIR DET EN FÖDELSEDAGSMORGON? Ja. Det blir det. Fast hon har
vaknat och kissat fyra gånger under natten. Med hjärtklappning,
domnande händer. *Om jag inte får behålla mina händer.* Och hur
hon i vakenheten befarat att han ska tillåta sig sovmorgon, strun-
ta i uppvaktning och kaffebricka, eller låta tiden sippra, strila ge-
nom deras händer utan att de kommer ett uns närmare aftonens
färdiga kalas. Eller har högmodet gripit in i henne och känslan
av att nu är det faktiskt hennes tur. Att vara… *central*. Nej, det är
ju mycket mer med det praktiska. Att hinna genomföra inköp,
matlagning, dukning, se till att det finns plats att hänga av sig
kläderna i tamburen och inte glömma bort att skrubba på WC.
Det sista hon gör.

Ska hon vara alldeles uppriktig hade hon på ett sätt gärna hop-
pat över morgonfirandet. Även om hon nu noterar med värme att
han slamrar i köket redan halv sju. Han är faktiskt omtänksam –
din make! Det dröjer förstås. Han hittar väl inte så bra sedan hon
har ordnat porslin och husgeråd på ett mer praktiskt vis. Förut
stod glas och koppar på samma hylla. Huller om buller! Ja må
hon leva, ja må hon leva. Lite på skoj. Det är enklast så, att närma
sig varandra utan högtidligt allvar. *Men vi kan utföra kärlekens
handlingar – inte sant?* Han har plockat ur burkarna och lagt
kakor och bredda smörgåsar på varsin assiett. Kaffe, bitsocker,
tända ljus. Är det verkligen röda rosor? De har inte berört Kurres
okänsliga kommentarer kring Astrid. Så vackert inslagna paket.
Tre stycken? Ett stort, så stort att man kan drömma om en päls
eller ny kappa. En aftonklänning, *du klär inte i aftonklänningar
nu förstår du väl.* Hon vecklar upp papperet – börjar inte med det

största – öppnar kartongen, små, små skor i ljust skinn, åh, säger hon och Tomas viskar att han inte kunde motstå dem, de första skorna, i mjukaste kalvskinn, visst är de behändiga, riktigt rara, och i det stora, tunga paketet finns en vit fårskinnsfäll, att lägga lillen på ute på landet där det är golvkallt, eller i vaggan för all del, ja lillen får ju inte frysa när han föds rakt in i smällkalla vintern, men vad du har handlat, säger hon och så är det en till present, också den från honom, men först smakar hon på det avsvalnade kaffet – gott – bara aningen svagt – det beror ju också på grov-leken hur smakrikt det blir, vattnet får inte rinna för snabbt ge-nom silen. Tar en tugga av skinksmörgåsen och nu drillar det till i bröstet på henne – en mandelkvarn! Åh, säger hon och blir tår-ögd – hur kunde du veta – ja men du som är så fin på att baka ska väl inte behöva låna mammas grejer så fort du ska sätta en deg.

Så faller tanken tungt att hon är ju ingenting i jämförelse med frun från Bonäset eller Nina eller mamma men hon ska lära sig den där precisa noggrannheten nu när hon har en alldeles ny och vacker mandelkvarn, baka förtjusande småkakor till både för- och eftermiddagskaffet. År efter år efter år. Fast vad vet Maj om det *nu*? Då hon mest oroar sig för de där kuverten på brickan och kanske vore det bäst om de stilla fick vila med sin obrutna oåtkomlighet. Han har en brevkniv, hon sprättar upp det översta, hjärtinnerliga gratulationer på bemärkelsedagen tillönskas Maj från Ragna, Edvin och Gunnar. Jaha. Tack så mycket. Sedan är det pappas handstil och God jul och Gott Nytt år och gratulatio-ner på födelsedagen Maj Sara Johanna – att så mycket fick plats på en rad – önskar far och mor, Per-Olof, Jan och Stig. Hon måste bända isär kuvertet med sina värkande fingrar för att se om där finns ytterligare kort eller en sedel, men det är tomt. Och Tomas säger att det är inte klokt vad det kostar pengar att skicka paket nu för tiden. Tar du med mig till Östersund på det nya året, frågar han, jag vill så gärna träffa din familj. Ja balans och jämvikt kan för all del vara bra, så hon nickar och så är det två kuvert kvar på brickan och hon misstar sig inte, det är Eriks handstil och det är knip åt magen och rusande hjärta och säkert löjliga röda fläckar på halsen, inte kan hon öppna brev från Erik med Tomas sittande intill på sängkanten, det är mer post säger Tomas vänligt och hon tar det undre, från Margit, med vacker böljande handstil, men långt, hon får läsa det sedan, från min barndomsväninna säger hon, du vet Margit, ja just det, säger Tomas, en lite speciell flicka, ja, hon läser, svåra saker, som du, inte romantik och sådant, nej dikt och verser och... det kvarvarande brevet är hårt, tjockt – ska du inte öppna det – har Tomas vänt och vridit på det tunga kuvertet och undrat... åh, vi tar en påtår medan det är varmt i kannan, visst, det gör vi, och när han häller kaffet i det tunna porslinet känns det plötsligt som om handleden inte ska orka hålla emot, hon tar båda händerna och säger att hon har fått det onda i händerna så hon rakt blir rädd, ja, jag ser att du skakar säger han, ska du ha en cigarrett? Ja tack, en cigarrett och så måste hon ju öppna det.

Kära Maj, hur har du det nu för tiden, jag hoppas att du är lyckligt gift. Det är väl inte förbjudet att gratulera den man håller så mycket av på hennes tjugoettårsdag. Jag tänker på dig och sänder med de stiliga fotografierna, ja det är ju motivet som är tjusigt som du själv kan se. Du vet var jag finns om du får lust att höra av dig till en gammal god vän. Din tillgivne Erik. Är det du, frågar Tomas när hon tar undan brevpapperet och träder fram som en *skälmskt leende* flicka, utan att se in i kameran, det är utanför stugan, och sedan ett där hon sitter på en bänk och minns hur han aldrig fick till det med skärpan. Hon är inte helt skarp. Ser ganska glad ut. Det var kallt, hon frös om stjärten, han sa att hon skulle sträcka på sig så att man kunde se hennes snygga hållning. Och så ännu ett där de står och håller om varandra, han flinar och har något spänt över tänderna, fast det vet hon sedan förut där hon snabbt döljer det bland de andra bilderna, skrattar till, och Tomas tar brickan och bär ut den, fort bort med kuvert och presenter med för den delen, i garderob och byrålåda. Vilken underbar mandelkvarn, säger hon när hon har klätt sig och gått in till honom i rummet, du blöder lite på halsen lägger hon till, fan också, säger han, nyrakad och slät. Vänta, säger hon och hämtar en tuss att badda med. Han blundar, leende, när hon torkar bort blodet och då vill visst handen inte dröja vid det där såret mer. Ordnar du om drickat och tårtorna då, frågar hon, så gör jag resten av inköpen, jag vet inte hur jag ska få hem det, men det måste väl gå vägen. *Skyll dig själv som la dig med första bästa.* Men det var inte så. Nu svettas hon, ymnigt. Ja, elementen är heta. Disken ska tas omhand. Sedan är det bara att gå ut och handla. Du blir väl inte sen, vädjar hon. *Herre, visa mig vägen ut.* Ja, hon tar Margits ord och smakar dem, men de är vattniga och utan verkan. Om hon kände efter skulle besvikelsen – den barnsliga – bli så stark att hon satt förlamad i soffan resten av dagen. Kanske var de bara rädda att postverket skulle stjäla en sedel. Kanske kommer snart en fin present. Hur ska hon kunna bära hem alla varor? Så smyger tröttheten från nattens vakentimmar på henne. När hon har som allra mest att göra. Seså!

Det är klart att hon kan hantera inköpen. Med kramper i underlivet och flera beslut som måste fattas på stående fot. Men att det var så mycket. Inte blir handleder och fingrar bättre av att kånka så här. *Ni som bor så centralt och bra.* Hon slarvar med lunchen, tänker inte ha mat åt maken idag. Det måste han förstå. Några kalla köttbullar, ett par smörade brödskivor, ett vändstekt ägg. Kalvsyltan irriterar henne. *Kan du inte unna maken någon njutning?* Hon borde förstås koka potatis, göra slut på julmaten, sillen, innan den blir dålig. Men hon låter det vara. Saltar och pepprar fransyskan och sätter den i ugnen. Herregud, hon kan ju inte räkna med att steken kommer att bli mör. Handlarn skulle få in ny kalvstek på eftermiddagen. Slaktarn i Gullänget kunde hon ju inte ta sig till. Men fisken ser väl fin, fet ut. Ska hon ta den violetta idag? Åh, att få slippa de här kläderna som luktar av Tittis svett. Jo, det är så. Hon är tacksam, men annans svett... det är väl inte så konstigt att man lättare står ut med sin egen? Fast det är inte sant. De egna lukterna är onämnbara. Att andra kan ta Tittis svett för hennes egen, det är ju det! Hon måste rensa räkor, kantskära brödet, eller är det för tidigt? Skala ett par kilo potatis. Då värker det verkligen illa i händerna. Vad mera? Toscasmeten! Klart att hon skållar mandeln först, men vilken tid det tar och så många mandlar som hoppar skuttande ner till golvets osynliga smuts och smulor så att hon måste bocka sig med denna hiskeliga mage, *du läser inte om brevet från Erik,* nej, det ligger där det ligger. I mitt anletes svett. *Du skulle kunna ha det betydligt besvärligare.* Hacka mandeln smått så inte tant sätter i halsen. Tant som tycker om mandel. Så ringer det på dörren, kan han inte öppna med egen nyckel! Fast det är Jenny och Ingrid, som sjunger och räcker över tulpaner och en kartong från konditoriet, det var fru Kjellin själv som skvallrade och de ville bara springa upp och säga hej och grattis – hon bjuder inte in dem – efteråt blir hon alldeles kall – att hon bara lät dem stå i trapphallen och trampa. Napoleon-bakelser. Ja, Tomas tycker ju om dem. Men blev inte också deras blickar rädda när de fick se henne?

Den döda hönan ligger på den blanka bänken. Men den plockade kycklingen lever. Bröstets hastiga hävande och kökschefen i fläckad vit rock kräver att hon ska nacka den. Nähä. Då gör han det själv då, med kniven.

Klockans visare på väggen. Uret. Ett. De kommer fem. Vi mås-te vidare, i glädje, i möda. Varför vill sig inte glädjen idag? För visst finns väl en sorts lust i planeringen, i drömmarna, innan verkligheten sveper in med sitt obönhörliga krav på att fullfölja, åstadkomma resultat. Att stå där klar och omklädd klockan fem, med sherryn eller vad det nu var, och sedan sandwicharna, fisken, päronen, kaffet, tårtorna. Kan päronen verkligen ligga förberedda i ugnsformarna med toscasmeten bredd opp på i flera timmar? Ja, hon har ingen annan råd. Varför skickar Erik brev till henne... *ja, men han vet inget om ditt tillstånd.* Nej. Hur magens skinn börjar spänna. Fast inte som man kan tro. Den töjer sig, sakta, huden, och den bruna randen blir bara mörkare. Hur ful är den inte. Om det blir åderbråck kommer hon att gråta. Här kan man intensivt vilja den andra berättelsen – hur det faktiskt inte spelar någon roll att kroppen sväller, brister i bråck och ådror. För livets skull. Den andres. Att möjliggöra. Är inte det kärlek? *Men livet blir ändå.* Och för Maj är benen... de som ska bära henne resten av livet.

Blir hon rädd för gäddan? Ja, anskrämlig är den om man granskar noga, med sina fiskögon. Visst har hon väl ättika kvar sedan julens inläggningar. Måste hon fjälla fisken? *Mamma, hur gör man med gäddan?* Var fick hon det ifrån, att servera en gammgädda? Frenetiskt börjar hon riva pepparroten på rivjärnets finaste sida – men om den mörknar – inte kan hon riva redan, det måste vänta. Bordet är det inget fel på. Nu kommer Tomas med flaskorna. Han häller upp en whisky till sig själv, hur mycket? Han verkar lite vrång. Är det Eriks brev? Ja, men det kan väl inte hon hjälpa! Imorgon ska jag prova kvarnen, säger hon, han nickar, tar tidningen, sätter sig i soffan. Ska han inte bidra med något? Ge honom en uppgift. Är glasen riktigt rena, frågar hon, inga droppmärken, damm... dom är närsynta hela bunten, säger han, dom märker inget. Men Tomas. Tårtorna! Ja, jäklar. Han måste ut igen. Muttrar lite, men inte mer än att han snabbt är klädd och vrider vredet i dörren igen. Klick. Och gäddan kan ju heller inte kokas förrän till middagen. Den får inte koka hård, koka torr. Bara, bara sjuda med lök och morötter och vitpepparkorn. Inte kryddpeppar väl? Salt. Snåla aldrig på saltet till fisken! Fy fan för osalt fisk som är fadd och sladdrig. Nu svimmar hon. Ser hon inte kladd och trycksvärta mest överallt, när den låga vintersolen kliver objuden rätt in i våningen? Varför bjöd hon inte in Ingrid och Jenny på kaffe? Synd att tulpaner står så kort. Visst är de vackra. Men skräpiga när bladen faller och det där pulvret. Nu tar vi gäddreceptet en gång till. Skirat smör och pepparrot. Steken! Krympt till hälften har den gjort, skrumpnat ihop. Ska hon grina också. Tröttheten som övermannar, slår ner, drämmer till, nu ställer hon in alltsammans. Om hon tar pastej istället? Fast då ska det väl vara paté, gåslever, *det är inga märkvärdiga människor*, men skrämmande i mängd, så många, att tillfredsställa de där hungrande munnarna som ska smacka och smaka och känna efter om svägerskan håller måttet.

Laxkräm, majonnäs, jo hon ska brygga en kopp till honom när han kommer hem och då ska de festa på bakelserna. Tårtorna kan de ju inte gärna hugga in på! Det tomma kuvertet. Koka äggen till laxkrämen nu. Nog skulle det vara flott att garnera med svängda citronskivor, dill, hon köpte ingen citron. Man vill kanske ha citron till fisken. Och räkorna. Vilken arbetsam smet. Att passera genom silen, stöta i morteln och röra slät. Spritsa. Men herregud, hon har väl ingen sprits! *Då får du bre ut smeten och garnera med laxrosor.* Ja, stora rosor räcker inte laxen till. De dubbla smörgåsarna hade kunnat förberedas och ligga väntande på brickor under fuktade linnedukar. Hon ska bre femtio sandwichar. Nu kan hon inte vänta längre. Stansar ut rundlar med ett dricksglas – två trekantiga och en rund. Det ser väl trevligt ut? Tomas dröjer. Skojar med fru Kjellin och glömmer sig alldeles. Steken är fortfarande varm. Hur ska hon få till tunna fina skivor med sina slöa knivar. *Tomas kom hem nu.*

Följ rörelsen. Streta inte emot. Rörelsens tvång vidare. Hon kan inte hindra dem från att välla in, över, fylla våningens hela yta. Då vill de tas omhand, slå sig ner med glas att stilla sippa ur. Toscasmeten får inte koka, bara sjuda. Hon rör och rör. Så svag värme att inget händer. Trettio päronhalvor. Trettiofem? Hon måste ta fler eldfasta formar och så höjer hon värmen, otålig. Då bubblar det, hastigt, och hon drar kastrullen åt sidan. Nu mörknar det och när ska hon hinna lägga makeup och klä om? Då får hon väl dricka sitt födelsedagskaffe själv då.

MÖRKRET ÄR ÄNDÅ EN välsignelse. Det ser plötsligt riktigt pryd-
ligt ut och hon har öppet för korsdrag, hon är inte frusen av
sig. Den där förrädiska lukten varje hem rymmer som man så
snabbt blir okänslig för. När den var ny för henne var det Tomas
rakvatten, tobak, men också något alldeles eget, och nu finns
också hennes... ja försöker hon känna lukten nu blir det ju ing-
enting i näsan. Men hastigt när hon kommer hem efter att ha
varit borta ett par timmar eller mer kan hon ana den. Smutsluk-
ten. Gädda har ju ingen inneboende finess. *Den där gäddan vill
mig illa.* Ingen elegans. Bara grov och bonnig. Ja, men mammas
överste bjöd alltid på gädda på annandagen. Och överstens var
ju inga enkla människor precis. Fisklukten om fingrarna, den
feta rökta laxen... gnid dem med citron. Men hon har ingen
citron. Bordsplaceringen. Nu släpper hon allt och låter sig segna
ner på köksmattan. Åtminstone i tanken. Att hon inte tänkt –
kan de inte bara slå sig ner, på måfå. Det här måste ändå vara
en makes uppgift. Med darrande händer placerar hon kaffekop-
par och assietter till tårtan på rumsbordet. Men ändrar sig, för
det är väl där de ska slå sig ner och dricka sherry. WC. Hans
skäggstrån, raktvål – nej, han har faktiskt sköljt noggrant efter
sig. Varför har hon ingen känsla av att det är födelsedag? Ta tag
i mandelkvarnen och veva den runt, runt. *Du ska se att du blir
uppvaktad!* Gäddan får bara sjuda. *Det har du sagt förut.* Över-
stinnan klagade på hur de fått torr fisk. Ja inte när mamma var
där! En annan kokerska. Mamma kokar gäddan perfekt. Han

var visst söderifrån, översten. Men är det inte just det som är pikant! Att komma med något nytt till den här stora släkten. Det är väl hennes roll nu. Som Sylvia med sin sångröst och sitt klinkande. Tyko med sitt tunnbröd. Här kommer hon med gädda och snygga spiror!

Det är klart att han dyker upp. En kvart före fyra. Med tårtor och rinnande näsa. Har hon rätt att vara arg? *Jag trodde att vi bjöd in dem tillsammans.* Är det riktigt sant? Finns inte redan nu en vetskap om att allt det här utanpåverket och gestiken måste hon själv lära sig behärska, *till fulländning.* Han kan stå utanför. Han är med, men utanför. Jag träffade Olle som ville bjuda på en bit på bakfickan. Mat? Tidig eftermiddag? Fast Maj är nära hyperventilation och förtvivlan och säger att det inte är hennes fel att köttet är segt så att det knappt går att tugga och förskärarna är som smörknivar och tänk om laxen är dålig, skämd. Hela köket är fyllt av sandwichar, ta en cognac så känns det bättre, säger han glatt. Ja tack, svarar hon och han häller upp. Skål och grattis min flicka.

Naturligtvis ska han se över hur de ska sitta. Maj bläddrar fram till avsnittet om bordsplacering i husmodersalmanackan för att få honom att fatta att det inte är något att ta lätt på. Själv har hon inte kunnat bringa reda i rangordningen, bara hon får sitta så att hon snabbt tar sig in och ut ur köket. Att de ska vara så många. Gädda för sex, åtta, men femton! Hon kan omöjligt servera från fat. De måste ta för sig själva. Nej, det är inte tid att vara omsorgsfull kring klädseln nu, rena strumpor, underbyxor, korsetten, som om brösten inte får plats längre, tvättlapp under armarna, makeup. Han sitter med napoleonbakelsen och whiskyn i soffan. Hon kan inte skära gäddan i bitar med de här knivarna, så hon måste servera den hel. Lök, kryddpeppar, lagerblad. Ättika. Salt förstås. Jo, hon skirar smöret i förväg. Potatisen.

Sedan midsommarfesten vet hon vilken tid det tar att koka två kilo potatis. Häll upp sherryn Tomas, ropar hon, argt.

Snart kommer de att vara här. Ingen *återvändo*, ånger. *Var vid i ditt hjärta*. Öppna din dörr och släpp in.

DET ÄR BLOMMOR, ASKAR. Hon låter Tomas ta emot dem, själv visar hon upp sig i sitt förkläde – jo hon vill att de ska se hur hon verkligen har arbetat *helt utan hjälp* – och *nu är du otacksam. Som får av detta överflöd utan att behöva göra annat än ordna en enkel mottagning.* Men det är inte det. Vad är det då? Hon hänger förstås av sig förklädet, får en hastig glimt av sin putande mage i sängkammarspegeln, försöker dra in den – svajar Tomas? – han hänger rockar, pälsar och kappor på galgar och ska hon öppna presenterna nu, med en gång, stående rätt upp och ner i rummet, nej men först måste de ha något i händerna, ja, nu får de sherry och tant sitter i fåtöljen, vill ha en cognac, men bara en liten, tror du att jag tål vad som helst säger hon när Tomas kommer med den välfyllda kupan. Ja, skrattar han, tänk för att det tror jag. Tant mår tydligen inte riktigt bra. Barnen måste först flockas runt henne, säga att de saknade henne hos Nina och Ragnar igår, tror jag det, svarar tant då och ber om en cigarrett. Och ingen märker hur Maj lämnar dem för att ordna om buketterna vid diskbänken, så skönt att stå med ryggen vänd mot rummet och plocka bland de tre buketterna, det är verkligt flott, att de inte gick ihop om en enda bukett utan tre ståtligt blandade som hon ska sätta i vaser och sköta om exemplariskt. När ska hon sätta på fisken? Det här kan hon inte beräkna, eftersom hon inte vet hur länge de ska äta smörgåsarna och vad som är en godtagbar väntan mellan rätterna. *Allt det här överlämnar du åt mig!* Tjugo till trettio minuter beroende på fiskens vikt men framförallt *tjocklek över ryggen.* Det här går fint. De vill dig inget illa. *Men vill de mig gott?*

Presenter och paket. Men ni hade inte behövt, det är alldeles för mycket, inte ska väl jag, säger hon klädsamt och lätt rodnande. Om hon fick hänge sig åt öppnandet, slita och riva i papper och plocka fram gåvorna, *som barna på julafton,* men det är potatisen som inte får koka sönder och ska hållas varm och *du är inget barn Maj.* Sandwicharna står där och blir kanske dåliga i värmen och det är bomullssockor, beigea sparkbyxor, en grå nallebjörn med svart yllenos, ett vackert kviltat babytäcke, men se, en ask spetsnäsdukar från tant. Så här i förkylningstider. *Tror du att jag kommer att få anledning att gråta?* Vi får tacka så hjärtligt, jag och... hon tar sig för magen och de skrattar, veva mandelkvarnen vidare, vilka underbara blombuketter ni kom med, säger hon och Titti hjälper henne att placera ut vaserna i rummet. Julia säger att Maj ska ställa dem svalt över natten, ge nya snitt och byta vatten varje dag, naturligtvis, det ska hon göra, ska hon säga var så god nu, eller är det Tomas uppgift, hon viskar och Tomas reser sig och ropar var så goda, hjälp mig opp Tomas, Tomas det bara svartnar för mig, och han tar sin mamma under armarna och lyfter henne upp. Nu står de trampande vid matbordet, Tomas, hon låter inte lugn, hon försöker skratta, Tomas... nej, han får klara bordsplaceringen, hon lämnar dem hastigt och tar sig in i köket igen, hon måste faktiskt sätta på gäddan nu, annars har de ju ingenting att servera *de här glupska vargarna* men Maj det är ju din släkt, äh för tusan, slå er ner, hör hon Tomas säga och när Maj har sett till att fisken stilla sjuder i sitt lugna vatten finns det bara en plats långt ner vid fönstret på andra sidan om långbordet kvar, men Nina reser sig, Maj som ska springa kan väl inte sitta där, men Tomas är inte mottaglig för sin äldsta systers kommentar.

Varför börjar de inte äta? En sådan oroande tystnad... ska hon säga något? Nej, men hon kan väl inte behöva, Tomas häller upp snaps, öl, tar stöd med handen mot bordsskivan när han lutar sig över på andra sidan och för en kort stund ser det ut som om han ska riva ner duken – men så äntligen slår han sig ner, säger skål och välkomna och hurra för min lilla älskling som fyller år idag. Ska vi sjunga nu, undrar Sylvia, men nej, de måste få något i sig först, klara strupen om inte annat – Maj tar en tugga *ser det inte både torftigt och hafsigt ut* nej, hon kan omöjligt avgöra hur laxkrämen smakar med sin hastiga puls, hon gör ingen affär av att hon måste resa sig, köket igen, visst måste fisken vara färdig nu, ja nog är den klar, sa inte mamma att den fortsätter tillagas även när man drar grytan från värmen – tänk vilken tur att Tomas hade den här vida låga emaljerade grytan till fisken – hur ouppmärksam hon har varit på minsta detalj, om hon stått här utan ett tillräckligt stort kokkärl, *du har en lång väg att vandra, du är alldeles för hastig, snabb,* då kan det gå galet, man måste vara grundlig, noggrann, men i städningen, i städningen finns väl inget att anmärka på? Hånler den flottiga ventilen åt henne, ja, det gör den. Ska hon dra av fisken skinnet redan – håller den värmen då *man äter med ögonen också* så futtigt det ser ut med de slokande dillvipporna, hur kunde hon glömma citron. Om man tar lökbitarna ur pannan, men tok heller, pepparroten måste i alla fall rivas nu och potatisen ska läggas upp i karotter. Ja men den är hel, fast, fin och färdig att hugga gaffeln i – och smöret... att för ett ögonblick dra in doften av salt, smält smör. Gäddan är vit i köttet, men inte hård, utan med gung, och där är Titti i dörröppningen, kan jag hjälpa dig, nej, nej, sitt ni, jag ska bara ta fisken, vilka underbara sandwich säger Titti, utsökta, eller är det alldeles tyst runt bordet när gästerna tuggar och tuggar och tuggar den sega oxen i bitar.

Så ska assietterna samlas in och dukas ut, hon får äta sina sandwichar sedan, de andra är väl redan färdiga nu, ja och det går en ryckig rörelse längs med bordet när gästerna tafatt räcker varandra förrättstallrikarna att stapla på hög, men Dagny reser sig och tar en stapel i famnen, lilla vän, säg till om vi kan hjälpa dig med något, och ännu balanserar hon mellan svindlande höjder och avgrundens rand – nej, det har redan släppt, fästet – assietterna måste hon låta vara på den rostfria diskbänken med rester och allt, annars blir fisken fesljum, och hon hör sin röst och ändå inte, att nu måste ni börja med det samma så inte fisken kallnar, det här är överstens älsklingsrätt, han skulle alltid ha gädda på annandagen, åhå, så intressant, ja, efter all tung julmat, *som om du var personligt bekant med översten* – *lögnerska* – som de måste hjälpa varandra vid bordet, hålla i uppläggningsfat och karotter för att kunna ta för sig och allt skickas runt och fram och åter, smör och pepparrot och potatis och Titti säger att hon verkligen har längtat efter enkel och rejäl mat och när fatet når Maj så kan ingenting längre hindra henne från att förstå hur besvärligt det blev att servera hel fisk till så många och ska de nu sitta och spotta ben och skinn och fiskrens, men dränker man bara anrättningen i smör och pepparrot så… har alla fått pepparrot, frågar den där skarpt höga rösten hon har när hon är rädd.

Ni förstår, översten hade inte jul förrän han fick gädda, *håll käften, lurade du mig mamma, var det sjötunga du serverade med vitvinssås och pommes duchesse,* nu skålar vi, säger Tomas, och Maj sitter inklämd mellan Ragnar och Georg, klart att Georg inte är någon fiskätare, en så ynklig portion, men Ragnar har lassat på, åh Ragnar, säg att du tycker om det, man blir ju så intelligent av fisk, säger Eva dröjande, mmmmmmmm, går väl som en mumlande skönsjungande kör genom rummet, dansar på duken, snälla ta mer salt och peppar, ber hon, ja Julia greppar pepparkaret och Kurre ber att få det också, men Nina nickar och säger att det är alldeles lagom av allt och vilken fin potatis – är det King Edward – ja, nej, jag tror, var det King Edward Tomas, varför törs hon inte säga att det är Bintje, nu hostar tant, med servetten tryckt mot munnen och en viftande hand, fisken är inte genomkokt, jag kan inte äta rå fisk – fisken är rå, fisken är rå, fisken är rå som ja

– va då? Och nu sänker de sina bestick, samlade, gemensamt och tittar på tant, sedan på Maj och skanderar först stilla, sedan allt snabbare *fisken är rå, fisken är rå, låt oss för guds skull slippa då* och Maj reser sig, mycket långsamt, knäfaller vid diskbänksskåpet och öppnar dörren för att ta ut slaskhinken, den emaljerade som hon glömt att gno ren på utsidan, med slabbiga lökrester och räkskal, så kryper hon på alla fyra med den i släptåg ut i rummet och viskar att de kan ösa ner allt, tallrikarna med och en efter en träffar de emaljen, krossas, klafs, så trångt att krypa mellan stolar och bordsben, fisken är rå, Tomas reser sig och måttar med sitt fat från hög höjd – hånler han då hon måste passa med hinken för att hinna fånga upp den flata tallriken som kommer med pepparrot och rinnande smör, fisk… – det här kan jag inte äta, vad säger du mamma, min fisk är inte rå, är det Eva som sitter intill tant, och Tyko, men ser ni inte att den är genomskinlig, Eva tar av sig sina glasögon och lyfter tants tallrik så nära ögonen att näsan nästan tar i, ja, kanske en liten, liten aning, jag blir sjuk av rå fisk, säger tant, men fick tant den tjockaste mittbiten då, säger Tyko, för min är så vit och fin i köttet och Sylvia klingar i glaset och reser sig och sjunger sedan klart, skarpt och genomträngande så att ingen annan kan göra henne verkligt sällskap – ja må hon leva, ja må hon leva, ja må hon leva uti hundrade åår och så går tant in i odödligheten genom att alltid hädanefter omtalas vid bjudningar och kalas, *fisken är rå*, och Tomas väljer kanske att inte höra sin mammas protest, Tomas tar rikligt av pepparroten som river i halsen och tårar blicken till poetisk glans, som måste han koncentrerat under tystnad inta varje tugga *som en mycket gammal man, en åldrande, eller en liten pojke som nyss lärt sig att äta med stora bestick* och Maj reser sig mödosamt och går fram till tant, säger att hon kan sjuda tants fisk en stund till, översten avskyr torr fisk, hård fisk, gör dig inget extra besvär, för all del, det var ju så mäktiga smörgåsar så jag klarar mig nog, man kan inte vräka i sig hur

239

mycket som helst i min ålder. Nu går Maj till WC. Hon tänker inte grina inför dem. Har tant någonsin väckt det minsta hopp om moderlig omsorg så släcks det nu. Och det kommer inga tårar på toa. Det är avskyns kraftfulla låga. Som lyser upp. *Hatar du mig så hatar jag dig.* Sedan är den släckt, borta. Ersatt med märket av skam, obehag.

Hon äter utan att konversera sina bordsherrar. Visst svarar hon, men det blöder. Man blir ju så blödig av att vänta barn. Hon ska inte vara sår. Hon ska vara skal som gnistrar och glimmar. Och nu måste ugnen värmas. Det är dags för kvällens efterrätt. Fast tant kanske inte orkar med dessert heller då. Om hon kunde säga så. Högt. Vasst och spetsigt i tants redan rinnande hjärta. *Maj – du vet ingenting om kärleken till ett barn. Den galnaste av passioner. Nej tack och jag vill inte veta heller. Tids nog, med ett nybadat gossebarn vid ditt bröst. Tyst! Jag undrar om tant hade tänkt sig någon efterrätt eller om hon ska stå över den också.* Men nej. Hon samlar in tallrikar och bestick och vad härligt lätt man blir av fisk, säger Kurre, hörru gumman, varför äter vi inte mera fisk, du ska nog få fisk svarar Dagny och hejdar sig, inga mer pinsamheter, inga avslöjanden om att den här släkten egentligen inte tål fisk, blir sjuk, kräks, får otäcka retningar i gommen av fisk. Äsch, vissa gillar väl fisk och andra inte. Och den här lilla fadäsen som faktiskt kan tolkas som ett synnerligen elakt utspel av tant kommer inte att hindra Maj från att äta fisk. Och så skrattar hon och berättar om hur tant sköt tallriken ifrån sig och vägrade äta hennes fisk. Sa att den var rå. Rå! Fast just nu står hon i köket och sköljer tallrikar och assietter med en disktrasa. Bryr sig inte om att det kalla vattnet plågar hennes knogar. Hon ska åtminstone inte bränna päronen. Gyllenbrunt knäckiga. Tomas som ropar att hon ska låta disken vara, *han kan torka silvret sedan.* Man låtsas inte höra. Man låter vattnet spola. Man känner barnet sparka, förtvivlat och längtansfullt.

EN EFTER EN TALAR de om att efterrätten är underbar. Ja, hon förstår mycket väl att sandwicharna och gäddan misslyckades. Hon hade kunnat försöka blidka tant med desserten, be om hennes nåd, men helt utan baktankar låter hon istället tant bli genomskinlig, som kan hennes blick överhuvudtaget inte fästa vid henne. Tant tar så lite som möjligt av Majs päron, men kan inte helt förneka att de är goda. Med *glace à la vanille* till vore de förtjusande. Ja, men här serveras de varma med sötad tjockgrädde. Tomas är fortfarande lika upptagen av handens rörelse mellan efterrättsskål och mun, skeden som tar och ger. Det undgår henne inte att formarna blir tomma så när som på ett halvt päron som Otto kluvit mitt itu vid backningen. Georg säger att han, om han måste välja, föredrar förrätter framför det söta, men han skulle ändå inte kunna tacka nej till mor Majs knäckpäron. Så skrattar han. Och när hon dukar undan kommer Eva in till henne i köket och undrar varifrån hon fått receptet. Jag ska ha min gamla skolkamrat, en tandläkarfru, på middag om ett par veckor, jo, Maj lovar att hon ska få veta hur man lagar dem. Hur är det egentligen med receptutdelningens… kutym och praxis. Ska man verkligen dela med sig till höger och vänster eller är det att sälja sina skatter allt för lättvindigt? Fast Maj kan inte låta bli att för en kort stund bli lycklig. En dag kommer också päronen gå förlorade för henne. Hur glömskan sakta repar ludd i kanterna och så vet hon inte längre om päronen ska gratineras. Hon kan inte tro barnbarnens tvärsäkra påståenden om att så är fallet och så serverar hon dem kalla med rå toscasmet. Blir förtvivlad över att hon inte fått dem att smaka som de brukar. Då är döden nära.

Tomas nu får du… om de ska ha dricka medan jag brygger kaffe och stökar bort. Så slår han armarna om hennes stjärt och vilar sitt ansikte mot hennes höga mage som om de vore ensamma. Mumlar han förlåt mig? Eftersom bjudningens förlust redan har sitt grepp om henne låter hon honom hållas. *Vi ska klara det här. Fast du är full.* Ja. Sedan lösgör hon sig, Nina kommer med mer lortigt porslin till köket, jo, Maj vill diska undan och tycker gott att de kan gå hem nu, även om de inte ens har hunnit dricka kaffe, hon sätter pannan med vatten på värmning. Nu bränner diskvattnet händerna röda. Men det är skönt. Den lättar, den hårt knutna värken. Tallrikar är ju ingen konst att tvätta av. Besticken är besvärligare. Och glasen avslöjar direkt om man slarvat, med läppars och fingrars flottiga avtryck. Hon är snabb! Fast ändå noggrann.

Enar har bakat fina tårtor. Spritsat smörkrämen och garnerat med blekrosa marsipanband. Ändå måste hon tvinga sig ut i rummet med kopparna. Men snälla, säger Titti, får jag hjälpa dig! Ja, med att duka fram kopparna och assietterna, svarar Maj, och inte heller här vet hon om trugandet att få hjälpa alltid bör åtföljas av ett blankt nej. Tack, men nej tack. För en gäst ska vara gäst bjudningen igenom! Nu är det snart över. Det är ju en trevlig lägenhet, säger Julia. Men på sikt behöver ni förstås större. *Julia, jag vet inte vad jag behöver.* Födelsedagsbarnet ska väl börja! Ja, hon skär en bit och de hurrar, oväntat och högt, vad ska de annars säga till den här främmande flickan som de inte vet något om. Hon väntar deras minsta broders barn. Ibland ser hon så förskrämd ut. Det gör dem lite nervösa. Trygga människor med fötterna på jorden är ju att föredra. *Men är ni inte själva den oroliga sorten?* Nu dricker vi kaffe och smakar på tårtan. Jag tror att de har börjat baka på smör ändå, säger Dagny. Jag slutade som kund hos Kjellins när jag märkte att de tog margarin till smörkrämen. Det var höjden. Men nog är det väl smör i den här? Så ska det visst smackas och smakas av. Jo, men nog är det riktig smörsmak! Nej, nu räcker det. Ska Maj behöva tvivla på Enars konditorskunskaper också? Finns ingenting fast att hålla i? Inte säger hon att hon tycker att Enar är duktig. Hon är förstås ingen expert. Men numer handlar alltså Dagny hos Sundmans. De har verkligt gott bröd. Men Kjellins napoleon är bäst i stan, säger Tomas, utan tvekan, finns ingen som har frasigare napoleon än dom. Ja. Så var det sagt, och nu får faktiskt gästerna tacka för sig och gå hem. Här väntar ingen vickning. Groggarna får sparas till nyår.

Tomas torkar verkligen silvret. Sitter vid köksbordet och gnider besticken med en linnehandduk. Maj packar ner tallrikarna – hon har god lust att knöla ner den solkiga duken och skicka med den också – men hon behärskar sig, förstås. Nymanglad ska hon överlämna den i tants famn. Borden är verkligen skrymmande, säger hon. Klarar du dem till vinden själv eller ska jag? Tomas undrar om de inte kan vänta till imorgon. Nej. På inga villkor. Här ska inte synas att det har varit fest! Varför? Det kan hon inte på rak arm förklara. Annat än med att då kommer hon efter. Då hopar det sig. Kolliderar med morgondisk och lunchbestyr. Ska de kliva runt i potatis och gäddrester och ha det kletandes överallt i våningen. Tant kan omöjligt ha hunnit somna än. Hon fick Ragnar, Otto och Georg att bära två stolar var ner till tant. Men borden. Hans motstånd är inte starkt nog. Sockerlådorna får i så fall vänta i trapphuset. Här vill hon inte ha dem.

INGENTING KAN FÅ HENNE att följa med Tomas på nyårssupé hos Titti och Georg *med goda vänner*. Det är förstås *inget märkvärdigt*, men lite elegantare än julkalasens frossande. Fast vad spelar det för roll, hon går helt enkelt inte bort till främlingar, ja de där goda vännerna, i sin grå brudklänning och med mage. Nu står den rätt ut. Och alla händer som ska dit och klappa. Omöjliga att värja sig emot. Ja, men då blir vi hemma då, säger Tomas besviket. Nej. Gå du. Det är säkert. Hur övertygande hon låter! Han kan inte göra annat än att tro henne. Hon fattar väl att de där människorna kommer att göra överslag och räkna efter och att då blåljuga och säga att Tomas och hon firade pingstbröllop, det vore väl något. Hon kan sitta för sig själv och svara på Eriks brev. *Vill du ha mig fast jag är med barn?* Han säger att han älskar henne i alla fall. Att allt är hans fel. Att det ju var han som gick till en annan och trodde att han skulle kunna gå hel ur det. När han i själva verket lämnade förödelse efter sig, överallt. *Det spelar ingen roll att jag inte är den rätta fadern. Han blir min son i alla fall. Bara jag får vara med dig ska jag älska det där barnet som mitt eget.* Pekoral. Ingenting annat än. Så lyser den låga solen guld i Tomas ungkarlsemma. Medaljongerna i klädseln. Och på rökbordets glasskiva syns ett fint lager damm. Du är så långt borta, säger Tomas. Men du ser ut att ha det bra där du är. Äsch, svarar hon, vad dammet syns tydligt i det här vädret. Om det åtminstone kunde vara grått. Hon tänker att det är konstigt att de inte alls har pratat om hennes kalas. Han har inte sagt att hon inte får ta ut sig så som hon gjorde. Han har varit på kontoret, känt sig så utmattad när han har kommit hem till maten om kvällarna.

Älskar du mig? Hade det varit annorlunda om de kunnat ligga med varandra. *Mor Majs päron.* Drev Georg med henne? Hur hon så intensivt kände efteråt att hon inte kan vara mor Maj. Då kan hon lika gärna… ja vad? Titti förstod genast att hon behövde vila. Ville hon i själva verket inte ha henne där på sin supé? Hon kan äta rester, lägga sig tidigt. Hon har fått en tid hos doktorn för domningarna i händerna. Det finns sjukdomar där musklerna bara förtvinar. Vägrar bära.

Han är fin i smoking och med slätrakad haka. Varför får jag en känsla av att jag blir ivägkörd, säger han strax innan han ska gå. Sluta, säger hon. Jag har ju varit tillsammans med din familj dyg-net runt… jag har sådan värk i kroppen att det inte skulle förvåna mig om jag ligger i influensan imorgon. Vi måste väl ändå tänka på barnet. Om du ber mig så stannar jag hemma. Jag ringer åter-bud direkt. Så vi ska ha det tråkigt båda två då? Skulle vi ha det så tråkigt? Han tar bottenskylan, grimaserar, knappt märkbart. Ja, jag kan ju inte säga att jag inte blir sen. Men du vet ju var jag är.

Brukar hon inte veta det? *Det är ditt fel.* Knogarna som boxas, eller är det hälar, knän. Annars skulle hon ha långklänning, djärv makeup och aftonväska. *Det är ju inga i din ålder där i alla fall.* Nej, men det vet hon. Men det kommer det väl aldrig vara på framtida tillställningar heller. Det har inte kommit något paket med posten. Vet de om att hon väntar barn? Bröderna måste väl ha sagt något. Den här tystnaden. Nej, hon skriver varken till Margit eller till mamma. Borde hon plocka i ordning bland klä-derna till babyn. *Han lämnar mig ensam på nyårsafton.* Ja. Hon kommer att lägga sig tidigt. Vill inte vaken vänta in 1939 eller veta vad det året bär med sig i sin stora famn. Men blommorna står sig fint. Hon ställer dem i trapphuset över natten och kanske kan hon kasta dem först efter trettonhelgen.

Han är inte här på vår första nyårsaftonskväll. Hon vill ju inte alls vara ensam. Känna det tunga trycket mot blygden, det är väl ändå flera veckor kvar. Ska till och med nattlinnet strama över magen nu? Halsbrännan är värre igen, särskilt när hon ligger ner. Så går det när man slarvar med potatisvattnet. Men än får hon inte krypa ner i sängen, tandborstning, och lite mjukgörande salva på händerna. Det är inte så att hon aktivt förnekar eller förtränger. Nej, naturligtvis inte. Det är frånvaron av kunskap. *Hur föder man ett barn med kärlek?* Och kroppen som ständigt förråder henne. Den kommer inte att låta henne slippa. Inte bli barn på nytt och utan skuld. Känner hon skuld? Nej. Det är hur barnet faller från hennes famn, utan att hon kan hejda eller fånga in det. Skam. Ja, inte någon högtravande blodröd boklig skam, hon skäms helt enkelt. Rodnar. Att hon lät hans kuk… nej det rummet kan hon inte ens närma sig. *Men det är ju där du sover om nätterna nu.* Försvinn du fula tanke flyg. Och då har hon istället gått och blivit mor Maj. Sjuttiofem år och klut på huvudet. Ja, det är förstås *erotiken* som måste suddas bort för att den havande kroppen vägrar förneka den. Skyltar med den. Är oanständig och grov. Mamma som sa till Ragna att hennes magar minsann knappt synts. Som om det var en alldeles särskild bedrift. Att inte vara på tjocken så det märktes. Ragna som grät i diskbaljan och viskade att mamma tycker att min mage är äcklig. Men Edvin tycker i alla fall att jag är vacker. Vad sa Maj då? Det minns hon inte.

Om någon kunde berätta vad som kommer att hända. Smärta, dödlig smärta, uthärdlig smärta, utvecklande smärta, livsomvälvande smärta – men Maj är inte där. Inte i frågorna. *Jag är barnets behållare.* Hon vet att hon kommer att behöva hålla barnet rent och få det att rapa. *Varför frågar du inte din syster?* Hon har ju fött fram ett barn. Maj vill inte veta något om Ragnas liv. *Hon kom inte till mitt bröllop.* Nej. Hon hade kanske sina skäl.

Sedan kommer Maj att säga att hon trodde att magen skulle spricka på mitten. Inte tvärs över, utan längs med. Linea nigra. *Så oskuldsfull var jag, som ett barn själv, att jag inte ens visste hur barnet skulle komma ut ur kroppen.*

Sa mamma verkligen att Ragna höll på i tjugosju timmar? Så går Maj till sängs utan visshet om vad som väntar. Om man fick skriva längtan och anknytning. Det *naturliga*. Det där försmädliga ordet som utesluter och inkluderar. Hade det varit annorlunda om någon sagt till Maj att hon är olämplig, vi kommer att ta ditt barn ifrån dig. En vred äganderätt som skulle vråla att det ger ni fan i. Nej, nu låter vi henne vara. *Ensam i din oroliga sömn som ska förbereda dig för kommande tiders vaknätter.*

Ja, hon är vaken. Oväntat varm under täcket, de snålar sannerligen inte på centralvärmen. Hon kan inte släppa tanken på vad de andra ska säga – tycka, tänka – när Tomas går på supé utan henne. Så värst nykära verkar de förstås inte vara om han inte ens kan göra kärringen sällskap på nyårsafton. Men i ensamheten behöver man inte förlita sig på någon. Då får man klara opp allt själv. Du kan klara det själv. *Kan jag det?*

Om hon hade läst på om förlossningar hade hon kanske gråtit. Något hade tvingats bort, annat hade kommit i dess ställe. Att behöva och komma och kräva och vilja ha. *Jag vill att du hjälper mig nu mamma.* Men hon är ju sjuk. Hostar blod. Får lungsotsblicken, mörk och skuggad, redan på väg bort. Ja, i ensamhetens overksamhet är det förbannade otygstankar som kommer. Vrida sig hela varvet runt på Duxmadrassen när det blir omöjligt att ligga kvar på sidan med kudden mellan låren. Dra undan den och kläm tillbaka. Det känns... ja, lite speciellt med den där fjäderkudden. Som liksom smeker henne *där*, men hon har ju bara stoppat dit den för att slippa svettas. Din pappa är på kalas, säger hon, högt så att hon nästan skrämmer sig själv. Så retfullt att inte kunna somna när man vill. Och kissnödig, naturligtvis.

På WC tänker hon att hon borde åka hem. Vet inte vad som känns värst, med eller utan Tomas. *Men du är ju gift med en fabrikörsson.* Ja, har inte Tomas själv den titeln. Unge fabrikör Berglund. Det är klart att de är glada där hemma. För hennes skull. *Inte om man har fnaskat till sig en karl.* Släpp dem. Vad ska du med dem till. De vill inte din lycka och välgång. Ja men Stig? Han behöver henne.

Har hon ens sovit när han låser upp dörren. Hon vet inte. Så är det ett nytt år då. 1939.

1939

DOKTORN SOM UNDERSÖKER HENNE är så tyst. Hon måste ligga med naken mage på en brits, han mäter, knådar, klämmer, lyssnar med en tratt på hjärtats ljud och hastighet. En ung syster har tagit rätt på hennes urin. De domnande händerna är inget att bry sig om, det hör till de lindrigare symtom som kommer med havandeskapet. Frun har ju inte besvär med lossnande moderkaka, rygg, bäcken, äggvita i urinen. Sålunda inga tecken på havandeskapsförgiftning. Fostret har ännu inte vänt sig.

Han nickar åt henne att hon kan sätta sig upp, knäppa blusen. Så det är inget att oroa sig för, skrattar hon nervöst. Fru Berglund är ung och frisk. Helt utan besvär går det inte för någon. Och i åttonde månaden, ja då får man vara tacksam att man inte ligger till sängs. Frun har fått sitt i händerna. Jaha, jag förstår, ja, jag menar inte att vara... nej, nu harklar sig doktorn och säger att de har mycket kunniga och erfarna barnmorskor. De kan ge råd för den här sortens symtom. Men läkare kan också vara vänliga, tålmodiga, kloka. Ge intryck av all tid i världen och läkedom i varma händer. Ja, men den här råkar vara tyst. Så kan det gå. Tillstöter komplikationer, blödningar, får ni naturligtvis kontakta mig igen. Tack så mycket, doktorn. Nu är barnmorskan här. Blom. Fru, fröken – har hon själv fött barn? Vad är det för krav att ställa! Nej, men Maj frågar naturligtvis ingenting sådant. Lyssnar skamsen när barnmorskan säger åt henne att röra på sig mer, gymnastisera, stärka rygg och mage och stuss, sängläge är bara för dem med blödningar, det här är ingenting att oroa sig för, det är det mest naturliga av allt som kvinnor överallt i alla länder och tider har klarat av. *Jo, men några har strukit med också.* Är ni nervöst lagd?

Vad ska hon svara på det? Ställer fröken Blom verkligen frågan rätt ut? Kanske inte. Hon säger att fostret står som högst nu och snart vänder det sig för att förbereda resan ut i jordelivet. Huvudet måste först fixeras i bäckenet, fast en del små rackare vill inte så gärna vända sig. Och någon sätesbjudning vill vi inte veta av! Maj blir plötsligt så trött. Måste hålla tillbaka en gäspning. Har ni allt i ordning? Ja, svarar hon lydigt. Fint. En del har så rasande bråttom ut, andra tycks aldrig vilja komma.

Vad antecknar de i sina journaler? Ingenting särskilt? Nej, varför skulle de göra det. En snygg, prydlig ung kvinna med fina värden och lindriga symtom. Som om hon bara ger sig hän åt sin inneboende styrka kommer att klara förlossningen fint. Ett rent, välvårdat hem och en make med tryggad försörjning och ekonomi. De har sett så mycket annat. Moderligheten kan ligga latent hos vissa, särskilt förstföderskor, som behöver något *konkret och verkligt att knyta an till.*

För första gången på länge fryser hon när hon går från lasarettet. Det finns berg här, berg hemma. Ändå är vidderna så annorlunda där. Sjön en gåtfull spegel. Ja, det är förstås fukten. Hur kylan liksom dryper in från havet. Fjällvindarna torkar luften till kristall, klar och isande kall. Våt kyla är infernalisk. Det går inte att skydda sig emot den. Om hon skulle titta förbi hos flickorna. *Jag vill inte.* Nu är du barnslig igen. Ja, att hon inte bjöd in dem. Det är oförskämt och hon borde naturligtvis… Ja, nu tar du dig i kragen. Gå in till dem, bjud hem dem på kaffe. Ända ner mot hamnen måste hon, hela långa Lasarettsgatan. Ja, men fröken Blom sa ju att du skulle röra på dig. *Men fröken Blom kanske inte svimmar på torget. Som jag. Får yrsel och är rädd att halka.* Som tant. Det är det där med att balansera kroppen. Hon försöker faktiskt, gör så gott hon kan. Vanilj och kardemumma. Kaffe och tobaksrök. Parfym och en fläkt av stad och liv. Ja, där är Ingrid, i hätta och förkläde. Fru Kjellin bakom diskens dignande bakverk. Tack snälla för tårtorna som var så goda, säger hon och Kjellin är så rar, så personlig, som satt det skarpa bara i chefsförklädnaden. Lilla vän, hur har du det – tack för tulpanerna, de stod en hel vecka, och Ingrid, blidka henne genast med att bjuda på kaffe, ja en söndag då, när vi är lediga, Jenny också förstås – Jenny ska flytta till Stockholm, börja som telefonist, nu vänder Ingrid tvärt och börjar plocka disk från borden, då säger vi på söndag klockan två, hälsa maken, ja visst, det ska jag göra, och hon tackar nej till en kopp kaffe, jag ska hem och laga lunch, ja, maken vill förstås ha mat säger fru Kjellin och så står Maj ensam ute i kylan igen, varför tackade hon inte ja till en het kopp kaffe och en sockerbulle.

Skulle hon kunna fråga Ingrid om hon vet vad som hände mellan Astrid och Tomas? Det här hemlighetsfulla… ja hur hon anar att det är något de döljer för henne, *det är spriten som skrämmer dig*, ja, fast hon har inget utrymme just nu att vara rädd på riktigt. Om man hela tiden istället är lite rädd för allt så har man ingen möjlighet att öppna upp för den stora skräckens vita ljus och varför skulle du inte klara av en karl som spritar. Nu är du orättvis igen, Tomas är bara belevad, har flotta vanor, tycker om att äta och dricka gott. Ja, så är det. *Så småningom kan också du ta del av det här livet fullt ut.* Låt bli att känna efter. *Jag rår inte för det.* Uppsträckning. Annars kommer Hanne – hette inte barnmorskan så – och smäller dig på fingrarna. Du måste vara glad, tacksam och nöjd. Bortskämda gnällspik.

Du har inte tagit köksventilen ännu. Tänk, vad det tar emot. Hon har hängt av sig kappan, satt sig på stolen i tamburen och med möda tagit av sig stövletterna – vad trånga de känns – har fötterna växt? – och nu vill hon bara gå in i sängkammaren och lägga

sig raklång. Nej, men då klämmer det så där otäckt mot livspuls-
ådern, på sidan, på sidan vill hon vila. Kanske ta sig något att äta
först. Men sa inte Hanne Blom att man inte är sjuk bara för att
man väntar barn. Att man egentligen aldrig är så sjuk att man
inte kan utföra ett arbete av *något slag*. Ventilen Maj. Ingen lunch
förrän ventilen är rentorkad och gnodd. Tomas äter sällan lunch
hemma. Hade hon tyckt om att ha mat åt honom mitt på dagen?
Jo. Man visar också omsorg så. Även om hon för tillfället inte är
så mycket för omfamningar och kel så lägger hon på minnet vad
han längtar efter och tycker om. I matväg. Som att han vill ha lax-
skinnet saltat och stekt så att det krullar sig, serverat vid sidan om
fjärilskotletten. Välkokt kött med dillsås, kroppkakor, pölsa, stekt
strömming förstås, tunnpannkakor efter soppan, gärna ärter och
fläsk, pannbiff med lök. Han har inget emot den mer exklusiva
krogmaten, men känner sig bekvämare med rejäl och vanlig mat.
Fast kroppkakorna med sin gömma av lök och sidfläsktärningar
lagar man inte i en handvändning förstås.

⸺ Först pallen, sedan stå på spisen – håller den för hundra kilo –
du väger inte hundra kilo Maj, nej, men sjuttiotre med kläder på,
Hanne vägde henne och noterade vikten i sin bok. Herregud vad
fettet är kletigt, segt. Hur kan hon ha missat ventilen. Ignorerat
den ända sedan hon flyttade in. Man ser visst det man vill se. Byt
vatten. Det är slarv att fortsätta med lortigt vatten. Då blir det
bara… ännu smutsigare. Om man far runt med solkig trasa över-
allt. Ja, hon klättrar ner, sköljer trasan tusen gånger tusen gånger
– sa inte Hanne åt dig att städa golv, väggar, tak, garderober, skåp,
lådor och skafferier *innan barnet kommer.* Hygienen. Räcker inte
julstädningen? Det har väl aldrig någonsin varit tal om att en
städning har någon uthållighet över tid. Redan när du tar igen
dig efter golvtorkandet med kaffe och sockerskorpor faller smu-
lor från ditt bord. Damm, matrester – nej men nu räcker det. *Låt
mig vara.* Hon blir ond på ventilen. Hämnas genom att hastigt

slabba över med det nya vattnet och sköljda trasan. Men hon tänker minsann inte torka torrt! Det kan gott rinna rännilar av vatten... kanske inte. Om det förstör målningen ovanför kaklet.

Det kommer att komma en tid när det rinner rött vin i garderoben. I det nya årtusendet med nya tankar. Så behändigt med boxar, men de är på något sätt oanständiga. Hör liksom hemma i garderoben och inte i skafferiet där de rara flickorna från hemtjänsten går varje dag. Så blir det fläckar som inte går bort och den där förbannade kartongen är ju trasig. Är det en nåd eller pina att inte längre se de där avtrycken av liv som etsar sig in överallt där människor rör sig? Ett glas om dagen – eller två – för hjärtat. För livet och tankarna och allt som man måste hålla ordning på. Man städar undan makens gamla dammiga böcker, slänger kappor, klänningar, virkade dukar som visst ingen vill ha. Och så gapar garderobsraden nästan tom. En plats över för boxen. Och rätt vad det är rinner det rött längs den vita väggmålningen i mittenskåpet. Man måste väl ändå få lämna spår efter sig!

Hon blir sittande på golvet, vid byrån, med plaggen hon har fått i den utdragna byrålådan. Allt ska vara i ordning. Men vad behöver barnet? Det blir alldeles blankt. Tomas vet knappast heller. Titti. Kan hon be Titti att hjälpa henne, med allt det här praktiska. Maj som brukar njuta av att få ta itu med sådana bestyr. *Tror du att du kan hindra barnet från att bli verkligt? Du har inte den makten. Överlämna dig själv. Det är redan för sent.* Om hon hade lämnat pälsen på kajen. *Jag vill älska dig Tomas. Jag vill att du älskar mig. Varför räcker inte viljan?*

Titti lovar att titta in redan om en stund. Bry dig inte om mat, bara kaffe, ber hon och Maj får bråttom att vispa en sockerkaka, men handleden tillåter henne inte att göra ägg och socker till vitt skum, den blir platt, hon tar kanske ut den lite för sent, så brun som kakan är på ytan. Färskar på brödet från i julas och dukar i köket. Vad Titti ser trött ut, de grå stråna, januariblek hy, skarpa streck i pannan, hon borde klippa lugg för att dölja dem. Jag var hos doktorn, säger Maj och Titti rycker till, lägger sin hand på hennes, vad säger du, det är väl inte, nej, nej, inte alls, det var bara det att de sa att jag måste ha allt färdigt, och jag, Tomas är ju aldrig hemma och när han kommer hem sitter han med tidningen – prata inte illa om din man med hans syster – så dumt, plumpt – ja, men jag behöver bara veta vad... vad som fattas. Och Titti som liksom Tomas blir nervös och handfallen av praktiska fordringar tuggar torr sockerkaka – men smaken är det inget fel på – och säger att nu skriver vi en lista. Allra först behöver du en jungfru. Vi får tala med Tomas, men visst måste ni ha ekonomi till det.

Blöjor, vagga, dyna, kudde, filt, barnvagn, skjortor, sparkbyxor, tunn och tjock mössa, talk, salva, stoppdukar till dig efteråt, inlägg av ull för bröstens skull – mjölkstockning är vedervärdigt och du får absolut inte bli kall om bysten – ja, lakan förstås, ett skötbord, är det inte äckligt, ja med kisset och bajset – nu ser Titti frågande ut – när du har barnet hos dig kommer du att älska allt som det är. Bajset också! Naturligtvis. Men barnsköterskan kan förstås ta hand om... haklappar! Ett dussin. De kastar upp en hel del. Om det blir för mycket av den goda mjölken. Vissa dreglar hemskt mycket. Gamla handdukar att skydda dina kläder med också. Man kan ju inte byta och tvätta kläder hela tiden. Åh, nu får Titti tårar i ögonen, Henrik börjar bli så stor och jag längtar efter en baby, medan jag orkar. Du vet att doppa näsan i det där fjuniga huvudet... det kommer av sig självt. Känslan hur man sköter ett barn. Just nu är det förstås lite arbetsamt med kan själv och nej och utbrott då och då. Fast det är övergående. Georg var visst alldeles omöjlig i den åldern. Du får inte tro att inte Henrik är underbar också. Och jag har inte gett upp. Jag ska nog få en till.

Och så tycker Maj att Titti är barnslig. Och bortskämd. *Kasta inte sten i glashus.*

Strax efter att Titti har gått ringer telefonen. Då hoppar hon till, förskräckt. Ja hallå? svarar hon, tydligt och klart. Det är fröken Eivor, som undrar om Maj vill göra tant sällskap till eftermiddagskaffet. Åh nej! De har ju just doppat. Ja, tack gärna, klockan tre.

Det är klart att det stramar om struphuvudet. En sådan här tant som sitter i våningen under och är förutsägbar och krävande. Om de artigt lämnade varandra ifred. Ja, tant har inte alls lust att lära känna den här flickan, *bara avslöja henne,* men tant Tea har en smula dåligt samvete sedan sonhustruns middag. Och hon har väl inte riktigt tackat för senast, bara hälsat genom Tomas. Tea håller fast vid att fisken faktiskt var rå. Det är säkert. Ibland behövs en sanningssägare. Det är något som förenar Tea och Maj. Ut med det bara – det där arga som förlamar. Sedan känns det bättre. En stund. Eivor har köpt brödet hos Sundmans och dukat i salongen. På tu man hand med tant. Vad är det egentligen tant vill säga till Maj? Maj kan ju inte gärna veta att Tea har så onda aningar att hon snart kommer att dö – i vilken sekund som helst. Så hon måste hinna förmana Maj att ta väl hand om Tomas. *Är det inte Tomas som ska ta väl hand om mig?* Det finns kanske svärmödrar som förmår ha den blicken, men inte Tea. Maj klarar sig nog. Hon kan ju alltid börja på kondis igen. Men Tea talar osammanhängande. Maj blir nästan lugn. Oförskämt tystlåten. Hämnden är ljuv. Vad är det du försöker tala om tant? Vid påtåren säger Tea att hon tror att hon kommer att fara bort ett tag… hon känner att… hon behöver vila sig… det har varit en mycket krävande höst och nu när det är som mörkast… och när jag är borta måste du se till Tomas. Maj svarar inte. Han har mat, rena kläder, sänglinne. Vad mer är det nu som åläggs henne? Tant ringer på Eivor, nitroglycerin, fort, jag tror Maj får gå upp till sitt nu, be Tomas skynda sig ner till mig när han kommer från firman – jag har något mycket viktigt att tala med honom om.

Eivor frågar om Maj har det besvärligt, men Maj skakar på huvudet, säger att hon är undersökt och det var bra. Sedan lägger hon till att doktorn och barnmorskan var så nöjda med henne, de tycker att jag är så duktig, säger hon, och så pinglar tant med sin klocka igen och Eivor öppnar ytterdörren och drar igen den efter henne, ljudlöst. Tant tål förstås inte skarpa ljud. Nej. Herregud Tomas, vi måste flytta härifrån. Helst innan barnet kommer. *Jag vill ju bara vara duktig.*

Han ser arg ut, men vänder i dörren när Maj talar om vad tant bett henne om. Förbannat, ska man inte... Då så. Ska Maj vänta med maten eller hur blir det nu egentligen? Hon blir sittande vid köksbordet. Rycker till när hon ser något röra sig utanför rutan, men det är naturligtvis bara hennes egen spegelbild.

Hon äter, stekt sidfläsk, stuvade morötter och kokt potatis. Det är gott. Tomas skulle nog också ha tyckt att det smakade bra. Han berömmer nästan alltid hennes rejäla, enkla mat. *Gäddan också?* Erik hade kanske petat i morötterna. Men skit i Erik nu. Ja, fast i ensamheten måste hon umgås *imaginärt.* Och det är faktiskt enklare att bli lite lätt upprörd över matvägrande fantasifigurer än att stå och bocka och niga intill en matvägrande tant. Vad har det nu tagit åt tant. Tomas dröjer. Skulle det vara en lättnad om hon dog? Nej, nu skenar det egna hjärtat – så får man inte ens tänka. Naturligtvis inte. Hon har mat åt Tomas. Att värma på i ugnen, eller på spisen. Det blir väl så fort torrt i ugnen? Och han är sammanbiten när han vrider om nyckeln och kliver in i tamburen, fast hans ansikte ser hon först när han kommer in i stora rummet. Hur är det, frågar hon, ja hon ska ju alltid bli dålig när jag har som mest, eller om jag inte gör precis som hon behagar, muttrar han och här är marken minerad för Maj kan förstås inte hur som helst häva ur sig åsikter om tant. Hon behövde hjälp att kalla på doktorn, det är väl dags för henne att vila upp sig igen. Det är ingen fara, inget att oroa sig över.

Men resten av kvällen är Tomas ändå tyst, irriterad, verkar vilja vara ifred. *Så här ensam har jag aldrig varit.* Om Tomas visste hur det var att växa upp... i trängseln och tätheten i bostaden, mamma och pappa, deras viskningar, rop, syskonen, hur de flydde ut, kom hem, ja egentligen borde hon ju ta emot Tomas stora släkt med glädje för den här isoleringen är henne främmande. Kerstin och Anna-Greta som hon delade rum med i Åre, och visst bodde hon själv ett slag hos Näsman, men då var hon ju så mycket tillsammans med Ingrid, *jag begär inget märkvärdigt Tomas,* om de bara kunde prata om middagsförslag, ommöbleringar och gardinuppsättningar, inköp till hushållet och den här barnkammarjungfrun de visst borde anställa, ja, de kan prata om annat också, bara det inte var så förtvivlat tyst hela tiden, *klagade du inte nyss över julhelgens täta kalas,* ja men det är bara det här vardagliga, Tomas, Tomas ser du att jag är här? Ikväll vill hon såklart att han ska höra sig för hur det gick hos doktorn. Så listigt av tant att bli dålig just idag. *Vi är så många som ska slåss om att må illa.* Att han inte ens har frågat... bryr han sig inte mer? Jo, hon ska duka fram kvällskaffet *demonstrativt* så att han rycks upp ur den här ilskna dvalan. Jag har gått upp femton kilo, säger hon och ställer brickan på bordet och han måste dra undan sin tidning och ta sitt glas. Dricker du cognac, frågar hon, och vet inte varför hon plötsligt törs vara så rättfram. Nej, nej för tusan, säger Tomas, och det kanske inte är en lögn, det kanske är en whisky eller något annat i glaset, jag ska visst helst inte gå upp så mycket till. Nej, det tar väl på knän och leder, svarar han och hon häller upp kaffe – ja barnmorskan tyckte att jag skulle röra mig mer också, och nu äntligen händer något i hans ansikte. Ja, men hur gick det hos doktorn, hur var det med värken i händerna, om hon hade fått tala om att det var *allvarligt* inte alls något att ta lätt på, hur ska hon nu formulera sig så att... nej, hon säger bara att de tyckte att det såg fint ut, att värken i handlederna hörde till, det domnar för att blodet... ja, det blir trångt, man viker handlederna när man sover, och barnet då, frågar han, var allt bra med barnet, jo, hon nickar och så blir det tyst. Tack och lov att barnet mår bra, säger Tomas. Ja. Och du också förstås, lägger han till. Och när han lägger sin arm om henne låter hon en kort stund huvudet luta mot hans axel. Varför fick du och Astrid inga barn, frågar hon, överraskande också för sig själv, och han stryker henne över håret och säger att det blev inte så bara.

HON KAN INTE FÖRNEKA att hon ser fram emot lördagskvällen, då hon och Tomas ska supera på tu man hand. Uttrycker hon sig så? Så skulle hon i alla fall aldrig tänkt tidigare... då skulle hon... äsch, vi börjar om. Hon ser fram emot en måltid med sin man. Då hon ska försöka ta upp det som... av hennes hjärta är fullt. Allt det här fladdriga! Som måste fästas i praktiska ting som ska ordnas. Sa inte Hanne att hon skulle komma hem till dem på inspektion efter förlossningen, hembesök sa hon kanske, eller var det någon från barnavårdsnämnden? Och på lördag har hon tänkt duka i rummet, steka fjärilskotletter, stuva spenat och koka potatis. Han arbetar bara på förmiddagen om lördagarna. Ibland tar han helg. Men fabriken går visst bra. Det tycks ju bli en snörik vinter. Men på fredagskvällen talar han om att han måste skjutsa sin mor till det här... vilohemmet utanför Sollefteå dagen därpå. Doktorn hade visst genast ordnat plats och ordinerat frun omedelbart miljöombyte och vila. Och då måste du av alla människor köra henne en lördag? Varför kan inte Titti? Men Maj, Titti har ju lillgrabben och ingen annan av oss som kör kunde göra sig fri med så kort varsel, dom har förresten ingen vana att långköra, i mörker. Men tåg, droska, försöker hon och då säger Tomas att du känner inte min mor. Nej. Det förstås. Om hon bara kunde brista ut i ett uppriktigt men jag har ju längtat efter att få vara ensam med dig! Fast kanske är det i själva verket Tomas som undviker tillfällen på *tu man hand*. Då de tvingas se varandra i ögonen och säga, här är vi, du och jag, vi som kommer att dela resten av våra liv genom detta barn som vi inte är beredda på att ta emot. Så mycket enklare att låta tiden tröska framåt bäst den vill och utan eftertanke – ja kanske är det Tomas som ser till att hålla sig undan.

OCH IMORGON KOMMER FLICKORNA, säger hon innan han ska gå ner till sin mamma på lördagen efter lunch, ja men det rår jag ju inte för, säger Tomas, och det kan hon förstås inte bestrida. Titti säger att vi måste ha en barnkammarjungfru, kastar hon ur sig, javisst, det ska vi kanske, om du vill, vill hon det, en främmande flicka att hålla ordning på, vi måste tala igenom det Tomas, jag ska tänka på saken svarar han, förbannade kärring, säger han det, om sin mammas fordringar, nej, men kanske har han tänkt så när Tea ringde till kontoret och berättade upphetsat och osammanhängande om doktorns ordination, *inte hennes skräck för eller längtan efter döden igen,* och den hastiga snaran av att vara orättvis, Tea gör väl vad hon förmår. *Att jag ska ge ditt liv mening. Det är för mycket att bära. Anklaga din mor du bara!*

Nej, så frankt talar förstås inte Tomas och Tea till varandra. Vem ska köra mig då, du blir ju fri mig i flera veckor nu när du har gjort bort den där stunden i bilen. Du som är så förtjust i att vara ute och bila. Ja, men inte i mörker och snömodd. Och Maj vill väl kanske se skymten av mig… det går väl ändå ingen nöd på den flickan. Henne ska du nog hålla lite kort och inte skämma bort i onödan. Pappa skämde då inte bort mig… på något sätt. Det vill inte Tomas veta något om. Men att säga det här till Maj är naturligtvis otänkbart. Så han säger att hon nog är riktigt dålig nu, om doktorn har sagt det… ja hon verkade lite nervös när jag var där på kaffe, flikar Maj in, fast vad kan de egentligen veta om Teas förmåga att få doktorn att säga det hon vill. Är det inte orättvist? Man blir slav under att de ska dö. Man säger inte hörru du det där skiter jag i. För om. Och då tar man bilen en lördag med mamma intill sig och kör iväg. Jo, Maj förstår *läget*. Men det gör henne inte mindre besviken och arg. Fast ilskan är inte av den förlamande sorten utan får henne förstås att både baka och stöka bort. Klart hon vill ha det fint när flickorna kommer på kaffe – det är överhuvudtaget inte förhandlingsbart – man har det alltid snyggt – om man får oväntat besök och skjut inte upp till morgondagen det du kan uträtta idag. Man kan ju faktiskt våttorka golven både efter bakningen och på förmiddagen strax innan de kommer. Finska kaffebröd med bittermandel och pärlsocker, spritsar, plättbakelser. En gräddtårta med konserverad fruktkompott. Vad är några sorter till kaffe för tre i jämförelse med gäddmiddagen?

Hon är vaken när han kommer, ganska sent. Hon började vänta kring åtta. Är lördagsväntan av en särskild sort? Ja, på ett vis. Hon har dukat för te, brett smörgåsar – nu är den strax före elva. Har han gråtit i bilen, han låter täppt, tjock på rösten, ja, hon förstår så småningom att han behövde mellanlanda på Bakfickan, *för din skull Maj, att du ska slippa mig sur och grinig och eländig*, hon börjar ju bli gammal och hjärtat... ibland tror jag att hennes enda glädje är att oroa sig för mig, det är som kattmamman vi hade som plötsligt var borta, fem övergivna ungar på grusgången, lätt byte för hök och räv och annat, och vi ropade på henne, sökte genom hela huset och hittade henne till slut i lådan där hon fött ungarna, hon låg där med en stackare, en unge som hon slickade och skötte om, nästan som om hon skulle äta upp den.

Maj skrattar till, fast historien inte är särskilt lustig. Och hon gör honom verkligen sällskap i det nattsvarta köket. När de tänder är hennes ansikte så barnsligt, runt och rosigt där i fönsterreflexen och hans så förtvivlat trött. Samma rödsprängda ögonvitor som första gången, men nu utan solkysst hud, bara blek, lite svullen, mörk under ögonen. Har tant alltid... äsch, det är nerverna avbryter han, vi pratar inte om det. Han häller upp en pilsner till smörgåsarna, hon dricker sötat te, fast hon vet att det kommer att straffa sig med halsbränna under natten. *Klarar vi det här Tomas?*

Fru Jansson ser nog lite illa för när hon har varit här är det alltid lite smuts kvar, säger hon istället, *det är så tacksamt handgripligt,* och hon kan inte hejda sig från att ta ännu en smörgås. Jo, men fru Jansson har varit mamma trogen i många, många år. Vi kan inte... Tomas drar efter andan och reser sig för att hämta ännu en pilsner ur kallskafferiet. Nej, ingen anklagar Tomas för tummade lister och skräpiga golv. Anklagar de Maj? Kanske. Jag tror att det blir bra när barnet kommer, säger Tomas, liksom rätt ut. Då vet vi vad som gäller. Ja, svarar Maj, lite för snabbt. Det vet vi nog. Och kanske för att han ska slippa tankarna på sin egen ångestridna mamma börjar han fråga Maj om familjen, borde de inte planera in en resa snart, hem till Majs mamma och pappa, ja kanske... jag vet inte, om mamma... orkar. Nej, det är klart. Det var tanklöst av mig. Men får hon riktig vård? Bästa tänkbara? Jadå, svarar Maj eftersom hon inte kan förmå sig att erkänna att hon faktiskt inte vet, inte har en aning om vilka behandlingar mamma går igenom på Solliden. Folksanatorium. Det låter... så otäckt. Men så lever Maj också med beredskapen att det när som helst kan bli kritiskt och ibland... att få besked, en gång för alla. *Slutgiltigt? Hon finns inte mer.*

Men kan inte jag, Tomas avbryter sig och häller upp mer öl, det är klart att vårt barn ska ha sin mormor i livet, det kan man ju inte prissätta eller diskutera, hon ska ha det bästa. Schweiz, Frankrike, på kontinenten vet de väl verkligen hur man botar... och Maj tänker att det nog redan är bortom... behandling. Och då känner hon så starkt att hon vill ha det lite trevligt. Glatt och lättsamt. Så här in i döden tung. En tunnel av ångest. Ja, det är för bedrövligt. Men Tomas vill genast gå och ringa doktor Lundström som måste känna till kontinentens kurorter. Mörsil ska väl också vara en förnämlig inrättning? Men klockan är över elva en lördagskväll,

nöden har väl ingen tidsuppfattning, det här är ju akut. Och han
ringer. Fast samtalet blir kort. Måndag morgon mellan halvåtta
och en kvart före åtta. När blev han så viktig… det måste väl fin-
nas andra läkare i stan. Vi tar det imorgon Tomas, snälla.

Han är uppe och stökar. Slamrar, prasslar, drar i lådor. Men hon
hör inte hans röst. Telefonen får tydligen vara. Och hon kommer
att låta honom sova ut imorgon, ju längre desto bättre. Så att hon
hinner förbereda. Men hon vill inte att han ska vara hemma när
flickorna kommer, inte i det här skicket. Om vädret är vackert ska
hon föreslå att han tar en promenad. Frisk luft, han som tycker så
mycket om att vara ute och gå.

ÄNDÅ ÄR HON SPÄND. Igen. Vad ska de prata om? Och när de står där i tamburen verkar de fnittriga som småflickor, räcker över blommor och paket, tror de att hon har bjudit in dem bara för att få presenter, ni har ju redan... tulpanerna, men det är bara något lite, säger Ingrid, kom in, slå er ner, Tomas kommer som av en händelse ut ur sängkammaren, skojar med flickorna som en äldre man talar till skolbarn och tar sedan sin hatt och överrock – *hade du föredragit att han hade flirtat med dem då* – nej, nej, men ja det är skönt när han går. Och de säger att våningen är trevlig och vilket bra kök, rymligt, moderniserat med rostfri bänk och elektrisk spis och vad nätta de är, båda två, smärta, slanka, tänk, hon som tyckte att Ingrid var lite rund, knubbig, och nu...

Hon står vid diskbänken och ordnar om buketten, kaffet, brödet – tystnar deras viskningar när hon kommer ut till dem med brickan? – de röker, har samma mörka nyans på läppstiftet, och Ingrid säger att hennes darling överger henne nu, Olof, säger Maj frågande, honom har hon inte tänkt på, som hon tyckte var så snygg och trodde... nej, jag skojade bara, Jenny flyttar ju till Stockholm i mars och frågan är om jag inte måste flytta efter. Gör det, säger Jenny och trycker sig mot Ingrid. De doppar – fast Jenny talar om att hon egentligen håller igen – hon har slarvat med gymnastiken och nu efter jul... – du borde också Maj, nej, så tystnar hon förstås, vad ska de nu prata om, Kjellin, och Enar, de brukar visst reta Enar och säga att han ska fria till Kjellinskan, hon är ju änka, och då rodnar han, på riktigt. Och Maj säger att de har haft så kolossalt mycket kalas över julen, men nej, det kanske inte intresserar unga flickor så mycket, det är badsalt i paketet, väldoftande, ja men allt som luktar gott tycker hon om, är du fortfarande lika rädd för att lukta illa, skrattar Ingrid, men Maj svarar inte, låtsas inte höra och snart skruvar Jenny på sig, de ska visst hinna till eftermiddagsföreställningen på biografen – *de frågar inte ens om du vill följa med* – du blev ett mörkt moln på deras himmel, deras aningslösa dansande, kyssande, flirtande, du är hålet, skräcken, här sitter du med make och mage, ja men var det inte hit vi skulle, till äktenskapet, ingen vill väl förbli ogift, nej, men det handlar om tiden, tiden att rasa och vara fri då alla möjligheter fortfarande – telefonist, servitris, mannekäng, aktris, en bankdirektör, en tandläkare, en idrottsstjärna, en lek och ett tidsfördriv, inte mödrarnas tunntvättade förkläden och krämpor, inte fädernas tobakstuggande tystnad, ja men Ingrid kommer väl att gifta sig förmöget, elegant och Jenny, storstaden slukar Jenny, hon arbetar långa dagar och bor trångt men modernt vid Gullmarsplan och blir älskarinna åt en gift man, en spårvagnschaufför eller bilmekaniker eller handelsresande som aldrig skiljer sig. För sent sedan att få egna barn, hon har kolonilotten som hon älskar, nej, Maj vet ingenting annat än att hennes sits, som borde vara så avundsvärd, skrämmer dem. Kom snart och hälsa på igen, säger hon, och hör deras snabba klackar ner för trapporna.

NÄR HAN TALAR OM att de ska på Odd Fellows julgransplundring tjugondag Knut kan hon nästan inte hålla tillbaka tårarna. Fast hon har ju slutat gråta. Hon förstår inte, är det ett barnkalas och de ska ha långklänning? Ja, ibland är det maskerad, framförallt är det en hejdundrande familjefest, med ringlekar och fiskdamm. Han är skarp i tonen. Jag lät dig vara hemma på nyårsafton. Men förstår du inte att jag knappt kommer i brudklänningen längre? Hur ska jag gå klädd? Du är ung och söt som du är. Låt bli Tomas! *Obehaget att komma fel klädd.* Friheten bara för de högsta skikten att göra som de vill. Att så att säga sätta ramarna. Nästa år Tomas, med en baby, jag är smärt igen, du har ingen aning om hur det är att skylta med den här magen. Nu skriker hon. Tar en cigarrett, fortsätter hastigt, tror du inte att jag förstår hur det pratas. Vi gifte oss i december och jag ser så här ut nu. Ett par veckor senare. Vilken rekordbaby! Folk är väl inte bättre här, finare, ädlare, dom skvallrar och gottar sig som överallt annars. Tomas är tyst. Går in i rummet, hon går efter, vänder tillbaka. För om hon följer efter skriker hon att vi ger fan i det här. Vi älskar ju inte varandra. Vad ska vi få för liv, och barnet. Med två främlingar som inte har något att tala om! Det är klassiskt, det är trist, men hon kan inte värja sig mot de tankarna längre. Fast det är också skärvan i ögat. Att blicken plötsligt vägrar vara godmodig. Vägrar vara fylld av tillförsikt och glatt humör. Åh, diskbänken är helt blank. Diskstället är undanstoppat i skåpet. Ingenting att sätta händerna i. Bara andas häftigt och vara nära att vända tillbaka och skrika att hon skäms över att han är så gammal och att han fjantar sig när han har druckit sprit. Att han kan flytta ner till sin mamma som han är så under tummen på. Att hela hon vill… ja, vill hon verkligen till dansbanor och lokaler, till det där grova, råa, till Åke-Påkens svängande eldgaffel och Ellas gropiga rumpa, nej, nej men *jag vill kunna den här rollen utantill,* göra perfekta entréer och slippa rädslan, anspänningen, jag blir så förtvivlat trött Tomas och dina affärsbekanta som ska tänka att där hade du tur som fick doppa veken i lammkött – *sluta plåga dig själv. Han kanske håller av dig på riktigt. Var det inte något särskilt som gjorde att du lät dig bjudas på stekt strömming och pärstampa. Och snaps.* Men det råkade ju bara hända!

Så här nära har de aldrig varit ett verkligt gräl. Hans skarpa tillsägelse. Hennes allt igenom borrande motstånd. Ja, hon är fortfarande så arg. Som hon har slitit och kämpat för att ordna jul, sedan kalaset för hela hans förbannade fisförnäma familj – ja nu går hon ut och säger så lugnt hon kan, att hur tror du det känns att vara nygift och sitta ensam på nyårsafton. Jag satte inte ens på radion, för hade jag hört Anders de Wahl hade jag grinat så jag aldrig skulle ha kunnat sluta. Och jag har ju ingen aning om varför det var så viktigt för dig att gå dit. Var Astrid ditbjuden kanske? Han svarar inte med en gång. Till slut säger han stilla att lösningen är ju inte att jag sitter hemma utan att du följer med. Och det kommer att pratas ännu mer om du uteblir. Men du ser väl hur jag ser ut, skriker hon. Benen är som… ja du märker det väl inte för i din släkt ser ni ju alltid ut så här om benen, tjocka, oformliga, men jag vill faktiskt känna mig stolt över hur jag tar mig ut, snygg… Men för guds skull, säger Tomas sakta, kvinnor har väl i alla tider blivit med barn före äktenskapet. Det är väl kanske den främsta orsaken till att folk gifter sig. Ja, och kvinnor har blivit utfrysta, fått föda i lönn, lägga sina barn i skogen, strumpstickor, änglamakerskor, ja hela historiens tunga öde ramlar in på parkettgolvet där Maj är utom sig och Tomas chockad.

Känner du ingen glädje över att du bär vårt barn, frågar han.

Nej, svarar hon. Jag skäms varje sekund över hur jag ser ut. Och din mamma tror att jag gjorde det för att få dig fast! Tror ni inte att jag fattar hur ni ser på mig. Dra inte in mamma i det här, säger han. Nähej, varför då? Har hon inget med det här att göra kanske? Det värsta är att Maj blir så rädd. Ska sanningslidelsen tränga sig in här också kan det bli... det kan bli svårt. Tomas häller upp vermouth, spetsar den med cognac och så lite sockerdricka, en whisky åt sig själv. Vi är inte i balans, säger han. Det har varit svårt för oss, på olika sätt, jag säger inte att mamma är enkel, du vet vad jag tycker, men nu är det som det är. Du är min hustru, väntar mitt... vårt barn, det handlar bara om att det inte ska bli någon sak, man går på plundringen, skrattar och säger hej hej... jag vill inte heller gå, Maj. Men det hör till. Du vet, det är Titti och Georg och alla affärsbekanta, ja, ja, såklart hon fattar, hon känner sig varm, matt, jag måste bara ha något att ta på mig. Men jag tror att du... du är inte alls så stor, bakifrån kan man ju inte se att du är med barn. Nähä. Så bra då. Jag vill inte vara osams, säger han och hon skakar på huvudet. Vi kan väl sy upp en klänning, du får välja tyg, och då skrattar hon till, vad kostar det att sy upp en klänning för ett tillfälle Tomas, tror du att jag alltid tänker vara på tjocken?

DET BLIR BRUDKLÄNNINGEN. DEN slits, kommer snart att helt
mista sitt värde. Ja, ju fler gånger hon använder den efter vigseln,
desto mindre brudklänning blir den. Hon kommer att kasta bort
den inom några år. Bara de svarta sammetspumpsen blir kvar
i garderoben, för de är i alla fall snygga. Men om det ska vara
aftonklänning duger ju inte en halvlång klänning med fyrkantig
hals, det arga går inte över, hon är arg när hon tvingas be honom
hjälpa henne med korsetten, sluta, säger hon när han smeker den
snörda magen, *det har jag rätt till när du tvingar mig ut*, arg när
hon pudrar sig, målar läppstift, svärtar ögonfransarna. Arg när
hon parfymerar sig, arg när hon fäster clipsen i örsnibbarna. Arg
när klänningen åker på, arg när hon packar pumpsen i skopåsen.

Så mycket folk. Ja men det är väl på sätt och vis skönt. Att omöj-
ligt kunna gå runt och hälsa på alla här inne. Hon har fått honom
att lova att inte släppa henne en sekund. Där är Titti, Georg...
Tomas känner visst alla, men tjenare, tjenare och han presenterar
henne... skäms han så törs han inte visa det. Här är min fjällbrud,
min vårsol, Maj... ja, han skulle gott och väl kunnat säga så om
han var rundare under fötterna, men nu sköter han sig. De andra
fruarna ser så... perfekta ut. Även de som inte har utseendet för
sig är så välklädda, långklänningar med eleganta jacketter över,
de ser så *självsäkra* ut, ja så där riviga och kavata. De självsäkra
skrämmer vettet ur en – de rädda också. Titti är inte annorlunda
där hon rakryggad och kvick bär Henrik genom folkhavet fast
han sparkar och vill ner, genom sorlet och orkestern som kläm-
mer i med så går vi runt om ett enerissnår och de gör rörelserna

så inlevelsefullt – medan Majs kropp bara hackar och stakar och inte alls vill klappa kläder, mangla och tvätta golv och det är räven som raskar och vi äro musikanter och fy skam, fy skam för ingen ville ha na.

Tomas går in för det fullt ut också, nästan mest av alla, Erik skulle ha vägrat, stått i ett hörn i sin smoking och silat rök mellan läpparna och varit snygg och är till och med direktörn för MoDo här, är det hans fru som ser ut att ha lika dålig hårkvalitet som hon, äsch hon kanske tar fel, det kanske bara är deras barnjung-fru, Georg dansar med en blond flicka, ja inte kan hon vara myck-et äldre än Maj. Och Titti kommer intill dem, ber Kajsa att hålla Henrik för hon ska gå och pudra näsan och när dansen är slut vill Georg dansa med sin barnflicka, det är ju så jädrans trevligt att dansa och Henrik sitter stum och stel hos Tomas tills Maj börjar göra roliga ljud med munnen och Titti tar honom raskt tillbaka till sin famn och skrattar och säger att hon inte visste att hon hade Fred och Ginger boende hos sig, det är väl alla tiders att han får rasa av sig – jo han bjuder upp sin hustru också och Kajsa vaggar lite svettblank Henrik i sin famn, säger att det börjar bli dags för dem att gå hem. Tomas bjuder upp Maj. Jag kan inte, säger hon, men vi bara tuffar runt, jag tror att vi behöver röra vid varandra, viskar han, var inte så rädd, fast hon får snabbt sammandragning-ar på dansgolvet, säger att hon måste vila sig, ta en cigarrett och Tomas följer henne, tigande nu. Sen hejar han och pratar och hon kan ju se att han verkar vara omtyckt, *populär*, och för ett ögon-blick ser hon att han också ter sig så där filmstjärneaktig som de andra. Klart att här finns dålig hållning och taskiga tänder, för tjocka magar och gropig hy – men med de här eleganta kläderna, aftonväskorna, sjalarna, smyckena, med blankborstade skor och frackar, ja det är frånvaron av allt som ser billigt, lappat och lagat ut – här är gedigen kvalitet rakt igenom. *Maj, du får också vara med* men hör jag verkligen hemma här? Det finns ingen tillhörighet, det är bara att lära sig utföra handlingarna – det är enkelt! Ja, inte ser man på Tomas att han vantrivs. Och Georg säger till Maj att hon får skynda sig och klämma ut knodden så att han kan dansa cheek to cheek med henne snart och Tomas skrockar du din gamle räv och så groggar de och hon dricker vermouth. Fast Hanne Blom sa att man måste vara måttlig med starkt och tobak. Nej, hon sa att frun smakar förstås inte starkt och tobak. Djävlar vad Lars-Erik ser uppblåst ut, säger Georg och frugan hans med, och ute rasar snön i vinden, det är vitt, kallt, frun är mörk, uppnäst, jo Maj håller med, och vilken gräslig klänning med en överdimensionerad drapering kring halsen som möjligen skulle klä en mannekäng men på den där korta saken ser det mest ut som en volangprydd kudde i soffan. Jaha. Ja, men kom inte och säg att det inte är det där som pågår mest hela tiden? *Man måste vara ödmjuk.* Är det sant? Måste man inte tala om för hela världen att det är de andra som är idioter och jag är så sju helvetes mycket klipskare och rör mig bäst bland det förflutnas genier där jag har mina sanna gelikar… fast inte här i Örnsköldsvik. Här är man jordnära, duktig, enkel utan skrävel och skryt. Även om vissa har bättre bostadsadress, bilar, lantställe, hembiträde, kokfru, möjligen bildning och likvida medel på banken. Åh, finns det kaffe, tror du, säger Maj, en het kopp att klara tankar och kropp med innan det efterlängtade uppbrottet.

Men Tomas vill visst inte svara och Georg säger att nu ska det bli härligt med mat, ja för tusan, svarar Tomas, och så står Maj där med sitt uteblivna, efterlängtade kaffe, du förstår nu får barnen gå hem och sussa och så får vi vuxna fortsätta kalasandet. *Naturligtvis.* Det är nu den eleganta bjudningen ska äga rum. Med Kempes och andra namnkunniga i staden. *Några av dem kommer ju att bli dina riktigt goda vänner.* De kommer att ha middagsbjudningar och kafferep. Riviga tanter som dör långt före dig för du är ju så mycket yngre. *Men låt mig för guds skull slippa den här pinsamma entrén in i sällskapslivet.* Så långt ifrån mannekäng och filmstjärna man kan komma. I för ändamålet för kort klänning och i total avsaknad av djup – raffig – drapering i ryggen. Hon är ju inte ens särskilt snygg i håret. Ja nu har Titti kastat av sig dräktjackan och har en isblå sak med paljetter och... tyllcape över axlarna. Har hon bytt om helt och hållet? Nu biter Maj Tomas där hon kommer åt. Det kan gärna gå hål i fracken. Mammas hand, med bitmärken, hennes stilla skakande huvud, efter den omedelbara snärten över kinden, vad tar du dig till unge. *Men hjälp mig med min vrede, min vanmakt! Jag klarar inte det här.* Här kommer Dry Martini – ja hon struntar i Hannes påbud – om hon åtminstone fick tillfälle att bättra på makeupen. Hon måste faktiskt uppsöka damrummet.

Ja, hon luktar rädsla och skrämd hund. Att det är de rädda man ger sig på. Om hon hade en varm, mjuk katt i sin famn. Som spann och älskade henne. *Du tycker väl inte om djur?* Nej, inte i vanliga fall, men att den här storslagna finalen skulle avkrävas henne kan få även Maj att rubbas ur sitt läge. *Nej, tyvärr kan jag inte medverka, jag har en katt att sköta om.* Att Maj skulle få sitta la me' sin make? Det är otänkbart. De är ju inte fästfolk. Och här är många som har börjat tröttna en smula på gnatiga gnetiga äkta hälfter. Klart att de måste få fröjdas åt annans grannlåt ett slag. Flirta lite – belevat. Bordsplacering underlättar ju för alla. Hur skulle det annars se ut? Att vem som helst slår sig ner med *höjdarna* som om inte rangordningen är inristad i hud. Maj kommer att få en kamrer Granström till bordet. Nej, men hon kan faktiskt inte räkna med något högdjur och hur Granström värderar sig själv utifrån sin bordsdam är väl oklart, han vet förstås med sig att han inte hör hemma bland bankdirektörer, chefer, överläkare, byggmästare och rektorer – som kamrer är han ett lämpligt bordssällskap åt i och för sig framgångsrika fabrikör Tomas Berglunds hustru. Klart att man känner till att frånskilde Berglunds hustru nummer två är långt framskriden i havandeskapet. Och hade det inte varit *smidigare* för fru Berglund att utebli från julens *Grande finale*. Han vill förstås skryta med sin nästan omyndiga erövring bland karlarna. Fast Tomas kämpar faktiskt – med hela registret av ambivalens – för att hålla dem ihop. Att de inte på en gång ska gå in i sina separata liv där nästan ingenting förenar dem. Ja men då blir det passion? Han är het – hon är sval, han är eld – hon är vatten, ja, men han är hav – hon är fjäll, han är huvud – hon är motvillig kropp och han är gammal och hon är ung... ja, så kan man, om det roar, fortgå i all evinnerlighet. Men Tomas vet att det är svårt att komma nära om man inte skärper till sig och försöker. Fast man vill smita. Och Tomas känner intensivt att han måste reparera sin skada – var det ett svek på nyårsafton? – och visa omvärlden att han och Maj Olausson från Östersund – numer Berglund, hör ihop. För tid och evighet, amen.

Det är bordsherren som söker upp sin dam och för henne till... bordet, ja. Långt ifrån honnörsbordet, *nu är du tjatig.* Varför får Maj en hastig ilning av att de ska föra henne till dårhuset? *Men det är bara ångest Maj.* Andas in, andas ut, det går över, klingar av, ta din ängslan i handen och bli dess vän. Bara så kan du bli fri. Avvisar du den slår ångesten till oväntat och kraftfullt. Ja, men då tågar vi till bords med sura svettkuddar och i hast påbättrat läppstift – *du har målat dina bleka ögonbryn alltför kraftigt Maj, ett tydligt tecken på hysteri –* en redbar kvinnas makeup är *diskret.*
  Vilken snörik vinter vi har. Oh ja. Tycker ni om att åka skidor... jag menar er make handlar väl med pjäxor? Oh nej, inte jag, svarar Maj, jag är ingen friluftsmänniska. På så vis, säger kamrern besviket, men, skyndar sig Maj att flika in, det är väl så hälsosamt? Ja, kamrer Granström tränar för Vasaloppet. Ni måste pröva... ja så småningom. En hönsconsommé med tillhörande

ostpastej, och så hålls det tal, långa, många, bitvis humoristiska tal och visst har de ett häfte med sånger, för är inte det här kalaset både högtidligt och fyllt av lek och skoj? *Hamnar folk i säng med varandra – i fel säng?* Där är vi sannerligen inte och det har vi ingen aning om. Nu är det skålar och Maj du vet väl hur du ska titta och inte höja glaset för mycket och bara, bara smutta. Inga djupa klunkar att dricka sig otörstig *på torr sherry, vad tror du om mig* – Maj är fullt upptagen av att hitta samtal. Han ser inte särskilt bra ut. Ja, är inte alls hennes typ. Ändå blir hon besviken över att han inte är det minsta flirtig. Efter en draja och sherry och rött vin till rådjurssadeln kan man låta tankarna... kan man inte hindra tankarna från att släppa loss en aning.

DET ÄR KLART ATT det känns lite vemodigt att städa bort julen. Men skönt. Ja, hon ser faktiskt fram emot att få det bortgjort. Hon är inte melankoliskt lagd, som maken. Maj blir nästan nervös av pyntet som står och samlar damm. Juldukar som ofrånkomligen har fläckats ner och måste tvättas rena. Manglas och läggas i linneskåpet till nästa jul. Skräpiga hyacinter, torr vitmossa. Några enstaka nötter i skålen på soffbordet – dem slänger hon bort. Nu får det vara nog med nötknäppande och skal som trampas ner i mattan. Det *är* tyngre att med en sådan här lekamen... ja bara att bocka sig ner är ett företag. Hon får inte glömma att garderoberna ska vintervädras när det är som kallast, för malen och ohyran, stora vårstädningen får kanske vänta tills barnet är fött. *Om jag fick tillbaka min kropp och min sprudlande kvickhet.* Det hugger till, hårt och uppfordrande, i nedre delen av magen, hon måste luta sig mot bokhyllan tills det klingar av, går över.

Då ringer det. Förstås. Hon har ännu inte vant sig vid det ljudet. Rycks ut, upp, blir *påpassad* fast hon givetvis vet att man inte kan se henne genom luren. Eller? Det är Titti, som vill ha sällskap ut på stan. Hon är så sugen att sitta på kondis, men vill inte gå själv, det blir ju genast så långsamt efter jul och Kajsa har tagit med Henrik till kälkbacken, jag bjuder på bakelser hos Sundmans. Ja, det kan hon väl få göra, men åt henne duger faktiskt Kjellins fint. Inte har de fuskmargarin i kakorna! Inte Enar. Fast hon törs inte ta strid om det, utifall att. Titti sa att det var riktigt kallt, men friskt, klart. *Då tar du städningen i eftermiddag.* Ja, hon klär sig och är färdig när Titti ringer på dörren. Titti säger att det är så skönt att mamma är borta ett slag, att man inte behöver ha det över sig också, att man ska titta in till henne och sitta ner, nej, det förstås, först ska hon följa Titti till sömmerskan, fröken Dagmar Edblad, det var om en dräktjacka som måste tas ut en aning, du anar inte hur hemskt det är när man inte kan stoppa i sig som man är van och nu efter helgerna... Titti blåser opp kinderna, men hejdar sig, ja Maj är förstås inte heller särskilt slank.

Och Dagmar – eller fröken Edblad – undrar om klänningen utfallit till belåtenhet, oh ja, *du anar inte hur jag avskyr den,* som den har varit en räddande ängel, en livboj, min stöttepelare i världen. Nu sitter jackan bättre. Dagmar granskar Titti och Titti spegelbilden, men jo, det ser fint ut. Vi måste väl snart boka in en tid för vårgarderoben, säger Dagmar och Titti nickar, ja, det ska vi göra, vad är det som gäller i vår Dagmar? Lite stramare, svarar Dagmar, viss axelbredd – kanske mer stiligt än elegant. Hur har fru Berglund det med sin vårgarderob? Åh, Maj rodnar förstås, säger att det nog får vänta tills... jag är mig själv igen. Naturligtvis, jag menade inte, återkom när helst det passar. Har Tomas råd att låta henne sy upp en helt ny garderob? Hon skulle vilja våga fråga sin svägerska, men man talar ju inte om pengar hur som helst. Nu tar Titti henne under armen och så tågar de iväg på kondis. Dagmar är lite stel, men verkligt duktig, säger Titti, visst pratas det för att hon är ogift och vissa säger att hon är lagd åt... men jag har då aldrig märkt av något och jag säger ingenting om den som sköter sitt arbete. Vad vill du ha, frågar Titti i kaffesalongens fuktiga värme, och flickan kommer strax och dukar fram kaffe, wienerbröd och marsipanbakelser – Maj kan visst känna att de är goda, de smörkavlade wienerbröden – fast de blir frasigare med margarin, som hos Kjellins... äsch, *varför ska du strida?* Titti tänder en cigarrett och säger att hon bara vill tala om att hon litar på Georg. Ja, att Maj inte ska tro att bara för att Georg dansar med flickor så... ja, jag är inte svartsjuk, så det behöver ingen annan vara i mitt ställe. Att Titti inte begriper att Maj inte har några särskilda åsikter om deras äktenskap. Trevande börjar hon förklara att hon har *erfarenhet* av flirtande fästmän, vet hur förödande det kan vara att vara i lag med en som alltid ska gå ett halvt steg bakom eller framför, men så snart hon har trasslat in sig i detta halvkvädna resonemang får hon en känsla av att Titti vill att hon ska säga något helt annat. Att Georg ju bara är den glada utåtriktade typen, det ser ju varenda människa att det är dig han håller mest av. Trettiosju år och gråstrimmig spelar väl ingen roll, så orättvist bara att Georgs åldrande tycks göra honom mer attraktiv, mer man, mer *viril*. Fast han är ju också årsbarn med Tomas, yngre än sin hustru. Titti ler och säger, oväntat högt, att hon bara inte vill att det ska pratas. *Men vem skulle jag prata med Titti? Jag är ju inte ifrån stan. Känner en handfull personer, mina två väninnor tog trapporna ner och försvann. Jag är er nu.*

Förlåt. Nu är jag visst självupptagen igen. Jo, jag skulle ju tala om att Kajsa känner en flicka ifrån Idbyn som skulle kunna vara lämplig som barnkammarjungfru, ja på prov förstås. Föräldrarna har ett torpställe och båda två har hemarbetat åt fabriken, pappan är visst en duktig skomakare vid sidan om, och ja, flickan ska vara både rask och rekorderlig. Arton år, så hon är ju ingen barnrumpa, men inte riktigt giftasmogen heller. Maj kan inte låta bli att fråga om det inte känns underligt att ha någon boende hos sig – äsch, dom måste ju vara diskreta och man behöver inte ha dom inneboende. Pröva henne, på timme. Men hörru du, nu tycker jag att det börjar likna en flickmage i alla fall. Och du är ju dig lik över ansiktet, för om man väntar pojkar blir man liksom grov och lite manhaftig åt hakan till.

Och Maj känner att benet domnar så där otäckt igen – det är stolarna här som är så hårda. Titti tar upp en till cigarrett. Åh, då måste hon sitta genom den också. Hon ska ju hem och fortsätta ta bort julen. Det är ganska tidsödande bara att stå på stol och plocka ner adventsstjärnan – hon skulle vilja berätta för mamma hur vackert det är med en stjärna av papp i fönstret, att de också borde... om hon lever nästa jul. Så är det dörrkransen, de hårda rågkakorna i fönstret. För att inte tala om granen. Barr, barr, barr. Vad granar barrar, säger hon entusiastiskt. Ja, svarar Titti dröjande, men dom doftar ju så gott. Men Maj fortsätter förklara att hon kommer behöva ligga på knä och handplocka barren för att de inte ska få stickor i fötterna. Fru Jansson kommer väl på torsdag? invänder Titti. Och säg inte att du går i strumplästen för då kan du få blåskatarr. Inte ska väl fru Jansson ligga på alla fyra och plocka barr, anmärker Maj – nej, Titti menar inte så, men hon har ju vanan och handlaget. När en annan ska städa tar det ju sådan tid för man hittar alltid något att bläddra i eller plocka med, ja men idag är det ju så lämpligt att städa garderober, avbryter Maj, fjorton minusgrader. Jag ska ha några väninnor på junta nästa tisdag, då kommer du väl också? Jo, Maj nickar, hon är fri, *det är du ju alla dagar,* det var väl på onsdag till veckan hon skulle få hjälp med vittvätten av fru Nilsson.

Egentligen är det förträffligt med två rum och kök. Det blir liksom aldrig övermäktigt med städningen, ändå luftigt nog att hålla ordning. Fönsterbrädorna – den här marmorn är lättskött. Annat är det med målning som spricker och blir ful. Elementen. Det är inte så att man jublar precis. Och inte är det alldeles enkelt att sitta på knä med den här... magen. Du förstår mamma vill ha det rent och snyggt innan du kommer. Hon hejdar sig, blir *förlägen.* Ja, men vilka tankar ska hon annars ha? Att sätta sig med Gullbergs bundna dikter eller Strindbergs osande samliv, det kan vi knappast kräva. Vi som vill ha de som är fria, som bryter sig loss, gör uppror! Men hur många av oss bänder ny mark i våra egna tvingande kretsar. Vi vill ju så förtvivlat gärna passa in. Bli omtyckta och omstoppade *av dem som betyder något.* Och så lär vi oss att vilja det vi måste. *Middagsmaten Maj. Vad har du för gott åt maken?*

SÅ GÅR DAGARNA I januari. Man skulle kunna tänka sig att vardagen veckar sig, kan dras ut, med dagar som ser befriande lika ut. Ja, vi borde ta en paus och låta tiden glida lätt, flöda fram, men att helgerna är överståndna ändrar ingenting på allvar för Maj. Här väntar nya... äventyr. Prövningar? Ja, det beror på. Hon vet att hon måste ha allt färdigt. Och att när allt är färdigt är det dags. Därför städar hon vidare, hittar nya skrymslen att vädra och torka ur. Det är garderobernas malkulor och hyllpapperet som borde bytas ut och när Tomas äntligen är ledig en lördagseftermiddag tar hon upp det där med jungfrun. Ska vi ha en? Ja, man ska väl ha en barnflicka, säger Tomas lite tankspritt, men vid närmare eftertanke ser han helst att hon har rum på stan. Näsman? Du Näsman har vi nog ingen chans hos, skrattar Maj, vasst. Som du var och bankade... ja, ja.

Det är utan tvekan en rar flicka som ringer på dörren och bjuds att sitta ner i rummet. Mjuk, glad, *lätt att få kontakt med*. Hon har skött småsyskon och kusiner där borta i Idbyn, och är inte främmande för hushållsgöromål heller. Städning, enklare matlagning, ja, och det man inte kan är väl inte omöjligt att lära sig? Nej, det förstås, håller Tomas med om, *är det brukligt att herrn är med och anställer barnkammarjungfru?* Tomas är förtjust och med de där framträdande kvisslorna på hakbenet och kinderna behöver hon väl knappast vara rädd... för man skulle förstås kunna tänka sig att hon får tag på en helt olämplig flicka. Hård, hånfull, ironisk, *älskvärd bara på ytan,* en femme fatale, mansslukerska, intrigmakerska, gud vet allt vad man kan kalla *den sorten.* Fast den här

flickan verkar käck, robust, kanske lite slarvig, hon längtar bort
från torparnas lantliga tillvaro, hon vill vidare, pröva sina vingar
i stan. Nog är hon väl mer komplex än så? Ja, det visar sig. Ett
vindsrum här i huset kan komma ifråga. Om det går att ordna
om värmen – flickan ska inte behöva frysa – men hon blir nog
tvungen att liksom herrskapet sköta veckobadet i källaren eller i
badhuset här intill. Ja, men det går så bra! Med ett tvättfat och en
kanna kommer man ju långt till vardags. Klär Tomas av den här
jungfrun nu, som likt en kulla av Zorn tvättar sina bröst och sin
blygd på sin kammare… nej. Kanske inte. Han är eventuellt något
oroad över hur Maj ska klara sitt uppdrag som arbetsgivare. Han
har redan insett att delegering inte hör till hennes starkaste sidor.
Barbro, heter flickan, vad ska hon egentligen göra hos dem? Maj
vet inte, men Tomas lovar efter det här delvis informella samtalet
att höra sig för med Titti. Hur ser Kajsas veckoschema ut? Och…
ersättningen? Det är väl mest när du ska gå bort hon behövs, sä-
ger han, och när du ska sköta dina sysslor. Det blir ju en del repre-
sentation. Och sedan är det väl sällskap, att inte gå här ensammen
om dagarna. *Har jag ingenting att säga till om?*

Ska hon tvunget fråga Titti om fler klänningar i passande storlek
– nej men det är för bedrövligt. Att stå svankande i städrock – nej
det är klart att Maj inte har någon städrock, men i bara underklä-
der och bäddkappa väljer hon mellan den violetta och blommiga.
Är det vid det här tillfället, *ett finare slags kafferep,* som mellan-
klänningen skulle komma till pass? *Du har ingen sådan.* Nej. Men
är det inte bland damer det är som allra besvärligast att komma
fel klädd. Karlar har ju annat för ögonen. Läser inte veckotidning-
arnas rapporter om säsongens modeller. Men hon kan ju inte
göra annat än att välja en av dem. *Ska du inte möta våren i ett bjärt
mönster?* Jo, kanske. Även om våren tycks en smula avlägsen, med
rimfrost på rutorna. Det är bara det att den violetta känns så dys-

ter och hon blir enorm i den blommiga. *Du är enorm.* Mamma skulle svimma. *Men det är väl inte mitt fel!*

Är hon verkligen helt kry? Oroande stick i halsen, eller ett illamående som snabbt kan bli magsjuka. Nästäppan som visst aldrig ger sig. Och vad ska hon ha med för handarbete? Sticka en olle åt Tomas kanske. Det är klart att hon vet med sig att hon inte har förmågan. Men det skulle väl verka rart. Nog måste hon syssla med något till lillen. Lakansväv att fålla, fästa spetsar på örngott. Om hon kunde vara ivrig, känna lust och förväntan att *få gå bort. Komma ut lite grand.*

Ja, det kommer sådana tider också. Då hon sitter förberedd i den möblerbara hallens bäddsoffa och väntar timmar i förväg. Alltid i något snyggt, men aldrig stormönstrat. Det kräks hon av. Så det är mörkblått, grått, beige, svart, cremefärgat, bara kjolar, aldrig långbyxor, för man ska väl inte dölja det snyggaste man har. Sedan – i bästa fall – bli skjutsad i bil till Rusta, Överskottsbolaget och Jysk. Så mycket dofta gott och billigt rengöringsmedel att även en folkpensionär kan unna sig flera flaskor.

Klart att *anspänningen* alltid kommer att lurpassa, men nu är det nästan inte möjligt att ta sig iväg. Till Titti, några kvarter bort. Ja, hon vet att det är bra att röra på sig, *det är ju bara att lyssna på kroppens signaler och vila när det krävs.* Det är Lisa som öppnar, säger oj, nu är det visst snart dags för frun, och Maj urskuldar sig att det dröjer nog ett slag, men bestämmer att *hon ser bra ut* i den förgyllda spegeln i hallen, åtminstone har kinderna frisk färg och håret en ovanlig lyster. Så många moderliga ansikten som vänds mot henne, där de sitter i stora rummets soffgrupp. Ingegerd, Alice, Siri, Edla, Julia och Eva – varför inte Nina, Dagny och Sylvia? – Berta, Cissi och Tora. *Kan du komma ihåg vem som är vem nu då?* Titti presenterar dem så, med förnamn. Så småningom får

Maj reda på civilstånd och makens titel. Men det är väl härligt att de kan få vara flickor för ett slag? De är hjärtliga. Ja, vi kan inte ha en junta med otrevliga tanter, för Maj kan inte utstå hur mycket som helst. Det hjärtliga är förstås inte en garant för att det också är innerligt *varmt*. Det kan också vara gestik och utanpåverk. Men Maj kommer – så småningom – att ha verklig hand med tanter. Kvinnor. Man skärper väl till sig. Jadå. Det vet vi. Och Titti tar faktiskt både sin älsklingsbror och hans fru under sina vingars beskydd genom att intensivt vägra hemlighålla dem. Det är inget Maj grubblar över, men Titti hade kunnat låta det gå ett år eller så innan hon introducerade yngsta svägerskan i sina kretsar, ja när man inte längre kan hålla så noga reda på när äktenskap ingicks och barn blev till. Just det.

De här medelålders damerna är läskamrater från konfirmationen, och Ingegerds make Torsten är affärsbekant till Georg och så är det visst några Odd Fellow-fruar och en grannfru dessutom. Och det här är min bästa lillebrors rara fru Maj. Hon är fenomenal på... att plocka barr – nej, men skämt å sido finns det ingen som har det så rent och snyggt hemma som Maj. Då applåderar damerna och ler – jo de gör verkligen så – och sedan säger Titti varmt välkomna och var så goda och så kan kafferepet börja. Ska vi rabbla alla sorter igen. Ja, för Maj måste notera att det är tio sorters småkakor, en mjuk kaka och glaserade gifflar. Spritsess, smörkransar med mandel och pärlsocker, ökensand, chokladlöv, små toppiga maränger, kanelhjärtan, wienerstänger, ett slags mördegssnurror med ljusgrön mandelfyllning, korintkakor och de där runda hålformarna som hon ätit hos Sylvia förut och som visar sig vara en faster Nellys recept. Det är tunna, blåblomsmönstrade kaffekoppar med en smal brun rand och tillhörande assiett – är det Rörstrand det här, frågar Siri och hinner inte vända på fatet innan Titti svarar att det är Ostindia och att hon tycker att den bruna randen är så vacker mot det blå. Eller är hon mer blygsam och svarar att flintgodset förstås inte är något märkvärdigt, men inte heller så hopplöst som fältspat som spricker om man häller i för hett kaffe och det är ju varmt man vill att det ska vara.

Det är lite overkligt att doppa så här för jämnan. Vad skulle mamma säga om hon visste, som bakar småbröd bara till jul och midsommar och bröderna länsar burkarna på några dagar. Så dyrbara ingredienser, nej i bästa fall en sockerkaka och vetebröd eller skorpor. *Att du inte bakade rullrån till jul. Men rånjärnet – jag hade ju inget!* Vad pratar de om – ja nog kommenterar de brödet och får påtår av Lisa – som spiller på Alices och Edlas fat – innan Cissi talar om att Britta Melin som är en så duktig frisörska visst ska ha fått kräftan och det är illa, men hon är väl bara några och fyrtio? Ja, om det kan vara medlen hon står och andas in i salongen, man vet ju inte och tänk att du ska få smått, avbryter Berta, det är en ljuvlig tid, och man hinner inte blinka så är de stora och tycker att man är hopplöst gammalmodig. Har ni något namn? Men då hyssjar Cissi och säger att man inte ska tala om det förrän barnet är fött. *Men jag har inget namn.* Gunnar kanske. Eller Rolf, Lars-Olof. Och så försäger hon sig och talar om för alla främlingar att det känns så overkligt, med barnet – ja det är ju ingen konst att tillverka det, det är sedan det kan bli bekymmersamt, skrattar Ingegerd och Cissi räddar det hela genom att säga att de här hålformarna är fenomenala, men Titti kan inte ge bort receptet för hon har lovat faster Nelly att hålla det inom släkten. Så blir det tårta! Med skär smörkräm, rutmönster av spritsad mandelmassa och droppar av röd gelé. Därtill en skål i ett glas sött vitt vin och så säger Titti att det är så härligt att ha dem alla samlade hos sig. Det stora rummet är verkligen elegant. Med sin blanka parkett, den öppna spisen, de ljusa tapeterna och möblemanget som är mörkt utan att vara tungt. Maj har det möjligen rent, men inte så här *flott.* Så kommer Henrik storskrikande in i rummet och Kajsa högröd och gråtfärdig strax därefter, förlåt frun, det är visst bara mamma som ska sussa honom idag, jag vet inte vad, jag har försökt allt och Titti norpar åt sig några kakor, tar Henrik i famnen och stänger snabbt glasdörrarna som vetter mot hallen efter sig. Ja, inte är de små bara rara, säger Ingegerd, men man får inte binda ris åt egen rygg genom att skämma bort dem. Åjo, svarar Edla sakta, inte far de illa av att mamma ger en kram. Ingegerd rycker på axlarna och säger att Siv och Ingvar alltid uppför sig exemplariskt, men så har också hon och Torsten statuerat exempel. Och, vänder hon sig mot Maj, tar du lillen till din säng om natten har du honom där till skolåldern och det kanske inte maken blir så glad åt. Maj tycker att hon låter lite näbbig, men nickar bara och känner sig besvärad. Ja, vad är ett barn och vad kan det tänkas behöva. Men så är Titti tillbaka! Hon har skickat ut dem på promenad så får Kajsa lösa uppgiften att stoppa en vilt rasande pojke i sparklådan – ja han är förbi av trötthet och då bara måste man få honom att sova. Har du provat något starkt på en sockerbit, säger Eva, var det inte så mamma gjorde med oss? Ja, men hon är ju inte klok, muttrar Titti och Ingegerd kan visst inte låta bli att lägga till att han märker förstås att mamma är upptagen, och så krånglar han den lille rackarn och Titti ber dem att ta mer av tårtan och Lisa har säkert mer vin för den som så önskar.

OM DET FINNS EN lunk, är den bedräglig. Eller den kan åtminstone inte misstas för ett lugn. Det är nervös oro kring Tomas... ja att han går ut, kommer sent, luktar. Det är väl klart att hon känner att han luktar sprit. Och hela registret av tyngre ögonlock och märkliga rörelser med munnen. Nej, inte sludder och ramla, svänga med eldgaffeln och skrika kuken, och vara allmänt omöjlig. Inte så. Och hon vet väl inte vad som är brukligt i finare kretsar. Ölsjapp eller bakfickor – och så är det en strid ström av inbjudningar till släkt och goda vänner. Ja, inte hennes goda vänner, och nu får hon faktiskt lov att tacka nej. Eller sovra. Födelsedagsuppvaktningar, lunchbjudningar och syjuntor förväntas hon fortfarande medverka i. Men att hon inte kan vara uppe och slarva är mer begripligt. Fast Tomas har ju inga skäl att stanna hemma. Nej, hon vet att hon inte får beklaga sig. Ibland blir det bara lite mycket med allt. Man längtar efter det bekanta. Tänker på flickorna i Åre och hur skojigt de hade. *Hade ni det verkligen så roligt när benen skulle gå som trumpinnar? Och hotellets hierarki var stenhård, rå men hjärtlig, på vilket sätt var den hjärtlig?* Kanske har flickorna gift sig. Borde hon skriva till dem och berätta? Det skulle låta som en dröm, inte ett öde. Våning med WC och indraget vatten. Elspis, hushållskassa, sömmerska och jungfru på vinden. *Och så hatar de dig för det. För att du lämnade, försvann till ett annat liv, och de svarar inte på brevet du skickar till dem.*

NU SKA KVINNORNA SAMLAS ikring henne. Hindra mörkret att objudet stiga in. Det ska vara rent, varmt, i beredskap. *Du tänker väl bara vackra tankar? Vänd bort från korsningar, vägskäl. Ta blicken från det fula.*

Kommer det till henne där hon nervöst plockar med lunchdisken i väntan på att fru Jansson ska veckostäda våningen? Nej, troligen inte. Fast Maj vet så väl att varken Ragna eller mamma eller moster Betty kommer till henne när det är dags. Men svägerskorna? De är väl just den sortens systrar som ska stå vid hennes sida och skydda ifrån det onda. Ifrån slocknande ljus och falnande glöd. Farligt öppna dörrar och drag. Ifrån mordänglar och galenskap och trollpackor. Äsch. Vad vet hon om gammalt skrock. Man vill väl vara med de sina. Hon känner ju inte svägerskorna! Och ovetande släpper hon in barnlösa fru Jansson i det här ömtåliga tillståndet då varken mor eller barn är skyddade *ifrån ont.* Fast Maj tycker mest att det är gruvsamt i största allmänhet. Ja, att fru Jansson som säkert är över femtio ska ligga på golvet och skura eller klättra på stolar för att kunna damma takkronor – och vad ska Maj egentligen göra under tiden? Hon brukar ta sig för ärenden, det är klart att hon förstår att hon är i vägen, men hon törs inte gå ut i halkan. Om hon skulle falla. Det oroar henne också att hon aldrig har bjudit på kaffe. Är det brukligt? Eller skulle det bara genera fru Jansson att sitta med kaffe och sockerskorpor och plättbakelser, *men det är väl samma enkla sorter som hon själv har?* Här är ju så rent, säger fru Jansson, och låter hon inte lite arg? Hon behöver inte städa innan jag kommer. Då rodnar Maj och försöker säga att det dras ju inte in så mycket av bara två per-

soner, men fru Jansson bara muttrar att hon vet ju hur det drogs
när herrn var ensammen. Då blir Maj *vred* å sin sida. Ska hon ha
det snuskigt bara för att Jansson ska bli nöjd, då får hon allt säga
upp den här hjälpen. Ändå undrar hon om fru Jansson vill ha en
kaffetår när hon är färdig. *Fråga inte – duka bara fram.* Gör sig
inte besvär för min skull. Men jag ska själv dricka eftermiddags-
kaffe – inte får hon precis lust att fråga henne hur hon ska göra
med julgardinerna. Och det är riktigt kymigt när fru Jansson ska
ut med mattorna. Tre trappor ner... jag hjälper till, säger Maj, och
då hugger fru Jansson kort av att hon inte vill ha ett förtida barn
på sitt samvete. Så Maj står i köksfönstret och ser henne baxa den
tunga rumsmattan över piskställningen i snögloppet – *du skulle
själv kunna bli en utmärkt städfru Maj* – ja, men det vet hon, ing-
en skulle ha något att anmärka på, och så kvillrar det hastigt, *går
det illa kan jag alltid gå bort och städa för det är jag bra på.*

Ska de dricka kaffet i köket eller rummet? Man bjuder väl inte
tjänstefolket att sitta i rummet hur som helst. Nej, men snyggt
på köksbordet ska hon ha i alla fall och trevligt upplagt. Ja, hon
tar både socker och kaffegrädde. Frun har tur som har fått en så
hygglig svärmor, säger fru Jansson, det har aldrig varit besvärligt
att arbeta hos änkefru Berglund. Driver hon med henne? Det är
rakt så jag hoppas att hon snart är hemma och kry igen, lägger
hon till och Maj ser hudsprickorna i hennes händer. Så sparkar
det till i magen, hårt. Fru Jansson kommer visst inte heller att bli
en förtrogen. Nu tar hon en till plättbakelse och säger att frun
har skämt bort sina barn. Otack är världens lön. Att fru Jansson
skulle bli en så här knarrig gumma. Ja, men kan hon bli annat
när hon kommer till en flicksnärta med städmani. Fabrikör Berg-
lunds lilla våning var ju så lättstädad förut. Ja, kanske sitter hon
till och med och retar sig på att flickan går efter och städar när
hon har gått. En som fnaskat till sig en karl. Äsch, alla kan väl inte
tänka så? Maj vet inte. Tycker att hon är lite tvär och inte särskilt

försynt där hon doppar med nariga fingrar. Och Maj reser sig för att hämta kaffepannan och då får hon en ond värk – och fru Jansson säger att hon måste vara rädd om sig så hon inte förtar sig. Nu ska jag tacka för mig och så kommer jag samma tid nästa vecka om det passar frun. Oh ja, svarar Maj och se upp för halkan, fru Jansson. Men det är ju inte Janssons fel att hon ser illa. Maj *måste* gå efter med trasan i hörn och på andra besvärliga ställen.

TITTI RINGER TIDIGT PÅ fettisdagens morgon, just som Tomas gått till kontoret. Jag har haft så rasande mycket att stå i sedan kafferepet, kan du förlåta att jag har försummat dig, undrar hon. Så ber hon Maj med ut på landet för att äta traditionsenlig lunch på bruna bönor och fläsk och därefter fastlagsbullar från Sundmans. Det är ju så grant vinterväder!

Ja, Titti har faktiskt ingenting emot att köra i halkan, bara hon slipper mörkret. Maj må tro att det är fint utåt kusten om vintern också. Jag är liksom så ofärdig numer, säger Maj – vad var det för bonnspråk som trängde sig på – hon rättar sig och säger till Titti att hon… rör sig så långsamt i sitt tillstånd. Ja, att hon är rädd att hon är mer till besvär än nytta. Men vi ska bara ha det skönt, säger Titti. Jag blir tokig av att gå här inne i villan när solen skiner. Fast ser inte även Titti förskrämd ut när Maj uppenbarar sig för henne i porten? Ångrar hon sig och inser att det kan vara dags precis när som helst? Åh, kära du, nu är det nog någon som börjar bli otålig, skrattar hon och Titti är så söt med sina rougade kinder, fårskinnspälsen och skidbyxorna, pjäxorna… jag har gott om skinnfällar där ute, säger hon och så ger de sig iväg. Vad trevligt kafferepet var, säger Maj så hurtigt hon kan och anar hon vidden av den långa räckan bjudningar och middagar och kalas som kommer att följa – men Maj är ju inte folkskygg. Hon är bara *ambivalent*. Och nu är hon tacksam att Titti tar henne med ut – att sitta i ensamhet och vara rädd att störa tant, som kommit tillbaka och sagt åt Tomas att hon inte får oroas. Ja, att plötsligt bli het och kall på samma gång av att ha råkat smälla i en skåpdörr kan driva den bästa till något slags… nej, vi använder inte ordet *vansinne*. Men nervös, det kan man bli. Om man är nervöst lagd. Ja, få andnöd och yrsel och allt annat. De kan enas om att yrseln inte är lätt att tas med, Titti och hon. Och visst ser det vackert ut med backarna och dalarna som är så vita mot himlen blå, till och med granskogarnas dystra mörkergrönska är luddig bomull, ja det är rakt så att hon får lust att göra snöänglar.

Du må tro att Henrik sov gott i sparklådan när Kajsa äntligen kom iväg, säger Titti, och *snart ska du kunna få ett barn att somna – bära, vagga, vyssja, tala lugnande och hålla om.* Om hon hade kunnat vara förtrolig med Titti. Hade det verkligen hjälpt? Maj vill inte veta vad som ska hända. Det går inte att omfatta. Det man tänker och talar om kan slå in. Barnsängsfeber och kalla vatten. Nej – hon har ingen längtan till havet. Så när Titti slår ut med handen och säger att det här är det bästa hon vet, den här vyn – havet och öarna – även om allt bara är vitt just nu – inser Maj att det är en skönhetsupplevelse de inte kan dela. Jo, nog ser Maj att det är flott. Men det är framförallt villan och tomten som drar till sig hennes uppmärksamhet, *här firar de sommarnöje* – fast Tittis och Georgs trevligt ljusgula villa ligger en bit bort från tants och Tomas hus. Varför måste just Tomas dela hus med tant? Om hon lever tjugo år till, det är inte otroligt och sommarhuset är förstås kallt, Titti ska göra upp eld i vedspisen för hon vet inte riktigt hur man höjer värmen på den alldeles nya oljepannan. Här finns el och centralvärme, en elektrisk spis – i en sommarstuga – och varför glider de isär när Titti så gärna vill göra Maj till sin förtrogna. Jo, Maj uppskattar verkligen allt det Titti gör för henne. Men vart ska rädslan ta vägen? Frånvaron av balans, ömsesidighet. När Titti säger som i förbifarten att hon ska slappna av och ha tillit när det är dags är det som en örfil. Fast då säger Titti istället att de kan gå ut ett slag i väntan på att värmen ska stiga i köket och så pulsar de ut i snön. Maj vaggar med vätskefyllda fötter i pjäxorna, Titti har tvingat på henne ett par yllebyxor och så går de, Titti raskt och Maj sakta, ner till bryggan, hon fryser inte, *jag värmer dig mamma,* nej, det är klart att det inte finns någon som lugnar henne, hon konstaterar bara att hon inte fryser trots att det är kallt, tretton minusgrader – vid kusten – som trettio inåt landet och hon skulle ge ganska mycket för att få sitta kvar inne i köket eller salen och kanske tända en lugnande cigarrett. Pulsa i snö! Åh, jag brukar alltid gå ut på isen när den verkligen har lagt sig, säger Titti, pimpla lite, det vore väl härligt, kom så går vi bort till er. *Bort till oss?* Det är ingen fara, isen håller och det är närmare den här vägen. Men Maj vill inte halka runt på havsisar hur skönt än solen skiner. Hon följde med för att äta fläsk och semlor. Ni har bästa badviken, finaste sandbotten, säger Titti glatt och det är ju mycket trivsammare oppe hos er än nere hos mamma, *jag har redan varit i hennes salong, med cigarretter och sprit,* ja, vi var ju här på Mårten Gås, men var du inne i huset då? Maj bara ler glatt mot Titti, *föraktar du mig för att jag lät honom? Jag visste väl inte vad han hällde i glaset. Nubbe, på en söndag, klockan två.*

Villan, med sin veranda. Bryggan, båthuset. Flaggstången – det goda livet på landet! Men det krampar och kramar i magen. Törs hon säga till Titti att hon inte orkar – hon vill inte se huset, *är du otacksam också unge!* Men det är för mycket snö. Titti tittar besviket ner på Majs yllebyxklädda vader, jag tänker som vanligt mest på mig själv, jag ville bara ut och röra på mig i slutet, sitta stilla och vänta på värkar var värre, skrattar Titti – det är ingen fara, intygar Maj, det är bara… vi ska tillbaka också… ja, vi vänder, säger Titti och så sträcker hon sitt ansikte mot solen. Du förstår april här ute… med dagsmeja och… ja så har du barnet nedbäddat i sparklådan – det blir härligt. Så vänder hon sig upp mot tants och Tomas gröna sommarhus, säger att hon skyndar sig dit en snabb sväng bara, jag var ju ganska stor när pappa byggde här ute, men det är ändå så många minnen från ert hus, *ta det du – du får det!*

Självklart säger inte Maj så. Hon måttar avståndet mellan dem i luften, lantställen mot mammas hosta och *vi som alltid fick höra att vi inte hade någonting att klaga på*. Som hade riktig mat! Vi var ju inga tattare eller fattighjon precis. Hederligt, hårt arbetande folk. Vi hade allt vi behövde. Klart att gasverket inte var generöst i fråga om pengar. Men att ha anställning! Ja, att mamma också måste… jo, men det är väl rätt och riktigt att man och kvinna arbetar *för att dra sitt strå till stacken*. Jo. Fast pappa tyckte inte om att mamma var ute och tjänade hos andra. De där förbannade militärerna kunde nog ta sig friheter. Ja. Mamma som var så söt! Det var hon väl? Mammas ljusa, öppna ansikte. Före hostan. Kan hon verkligen minnas hennes ansikte? Promenader är för tänkare och hon vill inte ha tankar. När Titti ännu rosigare kommer skuttande tillbaka glömmer hon visst det taktfulla och frågar Maj var de brukade fira sommarnöje som små. Ja, men hennes pappa lät faktiskt också bygga något, en oisolerad stuga i skogen på knappa tjugo kvadrat utan alla bekvämligheter – men det behöver inte Titti få veta. För att mamma skulle få andas frisk luft.

På tillbakavägen till Tittis och Georgs villa, då hon tack och lov får stötta sig mot sin svägerska medan de trevar sig fram över isen, grips hon av – ja vad kan man kalla det? – ett begär att få veta. Här där hon ska fira sommarnöje fortsättningsvis med en man hon inte vet något om. Vem är Tomas? Vad gör han ute om kvällarna? Varför har han gift sig med henne? Ja, naturligtvis vill hon veta varför Astrid och han… Kan man lära sig att bli *innerlig* med någon som är en helt främmande? Men de talar inte på det viset med varandra. Och Maj kommer aldrig att ställa de där frågorna rätt ut. Vad tjänar det till? Nej Maj skulle knappast ställa en enda av de där frågorna annat än i mycket berusat tillstånd – för vill hon verkligen ha svar? Nej. Men någonstans måste rastlösheten i kroppen få ta vägen. Ja, inte bara i skurborste och trasa. Även om det är smutsen hon rätt så lystet noterar när hon äntligen får stiga in i Tittis och Georgs väl tilltagna sommarvilla, och slå sig ner i kökssoffan vid fönstret. Spindelväv, döda flugor, vissnande pelargoner på vintervila – här behövs det vårstädas! Du vet Georg ska bara ha de bästa bekvämligheterna även på landet, ibland tycker jag att det går till överdrift, nog kan man väl laga mat på en vedspis, men visst, elspisen är för all del behändig. Doften av fläsk, bruna bönor, låt mig duka ber Maj, men kära vän, sitt en stund, jag är ledsen att jag drog iväg.

Hon tänker inte tala om att hon har en så underlig känsla i kroppen, som om det faktiskt är dags, en trötthet, en tyngd, trycket mot blygden och svanskotan, jo, hon har sett att även läpparna är svullna, som om hon vore kysst en hel natt av en orakad man, tänk att en del karlar inte kan låta bli en kvinna när hon är på det viset – men Titti vill väl inte veta om Tomas är en av dem som blir eggad av uppsvällda bukar – om hon bara kunde slippa de här underliga tankarna. Salt fläsk och lätt sötaktiga bruna bönor. Titti erkänner – bekänner – att hon liksom Tomas tycker om den här enkla, rejäla maten som de åt när de var små. Ja, Maj ska inte tro att de alltid har haft det så här. Pappa var bara en vanlig arbetare vid sågen som kom på att man skulle kunna tillverka handskar. De hade absolut inget överflöd. Tvärtom! Pappa startade något som egentligen inte burit frukt förrän nu och Maj vill lugnande lägga sin hand på Tittis och säga att hon inte behöver skämmas över sina villor, båtar och bilar. *Olika falla ödets lotter.* Egentligen kan ju alla människor om de bara vill få goda idéer, inte sant, frågar Titti trotsigt. Tänk, det var länge sedan jag åt bruna bönor, säger Maj. Jag minns att mamma tog sirap i, ja jag tycker att det är hemskt gott, säger Titti, men Georg är så petig med maten, han har lite orolig mage förstår du, och nu blir Maj intresserad – kan en sådan där världsvan charmör ha nervös mage? Ja, varför inte. Vill du att jag ska vara hos dig när det är dags? Maj rycks upp, ut – åh – det är ju inte så dumt att ha någon hos sig, och din mamma, är hon…? Vi tar väl kaffe till semlorna, eller vill du ha hetmjölken? Nej, inget slabbande med uppblötta bullar, tack gärna kaffe, och naturligtvis kommer halsbrännan innan hon svalt sista tuggan av fläsk och bönor, ska hon inte ens få njuta av fettisdagsbullen…

Men mår du inte bra Maj? Tack och lov att Titti frågar – kan jag lägga mig en stund – naturligtvis – vi bäddar på soffan här – vänta så ska jag hämta fler kuddar, jag är rädd att kuddvaren inte blev tvättade efter sommaren. Maj skakar avvärjande med handen och nu lägger hon sig med hela sin otympliga lekamen på den hårda soffan, *var är min ungflickskropp och resliga hållning* – det är ju så kallt oppe i sängkammarn, säger Titti bekymrat, annars skulle du ju… men Maj blundar, låtsas långt borta och känner snart Tittis torra hand på sin panna.

Jodå. Hon häver sig upp till sittande, ursäktar sig, och nu ska hon nog kunna dricka lite hett kaffe, om de där hemma visste vilket omak hon åsamkade värdinnan, att ställa till det när man är bortbjuden till främmat – men mamma vet ingenting om hennes nya tillvaro, mamma har släppt taget för länge sedan, *men jag kan ge liv, kan jag inte?* Ska vi ta fastlagsbullarna i stället – nej, nej nu dricker vi kaffe när du haft besväret att få med dem hit ut, sedan åker vi tillbaka. Grädde och mandelmassa. Det måste vara skönt för Tomas att ni expanderar? Expanderar? Ja, ja, nickar Maj, *jag vet inget om Tomas affärer,* den mörka brunnen av livsfrågor, jag har inte ens varit på hans kontor, *skulle du ha stått utanför Eriks arbetsplats och väntat ut honom om kvällarna, raseriet i hans blick då,* det är ändå för sent, det är nya tider nu och en plötslig ingivelse att fråga Titti om man kan bli tokig i huvudet av att vänta barn, om man får åt nerverna, blir galen, såklart att hon inte frågar det. Det är goda semlor. Kanske väl mycket kardemumma i vetedegen. Men hon är inte den som klagar.

Den låga solen genom isiga rutor. Titti som fått bråttom, manat sin svägerska att raska på – nej, inte uttalat – bara upprepat att hon vill köra innan solen går ner och de ska väl ha kvällsmat åt makarna också. Och Maj ser något som här i utmarkerna svävar på den bleka vinterhimlen, änglar och demoner – nej. Hon är inte rädd intill Titti. Som kör så koncentrerat, uppmärksamt, visst skulle hon hinna väja för vilddjur i tid. Men vid vägkorsningen slirar bilen till, Titti som inte får däcken att fästa trots bromsen blir tvungen att snabbt styra dem i säkerhet och hon svär lågt över solen som nästan bländar dem blinda.

VAD ÄR KLOCKAN? DET är ju så mörkt i rummet när hon vaknar av att kissblåsan spränger. Hon måste verkligen ha somnat när hon väl hemma igen la sig på soffan. Kissar hon på sig? Ja, men herregud, vått, varmt rinner det och ner i toalettskålen forsar något mer än urin, det kan inte vara enbart kiss, hjälp mig, det bara rinner, är det blod, blod – jo men det är blod också, hon kan inte se, magen, var är du, Tomas…

Handdukar. Så hon inte sölar ner resårbottnarna och vadderade täcken. Som i en dröm – ja så kan den säga som står utanför – är det inte snarare med skräck hon får överkastet från sängen med den ena handen och med den andra trycker hon linnedukarna hårt mellan benen. Det är inte mörkrött, trögflytande blod. Det är rosa, skärt som spädbarnshud, det är blodblandat fostervatten, har vattnet verkligen gått? Men vem i all världen ska hon vända sig till? Slå tio hårda slag i elementet och kalla på kvinnan som fött hennes man, hon om någon borde väl veta – Titti, Ingrid, nej, nej, Margit, ja, Margit skulle förlåta henne, Margit skulle binda upp sitt trassliga hår, tvätta sina lortiga fingrar och följa henne in i dödens rum men akta dig för tankarna! Margit talar Gud till rätta och Maria – fast det är ju så mycket mer konkret. De plågsamma rapningarna av kardemumma och sött, mjöliga bruna bönor. Fläsket Titti bjöd på, var det härsket? Och jo, med jämna mellanrum, eller kanske med något slags oberäknelig variation, sliter det tag i hennes underliv, nej mer mot stjärten, bäckenet, inte som sammandragningarnas mjälthugg, nej, så mycket mer målinriktat, ödesmättat, kvardröjande också när de klingat av vad än andra påstår – men du minns det inte efteråt. Kan inte framkalla smärtan för ditt minne. Men den upprymda spänningen när skräcken inte kunde regera ensam, utan där fanns också längtan, *snart har jag dig i min famn. För varje värk hjälps vi åt.* Men om värkarna inte vill och Maj har inte läst förlossningslitteratur, inte invigts av kloka gummor, mödrar och svärmödrar, medsystrar. Man skrockar och säger förtroligt att man glömmer smärtan. Efteråt saknar den betydelse. Och hon vet inte att hennes värkar är svaga, oregelbundna, att hon fortfarande är *stängd,* inte ens öppen en halv centimeter, men Margit du förlåter väl mig? *Vad slags förlåtelse ber du om?*

Och Tomas är inte sen, luktar inte av tobak och annat, han är samlad, blek när han ser henne ligga hopkurad, jag ska genast ringa doktorn för konsultation, konsultation, ge fan i era ord nu! Hjälp mig! Nej, Maj ber inte om hjälp. Och Tomas ser lättad ut när han kommer tillbaka och meddelar att det bara ska vara fyra minuter mellan varje värk och de ska vara kraftiga, *vi måste invänta det naturliga förloppet* har du tagit tid Maj? Magnecyl, kvider hon, får jag en – nej, nej, Tomas skakar på huvudet, det tunnar ut blodet, om... nej, försök att slappna av, tänk på något trevligt. Titti skulle ha mig att gå ut på isen idag, fräser hon, jag borde aldrig ha följt med, vad skulle vi ut på landet att göra, om jag fick kräkas upp de där bruna bönorna, nu vill jag åka in Tomas, men vi får inte, svarar han, de skickar bara hem oss igen, barnmorskan sa att du har det lugnare här, tryggare, att du skulle försöka sova. Sova? Men vattnet... Det kan vara många, många timmar kvar än, vila dig. Och så går han sin väg. Cigarrettröken sipprar från salongen, genom tamburen, in i sängkammaren, men släck cigarretten vill hon ropa och ändå kan hon inte helt förneka att det liksom stillar sig. Men hon vill inte vänta längre! Nog kan hon väl få komma till de där varma kloka händerna nu, som inte knådar magen utan ryggen, svanken, hon ska finnas vid din sida med de där viga fingrarna varligt nypande om det onda. Måste händer in, upp i underlivet? Hon vet inte.

Men så småningom lägger sig Tomas på sin sida och andas lätt, nervöst, ja naturligtvis är han skärrad, *han verkar lika mycket nybörjare som jag,* och nu är de tätare igen, mer skoningslösa – Tomas, hämta bilen så åker vi in. Är det verkligen bara fyra minuter emellan, frågar han och hon skulle kunna klösa hans bleka kinder, jag tar tid, säger han hurtigt, tänder sänglampan och vrider väckarklockan mot sig, sjutton minuter före elva, hämta bilen – men om vi bara blir hemskickade, då har vi väckt mamma i onödan, din mamma, är det därför, för att du är rädd att väcka *den där jäkla gamla... häxan,* är det hon som vill att jag ska dö i barnsäng och inte få ett levande barn, va, är det så? – men än är inte Maj mer utom sig än att vreden biter sig fast inuti, *då får du ett ilsket, förgrämt barn* var vid i ditt hjärta Maj Sara Johanna, aaj, jämrar hon sig när hon reser sig för att stappla till toaletten och då måste Tomas, måste gå ut på gården och varmköra bilen, ja han frågar först om de inte kan gå, han har hört att det ska vara bra, för att sätta igång... det är inte du som ska få ut ungen, det är jag Tomas. Och plötsligt har hon en obetvinglig kraft som kommer att rinna av henne så snart de når barnbördshusets klagande kvinnor, genom de stängda dörrarna tränger ljuden ut och i korridoren sitter en kvinna i svart klänning och vitt förkläde med tomt stirrande blick och har de handskklädda händerna sträckta i luften, *han har fört mig till dårhuset i alla fall,* låt mig slippa Tomas, ber hon, du klarar det, viskar han, du är stark, frisk och Maj lösgör sig från hans grepp, bryskt, måste visa att hon har förstått, men så blir hon ändå utfrågad av en sköterska eller barnmorska om personuppgifter, värktäthet, havandeskapsförlopp och sedan leder två biträden henne till ett vitkaklat rum där hon ska kissa fram ett urinprov, och så klä av sig, först på underkroppen för att få ett lavemang, ligg på sidan, det känns lite otrevligt, men det är skönt att slippa göra på sig när man föder frun, försök att inte spänna sig så, har ni haft normal avföring, Maj skakar på huvudet, hård? Maj nickar och orkar inte tänka på barnmorskebiträdenas arbete, måste hålla emot, är de inte klara snart, värkarna tänker inte ta paus, och flickorna leder henne tack och lov till en toalett där explosionen kommer, slutmuskeln ger upp, ger efter och det stänker upp på porslinet, hon blir sittande darrig, torkar, reser sig sedan på slaka ben och spolar, bara för att snabbt sätta sig igen. Vill hon gråta? Ja. Om hon kunde. Det vita kaklet, spegeln, stengolvet. Kölden nedifrån som strömmar genom lasarettets tunna sockor. En försynt knackning på dörren. Är allt i sin ordning fru Berglund? Ja, ja jag är strax klar, säger hon och rösten låter visst inte så grötig som den känns i munnen, den kväljande lukten, om hon hade en tändsticka, ursäkta viskar hon när hon kommer ut och biträdet med städutrustningen niger, men törs inte lugnande säga att det hör till, och den andra flickan leder henne tillbaka till tvättrummet. Får vi be frun att ta av sig resten nu, allt måste vara sterilt – men jag tvättade mig så noga imorse, ja överallt, varje dag, protesterar hon, det är inte det frun, ni är säkert mycket renlig, men bakterierna... vi får inte slarva med antiseptiken... bakterierna finns överallt och om de kommer in... ni kan få svåra infektioner, dö, vi tvättar alla, förstår frun. Här är alla lika och de skrubbar henne, med en grov borste och när hon ligger på den hårda oljeduksklädda britsen skjuter värkarna som ett spjut ner mot svanskotan, utåt ljumskarna, gör det mycket ont, kan ni svara på det, det kommer att gå bra bara ni inte spänner er, åh, rotborsten river den tunna huden på insidan av låren, det är förödmjukande, rodnar inte den ena flickan – *är vi jämngamla, skulle kunnat vara skolkamrater* – nej, de skojar med henne när de tvättar henne med sprit, säger att hennes ben är så släta och fina, hon må tro att det kan ringla riktigt elaka blåormar av åderbråck även på förstföderskors ben, jag vill inte, viskar hon, det är klart att frun vill, frun ska tänka på hur hon snusar in doften av nybadad baby, och på saftsoppan eller smörgåsen efteråt, det brukar alla mammor tycka så mycket om, ni ska se att ni får ett präktigt, välskapt barn, ni är väl försiktiga, naturligtvis, vad menar egentligen den här uppjagade förstföderskan, de kommer att hålla ett vakande öga så hon inte far iväg i rena hysterin, fast är hon inte mer typen som bara kommer att gråta? Den sortens mor som delar de anställda vid lasarettets obstetrikavdelning i två halvor, de som dömer och säger att sådana som hon borde tänka sig för innan de sätter oskyldiga barn till världen, men också de som ser att övergivenheten kanske aldrig är större än då du måste vara stark för en annan, starkast i världen och ändå inte förmår.

Tomas är borta. Hemskickad. Ja, här vill vi inte ha nervösa äkta makar som ska stirra upp i sin hustrus mest intima och kanske tappa lusten för all framtid. Och nu måste vi be frun att lägga sig ner på bristen – nej britsen – igen för det får inte finnas några bakterieansamlande hår på kroppens nedre regioner. Var inte rädd, det växer snabbt ut igen! *Är jag så oren? Vad är det för fråga? Du som haft smutsen i dig hela ditt liv, det här kommer väl inte som någon överraskning?* Slappna av frun, det är en ren rutin för i hårsäckarna kan det samlas... seså, hon måste sära... Men jag tvättar mig verkligen! Det är där inifrån den där illaluktande vätskan kommer, ni måste tro på mig, vad ska jag göra åt den? Lugna sig nu frun, det är helt normalt, inget att oroa sig för, det kan svida lite när vi tvättar med sublimat... Maj håller sina händer tätt ihop över brösten och kan det inte också vara en lättnad? Att överlämna sig i läkarnas och barnmorskornas och sköterskornas och biträdenas vård, *varför skulle de vilja dig illa,* ja inte av något annat skäl än att de har insett att människor är så förbannat oberäkneliga och de kan börja vråla och vägra samarbeta eller helt plötsligt få hög feber och dö och hela lasarettets duglighet ifrågasätts fast man inte har slarvat, inte medvetet, bara varit så trött och utarbetad och så kan man smygande komma att avsky de där stackarna man är satt att hjälpa och man orkar inte alls bry sig om att det gör ont när man ska känna på en rädd kvinnas modermun eller livmodertapp eller vad det nu är som ska undersökas, för man ser ju att de där sketna värkarna inte är något att hetsa upp sig för – det kommer att bli så mycket värre – så vad är det här att gnälla över.

Och längre fram kommer man ha svart på vitt på ett papper som trycks ur en apparat – men titta då, starkare och tätare än så här är inte dina förbannade värkar – fast Hanne Blom är inte sadistisk, hon tar hand om sig själv och litar till den lära hon har gått i och håller sig till den – antiseptiken – och kanske kan hon inte låta bli att påverkas av typlära och steriliseringstankar hur gärna hon än skulle vilja slippa. Så hon tänker att unga nervösa förstföderskor som i vissa fall otvetydigt råkat i olycka men i tursamma fall räddats till ett äktenskap, måste behandlas med fast hand, de får inte klemas bort, inte skrämmas heller, men absolut inte drivas bort i vanvettsfantasier. Hon säger i förtroende till sina biträden och assistenter att ni måste vara deras klara sinne och hålla kvar dem här och nu. Uppmuntra dem och säg att de kommer att klara det. Att de måste vara duktiga! Alla kvinnor vill vara duktiga! Kämpa frun, ni är så duktig! Barnmorskan måste vara respektingivande och en liten smula sträng annars har vi kaos och rena tokerier när läget är akut. Och Hanne blir inte så lite irriterad på fru Malmdin som ska föda sitt tredje barn och lever om som, ja en stucken gris är nog det som tränger upp i Hannes tankar, hon som väntar in en förstföderska från tvättrummet, det är så att man får skämmas, om doktorn skulle komma in och se att Hanne inte har bättre pli på mödrarna, och när den här onaturligt rödblossiga fru Berglund kommer inrullande på britsen blir Hanne tvungen att skarpt säga, vill fru Malmdin vara snäll och lugna sig, vi har en oerfaren förstföderska här intill som ni visst försöker skrämma vettet ur och ett av biträdena niger och försöker påkalla Hannes uppmärksamhet, ja? Hon viskar att hon bara måste få tala om för överbarnmorskan att fru Berglund har frågat om magen kommer att spricka isär när barnet kommer ut, liksom klyvas längs med linea nigra, hon vet visst inte var det kommer ut, vad är det för dumheter, snäser Hanne, ja hon blir nog snart varse – och nu vänder hon sig bistert leende mot Maj, frun är ung och stark och ska se att allt är i sin ordning, här får hon bästa tänkbara omvårdnad och så gastar fru Malmdin igen. Seså, var inte rädd och varför kan det sägas på så många olika sätt, du *får inte vara rädd, vi avskyr de rädda, vill inte ha dem här, det är pjoskigt, överdrivet och barnsligt att vara rädd* eller *du ska inte behöva vara rädd, vi är här och vi kommer att hjälpa dig.*

MEN VAR ÄR MAJ? Jag tappar henne, där hon är fast i sin väntan på varje attack och hon vill inte ligga ner, hon har inte kunnat ligga på rygg på många månader och nu ska hon plötsligt pressa sin värkande svank mot det hårda gummit... som om hon skulle bajsa på sig när stöten slår genom ryggen, svanskotan, bäckenet, ändtarmen, andas frun, glöm inte att andas, fast det här är före profylaxen, men det är klart att man vet att det inte blir bättre av att spänna sig och hålla andan, sa de verkligen att alla blivande mödrar skrubbas och rakas och tvättas med sprit över... skötet, ja, något annat perverst ord får inte tränga sig på när svedan bränner slemhinnorna... men var lite positiv då, ett barn ska ju födas, det största av allt, och måste vi tvunget fastna i sabadillättika och rotborstar – men det är tiden. Att födas rakt in i hygienens tidsålder *och vara tacksam över det,* ja, Maj om någon borde ju välkomna den här bakteriedödande behandlingen om den inte vore så... förödmjukande. Som om hon bar med sig smuts! Hon! Som om inte det är den stora maran som rider henne för jämnan och gör att hon inte kan hålla liv i en krukväxt om vintern för att att våningen måste vädras ut i korsdrag varje dag, oavsett utomhustemperatur, hon som alltid är rädd att lukta illa, som har smutsen inuti och det är baske mig inte hennes eget fel. *Men har vi inte ett personligt ansvar att förhålla oss till de normer och påbud som omger vårt varande?* Det har inte Maj något svar på. Hur ska hon kunna säga att hon inte bryr sig om era påbud och direktiv *när ni säger att det är smutsen som har gjort mamma sjuk, hon som gnodde rent varje dag, väggar och tak också* och kvinnan i korridoren som man inte får vidröra, och där är spjutet för skinkorna att parera, att försöka undvika vila mot den nedersta ryggkotan, smärtan i ryggslutet, och Maj vet förstås inget om varma riskuddar eller att stå på knä över saccosäckar eller gunga från sida till sida i en gåstol, varma duschar och massage, *men anklaga oss du bara, vi fick ner både barnadödligheten och mödrarna... vi räddade ju kvinnornas liv* – ja, Maj, det finns ingen återvändo, överlämna dig åt det *naturliga förloppet* vad kommer hon att minnas? Jämrandet, det återhållna skriket från frun närmast fönstret är svårare än fru Malmdins vrål, biträdena är snälla, i smyg tycks det som, vad duktigt ni kämpar, bravo, drick lite, ni behöver för att orka, snart är det över, men de tystnar när Hanne kommer för att dra upp särken så magen blottas och hon ska sätta tratten där – sekunderna när Maj inte vet om fostret lever, jo Hanne ler kort åt de hamrande hovarnas hjärtslag, barnet har det fortfarande bra, men frun måste fortsätta kämpa, ni verkar hålla emot... och lite strängare säger hon att underlivet är skapt för att barnet ska kunna komma ut och där är ljuset, fastän det är mitt i natten är rummet starkt upplyst av de elektriska lamporna, vita runda glober som sprider sitt skarpa ljus och med fördragna gardiner kan ingen yttervärld tränga in, inget blekt månljus, stjärnor...

Sover doktorn? Jo, det gör han nog. De har överlagt – inga risk-förlossningar, fast fru Hanssons bleka fuktiga ansikte, nu måste barnet komma snart och det är dags att känna efter hur öppen modermunnen är på fru Berglund, Hanne har handskar när hon tränger in och Maj kan inte helt hejda impulsen att dra sig un-dan fingrar och instrument, *rör mig inte där, jag kan inte försvara mig*, seså frun, ni öppnar er fint. Hanne är också trött, har ar-betat sjutton timmar i sträck och vet att det är nu i gryningen hon måste vara på sin vakt, det är då hon är som mest skydds-lös mot berättelser om oönskade barn, hårdhänta makar, rent ut galna karlar som ska dit och ligga alldeles efter förlossningen, som blir svartsjuka på sin egen avkomma, tränger sig på när man är så skör, fortfarande har avslag och den barnsängsfebern kan hon inte hindra, kan inte barnmorskan tala med min man, nej, hon vill inte in i makarnas intima på det sättet, nog måste frun kunna säga ifrån, fast hon vet ju, spriten, våldsamheten... måste hon kalla på läkaren angående fru Hansson, ja på ett vis är det ett gott tecken när kvinnorna härjar och lever om, det är bara det att det blir så stökigt och oroligt. De inåtvända verkar förlora i vilja och styrka och kanske behövs det tång eller sugklocka och fastän hon kan själv ska ju doktorn göra det numer – med sina klumpiga, okänsliga händer, och hon förstår att fruarna tycker det är hemskt att en karl... ja, fru Hanssons foster verkar sova, hon ger biträdena order om att lägga kalla omslag på fru Hanssons mage och så ska hon dricka iskallt vatten, tack och lov för biträdena i alla fall, hemförlossningarnas oberäkneliga hygieniska standard, vilken smuts, vägglössen, i sängkläderna... barnen, och den där syfilissmittade plågade kvinnan, ja nu blir Hanne så arg att hon vaknar till, nog borde det vara både bättre betalt och bättre villkor när man kan mista livet, det var tur den gången att händerna var hela och utan hudsprickor, nog var det karlsloken som varit ute... eller var hon ett gammalt fnask, nej, Maj anar inte Hannes tankar och det var ju hur som helst inte här uppe i trakten det inträffade, här där Hanne tack och lov fått tjänst på en förlossningsavdelning på ett behändigt och trivsamt lasarett i en stad där de allra flesta är skötsamma och ordentliga.

Och Majs egna tankar? Som om det inte går att tränga genom ambivalensen, hur gärna hon vill att det ska vara över, men ännu är hon ingen *mor*, kommer jag någonsin att bli? Skräck lägger sig över det mesta ifråga om kärlek och just nu är det så mycket med den renrakade blygden, de särade benen, de avskyvärda värkarna och inga egna verktyg för att ta sig fram genom nattens plågor, *om jag bajsar på mig ändå*, det känns ju så, ett kraftigt flimrande illamående och så plötsligt barnskrik, vrålande frun i sängen intill har klarat det och är alldeles tyst nu, hon får sin tredje son förevisad, ja, det är klart man hoppas, en flicka… ska hon orka försöka en gång till och nu får biträdena hålla ställningarna medan Hanne suger rent barnet och så är det moderkakan som ska ut, en vänligt pådrivande knuff med handflatan fastän magen är så förbannat öm, det går fint och Maj frågar flämtande den rara flickan varför hennes barn inte vill komma till henne, såja frun, ibland går det fort, men det är inte bra om det går för raskt, snart ska ni se, ja nu orkar vi snart inte vara mer i det här blod- och fostervattensluktande kvinnorummet, glöm inte sabadillen, sabadillättikan och det stora elektriska klotet som en skarp sol, Maj skulle önska mörkret, att i dunklet hålla den snälla flickan i handen, här finns väl ingen annan lindring, lustgas, och tänk om Tomas bockar och säger förlåt mamma att jag väckte dig när jag tog bilen, jag bad Maj att promenera till lasarettet, men hon hade inte lust, och nu kan hon inte hålla tillbaka ett högt jämmer, de kommer i en strid ström nu, värkarna, långa, vila i pauserna, mellanrummen, men de klingar ju knappt av, sätter igång direkt, det är väl inga pauser och biträdet måste släppa Majs hand och avlösa flickan som vakar vid fru Hansson, jag är rädd vi måste ta till tången om det inte framskrider bättre, säger Hanne, ska hon behöva kalla på doktorn, Hanne vill inte men klockan är strax sex och hon är darrig av kaffe och sömnbrist, är det en tillfällig värk- svaghet, kanske går det med sugklocka, tång, men ännu är hon inte riktigt öppen, försök frun, drick lite saftsoppa så får ni orken tillbaka. Ge fru Berglund att dricka regelbundet också!

BORDE VI LÄMNA MAJ här, nästan fullt ut öppen, redo för kryst-värkar och obeskrivlig smärta. Ja, man skulle förstås kunna välja tystnaden. Detta kan inte skrivas, beskrivas, är ordlöst. Måste vara så? Från den muntliga sfären och mödravårdens sammankomster till bloggarnas på en gång privata och helt offentliga rum. Rätt-stavningsprogrammet i datorn markerar sin ståndpunkt: rött för spädbarnshud, värktäthet, linea nigra, riskuddar, saccosäckar, modermun, sugklocka, hemförlossning, epidural... Fast jag går ändå in i salen, där nya kvinnor sprittvättats och rakats rena för att hindra mordängeln på tröskeln, och så här i gryningen kom-mer den successiva frånvaron av mörker bli märkbar även här. *Var är flickan? Hon som satt vid min sida? Varför lämnar du mig?* De för bort fru Hansson, de måste ta till tången och doktorn har fått sitt kaffe och kallt vatten över ansiktet, Hanne assisterar, och fru Malmdin får redan sin saftsoppa, ostsmörgås, *nu straffas jag... det kan inte vara meningen... men jag har inte gjort något ont*, och är det samma flicka, så blek, som manar henne att fortsätta, det är snart över, nu vill barnet ut, men barnet behöver hjälp, din hjälp. Säger hon så? Nej, snarare – frun måste vara stark! Drick lite till, men Maj har inga krafter kvar, hur många timmar har hon legat och där är barnmorskans andedräkt av kaffe och utebliven natt-sömn men Maj har lovat sig själv att inte skrika, hon ska svälja ropen till kvidanden, jämranden, hon är så trött, där är tratten mot magen, men nu kommer ännu en värk, en ursinnig, förkros-sande, långdragen värk och vem ska ta Maj i handen och räkna mot paus och vila, *men det kommer ingen vila*, bara värk på värk på värk och trycket, stöten mot ändtarmen, kanske strålar det ut i bäckenet, nej mer nedre delen av magen, höftbenen, som om allt skulle slitas sönder, krossas av barnets stora, tunga huvud och det vill inte låta sig beskrivas på annat vis. Det är inte fråga om uthärda, det är förberedelse att… lämna livet, för detta kan inte vara meningen, jag klarar det inte, ni måste ge mig något, en spruta, men nu säger Hanne att fru Berglund har mer krafter än hon tror, men hon måste ta emot dem, för Hanne vill inte be doktorn om morfin annat än i mycket besvärliga fall och inte i det här kritiska skedet. De blir bara värksvaga och aparta, liksom avdomnade, som vaggas både barn och mor in i en tro att de kan vila när de mer än någonsin måste hålla sig vakna och arbeta hårt, följa med i värkarna, ge mig något, kvider fru Berglund igen, Hanne klappar, lite bryskt, frun på kinderna och säger högt att för varje värk kommer ni närmare ert barn, *jag vågar inte möta det* – Nu måste ni vara tapper frun, fru Berglund, hör ni mig? *Vem talar de om, fru Berglund, Maj, Maj Olausson heter jag, det vet jag i alla fall* – är det en mycket gammal kvinna i rummet nu, eller är det en man, uråldrig, du måste släppa taget om förnekandet och låta barnet komma nu, jag kommer att hjälpa dig om du överlämnar dig, för barnet finns redan min flicka, förneka det inte för det kan inte hjälpa sin tillblivelse… låt det komma *men det är barnets liv eller mitt, jag vill inte dö* – fru Berglund, krysta… bravo och åldringen viskar att vi kan inte hindra livet med vår vilja, bara med våld, du är förlåten –

Men jag har inte gjort något… det var aldrig meningen – Fru Berglund nu ser jag håret, mycket hår, ja, om det ändå fick vara ett önskat, efterlängtat, välkommet barn. Och någon vid hennes sida som tog emot vanmakten, ångesten, rädslan och sa det går bra, det är snart över! För kanske finns inte ens väsendet i hennes inre, den uråldriga som lockar fram det barn som skrämmer henne så, som viskande hjälper genom den trånga kanalen där barnets huvud måste rotera för att ta sig ut. Kanske är det bara den ödsliga ensamheten och skammen som inte ger sig. Om någon kunde tala om att krystvärkarna är bra! Det gör förbaskat ont men då är ju barnet snart ute. Hennes barn som ligger som det ska och inte gör annat än det hon måste. Som är utelämnad åt tiden och som inte vet vad som väntar henne där ute men att det är över nu. Och hon kommer att födas med sin mors återhållna skrik. Inte ens när huvudet tränger genom tillåter sig Maj fru Malmdins frimodigt, ohämmade rop. Men smärtan är borta. Hela underlivet borta?

Det skulle kunnat vara ännu mer dramatiskt. Men det blir en alldeles normal förlossning, med dess intensivt upphöjda livskänsla i närheten av döden. Ingenting ovanligt för en förstföderska inträffar, det fanns en viss risk för avstannat värkarbete, men inga egendomliga hjärtljud, ingen fullständigt panikslagen mor, och Maj hinner känna den våta värmen från den blodiga, slemmiga varelsen och se det blåaktiga ansiktet och tätt, svart hår innan Hanne tar henne och torkar henne ren. Maj blundar. Kan hon höra sin dotters skrik? Hanne som lämnat barnet till ett biträde väntar nu på efterbörden, att moderkakan ska komma, inga onaturliga blödningar, hon vet att hon ska vänta tålmodigt, fast snart måste hon få gå av sitt pass, det är inte Veras fel att hon fått maginfluensa, men att arbeta dubbla skift... ett lätt knådande på magen, fint, frun, nu ska vi se om inte moderkakan kommer snart, ni har fått en flicka, är hon som hon ska, Maj försöker häva sig upp, och biträdet som bär barnet ser så lycklig ut, nästan stolt, och så tittar hon, med ljust blå ögon på sin mamma, men vilket vackert barn frun fått, säger det bleka biträdet, se så söt, och med en kraftig, men inte outhärdlig, värk kommer den ut, efterbörden, *moderkakan.*

Och nu?

MAJ ÄR ENSAM SEDAN barnet förts bort. Navelsträngen kapad, klippt. Ja, för en kort stund delar hon inte salen med någon, och biträdet har gått för att förbereda Hannes undersökning, det ömma underlivet ska rengöras, kanske sys, men det vet inte Maj något om där hon ligger och längtar efter te och havrekex med smör och ost. Det är ett darrande efterskalv – det är klart att hon är lättad – än är hon vid liv, *eller har de lämnat mig att dö här*, nej, nu öppnas dörren och biträdet kommer handskklädd in med rena tvättlappar, mer sprit, stoppdukar, men ännu inget bäcken. Kanske har smärtreceptorerna gett upp, för det gör inte särskilt ont när biträdet baddar henne där nere, ja hon har inget annat namn att ta till, men fru Berglund, jag ser inga sprickor, jag tror inte att ni behöver sys, men vi ska strax skjutsa er till sovsalen där ni får rent i sängen och ny särk, åh, det är så mycket hon vill säga till flickan, ni har varit så snälla, får hon fram, tack så mycket, det är inget att tacka för och det är klart att vi är snälla, och så säger Maj utan att kunna hejda, dom sa att jag skulle få en pojke, alla sa det, kommer dom att bli arga på mig nu, men snälla frun, det är väl ingen som kommer att bli arg och ni kommer säkert att få fler barn, ni är ju så ung, är det maken som ska ha en son? Nej, Maj måste skaka på huvudet, *men att vara flicka i den här världen, man beundrar och högaktar och vurmar för män, inte sant, vad är en flicka...* och allt detta dravel är ju löjeväckande, men det är inget påhitt. Tant. Det är klart att tant inte accepterar en flicka. Enda skälet att godta denna *mésalliance* var ju att ungen åtminstone skulle föra namnet, släktens namn, hennes makes namn vidare, svärdottern har ju inget namn att komma med, liksom hon en gång inte hade något särskilt namn att erbjuda, svärmor tänker inte ens bry sig om att dölja att hon inte vill ha flickor, flickor kan man ha och mista, *men vilka besöker dig, tar hand om dig, älskar och avskyr dig,* ja men bättre lycka nästa gång. Kanske blir Maj inte ens arg över det grymma ödet att råka ut för kvinnor som inte tycker om sig själva ens så pass att de kan vara en gnutta stolta över sina egna döttrar och barnbarn. Men sönerna! Som ska rida i världen ut och föra ära och berömmelse till den instängda våningen, det instängda livet, det inskränkta, trånga varandet… man blir matt för mindre och kom inte och säg att det är överdrivet uråldrigt gammalt mög, för det finns än och gör fortfarande ont där det drabbar.

Kanske noterar biträdet och den nu helt utmattade Hanne – Självad har lovat att skicka en av sina distriktsbarnmorskor – att fru Berglund inte är särskilt frågvis när det gäller sin dotter. Så Hanne talar om att hon strax ska få ge bröstet till sin lilla, allt har gått bra, det är en välskapt och fin flicka, 49 cm lång och 3100 gram och vi behöver inte sy heller, och i sista stund hejdar Maj en våldsam impuls att gripa tag i Hannes allt igenom ordentliga uppenbarelse, smärt, några grå stänk men knappast över fyrtio, och tala om att mamma vet ingenting, att hon blivit mormor till en jäntunge, flickstackare. Som man ska oroa sig för, jämnt gå och vara rädd att hon ska råka i olycka, inte med en gång, väl, när hon är nyfödd…? Men Maj är helt tyst, trots att adrenalinet vägrar gå ur kroppen, titta här har vi underverket säger Hanne och biträdet som bär på den mörka flickan ser verkligen stolt ut, *som om det var hon som var den riktiga mamman,* hon visar hur nacken ska stödjas för huvudet är så tungt i förhållande till den späda kroppen och varför blir det genast en rädsla att tappa henne, *jag kommer att snubbla, tappa henne ner på stengolvet, huvudet* – och hon måste blunda, hårt, och så ska särken knäppas upp och brösten blottas, man måste hjälpa den lilla att ta tag, kanske är hon en smula sömnig, och då kan man killa henne lite, på kinden där vid mungipan, eller i handflatan, titta, titta så duktig hon är och plötsligt sticker det till i bröstvårtan och barnet har tagit tag, *ser jag ut som en lycklig, lättad mor nu – här är mina juver till allas beskådan,* men kan ingen ta mina tankar ifrån mig! Vilken duktig liten flicka, säger biträdet, stark, se hennes hand hur den griper, det är gripreflexen, åh, hon är så söt, jag måste bara få säga, jag menar alla barn är ju bedårande på sitt sätt, men en del blir söta först när de får mera hull och hår, vad ska hon heta? Jag hade tänkt Lennart, svarar Maj och det är kanske inte bara menat som ett skämt, men biträdet skrattar och säger att det inte går förstås och så släpper barnet taget, försök lite på det andra bröstet också, var fjärde timme, först det ena, sedan det andra och rap emellan – se hur hon tittar på dig nu, *vi kan väl försöka älska varandra –* jag har i alla fall gett dig livet. Nej, inte så, nej nu är det ängslan över vad hon har att erbjuda, till vad slags flicka hon ska fostra henne, *är det bara mig det hänger på, min kärlek eller dess frånvaro, säg att det inte bara är jag... min dotter, mitt barn.* Rädslan som skrymmande skymmer kontakt.

Men nu kommer ännu en renrakad kvinna med sprittvättad kropp för att föda sitt barn här i salen och man finner det lämpligt att skjutsa fru Berglund till sovsalen. Och det blir ändå Hanne som ganska så osammanhängande informerar Maj om avslag, sängläge, svårigheten att kissa, trög mage och att det kan spänna i brösten när mjölken rinner till, men de måste tömmas för att förhindra feber och mjölkstockning. Men Maj hör inte riktigt, och Hanne ligger i tankarna redan utslagen i sin säng, tack, tack så hjärtligt säger Maj, och nu kommer äntligen barnmorskan från Själevad som Hanne måste gå igenom avdelningens rutiner med och kanske glömmer hon att säga adjö till fru Berglund, *hon tyck-*

er inte om mig, hon ser att jag inte är någon bra mor, att jag saknar
handlaget, känslan, men lär mig då, säg hur jag ska göra! De är två
biträden nu, som sträcker lakan och byter särk på Maj inför alla
de andra, de torkar henne med en tvättlapp i ansiktet, på halsen
också och så får hon krångla sig över i sängen och skämmas över
att de späda flickorna måste lyfta, magen är ju kvar, oformlig och
stor, och med de tjocka stoppdukarna mellan benen blir hon som
ett otympligt paket och nu rullas britsen ut för rengöring och des-
infektion. Det bleka biträdet – hon har ju talat om vad hon heter
men Maj minns inte – kommer med ostsmörgås och saftsoppa
och hon säger att bara Maj är duktig med underlivssköljningarna
så kommer allt gå bra, hon har ju inte behövt sys och det är alltid
riskfyllt med sår som kan infekteras, *om kvinnor visste skulle de*
ändå frivilligt vara i lag med en karl?

Maj stoppar sked för sked med saftsoppa i munnen och var-
för blir hon inte kvitt känslan att galenskapen lurar runt hörnet.
Är det fru Hansson som ligger hopkurad med ryggen vänd mot
de andra? Nu är hon en bland andra mammor här inne, men
ser de inte redan att hon inte är på riktigt, ja hon delar visst
rum både med fru Malmdin och fru Hansson, då gick det bra i
alla fall och fru Malmdin går nästan inte att känna igen när hon
har sansat sig och ser helt vanlig ut i ansiktet, för hon vänder
sig mot Maj och skakar på huvudet, inte kan man vara sänglig-
gande en vecka, hur skönt det än skulle vara. Nog gör gubben sitt
bästa, men att komma hem till en veckas stök, jag menar bara
att få fram mat och diska bort för en karl, och mamma orkar
inte som förr, mina pojkar är bara två och fyra, tänk att frun
fick en flicka, jag trodde att jag skulle få min Anita nu, och jag
en Lennart, säger Maj och försöker skratta och smakar stilla på
namnet, Anita, Anita Berglund, men det låter väl näpet, varför
inte, eller Anna-Stina, hon får fråga Tomas när han kommer, be-
sökstiden är visst efter lunch. Fru Hansson sover bara. Hon har

också fått en pojke, säger fru Malmdin som strax presenterar sig med förnamn, Signe, men pojken var visst nästan livlös när han kom ut, fast de fick igång honom på direkten – blir det lättare, frågar Maj och kan inte helt hindra det jagade i rösten, jag vill aldrig göra om det, Signe skrattar torrt, det hördes väl hur jag gick an, man måste ut med det onda förstår Maj, ge sjutton i vad de säger, det blir inte bättre av att man biter ihop och ska verka duktig. Med lägre röst säger hon att hon tror att barnet förstår att det ska skynda sig om man lever rövare... Kanske kan hon bli kvar i det här kvinnorummet, vaggas in i villfarelsen *att allt kommer att gå bra.*

Patienterna i sängarna mitt emot sitter upp och stickar och tar för sig av lunchen med glupande aptit, fast de här smaklösa makaronerna och korven som är mer kokt än stekt smakar inget vidare. Efter maten somnar Signe, hon väntar inget besök, men man har ringt efter Tomas och rätt vad det är har de stormat in i salen, Titti och han, Titti i päls och med lite kladdigt läppstift, Tomas nyrakad och rött narig om kinderna av kölden, de har choklad, blommor, nejlikor, skära naturligtvis, men du ser ju pigg ut säger han, jag hörde att allt gick bra, men hur är det med dig nu, hur mår du Maj, han kysser henne på kinden, har han verkligen tagit något... cigarrdoft, men också det andra, jag trodde jag skulle, inte kunde jag sova, herregud att sitta och vänta, alla hälsar, säger Titti, de kommer så småningom, men man är ju helt slut efteråt, hade du mycket ont? Äsch, svarar Maj, det gick bra, *hur ska jag kunna säga något annat* – jag förstod ju inte att det var så nära... och vi som var ute och promenerade på isen! Ska du smaka på chokladen? Tomas öppnar asken, var är hon nu då, får vi inte... jo, det är snart matdags och hon ser hur Tomas inte kan hålla tillbaka tårarna när han får se henne, något så vackert, viskar han, munnen, näsan, de slutna ögonen – hon sover i biträdets famn

317

– den av gulsot mörka hyn, handen, fingrarna, små, små naglar, allt det kan han se och även Tittis ögon tåras, vad glad jag är för er skull, säger hon, har ni något namn? Tomas skakar på huvudet och Maj säger att det visst blev en flicka, alla sa att det skulle bli en pojke, men det spelar väl ingen roll, säger Tomas och tar upp näsduken, snyter sig, hon är ju så kolossalt bedårande, och inte så lite lik sin pappa, fyller Titti i, men hon har din näsa Maj, din stiliga näsa, och Maj nickar, som om hon inte visste hur missprydande den är, men hon låtsas dum igen – Anita, säger hon, vad säger ni, Anita… ja, men det är vackert, säger Tomas, men inget släktnamn säger Titti, Emma Anita kanske, ja, vi får se. Nej, men nu tittar hon på mig, viskar Tomas, hej min vän, det är pappa, men vilka kloka ögon, och tungan som sticker ut, *varför kan du inte vara lycklig nu då*, och Maj ser biträdet, Titti och Tomas, så länge de står och jollrar, viftar med fingrarna, gör sina ögon stora, *men jag då*, nu vill hon ha bröstet, säger biträdet, när hon visar tungan så där, det är egentligen inte svårt alls bara man lär sig hur så här små pratar och nej, Maj vill inte blotta brösten för sin svägerska och make, aldrig i livet, de får faktiskt gå hem till sitt. Och nu är den lilla otålig, får inte tag i bröstvårtan, var bara lugn frun så går det bra, försök låta henne vila på armen, glöm inte huvudet, frun måste alltid stötta huvudet, nacken, de brukar vara vakna så här alldeles i början och det är bra att passa på, ni har säkert gott om mat, ni är ju inte mager, men om jag inte har mat åt henne, vi väger henne frun, och först kan de tappa lite i vikt, innan den riktiga mjölken kommer, oroa sig inte frun, men nu måste hon rapa, och det kan bli magknip, då får man bära och gunga lite – och maken kan också hjälpa till!

Hon kommer inte att tala om att hon är lättad när barnet bärs ut igen. För de anteckningar om henne, *osäkert, nervöst handlag, visar ingen sann tillgivenhet*, till och med den där mycket unga flickan, sjutton har Signe sagt, som hade sin mamma och pappa på besök, verkar självsäker i sitt sätt med barnet. Signe känner flickans pappa, Karl-Erik och han är arbetskamrater i Domsjö, visst blev de ledsna, men de kommer att hjälpa dottern allt de kan. Fästmannen som hon visserligen inte var förlovad med gör visst militärtjänstgöringen, ja, måtte han gifta sig med henne, men nu vill Maj sova, hon gäspar försynt och Signe skojar lite och säger att Maj måste vara bra mallig som har en så stilig make. Mallig? Nej, nu är hon trött på Signe, hon blundar, *varför har du varit så hård mot mig pappa, var den så snuskig, Eriks och min kärlek?* Och så måste hon knipa med ögonen och sakta kommer en pulserande värk till underlivet, hur mycket blöder hon, hon vill inte se efter, skulle hon vilja ha sin flicka intill sig? Om de fått vara ensamma de här första skälvande timmarna, sakta närmat sig varandra, hade hon märkt det då, hur de sett på varandra i skymningsljuset och den lilla tungan som stilla visat att hon ville äta, vara ännu närmare de bekanta lukterna, värmen... förlåt frun, men nu måste jag be frun att försöka kissa, det är bra om det kommer igång annars ökar risken för urinvägsinfektioner och det kalla stålet pressas in under hennes skinkor, nej, hon kan inte, det kommer ingenting, försök frun, ligg en stund och slappna av, jo hon ser nog att stoppduken är mycket blodig och lukten! Och febertermometern som ska stickas in i stjärten – *låt min kropp vara ifred* – och än finns ingen anledning till oro här i salen för inte ens fru Hansson har förhöjd temperatur.

Att mamma inte vet. *Men det är ju du som har bett Tomas att dröja med att meddela,* ja men de kan ju räkna efter, att hon blev på det viset efter en månad i Örnsköldsvik. Tomas som kommer att ta en klunk whisky och säga att när jag träffar min svärfar ska jag berätta för honom hur jag fick uppvakta dig i många månader innan jag ens fick träffa dig på tu man hand, hur stolt du höll mig på avstånd, ja, ja, vi säger väl så, fabrikörssonen som blev blixtkär i servitrisen på Kjellins… att inte adrenalinet går ur kroppen så att hon kan möta den lurpassande trötthetten med sömn.

JA, SÅ ÄR HON här. Flickan. Bland de andra nyfödda som inte heller de vet något om att ligga tätt intill sina mödrar i värme och doft, hon sover i sin säng bland de späda barnen och biträdena sköter om henne mellan måltiderna och det här vill inte låta sig skrivas. Det går inte att tänka bort brottet, att det där avståndet måste in från allra första början, där de ligger i olika sängar i skilda salar och inte vet om något annat än det här. Jag vill inte skriva om en mamma som inte kan älska sitt nyfödda barn. Men jag vill skriva om kravet som läggs på alla mödrar, kravet på godhet, kärlek, intuition, omvårdnad, lyhördhet, fasthet, ja allt som ska till hos en mamma för att barnet ska få *en trygg anknytning B* och inte ramla rätt in i *A: otrygg/undvikande*, eller *C: otrygg, ambivalent, motspänstig* och vad mer… *D* som i *desorienterat anknytningsmönster?* Ja, vi vet ju redan att allt vilar på våra axlar. Och fäderna, de verkliga och barnexperterna, kliver in och kliver ut, stänger dörren om gråt och kolik och jag vet ju att det inte bara är illvilja när den där anknytningen inte kommer till stånd och gör inte Maj så gott hon kan? Så fortsätter motståndet värkande inom mig och ändå vet jag att det är till det såret jag ska. Att jag får lägga min egen första tid med barnen åt sidan – det är en annan berättelse. Nej, jag kan inte hörsamma kravet på lyckliga skildringar av moderskap heller, för det är inte där det skaver och gör ont. Det är inte de som skapar skuldkänslor och oro. Men vad har jag då för rätt att traska rätt in i Majs mörker och söka sår? Finns såren i mig också? Ja, som en skräck och förlamande möjlighet att vara den som inte kan bära och ta emot *den andre.* Som bär förmödrars och förfäders brist eller smekning inom mig, en reparation eller oläkt rädsla.

OCH MAJ KOMMER ATT vara tillsammans med de andra mammor-
na på salen och vara glad och trevlig och lite fräck, Signe uppskat-
tar den lite hejiga jargongen och vill inte ha det alltför kvalmigt
och skärt. Fru Hansson visar inga tecken på att vilja delta i salens
sociala liv och i tysthet avundas Maj hennes stumma ryggtavla,
att bara dra sig undan så där, *jag behöver inte er och ert ytliga
pladder,* och Maj håller krampaktigt fast i lasarettets rutiner och
tidpunkter. Redan halv sex läggs barnen till bröstet, sedan är det
bäcken, urinprov, underlivssköljning, temperaturmätning, mor-
gontvätt och första frukost – ja här finns det där uttrycket igen.
Rond och förmiddagskaffe och före middagsmålet mitt på dagen
ska barnen matas på nytt. Och så håller det på och det är väl inget
att klaga över även om maten är smaklös och kaffet blaskigt – åh
vad hon längtar efter färskbryggt, hett kaffe på nymalda bönor,
och det går inte att förstå att den där mörka dockan med så täta
svarta ögonfransar är hennes barn. Men nej, att hon är en docka,
det tänker hon inte. Nej, snarare ett väsen som vet så mycket mer
än Maj, Maj som är barnslig och fjantig och enkel och tycker att
det gör så ont när barnet ska ta tag i bröstvårtan, ja, hon har frågat
biträdet om det inte kan klara sig på nappflaskan för det bränner
som eld, men då säger Signe att ger man inte barnet bröstet kan
man bli tokig rent ut sagt, hon har en granne som måste tas in för
hon skulle göra sig av med barnet om hon fick chansen, och hon
ammade inte, mjölken rann inte till och vi ska vara glada att vi
inte är sådana, säger Signe lägre och nickar menande åt fru Hans-
sons tysta rygg. Bröstmjölk, gnid in dem med det. Åh – visst kan
Maj vara lite fräck, men så frimodig att hon klämmer ut mjölk

och börjar gnida in brösten inför allas blickar, det är hon inte, prata med Nylén då, ja Maj ska prata med Vera Nylén som inte verkar vara lika sträng som Hanne. Hon är i övre medelåldern, men kvick och vänlig och biträdena tycks vara mindre rädda för henne – Hanne är inte elak men litar inte på att biträdena verkligen tar sitt ansvar för hygien och rutiner, lättjan kan lura bland de raskaste av barnmorskeassistenter.

Men nu sticker det i brösten igen och snart kommer de med flickan, ska hon verkligen äta redan? Visserligen har Vera Nylén lugnande sagt att det ger med sig, den ömtåliga huden på bröstvårtorna måste vänja sig vid barnets starka sugförmåga, men nu är Hanne tillbaka för kontroll på sovsalen och hon är inte nöjd. Ska fru Berglund inte unna sitt barn av den goda mjölken? Jo, naturligtvis, men såren... det blir inte sår om barnet tar rätt tag, avbryter Hanne, kanske flickstackarn kämpar för livet för att få i sig något, nu vill jag se med egna ögon hur fru Berglund gör, och så måste hon knäppa upp särk och behå och ändå försöka dölja de obscent stora brösten – hur kan de svälla så där – och nu skriker flickan och Hanne blir än mer missnöjd för det är inte lätt att lära ett upprört spädbarn att ta det rätta taget. Och lika skälvande som vanligt tar Maj emot flickan – det tunga huvudet, den späda kroppen och halvsittande försöker hon erbjuda bröstet, jag ser att ni har bra bröstvårtor, det ska inte vara något problem för flickan, de är inte indragna eller deformerade, *snälla, visa att du är duktig nu,* flickan skriker, kniper med ögonen och blir alldeles röd i ansiktet och nu tar Hanne tag i Majs bröst och gör någon märklig manöver för att barnet ska börja äta och så sprutar det, sprutar det inte bröstmjölk rakt på Hanne, och Maj vet inte om hon ska börja fnissa hysteriskt eller gråta och efter vad som verkar vara en evighet blir den lilla tyst och smackar högljutt, liksom förgrymmad. Barnets mun måste vara rakt mitt emot bröstet, säger Hanne skarpt, ni måste fortsätta öva. Jag skulle i alla fall aldrig ge nappflaska om jag hade så gott om mat till mitt barn. Se till att båda brösten töms så barnet får del av den feta slutmjölken, i början är det mest som sockervatten. Och lite vänligare säger hon åt Maj att hon inte får ge upp så lätt, det finns nog ordentligt med kämpatakter bara frun känner efter. Signe säger tröstande att det kommer att ordna sig och kan Maj känna hur dåsig flickan blir, tillfreds, sömnig... eller är där bara oron att hon inte får somna innan hon ätit färdigt på det andra bröstet också? Om hon ändå haft en chans att upprätta något eget. Som om man skulle kunna älska inför öppen ridå! Här ska hon hela tiden bevisa för barn-morskor och biträden att hon *visst är som alla andra*. Och innan lillan burits bort kommer köttsoppan och rågbrödet, det är inget fel på soppan men hon blir inte mätt, skulle inte hungern ta slut när barnet kom ut, åh, tack och lov att Titti och Julia har med sig en stor bit av en nybakad marmorerad kaka, Julia har tulpaner i lindblomsgrönt och rosa och Titti överlämnar stolt några skära plagg till flickan, tack, tack så hjärtligt, tänk en annan låg hemma i all röra och stoj, säger Julia, inte hade man det så här bra, det är förstås Maj väl unt, lägger hon till men Maj har redan tårarna i ögonvrån, det är väl inte hon som har bett om att ligga raklång på en sal i en hel vecka.

Och när Tomas kommer efter middagsmålet är han intensivt in-riktad på sin dotter, han säger att biträdena tycker det är så roligt att han kommer in till dem i barnsalen för det är visst ovanligt med pappor som är så intresserade av barnets skötsel, han fick till och med titta på när de bytte blöja på Anita och hon är vackrast av alla på salen, om jag får säga det själv. Ja, och Julia tycker att jag ligger här och latar mig, säger Maj och blir skrovlig på rösten, nej, svarar Tomas direkt, det menade hon väl ändå inte, ja då är hon avundsjuk, som om jag inte gör rätt för mig, säger Maj upprört och Tomas plockar fram en chokladkaka ur kavajfickan och bjuder Maj att smaka. Ja, inte får man röka heller, muttrar hon och han klappar henne på smalbenet, säger att hon snart får komma hem. Och så plötsligt, som om det inte var något särskilt, säger han att han har skickat ett brev till familjen i Östersund och berättat att Anita och Maj mår bra. *Familjen i Östersund. Till mamma och pappa?* Men Tomas, säger hon och blir alldeles kall, och ser han inte trotsig ut då han svarar att du sa ju själv att vi inte skulle kunna hålla det hemligt och jag skäms inte Maj. Med lägre röst säger han att vi har inget att dölja och så är besökstiden slut och det är ännu en underlivssköljning och hon skojar med biträdet för att verka alldeles som vanligt och så blir brösten spända av mjölk.

Men när natten kommer kan hon inte sova. Signe snarkar, fru Hansson sover till och med tyst och Gunborg som bara är sjutton jämrar sig stilla i sängen. Hon som har sin mor och far hos sig. Som inte ens är gift. *Jag har i alla fall ringen på fingret mamma, det har jag.*

TITTI ÄR UTOMORDENTLIGT PLIKTTROGEN. Jo, Maj kan förstå att det medför ett visst besvär att komma varje dag till besökstiden, Titti är ju själv småbarnsmor och hustru till en affärsman med allt vad det innebär av betungande åtaganden. När Dagny följer med har de köpt bakelser och karlsbadergifflar från Sundmans och de förhör sig om urinprov och temperatur och skrattar åt Tomas som är så mallig som om det var det första barnet som föddes i Örnsköldsvik, *ja, det är inte mig han älskar, förstår ni det nu*, och så överfalls hon av en längtan efter sin gamla familj som är så barnslig att hon borde bli slagen *i huvet* med den där yxan igen. Bakelser är man inte bortskämd med här precis, säger hon och Titti svarar att hon måste äta för att ha mat åt flickan, hon kan inte begripa varför mammorna ska sättas på svältkost på BB. Sedan fladdrar de ut i pälskappor och hattar och Signe säger vasst att till Maj kommer visst det ena elegantare besöket efter det andra, *men jag är bara en helt vanlig flicka från Östersund*. Nej, nu ska det bli skönt att fara hem och slippa Signes skvaller och den här salen som luktar sur bröstmjölk och svett, hur mycket biträdena än sprittvättar. Men när Hanne kommer tittar hon med rynkad panna på Maj och undrar hur hon tror att hon ska klara sig hemma när hon inte ens har stått på benen. Men den andra barnmorskan har sagt att jag inte får stiga upp... det har ju varit bäcken och lavemang, invänder Maj, ja, men vi kan omöjligt skriva ut frun förrän jag är försäkrad om att ni kan stå på benen. Det har vi inte förbjudit och jag tvivlar på att biträdande barnmorskan Nylén inte har underrättat er om att ni bör gå en runda här inne på salen var tredje timme, ja i förrgår borde ni ha börjat med det. Signe och fru Hansson tiger. Har de andra verkligen varit uppe och gått? Jag ska skicka ett biträde till frun som får stötta er, ja, för benen är verkligen svaga, darriga, det känner hon när hon lutar sig mot flickan som tycks vackla under hennes tyngd.

Men hon har i alla fall ingen förhöjd temperatur och ingen äggvita i urinen – om hon skulle smyga upp och ta lillan och rymma hem – *du är verkligen dum* – att få mat och bli uppassad, tänk på bondkärringarna som fick gå upp och mjölka dagen efter, *men de var åtminstone inte påpassade för jämnan,* nu tränar hon, kliver runt med ömmande underliv och Signe skrockar att hon bara kommer att ångra sig när hon kommer hem, då har man minsann att göra. Men bara det att få ta sig en smörgås när man är hungrig! Värst är kvällarna, efter kvällsgröten klockan halv sju får man ju inget mer och både klockan åtta och tolv på natten ska barnet ammas, åh vilka limpskivor hon ska bre åt sig själv i köket, *figuren Maj, bryr du dig inte om hur du ser ut?* – det är klart hon vill bli smärt igen men hunger har hon alltid haft svårt att tåla. Och så plötsligt reser sig fru Hansson och säger tack för sällskapet, maken har kommit för att hämta henne, en ung, blond man som skojar med Maj och Signe, lycka till, säger fru Hansson innan hon går och Signe och Maj kommer sig inte för att säga något alls, de bara vinkar och ler.

När Tomas dyker upp den kvällen måste hela salen känna att han luktar tobak och sprit. Han kysser henne på handen och bugar, men han är visst rastlös, för rätt vad det är går han ut igen och Maj skrattar och låtsas som om hon inte märkt att hennes make var *full.* Glömde hon att säga till honom att hon ska skrivas ut imorgon? Att doktorn bara ska ge sitt löfte på ronden, doktorn som verkat trött och distré, men han kan inte neka henne att få åka hem. Och vid halv tio på kvällen kommer en rosig och pratglad fru Byström, hon har fått en jänta, sitt femte barn, och hon tackar Gud att det gick vägen och är visst frikyrklig. Signe och hon diskuterar religiösa frågeställningar i ganska så skarpa ordalag och Maj tänker inte lägga sig i. Nyförlöst och diskussionslysten! Maj som är så trött. Som om adrenalinet sakta sipprat ur henne och nu finns ingen kraft kvar, de sover ju bara fem timmar per natt för det är ingen idé att somna före barnens nattmål, *har mamma någonsin sovit mer än fem timmar per natt, är det därför hon är så sjuk nu,* hon hukar under frågeställningarna om en allsmäktig gud i en ond värld och kniper ihop sina ögon.

NEJ, DET BLIR TITTI som får följa henne hem för Tomas har ett viktigt affärsmöte som han omöjligt kan boka av, hur gärna han än skulle vilja. Och Signes man som arbetar skift kommer minsann, och Signe och Maj lovar varandra att hålla kontakt, de har ju haft det så trevligt, visst har de det, och Titti som har promenerat till lasarettet får springa till Georg för att låna bilen och hur ska Maj kunna få med sig buketterna, nej, hon kan inte lämna dem kvar åt flickorna för hon vill så gärna ha dem hos sig hemma och där står hon utanför barnsalen och ska ta emot sin flicka som om det var den mest naturliga sak i världen. Med försvagade benmuskler och utan att ha varit med på en enda skötsel av flickan, *men alla kvinnor kan väl byta blöjor och snyta ungar,* ja, och Maj som har så duktiga erfarna svägerskor – och svärmor – ska inte behöva oroa sig. Alla är de experter och vet hur man ska handskas med kinkiga barn *på det rätta sättet.* Fast där är inte Maj ännu när hon står med flickan invirad i en yllefilt i famnen, att de inte ens har ordnat fram en åkpåse i fårskinn, mössan som verkar så tunn på huvudet, men Titti ska köra bilen ända fram till entrén och därifrån till porten hemma och hur ska hon kunna bära barnet genom korridorerna utan att snava, snubbla – Titti håller henne om ryggen med den ena armen och i den andra handen bär hon Majs packning och buketter och flickan sover, om Titti bara kunde låta bli att upprepa att Maj måste vara så lycklig, så lättad, ett sådant välskapt barn...

Att det skulle snöa så ymnigt. Ett snöfall från sidan som siktar in sig på oskyddad spädbarnshud. Oj, säger Titti och försöker täta kring hennes ansikte med filten och Maj tycker att hon täcker över den lilla munnen, hon får väl luft säger hon, jadå, svarar Titti, skynda er in i bilen nu och hur i hela friden sätter man sig i en bil med byltet intakt i famnen, *en mor ska vara lugn, trygg och invagga sitt barn i säkerhet,* och när Maj väl är i trygghet vill hon för allt i världen inte kliva ur igen efter den korta sträckan. Alla tre trapporna. Att inte släppa greppet med handen om nacken. En arm om kroppen, stjärten, att låta den lilla hakan vila mot axeln. Om de faller handlöst rakt bakåt i de kantiga branta trapporna. Eller framåt, med spräckt käk- och skallben… *ett steg i taget Maj,* och Titti viskar att de inte ska gå in till mamma nu, hon som inte ens kunnat komma till BB med blommor kan gott få vänta på att få se sitt barnbarn, *jag tror inte tant är så intresserad av sitt barnbarn,* och nej, Tomas har inte varit noga med vädringen. Lägenheten är instängd, luktar rök. Och Titti släpper packningen på golvet, tittar på klockan – det är ju typiskt att jag har lovat bort mig till Ingegerd just idag, ni har väl så ni klarar er, du och lillan, och fortfarande med flickan i famnen blir Maj stående i den mörka tamburen sedan ytterdörren smällt igen.

Var gör jag av dig, jag måste ju få av mig skor och kappa, inte lägga henne på golvet, golvet är inte rent och vilka baciller finns inte där att krypa in i näsa och mun och öron, men i sängkammaren står vaggan, och så snart hon har lagt byltet där och varit rädd att huvudet ska hamna i en konstig vinkel vaknar Anita och börjar gråta. Då sticker det till i brösten och det måste gå fort för när hon slängt kappan på stolen ser hon att blusen redan är blöt, du ska få mat säger hon och försöker låta lugn medan hon krånglar med blusens knappar och det svider fortfarande, och Maj måste hindra impulsen att dra undan bröstet just när flickan ska ta tag, såja, såja, såja, upprepar hon mekaniskt och herregud blommorna, tog Titti rätt på buketterna eller ligger de bara slängda i hallen? Så sover flickan. Det gör hon väl? Fast hon har sugit tag i bröstet och verkar inte vilja släppa. Maj som är så kissnödig.

Måste hon inte rapa nu? Hanne Blom som förklarade att barnet inte kan få i sig för mycket eftersom det i så fall spyr upp överflödet, om hon bara inte hade så svårt för kräk och dregel, men kanske måste hon kräkas lite nu och så snart Maj lagt Anita i vaggan vaknar hon igen och gnäller. En ren, torr blus bara, i bomull och en ny behå, fast hon har väl ingen i passande storlek, nej hon kinkar, skriker och så störd tant måste bli och Maj lyfter den lilla och får henne att ta det andra bröstet och så grymtar hon, liksom upprört, förebrående och smackar högljutt och somnar. *Varför har du inte kissat Maj?* Ja, men nu är det ju för sent, hon kan inte väcka lillan för då kanske hon inte somnar om och bara skriker och tant slår med käppen i värmeledningen och ringer för att tala om att nu måste de flytta. Varför är inte barnflickan här? Med vitt förkläde och rosigt mjuka kinder, klar sångröst och leende ögon – om de tvingar på henne en barnkammarjungfru ska hon väl i alla fall vara på plats när hon behövs, *men hur ska vi kunna tycka om dig nu Maj, som du klagar, nu dras ju blicken bara till barnet.* Barnet har inte bett att få komma! Ändå har hon redan en längtan, en strävan mot den här doften, rösten. I den stora salen med höga fönster fanns det ju så många barn, så många biträden, snälla, rara, men olika ansikten och främmande röster, kvinnor som var tillsagda att inte fästa sig vid dem på ett överdrivet, personligt vis för det kommer ju hela tiden nya barn.

Det är dammigt på sängbordet. Ringar av... öl? Eller är det bara kaffefläckar på den ljusgula målningen? Tidningar. Otömda askfat. Skjortor och kalsonger och strumpor och undertröjor på stolen. Han skulle väl ha plockat undan om han säkert vetat att hon skulle komma? *Erik, nu är jag mor. Men det är inte ditt barn.* Luktar avslaget genom tyg och allt? Och inte har hon lossat på den vita bomullsmössan, så hårt den är knuten under hakan, har hon utan att märka något kvävt flickan, herregud, hon andas väl, han kommer tro att hon har haft ihjäl henne med flit och med ena handens fingrar lyckas hon till slut krångla upp den hårda knuten. Hon andas. Har färg på kinderna. Är varm. *Men ser du inte skönheten?* Maj känner att det luktar något. Det har kommit i blöjan. En röd, tunn rumpa – det är så smått, så tunt, att hon måste vara så liten, men det är något grynigt, gulgrönt i blöjan och varför i all världen fick hon inte vara med och sköta henne på BB, hur ska det här gå till. På en handduk, på golvet? Nej, hon måste låta henne ligga på sängen, ett tjockt lager gamla lakan och det här vattnet kan omöjligt ha rätt temperatur, det är för varmt. Tvättlappar, ren blöja, det har kommit på sparkbyxorna också, och nu skriker hon igen, där Maj har lagt henne mitt på dub-belsängen fast om hon rullar varv på varv på varv och faller ner i golvet, *hon kan inte röra sig på det viset ännu – ja, men hur ska jag kunna veta?* Maj kommer att tro att flickan kan häva sig runt ända tills hon faktiskt kan det, hon vet inte vad späda, veckogamla barn är kapabla till och svetten bryter förstås ut, den blossande, nervö-sa, var ska hon nu bre ut lakan och handdukar, den lilla kroppen liksom darrar och det är faktiskt golvkallt här, det känner hon, men hon kan ju inte söla ner sängkläder och täcken *du kommer att söla ner tids nog, dina bröst kommer att läcka om natten.* Maj vill inte tycka att det är äckligt, men hon står där med handens naglar som ska granskas av mamma, lärarinnan, fru Burman i skolköket, lort under naglarna är straffbart, ett tecken på degene-rering, slarv, det är klart att inte Maj har smuts under naglarna! Men hur ska hon skydda sig från att den här avföringen tränger in, hon tvättar, tyglapp efter tyglapp medan flickan protesterar, allt måste ju bort och borde hon inte ha salva och talk på den röda stjärten och flickans svullna kön, nej, nu måste hon få in blöjan under ryggen, skinkorna, fästa snibbarna – tar hon för hårt, ja ser inte blöjkanten ut att skära in i magen och navelstumpen, den skulle också rengöras, hur, den är svart, är det den som luktar så illa? Snälla lugna dig, viskar hon, varför slutar hon inte gråta när blöjan är bytt och utmattad sätter hon sig på sängen igen, med nedblötta bajsiga trasor slängda på golvet. Och hon struntar i att det inte har gått fyra timmar, ger bara flickan sitt såriga bröst.

Men mina älskade flickor! Att ni äntligen är hemma! Ta henne, säger Maj – jag måste… och hon kan inte snabbt nog få in brösten i blusen och stoppla in på WC. *Är jag redan förbrukad?* Tjugoett år. Stoppduken är blodig, men inte så att hon blir orolig. Det svider när hon kissar – är det fortfarande trasigt i underlivet? – hon vet inte. Men genom den stängda toalettdörren hör hon Tomas jollra med flickan, och när hon öppnar dörren ser hon hur han bär henne gungande, sjungande och hon verkar vara alldeles förträffligt nöjd.

Prova att lägga henne i vaggan, säger Maj. Då vaknar hon direkt. Så liten du är, säger Tomas, jag kunde aldrig tro att de var så här små när de är fullgångna – kan vi inte gå ner till mamma och visa upp henne? Maj blir ställd – det sista hon vill är att få en upptuktelse av tant, så hon ber med svag röst att få stanna hemma, säger att hon faktiskt är alldeles slut, men gå du – ja du kan ju inte bli borta någon lång stund – och håll för guds skull i henne när du går i trappan och så är våningen tyst. Hon måste sätta av en hink åt tvättlappar och blöjor. Ja här kommer det väl att lukta dag ut och dag in i fortsättningen… är det ett arbete för barnjungfrun, att tvätta sådant, hon vet inte. Men det här måste i alla fall Maj ta rätt på. Och först i övermorgon kommer fru Jansson. Det behövs. Ingen stor disk i hon, en frukostdisk bara, kaffekoppen, smörkniven, assietten – men det är solkigt som när hon flyttade in. Damm, kaffefläckar, utspridda böcker och tidningar. Lortiga kökshanddukar. Hon sköljer trasorna i kallvatten, och sätter sedan en kittel på värmning på spisen för att kunna koka tvätten ren. Ja, nu blir det nog hemlikt med tvättlinan i köket, hon måste byta och ta rätt på stoppduken också, men inte så att Tomas ser. Det får bli när han är på kontoret. Och inte för att han skulle vara smutsig eller ha låtit bli att tvätta sig när hon varit borta, men hon vill ändå byta sängkläder i kammaren. Om han haft besök – ja tänk om Tomas har haft dambesök när hon legat på BB, det var Ingrid som berättade att hon hade en väninna vars man talade om att han haft en annan under hela havandeskapet när hon kom från BB – *skulle du bry dig då?* Men det är väl självklart! Tomas är ju hennes make.

Och hon vill i alla fall byta underlakan och örngott i sängarna. Bädda på riktigt i vaggan. Vädra! Det kan inte hjälpas att snön yr och lägger sig på fönsterbrädan. Bort med gamla fimpar. Inte är hon lika kvick som vanligt. Men sakta blir det något slags ordning. Vilken skillnad bara man lägger tidningarna i tidningsstället. Skor på hyllan. Måtte fru Jansson vara noggrann med damningen på torsdag – men nu dröjer de väl? Åh, så tomt i skafferiet. Och klockan är ju mycket. Pannkaka, hon får grädda tunnpannkakor på två ägg bara och så är de visst tillbaka. Anita gråter igen och Tomas är inte längre lika sprudlande, vad sa tant frågar Maj, äsch, hon har ju bara plats för sina krämpor. Om du vill veta så tycker hon att alla spädbarn ser likadana ut – men tänk om tant istället kunde visa sig bli förälskad i sitt yngsta barnbarn, berörd, kanske kan den hjälplösa flickan – som skulle kunnat vara en lika hjälplös pojke – beveka henne? Det vore härligt. Men tant har ju redan så många barn och barnbarn. Hon skulle då inte ha något emot att få förbli exklusiv i sin yngsta sons liv. Varför ska hon behöva dela honom med två andra fruntimmer? Ja, lägger han till, hon lät också meddela att hon föredrar större barn som har något förstånd, men hon skulle se till att Eivor ordnade om blommor och så blir det väl någon silversak till dopet. Att Tomas är så öppet ond på sin mamma tyder på att han har tagit några glas med de här affärsbekanta. Vill hon ha mat, frågar han och Maj säger att hon måste vänta, var fjärde timme är hon strikt tillsagd på lasarettet och man får visst inte amma dem så fort de piper. Jag ska bara grädda några tunnpannkakor, nej någon tjockgrädde har de inte hemma och så flimrar bilden av hur hon gräddar pannkakor i Eriks stuga, då han rotat i hennes saker *hur kunde du låta bli att begripa hur det var ställt med dig förra sommaren. Hungern. Du bara åt och åt och Erik var rädd att du skulle bli tjock. Men han hade ingen aptit, minns du det?* – jo en burk äppelmos och en kruka lingon står i skafferiet, vi får nog handla imorgon, ropar hon till Tomas som vankar av och an på rumsgolvet och har inte Anita somnat i hans famn? Ät först du, säger han – så skulle aldrig pappa säga – kan hon verkligen äta först? – jamen vi måste ju turas om att bära henne och du är nog mest hungrig. Vad Titti är rar, säger hon mellan tuggorna, som varit upp till mig varenda dag, vi måste ge henne något, hon blir plötsligt het om kinderna när hon kommer på att hon inte ens tackade Titti ordentligt för skjutsen, ja hon blev ju till och med sur över att Titti inte ställde buketterna i vatten. Och nu står tulpaner, fresia, elegansnejlikor och ginst på både byffén och på bordet framför soffan.

Är du inte lycklig? Frågan kommer så plötsligt, lillan har sovit i hans famn under hela tiden när Maj har diskat, torkat torrt, plockat, ja Tomas har inte fått en enda pannkaka i sig – vad ska Maj svara, tänker hon ens i termer av lycka och olycka, det är filmer och romaner som rymmer den sortens uttryck, *men du var väl lycklig när Erik bad dig tillbaka?* Fast var det verkligen lycka, var det inte bara triumfens sötma, *du klarade dig inte utan mig, du som trodde att du var fri,* och i den uppståndna tystnaden blir Tomas tvungen att lägga till – tänk att hon är här nu, frisk, hel, ljuvlig – man skulle ju tycka lika mycket om henne om det var något, men vad man skulle oroa sig, ja, och Maj behöver inte längre svara, du måste ju få äta, säger hon, karlar kan ju dö om de inte får äta, först och mest och ta flera gånger, bröderna och pappa som tar de bästa bitarna vid det trånga köksbordet, alltid, men de är ju *män* och här har hon suttit och smaskat i sig fyra pannkakor, nej fem om man räknar med den första smörflottigt trasiga, utan att Tomas har fått en enda. Jag gör några rullar åt dig och skär i bitar så får du äta i soffan, ja, hon vill att lillan ska fortsätta sova så att hon hinner städa färdigt, och hon räcker honom den fyllda tallriken och en gaffel. Man är rakt rädd att röra sig, säger han lågt, se hur hon snusar, och varför blir hon inte glad över de där tårarna som fuktar hans ögon?

Där har hon det bra, säger hon istället och Tomas ler en typ av leende som hon aldrig har sett hos honom tidigare, en förälskad mans leende, inte uppeggad, inte drabbad av begär, nej bara ömt förälskad och Maj reser sig för att fortsätta packa upp och plocka till, och så fort hon är klar ska hon ha en kopp hett, starkt kaffe på maten.

Kom, kom och titta Maj, nu låter Tomas orolig och Maj skyndar in i rummet, hon har vaknat, ja de där ögonen tittar och tungan sticker ut genom munnen, med en hastig blick på klockan konstaterar hon att det snart har gått fyra timmar – tre i alla fall – och blöjan, är det dags igen, ja Tomas räcker över henne och för ett ögonblick hänger de små benen oroande löst – borde hon inte vara lindad om benen, de måste ordna fram ett praktiskt ställe att byta på, ja nu gråter hon igen, eller skriker, vill inte alls bli lagd ensam på sängen och de där magra benen som kommer fram och nu är Tomas här också, säger att sköterskorna – Maj låter bli att tala om att de inte alls var sjuksköterskor – höll i fötterna, de mår visst bra av att tas omkring och hållas fast, de har ju varit omslutna i nio månader och så är det plötsligt helt öppet runt dem. Jaså, på det viset, är det experten som har uttalat sig, säger hon, halvt på skoj och lägger till att då kanske han kan sköta blöjbytet i fortsättningen och när kommer egentligen jungfrun. Jag tänkte att ni ville hinna pusta en stund, du och flickan, men jag kan skicka ett brev nu genast, de hade väl ingen telefon, här är pappa, tittut, inte vara ledsen, mamma är snart färdig så blir du torr och varm, inte vara ledsen nu, och Maj lyfter henne, säger åt Tomas att det är matdags och att de behöver vara ifred.

Nej, inte verkar Tomas särskilt besviken över att det inte är en pojke. Att han kanske i själva verket är lättad att det blev en flicka, att lära en pojke till man med allt vad det innebär... och Maj ordnar med kuddar bakom ryggen, än har hon inte kommit underfund med att det går att ligga ner och amma barnet, nej ännu är det upprätt och helspänn och riktigt tag och det är klart att Anita blir otålig och kanske rädd att maten inte ska komma. Nej Maj kan inte se den här stunden som något annat än mat, mat som kan flöda eller sina, vara tunn eller fet, äcklig eller god, tas emot eller avvisas. Men om det slapp göra ont! Lufta brösten och smörja dem med bröstmjölk. Ska hon ligga med bara bröst? Inte så länge Tomas är hemma och sedan med en jungfru som kanske springer rätt in i sängkammaren utan att knacka. Går det bra för er, ropar Tomas från stora rummet. Vill du ha kaffe där inne? Åh, ja tack för en kopp kaffe, men i nästa sekund har kaffet spillts ut över den tunna huden och skållat flickan, nej tack, ropar hon, jag väntar tills hon har ätit färdigt. Och hon måste blunda och titta och blunda igen för att inte kaffet eller det heta honungsvattnet ska rinna över spädbarnshud om och om igen och det blev sant som Signe sa – hon saknar salen, kamratskapet och rutinerna, att aldrig behöva vara rädd att hinna falla ner i något kladdigt mörkt – eller värkande bländande vitt – bara att passa tidpunkterna och hålla sig till dem. Ja, så känns det i alla fall efteråt och naturligtvis är det enda rätta att upprätta något slags program även här hemma. Mattider, blöjbyte, bad och samma sovtider varje dag, *kan du inte bara njuta av hennes kroppsvärme och doft*. Tomas och Maj i dubbelsängen med barnet mellan sig – men nej, det är inte en sådan tid. Nu talar visst Tomas i telefon. Titti vill ta med Henrik imorgon och visa honom lillkusinen, ropar Tomas, men vi har ju inget att bju på, svarar Maj och så blir hon som förlamad av trötthet igen. Anita äter. Ja, Maj kan inte svara på om hon verkligen får i sig något, men hon smackar i alla fall. Och rapar när Maj har guppat henne och klappat henne på stjärten. Nu rinner det något vått varmt på hennes axel, det kommer visst att bli mycket tvätt. Men nej, det andra bröstet vill hon inte ha. Men då blir du inte mätt, säger Maj bestämt och trugar och killar på kinden och i handflatan. Somnar hon igen? Ja, det verkar så. Om hon inte var så kissnödig igen skulle hon inte våga lägga ner henne på sängen, men hon fortsätter visst att sova.

Maj känner sig plötsligt illamående av blodet och lukten, hur länge är det tänkt att man ska gå med stoppdukar och stinka, hon viker ihop den, tar en ren, tvättar händer och skrubbar naglar. Tomas sitter i soffan med en grogg. Vill du ha något? Cognac och sockerdricka – jo det ska han ordna. Hon ligger mitt på sängen nu, säger Maj, borde vi…? Men hon kan väl inte… svarar Tomas. Men det är svårt att bara sitta lugnt i soffan och dricka grogg – om hon får något över ansiktet och inte får luft. Tomas tycks tänka samma sak och reser sig för att kasta vatten, men hon hör honom gå in i sängkammaren också. Jag var tvungen att känna så hon andas, viskar han, och Maj skrattar till och undrar varför han viskar. Hon tittar på klockan, strax nio, men då måste hon få mat mitt i natten också, hur ska hon klara att få ordning på tiderna när det redan har blivit så rörigt, *du vill väl inte ha ett odisciplinerat, ständigt krävande barn, ett besvärligt barn, du var väl själv ett besvärligt barn som inte var lätt att tas med för mor och far,* ja, alla dessa tankar om barn.

DÄR LIGGER ANITA OCH sover. Mamma och pappa i stora rummet med groggar och Maj ber att bara få ta ett bloss på Tomas cigarrett. Nej, hon hostar, det gjorde inte särskilt gott. Talar Tomas om firman? Nej, det är inget att prata om. Han säger sakta att han har saknat henne när hon varit borta. Astrid tyckte att vi hade det så trevligt här. Astrid? Hur handen börjar darra. Ja, vi sprang på varandra på stan och jag har haft en kartong med några av hennes saker på vinden. När katten är borta, säger Maj, och skrattar till och Tomas frågar om hon verkligen tror att det hände något mellan dem, Astrid är ju förlovad, hon fick en kopp kaffe och sina saker, nu häller han i sig groggen och lägger huvudet på sned. Jag ville vara ärlig och inte hålla det hemligt. Det hade väl varit konstigt? Man talar väl inte om en sådan sak om… nu är du faktiskt lite barnslig. *Vill han göra mig svartsjuk?* Du skriver till mamma och pappa och du bjuder hit din före detta fru som jag aldrig har träffat. Vad mer tänker du hitta på som kan vara bra att få reda på? Tomas stryker med handen över det grå håret. Men Maj! En månad hit eller dit. Gjort är ju gjort. Det är klart att din mamma och pappa inte kan vara arga när de får se henne. Maj skrattar till igen. Du känner inte min far. Tomas flyttar sig närmare henne. Kom får jag hålla om dig. Vi bråkar inte. Förlåt. Det var dumt av mig – men hon var hit och jag vill inte ha hemligheter. Nu hör vi ihop för livet Maj. Vi kommer alltid vara Anitas mamma och pappa.

Inga fler groggar. Inte för Tomas åtminstone. Om det ska sägas sanningar som sårar och söndrar. Fast hon är skakig låtsas

339

hon fred och sitter intill honom precis så länge som krävs för att inte verka oförskämd, och sedan reser hon sig och säger att hon knappt har sovit på BB, hon tänkte göra en tidig kväll. Och han förstår visst att hon inte vill ha sällskap. Hon går in på WC mest för att få stänga om sig. Blod på stoppduken igen. Nu vill hon svimma – lukten, blodet, groggen – håller hon på att få feber i alla fall?

När hon kommer ut står Tomas i dunklet och säger att det känns som om Maj inte vill lära känna honom på riktigt. Som om han skulle kunna vara vem som helst. Är det bara för Anita som du gifte dig... Tomas, jag är så trött, vi får prata när vi är utvilade, en annan dag. Jag tänker i alla fall göra mitt bästa, säger han. Men jag kan inte älska för två.

I sängen, intill barnet som faktiskt sover vidare, blir hon arg. Nyss hemkommen och behöva bli så... upprörd. Ja. Det måste hon säga till honom. Tror du inte det är nog påfrestande... jag är nyförlöst Tomas! Det är främmande för mig också. Är kanske inte alldeles i... balans. Inte så lite utmattad. Jag kanske inte kan vara fullt frisk och fylld av arbetslust på en gång.

Borde hon lägga lilla Nita i vaggan? Här kan hon väl inte sova? Utifrån sett ligger där en späd kropp, med mörkt, tätt hår på det liksom stora huvudet. En knölig blöjrumpa, med tunna bomulls-klädda ben. Armarna, fingrarna med naglar som små korngryn. Vad väcker hjälplösheten och utsattheten upp? Säg beskyddar-instinkt och ömhet. Säg rädsla att något ska hända och tacksam-het över att få vara med om ett barns födelse. Säg jublande glädje och en stolthet som är outhärdlig för alla utom föräldrarna och i bästa fall mor- och farföräldrar. Men om där är vrede. Om där är maktlöshet. Om där är avund. Om där är en i samhällskroppen inbyggd rädsla för vad närhet och kärlek och beroende kan göra med barn och vuxna. Vilken avsmak kan inte väckas av barn som ammas länge. Som sover i mammas och pappas säng. Som får uppmärksamhet, bärs omkring, skäms bort.

Och Maj som inte har något annat än kuddarna bakom ryggen att luta sig mot. Hon vet inte. Instinkter? Sunt förnuft? Att göra som hon är tillsagd. Hon är ju inte femton, sexton, sjutton. Hon är vuxen. Det är inget konstigt att bli mor när man är nyss fyllda tjugoett. Fast om man alltid har fått höra att man är så omogen? *Du ska väl inte bry dig om vad Ragna och bröderna säger.* Distriktsbarnmorskan från Själevad skulle kunna tala om en del. Hon har egna barn och sett många födas. De är olika. En del är lättröstade och sover mest och äter. En del är livliga och vill liksom aldrig komma till ro. En del vägrar bada, borsta håret, sova i egen säng. En del är nöjda i lekhagen, andra vill gärna bli burna mest hela tiden. En del kan från början berätta när de är hungriga, trötta, uppspelta, ledsna. En del förstår man knappt alls. En del bråkar man mer med. En del har man lättare att älska. Men på hur många sätt kan man fördärva ett barn?

Vad är det Maj tänker på där hon sitter på sängkanten och betraktar sitt barn? Ja, just nu är där en upprorisk ilska – Astrid, groggarna, självgodheten med lilla Nita – *jag vill också bli buren, vaggad och vyssjad. Jag bryr mig inte om ifall ni har legat med varandra här i sängen. Så det så.* Eller är det bara en förvirringens virrvarr som måste stoppas undan för rätt vad det är kan Nita vakna och hon måste ju försöka hålla tiderna. Även om hon redan nu har en känsla av att det där amningsintervallet är ett djävulens verktyg. Man blir så underlig av för lite sömn. Egentligen borde hon bara sova nu. Tomas verkar bli uppe länge med sina groggar. Men om han kommer och lägger sig i sängen... Anita skulle kunna kvävas under hans tyngd. Ja, en kort stund av klarsyn ger vid handen att han kommer att sova tungt efter de där groggarna som knappast hinner gå ur kroppen. Så hon måste lyfta över barnet till vaggan. Och då vaknar hon. Självklart. Och det har väl bara gått två timmar? Men å andra sidan åt hon bara på det ena bröstet sist. Så om man ser det som en paus och sedan det andra bröstet, då kan hon kanske somna om. Ja, hon vill visst äta. Ett litet matvrak. Akta dig så att du inte blir tjock och fet. Det är bara på skoj. Hon rasade ju drygt tre hekto de första dagarna, vilket kanske inte var helt onormalt, men Hanne Blom sa att nu måste flickan öka i vikt. Och så öppnas ytterdörren, och stängs. Låset som vrids om och klickar. Vart ska Tomas? Herregud, ger han sig bara iväg utan att säga något? En hustru måste finna sig i sin makes nycker. Vara tålmodig och mild. Inte sätta sig själv i främsta rummet. Backa upp och stötta. Ja, foglig. Fast bonnkärringar har väl styrt och ställt i hushållet i alla fall? Nog får man väl bli ledsen om maken bjuder sin före detta hustru på kaffe i *ens eget hem? Om du inte fanns Nita, skulle jag kunna ta mina saker och gå.* Men det får aldrig sägas ut! Håll tyst. Lägg henne i vaggan. Ja, hon sover igen. Gnyr en smula, och andas hon inte lite ansträngt? Men sover, medan Maj gungar vaggan med foten på meden. Ytterrocken och pjäxorna är borta. Han har bara tagit en promenad. Maj diskar bort glasen och kaffekopparna. Tömmer askfatet. Torkar av bordet framför soffan. Sedan lägger hon sig och försöker sova.

NÄR GRYNINGEN KOMMER KAN hon inte säkert svara på om hon har sovit. Hon har hört ytterdörren öppnas och hur Tomas nu snarkar på soffan. Flickan har vaknat, hon har fått äta, varje gång hon vaknat har Maj lagt henne vid bröstet *och man ska inte binda ris åt egen rygg* och Maj har varit rädd att flickan ska frysa eller bli för varm, hon har inte kunnat se väckarklockans visare i mörkret och nu har hon en klistrig törst i gommen och är långt, långt ifrån utsövd. Med de här förbannade underlivsblödningarna får man väl blodbrist på köpet. Ja, likblek är hon i spegeln på WC. Men halsbrännan är borta! Och fötterna något mindre svällda, även om magen är långt ifrån sin forna, fasta form. Brösten är... skulle Erik bli svartsjuk om han visste att de här brösten tillhörde någon annan nu? Fast han hann väl tappa intresset för dem redan när de var i lag med varandra. Men då, i stugan när han klamrade sig fast vid henne... *vad är du för slags mor!* Hon borde koka upp vatten för att skölja underlivet. Herregud, det glömde hon igår kväll. *Slarva.*

Nita är vaken i vaggan. Tittar hon stilla på sin mamma? Eller är det tapeternas mönster, kanske tyget som klär vaggans väggar. Maj gungar med handen nu, hör sig själv småprata, lite forcerat, kanske blir hon bara orolig av det. Vi ska nog klara det här, bara vi hjälps åt, om du är en duktig flicka, mammas duktiga, snälla flicka, visst vill du vara det, och snart sover och snusar hon igen. Och Maj dråsar ner på sängen och vaknar inte förrän flickan gnyr och när hon yrvaken lyfter henne upp blir hon kladdig på handen, det är kiss och bajs långt upp på ryggen.

Hon tänker inte väcka Tomas. Klockan är över nio och han

borde naturligtvis vara på kontoret. Det är en strålande, vacker dag. Pudersnö och rimfrost klär trädkronor och hustak. En blekblå himmel, sol. Arton minusgrader – hur ska hon kunna gå ut och handla – man kan väl inte ta med ett veckogammalt spädbarn i smällkalla vintern? Och limpan har möglat. Så hungrig att hon äter gammalt bröd är hon inte. Hon borde förstås baka både rågbröd och havrekex. Om hon bara visste vilken ekonomi de har att rätta sig efter. Och Tomas utsvävningar... Vad tjänar han egentligen? Kan hon helt fräckt köpa både limpor och kumminskorpor hos Sundmans? Fast hon vill förresten inte svika Kjellins. Törs hon be Titti handla med sig några varor om hon prompt ska komma med Henrik idag. Var kan hon lägga flickan nu när hon har fått torr blöja och ny skjorta? Hon måste ju kunna brygga lite kaffe. Lill-Stig som hängde i en gunga i köket – fast inte var han så här liten då? Hon får ligga i vaggan. Om Maj lyfter den till köket så kan hon både koka bajsblöjor och brygga kaffe. Nej men så trevligt, där fanns visst några skorpor i burken. Så Astrid länsade inte faten? Nu gråter hon, högt. Fast hon tystnar ganska snart sedan Maj lyft upp henne, och borrat sin näsa mot den lillas fjuniga huvud.

Han har satt sig upp i soffan. I bara kalsonger och strumpor, skrynklig skjorta. Det ser ostadigt ut när han tar sig till WC, hur det skvalar ner i toalettskålen – har han inte stängt dörren om sig? När han kommer tillbaka har han pyjamasbyxor och rökrocken åtknuten i midjan. Det droppar lite vatten från hårfästet. Jag blir visst hemma idag, säger han och stryker fukten från pannan, ögonbrynen. Jag ska meddela Axelsson att jag kommer imorgon. Det är omtumlande att bli far, säger han, skrattar lite. Maj svarar inte. Men kanske kan hon skicka ut honom för att sköta inköpen om han bara får i sig lite starkt kaffe. Jag ville inte väcka er, säger han och efter att ha killat Anita på kinden och viskat god morgon lilla solstrålen, sjunker han ner i soffan till liggande igen. Får hon sitta hos dig så ska du få kaffe, säger Maj och Tomas reser sig mödosamt, tar leende emot sin dotter och trots att det innebär ett slags överträdelse gör Maj i ordning ett par magnecyl utan att fråga ifall han vill ha. Kaffe och några bredda skorpor. Var försiktig så att du inte spiller på henne bara, säger Maj när hon sätter ner assietten och koppen på bordet. Så går hon in på WC för att tvätta sig, lägger en lätt makeup och klär sig sedan i den duvblå blusen – men den är för trång över bysten nu, så hon får ta den blekrosa – och en grå kjol som är den enda som är tillräckligt vid över midjan. Och hon noterar att han har tagit magnecylen men inga skorpor när hon kommer in till dem igen. *Det är så här det går till hos borgerskapet. Man lever det goda livet och tar ett glas då och då. Du tycker ju själv att det är både gott och trevligt. Varför skulle inte maken få ta en grogg och en cigarr när han blivit far?* Skulle inte Erik bara bli besvärad och rädd att ungen skulle dregla på honom om hon la barnet i hans famn? Där sitter maken och ser så ansvarstagande ut – inte sant? Vi har ju ingenting att bjuda Titti och Henrik på, säger hon och Tomas erbjuder sig genast att vara hemma med Anita – Lillnita – lägger han till, om du skulle tycka att det vore skönt att komma ut lite? Annars kan han förstås gå, men det passar sig kanske inte att springa på stan om man utblir från kontoret. Nej, det förstås. Men då måste hon vara nyäten, säger Maj, och Tomas lovar att telefonera till Titti så att de inte kommer för tidigt.

De har ställt vaggan intill soffan och de vågar knappt röra sig av rädsla för att orsaka höga ljud. Det fattas så mycket… jag har inga kontanter, säger Maj och Tomas skyndar smygande efter sin portmonnä, ger frikostigt av sedlarna – jag kommer inte kunna forsla hem allt jag är utan, säger hon, men då betalar vi en springpojke, svarar Tomas och Maj fortsätter att det måste bli köpebröd åt Titti, för hon har ju varken tid eller möjlighet att baka. *Varför fyllde du inte burkarna innan du förlöstes?* Ta dom finaste bakelserna – eller tårta om du föredrar det, viskar Tomas och karlsbadergifflar eller wienerbröd – småbröd – ja det som ser läckrast ut – nu har vi väl något att fira. Jo. Det förstås. Att det måste kännas så besvärligt att ta sig ut. Hur hon stöttar sig mot ledstången som en annan *gammal kärring.* Det är ju strålande, klart och kallt. Luft som nyper vasst i näsborrarna. Så går hon, ett steg i taget, mot Storgatans folkliv och kommers. *Nu är horungen visst här.* Blickarna, de hånfulla rösterna. Var kommer rösterna ifrån Maj? Vem är det som talar till dig? *Det gick fort att gå ifrån ungen. Borde inte en nyförlöst mor hålla sig vid vaggan och spisen.* Har Tomas det så här plågsamt? Om hon tar pölsa till middag. Hon kan ju inte koka egen, men charkuteristen har väl? En ostbit, smör. Inte margarin. Nog kan hon unna sig riktigt smör? Mjölk, ett mått tjockgrädde, minst. Makaroner, sidfläsk. Torkade päron. Morötter och palsternacka och kan hon kosta på sig högreven för att koka en riktig köttsoppa, inte som den där vattniga på BB. Gul lök, potatis har de i matkällaren.

Det blir tungt och hon vet inte hur man bär sig åt för att beställa bud och få det hemburet. Hur kan alla dessa fruar och herrar se så… förnäma ut? *Viktiga.* Ja, skitviktiga. Välklädda, högresta. Hon borde ha tagit sparkstöttingen. Att ha något att hålla sig i som en kutig gumma. Ja, men yrseln som kommer när hon är ute på stan har ju inte med ålder att göra. Det är utsattheten – rovdjuren som förbereder attack. Är det så bildligt? Nej, mer av en namnlös skräck. Och plötsligt är det övermäktigt att gå till Kjellins. Vara hej och du med flickorna och tala om tösen med fru Kjellin. Så hon kliver in i värmen och kardemummalukten hos Sundmans – ber blossande att få fyra napoleon – nej, ändrar hon sig – mocca, förlåt fyra mocca – och lika många wienerbröd, karlsbadergifflarna – de tillhör ju Erik – *herregud vad du låter den mannen blanda sig i!* Brysselkex, korintkakor och chokladlöv. Och strassrosor. Ett hekto vardera, hon kommer väl inte hinna baka i första taget. Ägg måste hon ju ha hemma, minst ett halvt tjog och jäst. Klart man blir lite vinglig och vimsig efter att ha varit sängliggande en dryg vecka. Och så blåser en kall vind genom kappans tyg och i samma ögonblick sticker det till i brösten som värkande verkar dra ihop sig. Men råglimpan och kumminskorporna – ja hon måste rodnande vända tillbaka in och göra en ny beställning.

Andfådd, kallsvettig. Efter tre trappor och så mycket att bära. Att äntligen få sätta ner varorna i tamburen. Tomas får tala med butiksföreståndaren om bud i förväg, hur ska hon veta vad det kostar? Stå där med slantarna som inte räcker till! Men både Tomas och lillan sover, och under kappan är blusen blöt. Ska hon behöva stoppdukar i behån också? Om hon bara kunde få vara slank i en snyggt skuren mellanklänning utan tanke på att ta fram bysten i tid och otid. Men hon byter raskt till en ren blus – hon måste ordna om något slags inlägg och smyger sedan in till köket för att packa upp varorna. Och just när hon ska värma kaffet från frukosten och bre en limpsmörgås med prickig korv på, vaknar Anita och ingen behöver väl få reda på att flickan får lite mat igen – det kan inte vara meningen att brösten ska spänna och strama på det här viset.

Och när Titti och Henrik kommer är Tomas klädd i kostym, väst och ljus skjorta, har slätrakade kinder och bär en bricka med söt sherry i tunna glas. Naturligtvis har det kommit i blöjan på Anita så Maj måste ordna om det – en kallvattenhink i slaskskåpet – bajsblöjor där man borde ha det kliniskt rent och Anita gråter hjärtskärande genom hela proceduren. *Vad ska Titti tro? Att du helt saknar handlaget, den moderligt lugnande inverkan,* men när

hon bär ut Anita som är klädd i den blekrosa silkesdressen visar
det sig att Titti tycks ha samma fallenhet som Tomas att ta till
tårar och hon upprepar lätt snyftande har man sett på maken, vil-
ken docka! Och Henrik har på några sekunder rivit ut så gott som
alla böcker ur bokhyllan och Titti tillrättavisar, men Henrik då,
vad tar du dig till hos moster Maj och morbror Totte! Men Maj
som skulle kunnat bli både besvärad och irriterad kan plötsligt se
situationens outhärdlighet ur Henriks perspektiv – mamma Titti
och morbror Totte som står uppslukade av den där skrynkliga,
grisskära saken som omöjligt går att leka med – och Maj undrar
om Henrik vet om att hon kan trolla? Och på några sekunder
har den ledsna pojken blivit hänförd, storögd och skrattande och
Titti får så småningom ganska beskedliga sparkar på smalbenet.
Skål – ja även Henrik får skåla i ett glas rödvinbärssaft och det ser
ju riktigt trevligt ut med kakfat, bakelser, buketter och kaffekop-
par och Titti lovar att hon ska ta med en sovkorg på ett rullande
stativ, ja den är en ren prydnad med ett vackert tyg, så behöver de
inte flytta runt vaggan i våningen. Nog vill damerna ha påfyllning
i glasen – så elegant, så förtjusande och det är så enkelt att efter
ett par glas tacka Titti tusen gånger om, hur hon har ställt upp,
på BB, med allt – *men gå inte Titti, stanna, lämna mig inte ensam
med din bror.*

Där borde väl inspektion och bjudning få ett slut. Men när det
ännu är för tidigt att bryta upp vaknar Anita och är... kinkig. Kan
Maj trotsa lasarettets lagar och ta upp flickan, smyga undan till
sängkammaren? Fast då kommer Henrik efter henne, besvärad
märker Maj hur han storögd kravlar upp i sängen för att titta på
när hon ska ge barnet bröstet – vill han också? – *jag är ingen ko*
– Tomas och Titti kan glatt och lättsamt dricka sherry och festa
vidare på bakverk. Nej, Maj väljer ändå att inte gå emot barn-
morskans påbud. *Det nyfödda barnet har inget behov av kontakt.*

Tarmsystemet retas av täta måltider och skall endast besväras var fjärde timme. Där emellan bör barnet sova, avskild kammare är att föredra framför föräldrarnas sängkammare. Slapphet i dessa rutiner kommer att förvandla barnet till ligist. Hoppsan. Ja, men i andemeningen och som sin yttersta konsekvens. Det är inte bara att få och ha det gott och skönt och härligt här i livet! Man bör naturligtvis stänga om barnet för att inte i alltför hög grad störas i sina sysslor av barnets gnäll. Barnet far inte illa av att skrika – ju förr det lär sig att kink inte lönar sig, desto bättre. Ja, och den som prövat den moderna femminutersmetoden med ett fullkomligt förtvivlat barn en natt, nej det rörde sig kanske om en dryg timme – *ja, men då gav du upp för lätt* – förstår att övertygelsen om den reglerade amningens moraliska överlägsenhet var djupgående. Hur stod de annars ut? *Och vem är du att döma, som lever i din tids värderingar?* Vår sårbarhet för tidens tankar och krav. Vår oförmåga att stå emot. Och jag vill så gärna låta Maj vara den där mamman som trotsar det strikta intervallet och tar upp sitt gråtande barn för att det lugnar barnet bäst. Göra det lite lättare för henne att känna sig... tillräcklig. Ja, allra helst som viktigast i världen för den där lilla varelsen. Men här vill vi utbytbarheten. Är inte barnsköterskor minst lika lämpade? Vi måste rensa ut det undermåliga och behålla det livskraftigt dugliga. När det gäller att fostra den nya tidens medborgare. Bara principfasta, redbara, ordentliga mödrar. Och Maj... ja hon har inget annat att hålla sig i – om inte Titti kan vara opportun och viska att man visst kan ta upp dem när de är ledsna. Det är ju bara att gå till sig själv! Distriktsbarnmorskan i Själevad kan väl ha lite gammal klokskap kvar och veta att barn vill höra till, känna hjärtslag och hud, allt det där vi måste tränga undan i vår strävan efter självständighet. Men de kvinnor – och män – som omöjligt kan leva upp till det goda omvårdande föräldraskapet, *trygg anknytning*, ja ni vet, de som kanske trivs bäst med en gles kontakt och avstånd – ska du dit och döma dem också? Jag vet inte. Jag vet bara att gamla sedvänjor och expertisens påbud verkar kunna vara lika illa, eller lika gott. Men rösterna! Så malande, påträngande.

Du blir ju utsugen, du måste väl tänka lite på dig själv

Har du så gott om mat kan du väl börja leverera till någon amningscentral

Om du är så där trött är väl det första du ska göra att sluta amma

Varför börjar du inte med napp?

Nattmål fyller ingen som helst funktion efter fyra månader, men vill man göra det besvärligt för sig så...

Hon kommer att hålla på till skolåldern

Alla kvinnor kan väl amma, det har väl kvinnor gjort i alla tider, överallt, alltid

Du får nog börja med tillägg

Dricker du kaffe?!

Men när dom är över året är det väl ändå osmakligt. Perverst på något sätt

I en del afrikanska kulturer tillhör brösten framförallt barnen (ja men herregud!) och är inte särskilt sexuellt laddade

Ska han ammas igen, får han aldrig vila?

Ska du förvägra ditt barn det bästa, det naturliga, skyddet mot allergier, infektioner, ja att bli mamma är ju inte bara att se till sina egna behov

Det är oseparerat, abnormt, att amma länge ger hämmade, osjälvständiga, krävande barn – eller var det ovanligt nöjda, sociala och nyfikna barn?

Tvinga inte kvinnor tillbaka, för guds skull människa

Det är i u-länder som amning, lång amning, har fördelar

Vad har vi för val annat än att tro dem som säger sig veta vad som är bäst för ditt barn? Som skulle moderskapets – för än var det väl inte tal om föräldraskapet – misslyckande vara den förhärskande förklaringsmodellen för olika avvikelser i decennier. Och många var de discipliner som ställde upp i dess tjänst. Psykologin, pediatriken, psykiatrin, biologin, sociologin, nationalekonomin? *Men vi ville ju skapa det goda samhället. Med ansvarstagande medborgare. Det var väl inte fel?* Och nu blir Maj så liten och samtidigt allsmäktigt stor där hon måste lösa frågan om flickan ska tas upp eller ligga gråtande kvar. Och den reglerade amningens trassligheter som brist på mjölk och dålig viktuppgång vet Maj ännu inget om. Det är så här man sköter ett barn. Och den egna såriga ambivalensen får stöd bara åt det fasta, hårda, avståndstagande hållet, och fröet till närhet lämnas därhän. *I Uganda förekommer visst inte amningsproblem. Men vi lever inte i Uganda. Vad vet du om Uganda?* Ja men jag vill... att barnet ska få plats. Och mamman. Och pappan. Är det inte svårt nog ändå? *Det finns närhet som är kvävande, kletig, livshämmande, det kan du inte förneka.*

Och Tomas? Tomas har en stark längtan efter att bära sitt barn. Ja han skulle kunna bära henne genom dagar och nätter. *Kan du ge mitt tomma, ödsliga liv en mening?* Men kanske tar tiden också här ifrån honom den känslan. En man försörjer hustru och barn. Är den trygga klippan, familjens överhuvud. Måste lämnas utrymme för sitt... livsverk. Som Tomas egen far. Vilken duktig karl. Inte bar han omkring på barnen. Inte hade han tid att se till att Tomas, den där lite underliga lillpojken som enligt hustrun ägnade sig alltför mycket åt drömmerier, att han skulle få möjlighet att studera vidare. Att han skulle må väl av det. Man gör sin plikt. Vad är det att hålla på och tänka å ena sidan och å andra sidan. Man måste peka med hela handen om visioner ska slå in. Inte tveka. Tomas tvivlaren. Fegisen. Suputen. *För det var ju du som inte vågade Tomas. Du vågade inte fast skolläraren följde med hem och sa att en så här begåvad pojke ska naturligtvis läsa vidare – kommer du att tala om för Bjerre att du aldrig tog chansen att gå*

i läroverket, hur du var omöjlig och inte ville fast din far visst kunde
tänka sig att kosta på dig både läroverk och studentexamen.

Och Maj väter visst ner sina inlägg. Ja, hon kan känna hur det
sprutar. Nej, här ska det inte till några pornografiska associatio-
ner. Det är brösten som läcker, eller flödar. Utdrivningsreflexen
– kallas den så – som vaknar till liv av barnets skrik. På två rum
och kök kan det inte bli annat än olustigt med barnskrik. Ja Hen-
rik springer plötsligt in i kammarn igen och när Maj går efter
honom ser hon hur han sparkar hårt i vaggan så att den gungar
häftigt och skriker sluta, sluta och Maj tar tag i honom och säger
aja, baja och föser ut honom ur rummet. Maj vill förstås förtvivlat
gärna att Anita ska vara tyst. Ett snällt och lättskött barn. Hur ska
man annars kunna ha kaffebjudningar... *kanske man får stå över*
bjudningar under barnets första år. Jaså, så lätt ger frun efter. Är
det frun eller barnet som bestämmer. Ger du lillfingret tar det
snart hela handen. Nej, men nu närmar vi väl oss ändå något slags
psykotisk förvirring. Men Titti som också hon blir nervös av att
ha en odygdig pojke – det finns förstås föräldrar som bara ser när
det egna barnet råkar ut för andra barn, aldrig att det egna barnet
gör något mot andra – men sådan är inte Titti, som lever under
konvenansen om gott uppförande. Visst får en pojke vara busig,
men inte alltför aggressiv. Fast Henrik har inte sovit middag trots
att klockan är över tre och Maj undrar utan att säga något om
Titti verkligen kan titta in till tant när Henrik är på det här hu-
möret, de tackar i alla fall för sig i larmet av barnskrik, herregud
tant, så förgrymmad tant ska bli när Anita gastar.

Sopa smulor, torka bord, putsa kaffegods och glas torra och
gnistrande med linnehandduken, där ligger nallen som hon fick
idag – hon har ju redan fått en i julklapp, hon kommer att bli bort-
skämd – odräglig? – om det ska fortsätta så här, men om Maj lägger
nallen hos henne kanske hon tystnar? Fick Anita verkligen en full
måltid innan främmandet kom, *det här kommer att bli outhärdligt.*

Tror du att... jag menar kan hon ha ont när hon skriker så här, undrar Tomas och Maj har lite sherry kvar i sitt glas – det får hon väl stjälpa i sig – jag vet inte, svarar hon, hårt, vi har fått en skrift från lasarettet som vi måste rätta oss efter. Och en jänta som gapar och går an på det här viset – *ja men så kan man väl inte tänka kring ett veckogammalt spädbarn?* Nej, köttet och grönsakerna och buljongen som så småningom ska skummas. Hacka och skära och få ögonen tårade av lök. Nej – vi backar. Titti har haft med sig en form med laxpudding. Hon vet att för nyblivna mödrar kan det vara rakt omöjligt att sköta hushållet som vanligt. Så Maj behöver bara värma den i sin elektriska ugn och skira smör i en kastrull på plattan. Hon ska koka köttsoppa, absolut. Men först måste hon vara förvissad om att flickan tänker sova några timmar. Och svägerskorna *är* omtänksamma. Kanske en smula oroade över Tomas hälsa. Inom hemmets slutna sfär tänker de kanske att lillebror ses på Bakfickan lite väl ofta... men han är väl helt enkelt en riktig karl. Som tar sig ett järn i glada vänners lag. Inte spottar i glaset. En charmerande festprisse. Ja, i alla fall ingen tråkmåns. Torrboll. De blir väl vingliga av och till lite till mans, i släkten. Mest herrarna, men också damerna. Aldrig så att de skämmer ut sig, inte så. IOGT göre sig icke besvär. Det är ju så underbart att festa loss med släkt och goda vänner. Under vissa ritualiserade former.

Vi måste väl i alla fall bära runt på henne när hon är ledsen, säger Tomas. Men vi får ju inte för barnmorskan, snäser Maj – du ska få läsa det själv, lyfter man upp dem kommer dom aldrig lära sig att skrik inte lönar sig. Ja, jag vet inte. Är hon sjuk? Brösten spänner igen – ja, snart sprids fuktiga fläckar också i den här blusen, förbannat också – nu ska hon ha mat, hon är ju alldeles röd i ansiktet, kniper med ögonen så hon verkar inte begripa att bröstet är där nu, snälla du, skrik inte och hon gör några underliga rörelser utan att ta tag, här är maten, var så god, nej, så nu passar det inte, och Maj försöker väta hennes läppar med bröstmjölk, nej, hon vänder bort huvudet, *hon är ju utom sig, otröstlig*, ja, utan att tänka efter reser sig Maj och bär henne runt, runt, jo, hon gör faktiskt det och stillar inte gråten sig en smula, så pass att hon kan försöka igen och nu fattar hon faktiskt tag om bröstet och suger. Hickar, fortfarande utan att titta. Maj blir sittande i en obekväm ställning rätt upp och ner på sängen, hon vågar inte ändra läge, ifall det ska bli samma visa igen. *Nu vann jag.* Klarade det – den här gången. Sover flickan redan? Suger och sover samtidigt, nu kan hon ju inte veta om hon blir mätt, nöjd och tänk om hon har gjort i blöjan, kanske är hon alldeles röd om stjärten och det är därför hon har skrikit så. Hon har utmattad tuppat av, verkar det som. Eller om det är vrede. *Ska du vara så här besvärlig. Reta mig till vansinne. Aldrig vara glad, förnöjsam. Krävande.* Jag ska slåss för min rätt till ett liv. *Och då måste jag få äta. Ge mig åtminstone mjölk, om jag inte kan få hud och skratt och smekande viskningar.*

Tomas och Maj äter laxpudding. Maj lirkade loss henne och hon fortsatte faktiskt sova i vaggan. Men var nu detta ett fullt mål? På bara det ena bröstet? Puddingen har kanske stått och blivit torr. Inte det att det inte smakar bra. För det gör det verkligen. Tomas tar ingen stor portion och Maj som ändå är hungrig törs inte ta mer än maken. Hon kan ju inte svälla över alla bräddar, äta pannkakor och göra slut på laxpuddingen, men man behöver visst lite extra när man ammar. Ju mindre man äter desto snabbare blir man förstås slank igen. *Men om jag blir slank vill han kanske...* han slår öl i det gröna glaset, glömmer sig visst, och fyller på i Majs glas också. De dricker, och besticken skrapar mot porslin. Nu sover hon gott, säger Tomas, och rösten låter liksom tvivlande, tacka för det, svarar Maj, tacka för det, upprepar hon och är inte puddingen i saltaste laget? Så här när man tagit några tuggor... vad bussigt av Titti att ta med sig mat, säger hon efter en klunk öl, och Tomas nickar och lägger besticken på tjugo över fyra. När hon sover vill man ändå att hon ska vara vaken, säger han och Maj avbryter honom snabbt med att säga att spädbarn måste sova nästan hela tiden, så han får nog tåla sig till nästa mattillfälle. Och efter kaffet i stora rummet reser han sig, säger att han behöver lite luft och hon behöver inte sitta uppe och vänta ifall han skulle råka dröja. Jag går till kontoret, det känns väl inte riktigt bra att jag uteblev idag. *Gå inte Tomas.* Ja, jag gör tidig kväll skulle jag tro, svarar hon, *var är mitt bultande hjärta, min rodnande hud och skälvande fingrar, mitt klingande skratt,* jag ska värma vatten till kvällsdisken, ja men då torkar jag silvret innan jag går, säger Tomas. Maj reser sig, *det är ju ingen disk att tala om, ett par tallrikar, glas, kaffekopparna* – inga kastruller, slevar, vidbrända bottnar och det är klart att hon stelnar till när Tomas ställer sig tätt bakom henne, viskar att han inte vet varför han inte vågar kyssa henne utan att fråga om lov. Men Tomas, säger hon och kyssen blir tveksam, räddhågsen – *lämna min kropp ifred* – fråga inte, men det är klart att de måste kunna kyssas, en man i sina bästa år kan väl inte nöja sig med en smekning på kinden – men han drar sig snabbt undan, viskar att de har all tid i världen, ingen brådska, han har bara känt att han ville kyssa henne innan han går. Och så torkar han besticken, lägger dem i lådan, tack snälla du, säger hon, ja men det är väl ganska rart med en äkta man som tar sig tid att torka silvret, eller gör det mest henne besvärad. Måste allt vara så förbaskat komplicerat!

När han säkert har gått klär hon om till nattlinne, bäddkappa. Först drar hon för gardinerna, tänder den elektriska belysningen i tamburen. Är det så här den har blivit, hennes avklädda kropp? Magen är inte som förr, men ändå kan hon inte helt förneka att hon fortfarande har en ståtlig figur. Mannekäng? Om hon drar åt sig andan, poserar. Ansiktet kan man ju alltid förändra med makeup. Hon måste förstås tappa minst fem kilo, kanske mer, innan hon är sitt gamla jag. *Jag ska inte bli en utsugen kärring. Än ska jag vara elegant. Vårda mitt yttre.* Men hur kan hon stå och åma sig när hon inte tagit rätt på blöjorna och stoppdukarna i hinken. Hon sköljer och sköljer igen. Gnuggar med tvål, ja hon har alltid tyckt att tvålen biter bra på blodfläckar. Bajset verkar nästan svårare än blod. Måste vi verkligen? Ja, en viss triumf infinner sig när Maj övervinner sina äckelkänslor och skrubbar och gnuggar smuts. Eller i ärlighetens namn kommer det segervissa först när tygtrasorna kokar i kitteln på spisen. Då bacillerna sakta skållas. *Köttsoppan Maj – du har väl mer att koka på spisen?*

Palsternacka, potatis, köttet, det är väl bara att sjuda i rikligt med saltat vatten och pepparkorn, men *kokboken, Prinsessornas eller almanackan,* ja, den goda buljongen är grunden för alla välsmakande soppor, arton till tjugo timmar ska buljongen sjudas, skummas, fettet silas bort, men det är ju inte möjligt och då måste hon dessutom ha märg och ben, men en vanlig kött- och grönsakssoppa, jaså, då räcker det visst med tre till fyra timmar, *så unga frun ska stanna uppe till två inatt,* hur ska hon lära sig överblick och planering – det är en sak att vara impulsiv och köpa dyrt kött och längta efter riktig klimp, en annan att se till att det går att genomföra sina planer. Men med en barnflicka ska väl även du kunna ha framförhållning och så småningom bli en duglig husmor, *jag är duktig – ni kommer att älska mig för min ungdom, mitt välskötta hem och min blänkande koppar och mina ben som är slanka och vackra. Jag ska bära med mig kakor, karameller och blommor i granna färger. Virkade hjärtan och stickade tossor till frusna fötter. Lyssna på er och passa på att diska bort när jag ändå är på besök. Säga ja tack till en nubbe eller whiskypinne eller cigarrett till dess att tiden tar tobaken ifrån oss. Bara tant kommer att vägra låta sig bevekas, vägra ta emot omsorg och god vilja. Men ni andra – ni ska tänka tack och lov för en glad och pigg svägerska som Maj! Som utan minsta protest kommer att inordna sig i bjudningarnas tyranni – nej, inte så – låt hellre kalla det bjudningarnas orubbliga rytm, taktfast, stadig, ständigt återkommande tillfällen för fest och glädje* – ja, hon kommer att göra det bra. Kanske tänker hon så i bedrövelsen över att inte ens kunna ro iland en köttsoppa med klimp. När hon nu under viss vånda införskaffat ett helt kilo ox-bringa. Naturligtvis ska det inte få förfaras och kallskafferiet är verkligen svalt. Det är det inte tal om. Men när bannorna smyger sig på måste hon ju räta på ryggen och försöka vända det hela till en triumf. Yngst och med enkelt påbrå – *jag ska få er att älska mig, behöva mig, vara oumbärlig i era rymliga våningar och i villorna vid vattnet.*

Men om mamma och pappa låter bli att höra av sig fast Tomas tabbat sig och meddelat dem barnets födelse. Struntar i att gratulera henne. *Då är du förskjuten på allvar.* Och nu när tvätten legat i det kalla sköljvattnet vrider hon plaggen många varv med starka fingrar. Hon fäster upp tvättlinan och nyper fast tygtra-sorna med klädnyporna. Det kommer väl inte droppa vatten ner på korkmattan, hon har varit beredd på att Tomas ska bli ond och upprörd över sådant slarv, ja att hon slösar på elektricitet eller är ovarsam med golv och möbler, men han vill ju mest bara vara borta hemifrån. Lite lättsamt så där. Här är man nygift och sitter inte ens i stora rummet med maken på kvällarna. *Är det inte du som kör iväg honom med ditt otillgängliga sätt och din återhåll-samhet med kyssar och kel? Varför går du inte in till flickan, om det är sällskap du vill ha?* Hon kan ha kräkts och kvävts… *men jag ska bara hänga den här tvätten och blanka av diskbänken.* En kopp varm mjölk och de där kumminskorporna som ska smaka så för-träffligt. Gott smör. Spröda skorpor, möra. Fast kumminsmaken är inte direkt… men om man har lite bitter marmelad. Det är annat än sirapslimpa med ister. Äsch. Du har väl alltid fått mat. *Vad tjänar det till att minnas hungern om natten?* En skorpa, två. Tre. Henriks oätna moccabakelse. Så blev det ännu en liten disk. Går du in till henne ska du se att hon bara vaknar.

Hur blir natten? Är Maj bortom den sorts trötthet som går att ta igen genom en natts ostörd sömn. Ja, det är en rastlöshet i kroppen. Varför sova om man snart ska vakna igen? Hon lyssnar efter Tomas steg i trappan. När flickan vaknar är det en timme kvar till nattmålet – tolv, fyra, åtta, tolv, fyra, åtta, tolv, eller ska flickan redan sova genom natten? Ja på lasarettet var ju första målet halv sex. Anita tystnar när hon gungar vaggan och pratar om ditt och datt med låg röst. Men så här är det väl inte meningen att hon ska sitta? När hon inte tycks vilja somna om. Blöjan är ju alldeles våt! Och lite senapsgul avföring, det är klart hon byter och tvättar henne riktigt ren. Det är en lukt… från naveln. Skulle man ta bort… ska hon få skäll på inspektionen *på torsdag eller fredag* det är väl nedrigt av dem att inte säga en bestämd tid, och inte vet hon om det blir Hanne Blom eller Vera Nylén. Och Tomas kommer hem när hon just har gett Anita mat och lagt henne i vaggan. Han bäddar åt sig på soffan. Vill väl inte få nattron störd. Har ju ett arbete att sköta.

Och Tomas… hur ska Tomas förklara att Barbro Ringström, den där behändiga men lite finniga flickan vars erotiska utstrålning var alldeles lagom, nej Tomas var inte orolig som han ändå skulle kunnat bli över att ha en ung, söt flicka i hemmet, *men du måste väl nöja dig med din unga hustru,* ja men det är ju det jag säger, det var en trevlig och rar jänta, inte alls sensuell på det sättet, ja men nu handlar det om att han måste hitta ett sätt att förklara för Maj varför flickan tackat nej till platsen som jungfru hos dem. Hennes

far som visst är aktiv i logen vill ha papper på att det inte före-
kommer starkt i hemmet där hans dotter ska tjäna piga. Ja, det var
medan Maj låg borta i barnsäng som det lite högtravande brevet
från Ringström kom. Det finns väl andra barnflickor förstås. Inte
skulle hon precis vara piga. Så var det inte tänkt. Passa Anita och
sköta om henne. Men krav på absolutism eller helnykterism, det
är väl ett udda anspråk från en barnkammarjungfru. *Då frestel-
serna utövar sin starkaste lockelse på oss i unga år...* De skulle väl
för tusan aldrig bjuda flickan på sprit! Hon skulle ju inte ens vara
hembiträde och gå i skåp... ja nu får Maj klara den första tiden
hemma själv. Förresten har han tyckt att Titti och Georg och de
andra är lite omoderna med sina hembiträden och kokerskor och
allt vad det är. *Och fru Jansson och tvättfrun?* Det borde väl Maj
som är så stark klara utmärkt på egen hand. Ja, men det är just
det att man måste hushålla på utgifterna och ge dem man anlitar
bra betalt. Anständigt betalt. Som Nina och Ragnar snålar och
räknar, ja det tycker han inte om. Ja, han har faktiskt suttit med
fakturorna på kontoret och då och då sneglat på det där brevet
från Idbyn och undrat hur han ska lösa det här. Rökt lite, sett över
vilka besök han har inplanerat hos leverantörer. Och inte känt
sig väl till mods förrän det slagit honom att han som sysslar med
skinn och hudar naturligtvis måste ordna om en riktigt präktig
åkpåse till Anita. Så småningom både pälskappa, mössa och stöv-
lar i finaste skinn.

Kanske anar Maj *intuitivt* Tomas tankar. På något vis kommer
Maj i alla fall få reda på att hon inte har någon jungfru att räkna
med den närmsta tiden. Och det är klart, hon är ju inte van vid
jungfrur hemifrån. Tant Franzén skötte väl om dem ibland när
Ragna fortfarande var för liten. Men visst ser han hennes besvi-
kelse? Borde hon kontakta Signe Malmdin och fru Hansson, ja
nog tycker hon det är märkligt av tjänstefolk att kräva ett helnyk-

tert hem – det måste vara ovanligt. Är de religiösa, frågar hon och Tomas svarar att det är väl möjligt. Och inspektionen som kan dyka upp vilket ögonblick som helst! Tomas torkar sig om munnen med servetten efter frukost och säger att han är ju tvungen att vara på firman idag. Annars skulle de ju kunna ta emot barnavårdsnämnden båda två, och Maj rättar honom lite irriterat att det är från lasarettet de kommer, inte nämnden, men det kan ju kännas kymigt ändå. Och Tomas tar på sig sin halsduk, rock, hatt och handskar, sedan fattar han dokumentportföljen i skinn och kikar in till Anita samtidigt som han riktar en slängkyss åt hennes håll. Maj låter sig kyssas på kind och så öppnar han ytterdörren, stänger.

DET ÄR KLART ATT Maj oroar sig för... hembesöket, som är ett mer korrekt uttryck. Det känns gruvsamt. Det kommer liksom så snart inpå. Man har ju knappt hunnit innanför dörren så ska man visa upp sig med allt sitt bräckliga trassel. Fast så tänker väl inte Maj, hon resonerar snarare att man har inte särkilt gott om tid att städa, baka – man kan inte annat än verka lite oansvarig och hipp som happ. Det är väl för all del bra att hon har småkakorna från Sundmans från gårdagen, men varken bullar eller en mjuk kaka. Om barnmorskan då ringer på mitt under bullbaket – nej hon kan inte sätta en jäsdeg, men en mjuk kaka? Tittis marmorerade kaka, jamen den sortens kaka borde hon väl kunna röra ihop? Eller en sockerkaka. Men bredda kumminskorpor med marmelad istället för bullar, småkakor, lite udda, annorlunda, men trevligt. Maken är på arbetet, barnet sover. Vad är det för vits att gå och tänka på om Anita kommer att gråta besöket igenom. Det är bara att sätta igång.

Frågan är om vi orkar med ett hembesök, som ju faktiskt är ett slags *inspektion*. Med Hanne Blom blir det förstås lite strängt, stelt och anspänt. Men Vera Nylén är inte sådan. Dels tycker hon inte om att göra andra illa till mods. Dels anser hon sig inte ha talets gåva. Så när biträdande barnmorskan Nylén står utanför dörren i hatt och kappa ovanpå barnmorskedräkten blir Maj faktiskt lite lättad. Och Anita som sover sedan morgonmålet! Vera ska ju ta urinprov, undersöka underlivet, och hon mumlar att det är väl bäst att vi får det bortgjort när lillan sover så fint och så plockar hon upp bäcken och genomskinliga kärl att förvara kisset i, men hon måste besvära fru Berglund med att be om kokt vatten. Maj skyndar ut i köket medan Vera förbereder undersökningen i sängkammaren, hon har naturligtvis med sig sprit och tillgängliga desinfektionsmedel, men hon måste ändå tvätta sina händer så gott hon kan. Ja, Nylén har ytterligare ett kärl, som ett vitt handfat, där det heta vattnet kan svalna snabbare, och under tiden de väntar ber Vera Maj att kissa i bäckenet så får hon kontrollera för äggvitan i alla fall, och Maj som ändå känner sig förhållandevis väl till mods frågar henne vad hon gör med provet, salpetersyra, svarar Vera, ja och så lackmuspapper för sockret, och så undrar Vera hur Maj mår, har hon förhöjd temperatur, nej, nej det tror hon inte, yrsel, nej, nej inte mer än vanligt, försäger hon sig, och avslaget, har hon känt någon onormal lukt, åh, det är ju svårt att svara på, Maj tar det säkra före det osäkra och säger att hon förstås tycker att det är en otäck lukt fast hon byter vid varje toalettbesök. Och magen fungerar, jo, hjälpligt. Mumlar Nylén något om svampinfektion, vi tittar väl efter... om frun tar utav sig ner till, ja det blir nog bäst om ni tar av kjolen så kan jag klämma lite på magen, det är svårare att blotta sig hemma i sängkammaren, den sterila britsen något helt annat, men Vera gör ju sitt allra bästa för att inte genera någon av dem. Nu ska fru Berglund bara slappna av så ska jag känna lite grann, mmm, säger hon och det gör inte särskilt ont när hon knådar magen, det ser fint ut, jag ser att ni har skött sköljningarna som ni ska, lite rött kanske, har ni klåda? Jo, en viss klåda kanske och så fortsätter undersökningen under tystnad.

Sedan nickar hon och säger att frun kan klä sig igen, och det blir Maj som bryter tystnaden genom att säga så det är ingen äggvita, socker? Nejdå, nej, Vera skakar på huvudet, ser hon inte lite lättad ut, och Maj blir djärv nog att tänka tanken att fråga om sina såriga bröst. På ett vis vill hon slippa. På ett annat, starkare sätt, vill hon ha Vera Nyléns omsorg och förståelse. Det är ont, säger hon därför, när jag ammar. Jamen då får vi väl se efter, om det är infekterat och Maj knäpper upp blusen, livstycket. Vera är tyst. Tittar. Harklar sig. Det kan ju verka lite... men jag förordar luftning. Har frun en stund över så både underliv och bröst... man ligger ju inte så gärna avklädd på hän vise om dä ä dragigt och kallt, men om frun kan sätt på varmen och vila se en litta stunn, vilken bred ångermanländska hon talar plötsligt, och bröstmjölka, frun förstår nå mycke salver och sånt där kan hon ju inte he på bröste när lilljänta ska dit och suge och som om Vera Nylén rakt blir utmattad av den här föreläsningen tystnar hon tvärt, men tillägger, smörj lite med mjölken. Och Maj klär sig och säger vi ska väl ha kaffe, hon kan inte svara på om Vera säger ja man tackar eller ja int´ för min skull, men det spelar ingen roll, hon vet ju att man inte ska bry sig om att lyssna på svaret, bara duka fram, det får bli i rummet även om Maj faktiskt tycker det är något visst och hemtrevligt med kök.

Lämnar Vera Nylén det öppet för att man inte måste vara så precis med måltidernas schema? En timme hit eller dit, inte har man följt klockan sedan gammalt, det var väl när man hann och hade möjlighet, men nej, det törs hon inte. Hon skulle kanske på en direkt fråga svara att tio, femton minuter kan ju göra det samma. Men hur ska Vera kunna ha en djupare kunskap om den nya läran? Att barnets tarmsystem måste vila, att de kanske blir lite eljest om man plockar upp dem och stör dem i det här stadiet då de egentligen, om de inte hade så stort huvud, skulle vara kvar i livmodern? Är det inte vad doktorn i pediatrik har föreläst för dem? Lite till mans kan hon tycka att den nya läran låter lite bort i tok. Inte något att hålla sig till när förtvivlade mammor snyftar att de inte får tyst på sina barn, ja hur de snart gör något drastiskt om de ska gå i skriket dag ut och dag in, men än så länge har Vera Nylén rättat sig efter föreskrifterna med tillägget att om barnet verkar ha ont åt magan, koliken, så måst man se om det blir bätter av att låta bli löken, kaffe och annat som kan vara gasbildande. *Och märker man att barnet har det mycket svårt måst man ju lyfta upp det och bära det tills det har lugnat sig.* Klockan tickar mot tolv och Maj bjuder påtår och har under hela kaffestunden tyckt att köpebrödet ser högfärdigt ut, Hanne hade kanske tagit köpebrödet för givet – hur ska Hanne hinna med att baka mellan alla förlossningar och hembesök – men hon har på känn att Vera föredrar släta vetelängder och en nyvispad sockerkaka. Och den marmorerade kakan blev väl brun oppå, det är så svårt med kakao att veta om det är färdigt.

Det var så bra att jag fick främmande igår, för jag hade bröd från Sundmans, säger hon, jo Vera tar en strass och tittar på klockan, kanske frun ska se om lillan… *kan vi inte vara du med varandra, du kan väl komma hit och följa mina rörelser som en skugga, varligt gripa handen om den blir hård, rädd, jag kan stå för mat och kaffe och tvätt och städning bara du visar hur man sköter ett barn, Vera, gå inte* – ska vi ta och väga innan hon äter, dom är förstås lugnare efteråt, men dom kan bli lite oroliga av att vägas och då är det fint att ge dom maten efterpå, tack för kaffet, ska vi väga i köket, eller har ni varmare i kammarn, nej men köket har väl kvar lite av ugnsvärmen, om frun tar utav blöjan och nu är inte Anita så nöjd, och Maj blir rysligt spänd av att byta inför publik, ja bara det att trassla av de små plaggen utan att fördärva flickan – och så måste hon väl värma vatten till kroppstemperatur, eller tog man kallvattnet direkt på nariga små rumpor, nej, vad säger Vera om hon bara lämnar lillan på sängen när hon gör i ordning vattnet – förbaskat också, nu läcker de där förbannade brösten igen, det sticker och stramar och det var visst bara kiss i blöjan i alla fall *men då kommer väl det andra på vågen* – ja Vera monterar vågen på byrån, man ska inte krångla till det i onödan så de blir kvar i kammarn och Anita skriker när hon läggs på vågen, det tycks inte bekomma Vera, men viktuppgången hade visst gärna fått vara lite större. Vi får se nästa vecka om… ja i så fall får man kanske börja med tillägg. *Men det måste vara tillräckligt med de här brösten som börjar rinna så fort hon skriker* och som vill Vera bespara dem båda från handsvett och nervositet tar hon en torr blöja och fäster snibbarna snabbt och lätt, inte det minsta osäker på om det är för hårt eller löst, och med lite vatten på en trasa gör Vera rent naveln, innan hon sätter på den gråtande flickan mössa, blus och sparkdräkt. Hon är bra grann, lägger hon till, med de där ögonfransarna redan.

Nu måst ni få lugn och ro, säger Vera och räcker Anita mot Maj, och så packar hon ihop sina saker och tar adjö. Det var väl ingen förnedring? Nej – men det hade väl varit annorlunda med Hanne Blom? En misstänksamhetens agenda som ofrånkomligt följer med rädslan att göra fel: har fru Berglund verkligen skött underlivshygienen och byte av stoppdukar, tar hon inte upp barnet för tätt *och köpebröd är väl ett tydligt tecken på en lättjefull och ansvarslös karaktär.* Nej – Hanne är rädd för följdsjukdomar, barnsängsfeber och dålig viktuppgång hos barnet och ibland blir därför tonen en smula skarp. Men hon älskar sitt arbete! Så mycket att hon hjälper alla dessa barn till världen utan att bry sig om de nya begränsningarna i arbetets tider och snart kommer det vara för sent att söka sig en make och få egna barn. Fast i fyrtioårsåldern tar hon sig an – adopterar – en pojke vars mamma bara är fjorton och senare en liten flicka som blir moderlös strax efter födseln. Då har hon flyttat ut från lasarettets personalbostad, lämnat sin anställning i Örnsköldsvik och flyttat hem igen, till blåsippor och ekbackar, och hon får en tjänst på rimligt avstånd från föräldrahemmet. Hannes mamma tycker visserligen att både hon och Hanne är för gamla för blöjbarn, men förstår att Hanne inte vill åldras ensam här i världen och när flickan för första gången säger mamma så tycks de enas om att allt detta är mödan värt. Ja, så kan det också gå. Jo, när Signe får sitt fjärde barn – också det en pojke – får hon av Vera Nylén reda på Hannes öde. Och när Maj får höra det kommer hon utbrista säger du det, och minnas hur Hanne Blom åthutat Signe att vara tyst eftersom *vi har en oerfaren förstföderska här. Då brydde du dig lite om mig i alla fall?*

Och Maj lämnas kvar med frågan om Vera Nylén har godkänt henne eller ej. Har hon snart ett besök från barnavårdsnämnden att vänta? Varför fick inte hon ta på blöja och kläder? Det smackar och klunkar och låter om den lilla. Ja, Maj är själv ganska hungrig, för kaffe och kakor mättar ju inte särskilt bra. Men som i ett tillstånd av dåsighet och syrebrist lutar hon sig mot sänggaveln medan Anita äter. Det är värst när hon fattar tag, då är svedan stark och obehaglig, men ett visst lugn infinner sig när Maj nästan kan se hur flickan faktiskt sväljer och får i sig mjölk. Lite kramp i armen som ska stötta hennes huvud. *Det späda barnets nackmuskler är inte starka nog att hålla upp det för kroppen förhållandevis stora huvudet.* Blusen är inte fläckad, men inlägget som ligger på nattduksbordet är genomsurt. Hon har en trasa tillgänglig om Anita plötsligt kommer att kasta upp. Ja, det är mer som en sur uppstötning, inga kaskader ännu. Bara blunda. Vila. Lägga sitt huvud bakåt. Men plötsligt faller hon, hastigt och utan stopp, och hjärtat tycks slå en dubbelvolt innan hon slår upp ögonen och inser att hon fortfarande håller flickan i sin famn. Höll hon verkligen på att tappa henne? Hon har släppt taget om bröstvårtan, blivit röd i ansiktet, och visst är den där lukten där, nästan syrlig, det är nog dags att byta igen. Men hon ska faktiskt få från det andra bröstet också, om det nu verkligen är så att hon förlorar i vikt. Vi skämde väl i alla fall inte ut oss idag, säger hon. Vera Nylén tyckte du var grann. Lyssnar hon? Ja, Maj känner sig tvungen att lägga till att man kan ju undra över varifrån du kommer med allt det där kolsvarta. Inte ser du svensk ut. Och det ska inte tolkas som beröm. Att berömma sina barn luktar självskryt. Vera Nylén skulle se hur du bajsar ner hela skjortan! Du skulle ha blöjor som går upp till armhålorna, smågrälar Maj. Ska mamma koka dina skjortor dagarna i ända? Tittar de där mörka ögonen frågande på henne? Du ska få mera mat, säger Maj då. Bara du har torrt på dig. Men flickan verkar nöjd – eller åtminstone inte missnöjd – och ligger faktiskt på filten som hon har brett ut över överkastet som ett litet knyte och hon har kontrollerat att inte silkesmössans band sitter för hårt under hakan och skyndar sig ut i köket för att sätta på ägg och stöka undan disken från förmiddagen. Att Barbro Ringström tackade nej. Det grämer henne, för nu hade hon ändå börjat hoppas, *du har ett barn, vad är det att gnälla över* ja, men Titti då *Titti har representation och middagsbjudningar,* hon måste lägga in torra bröstkuddar, sa inte Vera att fuktiga inlägg kan förvärra svedan.

På filten har Anita förstås drällt en stor vitaktig fläck och hon måste få en ny sparkdräkt och tvättas i halsvecken. Så många djupa veck! Vad det ska lukta… och hon vill visst inte göras ren, men här finns inte utrymme för kompromisser. Och då ringer det på dörren. Tre korta signaler och det är ju otänkbart att låta bli att öppna om lillan plötsligt skulle till att skrika – hur ser hon egentligen ut, några oknäppta knappar i blusen, skrynklig kjol – håret! Har Vera glömt något? *Ville bara säga att frun har gjort det så utomordentligt välordnat och trevligt för sin lilla och maken. Det är bara att gratulera barn som får ha det så bra* – nej men god dag, säger hon, och Georg bockar, leveransen är utförd och så rullar han in en rottingkorg på stativ med klädd och vadderad insida. Tack snälla, säger hon och rodnar, kom in, ja Georg tittar på klockan och kliver in i tamburen, man måste väl få se underverket förstås – att Georg tar sig tid att besöka henne och Maj måste ju låta honom stiga in i sängkammaren även om det blir intimt på ett generande sätt – om han kommit när hon luftade bröst och underliv – varför kan hon inte tänka andra tankar, normala tankar, inte kan hon direkt påstå att han är hennes typ men han är inte gråhårig som Tomas och ser otvivelaktigt självsäker och framgångsrik ut. Ja, som kräver han att hon ska rodna och känna doften av rakvatten och rök, vilken liten raring, säger han och Maj svassar efter, jag sätter väl på en kopp kaffe, jo det tycks han visst ha tid med, men Maj ni behöver ju större, jag ska tala med Tomas om att ni ska se er om efter en rymligare våning, åh, här har vi det fint, svarar Maj, för det kan vara ett test, om den där slinkan är otacksam också, ja men ni kan ju inte ha lillan i sängkammarn när hon blir större, det går ju inte för sig, *Tomas måste ju få knulla dig utan hämningar,* och vems tankar var det där, koppar, bitsocker, kakorna – eller vill du hellre ha en smörgås, jo, det är bäst att hon brer några smörgåsar och lägger ost och korv i snygga skivor, men Maj det syns ju inte att du nyss fött, Titti bara klagade över att hon aldrig tappade i vikt och ja, kanske vill han att hon ska märka hur han dröjer med blicken vid hennes bröst. Och så skrattar rösten men oh, jag som har ökat så kolossalt i vikt, jag har nog lite att ta av, och så blir det pinsamt tyst och måste handen skälva när hon ska slå kaffe i hans kopp. Då gråter Anita – ursäkta mig säger hon, men var så god att doppa och kanske är hon ändå tacksam att det tar sin tid att få flickan att somna i vaggan.

Borde hon bjuda Georg på något starkare? En grogg eller cognac, är det inte så de gör *over there,* åtminstone på film, flaskor framme och en skvätt starkt och lite bubblande läskedricka – vill hon i själva verket ha fler komplimanger, mera beröm för viktminskning och figur, borde hon uppsöka damrummet och pudra näsan och måla läpparna, ja förut, innan barnet kom skulle det väl varit spännande att leende röka med en framgångsrik affärsman i sitt eget hem, men nu kan hon inte skaka av sig känslan av att vara utsatt för ett prov. Så hon häller nervöst i påtåren utan att fråga – bara halv kopp tack – och säger att Titti har varit så underbar som ställt upp för henne och Georg måste hälsa och tacka så hjärtligt för att de får låna korgen och om jag bara hade något att skicka med dig – men för tusan, det är klart man ställer upp för släkten – pratar han verkligen med smörgås i munnen? *Vi som båda tillhör de ingiftas skara. Vi som inte riktigt hör till. Som måste vara särskilt oklanderliga. Kommer det inte att viskas att du aldrig skulle ha kunnat bli den du är idag om det inte vore för Tittis pengar, Georg, du skakar det av dig med en axelryckning, men ändå inte, för det beroendet håller dig i ett grepp som rimmar illa med en bra karl reder sig själv?*

Jag ska höra efter, nog ska vi kunna vaska fram en bättre våning – det är väl inte bara roligt att bo granne med svärmor – blinkar han med ett leende, och Maj får aldrig tillfälle att säga att Tomas vill till nybygget bakom skolan, stå utanför alla lojaliteter och beroenden, han vill inte veta av dina känningar och kontakter Georg, tycker att vi klarar oss fint så här – ja det är skönt när Georg reser sig för det är något med rakvattnet och tobaken och leendet som liksom – ja som om han egentligen skrockande tänker att Tomas som är en sån jädrans klaterpelle – en fin människa, fast vek – att där fick han minsann in en femetta. För även om ansiktet är alldagligt utan överslätande makeup, så figuren och ungdomen – ja när de var en aning på lyset knuffade han Tomas i sidan och bad om tips på hur man ska göra för att förföra omyndiga småflickor. Som om han skulle behöva råd i fråga om det. Om vi säger så här – det förvånar honom att det är Tomas och inte han som har en slank ung hustru vid sin sida.

Fast Georg skulle bara veta att korsetten drar åt och pressar ut hud och valkar till en siluett som saknas i *naturligt tillstånd*. Minst sju kilo vill hon tappa innan sommaren. I baddräkt med den här magen! Eller ännu värre, tvådelat. Och han ska inte tro att hon är så dum att hon saboterar sin relation till den mest trofasta svägerskan för ett simpelt Casanovatrick. Men varför vill hon samla smickret i en ask och sända till Erik? *Hör vad männen säger till mig, se vad du frivilligt släppte ifrån dig.*

Nej, nu vill hon ta itu med rottingkorgens tyg och flanellfiltar. Georg har förstås bråttom tillbaka till *affärerna*. Maj har ju dessutom sin oxbringa liggande i kallskafferiet! Åt var och en efter förmåga – behov? Äsch, Maj upprepar att han ska hälsa Titti och tacka för allt och hur ska hon kunna ge tillbaka... Georg rättar till halsduken och säger en annan gång är det vi som står där, och behöver ett handtag menar jag. Jo, så kan det förstås bli. Fast Maj har svårt att se vad hon ska kunna bidra med.

HUR GÖR HON NÄR ytterdörren åter stängs om henne? Jag får inget svar om hon går in till Anita som gnyr fast det är över en timme tills det är matdags igen, nästan två. Snart kommer hon att skrika? Och ska man inte ens gå in och gunga vaggan, sjunga en sång? Gav de upp, barnen? *Mitt skrik ut i ingenting.* De apatiska barnen. Barnhemsbarnen. Det är väl att dra det lite väl? Hur barnen som måste läggas in på lasarett blev lugnare om föräldrarna uteblev under vistelsen. Så oroliga som de blev av besöken! Kinkiga, gnälliga, bråkiga, besvärliga. Temperamentslära och utvecklingspsykologi. Socialpolitisk historia och moderskapsideologi. Sunt förnuft och nya läror. Det går visst inte att bringa ordning. Till slagen vill jag inte. Inte agan. Inte den då rättmätiga vreden och makten. Ropen på hjälp och kraven på vuxenvärldens döva öron. *Det viktigaste är att lära barnet att somna om själv. En förmåga att trösta och lugna sig själv i upprörda lägen är en värdefull tillgång för det lilla barnet. Därför måste det framförallt förstå att sängen är en trygg plats. Om det flyttas till föräldrasängen blir budskapet att det är bara med mamma du är trygg. Som primär vårdnadshavare måste man framförallt kunna läsa barnets signaler. Vara lyhörd för dess behov. Vara en behållare för kaotiska, starka, översköljande känslor som barnets ännu inte är moget att härbärgera.*

Vad gör Maj när Anita skriker i vaggan? Tant i våningen under. För nu följer en instängdhetens tid. En tid när det blir nästan omöjligt att ta sig ut och göra de dagliga inköpen. Lämnar Maj Anita i vaggan när hon går ut för att köpa mjölk? För ett barn som ska läras att det inte lönar sig att skrika kan väl lika gärna vara ensam i lägenheten den där korta stunden. Men något slags lyhördhet för gråt och existentiell smärta? För det späda barnet måste den vara reell. *Om du inte kommer till mig när jag ropar – hur ska jag då kunna fortsätta leva?* Och så har vi den här läran som instrumentaliserar relationerna och gör det svårt för frön till kontakt att få fäste i en något så när gynnsam jordmån. Planta, maskros, gödsla kärlek – slitna liknelser men jag står vid ett vägskäl och det är svårt att få med både och. Kommer inte Maj ge sin dotter mat, rena, varma kläder, daglig hygien, omsorg. Är inte att komma och kräva kärlek en smula mycket begärt? Att de ska ligga i sängkammarens dubbelsäng och låta marsljuset silas genom de flortunna gardinerna med sin förhoppning om dagsmeja och värme? Att varje fingerrörelse, ljud och blickens sökande genom rummet ska noteras, kommenteras? Att dag och natt flyter ihop, men det spelar inte riktigt någon roll för det är det första barnet och maken får väl för tusan ordna sin frukost själv.

Eller snöglopp och lämna den tunga vagnen utanför Erikssons kolonial och specerier. Mjölkbutikens grädde och limpor. Charkuteristens smörgåsmat och falukorv. Är inte Maj rädd att någon ska kidnappa flickan som sover i vagnen? Nej räddare att hon ska vakna i butiken och vara otröstlig. En mamma kan väl inte finnas vid sitt barns sida på ett neurotiskt, oseparerat, tvångsmässigt vis? *Om modern inte har separerat från sitt barn vid invänjningen till dagis och förskola kommer inskolningen präglas av stora svårigheter för barnet och fungera mycket bristfälligt. Barnet läser moderns ansikte och söker efter bekräftelse och det lugnande svaret att det här går fint. Om barnet är förtvivlat är det ett tecken på ett ambivalent och omoget föräldraskap där barnet finns till för föräldrarnas behov och inte tvärtom.*

Men där är väl inte Maj? Nej – var är hon?

Tänk om jag inte vill visa upp mig för dig? Du kan gräva och undra och stå i. Men jag tiger som muren.

STYCKE MED VARIATION. FAST det här är ju ingen musikalisk familj och nu stundar väl just inga körer och våreldar, nej inga demonstrationståg heller, men väl ett stilla barndop. Tomas tycker att de ska ta det enkelt. Så snart prästen är vidtalad och datumet är bestämt bjuder hon in mor och far *preliminärt*. Hon är minsann anständig och de ska inte skylla henne för att försumma dem. Med vändande post får hon veta att de har förhinder, ja dop är ju heller inte på samma vis som ett bröllop något för unga morbröder som vill se sig om. Men pappa har visst tagit sig tid att vara poetisk! *Kära Tomas och Maj! Med hjärtliga gratulationer till Er dotters födelse. En ljusglimt i vår mörka vinter då vi ännu inte är vid god hälsa, men hoppet överger oss ej. Mor sänder lyckönskningar till flickan och Er.*

Inget mer? På så vis är det väl en lättnad. Ingen vrede. Ingen direkt anklagelse. Blir hon besviken? *Som om jag hade räknat med något annat.* Att kavla upp ärmarna och ordna ännu en mottagning. Ska Titti bli gudmor? Georg gudfar? Måste hela hans släkt närvara vid dopet? Ja men vilka skulle de då exkludera? Ett dop om något är ju en glädjens högtid. Efter påskens dystra långfredag som visserligen avlöstes av påskaftonens smörgåsbord och påskdagens dilammsmiddag hos tant. Ska hon heta Anita? Lillemor, Britt-Inger, Gunilla – fast det finns ju redan i släkten – Karin, Kerstin, Anna, Maria, Kristina, Ulla, Lisbeth, Berit, Gudrun, Gunnel, Ingvor, Mona, Maud. Anita blir väl bra. På ett sätt tycker hon att det är för öppet och ljust. Det är ju en så mörk flicka. Och så är det egentligen Signes förslag. Plötsligt far det över henne med en väldig kraft när hon blankar diskbänken efter kvällsdisken – de har ju inga goda vänner att bjuda in. Bara hans släkt. Om hon kunde få ha någon egen – nej inte Ingrid och Jenny, men kanske Signe? *Ska hon komma med sitt spädbarn och pojkarna som bara är i koltåldern?* Nej, men hon måste i alla fall så småningom höra av sig till Signe. Hon var väl bussig?

Hur ska vi ha det med dopet? Tomas lägger ner sin tidning. Han har inte talat om att han läser tidningen både en och två timmar på kontoret. Inte av lathet, men fler sysslor har han inte än att det låter sig hinnas med. Och att tänka expansivt... man ska inte ta sig vatten över huvudet och sätta igång något man inte kan ro iland. Han sysslar med inköp. Det är vad han gör. Köper in hudar och skinn. Omgiven av duktigt folk. Som vill och kan. Tomas skruvar av radion. Hon har inte lyssnat – var det kvällsandakten? Rösterna i radion gör henne otålig, rastlös. Som blir hon genast rädd att inte begripa och förresten sitter hon sällan ner. Det är klart att den här stunden på kvällen, när Anita i bästa fall sover i väntan på första nattmålet vid midnatt, är liksom vigd åt Tomas. Om han är hemma. Ganska sällan sitter han så här med tidningen och radion på. Ganska ofta har han representation, leverantörsbesök. Ganska ofta är han i matsalen på något av stadens hotell. Då försöker Maj lägga sig tidigt. Det är hur som helst Tomas som tycker att alla syskon måste få en inbjudan. Han makar sig närmare Maj som slagit sig ner i soffan – som om bara det att hon inte valde fåtöljen är en invit – och lägger sin arm om. Han låter väl inte handen lite planlöst stryka över hennes bröst? Nej, de tillhör ännu enbart Anita. *Inte Maj?* Bara kaffe och en god tårta, inget stort och påkostat kalas. Ingen räknar med att vi – säg det rakt ut, att Maj som inte har hjälp av sin mamma ska kunna... men kaffe och tårta är mycket nog Tomas. *Din mor tycker förstås att det hela är olämpligt i största allmänhet. Barndop ett kvartal efter bröllopet, ja lite drygt.* Men det blir ju ändå bara familjen, och de vet ju om det. Och så är ju heller inte barndop något som ska firas storslaget enligt traditionen. Tant tycker verkligen bara att de allra närmaste ska närvara. Som hon har låtit döpa de egna barnen, i hemmet, kyrkoherde Palmqvist, *minnet tant, inte var det Palmqvist som förrättade dop i Järved, det var ingen rymlig stadsvåning och kyrkoherde på den tiden, vardag och trångboddhet innan maken arbetade sig upp, bort* – nej, men de döptes i alla fall i hemmet. Och det har ju blivit folk av dem också.

Så känner Maj hur rasande hon är över att Tomas alltid frågar hur Anita mår innan han hör sig för hur hennes dag har varit, om han ens undrar över det. Och Maj redovisar lydigt: skrikig, lugn, många blöjbyten, snuva. Så bra då, svarar han och säger att det har varit "som vanligt" på kontoret. De är ju unga. Har inte varit gifta i hundra år.

Och vem ska ordna om kaffebrödet? Jag måste ju passa på att fråga när du för en gångs skull är hemma. Då kryper han ihop och lägger sig med huvudet i hennes knä. Det kanske hände att Erik gjorde så någon gång. Men Tomas... han kan ju inte också vara hennes barn. Det är kraftigt, håret, på ett vis. Grått, men inte glest. Porerna på näsan syns svarta och rätt så grova i skenet från golvstaken. Tänk om hon skulle vilja bli kåt? Böja sig över honom och kyssas djupt och... köttsligt. Lägga sig ner och dra av sig underbyxor och låta honom vältra sig tung över henne? De borde vara nykära. Och hon vill inte alls. Det kommer inte ens, ja, som om hon inte längre hade något underliv. Kanske är Tomas bara lättad. Att inte behöva erövra, vara uthållig, potent. Hon skrämmer honom. Inte den allsmäktiga modern och värnlösa pojken. Det blir så... förutsägbart. Men det är kontaktlösheten som gör honom rädd. Han skulle vilja att de var små tillsammans. I början med Astrid, deras barnspråk, skratt och trams. Nej, för tusan, han var väl heller inte så kär på slutet. Men nu… ska de redan slå sig till ro med det här avståndet? Han har förstås hört talas om att barnsängstiden är ett ömtåligt skede i en kvinnas liv. Det har han väl? Mekaniskt drar Maj fingrarna genom hans kortklippta hår. Och han vänder sitt ansikte mot hennes mjuka mage, kan inte hålla tårarna tillbaka. Klart han inte visar henne att han gråter. *Du borde inte ha tackat ja till mitt erbjudande Maj.* Flickan, Tomas, ska du redan överge henne? Med en häftig rörelse sätter han sig upp. Stryker med båda händerna osynliga tårar från ansiktet, upp över pannan, skulten. Oj, där höll jag på att somna. Tänk att det är vår dotter som sover där inne. Ja, svarar Maj, glättigt. Det är svårt att begripa.

SÅ SÄGER TOMAS NÄR de sitter med sitt frukostkaffe, ska vi inte vara hos mamma då? Hon har det ju större och Eivor hjälper så gärna till. Kanske Aina kan kocka om vi vill bjuda på mat. Ja men Tomas, så gör vi! Hon reser sig och omfamnar honom – det hela sker alldeles spontant och Tomas trycker för andra gången på kort tid sitt ansikte mot hennes mage, bröst. Att bara gå en trappa ner och slippa ansvar. Det är ett slags… eftergift. Att inte ens stå fast vid mitt hem är min borg och jag är fortfarande en Olausson i hjärtat. Hon blir ju på en gång så synlig och konturlös i tants stora våning. *Jag gav er ännu en klanmedlem – här har ni henne.* Finns det inte redan där? Anita är inte en Olausson. Bara Berglund.

Fast det är lätt att tänka praktiskt. Slippa fönsterputs, blanka kopparn och möbelpolish. Trängas i stora rummet. Vara rädd bajslukten. Och när Anita krånglar kan hon faktiskt ta henne hem. Amma och låta henne sova, de kan kanske be Gunilla och Marianne att passa henne, eller kan de komma med korgen till tant?

Operatårta till en sann sessa! Rosafärgad marsipan. Kakor, kaffe, tårta, för all del en vermouth, portvin, madeira. Men ingen middag. Tomas lovar tala med tant på en gång. Tant som inte tål henne. Eller?

Jo, det löser sig nog. Det är vad Tomas svarar när hon frågar vad tant tycker om förslaget. *Vill vi verkligen veta? Jag trodde du hittat en kvinna av folket Tomas, hon måste väl vara van att ta i. Ja, men då kanske vi kan slippa rå fisk för en gångs skull. Och vem ska stå för kostnaderna? Det får väl gå på arvet.*

Nej, tant säger faktiskt inget av det där. Hon suckar och säger att hon måste vidtala Eivor först. Hon är rädd att Eivor har en tumör. För det är något med Eivor som inte är som vanligt. Så det hänger på om Eivor orkar. Naturligtvis, svarar Tomas, vi gör förstås det vi kan, brödet kan vi väl beställa hos Sundmans? Så undrar tant varför Maj klampar omkring där uppe när hon borde vara sängliggande? Men vi har ju ingen barnflicka, kunde Tomas ha svarat, men han säger istället att han ska be henne vara lite tystare. Tack snälla mor, lägger han till, säg åt Eivor att vi inte vill besvära henne i onödan.

Tomas skrapar ihop den sista biten kroppkaka och lingon, tuggar, sväljer och torkar sig om munnen med servetten. Ska flickan verkligen inte ha något släktnamn? Emma, Betty, Klara? Som andranamn, tredjenamn kärt barn har många namn – jag har alltid avskytt när pappa säger Maj Sara Johanna – Anita räcker gott. Det blir bara krångel i skolan kring vad som är tilltalsnamn och så har hon gått och blivit Emma med hela klassen utan att vi vet om det. Vad har Tomas att sätta emot det?

FINNS DEN DÄR REDAN då, på dopdagens morgon, rädslan att hon
ska skämma ut sig? Vem? Ja, de glider in i varandra, Anita och
Maj, Majs benhårda krav på gott uppförande, om hon skulle börja
gapa och gasta när prästen läser för henne och alla kommer att
kunna se att Maj är en mor som inte får lugn på sitt barn. Kän-
ner Maj redan av hur den där utifrån kommande blicken alltid
kommer att vara närvarande? Blicken på barnet. Barnet som svar,
som facit, som den som inte höljer något i ett förlåtande dunkel.
Barnet som säger att jag tänker visa det du vill dölja. Hur ska jag
annars kunna ta reda på något *sant* om världen?

Tomas som tröstande försöker säga att Maj måste låta henne
äta strax innan dopet förrättas, för då håller hon sig väl lugn?
Men om det blir krångel med magen? Ja, Tomas och Maj vimsar
runt i våningen i en likartad rastlös oro som endast kan stillas av
något starkt. Men Maj är så glad åt sin nya klänning! En blekgrön,
vårvacker sak med lite stilig axelbredd, V-ringning och kjollängd
som visar slanka vader. Och hatten därtill. Ljus dräktjacka – åh så
härligt att vara riktigt snygg igen – det är Titti som kommit förbi
med klänningen som är så gott som oanvänd, fast Titti ångrade
visst färgen – Dagmar Edblad har tagit in den lite i midjan och
lagt ner en fåll och med silkesstrumpor och pumps var hon alls
ingen oäven syn i tamburspegeln när hon provade klänningen
häromdagen. Anita ska ha Tomas dopklänning, och måtte hon
sova en stund till, ja fast vaknar hon ska hon faktiskt få äta med
det samma. Det går ju inte att amma flickan klädd i klänningen,
så hon har allt i ordning på en galge för att snabbt kunna byta om
när Anita är matad. *Men var är din mor och far?* Maj skrattar till

mot badrumsspegeln, nu kommer ju försommaren med sina nya och bättre förutsättningar för resor och naturligtvis ska vi fara hem och visa flickan för mamma och pappa – naturligtvis. Inte för tung makeup! Det passar sig inte på ett dop.

Klart att Georg säger att hon ser strålande ut. Det är för all del också lite eljest att här uppe fara med smicker åt fruntimmer som inte ska tro att de är något märkvärdigt så där i största allmänhet. Men i smyg lapar Maj i sig sötebrödsorden och kan konstatera att hon faktiskt är elegant och... ja absolut inte utmanande vågad, bara snygg. För det var väl inte Anita han menade? De tycker ju att hon är så söt. Jollrar och plutar och pratar barnspråk, mamma, hon har ju precis din haka, ropar Eva och tant säger stackars liten och så skrattas det och är ganska otvunget tills prästen kommer och lite kyrklig högspändhet måste väl även ett barndop rymma.

Hur snabbt kan man mista sitt ursprung? Och om det inte är möjligt?

Anita sköter sig. Skriker lite protesterande när vattnet ska skölja över hennes huvud och det är ju en lyckans högtid när ett barn ska välkomnas till den stora gemenskapen, visst är det det. Här räknar man inte efter och tänker snusk och samlag för det här barnet måste familjen bära fram gemensamt, utan smussel och denna tjatiga skam. Det är kanske heller ingen slump att det är på mödernet man uteblir, ja, det är ju där det brustit i fråga om... Att en karl förlorar sig i det köttsliga... men sluta opp med det där. Ingen av svägerskorna dömer Maj öppet, för det är en glad och behändig flicka som kommer att göra sitt allra bästa för att passa in. Och barnet är osedvanligt grant. Ja, och det är väl inte det sämsta?

Nu ska det smaka fint med kaffe och dopp! Det blev prinsessornas gröna marsipantårta med den allra ljuvligaste dekor. Nej, tant bryr sig varken om Anita eller Maj, varför ska hon behöva göra det, och frågar högt genom sorlet i salongen om Tomas verkligen får sova som han ska. Du har ju ett arbete att sköta, ja Maj får faktiskt finna sig i att omsorg går från kvinna till man och en så ung och rask mor ska väl klara av vaknätter utan att kräva att maken ska rycka in och vara behjälplig. Du ser så blek ut Tomas, slarvar ni med maten?

Klart att Maj måste prövas en smula, nu när hon har fått stråla söt och slank i vårklänning och högklackat och byst och ben och midja, och visst har man rätt att i största allmänhet ifrågasätta den här flickans husmoderliga förmåga. Tant tyckte ju själv att hushållsarbetet kunde vara bra tungt och att ordna om måltider och tvätt och disk och städning åt tio personer – ja hon vet faktiskt mycket väl vad det handlar om. Så vad är en unge och en karl att sköta om? Hon har ju inte alltid haft hembiträde och kalaskokerskor och städ- och tvättfruar hos sig, inte alls, och nog ser Tomas tunn och avmagrad ut? Och Tomas tuggar tårtan, Tomas sörplar kaffe, Tomas silar rök genom spända läppar, Tomas skulle vilja stämma upp i sång om det inte vore för det att han helt saknar sångröst, *men varför säger du inte att din hustru är en på alla sätt utmärkt husmor,* han skulle väl öka i vikt om det inte var så att det är lite si och så med aptiten och nu sjunger Sylvia när lillan kom till jorden – så passande – så rätt, för tryggare kan ingen vara tog de ju under själva dopet. Eller?

Håller verkligen inläggen torrt ifall det skulle börja strama och spänna och läcka mjölk helt plötsligt? Det här ljusa tyget kommer att basunera ut fuktfläckar till allas beskådan på ett ögonblick och prästen reser sig, fattar mor Tea om handen och talar om att det är dags att dra sig tillbaka, Tomas och Maj följer efter honom ut i tamburen, de tackar, tar i hand, jag ser väl er till högmässan på söndag, det finns ju så många samfund och pastorer här ikring numer så prästen hoppas – förgäves – på det här urbana paret. Tack snälla, säger Maj och niger, tack snälla upprepar hon igen. Nog andas det ut en aning – i största allmänhet – när prästen tackat för sig, ja man måste liksom passa på sig så att ingen svordom eller slipprighet slinker ur en om man för ett ögonblick glömmer att ge akt på sig själv.

ÄR DET EN CIRKEL som nu sluts? Befruktning, havandeskap, förlossning, dop. Giftermålet då? Jo, men också inledningen för en ny människa – vi måste vidare. Där är en oro. Vem blir bärare av oron? Tomas? Ja, Tomas trampar vatten och vill så gärna... slippa. Slippa vad? Tankar. Oroliga tankar. Äktenskapsbekymmer. Klart han känner sig dragen till den här fjära, stiliga flickan. Hos Kjellins var hon så härligt glad och klämmig. Ja, med en räv bakom örat. Astrid... nej, vi tänker inte på Astrid nu. I Maj såg han en lite fräck flicka? Äh, för tusan, han tänkte väl att Maj och han skulle kunna ha det jädrigt *trevligt* tillsammans. Äta och dricka gott. Åka bil och motorbåt. Restaurangbesök – ja han skulle visa världen att han var på banan igen. I ny, modernare upplaga. Ingen frånskild stackare. Nej – ett nytt liv! Ett sorglöst liv. Lite som Georg. Att ta tillvaron med en klackspark. Ett glas eller två då och då hjälper till och Maj visade inga tecken på det där tillknäppt förskrämda som vissa familjeflickor – eller det var väl bara så att Tomas tänkte att det skulle visa sig under sommaren om de passade för varandra. Han räknade faktiskt med att han skulle få stå i lite grand för att få henne som sällskap. Det var ju charmigt! Hur hon sa ja och nej och ja igen och nej om vart annat. I hela sitt sätt. Öppen – sluten. Tvär på lördagen i Sillviken och öppen på Viktoriaesplanaden på söndagen. Nej, han tänker inte så. Det hände ju bara.

Jag kanske behövde ett barn. Var det därför jag... i alla år utan att jag och Astrid blev med barn... äsch. Borde han försöka tala med Maj? Kanske väntar hon på att han ska ta initiativ och *öppna* sig. Bli förtrolig – uppriktig. Eller borde han förföra henne på nytt? Nej. Inte än. Han vågar inte, vill inte få det avvisande han redan räknar med.

SÅ SKA JAG ALDRIG *göra mot dig.* Finns det en sådan tanke hos Maj när hon ser sin dotter le – fortfarande ett slumpartat, inåtvänt leende – där hon ligger i korgen utan att kräva något särskilt av sin mor? Finns inte i varje föräldraskap en absolut nejpunkt mot vilken alla handlingar spelar, *det mest förbjudna,* det som aldrig får upprepas från den egna barndomens... brist. Det som paradoxalt nog kan bli det som grumlar samvaron och leder till övertramp man inte ens är medveten om. *För att det hindrar en från att se sitt barn. Vem du är, vad du vill, vad du behöver. Inte längre jag, och mitt liv i fokus.* Eller finns det där *så ska jag aldrig göra* bara *före,* i teorin, i fantasin. I *efter* tar passionen vid och härjar fritt och enligt sina egna villkor.

Kanske blir Majs viktigaste hållpunkt: Jag ska hjälpa Anita med städningen när hon behöver det. Så som min mamma aldrig kom resande när jag behövde henne. Allt vad jag kan ska jag ge henne! Jag ska mangla hennes sänglinne och dukar, stryka gardiner och putsa silver – om det finns – och mässing. Tvätta fönster och klättra upp och ner på stegar. Knätorka golv och blanka målning och rengöra ugnsgallret med Svinto. Steka köttbullar och baka tekakor för frysen. Fast frysen förblir livet igenom något suspekt. Inte möjlig att lita på fullt ut. Jag ska vara hygglig mot hennes make, men måste jag också vara vän med de som kommer efter? Jag ska ta hand om dina barn när du försvinner. Vad mer kan du begära?

Och Tomas? Tomas vill inte vara en frånvarande far. Än är det inte tal om ett delat eller mellan könen utbytbart föräldraskap, men han känner starkt att han vill lära känna sina barn på ett sätt som Arvid Berglund aldrig kände honom. Eller? Och Tea? Han kan inte låta bli att tycka att det är märkligt att Tea tyr sig så mycket till honom nu när det alltid har antytts att det inte var meningen att de skulle bli så många syskon. Att mamma var utsliten, att doktorn sagt att det var med risk för fruns liv... å andra sidan fanns väl både jungfrun och hembiträdet när han var barn. Och äldsta syskonen klarade sig så gott som själva. Var i alla fall behjälpliga i hushållet och började arbeta tidigt åt firman. Men har hon inte sagt att det var för det att han var en så ovanlig liten pojke som hon glömde besvären med lindebarn och den senare så krävande koltåldern. *Men din rädsla att inte längre vara någon när dina moderliga plikter var uppfyllda? Rädslan för vad Arvid skulle kunna ta sig till med dig när de besvärliga nerverna inte längre kunde uppvägas av att du ändå fött din make åtta barn!*

Lite lösryckt börjar Maj skrapa ihop sin nya familjs berättelse. Hon har inget annat val än att bli en av dem. Lojal, trofast, omtyckt. Ja, kanske vill hon också ge sin dotter ett förflutet att vara stolt över. Ingen mormor vars ungar bara har fader okänd i kyrkoböckerna och det var knappast samma en som varit där och... haft sig. Nej, duktiga människor som tar sig fram med tomma händer. Fast duktiga människor kan visst ha klena nerver. Vad är det egentligen med tants nerver? Har Tomas åt nerverna också? Anita? Tur då att Maj inte har fallenhet åt klena nerver. Nere och deppig och nervös.

MAJ GLÖMMER INTE ATT höra av sig till Signe Malmdin. Hon vill bra gärna ha något eget här i stan. En gift kvinna och trebarnsmor känns som ett lämpligare sällskap än ungkarlsflickorna på konditoriet. När hon tar upp frågan med Tomas – på ett sätt som ska få honom att begripa att hon inte själv kan axla ansvaret för ännu en bjudning – så säger han att de ju alltid kan gå ut och äta en bit mat tillsammans på Bakfickan. Men Signes Karl-Erik arbetar vid Domsjöfabriken – de har nog inte råd... om Signe är viktig för dig får väl vi gräva djupt i plånboken och stå för kalaset. Ja, så kan vi börja med några små smörgåsar och förfriskningar här hemma kanske. Signe blir nästan stum när Maj kommer med förslaget, ja det är inte varje dag man blir bjuden på restaurang, bara vi kan ordna barnvakt så vill vi naturligtvis träffa er.

Och Marianne lovar att komma till Maj och passa flickan, om Anita får kvällsmålet innan gästerna kommer och tillägg vid tio – eller ska hon klara att pumpa ur, jo men Maj vill faktiskt träffa Malmdins för att inte vara helt i händerna på sin make. Som ett annat mähä. *Som du var med Erik.* Fast vad ska Tomas och Karl-Erik prata om, något ska de väl kunna hitta på. Är han med i logen, undrar Tomas när han klär om, nej det skulle jag inte tro, svarar Maj, ja det kan ju vara bra att veta om i förväg. Maj väljer mellan den hallonröda raffiga och den blekgrönt eleganta – det är bestämt att Malmdins kommer till dem vid sexsnåret och sju har de bokat bord på Bakfickan. Och medan Maj duttar aluminiumklorid under armarna kan hon inte hejda en klarsynens tanke – hon borde väl börjat med att bjuda Signe på ett enklare kafferep.

Krogbesök och dra in makarna innan de ens blivit närmare bekanta! Fast är det inte så här man umgås, som äkta makar? Signe har visst sin mamma som kan vara hos pojkarna, och Marianne verkar väl vara mogen för sin ålder så det ska nog gå bra. Men sannerligen är det lite besvärligt att gå på lokal när man har smått hemmavid, Signe har tydligen redan introducerat tillägget, för pojken hennes gick inte upp som han skulle – har man en tvååring som propsar på famnen är det inte lätt att få ro vid matstunderna – var det så hon sa, Signe? Men Anita är bortskämd, bortskämd på bara bröstmjölk! Så det är kvällsmålet klockan tio som oroar henne. Om hon vägrar ta flaskan och skriker sig blå? Tomas tycker att Marianne i så fall ska telefonera till Statt så kan ju Maj vara hemma på fem minuter. Titti brukade visst handmjölka ur till Henrik när hon gick bort och det rasar rysningar genom Maj, ja hon kan inte förklara det på något annat vis än att blotta tanken ter sig så obekväm, *motbjudande*. De ska bjuda på vermouth och laxsandwich och petit-chouer fyllda med grädde, skinka och gräslök. Ja, hon har stått och klatrat med byttorna efter lunch, men förstås diskat undan varje spår av förberedelserna och Signe är väl en enkel människa som kanske bara blir besvärad om det blir för flott?

Ja, men Signe har verkligen gjort sig snygg! Det kan Maj se där de står och trängs i tamburen och bjuder gästerna att stiga på, kom in, välkomna, också från Signe har kilona rasat, *hade du hoppats på att Signe skulle ha haft sina extra valkar kvar*, nej, varför skulle hon vilja det, hon vill ju att de ska tåga in på Bakfickan och vara *anslående*, ingenting ska avslöja deras enkla bakgrund, ja vore det inte för Tomas hade de väl inte på Bakfickan att göra, men Signe har en mönstrad klänning i ett lite sladdrigt tyg som faller snyggt trots allt, ja det är väl samma kvalitet som Majs klänningar och blusar brukar ha när hon bekostar dem själv och inte får ärva avlagda *av finare kvalitet* och Maj har då alltid tyckt att man får göra det bästa man kan av det man har. Det är rakt så att det inte går att känna igen Signes ansikte bakom makeupen av sotade ögon och kraftigt rougade kinder och röd mun – ser det inte aningen billigt ut, *titta dig själv i spegeln Maj Sara Johanna,* nej men Maj tycker mest det är bra att hon inte behöver lida av att ha gjort sig för fin i sin röda klänning – men nog är väl hon ändå lite elegantare än sin gäst från Alfredshem? Tack och lov tackar inte Signe nej till en vermouth och Karl-Erik och Tomas hinner svepa varsin whisky som vore det en sup, innan Maj hunnit bjuda runt av snittarna, och Signe är sannerligen talträngd, hon axlar ett storasysterligt ansvar och tycker att de bor så fint och trevligt och att Anita har växt och utvecklats så kolossalt och de skulle se Stens kinder, se- dan de började med tillägget har de svällt och blivit runda som uppblåsta ballonger, men go är han. Nog klarar sig Karl-Erik och Tomas rätt så bra på egen hand? Jo, det går fint. Och de ger en ka- vat och självsäker Marianne instruktioner och så tågar de ut i den ljusa majkvällen som om de känt varandra i hundra år. Nog kan folk få glo när de skrider över Stora torget ner mot Stadshotellets dukade bord. Att vara fri barna en kväll! säger Signe och puffar Maj i sidan – gå på restaurang – och Maj undrar om Signe hört hur det har gått för flickan på salen som var så ung, Gunborg, då säger Signe med lägre röst att dom har ju inte sett röken av pojkvaskern, och vad kan man göra? Men föräldrarna ställer ju upp så... Hon skulle förstås tänkt sig för innan hon var i lag med honom, ja, nickar Maj, det skulle hon förstås, och fru Hansson? Nej, ingenting från fru Hansson.

Ja, Karl-Erik är duktig på att prata om massafabrikernas ut- veckling mot kemisk industri och sulfiten, han vill hänga med i det som händer och nog är han nöjd med villkoren även om ledningen väl inte är så glad åt att Första maj har blivit helgdag, och MoDo är ju ett ansvarstagande företag som ska stå för tomt och lånesumma till ett egnahemsområde, ja inte blir det gratis för det, men han är inte den som vill tala illa om ledningen, inte alls. Sågverken har det ju tufft, man måste satsa på massan och farsan var ju på Norrbyskär – och nej, de är inte helt bekväma med servitrisen och linneservetterna, men för tusan, nubbe och pilsner och en god bit mat, ja. Tomas har inte tagit dem till affärsmännens à la carte-matsal – det kan man ju förstå – hur ska Signe och Karl-Erik någonsin kunna bjuda igen om det ska serveras kalvfilé à la Oscar... nej, och Bakfickan är för all del i mesta laget den också. Det är nu firman har goda tider, säger Tomas, man får passa på och så berättar han om pappans arbete vid sågen i Järved, det var ju ett bra arbete – ja hade inte Karl-Eriks pappa haft liknande uppgifter på Norrbyskär – ja, men det var ju många som fick värken i axlar och nacke och jo men visst var det tungt, det tyckte Karl-Eriks farsa också, och vid pensionen flyttade han tillbaka till hemstället i Västerhus. Och Tomas säger att han har drömt om att ta motorbåten uppför Moälven, ja men gör det, så kan vi fiska öringen ja, man får ju mycket gädda och nors – skål – Karl-Erik och Tomas är snabba och Maj och Signe sitter intill och sticker in en och annan fråga och Maj känner av yrseln som visst inte blir särskilt mycket bättre av en cigarrett, hon ska nog inte dricka mer och Signe lägger också en hand över sitt glas när Tomas slår i Karl-Eriks, men en kaffe kan för all del klara och göra gott.

Ja, Tomas. Det blir en grogg och två. Karl-Erik är en rätt så kraftig sak som tål en del. Signe med bleka kinder och avbitet läppstift på en mun som säger att de måste tänka på mamma, pojkarna tar ju inte sovmorgon imorgon. Men mina vänner, säger Karl-Erik, häng med hem till oss, vi har väl någon nattamat och brännvin, snälla ni det kan ni väl göra – Maj ser Signes blick – inte ska väl vi, säger hon – men Tomas föreslår att han kan svänga förbi kontoret och se efter vad som finns i bjudskåpet och så beställer vi en droska, kvällen är ju ung och nu sover säkert småttingarna sött och stilla.

Om hon hade kunnat säga – *nu stoppar vi i tid Tomas. Anita behöver oss hemma, vi har haft det trevligt och det räcker så här.* Fast Maj slappnar också av. Lite påverkad av det starka och den allmänna känslan av viss *frihet* att vara ute och slarva en ljuv majkväll som förvisso är en smula kall. Ja, här sitter hon och känner sig stolt över sin snygga, välklädda man som utan problem konverserar på Karl-Eriks *nivå*, ja inte är han den som ska trycka till och ner – nej här kommer inga skriftställare eller politiska agitatorer fram förrän Karl-Erik eventuellt tar bladet från munnen och visar sig vara både litterärt och historiskt bevandrad – att klä av och få andra att tappa ansiktet är inget Tomas tycker om. Men visst har Maj blicken på Signe. Signe ser trött ut. Signe som är tjugonio år och har tre barn. Ja, vad ska vi säga om resan till Alfredshem i droskan där Tomas sitter fram och konverserar chauffören som han ju är bekant med och det är bilmotorer och hästkrafter och bränsleblandningar eller vad det nu kan vara när karlar talar bilar med varandra. Och Maj hör hur Signe väser åt Karl-Erik att stanna med främmat ute på gårdsplanen – om mamma redan sover i köket och var ska de då hålla hus – utomhus till allas beskådan eller i det utkylda finrummet – ja hon måste ju få mamma sin att lägga sig i kammaren med pojkarna och minstingen ska väl ha mat. Men Tomas är taktfull och låtsas inte alls om att det dröjer trots att man nästan kan befara frost nu fram emot natten.

Men sedan? Blir det otrevligt? Nej, inte direkt. Det är förbaskat spända bröst i den hallonröda som Tomas tycker om – tänk Tomas tycks inte bli svartsjuk fast frun hans är så ung och slank och elegant – Maj vill inte ha surlukten i klänningen och inläggen måste bara hålla torrt. Klockan bör väl vara över tio och när sa de egentligen till Marianne att de skulle vara hemma? Kylan letar sig liksom in på bara skinnet och känns det inte underligt ont åt brösten nu? Bysthållaren klämmer på ett oroväckande sätt, som vill handen dit och lossa och justera och det skulle just se snyggt ut.

Karl-Erik verkar aningen mer svajig än Tomas och nu bjuder en lite konstlat leende Signe dem att stiga in. Ni får ursäkta, säger hon, att det bara blir något enkelt och vi får väl sitta i spisvärmen – jo det är rent vad Maj kan se, har Signes mamma skrubbat köket skinande medan dottern festat på biff med lök och råstekt potatis – tunnbrödssmörgåsar med mesostblana, verkar det inte lite... ja men inte står en Jansson redo i kallskafferiet att sättas på värmning – tunnbrödssmörgås och svagdricka och brännvin blir bra. Punkt slut. Men nog måst vi ha en sup åt a Elin, säger Karl-Erik med hög röst, när fabrikörn bjuder, nej Signe vill absolut inte dra upp sin mamma ur sänglinnet – och vid midnatt bör de faktiskt bryta upp och beställa en droska hem och Karl-Erik – som sluddrar, jo, det gör han och det är väl ändå ett gott tecken att karln inte tål så förskräckligt mycket starkt – säger till Maj att hon har en jädrigt trevlig karl, och är Maj aningen besviken över att han inte alls verkar finna henne särskilt tilltalande i sin röda klänning – tänk att det ska komma så larviga tankar – det är väl viktigast att de inte har gjort bort sig – eller har de det? – nej men i ärlighetens namn så tycks Tomas ännu rätt så stadig på benen.

Och hemmavid – ja Maj får bråttom uppför trapporna medan Tomas gör upp om betalningen med chauffören – Anita – det är Anita som skriker. Hon ringer hastigt på ringklockan och kliver in, Marianne som är rödgråten och bär barnet på axeln – utan ett ord räcker hon flickan till Majs famn – hon har inte velat ta flaskan och jag ringde till Statt men ni var ju inte där – Tomas följer dig hem, säger Maj, jag ska säga åt honom att du ska ha extra för det här, *att gå ifrån sitt spädbarn, hur kunde du* eller *vilket krävande, otåligt, svårskött barn,* och Maj måste trassla sig ur den raffiga klänningen och dra bäddkappa över gördel och bysthållare – och Marianne kan inte snabbt nog ta sig ut ur lägenheten.

Anita är så utom sig. Skriker sig röd och verkar inte begripa att maten är där nu, alldeles inom räckhåll. *Jag borde inte ha...* och så ilskan över att det naturligtvis skulle bli så här. Ja, i ögonvrån noterar hon att klockan är över midnatt. Så här små ska sova vid det här laget, säger hon lamt, men uppläxande. Jaså, dög inte tillägget som andra barn blir så feta på. Det gör ju så ont, det är den där värken och frossan och det har liksom blivit en böld i det högra bröstet, är det straffet för att hon stannade borta så länge, de skulle inte ha stått och förfrusit sig där ute i gårdsgruset, tunt sommarklädda i vinterkylan, ja det går nästan att känna hur mjölken har förhinder att spränga sig fram och Maj har ingen erfarenhet av mjölkstockning, men håller handen där det är som mest värk och så sprutar det mjölk ur det andra bröstet också, som en fontän som äntligen släpps fri och flickan måste ju få äta, även om det gör ont så att man bara vill... fly.

När Tomas kommer tillbaka äter Anita fortfarande. Sover och äter på samma gång. Hon vågar inte lirka henne loss. Inte det där förtvivlade skriket. *Var det inte det ilskna, krävande, outhärdliga skriket du hörde?* Jo, men någonstans inom sig hörde faktiskt Maj förtvivlan också. Och fast det fortfarande gör ont så är det som om den mest hårt knutna knuten har lossnat en aning. Maj vill inte veta vad Tomas tyckte om kvällen med Malmdins, jo, men det gick ju bra, säger han i dörröppningen, men man får ju vara glad att man slipper bo i Alfredshem. Jaså, snäser Maj, ja jag har ju ingen kännedom om vilka adresser det är som gäller här i stan, men Signe är i alla fall en rar flicka och karln hennes var ju inte en sån där tigande tystlåten tråkmåns som det verkar finnas så gott om här vid kusten. Nej, hon säger det mer tvetydiga att karln hennes var ju bra på att prata. Vad nu det kan betyda. Ja, inte föredrar hon den tigande sorten, *men det var Erik som teg, Tomas gör sitt allra yttersta för att hitta saker att tala om, men ni måste hjälpas åt Maj*, och hon vill säga åt Tomas att han borde ju vara tacksam över att inte helt andra, men fullt möjliga, scenarier inträffade. En påfluget flirtande Karl-Erik och en rasande Signe, en Signe i Tomas famn och en storgråtande Karl-Erik, ja med tanke på spritintaget hade precis vad som helst kunnat hända och nu vart det ju karlarnas kväll med två kvittrande fruntimmer intill sig. Ja, Maj var faktiskt lite förvånad över att Signe som var så kavat på lasarettet verkade så... under tummen på maken. Vi skulle ha gått raka vägen hem ifrån Bakfickan, säger hon när Anita äntligen sover i vaggan och Tomas sitter med en grogg och en rök i soffan för att varva ner. Är hon sjuk, tror du? Jag vet inte, svarar Maj. Men jag har en hemsk frossa.

DET ÄR MAJ OCH det är vackert med fågelsång och spirande grönska. Vem är Tomas nu då? Tomas vet inte. Det är ett balanserande som hela tiden riskerar att kantra. Försöker han verkligen lära känna sin fru? Kanske håller han mindre föreläsningar om ditt och datt med förhoppning om att tända beundrans glitter i hennes stundom så trötta ögon. Eller har han redan givit upp alla försök att föra intellektuella samtal med sin unga hustru? Som man frågar får man svar. Det är hur som helst en osäkerhetens tid. På ytan är det klanderfritt. Men Maj vaknar varje morgon med hastigt försvinnande drömmar om andningssvårigheter och klämskador. Ja, det är förstås ganska symboliskt om man ser det utifrån, men för Maj är det bara konkret och rymmer en berättigad rädsla att bära på mammas smitta och skräck att den nu har blossat upp även hos henne. Kanske är känslan mer astmatisk. Det är den där åtsnörningen över struphuvudet och ovissheten om vad hon nu ska anpassa sig till och vara följsam mot. Som stora vårstädningen av sommarvillan vid vattnet. Så säger de inte, de säger att det är dags att fara ut på landet och röja upp efter vintern. Ja, Tomas meddelar henne detta faktum hastigt och obekymrat dagen innan de ska åka dit. Här är visst inte utrymme för några förberedelser. Men hon kippar där hon sitter med Anita i famnen i baksätet på Tomas bil – *är den inte din också Maj?* – för tant ska förstås ha framsätet intill Tomas. Eivor och Maj där bak. *Kära Mamma! Nu bor jag sommartid vid havet i Örnsköldsviks omtalade skärgård. I en sommarvilla som kanske liknar de som du har kockat i, innan du blev sämre. Tänka sig att det är jag som är frun i huset! Nåja, än är det väl änkefru Berglund som styr och stäl-*

ler. Kanske häller jag arsenik i hennes cognac. Äsch, det var bara på
skoj. Här skulle du kunna få andas havsluft – fast är inte den svår
när man är lungsjuk? Jag mår i alla fall illa av den, är det fukten
tro? Dimman som dryper och drar fram. Jag har en för året ny, två-
delad baddräkt. Jag är slank igen! Man kan faktiskt inte tro att jag
är ganska nyförlöst. Ditt yngsta barnbarn är ett matvrak, fortsätter
det så här är jag bara skinn och ben till hösten. Erik skulle nog fort-
farande finna mig tilldragande om han såg mig nu. Det är en smula
ensamt utan er alla. Saknar ni alls inte mig? Er bortskämda lillasys-
ter som bara ville att ni skulle hålla av henne. Har jag verkligen va-
rit så besvärlig? Mina svägerskor tycker att jag är outtröttlig. De ska
berömma mig när jag gnider deras faders sommarnöje blänkande
rent. Är tanken att jag ska städa tants undervåning också? Där satt
jag för ett knappt år sedan i salongen och var rädd att jag luktade
fotsvett. Tomas och jag hade båda hjärtesorg. Nu har vi en dotter.
Ligger det inte på Eivor att städa hos tant? Jag vet inte, förstår ni,
men jag gör så gott jag kan.

Nej, hon skriver inte något brev. Varför kan hon inte trivas här ute
där alla andra tycks uppskatta så mycket att vara? För Maj är sta-
den garantin för något slags anständighet. Anständighet? Ja, men
landsbygden… i staden finns löftet om ett elegant och modernt
liv. På landet… nej, hon kan inte hjälpa att hon inte ser någon
särskild tjusning med att fira sommarnöje vid sjön. Bland fiskare
och torpare och bönder. *Det var ju det enda vi hade att hålla oss*
vid. Att vi i alla fall hade sluppit undan fattigdomen på landet. I
en stad kan man om man bara vill finna sig ett arbete. I den nya
tiden! Jordbruket hör till en annan, förlegad tid. Att mjölka kor och
mocka gödsel. Att gå i lukten av hönsspillning, som torpare, vad har
man att glädjas över som fattigtorpare, slaskhinkar och lervälling,
flugorna… som det kryllar av flugor… Brunnsvatten och utedass,
det tunga, träliga livet på landet, någon sorts stolthet måste man

väl ändå bevara. De bortskämda barnen Berglund behöver bara befatta sig med den blankpolerade ytan av lantlivet. Aldrig den ruggade sidan.

Vart ska jag ta vägen Tomas? Hur hon kommer att säga att hon inte tål luften. Sjöluften och havet och vågorna. *Jag delar det mesta med er, kräv inte att jag ska älska ert sjöliv dessutom!* Blåsten! Allt spring ut och in och upp och barr och kottar, stenar, grus – men värst av allt är den fina sanden som inte låter sig sopas upp, som kilar in och sprider sig i sängar och mattor och möbler – strömmingen! Ättikslagen! Fast det är Anita som kommer att kväljas av den lukten, Maj tycker om fisken. Frasiga flundror. Strömmingslådor. Bräckt lax. Gravad lax. Inkokt sik med skarpsås.

Som de fejar! Och i det tidiga försommarljuset kan hon konstatera att övervåningen är trevlig och visst är utsikten från övre hallen fin. Hur kan man klaga på att få tillbringa sommaren här? I glad och lättsam samvaro med hela släkten inom nära räckhåll. Nog ska hon finna ut ett sätt att handskas med tant. Borde hon inte skoja mer? Spela omedveten om tants olika försök att förnedra och tillintetgöra henne? *Nu överdriver du väl? Tant är inte den allra mest lättsamma, men tillintetgöra?* Ja men nu sitter väl tant och är allmänt nådig där hon – ja vilka arbetsuppgifter har tant fått ta sig an? Förutom att organisera det hela. Hon är för all del klen och så pass till åren kommen att hon inte kan utföra några som helst betungande sysslor. Men kopparn? Kan hon inte putsa kopparsakerna sittande vid köksbordet medan Eivor och Maj och Tomas springer som skållade råttor och piskar mattor och plymåer, dammar fönsterbräder och torkar tak och väggar, tvättar fönster och lister och socklar, ja sedan ska det väl eldas ris och löv och snyggas till ute på tomten. Grönsakslandet ska väl krattas till sådd och rabatterna ska rensas och gödslas, men det kan vänta för

Tomas är ändå mest för båten. Borde vi inte bry oss lite mer om vad en mahognymotorbåt kräver av skötsel för att göras sjöduglig igen? Men det blir en alldeles egen roman. Tomas är så entusiastisk när han ska visa Maj underverket – är man inte antingen båtmänniska eller inte alls? Det är havets vågor och grund. Men kanske allra mest djupet. Vattenskräcken, drunkningsdöden. Ja, är det inte provocerande att man tar lätt på havets... styrka.

Nog tänker Maj att hon skulle vilja ändra på möbleringen och kanske tapetsera om i kammaren. Reparera och göra fint, för man har ju inte gjort några förändringar alls på de knappa trettio år som huset funnits. Tomas kan förstås minnas pappas stolthet över förvärvandet av marken här ute och husets uppförande. Barndomens somrar. Hur sommarledighetens schema ska följas – rabarberkräm och liljekonvaljtider, midsommarfestens inkokta lax och lekar och dans, roddbåtstävlingar som blev till motorbåtslopp, strömmingsfiske och skogspromenader, utflykter till badvikar, ja hemliga ställen han senare skulle ta med Astrid till för att naturbada på tu man hand och krocket och brännboll och fruntimmersveckans tårtor, årliga turer till Trysunda och Ulvön, och vemodet när surströmmingsburken öppnades och snart var det dags att flytta tillbaka in till stan. Men först ska Tomas ta bilen till Idbyn och Skeppsmaln och han kan gå, gå, gå i skogen, ja på stigarna med lagom spänst i benen, men inte snabbare än att tankarna hinns med och glömskan får sökas till havs när båten klyver ytan och dropparna väter ansiktet med sitt bräckta vatten – allt detta kan han bäva för och längta till, det barnsliga löftet om en sommar som ska vara jordgubbssöt och solbränd och blåbärsblå, och nu ska hans dotter få ta del av allt detta, det ska bli hennes sommarparadis och Maj vet så väl att hon måste vara tacksam, för är det inte de rikas missnöje och de fattigas fördragsamhet, men kära nån, här finns ju alla möjligheter till det friska, det sunda, det sköna.

Ja, nu ska sommarlivet levas i brytningen mellan grosshandlarnas sommarnöjen och sportstugans nya ideal och tankar. Inte har de umgåtts med Axlings, Schelins, Kempes eller Öhngrens, inte alls, man får inte förväxla det här sommarnöjet med skärgårdens mest pampiga sommarslott, det här är bara en driftig mans vilja att lämna efter sig något bestående till sina efterkommande, en vy, en luft, en lycka i att barfota ta stigen ner till bryggan och visst ska fabrikens anställda få komma på fest här ute, för vad vore de utan en lojal och trogen stab av hantverksskickligt folk? Ja, Tomas måste leva med att förvalta ett arv som kan rinna honom ur händerna. Vem kan leva ut varje nyck av att vilja *något annat med sitt liv?*

Hon måste gå undan för att amma Anita. Solveig och Gunilla har gjort gemensam sak av att kånka runt på Anita och hon har också sovit nära två timmar. Marianne är fortfarande sur över förra helgens missöde, och förresten finns det flera svägerskor som är pigga på att jollra med Anita, men det är först när det dukas kaffe vid sjöboden som svägerskorna kommer, de har fullt upp med sina egna hus. Och Tomas betalar flickorna slantar som Maj tycker är alldeles för stora för en så liten arbetsinsats och nu måste ju Maj ändå avbryta städningen för att ge lillan mat. Det blir så tyst mellan dem. Det stockar sig när Maj ska försöka småprata bakom kammarens igendragna dörr. Hon knäpper upp koftan och blusen, Anitas smackande mot stillatigandet i kammaren där Maj huttrar, ja det är ju ingen värme att tala om, och huset är inte vinterbonat, vad säger Eivor när hon blir borta så länge, ska Eivor behöva bära mattorna på egen hand – hon drar undan bröstet och knäpper blusen, koftan, och med Anita i famnen går hon den branta trappen ner till tant.

MAJ ÄR MEDVETEN OM att morsdagen närmar sig. Tillbaka i stan skickar hon ett kort och två pressade tiokronorssedlar till mamma, på hemadressen, inte till Solliden. Så mycket pengar! Ja, men hon vill liksom visa att de kan ha glädje över hennes nya status som maka och mor. *Är det inte du som döljer ditt ursprung? Som inte vill ha mamma, pappa, bröder och systrar här bland svägerskor och svågrar* – hon glömmer faktiskt inte sin mor på Mors dag. Vad skickar Ragna tro? Har Ragna råd med tjugo kronor? Tomas talade visst aldrig med doktorn om sanatorier på kontinenten. Men nu ska de väl kunna unna sig en köttbit hemmavid.

Vad kommer Tomas att hitta på? Kaffe på säng, en tårta till kaffet, rosor eller nejlikor – Till vår allra finaste Mamma, Du är vårt allt som bara ska ha det bästa! Nog har hon gjort det skapligt bra som mor? Anita ökar i vikt och har det inte blivit bättre med skrikandet på kvällen?

Maj tar Tomas märkbara irritation på lördagskvällen i lägenheten för *skådespeleri*, ja, han muttrar över att tant ska ha sin morgonbricka med kaffe på säng som en *avledande manöver*. Nog unnar hon tant med sina hundra ungar att få uppvaktning på Mors dag. Det är bara det att eftersom den inte fanns när tants egna barn var små, tar hon visst igen det på gamla dar. Med pompa och ståt. Men är det verkligen minstingens uppgift att ordna om det? Tomas har väl annat att stå i när han just har blivit far. Och Maj gör sig särskilt noga i ordning på kvällen och tar ett rent nattlinne – så ljuv hon ska te sig när hon slår upp sina blå om morgonen! Fast Anita har svårt att somna om när hon har fått nattmålet vid midnatt. Maj lägger henne i vaggan och då skriker hon, lyfter upp henne och så är hon nöjd, men så fort hon lägger henne på nytt protesterar hon. Kan det vara tänderna som är på gång? Tomas muttrar att hon kan väl få äta lite till – ja då får ju du lugn och ro i alla fall, säger Maj och Tomas kontrar med att det måste vara någonting särskilt när Anita inte kan somna om. Och så får hon bröstet igen. Vi skämmer bort henne, säger Maj, Signes pojke som är så nöjd med tillägg.

Det är först efter att hon har gjort på sig i blöjan och Maj måste bära henne ut till köket för att ordna om det som hon stillar sig i vaggan. Medan Maj ligger klarvaken och väntar. På sömn? Ja, att slippa det otåliga pickandet under bröstbenet. Förväntans förrädiska löften om befrielse. Befrielse från besvikelsen, allt som är grått, halvdant. Den grå brudklänningen och den utputande magen. Ja, det är små besvikelser, det vet hon. Men också de stora bakslagen kan mildras av rosor och kaffe på säng. Ja, ligger hon inte och längtar efter att Tomas äntligen ska höljas i förälskelsens pulserande skimmer när han kommer med buketten imorgon? Att de förmår skaka av sig *före* och börja om på nytt – vara uppvaktande främlingar för varandra? Nej, hon kan inte förklara det på ett annat sätt än att det gick alldeles för fort att bli äkta makar. Och hon har nog sovit när Anita vaknar för att få första morgonmålet och Tomas smyger upp redan strax före sju. Då låtsas hon sova, fast försommarljuset fullkomligen spränger sig in genom glipan som bildas där rullgardinen inte riktigt täcker. Och hur hon än väntar så kommer ingen kaffedoft. Bara spolandet i vattenklosetten och snart det där otäcka knäppandet i ytterdörren när låset vrids om. Ska han ut på stan nu? Ner till mjölkbutiken och köpa krämbullar med socker på? Färska frallor? Så vaknar Anita på riktigt. Vill tydligen inte alls ligga kvar i vaggan. Hon måste få en ny blöja och sedan lägger Maj henne på det dubbelvikta kviltade täcket på rumsgolvet. På köksbordet finns det en lapp. *Är hos mamma, kommer strax. Du sov så sött när jag gick! Maken.*

Strax halv nio. Ja, hon kan omöjligt vänta på morgonkaffet någon längre stund. Det finns tillräckligt med bönor för att få det helt färskbryggt. Hon ska inte snåla med sockret heller. Aldrig att hon ska beklaga sig för Tomas. Han får allt krypa till korset själv.

Fast han verkar helt omedveten om att det är hennes morsdag också. Pustar att det är bortgjort hos mamma och har han talat om att de ska äta en tidig vårmiddag i matsalen på Stadshotellet idag – stekt kyckling, stekt potatis, gräddsås, pressgurka och gelé – det är vad traditionen bjuder för att ta avsked från stan, för nu går ju flyttlasset ut på landet. Ja, mamma brukar firas med fin middag och ska bestämt ha kycklingen fast hon är så rädd att sätta fågelben i halsen. Och så går förmiddagen på. Ingen blomsterkvast eller kaffebricka och Tomas som är *uppjagad* föreslår att de ska ta en promenad med Anita i vagnen. Det kan hon för all del gå med på, för det slår henne att han kan ha gömt undan överraskningen på kontoret. Hela hon skriker efter uppvaktning. Blommor, choklad, smycken, en promenaddräkt, sommarkappa, ljusa skinnhandskar, silkesstrumpor av god kvalitet, parfym – ja eller varför inte en elektrisk dammsugare som Titti har, en ny vacker vardagsservis, kristallglas? – *är du inte klok människa, vem tror du att du är?* Men det är ju bara Anita som får! *Vad har jag fått till mig själv?* Det är klart att hon tänker att Tomas vanor måste kosta kolossalt. Står firman för allt sådant? Notorna på hotellet? De har förstås allt de behöver och mer därtill. Hon har aldrig haft det så här bra, att inte på allvar behöva vända på slantarna när hon gör veckoinköpen. Inte för att hon slösar med kött och grädde och Tomas har berättat för henne att det är oroliga tider i Europa. Han har ju ro att läsa ÖA, Svenska Dagbladet, och Handelstidningen från Göteborg får han visst också tag på, men verkar inte finna det lönt att föra några djupa samtal med hustrun. Men hon är bara rädd att verka dum! Avslöja hur trögtänkt hon i själva verket är. Att hon inte fattar. Och kanske känner hon att det är så mycket som borde bockas av innan de kan diskutera världspolitik. Det är ju så fjärran... Europa. Paris, Berlin, London, Köpenhamn – när Åre är nog så exotiskt. För att inte tala om den egna huvudstaden. Om karlarna kallas in... om det verkligen blir krig... det är ju något annat. Då blir hon ensam om flickan. Om det blir brist på livsmedel. Om det blir hunger... det värsta hon vet är att vara hungrig. Suget i magen. Mattheten. Retligheten.

Tomas säger när de passerar körsnären att han vill låta sy en pälskappa med tillhörande mössa åt Anita till kommande vinter. Här går vi i försommarn och du tänker på vintern, säger Maj med ett tillgjort skratt. Av finaste kvalitet, tillägger Tomas och låtsas inte höra vad Maj just sagt. Ja, nu är det något brusigt och överdådigt där igen. Inte satt de och groggade nere hos hans mamma? På morgonen? *Såklart att du märker att han har druckit. De kommer aldrig att kunna dölja det för dig.* Det är inte helt lätt att promenera i höga klackar. Han går för fort. Låt mig köra vagnen, säger Maj och saktar av. Jag blir så yr av den här massalukten – ligger vindarna på från Husum, Tomas sniffar och kan inte känna något särskilt, men Maj står fast vid att hon måste få hålla sig i något. Ja, då hejdar Tomas sig, tänder en cigarrett. Och så slår det Maj att de snart har sin årsdag. En evighet sedan Olof tog henne och Ingrid under varsin arm. *Håll tag i mig då!* Ja ett hastigt flimmer av att segna ner till backen, hon griper om barnvagnens handtag och blundar, jag håller på att bli sjuk, viskar hon och Tomas granskar hennes ansikte med rödsprängda ögon – men flicka lilla du behöver luft, du mår inte bra av att gå i våningen dagarna i ända, nej det är inte likt Tomas att inte ta bättre hänsyn. Och yrseln mattas något. Ja, inte är det konstigt att hon aldrig springer på Olof för hon är sällan på stan. Om Tomas och han träffas på Bakfickan är det inget hon får reda på. Av någon outgrundlig anledning vill Tomas spatsera runt på stan och nicka och bocka åt alla bekanta

– ja nu är det väl inte tjockt av folk på stan och plötsligt säger Tomas att han vill sträcka ut – gå utåt Järved, Ålderdomshemmet, fast vad ska han dit ut och göra när han är ledig, men Gullänget då, Varvsberget, ja men då måste Maj ta på sig bättre skor och han borde väl tänka på framkomligheten för vagnen. Förresten verkar han inte så stadig på benen själv. Nej, nu tar Maj kommandot och föser honom hemåt. Anita vaknar i vilken sekund som helst och ska ha mat, och du vill väl inte att jag ska blotta mig på Stora torget?

Så är det skammen igen. Det blandas, rörs om och det kommer inget helt ut. Vad har hon egentligen rätt till? Allt som oftast i stort sett ingenting. Hon drar sig undan med Anita i sängkammarn, Tomas slamrar i köket, *hur kan du drömma om pärlor och pälsar och vackert porslin? Parfymer, tyger och kristall. När du ska få gå bort och äta kyckling på Stadshotellet!*

Stora matsalen. Har hon på ett knappt år blivit så in i norden bortskämd – tänk på Ragna i Stockholm. Hon får nog vända på slantarna. Edvins stackars lön och vad kostar inte en nybyggd lägenhet? Måste hon lämna pojken för att gå bort och arbeta kanske? Städa, tvätta, ja hon kan ju knappast vara kokerska, det har väl aldrig varit hennes starka sida. Om du visste hur bra du har det, säger hon till Anita som kluckar och står i. Som får allt serverat.

Sitter Tomas och dricker? Ja. Inte mjölk eller svagdricka. Utan öl och smörgås. Han har dragit fram kallskuret och limpa, smörbyttan. Hur är det Tomas, säger hon. Nu kan hon inte längre hejda det. Äckelkänslan när han trutar med munnen för att koncentrerat föra ölglaset dit, inte en sofistikerad klunk utan han tar nästan allihop i ett svep. Och rapar. Tomas, säger hon. Ursäkta, säger han, flinar. Nu vill ju ingen att Tomas ska vara aggressiv. Inte den tidsinställda bomben, inte den hårt spända strängen, inte diktatorn, tyrannen. Men visst stör det honom att Maj har synpunkter? Jo, i det här läget. När det går att koppla bort eftertanke, impulskontroll, vanlig vettig hyfs. Det är något som händer när han verkar onykter – jo men såklart – visst fasiken märker hon direkt när han är full, men man kan välja perspektiv och hittills har man kunnat välja överseendets fördragsamhet framför klander och kritik, *krasshetens kranka klarsynthet*. Men att komma onykter från sin mamma på förmiddagen en Mors dag. Det är olustigt. Att inför svägerskor och svågrar och tant ta Tomas till Stadshotellet och inför alla visa upp att hon inte rår på honom. En maka, ett barn, vi trodde att det skulle ta Tomas från spriten, men... Det är ingen som kommer att säga något. Nej. Ingen säger så till Maj. Man slätar över, tolkar på lite olika vis. Se på Georg bara, som klarar av att grogga och affära i samma oförtrutliga takt. Logen och de andra rörelserna är liksom förmyndarsamhället och vill ta all glädjen ifrån oss.

Vad ska Maj ta sig till där i köket en söndag i slutet av maj? Är det inte bäst att bli rådig? Nu Tomas ser du till att äta smörgås så kokar jag kaffe. Svart och tjockt som olja. Vi blir hemma om du inte... skärper dig. Du får inte ta något mer nu. Du måste vänta tills vi är framme på Stadshotellet – jag bestämmer vad du får dricka då! Fast Maj är inte där än. Hon är i rädslan för vad den här människan ska ta sig till om hon griper in och styr och ställer. Antagligen balanserar Tomas en alldeles egen uträkning av vad som krävs för att han ska klara av restaurangbesöket. Så och så många centiliter. Att hon ska gå i skåpen och tömma flaskor i vasken, vad skulle det inte kunna trasa sönder och riva upp i ett ännu bräckligt äktenskap? Maj, jag grejar det. Jag är ingen dumskalle, har ju läshuvud som jag förbanne mig ska ta rätt på – det ska jag Maj. Jag har inte Engströms gåva, men att fatta pennan, jag har det inom mig Maj, du tror mig inte, men jag ska… och hon skjuter fram det heta starka kaffet utan ett ord. Tror han verkligen att hon missar att han slår brännvin i – ska du ha dig en kask? – nog brukar väl far din och bröderna ta sig en kask vid tillfälle – han grimaserar, blir ful, blir fjantig. Hon skulle kunna svepa en sup för att slippa ansvaret och kontrollen. Men Anita ligger på täcket på golvet. Yrseln är inte längre lika svår. Det är bråda tider. Han är nyrakad i alla fall. Men har han sölat ner skjortan? Ska du komma klädd så där till din mor på Mors dag, säger Maj. Hon skulle vilja fråga om han verkligen vill skämma ut sig – det borde väl bita. Fast det gör det inte. Nu ska vi ha schyckling – min lilla pulla! Nej – det är inte Tomas. Varken nykter eller full. Men ännu är det heller inte självanklagelser och ömkans tårar. Det är först senare. Maj har inte ro att slå sig ner vid bordet. Ska hon gå i källaren och tappa upp ett kallbad, borde hon leda honom till soffan, få honom att sova – nej men hon tar fram en ren skjorta, ser till att han gurglar munvatten och hur det nu är kommer de iväg. De ska förstås hämta upp tant på vägen. Tant som inte kan begripa att lillan ska komma med och varför har Maj inte ordnat om en jungfru? *Tomas pengar Tea, de räcker inte till vad som helst.* Han tänker väl inte ta bilen? Nej, det är ju en så kort bit och de har ju Anita i vagnen. Tomas så där konstlat rakryggad. Tant som inte tänker låtsas om att något är galet. Och Maj med vagnen där bakom. Så ska de tåga fram över Stora torget och Maj har glömt att stoppa torra inlägg i bysthållaren.

Här blir mor hyllad. I matsalen med vita dukar och narcisser på bordet. Ja, här där de kan bocka och nicka åt andra familjer som ska fira mor på lokal. Så flott vid hamnen och havet som de känner sådan stolthet för. Det steks kycklingar och vispas gräddsåser för glatta livet i hotellets kök. Nog måste väl Tea vara värd den här uppvaktningen? Bara för att Maj och hon inte kan tåla varandra ska väl inte tant behöva ikläda sig rollen av den onda modern som fördärvat sina barn? Difteri, tuberkulosen, barnsängsfebern. Den så tidigt faderlösa maken. Han som skulle göra allt som stod i hans makt för att försörja sin stora familj. Nej, tant tolererar inte – med rätta – att man förringar hennes insats. Men det är klart att hon inte är vidare… varm. Det är också ett krav att ställa. När hann maken vara varm gentemot barnen? Och Tea upplät sitt liv för *alla ungarna.* Ja, nog visste hon att det var med risk för sitt eget hon gång på gång blev gravid.

Skål lilla mamma! Är det bara tant som ska firas? Har svägerskorna heller inte uppvaktats idag? *Du får kyckling, sparris, gräddsås och gelé. Potatis som stekts i smör. Efteråt blir det glace à la vanille med persikohalvor och chokladsås.* Rena rama festmåltiden. Men vid desserten måste Maj hastigt bryta upp och kommer inte att få något kaffe på maten eftersom Anita vaknat i vagnen. Skulle inte Tomas dra omkring Anita i hamnområdet medan Maj får sippa likör och sila rök genom stiligt målade läppar? *Vill du lämna din dotter till en berusad man att dra vagnen på kajkanten? Är det vad du vill?* Nej, det är väl inte ens en tanke som slår henne när hon skyndar upp och damerna suckar och minns hur det var att ha smått, man fick alltid vara redo och kunde inte i stunden förstå hur snabbt den där tiden är över – men nu stramar det i brösten där under den anständigt eleganta vårklänningen och Maj vill förstås inte blotta sig med fuktfläckar i det blekgröna tyget och styr snabbt vagnen uppför Lasarettsgatan, över torget, hem. *Hem?*

Det blir en lång, ljus kväll. Vid halv sju ringer Titti och talar om att några av karlarna blev kvar, men Georg har lovat att se till att Tomas tar sig hem. Tack så hjärtligt, säger Maj glatt. Tack så hjärtligt? *Fan ta er.*

Anita sover inte längre lika långa perioder i sträck. Nu vill hon visst roas. Maj som är så orolig. Det blir att hon bär, lägger ner, finns det något hon kan titta på, *hur skulle mitt ansikte kunna vara nog för att roa dig,* det blir ett till blöjbyte för hon är verkligen våt igen, ska hon koka blöjor en söndagskväll? Ja, det är ju ingen som vet vad hon har för sig. En Mors dag ska väl rymma rikligt av en mors sysslor? En smörgås till kvällen åt sig själv, göra Anita i ordning för natten. Du är grann du, säger hon. Fast du har en pappa som super.

Ja, inte lägger hon sig raklång med det samma. Hon plockar till, plockar bort, skrubbar insidan av kitteln och spannen där hon har smutsiga blöjor. Glas, kaffekoppar, askfat och kanske ska klänningarna ses över, om där är några fläckar. Ja, Anitas små-skjortor, sparkdräkter och haklappar måste ju kontrolleras. Vem i all världen ska hon vända sig till? Hur kunde Titti gå med på att Tomas blev kvar, Titti ser väl lika bra som hon när han… är nära gränsen. Hon måste hejda de kalla fingrarna från att… från vad då? Äsch. Hon ska tvätta makeupen från ansiktet och lägga sig och bläddra i Husmodern. Om inte för texten så för bilderna, ja, dem kan hon alltid titta på.

Och strax efter midnatt ringer det på dörren. Hon sitter och ammar Anita och får lägga henne ifrån sig och dra på sig bäddkappan – där står Tomas och två okända karlar, nej så ser hon att den ene är rockvaktmästaren med flinet, vi ville bara se till att herr Berglund kom hem ordentligt, *det är väl bara i ditt huvud det där hånleendet syns Maj,* nog verkar vaktmästaren diskret när han lågt lägger till att det vore förstås bäst om han fick upp det, herrn ska nog vara på benen imorgon igen. Maj drar igen dörren utan att veta om hon har tackat eller om de borde få betalt för besväret, men det får han faktiskt ordna om själv i så fall, det ska väl inte hushållskassan räcka till. Hon leder honom till soffan – lukterna! – tar den i onödan rengjorda zinkspannen och ställer den intill

huvudgärden. Och kanske för att hon inte vet vad han kan upp-
fatta väser hon att det här var sista gången, Tomas. Annars tar jag
Anita och går ifrån dig.

Nej, Tomas vaknar inte som vanligt och går till kontoret dagen
därpå. Du är inte dålig? – frågar han fram emot lunchtid – askgrå,
svettig – jag är rädd att min kyckling inte var genomstekt. Jaså,
svarar Maj, hon går inte med på vilken teater som helst. Ändå
har hon ringt till Hugo Axelsson på kontoret och talat om att To-
mas olyckligtvis har gått och blivit magsjuk under natten. Och
nu är det inte så att Maj vill veta något om återställare, dubbla
magnecyldoser eller vad annat som kan tänkas hända under da-
gen. Däremot tänker hon ta upp med honom att Anita och hon
behöver ekiperas inför sommaren. Anita fordrar en ny omgång
trikå, skjortor, sparkdräkter, kanske sin första klänning. Hättor,
sockor. Själv är hon utan sandaletter, vardagsklänningar, ett par
passande blusar, jo Tomas tar fram plånboken, betalar. Det är
inte alls något överflöd hon ska kosta på dem, men att bara gå i
ärvt och avlagt är väl heller inte så roligt. Om hon bara kunde sy!
Men mamma kunde inte heller något vidare. Så nu får hon räkna
på vad Dagmar Edblad ska ha, eller om hon kan gå till någon
av modebutikerna i stan. En ny bysthållare skulle också behövas
med tanke på att hon inte har en aning om ifall brösten kom-
mer att hänga ner på magen innan sommaren är över... fast än så
länge är de ungefär som vanligt. I veckan ska fru Jansson komma
extra för att hjälpa till att packa och sommarstäda våningarna.
Tomas ska pendla med Express och tänker inte frivilligt missa en
solnedgång i skärgården. Och de måste förstås flytta ut alla Anitas
saker, korgen och vaggan och vagnen, och sedan tar de visst en
hel del husgeråd med. Ändå vill hon grina. Jo. För det är först nu
hon måste begripa att... nej, det står inte rätt till. Det kan det väl
inte göra? Tomas låtsas inte om att Maj misstänker något. Och

gradvis under dagen förvandlas Majs insikt till att det visst kan ha varit kycklingen. Måste ha varit den. För det är väl inget konstigt med att Tomas som har så flotta vanor tål starkt på ett helt annat sätt än en annan... fast varför skulle han som väger strax över sjuttio kilo och visserligen är välbyggd men absolut inte fet, snarare mager, tåla... ja, ja. När Titti oroligt ringer på eftermiddagen och hör sig för om Tomas verkligen kom hem som han skulle, kostar Maj på sig att vara både uppriktig och kort. Han eskorterades av rockvaktmästaren vid midnatt. Åh – Georg var hemma före tio – han sa att Tomas skulle gå raka vägen hem... Idag är han fyllsjuk, skulle Maj ha kunnat lägga till men de avslutar samtalet med att växla några ord om flytten ut på landet som stundar kommande helg.

Tomas drar sig diskret tillbaka till kammaren med sin spann och molande huvudvärk. Vid middagstid är han på benen – Maj har stekt salt sill och vispat en löksås. Kokat skalpotatis och dukat som hon brukar. Och Tomas säger att han ska försöka ta sig till kontoret nu och få undan några fakturor, det var ju försmädligt att bli borta därifrån idag, *ser du inte hur ensam jag är Tomas!* För Signe har inte hört av sig. Jo, hon skickade ett kort och tackade för senast, som Maj genast besvarade med att tacka för nattamaten hos dem, men sedan har det varit tyst.

SÅ BLIR DET SOMMAR. För Maj är också detta nytt. Miljön, va-
norna, människorna. Det skulle förstås kunna vara glatt och
enkelt och lättsamt, så som man inom familjen genom en tyst
överenskommelse kommit fram till att hantera sommarvistelsen.
Aldrig glömma att det handlar om det annorlunda, fria sommar-
livet. Låta barnen vara barn och inga mörka moln på vår him-
mel. Vill Maj ändå helst hoppa över hela spektaklet? Hur ska hon
kunna kontrollera Tomas när hon inte ens är i stan? För Tomas
arbetar förstås även sommartid. Maj vet om det men slås ändå på
nytt av att hon ska gå här ute med tant... ensam med lillan och
tant och så Eivor som hon inte vet hur kamratlig hon kan vara
gentemot. Eivor är så oklanderligt korrekt. Som skulle aldrig ett
ont ord om tant eller familjen Berglund fara över hennes läppar.
Men nu kommer de ju å andra sidan vara upp i släkten på ett
än mer intensivt och inrutat vis. Så är det Anita. Insektsbett och
om hon börjar stoppa i munnen. Jord och kottar och grus. Fast
först har de fullt upp med att installera sig. Packa upp och komma
underfund med rutiner för varuleveranser och mjölkhämtning
och fiskargubben Pettersons tider. Under helgen är ju Tomas där
med ett löfte om att *han kommer att ta hand om mig*. Finnas där
vid hennes sida. Stiga iland på bryggan om kvällen med kavajen
käckt över armen och ett spjuveraktigt leende – är det mina bad-
nymfer som väntar mig! Så ska hon sitta med en badrock beredd
på bryggan och se på när han kliver ut i det långgrunda vattnet i
vita badbyxor och han har en vacker kropp även om Maj inte är
på humör för att tänka så mycket just på den. Men vaknar Anita
tar han upp henne och leker tittut och hissa upp i luften-lekar

som hon älskar och sedan håller han Maj om axlarna medan de baxar vagnen uppför gräsmattan till huset, där de kan elda i vedspisen och Maj har förberett enkel men god kvällsmat.

Fast snart utkristalliseras ett mönster där Tomas tar kaffet stående och hoppar över smörgåsen för att hinna med båten om morgonen och Maj äter sin lunch ensam, däremot intas förmiddagskaffet *vid lämpliga tillfällen* med tant. Och om Tomas är tillbaka till kvällsmålet delas även middagen med tant i hennes matsal. Maj förväntas hjälpa Eivor när hon nu befrias från middagsbestyren. Sedan är det ju så att de träffar övriga släkten allt som oftast. Inte dricker tant och Maj kaffe på tu man hand så ofta. Nej, det är Titti, Julia, Eva, Dagny, Sylvia och Nina. Kanske inte alla på en gång, men i olika konstellationer. Mest varje dag tar Maj barnvagnen och går bort till Titti vid lunchdags – för de första dagarnas ensamma luncher har gjort henne både nervös och beklämd, fastän hon alltid äter lunch för sig själv i stan – och sedan följer Titti och Henrik med tillbaka till deras långgrunda badvik. Och tant får för all del sitta och doppa med dem vid bryggan. Ja, Maj vill för allt i världen inte ha tid över att *tänka*. Så hon hugger i med trädgårdsarbete, disk, tvätt, matinköp, ja Eivor kan ju inte ensam stå för allt praktiskt arbete i sommarhuset. Hon måste framförallt vara i närheten av tant. Och ingenting av vardagens vanliga bestyr stannar ju av bara för att solen råkar vara uppe lite längre om kvällarna. Fast det är förstås långt senare somrarna kommer att glida ihop till ett enda stort kalas. Den här första sommaren passar Maj på sig själv så att hon inte kan bli annat än... *utmattad*. Det som snörs åt när Anita skriker och det är ett par timmar kvar till mat. Vad är det med flickan som inte håller sig lugn, säger tant när de tvunget ska sörpla förmiddagskaffe tillsammans, antingen i köket eller utomhus om det är lä och inte för besvärande solljus. Vilket humör hon har. Maj får nog se upp så hon inte blir alldeles oregerlig. Nej, Maj vet inte hur barn ska vara för att passa in i det *normala.* Flickor brukar ju vara lugna och behändiga, skämmer Maj bort henne? Håller man på och gungar vagnen så där vänjer de sig förstås... och Maj hejdar handens rörelse – *men hur ska jag få tyst på henne då?* – borde Maj slå henne när hon skriker? Nej. Men tant måste ösa sin egen rädsla för att vara en misslyckad mor på någon och det är klart att en ung osäker flicka som Maj är som ett öppet mål. Eller hål. Om Maj hade kunnat säga att Anita är en viljestark och temperamentsfull flicka, och det kan nog vara väl så bra för att ta sig fram här i livet. Förbannade klump i halsen! Det som blir grötigt, tjockt och nedslagen blick.

Att äntligen få resa sig och dra den tunga vagnen längs landsvägen, och då tvingas möta den andra rädslan, rädslan för att det ska tisslas och tasslas om unga fru Berglund som redan har smått, vart tog egentligen förra frun vägen? Alla här har ju följt Tomas sedan barnsben. Vet mycket väl vem han är och vad de tycker om honom. Fiskargubben Petterson med frun som har så dåliga tänder. Bonden Byström som muttrar över sommargäster som trampar ner fodret på lägdorna för att de ska vara märkvärdiga och plocka blommor. Handlarn som alltid är överdrivet trevlig, för Berglunds stora släkt hör till dem som de verkligen gör förtjänst på, och då kan man inte vara stram och ondgöra sig över att en ung söt flicka blivit med barn. Det är ju ingen horunge hon drar omkring på, ringen glimmar så grant på fingret. Man kan förstås fnysa lite åt de där vita sandaletterna och sjaletten som hon knutit på sned med en rosett uppe på skulten – ja som om hon var en mannekäng eller filmstjärna, *men tror ni verkligen att jag tänker avslöja mina höga flikar hur som helst, att håret lossnar, faller* – och visst känner Maj att hon borde ha stickekoftan knäppt när hon kliver in i handelsboden som är så pittoresk och lantlig och kanske inte har allt man kan tänkas behöva men de har ju varuleveranserna från stan dessutom. Och Maj kommer snart att förstå att de är *sommargäster* här i trakten. Inte fiskare, eller torpare, eller bönder. Hur skulle de kunna vara det när de är fast bosatta i stan? Titti verkar vara omtyckt i alla fall. Ja, men Arvid Berglund såg ju till att många här i trakten kunde få försörjningen utdrygad genom hemsömnad och stickning. Ja karlarna tillverkar skidor och stavar och bästa sortens pjäxor och lappskor. Det glömmer man inte. Så nog är de väl sedda överlag. Alla gör väl ändå sitt bästa för att förhållandet ska vara gott dem emellan. Talar man i släkten nedlåtande om en fiskarkärring eller bondmora gör man det naturligtvis inte öppet, och alltid med en varm, inkännande *humor*.

Fast nog verkar det bra högfärdigt att gå omkring i sandaletter med klack på de här grusvägarna. Gymnastikskor hade varit mer passande. Och den gropiga vägen skapar sövande skakningar så att Anita blir alldeles lugn, slumrar igen. Kanske mumlar Maj uppmuntrande ord till sig själv. För hon vet att man inte tolererar något annat än glada miner och ett lättsamt kynne. Man ska vara pigg och glad och själv stråla som solen. Tant är så tungsint att alla andra måste väga upp det genom att skoja och vara kvicka i mun. Packa matsäckskorgar med fjolårets rödvinbärssaft och termoskaffe. Bada fast termometern vid bryggan knappt tar sig över trettongradersstrecket. Utanför handelsboden annonserar man om dans. När Maj nämner det för Titti senare kommer hon att skratta och säga att det är ju för ungdomar. Inte för oss gamlingar. För två år sedan vevade Åke-Påken eldgaffeln och hon var trånsjuk efter Eriks begär. Badade naken och skämde ut sig. Nu skjuter hon vagnen framför sig och umgås bara med tanter. Ja, hon nyper några smörblommor och hundkäx vid vägkanten och viker av ner mot Titti. Lisa steker strömmingsflundror och har satt på potatis och de ska visst få rabarberkräm efteråt. Titti är rar och låter henne sköta Anita i gästrummet på övervåningen. Amma och byta blöja och vara ifred. Sätta sig vid dukat bord! Henrik kastar potatis på golvet och Titti suckar att mamma blir så ledsen när du är stygg. Kajsa trugar och mosar pärerna med en stor klick smör och Anita får ligga på golvet och titta på Henriks leksaker – kan man ha det bättre tro? Titti talar om att det är nytt folk i Åströms gamla sommarvilla – unge konditor Sundman är nygift och har flyttat in. Rara människor i din ålder Maj, kanske något äldre, fast helnykterister lägger hon till. Man är ju alltid lite rädd att man ska störa då, om man har fest – fast de ska visst vara glada i kalas de också. Och så räknar Titti ut att Maj kanske kan veta vilka de är, för Ingrid som hade sällskap med Olof Westin arbetade ju hos Kjellins, och Olof Westin och Bertil Sundmans fru Anna är kusiner. Men det är ju Anna från Ulvön! Ja, så måste hon förklara för Titti hur hon följt med Ingrid och Olof ut till Ulvön förra sommaren och så lägger hon till att hon var så nykär i Tomas att hon bara låg hemma i stugan och grinade efter honom. Och Titti skrattar och säger att det var för välsignat att ni fick tag på varandra för det var illa ställt med Tomas förra våren... ja efter det här med Astrid... ska Kajsa tvätta Henrik så tar vi efterrätten ute, det blåser väl inte för kallt? Och med lägre röst lägger hon till att det är bra flickor, men man måste tänka på vad man säger när dom är i närheten, man vill ju inte att det ska pratas på stan.

Är Anna den ängel Margit inte längre kan vara? Här tänks det väl inte i den sortens språkbruk. Ändå är det något med Anna som är änglalikt i den bemärkelsen att hon ser utan att döma eller fly. Ja, för det dröjer inte länge innan hon står på gårdsplanen med en påse bullar och en kartong småbröd – det är ju du, säger hon, ja de kan väl få vara du med varandra direkt och fatta varandras händer, inte måste de bry sig om att de egentligen är främlingar och treva och tveka och smyga så där i största allmänhet. Så solstänkt och söt! Det är klart att jag kommer ihåg dig, jag tyckte så synd om dig som låg sjuk när vi andra var på dans, och jag var in till Kjellins men fick höra att du hade slutat – och nu har jag blivit en Sundman och du en Berglund! Hon visar ringen och ser uppriktigt glad ut över att de ska bli sommargrannar och du och Tomas måste komma över till mig och Bertil så fort karlarna är fria från arbetet. Så småningom kommer Maj grubbla över om Bertil *har egen erfarenhet* av spriten eftersom han är absolutist. Om Anna är hans nya liv i nykterhet. Har hon inte redan en nätt rundning om magen? Och jo, nog känner hon att Sundmans bröd har den där rätta smörsmaken. Anna säger att hon blev så glad när hon fick höra att Tomas och Maj gift sig eftersom de båda är så fina människor. Ja, sånt nonsens som man kan behöva höra när man går runt och trycker undan tvivel och tvekan och frågor som inte får ställas rätt ut.

Men vad hon är rar! Anna tar Anita i famnen och är lite osäker på handen, det kan Maj se, men Anita sköter sig och ler hon inte ett sådant där bedårande leende mot Anna – jo men det går bra. Svartsjukan tränger inte upp som en sur uppstötning från magmunnen, den gör faktiskt inte det.

FRÅN HALLFÖNSTRET FÅR HON se Julia komma klivande till tant. I gummistövlar och en rockliknande klänning som hon visst har när hon arbetar i trädgården. Ja, Julia ska rensa lite i tants rabatter också. Maj har krafsat här och där men blivit osäker på allt utom maskrosorna. Skulle just vara likt henne att rycka upp liljor eller några andra rariteter. Och här sitter hon och målar tånaglarna röda. Händerna är det ingen idé med, inte så mycket som hon har dem i diskbaljan. Men tårna! Än har hon inte vågat kliva runt på tomten i de trånga vita shortsen och bara baddräktens överdel upptill. För att få den där härligt bruna färgen som klär henne så bra. Ja, än är det för all del ingen verklig värme. Om Georg kom smygande inpå henne just när hon står på knä och rensar jordgubbslandet... fy vad fånig hon är. Georg är väl lika mycket gubbe som Tomas. Shortsen får nog vänta.

Skulle det inte vara något helt annat om de haft huset för sig själva? Att ha tant och Eivor i närheten för jämnan. I sängkammaren har de inte ens brytt sig om att ställa ihop de två enkelsängarna. Hur ska de någonsin kunna vara *intima* här? Äsch. Hur ska de kunna ligga med varandra, knulla – men då rodnar Maj igen där hon fingrar på den fnösktorra pelargonblomman som absolut måste nypas bort, fast jorden är blöt. Hon öppnar fönstret på glänt, för det immar och luktar av tvättkoket på spisen, men blöjorna drar hon sig inte för att hänga på tork mellan rönnarna i trädgården. Det finns en bunt gamla Allers och Husmodern i en byrålåda. Astrids? Det kan förstås vara tants. *Hur kan du tänka på vad Georg ska tycka när han ser dig?* Men om man inte har något annat än sina ben och sin midja och... fast inget vore väl värre än att hon gjorde sig till åtlöje inför svägerskorna. Den där Georg ska hon nog hålla kort.

I kammarens pigspegel ser hon dessutom hur håret fortsätter att falla i testar från huvudet. Fel – faller gör det inte, fast borsten blir ovanligt full av hår. Och när hon sopar, torkar och bäddar tycks det alltid finnas hårstrån där på ett sätt som hon inte har lagt märke till förut. *Det är ju inte världens tjockaste precis.* Nej, och nu lossnar det på riktigt. Jo hon ser flikarna, som på en åldrande karl. Har hon rynkor också? Skäggstrån på käkbenet? Tånaglar och ben! En mor ska väl inte hålla sitt eget utseende för det viktigaste här i världen.

HOS TITTI – DEN här gråmulna, men påfallande varma eftermiddagen en bit in i juni då hon tagit med sig en sockerkaka som är skaplig – säger hon att Tomas ser man inte mycket av. Och Titti svarar hastigt nej – och ni som är nygifta och allt – det är så lätt att glömma för det känns som att vi alltid har känt varandra, men du vet karlarna har ju så mycket med arbetet. Jag tror till och med att de får undan sådant som bara har blivit liggande, men du ska se att Tomas tar ett par veckor ledigt i juli. Nu är det ju till och med lagstadgat!

Maj ser att kakan är en aning kletig i mitten. Egentligen gör det inget för det blir gott ändå, men det är inte så det *ska* vara. Men han kommer ju inte ens ut med sena kvällsbåten, säger Maj mellan tuggorna. Titti skrattar till. Du – det gör inte Georg heller. Så tittar hon ut genom köksfönstret, ler och säger sakta att hon har grinat nog över den där karln. Vill han vara ensam i villan så… men Henrik saknar sin pappa kolossalt. Och till midsommar blir det ju fest! Då samlas vi allihop. Maj ser hur Kajsa håller ett öga på Anita i vagnen där ute, samtidigt som Henrik gräver och står i nere vid vattnet. Varför vill Titti inte tala med Maj om oron för Tomas? Jag vet inte. Jo, kanske. För att det blir för mycket att bära. Ännu en oro… som väcker gammal oro för det egna äktenskapet. Och det blir att ge Georg rätt. Att Tomas… ja att han ställer till det för sig. Det är ju inget fel på förståndet – tvärtom – nej, men grubblandet och filosoferandet… Nu lägger Titti en hand på Majs axel – hon har rest sig för att värma på kaffet och häller påtåren i koppen – jag vet att det kan vara besvärligt att vara nygift också. Man måste ha tålamod bara. Tomas har det svårt ibland och då…

vill han väl inte lasta dig med sina bekymmer. Svårt! Med arbete, bostad, sommarvilla och båt. *En ung hustru och liten dotter.* Svårt? Är det för att det inte blev en pojke, säger Maj och bränner sig på kaffet. Då skrattar Titti igen, fast varmare nu. Men söta du! Så viktig som Tomas har varit sedan Anita kom, över lilljäntan, prinsessan – du kan väl inte gå och tro att det är därför? Är mamma svår? Titti krafsar fram en cigarrett ur asken, tänder och trutar liksom *vällustigt* med munnen när hon drar ett bloss, säger sedan att hon ska tala med henne. Gör inte det, invänder Maj. Inte törs hon beklaga sig så öppet inför Titti. Titti slår av lite aska och säger att som hon uppförde sig på din födelsedag, det var besvärande för oss alla. Och det värsta är att vi har nog ingen bättring att vänta. Man får väl ta tant som hon är, säger Maj storsint och utan att mena det. Och Titti talar om att Georg har bestämt att de ska reparera övervåningen här ute i sommar, byta fönster och tapetsera om. Det är ju modernt med så här stora fönsterrutor nu, och han tycker det skulle bli så tjusigt med utsikten där uppe. Inte vet jag, jag tycker att vi har det rätt så trivsamt som vi har det. Fast han blir så grinig om han inte har något att ta sig för och han är ju inte lika mycket för att fixa med båten som Tomas.

SÅ TAR SIG DAGARNA fram, i blandningen av oviss väntan och vardag. Denna väntan på Tomas i midsommarveckans vackra skrud. Syrenerna blommar på sista versen och pionernas knoppar är runda och svällda. Ängsblommorna igen. Ja, men det är så att man kan grina över lägdornas skummande överflöd. Nu har Maj inget att jämföra med, inga knallande rapsfält eller vallmoåkrar, ingen cikoria och blåeld, men det blir så *finstämt* här. Smörblommor, midsommarblomster, den mer sparsamma rödbläran och hundkäxen med sitt vita flor. *Som hemma.* Ja, inte i stan precis. Men om man gjorde utflykter. Det binds ihop till något färgstarkt och milt – ja men det ser Maj. Så kan man ju gå och tänka på blommor för att slippa konstatera att maken inte tycks ha tid med henne ens de kvällar han kommer. Att han prompt ska till båten de där kvällstimmarna de skulle ha kunnat... Tror han inte att hon hör honom när hon nattar Anita? Hur han smyger ner för trappan? Går ut till båthuset. Hon vet inte vad han gör där. Slipar och lackar och tjärar eller vad man nu gör med båtar. Ibland tar han ekan och ror ut på fjärden – ja men Maj kan ju inte lämna Anita ensam i kammaren. Hon ser hans ryggtavla, skepparmössan, de rytmiska rörelserna med armarna. Han vänder sig inte om för att vinka. Stannar han tycks det vara för att tända en cigarrett eller pipan. Eller så går han sina skogspromenader. Så där sent tycker hon att det borde kännas otäckt. Fast det blir ju inte mörkt. Hon har te till honom när han kommer in. Ibland sitter hon uppe vid köksbordet och väntar. Lagar några strumpor, fast det blir nästan alltid fult. Bläddrar i de där veckotidningarna. Oftast går hon och lägger sig kring tio. Vet hur väl hon behöver sin hopskrapade sömn.

Jag är ledsen Maj, säger han kvällen före midsommarafton och har det där över ögonen som avslöjar att han inte är nykter. Han sluddrar inte, är inte otrevlig, säger bara att han har haft det besvärligt med en leverantör som påstår att de har kommit överens om ett helt annat pris – hiskeliga summor – och nu har han börjat tvivla på om han… kan han i ett svagt ögonblick ha gått med på det där priset? Ja, och då blir han bara fri grubblerierna när han är på sjön eller arbetar med båten. Han ska ju bjuda på en fin tur imorgon också, det är liksom tradition. Så jag är visst inget vidare sällskap just nu, säger han och rör inte den bredda skinksmörgåsen. Men Titti tar väl hand om dig? Oh ja, svarar Maj *men Titti är väl inte min man?* Och så böjer han sig fram och kysser henne. Tobaken, pilsnern… eller sprit… ja, hon kan ju inte blunda för det. Ändå dröjer hon med sin mun mot hans. Vill att han ska hålla sin hand om hennes nacke. *Vi försöker Tomas, gör vi inte?* Då vaknar Anita. Och Maj blir kvar vid vaggan, låter foten trampa på meden.

PÅ MIDSOMMARAFTON ÄR TOMAS städad. Inte så att han låter bli nubben och punschen, men han håller måttet, så pass att Maj unnar sig att skåla friskt med tanterna och farbröderna där de kalasar på gräddstuvad spenat och bräckt lax. Och det är ju på det hela taget samma gråljus här som hemma och inget att yvas över, som en som kommer söderifrån kanske skulle ha gjort, inget *märkvärdigt* med andra ord. Hon ser huset som lövats med björkris, hon ser gräsmattan, hon ser för all del glittret i havet också. Hon ser Eivor, Lisa, Vilma och Agnes som passar opp dem. Majstången och krusen som har fyllts med blommor. Hon ser att Georg, Kurre, Tyko och Johan är minst lika berusade som Tomas. Ja, det märks mer på dem. Otto talar om att han måste vara måttlig för han har fått känningar av ett magsår. Tant skålar också! Rosig i ljus klänning och hatt. Och visst ska de ut på sjön efter maten, halva sällskapet i Tomas blanka båt, resten i Georgs. Så synd, då kan du inte vara mitt kuttersmycke, säger Georg lågt till Maj och låter handen dröja lite kring hennes midja. Eller missförstår hon det hela? Titti och Kajsa är upptagna av att få på Henrik en varmare tröja. Neeej, gråter han och Kajsa har lovat att skjutsa runt Anita i vagnen, eftersom spädbarn inte gör sig så bra på sjön. Men Henrik som är en stor pojke ska få följa med sin far, om han bara tar på sig sin olle. I blåsten på sjön blir hon ledsen. Fattar hon inte att Georg förödmjukar henne? Att bara för att Tomas… förra sommaren… han har väl räknat ut att de inte hade varit bekanta länge när det blev barn, och då skulle han… skulle han… tror Georg att hon skulle… med honom? Där har hon kråmat sig för att han ska tycka att hon är snygg. Så är det bara…

Och Tomas gasar så det skriks av fasa eller förtjusning, girar, och Georg ska inte vara sämre och gud så skönt det är att lätt illamående få kravla över på bryggan och ta sig iland. Kaffe, kakor, tårta – punsch och cigarretter, cigarrer? – hon går inte i närheten av Georg. Ser inte åt hans håll. Om hon blundar kan hon ana antydningen till kula på magen och haklinjen är väl inte alldeles rak, *den där förbannade blicken,* nu berömmer hon Tittis klänning igen fast den i ärlighetens namn är lite trist i färgen. Blekskär på ett vis som inte gör sig så bra mot Tittis ännu inte solbrända hy. Men snyggt skuren och precist sydd av Dagmar Edblad.

Står Georg verkligen och väntar ut henne utanför dass? Med ciggen i mungipan och skjortärmarna uppkavlade fast det är rätt så kylslaget på kvällen. Tar tag i hennes handled och skrattar till och säger du blev väl inte sur – jag skojade ju bara med dig – du har inte sett åt mig sedan vi kom iland – har jag inte, svarar Maj glättigt – nu vankas det vickning och de ordnar väl snart skallgång efter oss – då är vi vänner då, säger Georg och knuffar henne i sidan. Majsan.

Nej, Tomas har inte låtit blicken glida sökande över trädgården, gräsmattan, sjöboden, bryggan, han har följt med tant in och det är tur att Georg dröjer på dass för det är olustigt på alla sätt och vis när hon kommer tillbaka till de andra. Nina och Dagny... ja, de har nog ögonen på henne och försöker räkna ut. Kurre ropar skål lilla Maj! Georg som lägger armen om Titti, viskar han något i hennes öra? *Men du vill ju att han ska komma på dig i jordgubbslandet.* Det vill jag inte alls! Ska Georg och Tomas ta bilen bort till dansbanan i alla fall? Ja, för det är tradition och det är ju alltid trevligt att träffa på gamla bekanta. Låt dom fara, säger Titti när hon ser hur barnsligt Maj kniper med munnen. Dom är hemma om en timme när dom begriper att dom är dubbelt så gamla som ungtupparna och hönsen på banan. Ja, de är väl i min ålder, vill Maj säga, inte för att hon vill dansa, men… Anita ska ju ha nattmålet. Hur kan Titti vara så…? Jo, men Kajsa och Lisa ska få ledigt och nog ska flickorna ha skjuts dit. Men du tror väl inte att Tomas…? Om Georg dansar en dans med Kajsa, och Lisa är väl söt när hon har lagt makeup och bytt till finklänning? Håller Georg på och gör sig till för barnflickan? Vad är det egentligen med Titti som bara låter det ske, alldeles öppet – kom, så tar vi en specialare, vermouth, cognac och sockerdricka! Och lite tjockare koftor, för visst sitter vi ute när Anita sover så fint i vagnen. Äsch, vi tar pälsar på oss, då kan vi ha det riktigt bra. Och Titti hämtar två gamla fårskinnspälsar från sjöboden, hänger en tung sak över Majs axlar utan att hon hinner protestera eller säga emot.

OM MAJ LÅNGT SENARE får frågan vad hon gjorde när hon var ung kommer hon säga att hon aldrig gick på dans. Skratta och lägga till att hon inte kunde förstå hur Ragna kunde, själv tyckte hon det var äckligt. Främmande karlar som ska trycka sig – nej, usch. Ja, Åke-Påkens fjuniga huvud och kamrer Granströms nervösa bortförklaring på tjugondag Knut, att han naturligtvis inte ska besvära fru Berglund med att bjuda upp – men det kommer fler tillfällen! Ja, hon vet om att hon är både klumpig och omusikalisk på dansgolvet. Visst tränade de hemma ibland, för bröderna ville inte göra bort sig inför publik. Och varför skulle hon dansa när Erik inte gjorde det.

JO, HON GÅR ENSAM ut på midsommardagens morgon. Anita sover och vaknar hon får väl Tomas ta henne. Några knoppar på nyponbusken har slagit ut. Det är förstås ingen överdådets trädgård, för enligt Julia passar det sig inte med en anlagd trädgård på en naturtomt. Även pionerna vid flaggstången är på gränsen. Men några härdiga rosbuskar, syrenbuskaget, rönnar och björk. Al mot sjön till. Gran och tall i utkanterna. De behöver ju inte odla för överlevnaden. Fast tant och farbror var förutseende och satte fem äppelträd varav två har dött och de tre som står kvar är rätt så ynkliga i den magra jorden. Man kan ju inte veta vilka tider som väntar och Maj har inget emot att koka mos eller skicka dem till ett musteri. Som mamma gjorde. *Som mamma gjorde.* Om hon fick ta fallfrukten från översten eller vid goda år skörda en korg eller två. Ja då fick Per-Olof komma och klättra på stegen och ta de där svåråtkomliga högst upp. Maj stod under och tyckte det såg ut som om han hade svindel. *Du kan väl inte bara vilja göra som din mamma?* Nej, det är klart. Och det här livet är ju för all del helt annorlunda. Barnskriket når henne på avstånd. När hon vänder sig om ser hon Tomas i pyjamasbyxor och bar överkropp, han bär på Anita och ropar att hon nog är hungrig, han kan inte trösta henne.

VAD VILL OSS DEN här sommaren? Är det tiden igen? Dess obeveklighet. Sekund för sekund. I nuet kan man inte veta. Det skulle ju kunna ta slut med barnet. Hur ofta får en graviditet vara rytm och form och struktur? Nej, inte boken som barn och födande. Inte den metaforen. Men barnet som det existentiellt omvälvande. Vars *före* och *efter* delas av något absolut, ofrånkomligt. Så naturligt, så självklart att det inte ens behöver beskrivas. Eller?

HAR INTE TOMAS SAGT att han ska göra allt han kan för att komma ut varje kväll den här veckan? Och det blir svårt för Maj att veta med maten. Kommer han med tidiga båten ska de ju äta hos tant. Åtminstone ett par gånger i veckan vill tant se dem hos sig. Se Tomas i alla fall. Med Maj är det väl inte lika noga, henne har hon ju inpå sig vare sig hon vill eller inte. Fast eftersom han så sällan kommer med tidiga båten kommer det i praktiken an på Maj att ha mat. Hon kan ha några snygga smörgåsar, kanske omelett med stuvning, bräckt skinka och uppstekta kallpärer, wallenbergare på lördagen, eller kanske bara några ättiksflundror på spisbröd. Men tänk om Tomas skulle vara en sådan som kommer till henne på nätterna och kräver sitt? Ja, så där grovt och burdust. Riktigt kittlande olustigt och djuriskt. Fast... inte Tomas. Självmedicinerar han mot depression, ångest? Kanske det. Kanske inte. Kanske blir han ångestfylld och deprimerad av spriten. Vad kan man veta. Vad vet Maj. Maj är dessutom ingen socialarbetare i hjärtat. *Men i praktiken?* Det ligger inte för henne att fara med allmosor och överlägsen förståelse på det sättet. Eller snarare ingen sjukskötersketyp. Hon som inte tål se blod. Skulle just se snyggt ut. Det är lika rent och fint här ute som i stan nu mer. Hon har fått bort all gammal lort från lister och i lådor och överallt där ett otränat öga glömmer att gå över. Hon passar på när Anita sover, eller så lägger hon henne på det kviltade täcket. Ska hon inte ta och skrubba mattorna på bryggan nere vid sjön också? Ja, fast inte kommer Tomas oftare hem för det. Han säger att det är den där typen som kräver betalt. Arvid Berglund hade goda affärsförbindelser med hans far.

Men sonen är en jädra… bondfångare. Ja, vad ska Maj egentligen säga om det?

Så plötsligt sent en torsdagskväll stannar en bil på gårdsplanen. Det är Tomas som kliver ur. Han är ensam, har en ljus överrock och hatt. Jo han vill tala med Maj. Det är det här med kriget. Allt pekar på ett stort krigsutbrott – ja trots att Tomas med familj har goda affärsförbindelser med Tyskland är han inte nazist. Dramaturgiskt vore det kittlande, men Tomas är inte en vän av den nya ordningen i Tyskland. *Men skrattar du verkligen åt Engströms sarkasmer om Sigrid Hjertén och Isaac Grünewald? Vet vi något om det? Ja, men Engström är ju idolen…* Fast Tomas kommer kriget igenom hålla på Segerstedt i Göteborg. Tomas tar inte ens av sig rocken där han slår sig ner vid köksbordet. Han har kommit på att de inte har ett skrivet testamente. Om jag kallas in… och du och Anita… ja, man vet ju aldrig. Så det inte blir bråk. Att du verkligen får min del av firman. Nu kan Maj inte hejda ögonen från att svida, Tomas – jag har talat med en juridiskt kunnig person hur man går till väga, vi behöver underteckna i vittnens närvaro. Bertil och Anna Sundman? säger Maj. Ja, om de vill. Vi går med det samma. Nu måste hon hejda honom. Klockan är över nio… inte objuden Tomas. Den relationen är hon rädd om. Det är mycket nog att besvära dem som vittnen. Pappa undertecknade aldrig något. *Det kommer bara skit utav et.* Man kan bli rädd för vad man skriver under även om det bara är ett korrekt testamente. Du ska väl inte dö ifrån mig, säger hon, skrattar förstås, på fullt allvar vore det ju… underligt att ställa en sådan fråga. Men Tomas svarar inte. Han sitter där i sin ljusa rock. Och Maj bryter tystnaden genom att fråga om han inte tror att tyskarna låter Sverige vara, har vi något otalt med dem? Maj har ingen aning. Så illa är det ställt att Maj skräms av det politiska. Orden! Förmynderiet. Bråken. Staten. Ja, det klingar så illa med partier och fack, höger

och vänster, *jag hör ändå inte hemma där. Är inte välkommen.*
Hon har ju bara velat se snygg och proper ut när hon serverar
glada, nöjda gäster första klassens kök. På ett Stadshotell till ex-
empel. Knaust? Ja, inte nu längre. Men förut var det drömmen.

Han lägger sig med skorna på. Kliver upp vid halv sex och hon
hör bilen starta. Anita vaknar till, vill äta. Det ser ut att bli en
strålande dag. En dag som gjord för att bada.

Han kommer med båten på lördag eftermiddag. Då är han gla-
dare. Äntligen helg och finväder. Fast varför är han så oppåt nu
då? Kanske har det ordnat sig med den där kunden. Och när de
sitter i köket och han har hissat Anita, som inte riktigt velat le
mot honom trots att Maj hurtigt talat om att det är pappa som
kommit, så säger han att hon måste gå till doktorn för att kon-
trollera håravfallet. Då har han alltså sett det. Och hon blir så
ledsen att hon inte kan säga något alls. *Ska det där kallas omsorg?*
Den kommer vällande förstås, ilskan. Här går hon med gnatiga
kärringar och gubbar dagarna i ända. Som har synpunkter på
Anita. På henne. Som misstänkliggör och inspekterar. Hur tror
han att det är att vakna och skynda sig för att göra bort blöj-
koken för rätt vad det är har hon fulla huset av folk. Och hon
ska ha sockerkakor, vetebröd, skorpor, kaffe, saft, ja det är öppet
som en hotellobby, hur folk kan springa här som de vill. Julia
och Tyko som ska ha te efter kvällsbadet, Titti sin kaffekorg på
stranden, Nina som bevakar allt med sitt strama, snorkiga, kri-
tiska sätt och så kommer han och klagar på att hon tappar håret!
Vad kan hon göra åt det? Så det var bara håret och ungdomen
det hängde på? Men hon ska minsann högakta hans åldrande
nuna? Va? Och ändå säger hon bara att hon kanske har brist
på vitaminer. Just det! Tomas blir ivrig. Nog unnar jag Anita,
men mamma har alltid sagt att hon blev helt utsugen av mig och
måste sluta ge mig bröstmjölken när jag var som Anita – hon

kanske kan få flaskan nu? Ja, hon är ju så rund och fin. Det går ju ingen nöd på henne.

Så klär han om till arbetsbyxor och går med bar överkropp ner till bryggan som vore han i... Majs ålder. Det är verkligen flikar. Hon ser det i spegeln, att de är ännu lite högre nu. Och allt det där tjockt glansiga håret, som hon glatt sig så över, är borta.

Han glömmer i alla fall inte det där med testamentet. Fast Maj måste påminna honom om att man ska vara vid sina sinnens fulla bruk. Annars gills det inte. Ja, det hon egentligen vill säga – fast hon inte törs – är att de måste komma nyktra till Sundmans. Så hon försöker skoja till det och skratta och säga att de inte får gå dit en lördagskväll. Borde de inte vidtala dem i förväg? Bara komma klampande... nej, men Tomas tycker att de gott kan gå över dit imorgon förmiddag, på söndagen. Bertil och jag har känt varandra länge, gick i skola ihop och allt. Ja, inte i samma klass, men... nej, Maj tycker bestämt att det haltar, Tomas och Bertil är det väl minst fem år emellan – kanske mer – och då lägger Tomas – lite anklagande – till att Maj är ju så god vän med Anna. Vi är bara bekanta, invänder Maj men övergår ändå till att fundera på vad de ska ta med sig, komma med flyttgröt går ju inte an så här långt efter att de har flyttat in och det är ju heller ingen fast bostad, och bröd till en konditor verkar väl inte lämpligt – men en fin fisk från Pettersons, säger Tomas, sik, ett par feta rökta sikar och så får de väl ta med sig testamentet och i alla fall fråga om de kan tänka sig vara vittnen. Vad skulle de ha emot det? Nej, för all del. Men det känns så *ängsligt* att träffa Anna. *Jag vill så gärna att hon ska tycka om mig.* Ska de verkligen gå dit och störa dem på Bertils lediga dag? Varför blir Tomas kvar hos Georg så länge, ja inte har de hållit sig till sodavatten precis, det begriper hon ju där hon ligger och lyssnar efter knarrande steg i trappan. Ikväll har hon inte kunnat sova innan nattmålet. Bara legat och vridit sig i gråljuset, även om man kan märka att mörkret är på väg tillbaka. Det är värmen. Och glipan i myggfönstret som släpper in flugor och knott. Anita har redan blivit illa biten. Hon måste be Tomas laga det. Slå in nubb, kanske byta ut nätet, ja ikväll har hon fönstret stängt. Så hon snor sig oroligt i fuktiga lakan, hör med en gång att det är något... hur Tomas lever om i köket, som kan han inte låta bli att skramla och slå i, och då vaknar förstås Anita. Fast det var väl ändå dags. Hon sätter sig till rätta och viskar att det är väl typiskt att pappa ska väcka oss mitt i natten. Och när han väl kommer in i sängkammaren så går det inte att missta sig på *rörelserna och rösten*. Men han lägger sig med det samma, på rygg, och snarkar oroväckande högt innan hon har kunnat somna för natten.

Till frukost säger hon åt Tomas att raka sig. Han brukar visst låta bli det på söndagarna här ute, men hon tänker inte låta honom gå orakad till Sundmans. Själv knäpper hon koftan över klänningen, frågar vad de ska ta sig till om Anita inte somnar på vägen dit. Men Maj, lugna ner dig, säger Tomas. *Så är smekmånaden över på allvar.* Nu kan de visst vara vresiga lite till mans och utan anledning. Har du tagit magnecylen, säger Maj torrt innan de ska ta trappan ner, men hon hör inte vad Tomas svarar.

Vädrar inte Bertil oråd? Nej, men hej, säger Anna, de är klädda och har Bertils syster och svåger på besök – förstås – så Maj försöker påkalla Tomas uppmärksamhet och vill be att få återkomma en annan dag, men Tomas räcker över siken och det är inte utan att det känns både påfluget och besvärligt att tigga om kaffe. Men att tacka nej kan förstås också vara oförskämt så snart sitter de i skuggan under lärkträdet, där Maj kan ha uppsikt över Anita i vagnen. Att komma och fråga om testamente en sådan här söndag – det verkar underligt. Fast Bertil och Anna skriver på direkt, och vill till och med ha det bortgjort innan de dricker kaffe, men Maj får en känsla av att Bertil kan känna hur det luktar dagen efter om Tomas. Hur glad och trevlig och belevad han än är, kan han inte dölja de rödsprängda ögonvitorna, handens skälvningar när han ska slå grädde i kaffet. Och så blir Maj så där överdrivet pratsam. Får inte stopp på sig, trots att det vore mycket bättre om hon höll mun. Svågern ska visst hjälpa Bertil att reparera bryggan och Anna och svägerskan kommer säkert bra överens. Vi ses väl snart igen, säger Anna när Maj plötsligt reser sig för att gå, Anita ska ju ha maten, säger hon ursäktande och Tomas får skynda sig att stjälpa i sig sin påtår och tacka för sig. Vi skulle väl haft något annat än fisken, säger Maj när de kommit upp på vägen, säger du det, svarar Tomas, säger du det.

så går juli. utan att Tomas tar någon längre sammanhållen ledighet. Kanske vänjer hon sig sakta, ändå hugger det till när han säger att han ska fara ut en sväng, och Maj måste skugga med handen för ögonen för att urskilja hans gestalt där hon har satt sig i solen för att få lite färg. Med bilen, säger hon och han nickar, ja, ut till Skagshamn, men då följer vi med, säger Maj ivrigt, nej, det vill han visst inte. En annan gång, säger han, det är i affärer. Hon struntar väl i hans affärer, hon vill ju bara åka bil, sitta fram om Anita kan sova i lådan i baksätet, ja hon njuter faktiskt av det. Blir inte Tomas nästan… erotisk i de situationerna, han är så säker vid ratten, ja på sjön också, men där är det ju hon som blir rädd – nej, men i bilen är hon lugn, som kan ingenting ont hända dem för det kommer han att se till. Det kan ju dröja, säger han, vad ska du och Anita ta er för då? Jaha.

Och när han har åkt kan hon inte låta bli att undra över vad det är för underliga affärer som kan dra ut på tiden och måste undanhållas hans unga, på alla sätt *förtjusande* fru. *Det är spriten förstår du väl. Smuggelgods och tobak. Varför skulle de annars ha tillgång till så mycket starkt? De har väl också motbok och ransoner.* Maj är så fånig så hon begriper inte ens sitt eget bästa. Så kanske det är. Och Anita tänker visst inte låta henne städa. Usch, är inte bajset lösare än vanligt, som ett smetigt skum, alldeles röd i stjärten, jo, hon förstår att det är besvärligt för flickan, men om det bara inte var så arbetsamt att ta rätt på nedsölade kläder och sänglinne här på landet och just när Maj har sköljt upp bajsblöjan och sparkdräkten och faktiskt mått tjyvtjockt av lukten så skriker Anita i korgen igen. Åh, hon badar ju i sin egen uppkastning. *Nu klarar du opp det här Maj, på egen hand.* Men är hon allvarligt sjuk? Hon hulkar igen och hur kan en så liten få opp så mycket, Maj måste skynda sig att värma vatten till badbaljan och få bort det som sölats ner i korgen. Om hon bara slapp bada flickan! Hon vill ju inte. Skriker, vrider sig krampaktigt och varför känns det hela tiden som om hon ska tappa greppet så hon halkar ner... *så får Anita vattenskräcken för livet och det är ditt fel.* Tomas brukar stå beredd att torka henne. Han är också rädd att tappa flickan *men det är inte hans uppgift att hålla henne lugn.* Blir det inte vätskebrist om hon spyr upp på det här viset? Är det tillägget, vattnet... mammas rädsla för dåligt vatten. Smutsigt vatten. Det här brunnsvattnet, har hon inte hela tiden tyckt att det har en otäckt dyig bismak, låter Tomas dem leva på otjänligt vatten?

Hon tvättar henne hastigt i vecken vid halsen, det tunna håret, stjärten. Torkar, och får på något sätt på henne en blöja och linne. Brer ut en flanellfilt på sängen, lägger henne där. Hon har tystnat, gnyr inte ens. Flämtar bara lealöst. Halvt slutna ögonlock, munnen öppen. Men hennes kropp? Ska armarna och benen vara så där... Nej, nu vrids ansiktet i en grimas och kroppen kastas åt sidan, Anita... har du ont Anita... så kräks hon upp igen. Lika mycket som förra gången, eller är det mer? Maj lyfter henne och huvudet rullar tungt åt sidan medan det rinner lite ur hennes mun. Gode gud. Av med det varmt kladdiga linnet, lukten, dricka, vätska, Maj drar upp sin blus, bara bröstet kan hålla henne vid liv, där finns ingen smuts, halsvecket är klibbigt av kräk igen men ansiktet... det har ju ingen färg. Anita! *Hon vill inte ens ta bröstet.* Tomas, var är du? Maj för munnen mot bröstvårtan, men Anitas läppar vilar bara slappt mot varandra. Hjärtat, visst känner hon hennes puls? Om hon springer ner med henne till tant, Eivor... *Du måste ringa till doktorn, de tror att jag har dödat henne,* och Maj försöker med det andra bröstet, Anitas blick, hon har aldrig sett den blicken förut, som om också rädslan runnit ut, ta bröstet nu, mjölken, Maj reser sig vingligt, *du kan inte lämna henne här,* nej, hon håller henne intill sig och försöker få vattnet i kastrullen, kastrullen till spisen. Koka då. Den renaste koppen. Häll vattnet där. Så måste det svalna. Du får inte bränna henne. Sätt dig på stolen och håll henne upprätt. Mata henne teskedsvis. Men handen darrar när hon för skeden mot munnen. Och allt bara rinner nedför hakan, bröstet. Läpparna, om hon fuktar dem? Då sticker det i bröstvårtan, ja, kommer det inte mjölk rinnande, droppar som hon kan tvinga in i flickans mun och efter något som känns som flera timmar men kanske i själva verket inte ens är en, så äter hon, motvilligt och släpper nästan med en gång, somnar. Ja, Maj låter henne sova i famnen. Fast pinnstolen är hård och obekväm. Men att röra sig nu… Är hon het också? *Det kan väl inte gå så här snabbt?* Först så full av liv, sedan… fast då tar hon bröstet igen, liksom i sömnen. Jo, Majs ögon tåras då. Även om det är sagt att hon aldrig mer ska gråta. Men nu kan de i alla fall avvakta. Vänta och se hur natten avlöper.

Skynda dig, ropar hon när hon hör Tomas i trappan. Anita har varit så sjuk… och kanske lägger hon därför inte märke till att han kommer med *ett annat* utseende. Det hade kunnat stå blek, askgrå, kallsvettig igen – men det kommer först vara efteråt som hon märker att han bär sig underligt åt. Ja, nästan som om han inte kan fatta att Anita varit så gott som livlös *men att Maj har räddat henne* och det är klart att nu sover hon utan att vara onaturligt blek eller blossande. Det var så nedsölat, försöker Maj, man kan inte begripa hur det får plats så mycket i en så liten, men det är bättre nu då, säger han bara, och när Maj nickar går han in i kammaren. Misslyckades affären? Måste hon oroa sig för vad som har hänt?

Ja, inte för att Maj har tid att tänka på det. Lakan, flanell, kudden som Lillnita egentligen aldrig ligger på. Nallen! Allt ska tvättas och göras rent. Tomas dröjer i kammaren. Har han varit i slagsmål? Är det en älskarinna som gett honom på båten? *Fy vad larvig du är.* Ja, men det vet man väl med karlar och deras *behov,* som om de inte *tillfredsställs...* det är ju därför det finns fruntimmer som gör det för pengar. För att karlar som inte får till det på något annat vis... ja, men det sa Ragna i alla fall. *Du är verkligen barnslig.* Har hon rätt att klandra honom ifall han verkligen har någon... älskarinna. Ja, nu när hon inte... är förmögen att. Borde hon inte ta honom till sig nu? Men där nere... sedan förlossningen... bara att hålla sig ren... det kommer kanske inte alltid att kännas så där skört? *Men kan vi inte dela oron för Anita i alla fall, sitta vid vaggan och försäkra oss om att bröstkorgen hävs och sänks, oförtrutligt, alltid...* Så kommer han ut, och det är väl då hon verkligen märker hur *onaturlig* han ser ut. Om polisen kommer måste du säga att det som finns här är gåvor från kunder och bekanta. Om polisen kommer? Vad säger du Tomas? Hon släpper all den våta tvätten, torkar händerna på handduken. Vad är det som har hänt? Vad har du tagit dig till Tomas? Det var en olycka Maj. Det är säkert. *Har du haft ihjäl nån Tomas?* Hon säger det för att skammen är så bottenlös. Bara det värsta. Vad kan ha hänt som har fått honom att bli den här darrande ynkliga skiten? Men blicken när han ser på henne då.

Ändå tar det honom opp. Nej. För fan. Det blev en olycka med biljäveln. Han hade företräde och jag skulle ha bromsat i tid – inga personskador, men det blir ju rättssak av det. Maj sjunker ihop på stolen mitt emot honom. Ja men om ingen är skadad? Det är egendom och så. Dom kommer att ringa från stationen, jag fick egentligen inte lämna platsen, men ja, dom hade kort om folk och det kan hända att dom kommer hit. Fan också! Luktar det om mig? Han andas i hennes ansikte. Hon rycker på axlarna. Har du druckit då? Inte på ett tag, säger han. Några timmar sedan. Men kommer dom nu... Jag kan ju inte stå och krossa tomglas när dom kommer.

Tar han båten? Herregud vad hon mår illa! Han hivar en säck i sittbrunnen och far iväg. Fast han är snart tillbaka. Om dom kommer måste du intyga att det bara är bjudsprit och cigarretter, att vi får mycket i gåva. Hör du mig Maj? Nej, hon hör hur det ringer, att Eivor kommer i trappan. Det är telefon till herrn –

Det blir visst bestämt att han ska komma till stationen först imorgon. Och hur ska Maj kunna veta vad det där genomskinliga i dricksglaset är? Nu får du väl ändå se till att sköta dig imorgon, säger hon. Vara utvilad och *korrekt*. Ja, med tanke på begäret till det där glaset får hon en känsla av att det inte är vanligt vatten. Nog för att vatten kan vara den gudomligaste av drycker, *hon vill slå honom hårt på båda kinderna, så där som på film, bli handlingskraftig, stark, reda upp det här som håller på att...* Nu röker han och säger att det behöver inte gå illa. De kan kanske komma överens, förlikning, klart att han måste ersätta – och i nästa stund säger han att fan vet om det verkligen var han som gjorde fel. Där vill hon haka tag! Tänk efter Tomas – *det var säkert inte ditt fel* – om de bara slapp skämma ut sig – *tänk på dem som begått värre brott, de verkliga skamfläckarna...* åh, nej, nu får hon så starka känningar av yrseln att hon måste sätta sig ner. Anita! Hon störtar upp igen – sekunderna när klumpen där i korgen inte rör sig, hon sliter av den lätta filten – jo, tunn varm luft vid munnen, men är inte pannan hetare än den borde vara?

OM MAN FICK STIGA ur. Försvinna, lösas upp, åtminstone för en tid. Återvända i en ny skepnad. För om hon kunde skulle hon radera den kommande hösten. Eller bevarar hon den som ett trumf som för alltid kommer att göra vägen oframkomlig till ett förlåt?

Augustis mörka nätter. Blir de verkligen så svarta? Nej, inte fullt ut. Inte alls hett och sotigt som söderut. Här är fukten, de kylslagna morgontimmarna. Fast havsvattnet sägs värma upp och göra höstarna milda. Tomas tiger fortfarande om olyckan. Hon vet inte säkert vad som hände, men bilen lämnade han visst in för reparation i verkstan i stan. En pålitlig mekaniker, som vet att Tomas månar om bilen… *som en älskarinna*. Ja, inte som en fru i alla fall. Fast kanske ännu mer troget än gentemot en älskarinna också. Som ett barn? Ja, som ett barn inget ont får hända. Hon vet att dagarna på sommarnöjet är räknade. Och så länge de är kvar här ute skjuter hon undan tankarna på Tomas bekymmer, men hon lägger förstås märke till varje tillfälle då han inte är nykter. Ja, hon uppmärksammar det med ett slags förströdd slöhet – så länge det inte passerar all rim och reson. Hon är så trött. Hon orkar helt enkelt inte. Hon har inte sovit en hel natt… hur länge? Snart ett år. Renfanans gula knappar i vägrenen, de luktar om man plockar in dem, men hon gör det i alla fall eftersom det både piggar upp och påminner om hösten. Det är myggigt, fast de är vid kusten. Anita som snabbt återfick hälsan ser ut som om hon har fått kopporna, men det verkar inte bekomma henne. Kanske har de ett annat slags känsel – de där små. Och hon har blivit så tjock! Solbränd och full av valkar och veck. Ja, Maj roar sig med att laga till mos av morötter och po-

tatis och klickar i rejält med smör och det smakar hon intresserat
på, även om det mesta åker utanför. Tar hon det inte som en ny
lek – jo men Maj gör sitt bästa för att också leka och skoja med sin
dotter. Fast Maj vet att skojet kan fara iväg och bli... nyckfullt. Hon
blir så besviken om Anita inte verkar road när hon anstränger sig.
Kanske blir hon till och med rädd för sig själv. Jo, i klarsynthetens
ögonblick vet Maj om att hon är lynnig. Tvär i humöret. Kan skoja
och busa för att sedan hastigt bli vrång om det blir för kladdigt och
dant. Som med moset och skeden. När hon måste torka stolar och
bordsben och sig själv. Ja, men hon är faktiskt utmattad! Ändå kan
hon inte gå och lägga sig när Anita sover middag. Då är ju svägers-
korna där och knackar på! Inte varje dag kanske, men hon vet ju
aldrig. *I stan blir du nervös av den instängda ensamheten. Och här
kan du inte tåla några rara damer som kommer på besök.* Är man
van en oförtrutlig energi är det avskyvärt med den här slöa trög-
heten som sätter in. Som om det enda hon verkligen vill är att vila.
När hon borde fylla spannarna med blåbär. Men hon sitter upprätt
i soffan i den övre hallen. Hon har inte fått tillbaka *sina saker.* Hon
är främmande kropp i ett främmande hus. Denna olust! En cigar-
rett kan hon unna sig, men hon törs inte blanda eget när Tomas
inte är hemma. Varför kan hon inte trivas?

Fortfarande är det ett djupt andetag innan hon ska träffa tant. En
scarf över flikarna, även om det ser *tillgjort* ut. Anita är rart klädd
i småblommig klänning. Hon är vaken, sover först efter lunch.
Nu uppför du dig hos farmor, säger Maj och lyfter upp henne. Det
är *beredskapen.* Maj vet numer att attackerna kan komma både
öppet och mer inlindat smygande. Även i de till synes *beskedliga*
samtalen kan kritiken vara där. Men varför är Tomas inte hemma
mer? Han har det förstås lugnare i stan, när lillan lever om så...
Ja, inte för att jag någonsin hade hjälp av Arvid eller såg mycket
av honom. Men han byggde ju upp firman. Men när ska Tomas

ha tid för sin alltid stöttande mor? När ska Tomas få utrymme för sitt livsverk, sin potential – *stjäl inte den här flickan och skrikande ungen all kraft ur en så vek och känslig sort som Tomas?* Han får väl bara arbeta för att göra henne nöjd. Ja, och så rätt ut vid förmiddagskaffet säger tant att Maj måste tänka på och vara rädd om Tomas hälsa. Det är inte bra för honom att vaka på nätterna. Hjärtat... *Men jag då? Min sömn, min hälsa, min själsliga oro?* Du är ju bara en maka och mor Maj. Som jag. Vi ska stå tillbaka och lyfta upp. Har jag visat dig Kungens diplom? Vad skulle Arvid kunnat åstadkomma utan min trofasthet och lojalitet, *men du har ju blivit nervsjuk på kuppen,* utan min uppoffring hade han inte kunnat bli en samhällsmedborgare av rang, en ära som Maj utan att ha gjort annat än att ha särat på benen får ta del av, visa lite mer ödmjuk tacksamhet, om jag får be.

Nej, hon reser sig, tackar för kaffet, lyfter Anita ur vagnen och håller om. Farmor är stygg, viskar hon när de går uppför trappan. Tant som aldrig tar i Anita frivilligt. Säger att hon kom för sent, nu är hon för gammal, har gjort sitt med sina barnbarn. Det måste väl Maj förstå att det är annorlunda med Henrik? En så käck och behändig gosse! Nej, inte är hjärtat vidöppet för Anita. Lider tant av eller lever hon på sitt missnöje? Det är svårt att veta. De här stunderna när Maj får ta Anita och gå undan från tant är befriande. Som blir de starka tillsammans, Anita och Maj. Vi ska visa den kärringen. *Vi ska aldrig ge hennes anklagelser rätt. Aldrig!* Nej, men av någon anledning tycker tant inte att Tomas unga hustru prickar rätt ens vid något tillfälle. Hushållet, städningen, maten, bakandet och nog tar hon hand om barnet även om flickan skriker ibland? Tant skulle bara veta att Maj inte brukar ha problem med äldre damer. Tvärtom! Inte alls så här besvärligt och svårt. Förbannade kärring! Vill Maj vara så rar och be Tomas titta in till mig när han kommer hem ikväll? Maj låtsas inte höra. Smyger på brädgolvet och stänger den gistna dörren bakom sig.

EN SÖNDAG I AUGUSTI. De tar båten till ön tvärs över, bara Anita, Tomas och Maj, till en skyddad vik i söderläge, med mild på-landsvind och sandstrand. Anita i solhatt med brätten, och nu ligger hon i bara blöja på filten, på mage och lyfter sitt tunga huvud nyfiket och stolt. Och även om man skulle kunna bada naken, tar Tomas badbyxorna på – han lär långsamt känna sin fru och vill inte besvära henne – det är en så ömtålig, bräcklig dag som inte får förstöras av plumpt avklädda vita skinkor. Han längtar efter den *potentiella möjligheten* att komma henne nära. Att hon inte ska vara rädd för honom. Är det inte så det känns? Som om hon håller ett avstånd i *förebyggande syfte?* Men nu är de här. I badbyxor och tvådelad baddräkt. Låga tallar, klippor, det kan nog finnas blåbär en bit in i skogen. *Varför kan du inte dröm-ma om att naken omfamna hans avklädda kropp i det ljumma vattnet?* Ja, varför? Hon gör ju inte det. Hon ser hans muskulösa rygg. En mönsterrygg. Ingen insjunken bröstkorg, punkterad lunga. Inga kvisslor, variga finnar. Gyllenbrun har den hunnit bli där han stått böjd över båten. Rodd ger ju ett så vackert över-arms- och axelparti. Hon doppar sig också. Simmar några tag, än stramar och spänner det inte i brösten. Julia har varnat henne att bada på grund av risken för mjölkstockning. Men hon tycker om att svalka sig på grunt vatten. Han har ingen badkappa med sig, men han skakar filten så att hon ska kunna sola sig torr utan att bli klistrig av fin sand. Stryker han en vattendroppe från hennes ögonbryn? Vad du är vacker, säger han sakta. Hon svarar inte, men ler mot honom. Hon kan låta honom titta. Han tänker väl inte förföra henne när de har Anita med sig? Det ska ordna sig, säger han grötigt. Visst ska vi greja det, vi tre? Och Maj kryper ihop, på sidan. Lutar sitt huvud mot hans bröstkorg. Hans haka vid hennes hårfäste.

Ändå kan de inte bevara bandet i huset. Är det bara tants fel? Tant som ropar Tomas in till sig – och Maj hänger fuktiga filtar på torkstrecket mellan rönnarna. Packar upp matsäcken, värmer diskvatten. Såklart att han dröjer. När han kommer upp är tillförsikten borta. Ansiktet frånvarande – mamma har mat till oss så slipper du… jo strömmingslukten stiger rakt upp. Eivor är för all del fin på matlagning. Maj nickar, säger att hon ska klä om, dra en kam genom håret. Det kommer inte alltid att vara så här Maj. *Kommer det inte?*

DET MÅSTE JU KOMMA en tid i stan då Tomas blir allt mer pressad. Av arbetet, av krigsutbrottet, av olyckan med bilen. Tröttheten gör tankarna så tröga. Maj som kan vara så påstridig. Ja, egentligen är det inte alls likt henne att *hålla tyst*. Tvärtom vill hon ju få veta – kontrollera – alla i sin närhet, *för då är man beredd när katastrofen kommer*. Mig lurar man inte! Men Tomas viftar bort hennes spelat oskyldiga frågor om olyckan med att säga att han inte vill prata om eländet. Ja, så kan det inte bli tal om annat än versioner. Kanske var det si – eller så. Även de krånglande leverantörerna är så diffusa att Maj inte vet säkert *om de existerar*. Hon tänker i alla fall vara besvärlig och vägra åka Express hem till stan när de ska flytta från landet. Huset ska visserligen vara tillgängligt för helgutflykter hela hösten, men det permanenta boendet ska åter ske i stan. Så Tomas får fara extra med bilen – som ser ut som ny – och ordna om det som ska fraktas på Express, hon skyller på Anita och säger att hon mycket väl kan dra på sig elakartat örsprång om hon ska behöva vara i blåsten på sjön. Nej, hon blir inte kvitt bilden att Anita ska falla ur hennes famn över relingen… det blir som hon bestämt, bilen. Det är klart att Tomas kommer ihåg hur Astrid uppskattade sjölivet på ett annat sätt. Fast det är ju inget att gräva ner sig för. Men Maj kan inte låta bli att lägga märke till att Tomas vill förhala och skjuta upp återkomsten till stan. Ja – hur ska han nu kunna…? Det har väl varit praktiskt att ha våningen för sig själv.

ÅH VAD DET SER ut! Ja, men nu har hon väl rätt att tjura? Fru Jansson har visst varit dålig och inte kunnat ta städningen. Men vi kan ju omöjligt flytta in här! Dammigt, inrökt, kletigt – nej hon är säker på att disken inte är särskilt omsorgsfullt omhändertagen heller. Tomas blir förstås handfallen, sitter med Anita i knäet och till en början är hon nöjd och glad – sedan gråter hon och det kan inte Maj ta hänsyn till. Det måste städas. Värst är den instängda lukten. Inte surt, inte unket, nej mer åt något jolmigt, sötaktigt, kvalmigt – lite lätt ruttet – äsch, hon vet inte. Slår upp fönstren till ett uppfriskande korsdrag. Du får väl ge henne något att äta, säger Maj fast hon vet att Tomas inte har en aning om hur man tillreder tillägg eller mos. Tidningar! Har han inte kastat ett enda nummer under sommaren? Nej, så ska han hejda henne för det ska klippas ut artiklar som ska arkiveras. Hon buntar ihop dem, knyter ett snöre runt och baxar in det hela i garderoben. Nu måste du ge henne mat, säger Tomas. Jag tar över städningen – vad ska jag? Hon sliter åt sig Anita och går in i sovrummet, stänger dörren. Nu får du sluta med det här ätandet, säger hon, varför kan inte tillägget duga åt dig?

Sängkammaren… lakanen luktar surt – det kan hon känna trots att Tomas har försökt ordna en anständig bäddning genom att lägga på överkastet. Hon avskyr det här rosa kviltade överkastet. Det är anskrämligt. Som en fet gammal dams avlagda korsett med inpyrd svett. Men snälla… ja – *men jag står inte ut!* Om Anita kunde äta färdigt så hon fick bädda rent åtminstone. Har han haft Astrid här? *Sårar det dig att han inte älskar dig hetare? Ja, vilka ord skulle du själv välja?* Jo, om han verkligen… verkligen höll av henne... om han hade lärt känna henne... vad hon värde-sätter – då skulle han väl inte lämna våningen i det här skicket? För henne att komma hem och ta hand om? Som om hon faktiskt bara var hans hushållerska. Nej, lirkar hon bröstvårtan ur mun-nen blir hon missnöjd. Gnäller. Försöker suga tag igen. En stund till får hon äta, sedan ska Maj skicka ut dem på promenad.

Så snabb hon är. River lakanen ur sängen, knyter dem till en säck. Bäddar rent, tar de hoprullade mattorna till piskställningen på gården. Fönstren får vänta. Likaså skåpen invändigt. Möblerna måste dammas och torkas av, liksom fönsterbrädor och speglar. WC. Ja, det är ju tvunget. Urinlukten. De gula fläckarna på det vita porslinet. Hårstrån. Fy fan! Hon blir varm, svettig till och med. Torkar, sköljer, torkar igen. Nej, han vågar sig visst inte hem. Och hon som har middagsmaten att tänka på också, fattas bara att inget finns hemma.

Men han har ju varit ute och druckit. Hon märker det med det samma. Anita gråter igen, men tystnar när hon kommer till Maj, åtminstone tillfälligt. Nu är inget hukande över Tomas gestalt, nej, bara trotsigt undflyende – eller spelat oförstående. När Anita somnat för kvällen säger han att hon inte får vara så sur på ho-nom för jämnan. Hur berusad är han? Mycket. Blir han aggressiv? Det bär så emot. Skulle kunna låta ungefär så här: Här har jag slitit hela sommaren för att tjäna ihop till vår försörjning och så beter du dig... vad är det med dig egentligen? *Vad är det för fel på dig?* Jag trodde inte det här om dig Maj, men såna som du blir jag rädd för... vill du att jag ska bosätta mig ute på landet så får du se hur länge du kan klara dig utan en karl? Så du menar på fullt allvar att jag ska sköta hushållsarbetet dessutom? Ja, säkert kan man inte veta. Det aggressiva som följer med spriten... fast än är Tomas mer tystlåtet stursk. Men att han inte gör mer för att dölja?

Sitter helt synligt och häller upp sprit och kolkar i sig. De brukar ju vara så bra på att gömma undan. I muggar, i källare, i verkstäder och garage. Han säger att hon måste begripa att det är svårt för honom att det inte blivit uppklarat kring olyckan. Han kanske sitter i finkan snart och hur ska de då klara sig? I finkan Tomas? Vad hände egentligen? Ja, men jag körde ju rätt in i den där jädra höskrindan. Ja, kusken hade ju kunnat – det var ju rena turen, men dom gjorde en sväng över vägen – dom borde ha sett sig för! Men man kan väl inte hamna i finkan för en olycka. Tomas? Nu viftar han undan henne med handen. Låt mig vara ifred. Ja, jag ska inte störa. Hon tar hans rena kuddvar och lakan och kastar på – nej, hon lägger det lugnt i soffan. Säger ingenting.

ÄR HAN EN SÅDAN som kommer med rosor? Nej, men astrar. En höstlig bukett och ett förlåt. Det kommer att ordna sig, säger han. Låt bli spriten då, säger hon. Ja, han nickar, han ska låta bli spriten. Öl och vin, men ingen starksprit. Inte nu i alla fall. De måste få ordning på allt. Har du en kappa för hösten? Nej, nej inte om hon bortser från den mullvadsbruna som mer är för vintern. Då får vi se till att du har det.

Nu har tyskarna gått in i Polen. Han kommer in till henne i köket, det är förmiddag och hon är efter med frukostdisken för Anita har kinkat hela morgonen – vad har det med oss att göra – säg att hon inte tänker så – men kanske, längst där inne – i vår batalj, hur ska vi orka bry oss om Polen? Nu blir vi inkallade, förstår du, de kan få för sig vad som helst, den där karln – vi ska väl inte oroa oss innan vi har sett vad som händer, säger hon – men Tomas har visst någon kontakt inom det militära som vet att Sverige står illa rustat. Så går radion på så snart han är hemma och det hyssjas för att han ska trycka örat intill den där apparaten. Och redan dagen därpå blir det förbud mot privatbilismen, ja jäklar, nu kan allt hända.

FAST JAG VET INTE vad som händer. Om Tomas *tar sig i kragen* och reder opp saker och ting. Eller blir han redlös, en dag, två dagar, veckor i sträck. Kanske är det Maj som i anspänningen åker dit och får i sig för mycket vid något festligt tillfälle då de för allt i världen måste bete sig anständigt som de föräldrar de är. Maj är förstås upptagen i tankarna av Tomas besynnerliga sätt att handskas med olyckan. Han borde ju sköta sig extra noga nu innan förhandlingarna i tingsrätten. Så småningom får hon reda på att den här Myrberg vill ha betalt i tusenlappar. Orimliga summor. För en trasig höskrinda. Men det är den försenade slåttern och att det slagna betet blivit liggande i regnet. Så nu jagas visst Tomas på pengar än här, än där. Men att då bara släppa! Sitta med flaskan... han lovar henne att sluta när det här är över. Med spriten. Ja, av det elegant lättsamma smuttandet som hon har introducerats till blir det väl bara lingondricka och mjölk i fortsättningen. Hon blir så fruktansvärt arg att han inte kan klara opp det. Som Georg till exempel. Blir kanske lite rödögd ibland, men inte trasslar han till det för det? Det är otäckt att stå vid sidan om och se på.

Fast ibland gör hon honom sällskap. Det lättar lite då. Och det händer väl att han blandar och häller upp och ställer fram ett glas åt henne utan att fråga efter vad hon vill. Ja, men det gör det möjligt att verkligen blanka snyggt för kvällen. Diskbänken, skåpluckorna, ja allt sådant. När han väl blir... okontaktbar – ja, men inte är det något vidare att föra samtal med Tomas i det läget. Det går inte riktigt att förstå vad han säger. Va? Så säger han när hon gör ett inlägg. Va? Som pyser det ut något lunsigt och osofistikerat ur honom också. Han som har så flotta vanor. Va?

Dessutom blir han ful. Oskön att se på. Cigarretten slappt i mungipan, hela rörelsemönstret. Men tar hon ett glas själv kan hon lättare stå ut med att han kissar vid sidan om och askar utanför fatet. Hon lyssnar inte så noga på vad han säger. Det ligger så nära till hands att tro att det ska komma grodor. Eller vassa sanningar. Blir inte också Anitas oregelbundna sovvanor mer lätthanterliga? Lite kvickare till att tänka ja men tids nog får jag sova... Om hon älskade honom. Har jag fått en ärlig chans, skulle hon ropa om hon hade förmågan. Skulle jag inte... om det hade gått rätt till. För inte ens krigsutbrottet tycks få honom att sansa sig. Tvärtom verkar han tänka att snart är vi alla döda. Andra världskriget med dess nya, moderna krigföring. Civila kommer inte att skonas. Civila kommer att... ja, men uppför dig lite *civiliserat då*. Det vill Maj säga åt honom, där han sitter tryckt intill radioapparaten eller med näsan doppad i trycksvärta. Ja, men fruntimmer begriper sig inte på politik. Säger pappa. Snälla lilla vän. Och hon är förstås lite trög. Det är i alla fall alltjämt vackert ute. Lite kyligare nätter, och i största allmänhet en krispigare känsla när man slår upp sängkammarfönstret till vädring om morgonen.

Hon kommer tvinga Anita att höra på henne. Hur hon hade det som nygift. Fast Anita inte vill. Varför vill Anita bara älska Tomas. När det är Tomas som tar till flaskan och bara lättar. En luftballong som svävar över staden. Hejdå! Vi ses igen en annan dag, i ett annat liv, en annan tid.

MEN MAJ KAN JU inte bara falla ifrån. Anita är ett halvt år. Drygt. Söt. Med sitt nu glesa hår och sina stora ögon. Läpparnas amorbåge. Den för att vara ett så litet barn tydliga näsan. Jo, hon kan gå med på att ta henne till fotografens ateljé. Naken på en fäll av får. Ett vitt lamm. Tomas är bekymrad över att han inte längre kan ta bilen ut på landet. Ska undersöka möjligheterna om han ändå kan ha den i tjänsten, eller om det enkom är yrkestrafikens privilegium. Och inte vill Tomas vara den som länsar stan på olja och bensin, det vill han för allt i världen inte vara. Men bilens frihet – han håller så mycket av sin bil.

Fast Tomas är inte riktigt nykter när Anita ska fotograferas. Ja, Maj har tagit god tid på sig på WC. Makeup, hår, allt som ska se snyggt ut eftersom väl även modern ska förevigas. Hon vet att man kan lägga en ganska kraftig makeup utan att det blir för mycket på fotografiet. Utan smink flyter hon lätt bort i blekhet på bilderna. Tunna ögonbryn, bleka fransar, läppar det inte är något särskilt med. Flikarna hade gärna fått växa ut lite till. Men hon trixar och ordnar så att valken döljer och trollar bort. Tänk vilken tur att man kan trolla bort! Lukt är svårare att trolla bort även om man suger på violpastiller. Tomas kör vagnen och Anita sitter stolt och ser sig omkring. Vinglig för all del, men upprätt. Och Maj är inte den som tänker bocka och be om ursäkt hos fotografen. Det slår henne att det kommer att bli det första fotografiet av dem tillsammans. Det blev ju aldrig någon bröllopsbild. Tack och lov för det. Med den där groteska magen. Nu gäller det att spela ovetande och dum. Är inte alla karlar så här en torsdag klockan ett? Han skojar förstås med fotografen – som kanske inte har ett tränat öga, som kanske inte vet hur Tomas är i *normala* fall. Är det här Tomas normala fall? *Vad önskas min herre, vad önskas min fru? Tre kaffe med brödfat, fyra moccabakelser och kaffe i kanna.* Det går raskt hos fotografen och efteråt ska de till Sundmans. Tomas tycker att Anita ska få varm choklad med vispgrädde!

När de sitter vid bordet med sina glaserade äppelkakor och kannan med vaniljsås intill kallar Tomas strängt till sig servitrisen. Fröken! Kan fröken komma omedelbart. Vad tar han sig till? Kan jag be att få tala med chefen ögonblickligen! Chefen – vi får inte störa, viskar hon – nu skoja' jag med dig, säger han – Bertil, är Bertil här? Tomas! Åh, hon måste sparka honom på smalbenet, Tomas – nej, av någon himmelsk försyn är Bertil Sundman ute för tillfället – vem kan jag hälsa från? Hälsa han att äppelkakorna är alla tiders, säger Tomas, Tomas och Maj och Anita – Berglund behöver fröken inte bry sig om för han känner oss, men hälsa honom det. Fröken tog väl inte illa vid sig? Nej, hon niger och tar sig tacksamt bort från deras bord och Maj måste rafsa efter cigarretterna i handväskan och hastigt och nervöst puffa rök. Så fimpar hon och reser sig utan att avsluta sin påtår, tar Anita, som är gräddkladdig, i famnen och går. Tomas kommer efter. De skiljs åt på torget. Tomas har visst ärenden, och ska ju en sväng till kontoret, men lovar att vara hemma till middagen. Maj tar näsduken och torkar Anita, lite bryskt, för det är förfärligt kletigt. Jo, hon ser att han försöker gå rakt över torget, men han klarar det inte.

JA, TILLFÄLLET MÅSTE JU komma. En lördagskväll, de har ätit pannbiff med lök. Anita har somnat. Hon tänker göra honom sällskap i soffan, han sänker volymen på radioapparaten när hon slår sig ner. Jo, hon förstår att han tänker förföra henne. Det är blicken, andetagen, något spänt och beslutsamt på en gång. Inte stupfull, men inte heller nykter. Nej, hon vill inte. Hon skulle ha kunnat vilja. Men nu vill hon inte. Det har samlats på hög. Alla kvällar han har uteblivit. Hans… ja. Samtidigt förstår hon ju – begriper – att de är gifta med varandra. Äkta makar ligger med varandra. Man kanske inte pratar om det, men gör det ibland. Hon är till exempel säker på att Georg vältrar sig – *men sluta nu*. Ja, men hur ska hon och Tomas?

Det var för all del en trevlig middag. De skrattade åt Anitas försök med skeden. Hon blev inte svartsjuk när han tålmodigt matade sin dotter med potatis mosad i smör. Lite, lite biff, men den spottade hon ut. Ja, de drack öl och sedan lagade hon till kaffe och de tog varsin cognac till. Men det var alldeles normalt och inte alls några stora mängder. Kanske fyllde han på i sitt glas medan hon nattade Anita. Anita ville inte sova. Hon kunde inte låta henne skrika – bara gå därifrån – för tänk om tant… ja och Tomas tycker inte heller att de kan låta henne ligga och grina några längre stunder. Maj har visat honom skriften från lasarettet, och hon försöker ju få henne att somna utan för mycket gnäll. Ja, vid bröstet lever hon ju inte om. Men att lägga över henne i sängen – ja rätt vad det var kunde hon ju sätta sig upp i vaggan och åtminstone i tanken häva sig ur. Så nu har hon en egen liten spjälad säng intill deras.

Och så sitter Maj intill Tomas och blir inte förvånad när hans fingrar börjar leka med hennes hår. Ja – hon blir stel. Det känns... onaturligt. Det är avståndet. Uppstod inte avståndet med Erik? Jo, men på ett annat sätt. Det var avstånd tills han rörde vid henne igen. Allt det mod Tomas besatt att förföra henne med innan äktenskapet tycks ha runnit av honom. Och hon kan inte. För kroppen vill inte. Men som man och hustru? Är det så Tomas tänker? Som man och hustru. Så han kupar handen över hennes bröst. Det ömmar lite i bröstvårtan eftersom Anita har fått en tand. Han blundar, hon undrar om han kanske föreställer sig henne som en annan. Visst finner Tomas henne tilldragande, men det är ju inte enbart det som det hänger på. Han kysser hennes halsgrop, får antagligen lite av hennes hår i munnen. Hon vill att han ska ta bort handen från hennes bröst. Barnet... Nej, Anita sover. Är åtminstone helt tyst. Hon måste hela tiden hejda det där som bara vill störta upp, bort. Ja, med alldeles överdrivna ord rusa upp och skrika vad tar Ni er till, är Herrn inte klok! Ja, så som hon borde ha gjort. När han fick fingra på hennes hårspännen och resten... ja. Men nu är det inte förkastligt längre. Lagligt och inom det normala.

Du är så vacker, viskar han, men det låter skevt på ett vis. Tillkämpat. Ska det ske så är det soffan eller golvet. De kan ju inte lägga sig i sängkammaren. Åh, Tomas – jag är så trött! Nej – hon hejdar sig, säger det aldrig rätt ut. Men det är en i det närmaste *katatonisk* trötthet som överfaller henne. Ja, kalla det hysteri. Det är rätt så besvärligt för dem båda. Men när han knäppt upp blusen och föst upp kjolen lägger hon sig på soffan, han över henne. Han är inte riktigt styv. Ja, det är genant. Han försöker, det gör ont. Han hukar över henne – tycks vilja försvinna också han. Kanske tänker han på något... han stöter liksom in i henne, det bränner, nej, hon kvider till, förlåt, säger han. Han är tung. Hon ligger med huvudet i en obehaglig ställning. Borde hon säga något? Att det kanske är trasigt där nere sedan… förlossningen. Hon har ju inte fått tillbaka… Men hon är så kissnödig. Det kan han väl inte ta illa upp av? Att hon måste uppsöka WC? Hon säger det lättsamt, att kaffet visst rinner rätt igenom. Det kan ha blivit något fel på henne. *I underlivet.* Det vet hon inte. Det svider när hon kissar. Hon tvättar händerna, knäpper blusen, går ut till honom, men sätter sig inte ner. Han har rest sig till sittande, byxorna knäppta. Hon gäspar, håller en ursäktande hand för munnen. Jag går och lägger mig, säger hon – han nickar, säger att han ska sitta och lyssna på radion ett slag, *sänder de så här sent?* Hon är vaken när ytterdörren smäller igen. Snabba steg i trappan.

HON TÄNKER MINSANN INTE lägga sig ner och dö. Bara så där. Fast hjärtat slår i en takt som tycks... opassande. Eller olämplig. Som måste det arbeta dubbelt så hårt. Och som om hon av ansträngningen ska segna ner. Men man segnar inte ner när det utrymmet inte finns. Och det finns inte. Hon är lite mer påstridig gentemot Tomas nu. Tomas – vart ska du? Du blir inte sen. Ja – lite befallande. Ordning och reda. Hon ska se till att han är snygg och proper under tingsrättens förhandlingar. Tomas går för all del aldrig slarvigt klädd – men skjortorna ska vara perfekta och fläckar och damm ska avlägsnas minutiöst från kavajens slag. Men vilket darrande asplöv han är när hon rättar till flugan! Ja än är det si, än är det så. Och mitt i allt Anita som kräver regelbundna måltider, blöjbyten, lekstunder och vila. *Hör du hur det mullrar i väster?* Väderstreck är inte hennes starka sida. Hon har ingen att vända sig till med det här. Vad ska de kunna göra. Och efter förhandlingarna ska han ju sluta. Det har han sagt. Vad vet Maj om delirium tremens, idiosynkratiskt patologiskt rus och alkoholhallucinos? Inte så mycket. Inte så att hon är helt okunnig om fylla och fyllans åverkan på don och person. Men närmare bekant... nog är det en olustig situation... man kan för all del närma sig det hela som *en intressant erfarenhet.* Som skriftställare eller på annat sätt konstnärligt verksam *i behov av material.* Vad ska man annars göra av det?

Att förhandlingarna börjar på morgonen tycker Maj är lämpligt. Då hinner han inte ut på dumheter. Vill han att hon ska följa honom? Men vem i hela friden ska passa Anita? Hon kan ju inte ha Anita med sig i rättssalen. Nej Tomas, den här striden får du utkämpa själv. Det är klart att han tycker att det har blivit helt galet. En olycka som blir rättssak som... *men var du helt nykter när du underlät att uppmärksamma hästen som du körde rätt in i vid kraschen? Som fick avlivas på plats eftersom skadan var så omfattande? Vad gjorde du i Skagshamn när Maj inte fick följa med?* Hon kramar om honom när han går. Stå på dig, säger hon, för hon hittar inget annat att säga åt den här djupt skamsna pojken. Stå på dig! Om kusken gjorde fel så... Hon borde inte ha sagt *om.* Tomas rycker till – ja det är inte tal om något hastigt skutt – bara en ofrivillig rörelse som drar fram över ansiktet. Om, Maj. Om. Om inte. Om. Du ser snygg ut, lägger hon till. Också där blir det skevt. *Ser snygg ut.* Inte *är.* Ja. Samtidigt får Tomas nu chansen att skrapa ihop resterna av en styrka och tänka att det här får du klara opp själv. Så han omfamnar henne – kysser han lätt hennes kind? – och så stänger hon dörren efter honom. Alldeles skakig i benen själv. De kan väl inte ställa dem på bar backe? Ja, då får hon ju gå ut och söka sig ett arbete. Som om krigstider är de bästa att skaffa fram en anställning... ja, tankarna far iväg. De kan väl inte ta Tomas arbete ifrån honom? Missköter han sig verkligen på firman? Hon har inte varit i kontakt med Hugo Axelsson och tagit emot några klagomål. Nej men hur skulle hon hinna ordna om och kontrollera honom på kontoret också? Har hon inte fullt upp?

Ja, nu ska hon ta rätt på nattblöjan. Alltid är det något. Georg har lämnat en barnstol till Tomas. Den är klumpig och ful, men stadig. Anita tycker om att sitta i den även om hon är lite vinglig. Han passade inte på att komma förbi när Maj var ensam med flickan. Så var det väl bra med det. Vad tjänar det till att öppna luckan till svarta hål eller vad man nu kan tänkas beskriva det som? Maj ser att Tomas är dålig, men kan inte förstå... hur dålig? När det har med nerverna att göra går Maj åt sidan och diskar. Ska hon vara riktigt uppriktig kan hon ibland tänka att nerver är

ett påhitt av finare sortens folk för att de ska kunna lata sig i go-
dan ro. Ja, hon förstår i alla fall inte vad nerver är för något. Man
kan känna sig utsjasad, slut. Och för all del jäktad, spänd, saker
kan vara gruvsamma. Är det nerverna kanske? Nej, nerver tycks
vara mycket mer i det blå. Inte ha kontakt med något verkligt.
Ja, det är väl på det viset att nerver går före allt. Har man bara åt
nerverna kan man visst få göra lite som man vill. Vara oförskämd
som tant eller oansvarig som Tomas. Som om inte Maj kan känna
hur besvärligt livet kan vara. Men då sätter man igång, det finns
alltid sysslor som väntar. Och plötsligt har man glömt bort vad
det var som kändes så bekymmersamt. Hur trött till exempel?
Fortfarande helt outsövd. Solbrännan bleknar bort. Det ser hon
i badrumsskåpets spegel. Ja, nog kommer Maj att tycka om en
klädsam solbränna. Resten av sitt långa liv. Hon vill se pigg och
glad och frisk ut. Sträcka fram brunbända vader för flickorna
från hemtjänsten och de ska utbrista att hon har så snygga ben!
De gör det väl alldeles spontant *eller känner de av det glupande
behovet av beröm?* Att dottern måste ärva de där satta fastrarna…
Om Maj bara slapp det blåaktiga under ögonen som hon har av
pappa. Innan mamma blev sjuk var hon så rosig och lätt! Inte den
där mörka glansblicken. Maj tvålar in sina händer, sköljer. Vänder
sitt ansikte från spegelbilden.

Telefonerar han till henne efter beskedet? Hon borde väl laga till
något han tycker om. Kanske köttbullar och mjölkstuvade ma-
karoner? Sist hade hon i för mycket muskot, det blev rakt otäckt.
Det tyckte Tomas också, fast han försökte hålla god min. Hon
kommer inte att ta muskot igen. Mamma tog väl aldrig muskot?
Muskot är en lömsk krydda. Ja, hon slänger muskotnöten i slas-
ken! För tänk om Anita skulle få tag på den. *Nu är du ändå lite
överspänd Maj.* Man väntar, man är dålig i magen, man är olus-
tig. Olustigt är en känsla som tar henne bortom nervernas ångest

och obegriplighet. Olustigt kan det kännas allt som oftast. Och det är ju heller inte särskilt angenämt. Kände hon sig inte olustig mest hela tiden med Erik? Jo, det slår hon fast. *Du tänker väl inte ta Anita och gå ifrån Tomas?* Nu är det Majs tur att känna en ofrivillig spasm fara över ansiktet. *Vad tror du om mig? Skulle en mor?* Tomas håller verkligen av Anita. Ja, hon avundas hans till synes okomplicerade och raka kärlek till sin dotter. Men inte desto mindre nyckfull. Han är ju helt enkelt inte där särskilt ofta.

Han ringer inte, kommer inte. Hon går av och an i lägenheten. Tack och lov för Anita. Hon behöver ju ständig passning. Tappar köksredskap i golvet när hon sitter i stolen. Maj grälar lite på henne, säger att hon är mammas olydiga flicka. Men att han inte ens tar telefonen? Borde hon ringa till kontoret? Hon vill bara inte tala med Axelsson. Vet Axelsson om, eller har Tomas ett svepskäl för att vara borta idag? Ja, som chef för verksamheten kan förstås Tomas vara borta lite som han vill, men han måste ju ändå underrätta sina övriga anställda. Inte sant? Hon borde tvätta upp och stryka Anitas urväxta plagg. Första omgången kan hon ju inte längre ha. Den rosa dressen, småskjortorna. Ja, det är väl dessutom hög tid att lägga undan sommargarderoben och se över vinterkläderna till hela familjen. Åtgärda eventuella angrepp av mal och mott. Det ska hon ta itu med när Anita har sin långa middagsvila. I bästa fall ett par timmar. De där timmarna man kan arbeta ostört och utan avbrott! Oj, vad hon får undan då. Men idag är det klart att det inte vill sig. Anita kommer inte till ro. I vagnen tänker hon rakt inte sova. Som om det är en lek att Maj ruskar vagnen hit och dit. Ganska häftigt och bryskt, men inte *hårt*. Då blir det bröstet i alla fall. Och i Majs famn där hon sitter i ungkarlsemman slumrar Anita. Vaknar förstås när Maj försöker lägga över henne i vagnen. Det är plötsligt otänkbart att garderobsbestyren ska kunna vänta till imorgon. Ja, så stark är föraningen att vintergarderoben är förstörd av ohyra. Sätter de honom i finkan på direkten? Men då skulle han väl inte ha fått gå fri… Tänk, nu skulle det vara skönt att ha en grannfru att gå till. Ja, inte tant. En annan fru att dricka kaffe med och låtsas som ingenting och sedan säga att så var det dags att ordna middag till maken och maken skulle kliva in på slaget och hon skulle hjälpa honom av med överrocken och säga var så god, middagen är serverad. Allt ska vara som vanligt. *Som vanligt?* Ja, hon ska blanda lingondricka som en gest. Ska han sluta med spriten idag är det kanske opassande att duka med pilsner. Men han kommer inte till middagen heller. Borde hon ge sig ut på stan och leta efter honom? Är det inte att gå för långt? Ja, då visar de öppet, inför alla människor, att det har gått galet.

Maj kommer så småningom samla på sådana som det har gått galet för. Åtminstone historierna. Ja, alla de som hänger sig, dränker sig, gasar ihjäl sig eller tar tabletter. *Ser du inte besvärjelsen eller befrielsen?* I tanken kontroll.

FÅR HON REDA PÅ vad som har hänt? Att han döms till dagsböter för sin vårdslöshet i trafiken och dessutom till att ersätta Myrberg för häst och inkomstbortfall. Var det ett solklart fall? Hade inte Tomas kunnat gå fri? Om han bara hade stått på sig. Han kommer inte hem. Visserligen ringer han – rätt så sent – och säger att hon inte ska vänta på honom. Då sluddrar han. Men att han inte ens kommer? Ska han dö nu? Testamentet. Hjärtat rusar så att hon måste hälla upp en cognac. Så länge Anita är vaken lyckas hon hålla tankarna borta. Nej – inte helt. Men hon har skött allt som vanligt och absolut inte uppträtt underligt och oförutsägbart. Kvällsbadet i baljan, lufta den röda stjärten en stund på det kviltade täcket på golvet efteråt, havregröt med socker på – det tycker hon om – oj så ivrigt hon sträcker sig mot skeden. Sedan en stunds kvällsamning – sova. Det är då det rusar och far. Ja, hon ska ta garderoberna, men klapperhjärtat och andnöden. Skämmer Tomas ut dem? Gör dem till åtlöje? Hon måste ha hjälp att tvätta upp sommargarderoben innan den ska stuvas undan. Inte kan hon klara det i köket på egen hand. Vrida ur och hänga – förresten kan hon ju ha vissa klänningar året runt. Fast ljusa kortärmade blusar och den blekgröna vårklänningen – det passar sig inte i oktober. Hur ska hon kunna granska vintergarderoben i det här ljuset. Det är ett arbete för dagsljus. Så blir det halvt och otillfredsställt. Bara framdraget. Hon skulle ha nöjt sig med att packa undan Anitas spädbarnskläder. *Klarar du Anita på egen hand? Försörjningen – vem ska passa henne när du förvärvsarbetar?* Hon tar en djup klunk cognac. Herregud, vad det gör gott när det bränner genom kroppen. Ja – ni vet ju. Varför skulle vi annars? Mousserande, öl, drink, vin – årgångsvin, whiskyprovningar, rom och mörk choklad. Vilka fula naglar hon har. Skiviga och vassa. Ringen. Erik hittade ingen passande ring när det var tal om förlovning. Borde hon inte telefonera till Titti i alla fall? Tala om att Tomas inte väntas hem? Vad säger man när maken helt öppet säger att han inte tänker komma hem? Cigarretterna. Hon har rökt fler än vanligt ikväll. I kallskafferiet står makaroner och köttbullar. Åh – borde hon slänga middagen i slasken? Nej, hon vill inte låta mat förfaras. *Vad söker du efter Maj? Vad jag söker efter? Det handlar väl inte om att söka efter något.* Radion. Nej – inte nyheter om kriget. Dem kan hon väl slippa? Hon kan ju inte hindra det. Plötsligt far en stark längtan efter tillvaron ute på landet över henne. Hur kunde hon vara så missnöjd? Då de ändå var samlade. Trots att tant även nu bara är en trappa ner kan hon inte gå dit och berätta att Tomas är försvunnen. Är han försvunnen? Har han inte bara talat om att hon inte ska vänta hem honom? Har han en annan kvinna? Hon kommer att få huvudvärk om hon dricker mer cognac. Och hon ska ju sköta Anita som vanligt.

Ja, det är ju förstås ett upprätthållande av vardagen. Det är nytt att han inte kommer hem. Att sängen och soffan står orörda i gryningen. Om du älskade honom Maj, tror du inte att han skulle finnas vid din sida då? *Så det är mitt fel? Att han super.* Inte fel, men… Anita får suga på en kumminskorpa. Titti har sagt att de blöter upp dem så att de inte kan sätta i halsen. Ja, det är det nya, att Anita ska sätta i halsen. Hon tänker inte slarva med frukosten. Hur ska det då gå? Om hon låter bli att äta… Fast varken kaffe eller ostsmörgås smakar något vidare idag. Hon *vill* grina. Hon kan inte. Hon måste lägga detta i Tittis armar. Även om det är hon som är Tomas hustru. Ja. Hon ska ringa. Låta samlad. Tomas kom inte hem inatt förstår du – nej, hon kan inte. Inte telefonerar man med det samma och talar om att man blir bedragen. Har du telefonnumret till din brors älskarinna? *Men det är ju spriten som är älskarinnan. Om vi ska uttrycka oss på det viset.* Och den älskarinnan kan man inte telefonera till.

Så småningom kommer det fram att han har tagit in på Statt. Vaktmästaren har hjälpt honom, de förstår att han inte vill komma redlös till fru och dotter. Ja, till slut ringer Maj – nej – Titti ringer Maj i ett annat ärende och då säger Maj – lite lättsamt – att Tomas inte har varit hemma under natten. Vet Georg? Hon hör med en gång att Titti blir orolig. Jag skickar Georg säger hon kort – vill du ha sällskap nu? Pålitliga Titti. Titti ställer upp. Titti kan inte beskyllas för något. Det är väl inte Titti som har fört Tomas och Maj samman. Georg – blir han irriterad? Ja. Fan att man ska behöva… Han ringer kontoret och får höra att Tomas varken har varit där igår eller idag. Så då telefonerar han till Statt. Det kan vara skönt att slippa stå öga mot öga med hotellets anställda, bättre att liksom ledigt höra sig för om Tomas är där. Och ja – han sover på sitt rum. De anställda tycker om Tomas. Han är en bra stamgäst. Vänlig och omtänksam. Aldrig storskrävlande och aggressiv. Ja, de månar om att han inte ska dricka *för* mycket. Samtidigt är ju krogen ett ställe där folk får bli fulla. Fast inte *för*. Då slängs de ut. Det kan till och med vara så att Tomas har grinat och sagt att han inte kan komma hem så här. Imorgon ska han sluta. Det har han lovat. Personalen kanske helt enkelt håller med om att det bästa vore att bespara hustrun från Tomas i det här skicket. Att han kan vara där och nyktra till i ett enkelrum mot gården. Som naturligtvis i alla fall kostar pengar. Det ska ju städas och bäddas rent. I värsta fall – om han kastar upp eller skiter på sig – saneras. Är det så illa? Nej – inte riktigt. Eller?

HUR SKA MAJ KUNNA berätta? För hon gör det ju. I alla fall för Anita. Som inte kommer att vilja höra på. Inte veta. Som kanske säger att människor är ju inte en och samma överlag. Det kanske var något som hände mellan er... mellan dig och pappa. Ja. Kanske. Maj vill väl förklara. Det var inte alltid så enkelt! Jag var så ung och pappa och spriten. Är det så konstigt att jag ville ge upp?

JA, OCH MAJ SER med det samma att han inte har slutat med spriten. Han är förskräckligt ångerfull när han kommer från hotellet. Ja, tänk att han står där i tamburen igen ändå. Hade hon väntat sig en ännu värre uppsyn? Kanske. Han är våt i håret, eller fuktig. Har han varit så pass att han har badat på morgonen, eller bara strukit kallt vatten över ansiktet? Han är orakad. En svag antydan till stubb. Ja, bara som en mörkare skuggning. Får jag gå och lägga mig, säger han och hon svarar att hon inte tänker hindra honom. Hjälp mig Maj, viskar han och darrar och skälver. Och ja, hon bäddar ner honom och låter bli att gräla. Det är svårt att gräla på någon som är i ett så uselt skick. Kan du äta, frågar hon, men han skakar på huvudet. Ska bara ligga här. Om det fanns något att ta mot ångesten! Bara jag slapp den. Hon kokar te. Ska hon söta det? Te och franskbröd med salt smör är väl vad man kan tåla när man mår illa? Knappast något annat.

Jag är väl inte värdelös, viskar han när hon kommer med te. Han tar hennes hand och ber henne säga att han inte är värdelös. Tomas, säger hon. Du måste få i dig lite grann. Hon ser att han inte vill ha. Men han sätter sig och för med skakiga händer tekoppen till sin mun. En tugga av smörgåsen. Köjs han? Ja, det verkar så. Ska inte en karl tåla sprit? Maj vet inte riktigt. Jo, men det är ju åtråvärt – om man är man – att kunna dricka mycket sprit. Pilsner, brännvin, groggar, whisky. Champagne som rusar rätt upp. Eller cognac som hugger topparna av oron. Maj vill bra gärna hugga topparna av oron nu. Vad risig han ser ut! Du får ju se till att hålla dig hemma, säger hon. Ja, kvider han, ja. Anita börjar bli tung att bära på. Ändå känns det skönt att gå runt med

...enne i famnen. Så mycket spännande att titta på! En solstrimma, en blank knapp. Det går ju inte an med en mamma som klappar ihop också. Nej, den här mamman måste stå stadigt. Vara att lita på. *Kan du vara det?*

DET BLIR INTE GEORG som kommer för att tala Tomas till rätta, utan Otto. Ja, Maj får brått att ordna om kaffe och en färsk socker-kaka, dukar i stora rummet. Otto är besvärad, det vilar inget lus-tigt lättsamt över det här samtalet. Tomas, som din storebror och när nu far är borta... börjar han. Tomas avbryter honom med att bjuda på en cigarrett. Ja. Det blir en paus, och rökmoln. Det har kommit fram att... jag har fått höra... ja att du har det svårt med spriten. Nu får det vara nog Tomas! Det där arga låter mest komiskt. Maj ser hur det rycker i Tomas mungipa. Han tänker väl inte börja skratta? Det vore så mycket värre än en bortblinkad tår. Tomas, du måste sluta opp. Det går ju inte för sig, du är ju för-ståndig och klipsk – för tusan Tomas du är ju den enda av oss som har läshuvud – inte ska väl du ödsla bort ditt liv på spriten. En så fin fru och flicka. Gosse, för bövelen, du måste sluta opp. Jag ska, Otto, jag ska, svarar Tomas, och Maj känner hur det upprepade löftet lägger sig som något mjukt i magen, ger man sitt ord till sin äldsta bror ska väl allt vara i sin ordning?

Ja, de pratar förstås om annat också. Rundar av. Vi har goda tider, säger Otto, man var ju rädd för att kriget... men vi har en orderuppgång som jag inte har sett maken till... och när han går stryker Tomas sina händer över ansiktet, håret och säger till Maj att det måste vara slut på slarvandet nu. Han ska skärpa sig och det har hon hans ord på. Hon omfamnar honom, spontant. Är där en skarp lukt av rädsla – hon vill inte känna efter – han brukar inte lukta svett, det ska ordna sig Tomas, säger hon, tror du det Maj, tror du verkligen det?

KLART ATT HON SER att han fortfarande mår dåligt. Men han är tapper dagarna som kommer. De har hällt cognac och whisky i vasken. Maj räknar efter vad det kan ha kostat. Och inser att hon kommer att sakna det där varma avtrubbandet efter cognacen i soffan om kvällen – *nu är det inte dig det gäller Maj* – nej, naturligtvis inte, men ändå. Han går till och med till kontoret, trots skakningarna, *ångesten*. Får han något gjort? Det vet hon inte. Men han luktar inte sprit när han kommer hem till middagen. Han är för orolig för att orka med Anita några långa stunder. Maj försöker vara snäll. Tänker ut vad han tycker om. Kan hon kosta på dem rimmad lax och gräddstuvad potatis? Ja, nu när vinterpotatisen är här kan man ju stuva igen. Det ska hon ha till lördagsmiddag – eller är det vårmat? – och en härlig efterrätt – en äppelpaj kanske. Hon får gå ut och handla när Anita har sin middagsvila. Då kan hon lugnt lämna henne i vagnen när hon gör inköpen. Ja, när stora magen är borta är det lite enklare att gå ut på stan. Att tänka att de tittar för att hon är tjusig. Fast det är klart att de glor för att Tomas är ämnet för dagen. Rättegången, fyllan. Usch. Men nu är det annat som gäller. Fabriken går bra, Tomas är nykter. Hans söta fru ska stuva potatis och rimma lax – borde hon inte bräcka den istället? – och äpplena är ju underbara så här års. Hon morgonammade Anita när han gick till kontoret, han trodde nog att hon sov. Det är hyggligt av honom att han inte fordrar att hon ska ha frukost åt honom även på lördagarna.

Det är en vacker dag. Höstsol, klar luft. Kommer man söderifrån kan man slås av det norrländska kustlandets höga luft. Som är himlen lite blåare, färgerna extra skarpa. Jo, men Örnsköldsvik är en trevlig stad. Det här elegant storslagna torget, stadsparkens pampiga siktlinje, bergen, havet. Där är ju Julia, som ser uppriktigt glad ut när hon får syn på Maj. De växlar några vänliga ord och Julia glömmer inte att kika ner i vagnen och berömma Anitas näpna ansikte. Och så bjuder hon in Maj på syjunta torsdag nästa vecka – de ska sticka sockor och vantar till soldaterna att ha under beredskapen i vinter – om någon kan passa Anita, svarar Maj och Julia lägger huvudet på sned – naturligtvis.

Och med inköpen och en nyvaken och rosig Anita i famnen går hon trapporna upp. Över två! Är Tomas redan hemma kanske? Det ska bli gudomligt gott med kaffe och sockerbullar. Dörren är låst. Hon ringer på, men ingen öppnar. Det slamrar ju där inne? Är han i badrummet? Hon får släppa ifrån sig varorna, öppna med nyckeln. Hallå – nu är vi hemma! Hon ser glaset på soffbordet. Hur ljuset faller genom det tunna glasets blomrankor. Har han? Hon blir varm. Skäms. Hur kunde hon vara så dum att hon trodde… *det har du mitt ord på… Sitter han i köket och super nu?* Hon ska i alla fall plocka in varorna. Sätter ner Anita på mattan i tamburen. När hon reser sig svartnar det för ögonen, den kraftiga yrseln och när hon återfår synen träder hans gestalt fram i gatan av sol på parketten. Hur det tränger ut svett genom porerna i hans röda ansikte. Pärlande droppar täcker hans hud *men det är ju svalt här inne*. Han har skjortan ordentligt stoppad i byxorna och en beige tunnstickad kofta utanpå. Men den är inte knäppt. Det ser slarvigt ut. Hon går efter varorna, lämnar dörren på glänt. Hjärtats hårda hamrande och viljan att ta trapporna ner. Anita. På hallgolvet. Hon vänder sig om, han står fortfarande i stora rummet. Stirrar på henne, med den där kladdiga otäcka svetten i pannan. Gå och tvätta dig, vill hon säga men hejdar sig. Ögonen. Kisande, som kan han inte fokusera blicken. Ögonbrynens

skarpa form. Svetten som rinner ner i hans ögon. Kom inte hit…
era djävla… as, säger han lågt, långsamt. Tungan som slickar läpparna blanka. Han skojar väl? Tar snart av sig den där grinande
masken som sitter över hans ansikte. Det ser faktiskt så ut. Något
spänt över tänderna, som om överläppen blivit kort och tunn,
näsborrarna mer synliga än vanligt. De syns väl inte annars? Har
du druckit Tomas, viskar hon, hör han henne? Men han verkar
inte berusat ostadig, *han är ju galen.* Anitas joller – hon kommer
ålande mot honom – nej Anita – säger hon åt henne, så högt och
skarpt att hon börjar gråta. Förbannade svin, väser han. Jag ska
döda er om ni kommer närmare. Han tar ett snabbt steg mot henne. Vad tar du dig till! Vad är det! Kan hon knuffa omkull honom?
Så att han inte hinner efter henne? Nej, han är för stor. Stark. Han
skulle få omkull henne på ett ögonblick – men så försvinner han
in i köket. Hon släpper varorna ifrån sig, vill inte att äggen ska
krossas och ska just lyfta upp Anita – men stelnar i rörelsen, står
blick stilla. För han kommer emot dem igen. Han har något i sin
hand. En kniv. Han kommer mot henne med kniven. Ge mig den
där, säger hon, skrattar lite. Han grimaserar, blinkar tätt och stryker svett från ögonen. Tomas! Ge mig den på en gång. Nej, han
fäktar kniven med hastiga rörelser mot henne. Det vassa, blanka
stålbladet. Inte se i ögonen – inte utmana. Backa – vända ryggen
till. Men hon står som fastgjuten, oförmögen. Han håller plötsligt
handen för ansiktet, ögonen, sedan tar han åter ett kliv mot dörröppningen. Gör ett utfall med kniven mot dem. Svingar den på
nytt. Era djävlar – han hugger kniven snett framför sig och rakt in
i dörrposten. Ett kort, högt vrål. Hon kan se hur han blöder från
handen. Men när han kämpar för att få loss bladet tycks han för
en kort stund förlora henne helt. Det är då hon lyfter upp Anita,
och på något sätt tar hon sig ut. Fast benen inte vill bära. Men det
är så hon flyr.

ÄR DE SKADADE? FÅR de knivstick? *Han jagade oss med kniven.*
Tror du mig inte? Hon tar sig ner till tant. Han följer inte efter.
Han fortsätter sin jakt i ensamhet. Tants dörr är inte låst, hjälp
ropar hon in i våningen, Eivor kommer springande och Maj får
ur sig att de måste låsa dörren! Tomas har blivit tokig. Har han
nyckel hit? Ja, naturligtvis har Tomas en nyckel hit. Fort, ring efter
doktorn Eivor, han har en kniv – åh, kära nån, säger Eivor, Eivor,
vad står på, vad är det fråga om. Tants röst som letar sig genom
våningen och Eivor som svarar högt, samlat, Tomas är svårt sjuk
– ring doktorn och polisen. Skriken hörs där uppifrån. Bara han
inte kommer hit! Med nyckeln. *Men här finns fler han kan ge sig*
på. Inte bara vi två. Tant är i kontakt med doktorn. Doktorn kal-
lar på polisen. De ska komma genast – flera starka karlar. Överallt
kan människor bli galna. Och då behövs styrka utifrån… jo men
Maj ser ju redan hur han har ihjäl sig själv där uppe. Hon håller
Anita så hårt hon kan. Borde tant ringa dit upp och försöka lugna
honom? Kan han höra ringsignalen? Eller är han bortom allt vad
lugna heter?

Hur långa är de tio minuter det tar för bilarna att komma?
Doktorn och poliserna. Det hårda trampandet i trapporna upp.
De gör väl inte illa honom? Bälten och sprutor. Ja, det är vad man
ser för sig. Myndiga, respektingivande röster. *Avslöja aldrig din*
rädsla. De måste ju få honom stilla nog att kunna ge en spruta.
Eller finns det ingen lindring att ge? Det är mest plågsamt för
patienten. Och det här är ju ingen rännstenssuput. Nej, tvärtom
en karl som borde ha mycket kvar att ge till samhälle och familj.
Kan någon anhörig följa Tomas? Nej, Eivor säger att han har gett

sig på hustrun. Man kan inte tvinga… nej. Och tant? Tål tants hjärta? När han åter är vid sina sinnen vore det av högsta vikt att han får mötas av bekanta ansikten. Vi vet ju trots allt inte var han befinner sig nu. I något slags helvete på jorden.

Och Maj? Hur blir det för henne? Hon ammar Anita sittande på sängen i gästrummet. Hör Tomas skrik. Han tänker inte ge sig utan kamp. *Ta hand om honom. Bär hand på honom? Nej, men ta honom dit där han kan få ro.* Nej, Maj vill inte veta vilka timmar som väntar honom. Låt bli spriten då! Det är väl ändå en fråga om *karaktär.* Eller? Anita somnar på en gång. Att bara få somna ifrån. Jo, för nu kommer ju ett långt efteråt. Vart ska de ta vägen? Hem? Till mamma och pappa? *Min make har blivit tokig, har ni plats för er dotter och ert barnbarn. Det är en söt flicka som inte är så svår i humöret,* Ragna? Ska hon be att de får tränga sig in hos Ragna? Nej, det är otänkbart. Skilsmässa, det juridiska, vem kan hon fråga om sådant. *Blir han bra igen?* Eivors knackningar är lätta. Ett ögonblick, svarar hon och tar Anita från bröstet. Ja? Vill Maj komma och få varm buljong och ostsmörgås? Nej, hon vill inte sitta med tant och föra ett plågsamt samtal. Men hon förstår att hon inte kan tacka nej. Jag ska bara ordna en plats åt Anita, säger hon. Hon fortsätter sova när Maj lägger ner henne på sängen. Några kuddar runt om, så att hon inte ramlar ner. Eivor har dukat i köket. Hon äter med dem. Hon är den enda som går fri. Råkade bara hamna hos Tea och blev kvar. Fast frun är besvärlig i humöret så kommer de överens. Ja, hon är inte ens särskilt svår mot Eivor. Eivor vet visserligen utan och innan hur tant vill ha det. Lilla barn, säger Tea. Hur kunde han. Maj vet inte om hon är inbegripen i *barnet.* Måtte de kunna hjälpa honom, säger hon. Jag trodde att han var fri från begäret nu, men… de sörplar buljong. Det är just vad man kan klara av. Lite salt buljong och ostsmörgås. Maj säger inget om kniven och raseriet i hans blick. Han tål ju inte… nej, det vet de ju om. Att han inte tål spriten. Om hans far… tack och lov att inte hans far behövde vara med om det här. Eivor sitter först tyst. Sedan säger hon att han väl blir kvar på lasarettet en tid. Han kan ju inte vara hemma. Nej, tant skakar på huvudet, han kan inte vara hemma. Har han spritat hela sommaren? Åh, då vill Maj gråta, fast tant inte menar något illa. Jag vet inte vad han hade för sig i stan, svarar hon. Nej, men naturligtvis. Han för oss alla bakom ljuset. Det gör han. För att få dricka sprit. Ja, man bestämmer att Maj och Anita får ligga över i gästrummet. Blev våningen sönderslagen? Fy, det får vänta. Laxen! Som surnar och blir förstörd. Hon kan inte göra något. Det är sent och de kan ju ändå inte ta tag i röran nu. Och det är klart att inte Maj vill ligga och sova där uppe. Om han rymmer ifrån lasarettet och kommer farande. Men de binder väl fast honom. Vilka plågor han måste ha. Jo, det kan man ju förstå, åtminstone på ett vis.

Tant har inget kavat eller märkvärdigt över sig nu. Så gammal hon ser ut. Gammal och förvirrad. Nog far väl tankarna kring vad hon hade kunnat göra annorlunda. Är det hennes fel att sonen super? Somliga ser det väl så. Fast så finns förstås de som ser sjukdomen och den drabbar utan egen förskyllan. Det är märkligt, för fastän Maj var så rädd är hon också så lättad att det är över. Ja, att de har hämtat honom och de kan nog strax vänta telefon från lasarettet. Hospitalet? Men att hon inte har någon *utanför hans familj* att vända sig till.

Efteråt varar hela livet. I efteråt kan bilderna komma när som helst. Nuet är ju så försvinnande kort. Det är i efteråt det ska genomlevas, återtas, omtas. Är det mest hur ansiktet förbyts till *våld?* Att det kan göra det hos en som annars alls inte är våldsam. Ingen despot, tyrann, psykopat eller vad man nu brukar säga. Inte pappas lite griniga vilja att vara familjens överhuvud. Skjuta undan tallriken när det inte smakar, klaga på bröderna, skratta vasst åt *dumheter*. Ja, hålla folk i schack genom att trycka ner. För mycket beröm och näsan i vädret är ju ändå bara att tigga om att falla pladask och göra sig till åtlöje. *Men ni kan väl beundra och högakta mig?* Fast så ödmjuk är inte frågan. Det är en befallning.

Ja, den sortens pysande obehag är Maj van vid. Det är hon så att säga uppfödd på. Är det här så annorlunda? I mörkret och den främmande doften i gästrummet. Anita och hon delar säng. Så djupt tacksam att dela sängplats med den varma, sovande barn-kroppen. Inte för att hon kan sova. Trots att det kan tyckas opassande har de druckit cognac efter buljongen. Även Eivor, en liten. Tant tar kanske brom. Ska inte Maj få också? Men bröstmjölken? Ja, men till sådant kan ingen hänsyn tas i det närmaste *efteråt*. Då man måste samla skräcken och mota bort. Om. Om de inte tagit sig ut. Om Anita blivit kvar. Om doktorn inte varit anträffbar. Om dörren hos tant varit låst. Och om hon inte följt Olof och Ingrid till tänkartypen med bil. Om.

Men vart ska hon ta vägen? Ja, den första nattens tankar är *bort*. Hur ska hon kunna lita på... det är det tokiga som skrämmer mest. Galenskapen. Att han blev en annan. Visst kan folk lite till mans glida hit och dit och plötsligt verka underliga utöver det vanliga. Men att ingenting längre stämmer. Eller har hon väntat sig att han plötsligt... den *sanna* Tomas... det rasande galna som legat och lurat... Ja, i kaos blir det ju ett sökande efter det hållfasta och riktiga. Inte nyanser och både och. Blir han inspärrad för res-ten av livet? Var det Sinnessjukdomen som bröt ut? *Anita, bär hon också på den*. Nej, det stryker vi och suddar bort.

Doktorn har ringt – vid midnatt – och talat med tant. Plötsligt tycker man att Maj är ung och bräcklig och bör besparas. Tomas har förts med ambulanstransport till Umeå, till Umedalens sin-nessjukhus, för Örnsköldsviks lasarett har inte resurser att omhänderta våldsamma patienter. Men han sover nu, har fått lugnande preparat. Innan patienten är kontaktbar kan ingen korrekt analys göras. Långvarig överkonsumtion av rusdrycker? Narkotika? Opiater? Tant svarar så gott hon kan. Knackar på dörren och talar med svag röst om för Maj att Tomas sover så det ska vi också göra. Vi behöver alla krafter och inget blir bättre av att vi låter bli att sova. Det finns ett hutlöst stort utrymme för fantasier den första natten. Men vart tar de vägen? Hon kan inte komma hem frånskild, släpande på en unge. *Bli inte på det viset.* Säkert finns det flickor vars föräldrar suckar men öppnar sitt hem. Men Maj är väl inte en av dem? *Rädda mig Erik, från den här mannen som inte är vid sina sinnen... skulle du inte ta emot mig och hålla av flickan som din egen? Hon skulle ha kunnat vara din. Vi var ju oförsiktiga, var vi inte?*

Tant vill förstås att sonen ska få behandling. Ibland vill kanske föräldrarna att barnen ska vara sjuka så att de fortfarande är behövda. Oundgängliga. Det kan vara så. Eller så kan den allmänna oron vara så outhärdlig att bära att man måste fästa den vid något verkligt. En sjukdom som syns och kan behandlas. Ibland känner man helt enkelt inte till något annat sätt att vara på. Men inte vill tant att Tomas ska fara ut i galenskap och springa med knivar. Nej hon ska naturligtvis tala med doktorn om all tänkbar vård. Tant kan inte tänka sig att Maj funderar på skilsmässa. Ett äktenskap är ju för livet. Att Tomas fick bryta det första... ja, en smärre skandal. Med tants utblick och perspektiv. Man lämnar ju inte den som är i svår nöd. Och allting tyder på att Tomas har det verkligt besvärligt. Men den här första natten är ändå mest *overklig.*

Man vill inte att det ska vara morgon. Inte ryckas ur sömn och snart bli varse. Hon kan inte minnas någon dröm. Anita vill ha sitt morgonmål. Det är ett hårt spänt band över Majs panna.

Tants gästrum. Lite överlastat inrett, svårtstädat. Maj sätter sig upp så att inte sängkläderna mjölkfläckas. Och som en rusande... rasande... ja, det griper och kramar om. Tomas. Åh, gode gud hjälp mig, viskar hon.

Det är bra att vara stark. Att hålla samman. Ja, de tre – fyra med Anita – kvinnorna är alla samlade på sitt håll. Eivor har varm kakao åt Maj. Säger att kaffe är för oroande. Tant äter frukost på säng. Som vanligt. Det går inte an att ändra rutiner – då har man ju ingenting att hålla fast vid. Ja, den lätt sötade, milda kakaon är just vad Maj behöver. Eivor och tant har diskuterat om de ska meddela syskonen det inträffade. Något slags förmildrande version. De vet ju inte exakt vad Tomas tog sig till där uppe. Fast Eivor hörde ju också skriken och hon tror inte att Maj far med osanning. Annars kan de märkligaste saker hända. När sanningen är för svår blir det omskrivning och dikt. Han var väl utarbetad – tror du verkligen... men män i hans ålder brukar ju ta sig ett järn – nej, men han menade säkert inte så – överdriver du inte en smula? Kanske du sa något provocerande, du kan ju vara ganska oresonlig... jag har aldrig varit rädd för honom. Nej, vem skulle ha anledning att vara rädd för Tomas? Astrid? Plötsligt känner Maj att hon måste komma i kontakt med Astrid. Hjärtat brusar upp och bultar. Eivor bär runt på Anita. Astrid måste väl veta. Blev han så här med henne också? Tant ser nog ogärna att Maj söker upp Astrid. Kan Eivor hjälpa henne? Ja, Eivor blir liksom den enda möjligheten ut. *Kriget Maj. De osäkra tiderna. Ska du gå ifrån din make och stå utan försörjning?*

Eivor följer Maj upp. Det var tänkt att Anita skulle stanna hos farmor, men hon klamrade sig fast vid Maj som en förskrämd apunge. Och Maj tänker inte tvinga henne kvar. Bryr sig inte ens om att bråka på henne för syns skull. Anita får sitta i hennes famn, och med den lediga handen bär hon hinken med slarvigt uppsköljda blöjor. Men om Eivor kan tänka sig att kliva över tröskeln först? De står i trapphuset där pelargonerna ännu blommar tappert, en bit in i oktober. Jag tror ni kan komma med in, säger Eivor strax. Det är lite att röja, men vi hjälps åt så det ska nog gå att få ordning. Ja, då stiger Maj in i skumljuset i tamburen. Sätter ner Anita på mattan. Lukten av härsken fisk, ammoniak. Lax som luktar så illa när den blir dålig! Det är visst mest i köket. Utdragna lådor, öppna skåpdörrar. Lite disk, han måste ha tagit sig något när de var ute och handlade, en omkullvällt stol. Ingen katastrof. Har polisen tagit rätt på kniven? *Gick han på dem med kniven också?* Men blodfläckarna på tröskeln undgår henne inte. Har Eivor sett dem? Märket i dörrposten. Vad ska jag ta mig till, vill hon fråga Eivor. Hon hämtar Anita, sätter henne i höga stolen, en skorpa, några köksredskap inom räckhåll att undersöka.

De arbetar sida vid sida, under tystnad. Maj har ju blöjor att koka upp, ja hon gör det med det samma. Jo. Hon måste fråga Eivor om det har hänt förr. Att Tomas… Ja – hon tänker låta lite påstridig. Blir han ofta så här, Tomas? Rycker inte Eivor till en aning? Liksom hejdar handens rörelse med trasan? Jag vet inte Maj, svarar hon. Vet inte! Klart att hon vet. Fast så lägger Eivor till att han har väl svårt både att tåla och låta bli spriten. Jo, det har Maj visst sett. Men det är ingen nervsjukdom då? Hon vågar inte säga *sinnessjukdom*. Egentligen tycker hon om de där starka orden. Men inte när de kommer så nära som till Tomas. Och *psyke…* nej, det ordet kan inte Maj kännas vid. Även *själ* verkar lite svävande och märkvärdigt. Ändå är det vad Eivor säger om Tomas, att han väl är en lite orolig själ. Alltid vänlig och omtänksam mot mig, förtydligar Eivor och torkar glas med linnehandduken. Orolig själ. Så fattar Eivor om Majs hand och säger att Maj ska se att dom tar hand om honom och gör honom kry igen. Så städar de vidare fast det kanske inte är alldeles nödvändigt. Men Eivor förstår väl att det kan vara svårt för Maj att gå ensam i lägenheten med flickan så här snart inpå. Borde de kalla på Titti? Maj kan inte känna efter vad hon vill. Jag måste ju ta hand om flickan, säger hon och Eivor nickar. Jag får väl veta om de skickar hem honom? Att det plötsligt ska knäppa i låset och så står han här igen. Och som om Eivor kan läsa Majs tankar säger hon att hon ska tala med frun så får hon telefonera till doktorn. Klart att Maj ska ha besked om när han kommer hem. Men är han på Umedalen blir han nog kvar en tid. Om Eivor ville vara så snäll. Visst vill hon det. Naturligtvis. Så gärna.

Ingrid. Kan hon kontakta henne? Är inte Ingrid skyldig henne en tjänst? Om inte Ingrid tiggt att hon skulle följa henne och Olof till Tomas? Ja, hon vill stiga in på Kjellins och lägga allt detta i Ingrids händer. Tala om att de hämtade Tomas igår. Här är jag nu med ett barn och en make som inte är tillräknelig. För att du prompt skulle kyssas med Olof. Kysser han en annan nu?

Fast inte vill hon att det ska pratas på stan. Ingrid skulle aldrig hålla tyst. Nej, henne kan hon väl inte räkna med. Margit? Kan hon och Anita flytta in hos Margit? Margit har ju börjat läsa till småskollärarinna. Inte kan de flytta in hos henne i Härnösand. Visst var det där hon skulle läsa? Åh – det finns inget hemma. Bara tomglas. Det är olusten. Det är ju den man vill slippa.

Hon får förstås rapporter. Att Tomas är hemskt *ångestfylld*. Att han skäms över vad han har ställt till med, men minns visst inget av vad som hände. Och doktorn bedömer honom som alltför svag för att ta emot besök och undersöker alla möjligheter till adekvat behandling för det här bekymmersamma fallet. Ja, bekymmersamt så till vida att han har *skötsamma* perioder, som följs av perioder av *förfall*. Han är visst på en låst psykiatrisk avdelning. Dårhus. Men där ska han för all del inte bli långvarig. Så säger tant i alla fall. De skickar väl inte hem honom förrän han är botad, invänder Maj. Nej, svarar tant dröjande, men han måste ju få komma i en vilsam miljö. Så går det på. Titti kan inte låta bli att börja gråta när hon träffar Maj. För allt. För allt elände. Fast Maj berättar inte heller för henne att Tomas tog kniven. Inte Tomas. Jo! Så var det faktiskt! Behöver du brom eller sömnpulver till natten, frågar Titti. Jo. Jo. Det skulle inte skada. Det är ju när Anita har somnat som allt fladder härjar fritt. Fast fladder blir för lätt och ljust. Det är tyngre, mer molande, mullrande. Dosen är inte större än att det räcker för de närmsta nätterna. Men Maj tänker inte överdosera. Det skulle hon aldrig tordas.

Löven som faller, regnet som kommer från inlandet. Hur ska man orka vara glad? Med ett barn ska man väl framförallt vara glad? Hon kan komma på Anita med att granska hennes ansikte när det mal som värst. Då sjunger hon något, fast hon inte har rösten.

DET VORE BARA DUMT att dra ut på det. Titti, tant och Maj ska fara och hälsa på. Hälsa på! Så säger Titti. Vi måste fara och hälsa på honom nu. Som om det var fråga om flyttgröt eller några allmänna lyckönskningar i det nya hemmet. De förstår väl att det är svårt för Maj ensammen. Ta bussen till Umeå och leta rätt på hospitalet som visst är en bit utanför stan. Kajsa ska sköta om Anita. Doktorn har talat med Maj i telefon och nu uttryckligen begärt att hon ska besöka sin make. Ty maken minns ingenting. Men det är inte meningen att Maj ska påminna honom, bara finnas där vid hans sida. Han lider svåra kval, säger doktorn. Hon tycker inte om hans röst.

Åh, hon vill inte! Ändå gör hon sig snygg. Ja, hon vill sätta på sig en svalkande dräkt av avstånd. Har hon inte rätt att vara arg? Titti och tant tycks mena att hon inte får vara för hård. Det är inget som sägs rätt ut, men Maj kan höra det på hur synd det är om Tomas. Som har det så svårt. Så besvärligt. Så in i norden outhärdligt tungt.

Jo, men det har han ju. Maj kan förresten inte veta *precis*. Hon anar förstås. Men hon är fortfarande arg. Förvirrad. På väg. Hon vet inte vart, bara att hon måste... lösa det här. *Men om Tomas ångrar sig? Blir botad, frisk, som en människa igen? Sköter affärerna och skaffar er en nybyggd våning med utsikt över stan?* Äsch. Hon ska besöka honom.

Titti vill få det att låta som en bagatell att de fört honom till Umedalen. Ja, att det bara handlar om att de måste hindra honom från att få tag på sprit. Då kan han ju inte vara på en öppen avdelning. Georg har en affärsbekant i Sollefteå som visst inte heller tålde spriten och måste läggas in och nu är han helnykterist och affärerna blomstrar. Ja, så där låter det. Men Umedalen. Alla dårar där. Nybyggt, modernt – med plats för tusen tokar. Umedalen som en stor mörk fängelsehåla av skräck redan. Och nu besöka maken där. Titti och tant försöker göra det till en trevlig utflykt. Funderar först på om de inte ska ta in på hotell och äta en bättre middag på kvällen. Fast Maj måste ju hem till Anita, så de beslutar ändå att ta sena bussen tillbaka. Om de åtminstone hade kunnat ta bilen. Sitta och trängas med övriga passagerare på bussen och för allt i världen inte avslöja resans mål. De förhåller sig till besöket som om det var ett benbrotts läkning de for för att beskåda. Titti och tant sitter bredvid varandra, Maj på sätet bakom. Det gapar tomt på landsvägen. Ett flackt, magert tallandskap. Nej, hon kan inte tycka det är vackert. Eivor har brett smörgåsar och skickat med termoskaffe och sodavatten. Man är förstås rädd att spilla när bussen skumpar så de väntar med matsäcken tills de gör ett kort uppehåll. Tant bjuder från en chokladkaka dessutom. *Vi ska besöka maken på dårhuset!* Ja, Maj måste proppa munnen full av choklad så att hon inte ställer sig upp och skriker så rakt ut.

De tar en droska från stationen. Titti får ordna om det och tant och Maj står tysta. Inte tycks Umeå ha något särskilt att ståta med. Fast Titti säger att det är en stad på frammarsch. Vad bryr sig Maj om städers tillväxt *nu*? När tant lägger beslag på Tittis arm att stötta sig mot, inte kan Maj då haka tag i den andra. Rycker inte chauffören till när de talar om destinationen? Sneglar i backspegeln… Titti betalar utanför entrén. Utslängda i skogen, var det inte en bra bit utanför stan han tog dem? Ja, då får vi väl anmäla att vi har anlänt, säger Titti hurtigt. Grindarna, det svarta staketet. Men husen är väl ståtliga? Vaktmästaren öppnar för dem. De har med sig praliner och tidningar. Även en dags-tidning härifrån stan. Tomas som är så för tidningar. Men orkar han verkligen läsa nu? De vet ju inte vilket skick han kommer vara i. Blek, avmagrad... ja, det är väl så Maj ser honom framför sig. *Det röda ansiktets pärlande svett.* De får vänta innan en skö-tare kommer för att följa dem till besöksrummet. Dörrar att låsa upp med nycklar, och rasslande låsa igen. Är det hennes gestalt han spejande söker efter genom den glasade rutan i dörren? Han är klädd i lasarettets kläder. Säckig grårandig skjorta och byxor, tofflor. Hon vill vända bort blicken. Hans ansikte är väl... unge-fär som vanligt. Ser han till och med lite fylligare ut? Kinderna? Men kläderna! Vi måste ta hit hans kläder, viskar hon till Titti. Men Titti är fullt inriktad på sin lillebror. Nu ska det förstås inte pratas ut. Nej, bara ett vänligt, hastigt och enkelt besök. Han frå-gar flera gånger efter Anita. Vill han att hon ska säga att flickan saknar honom? Det tänker hon inte göra. Hur gärna han än vill. Det är klart att hon skymtar de andra *dårarna.* Ja, men det är ju så man säger. Fast efteråt hos Tomas läkare får hon veta att Tomas är rekommenderad ett privat vilohem ja allra helst en nervklinik. Sedan behandling hos en professor Bjerre i Stockholm. Ja, den allra främsta själsläkaren, försäkrar doktorn, en oväntat tjusig karl med ett insmickrande leende. Opålitlig, tänker Maj, fast det kanske bara är för de där vita, jämna tänderna. Själsläkare borde han inte ha sagt, för till och med tant blir lite orolig av att det ska grävas runt i Tomas *psyke.* Det kan ju komma fram all möjlig bråte som gör sig bäst begravd på botten. Doktor Bjerre har mot-tagning i centrala Stockholm och är erkänt skicklig med hypnos. Tomas har visst samtyckt. Och nu vänder han sig till Maj. Famil-jen bör finnas nära till hands, för behandlingen kan upplevas som omskakande. Jag förstår doktorn, svarar Maj med sin mest arti-kulerade röst. *Men jag ska ju flytta ifrån honom. Begriper ni inte?* Nej, ingen anar oråd. Ingen anar den här unga hustruns tankar.

Hade hon velat att han skulle be om förlåtelse? Vet ingen vad som hände? Vad som skulle kunnat hända? Doktorn måste i alla fall få veta. Ja, när Titti och Tea tackar så dröjer sig Maj kvar. Kommer han att jaga mig med kniven igen – vill hon säga. Men hon säger bara att han inte var sig själv, att hon blev... det var otäckt att se... ja, jo, det förstår jag mycket väl för er make var inte sig själv, delirium tremens är ett fasansfullt tillstånd och kanske var ni ormar eller krypande råttor i hans inre – nej, jag menar att det var inte er han såg utan skäckinjagande syner som var helt verkliga för honom – han förlorade helt enkelt vett och sans. Men han har återhämtat sig förhållandevis kvickt, vilket vi kan tacka hans goda fysik för. Ni förstår naturligtvis att fullständig avhållsamhet är det enda möjliga. Ja – nu ler han igen – jag är ju inte själv med i logen, men herr Berglund borde verkligen tänka över... man måste ha ett högre mål, förstår fru Berglund. Jag förstår. Tack så mycket doktorn, adjö.

Vem ska se till att han aldrig får tag på... är det jag?

Titti följer tant upp efter den tröttsamma bussresan. Kajsa som har bägge barnen vill förstås bli avlöst, så Maj hoppas att Titti kan raska sig. Hon måste ha något till Kajsa. Hushållskassan är skral. Hon vågade inte fråga Tomas. Inte när Titti och tant var med. Men en chokladkaka, eller ett par strumpor, någonting måste hon ha till henne.

HAN RINGER VARJE DAG från Österåsen. Inte för att prata om något särskilt, han berättar om maten, om de andra patienterna. Krama Anita från mig, säger han och hon lovar att det ska hon göra. På lördagen kommer ett bud med ett fång rosor. Otto har lämnat ett kuvert med flera släta sedlar och ordnat om deras månatliga utgifter. Han har också uttryckligen bett Maj att följa Tomas till Stockholm. Tydligen är det vad Tomas säger. Jag kan inte vara utan Maj och Anita under så lång tid. Men när du kallas in, vill Maj invända, då kan du ju inte ha oss med. Hon säger det aldrig till honom. Han skriver också. Flera brev i veckan. Lättsamt, lite humoristiskt. Och att han ska bjuda på flott middag i huvudstaden! De ska ta in på ett snyggt hotell. Maj sköter sina sysslor som i ett tillstånd av... *som om ingenting hade hänt.* Som om allt var som vanligt. Men inuti kalkylerar hon, räknar efter. Fast det tränger in, sakta, något som söndrar hennes hårda motstånd. Om han faktiskt blir bra? De kan få det gott ställt. Vad ska inte det här spritandet ha kostat honom? Och innan Anita börjar småskolan... *någon måste ta hand om Anita.* Tomas skulle väl aldrig gå med på att lämna bort henne. Och att han skulle ha henne ensam? Ja, det har snurrat. Försörjningen, ekonomin. Sedlarna i kuvertet, bara att ta trapporna ner till mjölkbutik och charkuterist. Vill hon verkligen frivilligt göra Anita till ett *skilsmässobarn? Du måste stanna hos honom Maj. Du har sagt ja, du har fött hans barn. Varför lurar du dig själv att det finns en enkel väg ut?*

Rosor är vackra, men så snabbt de nickar i vasen. Hon ger dem nya snitt och byter vatten. På tisdagen kommer elegansnejlikor i skärt. I brevet står att han älskar henne och att han saknar dem båda så kolossalt.

SOM I EN DVALA, en dröm blir hon kvar i våningen. Anita är visst inget ovanligt rörligt barn, men det räcker ändå till att ha ögonen på vad hon kan ta sig för när hon ålar fram. Stickkontakter och smått på golvet. Ja, inte är Maj den som låter mycket ligga och skräpa på golvet, men att se till flickan hela tiden är utmattande. Ja, hur ska hon orka ordna om ett nytt hem och arbete *nu?* Det försvinner inte, Tomas röda ansikte täckt av bubblande svett. Men det kapslas in. Breven rymmer ingen självömkan, självförebråelser. *Borde han inte be om hennes förlåtelse?* Och så hittar Anita de vassa strumpstickorna som mest för syns skull ligger där i korgen. Hon börjar skrika när Maj bryskt tar dem ifrån henne. Han skriver att han är ledsen över att han inte får vara tillsammans med dem. Att han går där och talar krämpor hela dagarna, då han borde finnas vid sin hustrus och dotters sida.

HON MÅR ILLA NÄR han ska komma hem. Får ideligen stötta sig mot dörrposter och matbord, stolskarmar och köksbänk, så att hon inte bara svimmar. Hur ska det bli? De ska sitta mitt emot varandra och dela måltid. De ska vara *som om ingenting hade hänt.*

HAN RINGER PÅ. DET är hon tacksam för. Att han inte bara kliver in. *Han har ju ingen nyckel.* Nej, den ligger i skrivbordslådan. Jaha, säger Maj, med Anita i famnen. Du är hemma nu. Ja, säger han, nu är jag hemma.

HAN HAR KÖPT EN pälskappa med tillhörande hatt. Vintern kan bli kall, och du vill förstås vara till din fördel i huvudstaden, säger han med ett leende när hon packar upp den stora kartongen. Och så ytterligare ett paket, med en likadan liten kappa och mössa åt Anita.

Det dröjer lite innan Anita låter sig bevekas, men ganska snart får han hennes leende och gurglande skratt. När hon har somnat för natten säger Tomas att han skulle vilja tala med Maj. Han sätter sig i soffan, stoppar sin pipa. Hon sätter sig i fåtöljen. Vad som än hände Maj, säger han, så ska det aldrig ske igen. Du behöver inte tro på mig, men du har mitt ord.

De sitter tysta. Passade pälsen, frågar han och hon reser sig upp för att prova.

HON TAR HANS TALLRIK, sin egen, sköljer dem hastigt innan hon stjälper ner dem i det heta vattnet. Han häller lite mjölk i glaset just som hon ska sträcka sig efter det, han dricker snabbt, så att spår av vitt blir kvar i mungipan. Åh, tack det smakade verkligen bra, säger han och torkar sig med servetten. Vi tar väl kaffet i salongen, säger hon, när jag har diskat bort. Tomas reser sig, nickar, men du sparar väl silvret åt mig, så torkar jag det. Maj ber honom att lyfta Anita ur stolen och hon hör hans röst när han lågmält skojar med henne, det förtjusta jollrandet till svar. Hon diskar, omsorgsfullt, känner med handen så att inga rester har fastnat på porslin och i kastruller. Bestick och förskärare låter hon ligga kvar på den blanka diskbänken. Sedan brygger hon kaffe. Häller lite i taget i filtret, fuktar först det finmalda för bättre smak. *Om det var du som behövde en hjälpande hand?* Anita kommer krypande mot henne där i köket, Maj tar upp henne i famnen och placerar henne åter i Tomas knä under rätt så högljudda protester. Men vi hade det ju så trevligt, försöker Tomas och skumpar med sitt ena ben. *De klarar sig inte utan mig, de där två. Är det inte så? Att jag har blivit oumbärlig. Det är ju jag som ska se till att det inte rasar, faller. Hur jag ska hålla allt ihop.* Koppar, bitsocker, några kakor ur burkarna på bänken, ja de alltför hårda sockerdrömmarna också. Hon sätter sig i soffan, han höjer sin kopp mot kannan när hon slår i det varma kaffet. När är det tänkt att vi ska vara hos doktor Bjerre, säger hon och kan inte helt hejda handen från att skälva när hon för koppen till munnen. Blir det före eller efter jul?